LA TOUR DE L'ORGUEIL

DU MÊME AUTEUR

Aux éditions Belfond

Le Maître de Hautefort, 1993.
La Dame du bocage, 1995.

Chez d'autres éditeurs

Floris, mon amour, Grasset, 1970.
Floris, le cavalier de Pétersbourg, Grasset, 1972.
La Belle de la Louisiane, Grasset, 1973.
Les Amants du Mississippi, Grasset, 1974.
Le Miroir aux pingouins, collection Best-Sellers, Robert Laffont, 1975.
Freddy Ravage, collection Jeunesse, 1976-1977, 6 volumes :
– *Freddy Ravage passe à l'attaque*
– *Freddy Ravage et les diplodocus*
– *Freddy Ravage et la ville dorée*
– *Freddy Ravage et les karatékas*
– *Freddy Ravage et les agents secrets*
– *Freddy Ravage prisonnier des pharaons*
L'Amour dingue, Jean-Claude Lattès-J'ai Lu, 1979.
Un mariage à la carte, Jean-Claude Lattès-J'ai Lu, 1980, adapté à la télévision sous le titre *Michigan Mélodie*.
Michigan Mélodie, J'ai Lu, 1981.
Les Nuits du Bengale, Jean-Claude Lattès-J'ai Lu, 1981.
Le Palais du désert, Jean-Claude Lattès-J'ai Lu, 1982.
Divine Zéphirine, Grasset, 1983.
Princesse Renaissance, Grasset, 1984.
La Rose de sang, Grasset, 1985.
Le Roi sans couronne, Flamme-J'ai Lu, 1986.
Toutes les vies mènent à Rome, Flamme-J'ai Lu, 1987.
Les Lionnes de Saint-Tropez, RMC-Flamme-J'ai Lu, 1989.
Gulf Stream, Fayard-Editions n° 1-J'ai Lu, 1991.
Lorenzo le magnifique, Flammarion, 1996.

JACQUELINE MONSIGNY

LA TOUR DE L'ORGUEIL

belfond
12, avenue d'Italie
75013 Paris

Si vous souhaitez recevoir notre catalogue
et être tenu au courant de nos publications,
envoyez vos nom et adresse, en citant ce livre,
aux Éditions Belfond,
12, avenue d'Italie, 75013 Paris.
Et, pour le Canada, à
Édipresse Inc., 945, avenue Beaumont
Montréal, Québec H3N 1W3.

ISBN : 2.7144.3318.9

Première Partie

LA RENARDE

Au pied des monts que dépouille l'automne,
L'amour captif n'attire plus nos pas.
Un froid soleil sur la grève rayonne.
Déjà Noël annonce les frimas.
Plus d'entretiens sous la verte ramille ;
Plus de baisers dans les chemins pierreux.
En souvenir du passé, jeune fille,
Chante, le soir, la valse des adieux.

ALFRED ROSSEL
Poète normand

1

La fontaine de Médicis

– Du calme, jeunes filles !

Mlle Gertrude Poussin, la directrice du cours Médicis, rue d'Assas, tentait comme chaque jour d'organiser la sortie des élèves. Sa sœur cadette, Mlle Hortense, venait lui prêter main-forte. D'une voix suraiguë, elle répétait tous les ordres de son aînée.

– Du calme, du calme, jeunes filles !

Ce qui avait pour effet d'exciter tout le monde. Mlle Poussin aînée était aussi volumineuse que sa cadette était maigrichonne. Les collégiennes les appelaient, en cachette bien sûr, Gros-Poussin et Petit-Poussin.

Il était quatre heures. Dans un envol de moineaux, les élèves s'égaillèrent avec leurs cartables sur les trottoirs.

Malgré les cris des sœurs Poussin, deux petites filles se précipitèrent sans craindre les rares voitures, vers une grille ouverte du jardin du Luxembourg. Vêtues d'un uniforme bleu à jupe plissée, socquettes blanches aux pieds, chaussées de souliers vernis, un béret écossais sur la tête, elles pouvaient avoir onze ou douze ans.

L'une d'elles, légèrement plus élancée que sa camarade, avait une forêt de cheveux bouclés roux doré. Ses yeux bruns pailletés brillaient de malice. Tout en arrachant son béret pour agiter sa crinière flamboyante, elle se tourna vers sa voisine, une jolie petite blonde assez dodue :

– La première doit un roudoudou à l'autre !

Comme deux cabris échappés d'un enclos, elles coururent dans les allées serpentines du jardin. Sans faire attention aux bassins, aux arbres centenaires, aux statues des reines de France, ni à la beauté de ce parc, gloire de la rive gauche, qu'elles traversaient tous les jours, elles ne ralentirent pas l'allure en passant devant le palais de style florentin. C'était leur jeu habituel, la plus grande arriva la première devant la fontaine de Médicis.

Sous la statue du cyclope Polyphème s'apprêtant à écraser Acis et Galatée, les deux fillettes éclatèrent de rire en se laissant tomber, essoufflées, sur un double banc, sans remarquer la présence d'un vieux monsieur, un ancien combattant certainement à en juger par ses décorations. Il leur tournait le dos et donnait à manger aux pigeons. Elles aimaient particulièrement cet endroit, lieu de toutes leurs confidences. La vaincue chercha un roudoudou dans sa poche pour le remettre en bonne perdante à son amie.

– On se voit jeudi au manège, Noémie ? interrogea la petite blonde.

Sa camarade secoua sa crinière rousse.

– Non, je ne serai pas libre !

– Que fais-tu ?

– Je vais te confier un très grand secret, Bérengère, mais il ne faut en parler à personne... croix de bois, croix de fer ?

– Si je meurs je vais en enfer !

Les yeux brillants, Bérengère jura tout ce que voulait Noémie. Elle était un auditoire idéal. Bouche ouverte, prête à tout gober, elle vivait à l'avance les révélations certainement fascinantes que son amie n'allait pas manquer de lui faire.

– L'Archange sera à Paris jeudi ! annonça Noémie.

– Oooh ! et tu vas le voir ?

– Bien sûr, il arrive avec l'*Arc-en-Ciel*, son avion, au Bourget et je serai là !

– Oooh ! il va être content !

– Nous nous marierons dans quatre ans pour mes quinze ans, c'est décidé ! Tiens, voilà ses photos !

Elle sortit de son cartable les articles de journaux consacrés à Jean Mermoz, qu'elle découpait avec passion.

– Ce qu'il est beau ! susurra Bérengère.

– Oh ! oui, c'est le plus bel homme de la terre !

– Non, je parlais de l'avion !

Noémie jeta un coup d'œil légèrement méprisant vers son amie qui poursuivit :

– Tu sais pas, j'ai une idée, il devrait appeler le prochain le *Noémie des Nuages* !

– Ce ne serait pas mal ! admit l'intéressée.

– Tu en as de la chance de devenir Mme Mermoz, alors il t'a aimée tout de suite ?

– Oui, le plus grand amour du monde nous lie pour la vie ; tu comprends, la première fois que j'ai vu Jean, c'était le jour où il reliait Dakar à Paris dans un raid de quinze heures trente. Il m'a regardée, je l'ai regardé... et voilà ! Puis il est reparti pour l'Atlantique Sud à bord du *Santos-Dumont*. Bien sûr, quand nous serons mariés, je deviendrai aviatrice comme lui, je serai la nouvelle Hélène Boucher.

– Oh ! elle est pas morte dans un accident ?

– Si, il y a deux ans mais, justement, je la remplacerai pour devenir la plus rapide du monde et nous volerons, lui et moi, sur le même avion !

L'ancien combattant, abasourdi, n'en croyait pas ses oreilles. La cloche du guignol retentit, Noémie sursauta :

– Zut ! déjà la demie, maman va s'inquiéter !

Sous le regard scandalisé du vieux monsieur qui grommelait : « Il n'y a plus de jeunesse ! » les deux petites filles reprirent leurs cartables et sortirent par la grille côté Odéon.

Une surprise les attendait. Remontant le boulevard Saint-Michel et envahissant les rues de Médicis, de Vaugirard et les alentours du théâtre, une gigantesque manifestation scandait des slogans.

– Tous en grève !

– Augmentez les salaires !

– Quarante heures par semaine !

– Des congés payés !

– Vive Léon Blum !

– Vive Maurice Thorez !

– Vive le Front populaire !

– Défendons nos droits !

– Occupons les usines !

Képi sur la tête, les forces de l'ordre tentaient avec leurs pèlerines roulées sur le bras et leurs bâtons blancs de barrer le chemin aux manifestants.

Malgré les cris, les insultes de part et d'autre et l'excitation qui montait, l'atmosphère restait bon enfant. Il y avait même des joueurs d'accordéon autour des portraits de Léon Blum, le chef de file des socialistes de la SFIO. En se faufilant, le long des grilles du parc, puis en rasant les murs du palais du Petit Luxembourg, les deux fillettes réussirent à traverser la rue parmi la foule. Elles se quittèrent après s'être embrassées, devant le 20 rue de Tournon, immeuble où habitait Noémie, tandis que Bérengère courait vers sa demeure rue Garancière.

Dédaignant l'ascenseur, Noémie grimpa quatre à quatre les cinq étages et carillonna à la porte. Celle-ci s'ouvrit rapidement sur Valentine, sa mère. Contrairement à son habitude, ses beaux cheveux blonds étaient légèrement décoiffés et elle paraissait plus essoufflée que sa fille.

– Ah ! te voilà enfin, ma chérie ! Va vite goûter, on prend le train de six heures.

– On part ? s'étonna Noémie.

– Ton père craint la grève générale. Il dit que cela peut mal tourner.
– Où va-t-on, maman ?
– Mais à Hautefort, ma chérie !
Victor, le frère cadet de Noémie, passait en tapant sur un tambour.
– Chic ! plus d'école ! C'est la semaine des quatre jeudis !
Noémie jeta son cartable dans l'entrée et pénétra dans le salon où régnait un beau désordre. Loulou, la bonne de la famille Rolland-Lacour, entassait pêle-mêle dans des valises tricots, jupes, corsages, vestes, pantalons. Valentine s'occupait de manuscrits car elle dirigeait sa propre maison d'édition, rue Jacob. Stanislas, le père de Noémie, un architecte toujours séduisant pour ses cinquante-quatre ans, était à genoux sur une mallette bourrée à craquer qu'il essayait vainement de fermer.
– Prépare-toi vite, mon trésor, je vous emmène à la gare dans une demi-heure.
– Tu ne viens pas, papa ?
De ses bras Noémie vint entourer le cou de ce père qu'elle adorait. Il secoua la tête et déposa un baiser sur les cheveux de sa fille.
– Non, ma beauté, je reste pour garder la maison et le bureau, on ne sait jamais, si les grévistes voulaient occuper nos locaux !
– Tu viendras nous rejoindre ?
– Oui, chérie, je te le promets, quand tout sera calmé !
– Tu sais, papa, j'ai vu les manifestants en sortant du Luxembourg. Ils n'avaient pas l'air méchants !
– Non ! mais à force de conneries !...
– Oh ! Stan ! devant les enfants ! reprocha Valentine, qui passait, les bras chargés.
Noémie rit sous cape. Son père lui adressa un coup d'œil complice.
– Pardon... avec ses bêtises, le gouvernement va les rendre méchants ! Il fallait leur donner avant, ce qu'ils réclament, car ils ont raison, les pauvres, on les a trop exploités ! Ah ! ça y est, j'ai réussi ! ajouta-t-il avec satisfaction en fermant la mallette. Tu sais, Valentine, tes valises sont trop bourrées.

C'était un bel affolement gare Saint-Lazare. Les porteurs étaient pris d'assaut. Pestant contre les bagages de sa femme, Stanislas se chargea de trois valises. Valentine et les enfants saisirent les sacs et mallettes. Fendant la foule de Parisiens qui en ce mois de mai 1936 fuyaient la capitale, certains que le lendemain il n'y aurait plus de trains, Stanislas fit signe à Noémie de filer en tête, vers la locomotive à la cheminée fumante, pour chercher trois places libres. La petite fille étant très débrouillarde, elle les trouva dans les wagons de seconde classe. Le compartiment était occupé par un curé en soutane et deux bonnes sœurs. Sa grand-mère de Normandie, Caroline Hautefort, lui avait appris à respecter les ecclésiastiques. Elle s'enquit donc poliment :

– Les autres places sont-elles libres, monsieur l'Abbé, pour ma mère et mon petit frère ?

– Mais oui, mon enfant ! Déposez votre bagage, on vous le garde.

Noémie jugea qu'un prêtre ne pouvait voler sa mallette, bourrée de ses lectures favorites : *La Semaine de Suzette, Bibi Fricotin*, et bien sûr des articles sur Jean Mermoz.

A la fenêtre du couloir, elle fit de grands signes à ses parents qui arrivaient avec le petit Victor. Stanislas installa sa famille, salua poliment les gens d'Église, bien qu'il fût un tantinet anticlérical et, après avoir embrassé tendrement sa femme et ses enfants, il sauta sur le quai.

Il était temps, le chef de train sifflait. Accoudé à sa portière, le conducteur au visage déjà noirci mit de grosses lunettes sur ses yeux. Un jet de fumée sortit de la cheminée et la locomotive s'ébranla entraînant le train. Valentine, aux cent coups, cria par la vitre baissée :

– Fais bien attention à toi, Stan, dans ce guêpier !

– Je te le promets, chérie, j'appelle tes frères pour les prévenir, enfin si la poste marche encore. Tout va bien, vous serez là-bas à minuit !

Noémie glissa sa main dans celle de sa mère. Celle-ci lui serra tendrement les doigts. La fillette adorait Valentine qu'elle trouvait toujours très belle malgré ses quarante-six ans. Elle savait que celle-ci était parfois fragile. Elle parlait rarement de la dernière guerre, mais Noémie se souvenait qu'elle était revenue en larmes du film *Les Croix de bois*[1]. Stanislas qui la soutenait était, lui aussi, bien pâle. Des gens s'étaient, paraît-il, évanouis dans la salle et les femmes sortaient en sanglotant. Noémie avait compris que c'était un superbe film mais très dur à voir, il honorait les anciens combattants de Verdun, de Douaumont et du Chemin des Dames. Elle savait que son père avait fait la Grande Guerre, ses oncles Boris et Bohémond également, et elle en tirait une certaine fierté. Mais, puisqu'ils étaient tous revenus en bonne santé, elle ne comprenait pas bien ce bouleversement.

– Un cachou, madame ? proposa aimablement l'abbé à Valentine.

Les sœurs offrirent une pastille de Vichy aux enfants.

– Nous allons en pèlerinage à Lisieux, madame, et vous ?

– Nous, plus loin, à Carentan, après Bayeux, avant Cherbourg !

– Oh oui, je connais très bien cette jolie petite ville du Cotentin. Je suis moi-même de Valognes, j'étais au séminaire avec le chanoine

1. 1932. Film de Raymond Bernard, le fils de Tristan Bernard, d'après le roman de Roland Dorgelès.

Bertin qui est maintenant à l'église Notre-Dame de Carentan. Ah ! ma fille, c'est un long voyage pour les enfants à cette heure-ci !

– Oui, avec les arrêts cela fait six heures de train, mais quel progrès ! Ma grand-mère m'a raconté que les premiers trains mettaient douze heures pour parcourir trois cents kilomètres !

– Ah oui, le progrès, mon enfant, on n'arrête pas le progrès, mais le peuple prie-t-il encore ? Quelle triste époque ! Les hommes contre les hommes, avec leurs drapeaux rouges, s'adressent-ils seulement à Dieu ?

Sur cette question sans réponse, le brave curé se plongea dans son missel tandis que les bonnes sœurs se mettaient à égrener leur chapelet. La porte du compartiment s'ouvrit sur deux voyageurs de commerce. Il fallut se pousser pour leur laisser de la place. Ces hommes péroraient tout en buvant le café d'une bouteille thermos.

– Ah ! ça va mal... les usines Latécoère de Bordeaux sont occupées !

– Les Galeries Lafayette, aussi !

– A Saint-Ouen, chez Lavalette, on a débrayé !

– Chez Renault et Citroën aussi ! Ah ! ça va mal... qu'est-ce que vous en pensez, madame ?

Prudente, Valentine secoua la tête.

– Il ne faut pas être pessimiste !

– Voulez-vous que je vous dise, c'est triste pour les enfants, rien ne va plus. Vous allez voir, la guerre civile va éclater en Espagne ; et le Moustachu de l'autre côté du Rhin qui réoccupe la Rhénanie, vous croyez qu'on peut accepter ça ?

– Maman ! chuchota Noémie. Qui est-ce le Moustachu ?

– Hitler ! répondit sur le même ton Valentine.

– Ah ! ça va mal ! Moi, si j'étais sportif, j'irais pas à Berlin en août pour les Jeux olympiques du Adolf ! Un drôle de pistolet ce type-là... Moi, j'l'ai à l'œil !

– Et vous avez raison ! Ah ! vous l'avez dit, ça va mal ! reprit l'autre voyageur. Fernandel a beau faire rigoler avec son *Rosier de Madame Husson*, moi j'vous l'dis, on va pas rigoler longtemps !

Heureusement ces oiseaux de malheur descendirent à Mantes.

Débarrassée de leur présence, Valentine offrit à ses enfants des sandwiches préparés par la brave Loulou.

Tout en dévorant de bon appétit, Noémie réfléchissait aux paroles du curé. Elle se demandait comment elle pourrait bien s'adresser directement à Dieu pour enfin rencontrer l'Archange.

Cette question ne la tracassa pas trop car, avant Évreux, elle s'endormit, le sourire aux lèvres. A Hautefort, elle allait enfin revoir le rival de Mermoz dans son cœur, le beau Jimmy du Manoir.

2

Une Hispano dans le bocage

Il savait qu'il se passait quelque chose à la ferme. Son ouïe très fine lui avait fait percevoir des bruits insolites au clair de lune.

De l'endroit où il se trouvait, en contrebas du champ de pommiers, il pouvait discerner les ardoises de la tour Hautefort. « Elle » avait dû arriver cette nuit. Il la sentait, la désirait, impatient de la retrouver, sachant qu'ils allaient partir tous les deux pour une chevauchée. Le temps lui avait semblé bien long depuis que la famille était venue fêter Noël autour d'un sapin décoré.

De plus en plus énervé, Jimmy du Manoir ne put s'empêcher de lancer un hennissement d'amour. Comme personne ne bougeait à l'horizon, il piqua un galop autour du pré, agita sa crinière puis reprit une sorte de cri d'allégresse, se terminant par des sons aigus. Il était prêt, ce matin, à employer tous les langages qu'il connaissait.

Quentin passait le long de la haie avec du fourrage qu'il lança au cheval.

– Allons, calme-toi, ta belle dort encore et tu vas réveiller tout le monde avec ce raffut. Un peu de patience, mon garçon !

Comme s'il avait compris, Jimmy du Manoir hocha sa belle tête carrée dont la ligne droite s'étendait du front au bout du nez. Quentin qui s'y connaissait avait déclaré à Noémie, quand elle avait reçu ce merveilleux cadeau quatre ans auparavant :

– Tu vois, petite, ton poulain a toutes les qualités d'un futur grand, il a quatre choses larges : le front, le poitrail, la croupe, les membres, quatre choses longues : l'encolure, les rayons supérieurs, le ventre, les hanches, quatre choses courtes : le rein, les paturons, les oreilles, la queue et quatre choses pures : la peau, les yeux, le sabot et le cœur ! Ces qualités ne peuvent pas tromper, ton cheval a de la race, il sera bon coursier car sa conformation tient tout ensemble du lévrier, du pigeon et du méhari !

Il n'y en avait pas deux pour parler cheval comme Quentin. C'était lui qui avait transmis son amour et sa science hippologiques à la Renarde. C'était ainsi que la famille avait surnommé Noémie à cause de ses cheveux roux. Toutes les dames Hautefort, à l'exception de Caroline, avaient aimé monter. La Grande Noémie, l'aïeule qui avait vécu cent un ans et dont l'arrière-petite-fille se souvenait parfaitement, était connue en son temps dans tout le Plain pour ses galops à travers les dunes. Quant à sa mère Valentine, elle évoquait, toujours avec nostalgie, la jument Avocate qu'elle montait en amazone pendant la guerre de 14. Il y avait donc une tradition équestre à Hautefort mais chez la jeune Noémie c'était une vraie passion. Dès qu'elle arrivait à la ferme elle vivait à l'heure des deux chevaux entretenus coûte que coûte par la famille dont les moyens financiers avaient bien diminué depuis la vente forcée de l'usine de Carentan.

– Mon chéri, mon Jimmy, tu es toujours aussi beau, oh ! tu m'as manqué, comme je t'aime... !

Levée la première, Noémie accourait en pantalon et chemisier, un foulard noué autour du cou. Sous le regard bourru de Quentin qui voulait toujours cacher le moindre sentiment, elle sauta par-dessus la barrière et se précipita vers son cheval. Celui-ci vint aussitôt vers elle, oreilles piquées en avant, lèvres et naseaux frémissants. Noémie plongea sa tête dans sa crinière drue. Elle caressait sa belle robe brillante couleur bai cerise, tout en chuchotant :

– Oh ! mon Jimmy, je m'ennuie sans toi, tu sais. C'est chic, je ne retourne plus à l'école, on va passer tout l'été ici, il y a la révolution à Paris, pourvu que ça dure !

– Tu veux que je le selle ? interrogea Quentin.

La réponse se lisait dans les yeux brillants de Noémie.

Quelques instants après, elle franchissait au galop la grille de Hautefort en direction de la mer. La ferme de la famille était située au cœur du Cotentin dans cette belle région du bocage et du Plain entre Sainte-Mère-Église et Baudienville. De mémoire de Normand, les Hautefort avaient toujours été là, paysans « herbageurs » puis beurriers, durs au travail, agrandissant génération après génération leur domaine. Ils n'avaient quitté Hautefort pour Carentan qu'au siècle dernier, quand l'aïeule avait bâti une fortune, pour ne pas dire un empire. Cette époque de splendeur était révolue.

Sur le passage de Noémie au hameau de Audouville-la-Hubert, Parfait Leviel, un ancien forgeron de quatre-vingt-cinq ans qui avait connu tous les Hautefort, agita sa main noueuse.

– Bonjour, père Parfait, vous allez bien ? lança-t-elle gentiment.

– A pétron jacquet[1] faut by ma p'tiote, ça va-t-y chez toué ?
– Oui ! on est arrivés cette nuit avec maman et mon frère !
– Il est by beau ton j'va[2] !
– Et il est content de m'avoir retrouvée !
– Y va ty ben ton grand-pé, ah ! l'Tancrède j'avions fait ma solennelle avé lui, dam ouais, même qu'on l'appelait tous Tancrède Bébé ! Ah ! dam y doit aller sur ses quatre-vingt-cinq, quatre-vingt-six ans... comme moué, nous étions de 1851, dam j'avions bonne mémouère, un fin fusil, l'Tancrède... allez j'voulons point t'jiguler[3], assez digouezi[4], va p'tiote !

Contente de pouvoir enfin quitter le père Parfait, dont elle connaissait les discours par cœur, Noémie n'eut pas besoin d'asticoter Jimmy pour que celui-ci reparte au trot puis au galop. Après avoir regardé la jeune cavalière s'éloigner, le vieux Normand rentra dans sa chaumière pour annoncer à son épouse que tout un chacun appelait dans la région la mère Parfaite :

– Agni[5] v'là les parigots d'revenus à Hautefort, cha va désengnier[6].

La vieille, aussi craquelée que son bonhomme, protesta :

– Toujours à joster[7] l'Parfait, v'ins-t'en donc dans la tchuzaine[8] bère un flipe !

Cette proposition plut au père Parfait. Rien de mieux qu'un cidre chaud sucré, arrosé de calvados, pour se donner du cœur au ventre dès le matin. Tout en s'asseyant à la table de bois, il déclara :

– J'vas t'dire, la Parfaite, c'te p'tiote, la Renarde, malgré qué soit parigote... elle est d'cheu nous, dam ouais, elle est ben quéru[9] !
– Quéru ? fit la Parfaite, stupéfiée par le compliment.
– Ouais, ben quéru !

Sur ces paroles définitives, il avala à petites gorgées son remontant, puis il partit dans son champ traire son unique vache.

Après avoir traversé Saint-Martin-de-Varreville, Noémie était arrivée en vue des toitures de la Hilairie. Elle allait faire une surprise aux habitants de cette propriété, surtout à son ami Damien, qui venait de fêter ses quatorze ans. La petite fille souriait encore de sa conversation avec le père Parfait. Sa mère déplorait toujours que le patois se perde.

---

1. Au petit matin.
2. Cheval.
3. T'ennuyer.
4. Assez bavardé.
5. Aujourd'hui.
6. Désennuyer.
7. Plaisanter.
8. Cuisine.
9. Avoir de la force, de la vigueur, être fort comme un chêne.

Seules les personnes âgées continuaient à employer les expressions imagées de leurs aïeux. Valentine estimait qu'avec les nouveaux postes de radio les Normands, comme le reste des Français, étaient à l'écoute de Radio-Cité ou du Poste Parisien. Dans les régions les plus reculées, chacun maintenant avait la TSF. On écoutait Jean Nohain dit Jaboune qui faisait jouer la jeunesse avec l'émission « Benjamin », Jean-Jacques Vital et Ded Rysel dans « Autour de la table[1] », « Les chansonniers en liberté » avec Robert Rocca et Jacques Grello, Jeanne Sourza et Raymond Souplex dans « Sur le banc », « La minute du bon sens » de Saint-Granier qui terminait toujours son billet d'humeur par ces mots :

– Bonsoir mes chers auditeurs, bonsoir...

Le ton « pointu » de ces animateurs « contaminait » le fier accent du terroir. Pourtant, quand Stanislas venait à Hautefort, en bon Parisien il avait du mal à comprendre les paysans jeunes ou vieux. C'était alors sa fille, très fière, qui « traduisait ».

Jimmy du Manoir avait un peu ralenti l'allure. Il trottait à présent sur le bord du chemin. Noémie lui caressa les flancs pour faire une entrée spectaculaire dans le parc de la Hilairie. Jimmy du Manoir bondit en traversant la route. A cet instant, une Hispano-Suiza rouge décapotable, de 250 chevaux, prit le tournant à toute vitesse et manqua emboutir le cheval et sa cavalière. Saisi de peur, Jimmy du Manoir se cabra. Il fallait être aussi bonne cavalière que Noémie pour ne pas vider les étriers.

– Là, mon beau, du calme ! dit-elle en lui flattant l'encolure.

Le conducteur du bolide, un homme très jeune de vingt-deux, vingt-trois ans, s'était dressé sur son siège. Il passa la main dans ses cheveux châtains et jaillit de son automobile dont le moteur avait calé.

– Ouf, vous l'avez échappé belle, c'est imprudent, jeune fille, de galoper comme ça sur les routes...

Noémie avait eu très peur mais elle était surtout furieuse. Ce fou aurait pu blesser Jimmy du Manoir.

– On n'a pas idée de conduire si vite, vous êtes un danger public !

Le propriétaire de l'Hispano demeura un instant sans voix devant l'aplomb de cette gamine à l'opulente chevelure rousse.

– Vous savez, je pourrais me plaindre à la gendarmerie, il y a des lois maintenant avec un code de conduite et ce n'est pas seulement valable pour les voitures mais pour tout le monde. On ne peut pas galoper n'importe où, d'ailleurs il est bien grand pour vous ce cheval et...

– Je me demande ce que vous y connaissez en chevaux ! Fichez

1. Émission qui deviendrait plus tard « La famille Duraton ».

donc le camp avec votre saleté de bagnole. C'est moi qui pourrais me plaindre de vous, on n'aime pas beaucoup les horsains[1] par ici !

– Voyez-vous ça, on ne vous a jamais appris la politesse ! Les gamines mal élevées, c'est une fessée que je leur donne !

Il fit mine de s'approcher de Noémie.

– Restez où vous êtes ! hurla-t-elle.

Comprenant que sa maîtresse était en danger, le cheval se cabra à nouveau. Sur un coup de talon de Noémie, il prit son élan, sauta par-dessus la voiture et fila au grand galop dans la propriété. L'inconnu regarda un instant la jeune cavalière qui s'éloignait dans le parc de la Hilairie. Un fin sourire éclaira son visage aux traits réguliers dont le regard exceptionnel attirait aussitôt l'attention. Cet homme séduisant, bien découplé, fort élégant, possédait des yeux vairons. L'iris de son œil droit était bleu turquoise et le gauche très brun. Cette rareté ne pouvait s'oublier et lui conférait un charme certain.

– Un « horsain », voyez-vous ça... En tout cas elle monte bien cette gamine ! Mais quelle petite peste, la prochaine fois je la déculotterai pour lui flanquer une bonne raclée !

Cette pensée le ragaillardit. Il remonta dans son bolide qu'il eut quelque mal à faire démarrer et il reprit la direction de Audouville-la-Hubert. Comme il hésitait au croisement du calvaire, il aperçut le père Parfait qui sortait de derrière une haie, son seau rempli de lait à la main.

– Pardon, mon brave homme, pourriez-vous me dire dans quelle direction se trouve Reuville ?

– A main drète, et pis à main gauche, et tout dré, c'est t'y au châtiau qu'vous vous rendez ?

– Tout juste !

– Vous seriez-ty l'nouveau propriétaire ?

– Cela se pourrait...

Après avoir remercié, le jeune homme suivit la route indiquée tandis que le père Parfait courait aussi vite que ses vieilles jambes le lui permettaient vers sa masure.

– Eh ! la Parfaite, ach'teu j'avions vu le horsain du châtiau... !

– T'es-ty sûr, le Parfait ?

– Dam ouais, y m'a dit Vére[2] mais j'la ben deviné, l'a l'zurs[3] point communs, un bleu, un nouère !

– Oh ! dam, c'est-ty point un coup des goublins[4] !

1. Étrangers.
2. Ni oui ni non.
3. Les yeux.
4. Lutins.

– Ça s'pourrait by !

Inconscient des commentaires qu'il suscitait, le conducteur de l'Hispano arriva en vue du château de Reuville. Avant de pénétrer dans le parc à l'abandon, il contempla un moment la superbe demeure Renaissance qui se dressait devant l'étang. Les toitures avaient besoin d'être refaites. Le conducteur sembla hésiter devant l'ampleur des travaux. Il était prêt à faire demi-tour quand une voix l'interpella :

– Ah ! Monsieur Caumont de Noisy, je craignais que vous ne vous soyez perdu ou que vous n'ayez changé d'avis ! Me Desnoires vous attend à l'intérieur pour la signature, si vous êtes toujours d'accord ?

Probablement plus vexé qu'il ne voulait le laisser paraître de s'être fait traiter de horsain par cette petite peste, Noisy répondit :

– Oui, bien sûr, mais je voudrais revoir les écuries...

Le clerc de notaire s'inclina devant ce souhait légitime. Le marquis Jean Caumont de Noisy, futur propriétaire du château, n'était-il pas un cavalier célèbre, vainqueur de nombreux concours hippiques ? Sous le nom plus simple de chevalier de Noisy, il s'était fait remarquer comme le plus jeune cavalier, quatre ans auparavant, en 1932, aux Jeux olympiques de Los Angeles en remportant – ce qui ne s'était jamais vu – une double médaille d'or pour les épreuves de dressage individuel et dressage par équipes, avec bien sûr deux chevaux différents. Cette dernière visite aux écuries de Reuville dut finir de convaincre Jean Caumont de Noisy car, suivi péniblement par le clerc, il grimpa quatre à quatre les marches du perron.

A la Hilairie, au même instant, Damien dévalait l'escalier pour rejoindre Noémie dans le hall du manoir.

– Tu es revenue plus tôt en vacances ?

– Oui, c'est chouette ! Dis donc, as-tu déjà vu un type affreux en voiture rouge ?

– Non, jamais, pourquoi ?

– C'est un fou furieux qui a voulu nous tuer Jimmy et moi...

– Ne t'inquiète pas, Noémie, je te défendrai ! affirma Damien.

Les Saint-Hilaire qui prenaient le petit déjeuner invitèrent aussitôt la jeune Hautefort à se joindre à eux. Noémie aimait beaucoup cette famille, d'autant plus que c'était le père, Mathieu, qui lui avait offert Jimmy du Manoir. Elle se souviendrait toujours de cet après-midi où Mathieu les avait appelés, Damien et elle, dans les écuries. Princesse, une belle jument, mettait bas, couchée sur la paille de la stalle, et les enfants avaient assisté à la naissance du poulain. La tête et les sabots de devant étaient sortis en premier, trouant le placenta. Elle l'avait découvert faible et mouillé, prenant son premier souffle. Sur un geste de Mathieu, elle s'était emparée d'une serviette pour nettoyer le poulain épuisé. Spontanément, elle avait commencé à le caresser et l'embrasser. Après un regard intense pour la petite fille et le nouveau-né, Mathieu de Saint-Hilaire avait déclaré :

– Quand il sera sevré, il sera à toi, Noémie ! C'est l'année des J, comment veux-tu l'appeler ?

Sans hésitation, elle avait répondu :

– Jimmy, Jimmy du Manoir !

– C'est un beau nom, tu aimes les chevaux, ne trahis pas leur amour. Tu lui as donné son premier baiser, ses premières caresses, Jimmy ne l'oubliera jamais...

Mathieu était un homme d'une cinquantaine d'années, doux et bienveillant, boiteux de naissance, ce qui ne l'empêchait pas d'être un bon cavalier. Il avait appris à monter à son beau-fils, Julien Devereaux, le fils de sa femme Bernardine, un garçon de vingt-trois ans qu'il avait en partie élevé et qui travaillait avec lui sur la propriété. Mathieu et Bernardine n'avaient pu avoir d'enfant. Au décès tragique de sa mère, morte à sa naissance, et de son père métayer à la propriété tué par le coup de sabot d'une mule vicieuse, Damien avait été adopté par les Saint-Hilaire. Il avait trois ans de plus que Noémie et les deux enfants avaient pris l'habitude de jouer sur la plage. La petite fille avait ensuite invité Damien à Hautefort. Sans en comprendre la raison, Noémie s'était bien aperçue que sa mère, si accueillante d'habitude, était plutôt réticente pour recevoir le petit Saint-Hilaire. Mathieu, le soir, venait rechercher son fils. Au début, il ne voulait pas entrer dans la ferme, mais peu à peu, Bernardine et lui avaient lié des relations de bon voisinage avec les Rolland-Lacour. Noémie, fine mouche, avait compris que Mathieu de Saint-Hilaire avait dû être amoureux de sa mère[1]. Elle en éprouvait une certaine vanité : Valentine n'était-elle pas la plus belle femme du monde ? Noémie était fière que son père, tel un chevalier du Moyen Age, ait gagné la main de sa dame.

Après le petit déjeuner, Mathieu donna quelques conseils à Noémie. Au printemps, il préconisait d'offrir aux chevaux un régime alimentaire vert fait d'herbes de prairie et parfois aussi de carottes fourragères.

– J'en parlerai à Quentin ! promit la petite fille.

Elle se rendit, bien sûr, avec Damien et Julien aux haras, où Mathieu de Saint-Hilaire élevait de nombreux trotteurs. La famille partait justement à Saint-Lô assister à la course de Ptolémée II, un cheval bai, toisant un mètre cinquante-neuf, qui avait, avec Princesse, eu pour fils Jimmy du Manoir. Les Saint-Hilaire proposèrent d'emmener Noémie mais elle voulait aller embrasser son grand-père.

De la Hilairie, on était tout proche de la plage. En galopant à travers les garennes, Noémie atteignit les murs du Chalet rouge, bâti sur une

1. Voir *La Dame du bocage*.

dune dominant la mer. L'ancêtre de la famille Hautefort vivait là, avec pour seule compagnie Amandine, une brave femme du hameau de La Madeleine, qui venait lui faire son ménage et sa cuisine. Avec l'âge, Tancrède Hautefort était devenu un véritable ermite. Lui qui avait adoré la société, les voyages, conduire ses premières Torpédos, se plaisait dans une solitude monacale. Il passait de longs moments à observer à la jumelle les îles Saint-Marcouf, notait les bateaux qui entraient et sortaient du port de Grandcamp, ceux qui se dirigeaient vers Saint-Vaast-la-Hougue ou la pointe de Barfleur. Cette longue plage de sable fin où les Vikings, selon la légende, avaient débarqué de leurs drakkars mille ans auparavant, semblait le fasciner. Tancrède n'était pas pour autant fâché avec son épouse Caroline qui, elle, était restée à Carentan dans leur Maison bleue. Non, il avait seulement besoin, depuis la mort de sa mère, cinq ans auparavant, de solitude. Ce décès l'avait anéanti. Il était trop dur de perdre une telle personnalité ayant toujours dirigé la famille. Orphelin de quatre-vingts ans, Tancrède s'était senti abandonné. Ses fils, les jumeaux Boris et Bohémond, n'avaient pu relever la fortune familiale. La Lloyd's de Londres réclamant les remboursements des prêts, il avait fallu vendre l'usine Hautefort. A présent, Tancrède vivait dans le souvenir. Il se remémorait les bons moments passés sur cette plage avec son aïeul, Tancrède l'Aîné, le héros de la campagne de Russie, celui qui avait maintenu la tradition orale des origines de cette famille paysanne.

L'arrivée de sa petite-fille l'emplit de joie.

– Noémie-Passion ! Ma chérie, comme c'est gentil de venir si vite voir ton vieux grand-père !

Ce géant aux cheveux blancs serra la fillette contre lui. La sonnerie du téléphone mit un terme à leurs effusions. A Carentan, les dames de la poste ne faisaient pas grève. C'était bon pour Paris !

– Papa, c'est Boris !

– Bonjour, mon fils !

– Bohémond va venir te chercher, on déjeune tous à la ferme...

– D'accord, mon garçon. Noémie est là !

– Elle ferait bien d'appeler Valentine qui la chercher partout !

– Tu as entendu, Noémie-Passion ?

– Oui, grand-père, préviens maman que j'arrive... A tout à l'heure !

Après un baiser sur la joue rugueuse de Tancrède, elle se remit en selle et reprit la route de Sainte-Mère-Église. A Audouville-la-Hubert, comme une charrette de foin la gênait, elle emprunta le chemin de Reuville pour bifurquer un peu plus loin en direction de Baudienville. En arrivant au galop devant le château, elle aperçut l'Hispano-Suiza rouge. Trois hommes se serraient la main sur le perron. Noémie, furieuse, identifia parfaitement son « assassin ». Celui-ci, qui avait tourné la tête vers la route, reconnut, lui aussi, la « peste » sur son cheval trop grand.

– Savez-vous qui est cette rouquine, oui... la punaise échevelée qui vient de passer, maître ?

– Je crois qu'il s'agit de la petite Rolland-Lacour ! C'est la fille de Mme Valentine Hautefort et d'un architecte parisien, M. Stanislas Rolland-Lacour. La gamine est connue dans la région. Quand elle est là, elle galope partout !

– Charmant voisinage ! murmura Jean Caumont de Noisy, bien décidé à se barricader dans la propriété qu'il venait d'acheter.

Pour un peu, il aurait regretté d'être venu dans le bocage.

3

Le croisement du calvaire

– La brillantine ! la meilleure, la plus fine, mais oui, c'est la brillantine Roja !

Sur l'air de *Quand un vicomte*, Noémie reprenait à tue-tête les réclames chantées à Radio-Cité. Victor entonnait sur la musique de *L'Auberge du Cheval Blanc* :

– Brunswick, Brunswick ! c'est le fourreur qui fait fureur !

Noémie eut le dernier mot en déclamant, avec les mimiques dramatiques de la chanteuse Suzy Solidor :

– Le ciel est bleu, la mer est verte, laisse un peu la fenêtre ouverte !

Sur ce cri déchirant, Valentine entrouvrit la porte de son ancienne chambre de jeune fille à Hautefort, devenue celle de Noémie.

– Mes enfants chéris, pouvez-vous baisser la TSF, j'ai une bonne nouvelle, la grève est finie, votre père arrive pour le déjeuner !

Noémie et Victor battirent des mains. Ils étaient en Normandie depuis quinze jours et Stanislas commençait à leur manquer.

– Qui a gagné, maman ? interrogea Noémie.

– Les grévistes, et c'est très bien ainsi, votre père avait raison, il fallait céder tout de suite. Désormais les Français travailleront quarante heures par semaine et ils auront quinze jours de congés payés par an ! C'est un grand progrès de la société..., affirma Valentine soulagée que ces remous sociaux ne se soient pas terminés dans un bain de sang. Elle avait été en état de choc deux ans auparavant, lors des manifestations de cet affreux 6 février 1934.

Les gardes mobiles avaient tiré sur les anciens combattants, faisant dix-sept morts et sept cent soixante-dix blessés sur la place de la Concorde. Ce drame avait anéanti Stanislas, l'artilleur de Verdun. Il était resté blême et sans pouvoir parler pendant des heures. C'était la raison pour laquelle il avait voulu mettre si vite sa famille à l'abri. Au son de sa voix détendue dans la ligne téléphonique rétablie avec Paris, Valentine avait perçu sa joie à l'idée de venir passer quelques jours en famille. Stanislas aimait beaucoup le bocage normand.

Tandis que Noémie et Victor se préparaient, Valentine descendit à la cuisine pour donner ses ordres à Quentin.

Peu de chose avait changé à l'intérieur de la vieille ferme depuis la « modernisation » entreprise au siècle dernier[1] par la grand-mère de Valentine. Chaque meuble, chaque objet portait encore la trace de cette aïeule indomptable. Dans la cuisine, on se servait toujours de l'ancienne cuisinière en fonte. Le portrait de l'ancêtre Tancrède l'Aîné, peint par Eugène Boudin, trônait à la même place depuis 1856, au-dessus de la longue table de bois. Quant à la fameuse chambre de cet aïeul, personne n'aurait osé s'installer derrière les portes de bois à l'ancienne et les rideaux pourpres du lit à baldaquin où le grand Tancrède s'était éteint après le départ de son petit-fils Tancrède Bébé pour la guerre de 1870. Valentine avait connu tant de malheurs à Hautefort qu'elle aurait dû haïr cet endroit, et pourtant elle s'y sentait bien, surtout depuis la naissance de ses enfants. Dédaignant les cliniques parisiennes à la nouvelle mode, elle avait voulu accoucher là, peut-être pour briser le mauvais sort. C'était l'amour passionné de sa grand-mère, Noémie Hautefort, qui lui avait sauvé la vie. Toute jeune femme, elle avait cru ne pas survivre à cette horrible guerre de 14, à la disparition au front de son amour de jeunesse, son premier mari Lucas Bonnemaison, et de leur enfant de quatre ans, Nicolas, dans un affreux accident. Seule, la volonté de sa grand-mère l'avait empêchée de sombrer. Elle pensait ne jamais pouvoir refaire sa vie et pourtant elle avait rencontré et aimé Stanislas, capitaine artilleur de ses frères Boris et Bohémond à Verdun. Lui aussi était un grand meurtri de la guerre. Il avait perdu femme et fille dans un bombardement de la grosse Bertha sur Paris. L'amour de Valentine et Stanislas avait été un don du ciel et leurs deux beaux enfants, Noémie et Victor, les plus merveilleux des cadeaux. Victor était un petit diable, drôle, charmeur, très doué comme son père et promis, s'il se disciplinait, à de brillantes études. Stanislas rêvait d'en faire, comme lui, un architecte. Noémie, c'était autre chose. Son imagination débordante affolait parfois ses parents. Elle se passionnait toutes les semaines pour un héros nouveau : Johnny Weissmuller dans *Tarzan*, ou le roi d'Angleterre, Édouard VIII, Jean Sablon qu'elle imitait en chantant *Vous qui passez sans me voir*, Tino Rossi, Charlie Chaplin, Gary Cooper. Elle avait tellement sangloté à sa mort sur l'écran dans *Les Trois Lanciers du Bengale* que Stanislas

1. Voir *Le Maître de Hautefort*.

et Valentine avaient décidé de ne plus l'emmener au cinéma pendant quelque temps. Mais elle avait aussi hurlé de désespoir au décès de Rudyard Kipling, puis, une fois consolée, avait projeté de partir en Égypte pour rencontrer le jeune roi Farouk qui venait de monter sur le trône, et elle s'était mis en tête dernièrement d'épouser l'aviateur Jean Mermoz.

« Noémie-Passion ! » l'appelait avec raison Tancrède, le père de Valentine. Cette enfant était passionnée, trop passionnée. Elle vouait un amour débordant à Jimmy du Manoir et n'aurait manqué pour rien au monde à Paris sa leçon d'équitation hebdomadaire. D'après Quentin qui l'entraînait à Hautefort, elle avait les moyens de devenir, si elle travaillait, une grande cavalière. Valentine avait sans doute oublié qu'enfant elle affirmait au grand dam de la famille, surtout de la terrible tante Eugénie, vouloir être plus tard écuyère de cirque. Elle ne voyait pas très bien ce que Noémie, dont l'avenir se déroulerait certainement dans la région parisienne, pourrait faire de son amour pour les chevaux hormis des promenades au bois de Boulogne. En attendant, cette passion endiguait la violence de son caractère. Car il y avait de la violence chez Noémie. Parfois elle répondait aux adultes avec un aplomb et même une insolence gênants pour ses parents. Valentine, ayant été élevée avec le laxisme de la famille Hautefort où les enfants étaient rois, ne savait ni punir ni réprimander. Elle ne calmait les colères de sa fille qu'en la prenant dans ses bras et en lui montrant la peine qu'elle lui causait. C'était en effet la meilleure des punitions, Noémie ne pouvant supporter de voir les beaux yeux bleus de sa mère s'embuer. Stanislas, en revanche, pouvait parfois faire preuve d'un peu d'autorité mais il succombait bien vite, lui aussi, au charme de la petite.

Un galop résonna dans la cour, Valentine n'eut que le temps de crier :

– Reviens pour midi, chérie, passer ta robe de broderie anglaise avec les smocks !

Noémie et Jimmy du Manoir étaient déjà là. Elle allait encore voir son ami Damien. Valentine soupira. A Hautefort, il n'y avait pas moyen de la tenir.

– Ne vous inquiétez pas, madame Valentine, la gamine est la meilleure cavalière que je connaisse ! déclara Quentin qui apportait les poulets déjà plumés pour le déjeuner.

En fait, Noémie, au lieu de prendre la route de Audouville-la-Hubert, fit un détour pour passer devant le château de « l'assassin ». Avec son caractère bagarreur, elle espérait narguer l'odieux propriétaire de la voiture rouge. Mais tout était fermé. Une chaîne cadenassée bouclait la grande grille du parc. Noémie eut beau regarder, il n'y avait âme qui vive à l'horizon.

« C'est bien, j'ai chassé ce sale type, il n'est pas près de revenir par ici ! » songea-t-elle avec satisfaction, en caressant le flanc de Jimmy. Celui-ci, obéissant, partit au trot vers Saint-Martin-de-Varreville. C'était l'heure de la traite. Au croisement du calvaire, Noémie aperçut le père Parfait qui disparaissait derrière sa haie, un seau à la main. De loin, elle le salua et lança Jimmy au galop vers la Hilairie. Elle entendit un crissement de pneus. Cela lui suffit pour savoir de qui il s'agissait. L'Hispano rouge déboucha du croisement à toute allure. Son conducteur écrasa les freins et cala.

– Encore vous ! protesta-t-il rageusement.

– Quel culot ! Vous écrabouillez les gens et en plus vous criez !

– Mais qui est-ce qui me débarrassera de cette péronnelle, vous n'êtes pas tellement morte que je sache !

– Vous avez heurté mon cheval ! affirma Noémie avec une parfaite mauvaise foi.

– Menteuse !

– Il boite !

– Parce que vous montez très mal ! Attention à l'« assiette » ! Vous prenez de mauvaises habitudes, vous montez trop en avant, chaussez court, je suis contre le genou fixe[1]. Ne croyez jamais que vous montez bien, rappelez-vous, vos jambes agissent sur le mental de votre cheval et non sur son physique... Adieu, mademoiselle, j'espère ne plus jamais vous revoir !

– Moi non plus, parce que votre petit numéro de maître de manège ne nous a pas impressionnés, Jimmy et moi. Vous conduisez comme un pied et mon grand-père, qui a été le premier à avoir des autos ici, pourrait vous donner des leçons !

Sur cette dernière pique, elle fit exécuter à Jimmy une superbe volte-face et se lança sur la route de la Hilairie sous le regard de Jean Caumont de Noisy. Une lueur satisfaite éclaira son regard étrange. La petite punaise avait eu beau protester, elle avait suivi d'instinct ses conseils. Il remit en marche sa Torpédo. Caché derrière la haie, le père Parfait avait assisté à toute la scène.

– Ah ! dam, elle est ben quéru c'te Renarde, j'vas courir tout raconter à la mère Parfaite !

En peu de temps, la rumeur s'amplifia : « La p'tiote des Hautefort s'est battue avec le nouveau de Reuville ! Elle l'a giflé ! Il lui a manqué de respect ! La Renarde s'est débattue ! lui a cassé sa "caisse" rouge ! » On ne manquait pas d'imagination dans le Cotentin ! Le lendemain au marché de Sainte-Mère-Église, on ne parlait plus que de l'« événement ».

1. A cette époque tout le monde voulait avoir le genou fixe. Le personnage est en avance sur son temps.

Tout en galopant vers la Hilairie, Noémie remâchait sa fureur. « Ce type-là, je le hais, non mais pour qui se prend-il avec ses conseils, il n'y connaît rien de rien. »

De son côté, Jean Caumont de Noisy, qui avait réussi à remettre son bolide en marche, ne pouvait s'empêcher de penser : « Cette gamine est un vrai numéro, elle n'a peur de rien ! »

Parvenu à la grille de Reuville, il sortit une clé de sa poche, descendit ôter le cadenas et pénétra dans son domaine. Une vie nouvelle s'ouvrait à lui.

4

L'ombre venue du brouillard

Quentin aidait Valentine à préparer le déjeuner et à dresser deux tables dehors, une pour les parents, une autre pour les enfants. C'était une de ces lumineuses journées normandes de la mi-juin, un jour béni par le ciel bleu immaculé où les pommiers en fleurs embaumaient sous le soleil. L'herbe des champs entourait les bâtiments de la vieille ferme comme un tapis de velours verdoyant. Des oiseaux chantaient dans leurs nids ou voletaient gaiement au-dessus de la tour.

– Voyons, combien serons-nous ? compta Valentine. Stanislas, Noémie, Victor et moi, quatre ; Boris, sa femme et leurs enfants, cinq ; Bohémond, sa femme et les garçons, cinq ; papa, maman, deux... Ah ! tante Eugénie, si elle vient, nous sommes seize !

– Pardon, rectifia Quentin, avec Mme Buisson, cela fera dix-sept !

– Oui, vous avez raison, merci Quentin. Ah ! j'ai oublié, Stanislas amène un invité, M. Léopold, bon ça fera dix-huit. Il n'y a rien à faire, il faut sortir les assiettes du buffet du salon.

Valentine avait l'habitude de ces grands repas à la ferme, pourtant ce matin elle ressentait une légère fatigue due peut-être à l'inquiétude qui ne l'avait pas quittée ces derniers jours.

– Laissez-moi m'occuper de tout, madame Valentine, allez donc vous préparer ! conseilla Quentin.

Elle lui adressa un sourire reconnaissant et monta se changer. Elle ôta les pantalons larges à la nouvelle mode qu'elle achetait au Bon Marché, pour passer une simple robe bleue à collerette. Ses belles-sœurs de Carentan ne manqueraient pas de venir chapeautées et vêtues de robes des Dames de France. Une fois recoiffée et parfumée, elle redescendit dans la cour. Tandis que Quentin, imperturbable, continuait à s'affairer, elle s'assit un instant sur le banc de pierre en face du puits couvert. La tour fraîchement réparée de Hautefort dressait sa flèche orgueilleuse au-dessus de la ferme. Victor jouait au loin avec son ami Évrard Levavasseur, le fils d'un fermier des environs. Tous deux se poursuivaient à bicyclette en effrayant les poules qu'élevait le régisseur-homme à tout faire du domaine. Valentine poussa un soupir. Jamais elle n'aurait pu garder Hautefort sans cette perle de Quentin !

Dans la débâcle qui avait emporté la fortune, la ferme oubliée du temps avait perdu sa superbe. Doucement, les ardoises s'envolaient au gré des tempêtes. La grosse horloge, installée au siècle dernier par Zacharie Hautefort-Le Sauvage à côté du cadran solaire datant, lui, de 1567, rouillait et les aiguilles indiquaient toujours midi et demi, ou minuit et demi. Plus personne ne savait quand elles s'étaient arrêtées. La grille battait au vent, la cour était jonchée de feuilles mortes, le personnel et l'argent manquaient pour entretenir les lieux. Deux vieilles vaches dépérissaient dans une étable prévue pour en accueillir deux cents. Même les écuries qui avaient autrefois fière allure n'abritaient plus que Jimmy et une jument boiteuse. Officiellement, Hautefort était en indivision entre Tancrède et sa sœur Eugénie. Ceux-ci s'en désintéressant, c'était à Valentine et à ses frères de s'en occuper. Mais Valentine était la seule qui essayait d'entretenir les lieux. Tancrède passait le plus clair de son temps dans son Chalet rouge. Quant à tante Eugénie, de plus en plus près de ses sous, pour ne pas dire avare, si elle acceptait parfois de venir à un repas familial, elle refusait de payer quoi que ce soit.

– Il fallait y penser avant ! avait-elle lancé à sa nièce un jour où Valentine suggérait de refaire une partie de la toiture.

Quant à Boris et Bohémond ils étaient trop pris par l'affaire de bateaux qu'ils essayaient de lancer. Leurs maigres disponibilités financières et leurs enfants à élever les mettaient dans l'incapacité de payer des travaux. Valentine tentait par tous les moyens et avec l'aide de son mari, Stanislas, de conserver le domaine. Mais un architecte, même talentueux, n'était pas millionnaire. Chaque année, elle investissait dans ce tonneau des Danaïdes l'argent que rapportaient les Éditions Valentine Hautefort.

Depuis quelques années, cependant, les choses avaient changé. Une ombre masculine, au milieu du brouillard, était arrivée la semaine de Noël 1931. La grande Noémie Hautefort venait de mourir. Le petit Victor avait deux ans.

C'était un jour glacial et presque neigeux comme il en existe rarement dans le Cotentin. Valentine préparait les guirlandes et le sapin. Victor était déjà couché et Stanislas avait emmené sa fille à Carentan où un cirque avait planté son chapiteau. Soudain, Valentine poussa un cri. Derrière la fenêtre, baluchon sur l'épaule, l'ombre d'un homme semblait l'observer. Il frappa au carreau. Valentine reprit sa respiration et alla ouvrir la porte.

– Désolé de vous avoir fait peur, madame, ce n'était pas mon idée !

L'homme s'exprimait bien. Il pouvait avoir une quarantaine d'années, peut-être un peu plus. C'était un gaillard tout dégingandé, aux cheveux déjà grisonnants, le visage marqué par la vie, éclairé par des yeux aux reflets jaunes.

– Je me demandais si vous accepteriez de me donner un peu d'eau de votre puits, j'ai pas mal marché, j'en ai plein les bottes...

– Mon mari va revenir d'une seconde à l'autre ! prévint Valentine, prudente. Mais je peux faire mieux, entrez, je vais vous servir quelque chose à manger.

Valentine était l'héritière de la tradition Hautefort. Jamais un maître de la ferme n'aurait laissé un malheureux dehors. L'homme s'installa devant la lourde table de chêne. Sans un mot, il avala une soupe, du jambon, deux verres de cidre, un morceau de fromage et finalement un gloria bien tassé. Même à Paris, Valentine n'avait jamais oublié la recette de ce mélange de café à la chicorée arrosé de calvados.

Une fois son repas terminé, il se leva.

– Je ne vais pas vous déranger plus longtemps, merci beaucoup madame, la providence vous le rendra.

– Vous allez loin comme ça ?

– Je ne sais pas trop !

Il avait, en fait, l'air épuisé. Valentine eut pitié de lui.

– Un soir de Noël, je ne laisserai personne dehors ! Si vous voulez, de l'autre côté de la cour, au-dessus de l'écurie, dans l'ancien chambrau, là où habitait autrefois le Grand Valet de cette ferme, il y a un lit, vous pouvez dormir là...

Le visage de l'homme s'éclaira d'un sourire.

– Ce n'est pas de refus, merci.

Il se dirigea vers la porte.

– Bonsoir, madame, et bon Noël. Vous ferez mes respects à votre mari quand il rentrera.

– Comment vous appelez-vous ? demanda Valentine.

Il marqua une légère hésitation.

– Mon nom est... Quentin !

– Ah ! Quentin comment ?

– Quentin tout court...

Valentine, songeuse, regarda l'homme traverser la cour en direction des écuries, pour disparaître sous les flocons de neige.

Le grand repas familial et la traditionnelle remise des cadeaux avaient lieu le lendemain à la Maison rose de Carentan. Valentine, Stanislas et leurs enfants avaient donc réveillonné seuls à la ferme. Ils s'étaient couchés tôt afin de laisser le champ libre au père Noël.

Noémie et Victor seraient debout à l'aube. La petite fille était tout excitée à l'idée de raconter à sa mère ce qu'elle avait vu au cirque. De magnifiques chevaux blancs et noirs comme elle rêvait d'en posséder. Couchés dans leur vaste lit sous la courtepointe, Stanislas avait pris Valentine dans ses bras.

– Il n'y a que toi, ma chérie, pour laisser entrer un étranger, un vagabond !... Tu ne sais rien de ce type, d'où il vient, ni qui il est... Il faut absolument faire réparer cette grille, on pénètre ici comme dans un moulin ! Les temps changent, c'est dangereux !

– Écoute, Stan, je ne pouvais pas le laisser repartir comme ça... Surtout un tel soir ! Ne t'inquiète pas, demain il ne sera plus là... Joyeux Noël, mon chéri !

– Je t'aime, mon trésor. Oh ! si tu avais vu Noémie devant les chevaux... mais elle a été déçue car la cavalcade a été annulée, l'écuyer étant introuvable.

La neige tombait sur le toit abîmé de Hautefort. Quelques instants plus tard, Valentine dormait dans les bras de Stanislas. Le lendemain matin, elle se leva avant les enfants. Un peu frileuse car la ferme était mal chauffée, elle passa sa robe de chambre et s'approcha de la fenêtre. Le dénommé Quentin, debout à l'aube, avait déjà balayé la cour et réparait la grille !

Depuis ce jour, avec l'accord de Valentine et de Stanislas, l'ombre venue du blizzard était restée à Hautefort. Ce diable d'homme savait tout faire, curer les fossés, soigner les bêtes, presser le cidre, réparer les machines, travailler le bois et le plomb, entretenir les toitures et le vieux puits. Ce personnage mystérieux parlait rarement de son passé, mais il consentait parfois à lâcher quelques noms :

– Ah ! le Tonkin ! oui, j'étais en Indochine ! le Congo ! l'Équateur... Quand j'ai remonté le grand Orénoque...

Les enfants adoraient l'écouter parler des crocodiles dans le Nil.

Valentine lui avait expliqué qu'elle n'avait pas les moyens de le payer beaucoup pour entretenir la ferme.

– Ça n'a pas d'importance, je n'ai pas besoin d'argent, il me faut du calme. Si je peux dormir ici, manger à ma faim... et si de temps en temps vous pouvez me glisser une petite pièce pour mes cigarettes, cela me suffira.

Quentin ne quittait jamais Hautefort, comme s'il craignait le monde extérieur. En l'absence des Rolland-Lacour repartis à Paris, il travaillait du matin au soir dans le domaine. Quand Valentine et Stanislas arrivaient aux beaux jours, ils avaient la surprise de découvrir que, grâce à lui, la ferme reprenait son allure d'antan.

Hautefort était devenu la raison de vivre de Quentin, sa famille, son élément. D'autant plus qu'à toutes ses qualités s'ajoutait celle d'être un excellent cavalier. Cela faisait cinq ans que toute la famille l'avait adopté. La petite Renarde, si passionnée de chevaux, lui plaisait... Très vite, il se mit à la considérer comme son élève. Il l'entraînait chaque fois qu'elle revenait en vacances, bien décidé à en faire une championne. « Du monde entier on viendra la voir dresser ses chevaux ! Foi de... moi ! » songeait-il.

5

Les héritiers de la ruine

– Wenceslas, Ladislas, Sigismond, venez dire bonjour à tante Eugénie !

– Justino, Carlo, Pedro, ici les enfants !

Boris, Bohémond et leurs épouses s'époumonaient pour faire obéir leur progéniture qui avait rejoint dans les champs ses cousins de Paris. Noémie était la seule fille de la bande. Cette situation ne la dérangeait pas, au contraire. Plus âgée que les garçons de trois, quatre et cinq ans, elle les menait à la baguette, n'admettait pas la moindre résistance. Elle inventait des jeux guerriers dont elle était, suivant les jours, la déesse, la princesse, la sultane, l'amazone, la fée. Eux gardant toujours le même rôle : ses esclaves. C'était plus pratique ! Elle avait parfois des idées farfelues, comme celle de leur faire avaler des vers de terre vivants. Surprise par tante Ericka, Noémie avait quand même été punie, car Wenceslas et Ladislas avaient passé la nuit à vomir. On avait même craint une crise d'appendicite aiguë. Au troisième appel désespéré de leurs parents, les enfants vinrent en traînant les pieds saluer tante Eugénie. La vieille dame en noir, légèrement voûtée, était très impressionnante.

– Bonjour Vincent, bonjour Louis, bonjour Serge... ah ! Justin, Charles et Pierre, voici un sucre d'orge, mes enfants, on embrasse sa tante Eugénie.

Sa joue piquait mais il fallait bien y passer.

– Te voilà, ma Noémie, comme tu as grandi. Pour la peine, tu auras deux sucres d'orge ! Et voilà mon Eugène chéri, qu'est-ce qu'on dit à sa tante ?

– Bonjour, ma tante ! fit Victor qui eut droit à trois sucres d'orge.

C'était le préféré d'Eugénie. Elle s'évertuait à l'appeler de son deuxième prénom, Eugène, donné par Valentine uniquement pour faire plaisir à la terrible tante. Son dernier veuvage n'avait pas arrangé son caractère. Venant de perdre son quatrième mari, le petit amiral Fernand Buisson, elle avait déclaré à qui voulait l'entendre qu'elle ne se remarierait jamais. Elle avait quatre-vingt-trois ans et la famille osait espérer qu'il n'y aurait pas de cinquième prétendant. Mais avec Eugénie, il ne fallait jurer de rien. Elle était arrivée de Carentan dans sa grosse Duesenberg de 1925, rutilante, conduite par Cyprien, son nouveau chauffeur à casquette et gants blancs. C'était un gars de Quinéville qu'elle avait fait former à Caen. Ayant hérité de ses quatre maris, tante Eugénie aimait écraser de son luxe son frère Tancrède et ses « idiots » de neveux Boris et Bohémond qui avaient selon elle perdu la fortune familiale. Seuls Valentine et Stanislas, qui l'impressionnait un peu, échappaient à ses sarcasmes. En revanche, elle ne se gênait pas pour reprocher haut et fort à ses neveux d'avoir donné à leurs enfants des « prénoms stupides » aux consonances étrangères. Wenceslas, Ladislas, Sigismond, Justino, Carlo, Pedro écorchaient ses oreilles. Elle s'était donc chargée de les franciser. Tancrède que Boris était allé chercher au Chalet rouge était exaspéré par sa sœur. Depuis toujours, ils ne cessaient de se chamailler. Ce n'était pas le cas des jumeaux avec Valentine.

– Ça va, ma sœur chérie ! fit Boris en la serrant dans ses bras.

– Ça ira mieux quand Stanislas sera arrivé ! dit Bohémond.

Valentine appuya la tête sur l'épaule de l'un et prit le bras de l'autre.

– Allons, venez prendre l'apéritif ! proposa-t-elle en les entraînant.

Comme elle les aimait ses frères ! Pour Valentine, les jumeaux restaient des petits garçons. Ils se ressemblaient toujours autant. Très grands, blonds, solides, ils avaient un peu épaissi mais conservaient cette allure Hautefort reconnaissable entre toutes. Mi-seigneurs, mi-paysans, ils ne semblaient pas regretter l'époque de la splendeur, ni ressentir de complexes d'avoir perdu l'usine. Les suites de la guerre, l'évolution des temps, les nouvelles lois en étaient les causes. Avec une entente parfaite, ils avaient, au cours de leurs trente-huit ans de vie, tout réalisé ensemble, les mêmes bêtises dans leur enfance de petits princes, les mêmes actes héroïques à Verdun sous les ordres de Stanislas. Ils avaient repris l'usine de Carentan, l'avaient perdue ensemble, s'étaient mariés le même jour avec deux charmantes étrangères, la Polonaise Ericka Mazuvski et la Brésilienne Conchita Ramona de Carboro. Au décès de leur grand-mère, Noémie Hautefort, ils s'étaient, avec le total accord de leur famille, installés à la Maison rose en compagnie de leurs épouses. Tante Eugénie avait emporté sa part de l'admirable collection de tableaux de sa mère. Tancrède n'avait rien réclamé, et Valentine avait voulu tout laisser en place, ne pas toucher à l'œuvre de l'aïeule. La moitié de la collection de Boudin, Renoir, Cézanne,

Sisley, Monet, était donc restée à la Maison rose, tandis que l'autre moitié était allée s'entasser dans la demeure de tante Eugénie. Bien sûr, la famille se doutait que cette admirable collection commençait à avoir de la valeur mais personne ne savait au juste combien. Plus au fait du marché de l'art, Stanislas conseilla d'attendre.

– Dans dix, vingt ans, ces tableaux vaudront une fortune... Aujourd'hui ils ne pourraient sauver l'usine !

Un antiquaire réputé vint exprès de Paris et en proposa une somme ridicule. Les Hautefort décidèrent de refuser. Les tableaux de l'ancêtre demeureraient en place. Tout le monde dans la famille s'attendait à des éclats entre les deux belles-sœurs étrangères. Il n'en fut rien. Ericka et Conchita s'entendaient si bien que, à la plus grande joie de leurs maris, elles se trouvèrent enceintes en même temps et eurent chacune trois fils avec une touchante régularité. Leurs goûts ne différaient que dans le choix de leurs prénoms. De mémoire de Normand, on n'avait jamais rien entendu de pareil. Wenceslas, Ladislas et Sigismond étaient naturellement les fils de la polonaise Ericka, Justino, Carlo et Pedro ceux de la Brésilienne Conchita. Après la vente de l'usine destinée à rembourser les dettes, Boris et Bohémond avaient réussi à monter dans les anciennes écuries de la Maison rose une fabrique, les Bateaux Hautefort, qui employait une trentaine de gars de l'usine. Quant aux autres ouvriers, les jumeaux avaient pu les faire garder à leur poste par les nouveaux patrons Nebraska Milk and Co. Heureusement tout ce désastre était survenu juste après le décès de la fondatrice de l'empire Hautefort, que ses enfants avaient eu la joie de garder auprès d'eux, la tête toujours vive, jusqu'à l'âge de cent un ans. Un matin, comme son père le vieux fermier de Hautefort, on l'avait retrouvée paisiblement endormie pour toujours dans son lit. Le choc avait été terrible pour la famille. Sans Stanislas et leurs enfants, Valentine n'aurait pu se remettre de ce nouveau deuil. L'oncle Osmond était venu de New York pour les funérailles grandioses du Maître de Hautefort. Tancrède et son frère, fâchés depuis si longtemps, s'étaient réconciliés devant le cercueil de leur mère. Un moment, Boris et Bohémond avaient cru que l'oncle Osmond avait racheté l'usine en sous-main. Mais il n'en était rien. Le krach boursier de 1929 avait ruiné Osmond qui devait partir vivre de petites rentes en Californie avec sa femme, Viviane. Ils allaient retrouver leur fils, Zacharie Junior, qui avait monté à Hollywood une affaire prospère de voltige aérienne et de cascades pour les tournages. C'était lui qui réalisait les trucages des films de Douglas Fairbanks, et les Hautefort, très fiers, lisaient son nom au générique. Valentine aimait beaucoup ce cousin américain aviateur en 1917. Elle correspondait toujours avec lui et sa femme, Amélie Bouville, sa grande amie d'enfance de Carentan. Ils avaient deux enfants, un garçon de quinze ans, Jehan Hautefort, que tout le monde en Californie appelait John, et Émilie, une fillette de l'âge de Noémie. Les « Américains » ne pouvant plus entretenir le château de Reuville, appartenant par l'héritage de ses parents à Viviane Kermadec, la femme d'Osmond, venaient, par l'intermédiaire de Me Desnoires, de le vendre.

– Nous aussi on veut de l'apéritif ! cria Noémie qui arrivait en courant avec sa bande de garçons.

– Toi, la Renarde, tu vas voir ce qu'on va te faire !

Boris avait ôté son veston pour se mettre en bras de chemise. Il saisit sa nièce, la fit tournoyer en l'air avant de la passer à Bohémond. C'était un jeu entre eux. Ce dernier s'enfuit avec la petite fille jetée sur l'épaule comme un sac de pommes de terre.

– Dis donc, miss Fend-la-Bise... tu deviens trop grande pour ce jeu !

Il la reposa sur le sol, un peu essoufflé.

– Tu as vraiment grandi cet hiver ! Tu es presque une jeune fille maintenant !

– Presque ! Non, les petites filles c'est fini, je suis une jeune fille, oncle Bohémond ! protesta Noémie.

Il éclata de rire, tira sur ses boucles rousses et allait lui lancer une gentille chiquenaude quand le klaxon de la Citroën retentit. A part tante Eugénie, Tancrède et sa femme Caroline restés assis autour de la table, tous les autres coururent accueillir les nouveaux arrivants.

Comme une jeune mariée, Valentine se jeta dans les bras de Stanislas.

– Ouf te voilà, mon chéri !

Noémie aimait voir ses parents si unis. Elle les regardait même avec une sorte d'indulgence, pourtant très vite, elle voulait de la part de son père son lot de baisers. Ceux-ci ne se firent pas attendre puis ce fut le tour de Léopold Van Belmeus, l'ami intime des Rolland-Lacour. Noémie savait qu'il était belge et célèbre journaliste. Il avait connu Valentine sur le *Titanic*. La petite fille avait souvent entendu raconter l'histoire et ce naufrage tragique était devenu pour elle une sorte d'aventure comme celle de *Heidi princesse des neiges*. Parfois, elle pensait que Léopold était amoureux de sa maman, car le jour où elle lui avait demandé pourquoi il n'était pas marié, il avait répliqué calmement devant Stanislas

– Parce que je n'ai pas trouvé de femme aussi exceptionnelle que ta mère, Noémie !

Elle appréciait beaucoup « oncle » Léo. Il savait tout, connaissait tout le monde, parlait beaucoup, était très drôle et gentil, avec son visage toujours souriant, un peu ridé, sous ses cheveux frisés grisonnants.

A la table des enfants, Noémie régnait sur ses cousins, son frère et Evrard. Elle les regardait avec un rien de mépris, déplorant leurs échanges de billes et leurs lamentables conversations de petits garçons.

Wenceslas admettait qu'il avait fait pipi au lit et Justino avait été grondé à l'école pour avoir sali sa culotte.

– Oh ! il a fait caca ! s'exclama Victor en pouffant avec Evrard.

Vraiment Noémie n'en pouvait plus. Elle abandonna cette bande de galopins, pour venir s'asseoir sur un tabouret entre son grand-père Tancrède et sa grand-mère Caroline qu'elle aimait tendrement. Léopold répondait aux questions de Stanislas et des jumeaux.

– Vous avez raison, la modification des rapports sociaux est un événement... Vous connaissez mes opinions, je n'apprécie que moyennement Maurice Thorez, mais il avait raison en disant : « Il faut savoir terminer une grève ! »

– Tout est bien qui finit bien ! déclara oncle Bohémond en allumant un cigare.

– Pardon, je dirais plutôt que tout ne fait que commencer ! protesta Léopold.

– Que veux-tu dire ? lança Boris, allumant lui aussi un cigare.

Noémie avait remarqué que ses oncles, sans même s'en rendre compte, agissaient toujours de même. Stanislas se contenta d'une cigarette anglaise. Il prévint :

– Faites attention, Léo m'a donné le frisson pendant tout le voyage !

– Écoute, Stan, tu étais d'accord avec moi.

– A moitié !

– Le pauvre empereur Haïlé Sélassié vient de se réfugier à Londres, la campagne d'Italie est terminée, Mussolini gouverne en Éthiopie.

– Et alors ? dit Boris. C'est bien loin tout ça !

– Non, une guerre chasse l'autre ! Sous la conduite du général Franco, les militaires d'extrême droite ont déclenché un coup d'État contre les républicains de gauche de Casares Quiroga. Des combats très durs se déroulent dans tout le pays. Je vais partir à Burgos pour observer la situation.

– Mais tout cela ne nous regarde pas, Léo ! déclara Bohémond.

– Détrompe-toi, vieux, l'Allemagne nazie envoie des navires de guerre, sous prétexte de protéger ses ressortissants. A mon avis, c'est une répétition générale, si vous voyez ce que je veux dire... !

Dans le silence qui suivit, Noémie en profita pour lancer :

– Ah ! oui c'est le Moustachu qui fait cela ?

Léopold, comme tous les Hautefort, éclata de rire.

– Tu as raison, Noémie, c'est le Moustachu. J'étais à Nuremberg en septembre dernier, j'ai assisté aux discours d'Hitler, ses lois sur la « sauvegarde du sang et l'honneur allemand devant exclure les juifs de toute vie politique » m'ont atterré. J'ai eu beau l'écrire dans mon canard, personne ne veut m'écouter, ni me croire. Heinrich Himmler, le chef des SS, a ouvert sept camps d'internement à Dachau, Oranienburg... Il est inspecteur de ces camps et a le droit de vie et de mort sur neuf mille personnes déportées, pour la plupart des Allemands opposants au régime.

Une mouette égarée tournoyait au-dessus de la tour de Hautefort. Elle poussa un cri lugubre et repartit en direction de la marée montante. Tante Eugénie que l'on n'avait pas entendue jusqu'ici déclara d'un ton pointu :

– Je ne vous comprends pas, monsieur Léopold, il faut de l'ordre. Si cet Hitler doit faire face comme ici à des enragés réclamant à tort et à travers, eh bien une bonne leçon ne leur fera pas de mal... Moi, je suis très contente que des chefs solides comme Franco ou Mussolini mettent de l'ordre. Vous savez, je suis pour le colonel de La Rocque et ses Croix-de-Feu. Du reste, mes enfants, je vous ai acheté un joli insigne.

Et elle tendit à Noémie une broche en or et émaux tricolores avec le dessin des Croix-de-Feu. La petite fille, ravie, allait la prendre lorsque Stanislas s'interposa.

– Excusez-moi, ma tante, mais je préfère que mes enfants ne portent pas ce genre de choses !

La vieille dame, vexée, remit l'insigne dans son sac.

– A votre aise, Stanislas, mais je vous ferai remarquer que le comte de La Rocque est un ancien combattant comme vous !

– Peut-être, mais moi je ne fais pas partie de ligues d'extrême droite ! Je préfère la démocratie au fascisme...

– Et vous avez tort car une bonne droite avec un peu de dictature ramènera l'ordre.

Cette fois-ci, le vieux Tancrède explosa.

– Tu ne peux pas la boucler, Eugénie, il fait beau, nous déjeunons en famille... Fous-nous la paix !

Il n'y avait que lui pour tancer sa sœur comme ça. Celle-ci se leva, très digne.

– Si mon pauvre Fernand était encore là, tu ne te serais pas permis de me parler ainsi !

Il fallut, comme d'habitude, l'intervention de Valentine qui entraîna sa tante boire une chicorée au salon pour la calmer. Toute cette conversation avait beaucoup intéressé Noémie. Elle aimait surprendre les grandes personnes.

– Moi, j'ai rencontré un assassin ! lança-t-elle tout de go.

Toutes les têtes se tournèrent vers la petite fille satisfaite de subjuguer son auditoire. Devant les questions affolées de son père, Noémie raconta ses algarades avec le propriétaire de la Torpédo rouge.

– Mais ce type est un fou, il aurait pu tuer ma fille ! s'exclama Stanislas.

– Et il a recommencé deux fois, pourquoi pas trois ? Il faut prévenir la gendarmerie ! surenchérit Boris.

– On peut le faire arrêter pour conduite en état d'ivresse, j'ai lu dans *Paris-Soir* que cela se fait maintenant ! déclara Bohémond.

Pour Noémie c'était vraiment un grand succès. Elle jouit un moment de son triomphe avant d'ajouter :

– Et en plus, je crois qu'il va habiter à Reuville !

– Au château de Reuville ? s'écria Valentine revenue pour écouter les aventures de sa fille. Ce serait lui l'acheteur de la propriété de Zacharie ?

– J'y ai vu sa voiture rouge !

Noémie rêvait d'une équipée vengeresse avec son père et ses oncles pourfendant son ennemi. Léopold, qui dégustait un bon calvados servi par tante Conchita, s'interrompit pour annoncer tranquillement :

– Je crois connaître votre nouveau voisin, je dois justement rédiger un article sur lui !

– Tu as de drôles de relations, Léon ! s'étonna Stanislas.

– Oh ! tu sais, dans le journalisme, on va partout, même dans le Cotentin chez les meilleurs amis du monde, non, trêve de plaisanterie. D'après ta description, Noémie, il doit s'agir de Jean Caumont de Noisy, un grand cavalier, héros de concours hippiques. Il vient d'acheter Reuville pour y installer ses haras et son fameux cheval Brin d'Amour... Si tu veux, beauté, je vous présenterai et je suis sûr que vous deviendrez amis.

Cette proposition déplut souverainement à Noémie. A cause de Léopold, son grand éclat retombait comme un soufflé. C'était juré, jamais elle ne ferait la paix avec ce horsain !

6

Le sauveteur des neiges

L'été s'acheva sans qu'elle eût revu l'« assassin », et la petite Renarde regagna Paris. Jimmy espérait son retour pour les frimas de Noël mais Quentin le prévint qu'il faudrait attendre les bourgeons de Pâques. Les Rolland-Lacour skiaient cette année à Megève. Jimmy du Manoir détesta aussitôt le mot montagne. Il ne savait pas, du reste, ce que cela signifiait. Mélancolique, il accepta de continuer à s'entraîner au-dessus des obstacles que Quentin dressait devant lui. Jimmy aimait décomposer son saut, pour repartir à toute allure. C'était son style, imprimé par Noémie. Pour elle, il était capable de franchir les barres les plus hautes mais avec Quentin, il s'ennuyait parfois un peu. Tous deux passèrent donc des fêtes assez tristes, l'un dans son écurie, l'autre dans la cuisine sous le portrait de l'ancien Maître de Hautefort. De son côté, Noémie n'avait pas le moral. Au cours Médicis, Gros-Poussin et Petit-Poussin l'avaient prise en grippe car leur brillante élève avait raté toutes ses compositions de fin de trimestre.

– Cette enfant ne pense qu'aux chevaux, madame Rolland-Lacour ! se plaignit Gertrude Poussin auprès de Valentine, convoquée d'urgence en fin d'après-midi.

– Ah ! oui, ça c'est bien vrai, cette petite ne pense qu'aux chevaux, madame Rolland-Lacour ! répéta Mlle Hortense Poussin, sa sœur cadette.

Valentine sortit du bâtiment rue d'Assas, bien décidée à suivre les conseils de Stanislas qui voulait mettre sa fille très démocratiquement au lycée. Elle savait que cette décision scandaliserait sa mère, Caroline, très attachée à l'éducation religieuse, mais Stanislas avait des idées modernes pour ses enfants et il avait sans doute raison.

– Il faut vivre avec son temps ! affirmait-il.

Valentine fit quelques remontrances à sa fille sur ce trimestre désastreux et elle essaya de la convaincre par la tendresse de mieux travailler après les vacances de Noël. Douce comme un agneau, Noémie promit tout ce que voulait sa mère mais la tristesse l'habitait car un drame l'avait frappée le 7 décembre et c'était peut-être la raison de ses mauvaises notes. L'Archange avait disparu en plein ciel avec *La Croix-du-Sud*. Jean Mermoz était à sept cents kilomètres des côtes de l'Afrique et son hydravion s'était sans doute abîmé dans l'Atlantique au large de Dakar. Il n'avait que trente-cinq ans.

Pendant plusieurs jours, Noémie, pâle et désespérée, colla son oreille au poste de TSF pour écouter les nouvelles de Radio 37. Elle se raccrochait à l'espoir romantique que son héros allait être repêché par des pêcheurs africains en pirogue ! Ce fut Bérengère qui eut, devant la fontaine de Médicis, le mot de la fin.

– Ma pauvre Noémie, il va te falloir trouver un autre mari !

Celle-ci lui jeta un regard de mépris offensé.

– Non ! je ne me marierai jamais ! affirma-t-elle, pâle et résignée, sous ses beaux cheveux roux.

Elle avait beaucoup grandi depuis l'été. Ses jambes s'étaient allongées, sa taille s'affirmait, un semblant de poitrine commençait à poindre sous ses corsages blancs. Jamais en peine d'idées, Noémie, « veuve de son amour », décida de se vêtir de noir des pieds à la tête. Pour une fois, Valentine refusa tout net. Elle détestait le noir, ayant trop souvent porté le deuil au cours de sa vie. Maintenant, elle n'aimait que les couleurs claires dont elle habillait aussi ses enfants.

Le 10 décembre, un coup de tonnerre ébranla le monde. Le roi d'Angleterre, Édouard VIII, abdiquait pour Mrs. Wallis Simpson, une Américaine divorcée. Noémie oublia un peu Jean Mermoz pour rêver à ce grand amour contrarié. Elle trouvait admirable d'abandonner un trône pour vivre une passion, un avis que Stanislas était loin de partager.

– Quand on est roi d'Angleterre, on le reste ! déclara-t-il.

– Tu n'aurais pas tout quitté pour moi, chéri ? demanda Valentine qui préparait des galettes de sarrasin dans la cuisine.

C'était dimanche, jour de congé de Loulou, et elle en profitait pour faire les douceurs normandes que ses enfants adoraient.

– Si, pour toi, j'aurais tout abdiqué, couronne et carrosse ! admit Stanislas en souriant.

Victor voulait voir *Les Temps modernes*, le dernier film de Charlot. Pour changer les idées noires de Noémie, les Rolland-Lacour allèrent dans un cinéma du Quartier latin. Ils revinrent enchantés du spectacle, riant, se tenant par la main et marchant rapidement. La neige tombait sur Paris. La famille se prépara à partir à la montagne. Noémie aurait préféré retourner à Hautefort voir son cher Jimmy mais elle dut s'incliner sans protester. Pour se consoler, elle se rendit plusieurs jours de suite au manège de Neuilly, rue de Sablonville, où l'écuyer, Romain Dublondel, lui annonça qu'il l'avait inscrite au concours hippique junior de Pâques à Bayeux.

– Ton père pourra t'emmener. Quant à ton cheval...

– Oh ! ne vous inquiétez pas, Jimmy du Manoir prendra le train, je l'attendrai à l'arrivée et nous irons sur le champ de concours ensemble !

Tout heureuse de cette nouvelle, Noémie travailla avec Pamela, une jument du manège. Après l'entraînement, elle la bouchonna et lui passa une brosse douce à rebrousse-poil pour la lustrer. Avec un gros peigne, elle démêla sa crinière et sa queue puis, avec une éponge, fit la toilette de ses yeux et de son nez. Enfin, comme les nuits étaient fraîches, elle lui mit une couverture et un bandage de repos avant de lui donner son fourrage. Pamela la remercia d'un hennissement reconnaissant et d'un coup de tête affectueux.

« Il n'y a pas à dire, cette gamine est une cavalière-née ; si les parents me la laissaient, j'en ferais une "grande cravache" », songeait Romain Dublondel.

A Megève, dans l'atmosphère chaleureuse de l'hôtel du *Mont-d'Arbois*, Noémie oublia ses chagrins. Chaque matin, elle dévalait comme une gazelle les pistes de Rochebrune au côté de son père, très bon skieur. Depuis 1933, un téléphérique permettait aux sportifs de remonter au sommet aussi souvent qu'ils le souhaitaient. C'était un grand progrès car Noémie se souvenait d'avoir peiné sur les pentes avec des peaux de phoque. Valentine et Victor préféraient faire du patin à glace sur la patinoire du village. La famille se retrouvait à midi pour dévorer une fondue. Le soleil brillait sur les sommets immaculés.

Vêtue comme tous les skieurs d'un pantalon bouffant aux genoux retenu par des chaussettes de laine, de grosses chaussures, d'une veste chaude et d'un bonnet de laine, Noémie attachait les lanières de ses skis en haut de la piste. Stanislas en faisait autant. Il prévint sa fille.

– Contrôle ta vitesse, chérie, fais du chasse-neige, il a gelé cette nuit.

Un skieur à grosses lunettes noires, accompagné d'une fille très mince, élégante dans un ensemble dernier cri à pantalon fuseau vert pomme, une création très mode du jeune tailleur megévan Armand Allard, se jeta à toute allure dans la descente. Avec un rire, il cria en se retournant :

– Venez-vous, Lorraine ?

– Je vous suis, mon cher !

Ils en « faisaient » beaucoup sur la piste, zigzaguant avec aisance et maestria.

Sans savoir pourquoi, Noémie fut agacée de cette attitude qu'elle jugea peu sportive. Les lanières à peine attachées, elle se lança schuss sur leurs traces, rien que pour en remontrer à ces deux snobinards.

– Attention ! hurla Stanislas, du haut de la piste.

Noémie, grisée, fonçait dans la descente, bien décidée à rattraper ces prétentieux dans un éclat de neige glacée. Emportée par la vitesse, elle ne vit pas une bosse sournoise. Brusquement déséquilibrée, elle bondit en l'air, pour atterrir lamentablement aux pieds du skieur et de sa compagne qui s'étaient arrêtés pour admirer la vue sur la vallée. Empêtrée avec ses bâtons et ses skis, Noémie voulut se relever toute seule. Son bonnet bleu avait glissé, laissant apparaître sa chevelure rousse. Le skieur avait l'air de sourire derrière ses grosses lunettes. Il lui tendit une main secourable.

– Merci, monsieur, fit-elle poliment.

– Vous allez bien vite, jeune fille, la piste est glacée ce matin.

Un certain amusement pouvait se déceler dans sa voix. Sa compagne, visiblement peu concernée par l'accident, déclara :

– Faites le saint-bernard, mon cher, je prends de l'avance, rendez-vous pour déjeuner au *Coin du Feu* !

C'était l'auberge chic de la jeunesse dorée à Megève. Tandis que la fille en vert s'éloignait en se déhanchant avec une grâce appuyée, Noémie chercha à se mettre debout. Elle dut renoncer : une douleur fulgurante à la cheville la fit grimacer.

– Je suis désolée, je ne peux pas !

Stanislas arrivait, affolé par cette chute spectaculaire à laquelle il avait assisté, impuissant.

– Comment ça va, ma chérie ?

– Je crains, monsieur, que cette jeune fille ne se soit fait mal ! annonça le skieur.

– Tu souffres, Noémie ?

– Oui papa, à la cheville... je ne réussis vraiment pas à tenir debout !

– On peut appeler du secours à moins que je n'essaie de te porter sur mon dos, décida Stanislas, mais il songea que cela risquait d'être difficile en raison d'un lumbago contracté récemment sur un chantier.

– Je vous propose, monsieur, que nous lui retirions ses skis ; prenez-les avec ses bâtons et les miens, j'ai l'habitude des sauvetages en montagne, je viens ici tous les ans depuis quelques années ! Votre fille n'a pas l'air bien lourde, je peux la porter facilement sur mon dos jusqu'en bas de la piste !

Le skieur paraissait jeune et sportif.

– Je vous remercie, nous sommes descendus au *Mont-d'Arbois*. Stanislas Rolland-Lacour et voici ma fille, Noémie.

– Jean Caumont de Noisy, moi aussi je suis au *Mont-d'Arbois*.

Le skieur ôta ses grosses lunettes. Noémie manqua pousser un cri de stupéfaction en reconnaissant l'« assassin » à la Torpédo rouge.

Avant qu'elle ait pu protester, elle se trouva enlevée dans ses bras musclés.

– Vous êtes légère comme une plume, ma petite : alors, à cheval ou en ski, on fait son numéro ! chuchota Jean Caumont, amusé.

Noémie, accrochée sur son dos, aurait voulu le gifler. Ainsi, il l'avait parfaitement reconnue depuis le début et ne tenait pas, c'était visible, à en parler à son père. Elle décida de prendre cette mésaventure avec hauteur.

– J'ai suivi les Jeux olympiques à la TSF, vous n'avez gagné aucune médaille à Berlin avec votre Brin d'Amour... vous n'étiez pas en forme tous les deux !

La peste ! Il eut envie de la laisser retomber dans la neige.

– Non, ce sont les cavaliers allemands qui ont tout raflé, on ne peut pas gagner chaque fois.

– Ah ! et vous avez vu Hitler ?

– Oui...

– Comment est-il ?

– Ça ! je n'en sais rien, il est tout petit et je n'ai vu que sa casquette passer en dessous de moi, quand il nous serrait la main.

A cette description imagée, Noémie ne put s'empêcher de pouffer de rire. Soudain détendu, Jean Caumont de Noisy mêla son rire au sien. La glace était rompue. Cette jeune punaise ne manquait ni de toupet, ni d'à-propos. Stanislas les avait rattrapés.

– Tu as l'air d'aller mieux, Noémie !

– Oui, papa.

– Mlle Rolland-Lacour, si j'en juge par ses reparties, sera bientôt guérie !

– Ça ! avec ma fille, il faut être fort pour avoir le dernier mot ! soupira Stanislas.

Ils étaient arrivés en bas de la piste devant la terrasse du *Coin du Feu*. Valentine et Victor accouraient.

– Mon Dieu, que se passe-t-il ?

En quelques mots, Stanislas mit sa femme au courant. Il lui présenta le « sauveteur ». Valentine le remercia avec émotion, puis elle s'enquit :

– Est-il indiscret de vous demander, monsieur de Noisy, si vous êtes bien le nouveau propriétaire de Reuville ?

– En effet, je m'y installerai au printemps ; les travaux et le déménagement de mes haras ont été plus longs que prévu mais je serai à Reuville pour Pâques prochain, je crois que vous possédez une propriété dans les environs.

– Oh ! une vieille ferme, celle de mes ancêtres...

– S'agit-il de la demeure qui a une tour couverte d'ardoises ?

– C'est cela, la ferme Hautefort, sur la route de Baudienville, au cœur du Plain.

– Nous serons donc voisins ; mes hommages, madame, au revoir, monsieur, soignez-vous bien, mademoiselle !

Jean Caumont de Noisy avait déposé Noémie sur une chaise de la terrasse. Soudain elle eut froid et regretta la chaleur de son dos musclé. Après un dernier salut, il s'éloigna vers sa compagne en vert. Celle-ci avait ôté son bonnet et ajustait les crans de sa chevelure brune.

Assise sur un tabouret, elle commandait à haute voix le barman.

– Ronny, mon chou, fais-nous deux porto-flips. Ah ! voilà enfin Jean, après son sauvetage !

Elle éclata de rire. D'une beauté à couper le souffle, mince comme une liane, ses yeux clairs étincelant dans un visage triangulaire aux traits fins, elle semblait, à la grande rage de Noémie, subjuguer Jean de Noisy. Elle décida que cette fille était bête et vulgaire, une vraie pintade.

Pendant quelques jours, Noémie dut rester allongée, la cheville solidement bandée par Billard, le docteur de la station. Il n'était plus question, pour le moment, de faire du ski. Elle apercevait tous les jours Jean Caumont de Noisy qui partait sur les pistes avec cette pintade de Lorraine Frémin, car Noémie avait appris son vrai nom. Cette « vieille » mijaurée de dix-huit ans au moins changeait de tenue six fois par jour. Elle se mettait en jaune, en rouge, en noir, en blanc, en orange, toujours des vêtements de grands couturiers et toujours suivie par ce benêt de Jean de Noisy. Elle était chaperonnée par une demoiselle en gris, sa gouvernante appelée miss Parkinson, qui veillait à ce qu'elle rentre seule le soir. Noémie enrageait, coincée sur sa chaise longue, tandis que Valentine lui lisait avec patience *Le Vicomte de Bragelonne*. Parfois, Jean de Noisy s'arrêtait pour saluer Noémie et sa mère mais il partait bien vite rejoindre sa pimbêche. Si seulement elle avait pu se casser une patte celle-là !

Pour le réveillon du 31 décembre, l'hôtel acheva de se remplir. Les parents de la Lorraine débarquèrent d'une limousine blanche, une Cadillac 12 cylindres surchargée de malles Vuitton. Grâce à Reinette, une petite femme de chambre originaire de la station, Noémie apprit que Marcel Frémin était millionnaire, propriétaire des usines La Galette Dorée. Il idolâtrait sa fille et ne lui refusait rien. Noémie commençait à remarcher en s'appuyant sur son père, quand elle rencontra ce Frémin en conversation avec Jean de Noisy.

– Mon « chaire » marquis Caumont de Noisy, ma fille Lorraine ne jure que par vous !

Jean Caumont avait l'air un peu gêné par les démonstrations du gros homme. Il présenta néanmoins Stanislas et Noémie à l'industriel. Ce dernier s'enquit aussitôt du métier de Stanislas.

– Ah ! architecte, mais cela m'intéresse : figurez-vous, mon « chaire », que je me suis payé un terrain... oh ! un parc à Joinville-le-Pont sur la Marne, avec vue imprenable et mon idée est de me faire bâtir le Grand Trianon ! Royal, non ? Vous voyez ce que je veux dire ! Ça vous botterait de me construire ça ?

Stanislas avait déjà entendu bien des élucubrations au cours de sa carrière mais il dut faire un effort pour affirmer à ce nouveau riche que la réalisation de ce palais était tout à fait possible.

– Parfait, moi j'aime les affaires rapides, allez, topez là, je le dis toujours : « Aux gens honnêtes, rien d'impossible », pas vrai ? Voici ma carte, appelez-moi le 4 janvier à six heures du matin ! L'avenir est aux gens qui se lèvent tôt, pas vrai, « maître » Rolland-Lacour ! Oh ! elle a t'y de beaux yeux votre petite demoiselle ! Allez, marquis de Noisy, on va s'en jeter un au bar, oh ! non, pas de « viski » mais un bon coup de rouge avec du sauciflard ! déclara Frémin en flanquant une bourrade amicale au barman suffoqué.

Le soir, tandis que Victor dormait dans le lit voisin, Noémie lisait *Tropique du Cancer* qu'elle avait pris en cachette dans la bibliothèque de son père. Ce livre d'Henry Miller, nouvellement édité et qui faisait scandale, avait piqué sa curiosité ; pourtant elle n'y comprenait rien et trouvait le récit mortellement ennuyeux. Elle ne voyait pas pourquoi les adultes en faisaient des gorges chaudes. Elle était prête à s'endormir quand elle entendit par la porte de communication entrouverte ses parents parler dans leur chambre.

– Alors, chéri, tu vas concurrencer Louis XIV !

– Écoute, Valentine, si j'ai la commande de Frémin, cela fera travailler le cabinet pour un an au moins ! Nous manquons de chantiers en raison des grèves de mai dernier ; si cette affaire se fait, j'aurai des liquidités et je pourrai te donner au moins cinq mille francs pour refaire les barrières et les cheminées de Hautefort, tu devrais être contente !

– Oui, chéri, mais cela peut attendre encore !

– Tu sais, je crois que ce Marcel Frémin a jeté son dévolu sur Jean Caumont de Noisy.

– Noémie n'en a pas reparlé mais n'était-ce pas lui l'« assassin » à la Torpédo rouge, comme elle disait ?

– Oui, peut-être !

– Elle a dû oublier !

– Oh, mon amour, Noémie n'oublie jamais rien...

– En tout cas, il est sympathique ce garçon, il a de la classe et quel cavalier ! Je l'ai vu aux actualités Pathé.

– Quel skieur aussi ! Sans lui, je ne sais pas comment je m'en serais sorti pour porter Noémie.

– Ton dos te fait toujours mal ?

– Encore un peu...

– Menteur, c'est pour que je te masse !

– Il y a de cela...

Noémie n'entendit plus que des chuchotis. Elle était stupéfaite. Jamais on ne parlait d'argent à la maison. Elle savait appartenir à une famille qui avait été très riche. On évoquait souvent dans le Cotentin le temps de la splendeur Hautefort et Noémie ne discernait pas bien la différence subtile existant entre le présent et l'imparfait. Elle avait en outre beaucoup de mal à comprendre que Stanislas, qu'elle admirait tant, semblât avoir besoin d'une commande de ce Frémin, le père de la pintade. Elle en était même un peu honteuse.

Il était tard. Au-dehors, Noémie entendait les clochettes des traîneaux emmenant une joyeuse jeunesse vers les boîtes de nuit du village. Elle s'imagina dansant une biguine dont elle adorait le rythme interprété à la TSF par Ray Ventura et ses collégiens. Jean de Noisy était son partenaire. Il la faisait virevolter et lui offrait le sourire extasié qu'il réservait à la pintade. Sur cette image exquise, Noémie s'endormit rapidement.

Le lendemain, « oncle » Léo arriva pour le réveillon. Comme toujours, il avait sa « besace » remplie d'histoires. Exceptionnellement, les enfants eurent le droit de veiller jusqu'à minuit. Léopold Van Belmeus raconta pendant le dîner des tas de choses dont Noémie ne comprenait pas la moitié.

– Il y a des purges chez les Soviets, Léon Trotski s'est réfugié au Mexique, mais vous verrez, Staline aura sa peau !

– A cause d'un laxatif ? demanda Noémie, très étonnée.

Léopold ne l'était pas moins.

– Pourquoi demandes-tu cela, Noémie ?

– Tu as parlé de purge, Léo !

Tout le monde éclata de rire.

– Non, ma chérie, le Petit Père des peuples purge ses adversaires d'une autre manière... en les zigouillant !

Noémie avait horreur que l'on s'amuse de ses réflexions. Vexée, elle s'absorba dans le découpage de son morceau de dinde et aida Victor qui faisait des saletés dans son assiette. Elle était très élégante dans sa robe bleue mi-longue, ses chaussettes blanches et ses chaussures vernies noires, et elle prenait garde à ne pas se salir, tandis que ce dégoûtant de Victor avait déjà deux taches de graisse sur son costume marin à culotte courte.

– Tchang Kaï-chek est en grande difficulté actuellement ! continuait Léopold.

– Oui, je le craignais ! fit Stanislas.

Léopold engouffrait la purée de marrons, et sautant du coq à l'âne jetait en vrac :

– Oh ! mes enfants, les Pitoëff créent aux Mathurins *Le Voyageur sans bagages* de Jean Anouilh, vous savez, l'ancien secrétaire de Louis Jouvet. Il a du talent, je vous aurai des places pour la générale... Léon Blum révise sa politique financière... ah ! Valentine, je vais retourner à New York en dirigeable ! A Detroit grande nouvelle, les syndicats américains entrent à la General Motors ! Avez-vous lu *Mort à crédit* ? Vraiment, après avoir lu aussi *Voyage au bout de la nuit*, je pense que Céline est un auteur hors du commun, je te le conseille, Stanislas !

– Pourquoi pas à moi, Léo ? demanda Valentine en souriant.

– Parce que ce n'est pas un livre de femme, ma bonne amie !

Noémie se promit de chiper cette *Mort au bout de quelque chose* mais si c'était aussi assommant que *Tropique du Cancer* elle plongerait plutôt, avec délectation, dans *John chauffeur russe* de Max du Veuzit, ou *Cœurs ennemis* de Delly.

L'ambiance montait dans la salle à manger de l'hôtel. Un orchestre entraînant jouait les airs à la mode. *Tout va très bien, madame la Marquise*, reprenaient en chœur les réveillonneurs. Noémie chantait plus fort que toutes les tables avoisinantes. Victor continuait de lui faire honte, il léchait la glace sur son assiette et sa mère indulgente ne disait rien. Valentine semblait très heureuse, détendue.

– Quel bon réveillon ! Que nous sommes heureux dans ce monde en paix !

Elle leva sa coupe de champagne. Noémie et Victor eurent le droit d'y goûter. Un peu pompette, Noémie voyait au loin Jean de Noisy sanglé dans un smoking impeccable, qui ne cessait d'évoluer sur la piste avec la pintade en robe jaune canari.

A minuit tapant, l'orchestre lança douze coups et tout le monde s'embrassa.

– Bonne année, bonne année 1937 !

Noémie se jeta au cou de ses parents, de Léopold et aussi de Victor qui avait pourtant du chocolat partout. Elle riait et, déchaînée, lançait des confettis aux tables voisines qui lui répondaient de bonne grâce. Soudain, elle tressaillit, Jean Caumont de Noisy s'inclinait devant la table des Rolland-Lacour.

– Bonne année à mes futurs voisins, que tous vos vœux soient exaucés, je vous souhaite beaucoup de bonheur, pour vous et vos enfants, messieurs, madame.

Il baisa la main de Valentine. Vraiment, on ne pouvait être plus charmant. Et alors qu'elle ne s'y attendait pas, Jean de Noisy se pencha soudain vers Noémie pour lui plaquer deux baisers sonores sur les joues.

– Bonne année, mademoiselle ! lança-t-il tout haut, puis il chuchota à son oreille : entre cavaliers, on fait la paix !

Sans attendre de réponse, il salua une dernière fois, puis retourna à la table Frémin roucouler avec son canari. Les joues cramoisies, Noémie était partagée entre la rage de n'avoir pas su répondre et l'exaltation d'avoir attiré l'attention de son ennemi. C'était lui qui était venu faire la paix. Les cils à demi baissés sur ses pupilles noisette aux reflets dorés, elle le regardait au loin, si élégant, distingué, dansant un fox-trot avec la pintade. Noémie avait hâte de le voir à cheval. Peut-être allaient-ils se rencontrer dans des concours hippiques. Noémie devait s'accrocher et faire encore des progrès cet hiver sur Pamela et à Pâques avec Jimmy du Manoir. Elle aurait douze ans dans l'année, Jean Caumont de Noisy ne verrait bientôt plus en elle une gamine, mais une vraie femme. Comme le temps était long à s'écouler. Noémie décida de se poser très vite en rivale de l'héritière Frémin.

« Et s'il ne m'aime pas... alors je deviendrai carmélite comme Louise de La Vallière ! » songea-t-elle en s'endormant, épuisée, à deux heures du matin.

Le lendemain soir, elle quitta Megève avec ses parents sans avoir revu Jean Caumont de Noisy.

7

L'ami Rodolphe

Noémie se plaisait beaucoup au lycée mixte Houdar-de-La-Motte. C'était une véritable révolution culturelle que de mettre filles et garçons dans la même classe. Peu d'écoles ou de collèges se prêtaient à cette évolution jugée par certains scandaleuse. Bien que la mixité n'eût jamais été interdite par la loi, elle n'était pas appliquée et il s'agissait donc de changer les mentalités. Beaucoup de parents refusaient que leurs filles côtoient des garçons sur les bancs de l'école ou aient un professeur mâle ! Certains lycées de province, par manque d'élèves, ne pouvaient faire autrement que de mélanger filles et garçons. A Paris, il en était autrement ; les lycées ne manquant pas dans la capitale, il était facile de séparer les deux sexes par de hautes murailles. Stanislas avait des idées très en avance sur son temps, pour tout ce qui concernait l'éducation de ses enfants. Ayant souffert à la fin du siècle dernier d'un carcan trop strict chez ses parents, il voulait que son fils et sa fille puissent s'épanouir sans complexe. Mot très à la mode ! Pour Noémie, la question ne se posait pas. Elle paraissait ignorer toute forme d'inhibition, voire de timidité, elle était née libérée. Le genre fleur fragile, rougissant d'émotion, ne lui ressemblait pas. C'était elle qui attaquait toujours. Stanislas et Valentine savaient que leur fille, comme tout être fort, pouvait parfois cacher sous des allures offensives des failles, certaines angoisses ou même des faiblesses tout à fait normales, compte tenu de sa jeunesse et de son sexe. Stanislas n'avait réellement confiance que dans les anciens combattants, il était allé donc voir Rémy Drubel, un camarade de Verdun, proviseur maintenant au lycée Houdar-de-La-Motte.

– Mais quelle drôle d'idée, Rolland-Lacour, je ne peux pas prendre ta fille avec mes gars !

– Y a-t-il une loi qui l'interdise ?

– Non, non, c'est une habitude..., admit le proviseur Drubel.

– Que je réprouve ! Ma fille est dans un cours de jeunes filles où elle ne fait rien, je veux qu'elle apprenne autre chose que de la broderie. De toute façon, je me doute bien que les programmes réservés aux garçons sont d'un meilleur niveau que ceux des filles, surtout pour les langues étrangères !

– Oui, je dois admettre que, malgré la loi de 1923 qui stipule que les filles passent le même bac que les garçons... hem... le programme n'est pas toujours identique !

– Alors, tu me la prends, Drubel, elle n'est pas bête, tu sais !

– Bon, bon, je veux bien exceptionnellement faire un essai, c'est vrai qu'il y a déjà les filles du gardien, mais si elle nous fait des pleurnicheries et des bobos, je te la renvoie.

– Ce n'est pas le genre de Noémie. Tu verras, elle va serrer les dents et vouloir en remontrer aux garçons !

C'est ainsi que Noémie entra à Houdar-de-La-Motte.

Du cours Médicis, elle ne regrettait ni Gros ni Petit-Poussin, seulement son amie Bérengère qu'elle ne voyait maintenant que le jeudi au manège. Celle-ci se montrait toujours une auditrice attentive et Noémie avait pu lui raconter avec force détails sa rencontre sur la piste neigeuse avec le chevalier Jean de Noisy.

– Oh ! sauvée dans ses bras. T'en as de la chance... c'est pas à moi que ça arriverait..., gémit Bérengère.

– Où as-tu passé Noël ?

– Chez ma grand-mère à Hénin-Liétard !

Évidemment, les corons du Nord étaient moins romantiques que les pistes de Megève.

Au lycée Houdar-de-La-Motte, Noémie devait faire face avec seulement deux autres adolescentes, les jumelles du gardien, à une classe de vingt-sept garçons. Stanislas connaissait bien sa fille. Cette situation ne la dérangeait pas, au contraire. Avec ses six cousins et son frère, elle avait l'habitude de manier la fleur et le bâton. En peu de temps, Noémie avait maté tous les garçons de la classe, hormis Rodolphe Duvillard, un brun, très sérieux, portant des lunettes. Premier dans toutes les matières, chouchou des professeurs, il ne lui adressait jamais la parole, la bousculait au passage, semblait la détester ou pis la mépriser. Cette situation était intolérable. Noémie, aimant la difficulté, décida donc que le trimestre ne se terminerait pas sans qu'elle ait réussi à rendre ce Duvillard doux comme un agneau. Fils d'un ouvrier tourneur chez Citroën, Rodolphe livrait du lait à l'aube avant d'aller au lycée. Il détestait en Noémie la « petite bourgeoise ». Rodolphe exerçait un grand ascendant sur ses autres camarades car il allait bientôt avoir quatorze ans. Ses deux ans de retard étaient dus à une grave maladie, une tuberculose foudroyante qui avait provoqué une perforation de la plèvre. Il avait dû subir un pneumothorax puis avait vécu toute une année enfermé dans un poumon d'acier. Ayant survécu, il avait pu partir en sanatorium grâce à la coopérative Citroën. C'était au plateau d'Assy qu'il avait décidé, s'il s'en sortait, de s'accrocher aux études, pour devenir plus tard médecin.

Après avoir cherché à attirer l'attention de Rodolphe de diverses façons, sans négliger les grâces et les sourires, Noémie se rendit compte qu'elle se trompait de stratégie. Elle résolut donc de l'ignorer et, pour mieux l'éblouir, de le battre sur son propre terrain.

Ainsi, lorsque M. Capon, le professeur de latin, rendit les copies, elle marqua un point :

– *Hoc volo, sic jubeo, sit pro ratione voluntas*, je le veux, je l'ordonne, que ma volonté tienne lieu de raison, vraiment ce vers de notre cher poète romain, Juvénal, *Satires* VI, 223, mettant ces mots dans la bouche d'une femme impérieuse... *Hoc volo, sic jubeo...* a été très bien développé par Noémie Rolland-Lacour. Elle a parfaitement compris qu'il s'agissait de démontrer une volonté arbitraire. Pour le meilleur texte, vous êtes donc première, Rolland-Lacour, avec 17, deuxième, Duvillard, 16, c'était bien mais vous n'auriez pas dû parler de Plaute, *homo homini lupus*, l'homme est un loup pour l'homme, hors du sujet ! Troisième avec 15, Lecourtois !

A dater de ce jour, Rodolphe commença à la considérer d'un autre œil. Une nouvelle place de première en anglais, puis en histoire naturelle où elle n'eut pas de mal car il s'agissait de décrire le squelette des chevaux, lui valut un nouveau regard de Rodolphe. Après une escarmouche dans la cour de récréation devant toute la classe, où ils s'affrontèrent au sujet des Guerres puniques, Noémie étant pour Carthage, Rodolphe pour Rome, ce dernier finit par rendre les armes et ils devinrent les meilleurs amis du monde. Rodolphe confia à Noémie son rêve de devenir médecin et peut-être même chirurgien. Afin de ne pas être en reste, Noémie déclara que, une fois ses études terminées, elle « quitterait ce monde frivole et partirait à Lambaréné au Gabon soigner les lépreux dans l'hôpital du docteur Schweitzer » ! Ébloui, sans se douter que Noémie avait lu la veille un article sur ce sujet dans *L'Illustration* que son père achetait régulièrement, Rodolphe devint l'admirateur le plus dévoué de Noémie. Il lui passait ses devoirs et lui permettait même de copier ses compositions. Assis côte à côte sur les bancs du lycée, ils étaient inséparables.

Rue de Tournon, Stanislas et Valentine appréciaient beaucoup Rodolphe et se réjouissaient de cette amitié qui mettait Noémie sur le chemin de l'effort. Bientôt les enfants quittèrent les vêtements d'hiver. Noémie ne rentrait dans aucune tenue de printemps. Ses jupes étant devenues trop courtes, ses corsages trop étroits, Valentine courut à La

Samaritaine avec sa fille lui acheter, en confection, quelques simples tenues d'été. Mère et fille luttèrent. Noémie ne voulait plus de corsages à smocks mais de vraies robes d'une pièce. Elle prétendait même porter des bas et des jarretelles. Valentine tint bon pour les socquettes blanches. Il fallut se précipiter aussi chez Amblard et Fils, spécialistes de costumes d'équitation, pour acheter un nouvel ensemble.

« Cette enfant va nous ruiner avec ses chevaux ! » songea Valentine.

L'heureuse époque où les dames Hautefort dévalisaient la rue de la Paix était bien révolue. Valentine faisait attention à ne pas trop dépenser car elle connaissait les difficultés de Stanislas. Heureusement, les plans du « nouveau Trianon » avaient beaucoup plu au millionnaire Marcel Frémin. De son côté, Valentine avait du mal à maintenir les Éditions Valentine Hautefort, rue Jacob. Les années folles de 1925 étaient loin. Tout augmentait, le loyer, les charges, les salaires des employés et, après un réel succès, les livres prônant l'entente franco-allemande plaisaient moins. Valentine continuait avec Louise Weiss et Jean Monnet à croire à leur engagement de pacifistes, ne voulant plus revivre l'horreur d'une guerre. Devant les hurlements de Hitler à la radio et la montée en France de l'antigermanisme, elle était parfois découragée, d'autant plus qu'elle s'était fait casser une vitrine par des patriotes enragés.

Pâques approchait. Noémie laissa Rodolphe au jardin du Luxembourg. C'était lui qui remplaçait Bérengère sur le banc.

Le samedi matin, à six heures tapant, gants « beurre frais », feutre mou sur la tête, Stanislas attendait sa famille en bas de l'immeuble, rue de Tournon. Les bagages étaient chargés. C'était la veille des Rameaux, le sacro-saint jour de départ pour Hautefort. Noémie monta le cœur battant dans la traction avant de son père. Elle espérait, dans le Cotentin, revoir le chevalier de Noisy.

8

Le raid

– Tu es sûre, chérie, de ne pas vouloir venir avec nous ?
– Je me sens un peu fiévreuse.
– Oh ! alors, je reste avec toi !
– Non, non maman, surtout pas, papa serait déçu, je... je vais rester tranquille, à lire *A l'Ouest, rien de nouveau* devant le feu..., affirma Noémie d'une voix angélique.

Elle tenait le livre à succès d'Erich Maria Remarque sur ses genoux.

Après bien des hésitations, Valentine monta enfin dans la voiture pour se rendre à Caen au baptême du quatrième enfant d'Odile et Léon Chevignard, un architecte du cabinet de Stanislas en qui ce dernier avait toute confiance. C'était lui qui surveillait de près les travaux du « palais » de Marcel Frémin au bord de la Marne. Stanislas voulait profiter de ce court voyage pour revoir certains plans et échelonner avec lui les livraisons de marbre rose du « Trianon ». Ses parents avaient pris la route en oubliant de refermer les grilles ; Noémie attendit que Victor soit parti jouer chez son ami Evrard. La voie était libre. Elle rejeta le bouquin, monta se changer à toute allure et redescendit en culotte de cheval, veste et chemise à carreaux. Quentin la découvrit dans l'écurie finissant de seller Jimmy du Manoir. Il jeta aussitôt les hauts cris :

– Tu es, paraît-il, malade, je suis responsable de toi, il n'est pas question que tu sortes, Noémie !
– Mais, mon petit Quentin chéri...
– Oh ! je te connais, toi tu as une idée dans la tête !
– Je ne comprends pas pourquoi tu te mets dans un état pareil, tu n'as qu'à m'accompagner, si tu veux !

Noémie fixait Quentin d'un air innocent.

– Quand tu prends cette mine-là, je me méfie, tu sais parfaitement que je ne sors jamais de Hautefort !

– Eh bien, ça te ferait une bonne occasion d'aller en ville !

– Tes parents m'ont demandé de veiller sur toi aujourd'hui et je te répète que tu vas rester ici bien gentiment ! Si tu veux vraiment monter Jimmy, eh bien, je suis d'accord pour te faire travailler des obstacles au manège...

Tout avait commencé, en fait, quelques jours auparavant lorsque Noémie, venue avec ses parents faire des courses au bourg, avait découvert, placardée sur le mur de la mairie, une affiche ainsi rédigée :

Journée du Cheval
Samedi 10 avril 1937
Grand Raid entre Sainte-Mère-Église et Carentan.
Départ de Sainte-Mère-Église, place Tancrède-Hautefort
Arrivée à Carentan devant le bassin, quai Zacharie-Hautefort
Départ à 10 heures.
Le vainqueur remportera un très beau fusil de chasse de la marque Drummon-Levasy...
Inscription libre.

Noémie prit le bras de sa mère tout en marchant vers la quincaillerie.

– Maman, sais-tu ce que c'est qu'un raid ?

– Une course de fous, les cavaliers partent d'un point pour aller à un autre et c'est le premier arrivé qui a gagné !

Stanislas était allé chercher, au bureau de tabac, ses Players Navy-cut. Ayant entendu la fin, il expliqua :

– Tout est permis dans un raid ! Les concurrents se donnent même des coups de cravache ou cherchent à se faire tomber quand ils ne veulent pas céder le passage ! Ta mère a raison, c'est une course de forbans !

Noémie changea de sujet pour ne pas éveiller de soupçons. En fait, elle savait que ce jour-là ses parents devaient se rendre à Caen chez les amis Chevignard...

Le vendredi soir, elle avait donné à Jimmy du Manoir une double ration d'avoine et de « mashes », un mélange reconstituant chauffé à l'eau bouillante, fait de paille, de foin, de son, de farine d'orge, de sel marin et de graisse de lin afin qu'il soit en grande forme. Le lendemain matin, Noémie prétexta cette fièvre subite pour éviter le baptême à Caen. Valentine et Stanislas partis, il restait un dernier problème à régler, et il était de taille : c'était Quentin ! Bras croisés, solide comme une montagne, il l'empêchait de passer avec son cheval. A cet instant, la chance sourit à Noémie : Oscar du Bocage, un jeune poulain de six mois, se mit à ruer dans son box. Pour faire plaisir à Noémie, Mathieu de Saint-Hilaire avait « marié » l'an passé Jimmy du Manoir avec Julia de la Plage, une jument cap de Maure à la robe grise et à la tête noire. Julia avait eu pour fils Oscar. Ce nouveau cadeau de Mathieu à leur fille avait un peu perturbé Valentine et son mari, peu décidés à commencer un élevage. Mais personne ne savait refuser quoi que ce soit à Noémie. Oscar du Bocage, nerveux, risquait de se blesser. Quentin se précipita vers le poulain pour le calmer. Noémie profita de l'occasion pour sauter en selle et filer à l'anglaise.

– Va, mon beau ! chuchota-t-elle en effleurant de sa cravache Jimmy du Manoir.

Comprenant l'urgence de la situation, il se lança au galop.

Une grosse poule traversait la cour. Elle eut juste le temps de bondir sur le puits en caquetant des protestations véhémentes. De loin, Quentin hurla aux portes des écuries, tandis que Noémie franchissait les grilles de Hautefort.

Malgré tous ses efforts, elle n'avait pas revu Jean de Noisy. Le château de Reuville semblait pourtant habité. Chaque fois que Noémie longeait le parc, elle apercevait les écuries reconstruites et modernisées. Des lads sortaient régulièrement les nombreux chevaux du propriétaire et les faisaient galoper dans les champs ou plus loin sur la plage. Les jardins avaient été nettoyés des ronces et les bosquets remis en état. Des couvreurs avaient monté des échafaudages pour réparer les toitures abîmées. A la grande déception de Noémie, le maître des lieux paraissait invisible. En dépit de sa jeunesse, elle savait qu'il était impensable de sonner à la poterne pour demander à voir le chevalier de Noisy. Jamais Olivia de Havilland n'aurait fait une chose pareille dans *La Charge de la brigade légère* avec Errol Flynn. Comme d'habitude, Noémie avait emprunté la route de Reuville pour se rendre à Sainte-Mère. Soudain, elle tressaillit. Sa persévérance était récompensée. Un lad ouvrait les grilles pour laisser sortir son patron, monté sur le fameux Brin d'Amour. En apercevant la jeune cavalière qui débouchait dans le bocage, Jean de Noisy s'écria :

– Ah ! Mais voilà ma rescapée ! Comment allez-vous, mademoiselle Rolland-Lacour ? Alors, totalement remise du petit accident ?

Jean prenait un ton très aimable mais Noémie crut percevoir un rien d'ironie.

– Encore heureux, cela fait quatre mois !

– Vous n'avez pas changé ! constata-t-il en souriant. Si, vous avez grandi.

– Normal, je vais bientôt avoir quatorze ans ! affirma Noémie.

– Ah ! je vous aurais crue plus jeune, disons... treize ans !

Noémie se mordit les lèvres, elle allait en avoir douze. Jamais elle n'arriverait à vieillir pour lutter à armes égales. Comme le temps était long à passer. Elle eut envie de demander : « Et vous avez revu la pintade ? » Avec sagesse, elle s'en abstint et s'enquit :

– Vous prenez la route de Sainte-Mère ?

– Vous aussi ?

– Oui...

– Alors, faisons le chemin ensemble, vos parents vont bien ?

– Oh ! oui, très bien !

– Remarquez, j'ai des nouvelles de votre père car il réalise les travaux de mon futur beau-père, vous vous souvenez, M. Marcel Frémin !

Le cœur de Noémie s'arrêta de battre. Elle parvint à répéter :

– Ah ! M. Frémin...

– C'est encore officieux mais Lorraine et moi allons nous marier l'an prochain.

Noémie avait encaissé le coup. Elle fit la moue, décidée à tout pour empêcher ce mariage stupide.

– Franchement, monsieur de Noisy, je crois que c'est une erreur !

– Une erreur de me marier ?

– Oui ! vraiment une grave erreur !

– Ah ! voyez-vous ça...

– Non ! Mlle Frémin n'est pas une femme pour vous...

A cette affirmation lancée d'un ton très sérieux, Jean Caumont de Noisy éclata de rire.

– Et à votre avis, quel est le type d'épouse qui me conviendrait ?

Sans hésiter, avec l'aplomb de l'extrême jeunesse, elle lança :

– Si j'avais l'âge, moi, par exemple ! Il vous faut une vraie cavalière. Malgré ses belle robes, votre Lorraine doit monter comme un sac de charbon !

– Au moins, vous n'avez pas la langue dans votre poche, mais je vais lui apprendre à monter convenablement.

– Oh ! mais, monsieur de Noisy, on a ça dans le sang ou pas !

– On ne vous a jamais dit que vous étiez une vraie petite punaise !

– Parce que je vous dis la vérité ?

Soudain, Noémie en eut assez de cette discussion stérile. Elle l'aurait prévenu et aurait tout fait pour empêcher son malheur. D'autres cavaliers, des voitures et des carrioles approchaient de Sainte-Mère. Damien de Saint-Hilaire arrivait au galop avec celui qu'il considérait comme son frère, Julien Devereaux.

– Hou hou ! Noémie, tu es venue assister au départ ?

De loin, elle fit simplement un petit signe de sa cravache.

Jean de Noisy salua Noémie.

– Eh bien, au revoir, mademoiselle, et merci pour cette intéressante conversation.

Elle se contenta de hocher la tête. Il s'éloigna aussitôt vers la foule des concurrents et des spectateurs venus nombreux sur la place de l'Église.

– Attends mon bonhomme ! murmura Noémie avec rage.

Une estrade était dressée pour recueillir les inscriptions. Tous les jeunes gens du pays voulaient participer à la course : Damien et Julien bien sûr, mais aussi Napoléon Sénéchal, l'arrière-arrière-petit-fils du grand Jean-Baptiste Sénéchal qui avait même été le maire de la ville au siècle dernier. Dans cette famille de cultivateurs, on avait gardé la tradition des prénoms napoléoniens. Théodore Bouville, le descendant de Germain Bouville qui avait fait Sedan en 70 avec Tancrède Bébé était là aussi. Une vingtaine de participants se pressaient devant l'estrade. Eugène Beauprey, le nouveau maire de la petite ville, essayait de tempérer l'ardeur des cavaliers.

– Calmez-vous, messieurs ! dam, y aura de la place pour tous ! Le départ n'est que dans une heure, on a tout le temps ! A toi, mon gars !

– Damien de Saint-Hilaire avec Mascotte.

Le maire inscrivit les noms du cavalier et de son cheval sur un registre. Il tendit ensuite un brassard sur lequel était cousu un chiffre.

– T'as le numéro deux.

Damien était le premier de la file. Il sembla interloqué.

– Le deux ; et qui a le un ?

Le maire parut gêné.

– Ah, c'est réservé à M. le marquis Jean Caumont de Noisy...

Damien était furieux :

– Mais j'étais là le premier...

– C'est que M. de Noisy est passé en personne hier soir à la mairie... et...

Les autres cavaliers dont Julien et Napoléon commençaient à s'impatienter.

– Qu'est-ce qui se passe ?

– C'est pas le numéro qui compte, c'est de gagner, Damien !

– La célébrité quand même ! protesta Napoléon Sénéchal.

Jean de Noisy était consterné de cet incident. Il était venu s'inscrire sans penser à un passe-droit quelconque, voilà que le maire en faisait toute une histoire. Il voulut s'expliquer et proposer un changement de numéro. Noémie ne lui en laissa pas le temps. Au moment où le maire allait refermer son registre, elle se présenta :

– Noémie Rolland-Lacour avec Jimmy du Manoir...

– Qu'est-ce que vous voulez, ma petite demoiselle ?

– M'inscrire, bien sûr ! répondit-elle avec aplomb.

Le maire lança un regard désespéré à Jean de Noisy.

– C'est que les raids sont réservés aux hommes et je...

Comprenant la situation, Jean fit un pas pour raisonner l'obstinée.

– M. le maire a raison, les raids sont réservés aux hommes, mademoiselle, de plus il faut être majeur !

Soulagé par l'explication du châtelain, le maire acquiesça du menton.

Tête dressée, Noémie toisa les deux hommes.

– Pourriez-vous m'expliquer pourquoi il est écrit « inscription libre » sur vos affiches ? De plus, j'aimerais voir les règles écrites de cette course. Enfin peut-on vérifier l'âge des participants, car la plupart ne sont pas majeurs... ah ! dernière chose, où est l'autorisation du préfet ? Car il est bien au courant pour ce matin, j'imagine !

Noémie avait préparé sa tirade. La dernière idée lui était venue en lisant *Les Aventures du capitaine Corcoran*, où un préfet interdisait une course de bolides.

– Ah ! mais qu'allez-vous chercher là ! Heu, la préfecture nous donne toujours son autorisation...

Le maire était bien ennuyé. Il fit mine de chercher les textes, mais sans conviction. La gamine avait vu juste. On avait toujours « oublié » de prévenir les autorités. Jean Caumont, lui, ne désarmait pas !

– Mais, mademoiselle, c'est comme pour le vote ! Les femmes ne votent pas, donc elles ne peuvent participer aux raids. Je suis navré mais c'est ainsi !

Noémie se rebella :

– Mais qu'est-ce que vous croyez ! Que vous allez m'embobiner comme ça, monsieur de Noisy ? Je vous demande les règles et vous êtes incapable de me les fournir ! Quant au droit de vote, ce sera bientôt une chose réglée ! Ma mère, en compagnie de Louise Weiss et des partisans de l'égalité des sexes, s'est déjà enchaînée place de la Concorde pour protester devant la Chambre des députés, et la prochaine fois j'irai avec elle. Alors je vous préviens : ou vous me laissez m'inscrire ou il n'y aura pas de raid car je me plaindrai en haut lieu !

Jean Caumont resta sans voix. Il n'était pas habitué à ce qu'on lui parle de la sorte. Le maire eut une illumination.

– Mademoiselle Rolland-Lacour, si vous insistez ! Mais il me faut une autorisation écrite de vos parents !

Ce coup de Jarnac faillit faire perdre son aplomb à la jeune fille. La rage au cœur, elle était près d'abandonner la bataille lorsqu'une voix cassée résonna soudain derrière elle :

– Moi, Tancrède Hautefort, j'ai l'autorisation de ses parents. Ma petite-fille a le droit de participer à ce raid.

« Cher grand-père, se frayant un chemin au milieu de la foule, sa casquette enfoncée sur ses beaux cheveux blancs. » En cette seconde, Noémie l'aima encore plus. Il lui fit un clin d'œil en signant sur le registre l'« autorisation » paternelle.

Le maire, vaincu, admit :

– En ce cas, si ma responsabilité est dégagée, à votre aise, monsieur Hautefort... mais vous, mademoiselle, sachez qu'il n'y aura pas de prochaine fois, car les règles seront dûment écrites !

Noémie répondit par un sourire triomphant ; grâce à Tancrède, elle avait gagné. Le maire lui tendit le brassard numéro vingt-huit. Elle l'attacha fièrement sur son bras. Gracieuse, elle remonta sur Jimmy du Manoir sous le regard ému de son grand-père.

« Cette enfant est comme ma mère. Une vraie Hautefort ! Rien ne lui fait peur. Elle ira loin ! »

Dans un brouhaha, bruits de sabots, hennissements et cris d'enthousiasme, les concurrents et leurs chevaux s'alignèrent sur la route. Chargeant son fusil, le maire hurla pour couvrir le bruit :

– Que le meilleur gagne !

Il avait à peine tiré en l'air que les cavaliers impatients s'élançaient au grand galop.

Tandis qu'ils disparaissaient vers Coquerie, Tancrède Hautefort se rapprocha du maire.

– Écoutez-moi bien, monsieur Beauprey, je n'ai pas apprécié votre réflexion. Si ma petite-fille veut participer à vos raids, elle le fera ! Alors ne vous avisez pas d'inventer des règles stupides qui l'en empêcheraient, suis-je assez clair ?

– Mais, monsieur Hautefort, même M. de Noisy l'a dit... franchement ce n'est pas la place d'une gamine. Elle va tomber, avoir un accident grave, en tout cas je ne suis pas responsable !

– Votre M. de Noisy est nouveau dans le pays ! C'est un horsain ! Les Hautefort y sont depuis mille ans ! Alors ce n'est pas un petit freluquet qui fera la loi ici ! Mon aïeul, le grand Tancrède Hauteville qui était fort comme douze hommes, a pris Jérusalem, il a sauvé le tombeau de Notre Seigneur Jésus et il est revenu d'Antioche à pied ! Dam oui ! ne l'oubliez pas, Eugène Beauprey !

Sur ces mots définitifs, il tourna le dos au malheureux maire qui ne savait plus comment se sortir de cette situation. Même si les Hautefort n'étaient plus la grande famille richissime de Carentan, ils avaient encore beaucoup d'influence, de relations et ils étaient respectés par les gens du pays. Il n'était pas bon de les mécontenter. Le pauvre Beauprey sortit un mouchoir à carreaux de sa poche et s'épongea le front.

Jean de Noisy avait tout de suite pris la tête de la course, suivi de près par Damien de Saint-Hilaire et Napoléon Sénéchal, eux aussi excellents cavaliers. Comme s'ils s'étaient tous donné le mot pour l'empêcher de passer, Noémie se retrouva en queue de peloton. Elle ne l'entendait pas de cette oreille et Jimmy du Manoir non plus. Elle se mit à remonter vers la tête de la course. Elle passa peu à peu une dizaine de cavaliers qui ne se gênaient pas pour faire du « traquenard ».

Ce trot des membres antérieurs et galop des postérieurs du cheval, totalement interdit dans les compétitions officielles, avait l'avantage de permettre d'aller très vite sur la route et de gêner les autres concurrents.

« Des truqueurs ! » pensa la jeune cavalière avec mépris. A une centaine de mètres devant elle, Jean de Noisy et Damien de Saint-Hilaire suivis par Napoléon Sénéchal et Julien Devereaux se battaient toujours pour la première place. Les deux derniers cavaliers, pourtant amis, se donnaient des coups de cravache. Enfin, le cheval de Damien fit un écart et le jeune homme vida les étriers dans un fossé plein de boue. Quand Noémie passa devant lui, il se relevait tout sali mais il n'était visiblement pas blessé.

– Bonne chance, la Renarde ! Bats-les, lui cria-t-il.

En arrivant dans la descente de Saint-Côme-du-Mont, Noémie avait rattrapé son retard, elle talonnait maintenant Jean de Noisy et Napoléon Sénéchal. Grâce aux « mashes », Jimmy du Manoir semblait avoir trouvé un second souffle. La jeune fille lui donnait de petites tapes sur l'encolure. Le cheval de Napoléon paraissait se fatiguer. Peu à peu, Noémie le dépassa et vint presque à la hauteur de son principal rival. Celui-ci se retourna pour voir quel cavalier l'avait ainsi remonté. En apercevant la mine déterminée de Noémie, Jean Caumont de Noisy faillit tomber de cheval. Il ne s'attendait pas à trouver en l'adolescente une cavalière aussi acharnée.

Ils firent la route entre Saint-Côme et Carentan botte contre botte, enfonçant leurs éperons dans les flancs de leurs chevaux. Ils pénétrèrent dans Carentan pratiquement l'un contre l'autre. Le public massé aux fenêtres et devant les portes applaudissait sur leur passage. La circulation était interdite, et les gardes champêtres avaient annoncé avec un roulement de tambour : « Avisse à la population, ne pas gêner le grand raid des cavaliers ! » Mais l'ordre n'avait pas dû être entendu de tous. Un camion de lait franchissait le passage à niveau dont les barrières étaient ouvertes.

– Attention ! cria Noémie.

Jean Caumont n'avait pas vu l'engin. Grâce à la jeune cavalière, Brin d'Amour et son cavalier firent un écart. Noémie en profita pour passer en tête.

Le vent bruissait dans les arbres du Haut-Dick. Joseph Lendelin, le maire de Carentan, attendait avec de nombreux Carentanais et les ouvriers de l'ancienne usine Hautefort devenue Nebraska Milk and Co, sortis pour l'occasion, l'arrivée du raid devant la Maison rose sur le quai Zacharie-Hautefort. Un ruban était tendu au milieu de la route. Attirée par les cris des spectateurs, la famille Hautefort au grand complet était aux fenêtres. Tante Ericka, Conchita et leur progéniture se mirent à crier en reconnaissant Noémie sur Jimmy du Manoir. Boris et Bohémond accoururent avec les charpentiers de leur atelier. Même grand-mère Caroline sortit de la Maison bleue pour voir ce qui se passait.

Noémie et Jean de Noisy avaient surgi l'un à côté de l'autre. Les cent mètres qui les séparaient de l'arrivée parurent une éternité à la jeune cavalière. Elle donna un coup dans les flancs de son cheval qui eut un dernier soubresaut. Les naseaux de Jimmy du Manoir touchèrent le ruban apparemment en même temps que Brin d'Amour.

– J'ai gagné ! hurla Noémie.

– Pardon, je crois bien que c'est moi ! affirma Jean Caumont de Noisy, le front en sueur.

Les mors des deux chevaux étaient blancs d'écume.

Les autres concurrents arrivaient à leur tour au galop.

– Alors, qui a gagné ? crièrent d'une seule voix Julien et Napoléon.

Le maire de Carentan, tout penaud, s'avança vers Jean de Noisy pour lui annoncer la désolante nouvelle, les juges étaient formels : Mlle Rolland-Lacour avait gagné le raid.

– Oh d'un rien, c'est sûr, mais, faut l'admettre, elle a gagné, dam oui !

Après la remise du fusil sous les applaudissements, Jean, beau joueur, s'approcha de Noémie :

– Si j'avais su pourquoi vous alliez à Sainte-Mère ! Vous vous êtes bien gardée de me le dire.

– Certainement ! Et comme vous ne me l'avez pas demandé, je n'ai pas eu à mentir !

– En tout cas, bravo ! Vous êtes un vrai numéro, ma petite fille !

– Je vous serais reconnaissante, monsieur de Noisy, de ne plus me traiter en petite fille...

– Vous avez raison, nous sommes à égalité et je vous traiterai désormais...

– En femme !

– Non, en cavalière !

Il allait tourner les talons mais il se ravisa.

– A propos, merci !

– Mais pourquoi ? demanda Noémie, étonnée.

– Pour le camion ! C'était très sport : si j'avais été tué, vous auriez gagné à coup sûr !

Devant l'air ébahi de Noémie, il éclata de rire, sauta en selle et repartit avec Brin d'Amour plus calmement vers Sainte-Mère-Église.

« Quelle sacrée petite Renarde ! » songea-t-il en sortant de Carentan. Il avait perdu la course mais il était heureux. Ce soir, Lorraine revenue de la Côte d'Azur devait lui téléphoner. Ils fixeraient sûrement la date de leur mariage.

9

Le secret du chevalier de Noisy

Un long hurlement réveilla le dormeur. Il était inondé de sang, du moins le croyait-il. Un fleuve rouge l'étouffait. Ce cri affreux était le sien.

Jean de Noisy se redressa dans son lit en sueur. Le même cauchemar revenait à intervalles réguliers. Parfois il pouvait dormir deux ou trois mois de suite sans faire ce rêve horrible aussi précis qu'un scénario. Jean galopait sur Brin d'Amour. Soudain un orage éclatait. Il pénétrait dans une grange pour s'abriter des éclairs. A partir de cet instant, sa respiration devenait difficile car il « savait » ce qui allait arriver : paralysé, il ne pouvait enrayer l'horrible déroulement. Trois hommes masqués jaillissaient de l'ombre, ils se jetaient sur lui et n'avaient aucun mal à l'immobiliser. Sous son regard horrifié, ils égorgeaient Brin d'Amour. Le cheval hennissait de douleur et de désespoir. Sa belle tête pendait, lamentable, le cou ouvert. Son sang jaillissait partout, se répandant sur son maître.

Jean se réveillait alors, hurlant, trempé de sueur. Les jambes encore tremblantes, il se leva, prit un verre d'eau dans la salle de bains et changea de pyjama. Il se regarda dans la glace, il était blême. Il secoua la tête, passa la main dans ses cheveux châtains. Il aspergea son visage d'eau fraîche et revint dans sa chambre. Il n'osait même plus se recoucher. Un instant, il eut envie de téléphoner à Lorraine, rien que pour entendre sa voix. Il avait attendu longtemps son coup de fil mais peut-être était-elle rentrée trop tard de la Côte d'Azur. A cette heure-ci, elle devait dormir, belle comme une fleur dans ses draps roses. Jean aimait profondément Lorraine. Sa beauté l'éblouissait. Du fond du cœur, il désirait fonder avec elle une vraie famille, ce qui lui avait toujours manqué. Le fait qu'elle fût si riche n'avait rien changé à son amour.

Du moins le pensait-il sincèrement car il possédait lui-même une superbe fortune terrienne, ne ressemblant évidemment en rien aux millions du propriétaire de La Galette Dorée, Marcel Frémin. La vulgarité de ce dernier ne gênait pas trop Jean. Il ne voyait que l'élégance de Lorraine avec qui il rêvait d'avoir de nombreux enfants. Il les imaginait déjà galopant et sautant des obstacles dans le parc de Reuville. En réalité, Jean ne connaissait guère de la vie que les chevaux et son extrême solitude.

Il crut entendre, au loin, les hennissements de Brin d'Amour. Celuici, avec le sixième sens des animaux, avait sûrement perçu le mauvais rêve de son maître. Jean enfila sur son pyjama un pantalon de velours et une veste de chasse. Il prit une torche électrique, sortit du château et se dirigea vers les écuries. Le premier garçon[1] vint à sa rencontre.

– Opéra n'est pas encore prête à pouliner, monsieur Jean.

– J'ai entendu Brin d'Amour.

– Oui, il sait que son petit va venir...

– Va te recoucher, Mathias, je fais juste un tour, s'il y a du nouveau je t'appellerai...

– Merci, bonsoir, monsieur Jean.

Tandis que le premier garçon s'éloignait vers sa chambre au-dessus d'une écurie, Jean alla caresser Opéra, puis il pénétra dans la confortable stalle de Brin d'Amour. Le cheval vint aussitôt humer son maître, lui donner des coups de tête affectueux. Jean caressait son encolure, plongeait ses mains et son visage dans sa crinière.

– Mon beau, mon brave...

Soudain, il rit.

– Dis donc, toi et moi, on s'est fait flanquer une sacrée déculottée par la petite punaise, tu sais je vais l'avoir à l'œil cette gamine, c'est le meilleur cavalier que j'aie vu depuis Saumur ! Elle ne sait pas encore à quel point elle est douée. Il faudrait la discipliner mais elle est comme toi et moi, passionnée de l'art équestre...

Jean Caumont bouchonna la croupe de Brin d'Amour puis il se laissa glisser aux pieds du cheval dans la paille. Une vieille couverture était accrochée à un clou, il la tira vers lui pour s'enrouler dedans. Dans la litière de Brin d'Amour, il était sûr de ne pas refaire son abominable cauchemar. L'esprit en paix, il s'endormit avec la vision amusante de l'insupportable gamine hurlant : « J'ai gagné ! »

Dans sa chambre à Hautefort, Noémie ne pouvait trouver le sommeil. Elle avait cru naïvement que son équipée passerait « inaperçue ». Bien sûr la famille, Carentan et Sainte-Mère étaient au courant. La

1. Chef des lads.

presse locale, *Le Bouais Jean, La Revue manchoise, Le Cotentin libre, La Revue normande* et *Le Journal de Carentan*, était venue interroger la championne du raid. Un photographe l'avait même immortalisée sur Jimmy du Manoir.

Stanislas et Valentine, de retour du baptême Chevignard, apprirent évidemment la chevauchée. C'était trop tard pour sévir et finalement les Rolland-Lacour ne pouvaient cacher la fierté qu'ils éprouvaient. Le plus vexé était Quentin. Quant à Tancrède Hautefort, il reçut un savon de Valentine pour avoir signé l'autorisation paternelle. Pendant le dîner à Hautefort, Noémie dut faire le récit de sa cavalcade. « Tout de même, avoir battu le fameux chevalier de Noisy ! » Valentine et Stanislas échangèrent un regard orgueilleux. Leur fille était donc capable de tout.

Noémie se leva de son lit pour aller à la fenêtre regarder le ciel étoilé. Il faisait frais ce soir. Dans son pyjama qu'elle portait comme un garçon, elle s'accouda au rebord de pierre. Son regard se dirigea vers le château de Reuville qu'elle ne pouvait apercevoir de nuit, mais dont elle connaissait l'emplacement.

Il devait dormir à cette heure-ci, après avoir parlé avec la pintade ! Était-il vexé ? Peut-être ne voudrait-il jamais la revoir. Il la considérait comme une gamine mal élevée. Noémie soupira et revint dans sa chambre. Devant la glace de son armoire, elle ôta sa veste de pyjama et posa ses deux mains autour de ses seins naissants. « Voyons, dans un an, j'aurai une vraie poitrine, il ne sera pas encore marié ! » Allons, tous les espoirs étaient permis ! Noémie se recoucha, elle rêva encore au moyen d'attirer l'attention de Jean de Noisy, puis elle s'endormit en décidant qu'elle enverrait le lendemain une carte postale à son ami Rodolphe pour lui raconter sa victoire.

Jean Caumont de Noisy avait eu une enfance très difficile à Saint-Michel-de-Montjoie dans le sud du Cotentin. Le château familial avait une jolie vue sur le Mont-Saint-Michel que l'on pouvait apercevoir par temps clair. Pour s'y rendre, il fallait quitter Mortain par une petite route, passer la Tournerie puis s'engager dans une descente sinueuse, où se révélait alors une vue splendide sur le bassin de Sourdeval. Après le village, un chemin de terre, épousant les sinuosités de la rivière, se faufilait dans la vallée de la Sée. Enfin le vallon s'épanouissait découvrant une allée bordée d'arbres centenaires, qui conduisait à Saint-Michel-de-Montjoie.

Le père de Jean, le marquis Maximilien Caumont de Noisy, un homme du siècle passé, était terriblement attaché aux valeurs anciennes, pour ne pas dire féodales qui, selon ses dires, avaient tendance à se perdre. Jean avait été élevé à la dure par une vieille nurse anglaise au caractère aussi strict que son visage était sec, miss Northon.

Il n'y avait pas de place pour les jeux au château de Montjoie. L'enfant était levé dès cinq heures du matin, faisait une toilette à l'eau glacée, avalait un bol de lait et un quignon de pain ; le précepteur, M. Lebarnabé, arrivait à six heures précises pour lui donner des cours qui duraient jusqu'au soir. Grec ancien, latin, mathématiques, géométrie, littérature, lecture des classiques, anglais, allemand... à cinq ans, le petit Jean savait déjà lire, écrire et compter. Ses parents, Maximilien et Marie-Hélène, une très belle femme blonde qui semblait moins attachée que son mari à ces méthodes rigoureuses, vivaient dans leur hôtel particulier de la rue de Bourgogne à Paris. Ils ne venaient à Saint-Michel-de-Montjoie qu'un dimanche sur deux pour voir leur fils.

C'est sans doute à cause de cette misère affective que Jean s'était attaché aux chevaux. Sa seule liberté consistait à aller nourrir les bêtes de son père dans les écuries. Très vite il avait aimé ces magnifiques animaux, qui d'ailleurs se trouvaient dans la même solitude que lui. Un vieux lad les bouchonnait et les nourrissait une fois par jour, mais les malheureux chevaux s'ennuyaient autant que l'enfant car ils étaient rarement sortis. Au fur et à mesure qu'il grandissait et prenait quelque autorité sur les domestiques, Jean, sans en parler à ce père qu'il craignait tant, avait réorganisé la vie des chevaux de Saint-Michel. Il les menait au pré et, en été, il les conduisait dans la vallée de la Sée se baigner. Avec, enfin, l'autorisation de Maximilien, qui voyait son fils attiré par l'équitation, il avait appris à monter dès l'âge de sept ans. Ces leçons avaient d'ailleurs failli se révéler elles aussi un enfer.

– Vous voulez monter à cheval, Jean ? Vous en êtes sûr ? avait demandé un jour le marquis.

– Oui, père...

– Parce que chez les Noisy ou on devient un grand cavalier ou on reste crétin ! Alors à partir de lundi, six heures d'équitation par jour !

L'emploi du temps de Jean était devenu encore plus dur, mais il s'était accroché, car depuis qu'il dressait les animaux, il n'éprouvait plus ce sentiment de solitude atroce. Les chevaux de Saint-Michel étaient sa vraie famille. Il lui semblait même que ces derniers le comprenaient mieux que miss Northon, M. Lebarnabé ou ses propres parents. Il vouait une adoration à la beauté de sa mère mais celle-ci, après un baiser distrait, s'enfermait pour téléphoner, se maquiller, ou se coiffer pendant des heures. Elle détestait la campagne, s'y ennuyait affreusement et n'aurait pas eu l'idée de s'y occuper de son fils.

A Paris, le marquis et son épouse avaient une vie bien réglée. Maximilien était un membre actif de *L'Action française*, le quotidien politique d'extrême droite fondé en 1908 et animé par Charles Maurras. Lors de l'affaire Dreyfus, un comité d'Action française, nationaliste et antidreyfusard, avait été créé par Pujot, Vaugeois et Maximilien Caumont de Noisy avant de se transformer en Ligue d'action française.

Sous l'influence de Maurras, ce mouvement était le défenseur du « nationalisme intégral », d'une monarchie « héréditaire, antiparlementaire et décentralisée ». Les vendeurs de *L'Action française*, parmi lesquels Maximilien, constituaient de véritables organisations de combat royaliste, les « Camelots du roi ». Marie-Hélène avait une vie beaucoup plus frivole. Sous couvert de thé avec des amies, la belle marquise de Noisy passait le plus clair de son temps avec de jeunes « admirateurs » et elle ignorait complètement ce qui pouvait bien arriver à son fils dans le glacial château de Montjoie.

C'était une nuit pluvieuse et glacée de novembre 1923. Jean avait dix ans. Alors qu'il dormait dans son lit à baldaquin, il crut entendre du bruit dans le hall du château. Il se leva et entrouvrit sa porte. Dans la pénombre, il aperçut son père en peignoir qui descendait l'escalier. Les silhouettes de trois hommes se découpaient devant les armures de l'entrée.

– Je vous avais dit de ne pas venir ici ! leur reprocha Maximilien.

– C'était important, on peut parler ?

– Venez dans le petit salon mais pas de bruit, ma femme et mon fils dorment, je ne veux pas que vous les réveilliez.

Maximilien fit signe à ses visiteurs de le suivre. Les trois hommes lui emboîtèrent le pas. Caché dans l'escalier, l'enfant n'aurait su dire pourquoi, mais il sentit planer un danger. De son perchoir, il ne pouvait voir les visages des visiteurs, à demi dissimulés par des chapeaux. Il avait envie de crier à son père de prendre garde. Au moment où Maximilien allait refermer la porte du salon sur les trois hommes, Jean fit craquer une marche de l'escalier. Son père et le dernier visiteur levèrent la tête. L'enfant effrayé se cacha derrière une statue de bois, mais il eut le temps de discerner le visage glabre de l'inconnu. Une peau blême avec un nez très droit, il aurait pu être séduisant mais sur la joue gauche une tache de vin déparait sa figure.

– Il y a quelqu'un ? interrogea-t-il d'une voix rauque.

– Non, personne, les vieilles demeures... allons parler, mais vite !

Et la porte se referma sur eux.

Jean attendit longtemps. Il les entendait discuter, marcher de long en large en bas, parfois des voix s'élevaient, protestaient puis chuchotaient. Il eut envie d'aller réveiller sa mère mais n'osa pas. Il ne pénétrait presque jamais dans sa chambre. Finalement l'enfant, glacé, retourna se coucher et réussit à s'endormir. Il se réveilla comme d'habitude à six heures, se vêtit rapidement et descendit dans la salle à manger pour prendre le petit déjeuner. Son père, quand il était au château, arrivait toujours à la même heure. Jean attendit jusqu'à huit heures, puis, inquiet, il monta à la chambre du marquis. Le lit était vide. Poussé par un sinistre pressentiment, il dévala l'escalier. La porte du petit salon était fermée. L'enfant poussa le battant et découvrit un horrible spectacle. Maximilien, allongé sur un canapé, baignait dans son sang. Il avait été égorgé dans la nuit. Des guéridons renversés attestaient une bataille. Marie-Hélène, dans sa chambre, n'avait rien entendu, Jean non plus, ni aucun domestique d'ailleurs. L'enfant resta prostré longtemps devant le corps de son père, il aurait voulu pleurer mais il n'y arrivait pas. Il se sentait atrocement coupable de n'avoir pu sauver ce père qu'il n'aimait pas mais qu'il respectait. Jean se croyait un lâche.

L'enquête de gendarmerie démontra qu'il s'agissait sans doute d'un crime politique. Des suspects des factions adverses furent arrêtés, mais la police, ne pouvant rien prouver, les relâcha et se tourna alors vers les Camelots du roi... mais pourquoi auraient-ils tué un de leurs partisans ? L'affaire fut classée. Le seul à connaître le visage d'un des assassins était Jean. Il n'osa parler aux gendarmes de peur qu'on lui reproche de ne pas avoir donné l'alerte. Il n'était qu'un enfant, comment aurait-il deviné le danger ! Il n'était pas coupable mais se sentit coupable désormais.

Il porta le deuil avec sa mère qui le ramena à Paris. Là, il vécut presque heureux un an avec elle, sa beauté, son adoration.

Elle se tua avec un de ses amants en Bugatti sur la route de Deauville. Orphelin à onze ans, Jean fut mis au collège de Rosey par son tuteur, le baron d'Auban. Cet homme, très occupé par ses affaires, cousin de Maximilien Caumont de Noisy, n'était ni bon, ni méchant. Il venait voir Jean deux fois par an et lui permettait de monter à cheval au collège. C'est là que Jean fit la connaissance d'un écuyer exceptionnel, Gauthier Duverdon. Cet homme-là n'aimait pas les chevaux, il « était » un cheval. C'était lui qui avait entraîné Jean, lui offrant toute sa science, sa passion et son amitié.

Après avoir passé ses deux baccalauréats et avoir exigé du baron, finalement soulagé de cette charge, d'être émancipé, Jean ne retourna pas à Saint-Michel-de-Montjoie. Il ne pouvait plus supporter l'endroit. Il était jeune, riche, et Gauthier Duverdon le convainquit de postuler à Saumur. Il vécut trois ans de bonheur au Cadre Noir. Il se fit des camarades mais quitta l'armée pour pouvoir participer plus librement à des concours hippiques. Comme Gauthier, il aurait voulu devenir cheval. Sa renommée grandit vite. Les journaux s'emparaient du chevalier de Noisy car, rejetant son marquisat, il avait pris ce nom pour concourir. C'était Gauthier qui préparait tout, entraînant chevaux et cavalier.

Bien que Jean ait éprouvé une aversion bien compréhensible pour le château de Montjoie, il était tout de même revenu s'y installer et s'occupait avec Gauthier de ses haras. Mais un événement terrible le frappa de nouveau ; la mort en quelques jours de Gauthier foudroyé par une septicémie à la suite d'un panaris. Jean se révolta. Gauthier était le seul à qui il avait confié son secret. Celui-ci lui avait simplement dit :

– Il y a une raison à tout, mon Jean... Un jour tu la trouveras !

Cette mort injuste, stupide, les médecins ne connaissant aucun remède devant cette infection fulgurante, l'abattit encore plus que celle de son père. Il décida de tout vendre, chercha un domaine et trouva Reuville. Depuis qu'il avait rencontré Lorraine à Megève, il se sentait mieux et, n'étaient ses horribles cauchemars, il aurait vu l'avenir avec optimisme.

Le lendemain de son cauchemar, Brin d'Amour et Opéra étaient les parents d'une pouliche que Jean prit dans ses bras. A son habitude, il la caressa, la nettoya. Il savait d'instinct parler aux chevaux et prétendait, à la grande surprise de ses lads, « imprégner » dès leur naissance les poulains.

– Ainsi, ils connaissent leur maître, s'en souviennent et celui-ci n'a aucune peine à les dresser.

Tout en lavant la petite pouliche qui ne tenait pas encore debout, Jean la regarda. Elle était toute frêle avec une robe rousse. Il sourit.

– Toi, tu me rappelles quelqu'un, voyons, c'est l'année des R, je vais t'appeler Renarde des Marais... cela te va, beauté !

A Hautefort, Noémie se réveilla avec le soleil. Elle ignorait, bien sûr, que son surnom avait inspiré un baptême à Reuville. Si elle l'avait su, elle en aurait tiré une grande fierté et un immense espoir. Elle ouvrit ses volets et cria :

– Mon petit Quentin, tu es prêt à nous entraîner avec Jimmy pour le concours hippique de Bayeux ?

– Non, je suis occupé, je ne veux plus me soucier de toi, chipie !

Encore furieux, il boudait, c'était visible. Noémie s'habilla à toute allure et dévala l'escalier. Elle chantait, sachant que de toute façon ce bourru de Quentin passerait par ses quatre volontés.

10

La journée de Bayeux

« Y'a d'la joie ! Bonjour, bonjour les hirondelles ! Y'a d'la joie ! » claironnait sur les ondes de Radio-Luxembourg, la nouvelle station à la mode, Charles Trenet, un jeune artiste surnommé le « Fou Chantant ». Le moral de Noémie était au plus bas. Elle avait commis une grave erreur en acceptant de participer au concours hippique de Bayeux. Chaque jour passé lui faisait comprendre sa faute. Quentin avait beau l'entraîner avec Jimmy du Manoir, elle se sentait de moins en moins prête. La victoire du raid lui était un peu montée à la tête, mais peu à peu le souvenir de son triomphe s'estompait car on approchait du jour fatidique. Elle n'avait pas revu Jean de Noisy et n'avait pas cherché à le rencontrer, évitant même de passer devant Reuville. Elle restait enfermée à Hautefort avec Quentin et Jimmy. Pendant des heures, dans la prairie, son cheval sautait par-dessus les obstacles. Dents serrées, le regard tendu vers les barres que Quentin haussait chaque fois, elle recommençait jusqu'à l'épuisement. Même Jimmy en avait assez et protestait à sa façon, en laissant traîner l'un de ses sabots arrière pour renverser une barre. Il avait son caractère.

Stanislas, rentré à Paris pour ses affaires, avait promis de revenir à temps pour le grand jour. Nerveuse, Noémie tentait de cacher ses sentiments sous un air décontracté qui ne trompait personne. Même Victor avait décidé de ne plus faire enrager sa sœur avec ses farces « très amusantes », comme de glisser dans la poche de sa robe rose un gros crapaud ! Valentine aurait dû retourner quelques jours rue Jacob pour la sortie de *Trois Camarades* d'Erich Maria Remarque mais sa principale collaboratrice, Denise Marty, lui avait assuré qu'elle pouvait s'occuper seule des épreuves. En mère attentive, Valentine, abandonnant le célèbre auteur allemand, était donc restée. C'était elle qui avait organisé le départ de Jimmy du Manoir par le train pour Bayeux. Noémie prétendait l'accompagner et dormir avec son cheval dans l'écurie du champ de courses. Horrifiée à l'idée que sa fille puisse partager la vie des lads, Valentine engagea Onésime Leviel, un neveu du père Parfait, qui, moyennant vingt francs, promit de veiller sur Jimmy comme sur sa propre vache.

Le jour fatidique arriva enfin. Ayant déjà revêtu sa tenue de cavalier, Noémie partit avec sa mère au volant et son frère survolté, à l'arrière, dans une vieille Renault toute cabossée que Stanislas gardait à Hautefort pour de petits trajets.

– J'espère que cette « totoche » va tenir jusqu'à Bayeux ! s'inquiéta Valentine.

– J'ai rajouté de l'huile ! déclara Quentin en levant la main en signe d'encouragement.

Malgré les supplications de Noémie, il avait, comme toujours, refusé de quitter Hautefort, même pour venir admirer la petite. Admirer, c'était vite dit, Noémie craignait une défaite humiliante.

Grand concours hippique de Bayeux

Règlement des épreuves

Pénalisations

Un obstacle renversé	*4 points*
1er refus, volte ou désobéissance	*3 points*
2e refus, volte ou désobéissance	*6 points*
3e refus, volte ou désobéissance	*éliminé*
Erreur de parcours	*éliminé*
Fanion encadrant les obstacles renversé	*éliminé*
Chute du cheval ou du cavalier	*8 points*

Parcours tracés par le commandant de Parlier
Présentation des épreuves par Charlie Lefort

L'épreuve se déroulera en deux grandes catégories :

– Cet après-midi à deux heures et demie, 22 juniors s'affronteront sur un parcours comprenant 9 obstacles.

– A cinq heures, 50 cavaliers confirmés effectueront un parcours de 12 obstacles. Parmi ces derniers, notons la présence du chevalier Jean de Noisy qui montera son fameux Brin

d'Amour, du capitaine Roger de Chassy, du lieutenant Bernard d'Anzoux, du colonel Casimir Bresson, et du lieutenant Gilles Franc sur le célèbre Mercator.

Noémie savait que le lieutenant Gilles Franc était le principal adversaire de Jean Caumont, elle referma nerveusement le programme des festivités. Son angoisse ne se calmait pas. Lire pourtant son nom au milieu des autres cavaliers « juniors » lui faisait redresser la tête. Elle devait montrer au public de quoi elle était capable et dominer son trac, d'autant plus que la famille Hautefort avait répondu présent. Des écuries où elle avait retrouvé Jimmy en pleine forme, Noémie voyait les Saint-Hilaire et les Hautefort s'installer au premier rang sur les gradins de bois. Oncle Boris et oncle Bohémond étaient là avec tante Ericka et tante Conchita. Les têtes brunes de Justino, Carlo, Pedro et les cheveux bouclés de Wenceslas, Ladislas et Sigismond s'agitaient. Noémie aimait beaucoup ses cousins et elle devait absolument les éblouir. Stanislas avait tenu parole. Il venait d'arriver de Paris et avait rejoint Valentine et Victor, qui entouraient les grands-parents Tancrède et Caroline. Cette dernière tenait un chapelet entre ses doigts : elle devait sûrement prier pour sa chère petite-fille. A l'extérieur, le luxueux coupé-chauffeur Duesenberg de tante Eugénie avançait au pas. L'automobile s'arrêta devant les grilles du champ de courses, Cyprien, en livrée, fit rapidement le tour de la limousine et ouvrit la portière à la vieille dame. Le public, qui commençait à se bousculer à l'entrée, s'écarta pour laisser passer tante Eugénie. Un peu voûtée, vêtue à l'ancienne mode, chapeautée, elle avait grande allure avec ses yeux bleus et ses épais cheveux blancs.

– C'est Mme Sorteville de Carentan ! chuchota une voix.

– Non, c'est Mme Buisson !

– Idiot ! c'est Mme Hautefort ! des beurres Hautefort qui ont vendu à Nebraska Milk and Co !

Appuyée sur sa canne, la vieille dame passa comme si elle n'entendait rien. A l'entrée, un gardien lui demanda son billet. Sans s'arrêter, tout en poussant le tourniquet, elle lui répondit avec hauteur :

– Je suis Mme Fernand Buisson, la veuve de l'amiral et la grand-tante de Noémie Rolland-Lacour qui va concourir aujourd'hui. Alors, mon garçon, laissez-moi passer !

Écrasé par tant d'autorité, l'homme n'osa l'empêcher de pénétrer sans payer son écot.

Après avoir salué la famille à sa manière toujours condescendante, tante Eugénie vint s'asseoir à côté de Valentine.

– Bonjour, ma grande. Alors, comment va la pauvre petite Noémie ? Si elle perd ce sera un drame ! Tu n'aurais pas dû la laisser participer à ce stupide concours !

– Tu n'as besoin de rien, ma tante ? veux-tu une couverture pour tes genoux ? demanda Valentine.

– Oh ! mes genoux c'est comme le reste, une souffrance perpétuelle..., grommela tante Eugénie.

Stanislas profita de ces jérémiades pour s'éclipser vers les écuries. Il fit le tour des barrières et rejoignit Noémie. Impeccable dans son costume d'équitation, culotte de cheval blanche enfoncée dans des bottes cirées, veste rouge cintrée sur un chemisier clair et bombe noire enfoncée sur ses cheveux roux, Noémie tenait Jimmy du Manoir par la bride. Elle attendait, le cœur battant, que le concours commence. Stanislas s'approcha de sa fille qui sursauta en sentant sa main se poser sur son épaule.

– Oh ! Papa, tu es revenu à temps pour me voir !

– Je te l'avais promis, ma chérie ! Comment te sens-tu ?

– Ça va aller, je suis quand même un peu, comment dire, bizarre !

Stanislas la connaissait bien ; quand Noémie mordait ses lèvres de cette façon, c'était un signe de grande nervosité. Il la prit dans ses bras et la serra fort contre lui. Soudain, d'une voix de toute petite fille, elle murmura :

– Je crois que je veux rentrer à Hautefort !

D'un geste tendre, il lui caressa les cheveux.

– Allons, ma chérie, calme-toi, tout va bien se passer, je le sens... c'est la première fois, alors tu as le trac, c'est normal. Mon ami, Gilbert Darsay, un grand acteur, m'a avoué qu'il a toujours une peur affreuse avant le lever du rideau... Il ne faut jamais reculer dans la vie, ni renoncer à ses rêves. Tu as accepté ce concours, tu vas le faire et si possible être la meilleure ! Et si tu perds, ce n'est pas grave, l'important c'est de participer, c'est ce que disait Pierre de Coubertin encore l'année dernière...

La voix chaude de Stanislas effectua un miracle. Noémie le regarda avec reconnaissance.

– C'est toi qui as raison, papa, excuse-moi. Merci, cela va mieux !

Au loin, Charlie Lefort, le présentateur, annonçait dans son porte-voix le début du concours junior.

– Mesdames, mesdemoiselles et messieurs, merci d'être venus si nombreux pour voir de grands cavaliers comme le chevalier de Noisy sur Brin d'Amour, ainsi que le lieutenant Gilles Franc avec Mercator. En tout plus de cinquante cavaliers émérites ! Mais, sans plus attendre, voici les champions de demain que vous allez voir... aujourd'hui !

Noémie était si belle, frêle et jeune... Stanislas la regarda avec fierté. Il l'embrassa sur le front.

– Allons, vite ma chérie ! tu as le numéro sept, tu vas passer dans quelques minutes.

Après avoir aidé sa fille à se mettre en selle, Stanislas retourna à sa place. Valentine s'enquit immédiatement :

– Comment va-t-elle ? Cela a dû lui faire du bien de te voir !

– Tout va bien se passer, mon amour.

– C'est vite dit... et si elle se casse quelque chose ! marmonna tante Eugénie.

Décidément, elle était à tuer.

Le parcours des juniors était relativement simple. Charlie Lefort se chargea de le présenter au public. Monté sur un percheron, le « commentateur », un peu ridicule et essayant toujours de faire de l'esprit, tenait son porte-voix à la main.

– Les cavaliers partiront de cette ligne pour aller directement vers ce premier obstacle, une barre de Spa, puis ils viendront sur leur droite pour la rivière et puis un droit, ensuite à gauche pour un autre droit, presque en face pour cette palanque, ils vont revenir pour le mur, de nouveau un droit sur leur gauche, et enfin un oxer avant de terminer sur la ligne d'arrivée par un vertical... quel programme, mes chers compatriotes ! Plus tard, les cavaliers confirmés auront trois obstacles supplémentaires, un mur, un double et un autre oxer !

Charlie Lefort mit pied à terre et rejoignit la tribune.

– Et j'appelle tout de suite le premier concurrent, le numéro un ! En piste, jeune homme, il s'appelle Paul Bontemps et monte Lys, un magnifique demi-sang. Nous vous regardons, monsieur Bontemps !

Noémie avança pour suivre le parcours du cavalier.

Le cheval du jeune homme semblait extrêmement nerveux. Le premier obstacle fut franchi sans encombre mais, devant la rivière, Lys freina des quatre fers, faisant vider les étriers à son maître. Celui-ci atterrit de l'autre côté de l'obstacle, dans l'eau. Il se releva très vite pour rattraper son cheval et remonter en selle, mais l'animal, affolé, repartit vers les écuries. Parmi les spectateurs quelques rires fusèrent. Noémie plaignit le malheureux. Elle était honteuse à l'idée qu'une pareille mésaventure puisse lui arriver.

– Candidat suivant, j'appelle le numéro deux, le numéro un, faute de monture, étant éliminé !

Noémie songea que son père avait raison. A ce rythme-là, ce serait bientôt à elle de passer. Les prestations des autres concurrents, sans être aussi catastrophiques que celle de Paul Bontemps, n'inquiétèrent pas Noémie. En revanche, le numéro six, un certain Xavier de Beauport, se révéla extrêmement dangereux. Le garçon montait un cheval connemara très répandu en Irlande, à robe grise, nommé Flying Bud. Il franchissait tous les obstacles avec une aisance incomparable. Noémie était sûre que Xavier de Beauport allait gagner. Le public poussait des cris d'admiration. Pour le dernier oxer, Flying Bud renversa la deuxième barrière, ce qui n'empêcha pas l'assistance d'applaudir à tout rompre la performance. Noémie, crispée, entendit son nom :

– J'appelle le concurrent numéro sept, qui est en fait notre seule cavalière, eh oui, une fille bien de chez nous, c'est Noémie Rolland-Lacour qui monte Jimmy du Manoir ! Eh bien allez-y, MADEMOISELLE ! on vous regarde !

Le ton narquois de Charlie Lefort déplut à Noémie. Bien décidée à damer le pion à cet insolent et à montrer qu'elle était une véritable écuyère, elle vint avec Jimmy prendre place devant la ligne de départ. Tandis qu'elle saluait le public, de sa cravache devant le visage, mais sans ôter sa bombe comme les garçons, son cœur se mit à battre la chamade : accoudé à la barrière, Jean Caumont de Noisy la regardait avec attention. De loin, il lui adressa même un petit signe discret d'encouragement. Noémie était certaine qu'il était venu spécialement pour la voir accomplir son parcours.

Noémie taquina les flancs de son cheval et celui-ci s'élança. Malgré une légère hésitation, Jimmy du Manoir passa le premier obstacle, la barre de Spa. Pour l'encourager, Noémie lui fit une petite caresse et lui chuchota à l'oreille :

– Allez, mon beau ! va, mon chéri, on va gagner !

La rivière fatale aux malheureux Bontemps et Lys fut « avalée » par Jimmy et Noémie. Les deux droits passèrent sans encombre, la palanque également. Noémie craignait le mur, car elle savait que Jimmy serait impressionné par la petite tourelle imitant le créneau rouge d'un château fort. Elle lui donna une deuxième caresse ainsi qu'un léger coup d'éperon dans les flancs. Le mur facilement franchi, l'oxer et le vertical de fin ne furent que des jeux d'enfants. Jimmy n'avait touché aucune barrière, renversé aucune barre. Xavier de Beauport eut un geste de dépit. La « fille » l'avait battu. A la barrière, Jean de Noisy eut un fin sourire. Le public de Bayeux et des environs fit une véritable ovation à la jeune Normande. Les Saint-Hilaire et les Hautefort étaient déchaînés, Damien hurlait, acclamant son amie, Stanislas et Valentine étaient debout pour applaudir leur fille. Seule tante Eugénie ne put réprimer une réflexion aigre-douce.

– Je me demande quand même si la posture de notre petite était bien réglementaire !

Tancrède se tourna, furieux, vers sa sœur :

– Qu'est-ce que tu y connais en chevaux ? hein ! Il me semble que tu es plus experte en maris. Notre Noémie était parfaite !

Tante Eugénie, vexée, se leva.

– Si c'est comme ça, je m'en vais.

Valentine la retint.

– Reste, ma tante, je t'en prie !

Sur l'estrade, Charlie Lefort se montra beau joueur :

– Alors là, mesdames et messieurs, vous avez raison d'applaudir si fort Mlle Rolland-Lacour qui a pour le moment battu les garçons. Elle a fait un parcours sans faute en... ?

Il se tourna vers les juges.

– Trente et une secondes ! record difficile à battre, messieurs les cavaliers !

Alors que Noémie revenait vers les écuries, Jean de Noisy était en grande conversation avec le capitaine de Chassy, un passionné d'équitation et un excellent cavalier comme son ami.

– Dis-moi, Noisy, cette petite a vraiment de la tenue...

– Je dois dire qu'avec un sens de l'abord et de l'équilibre comme cela cette gamine est vraiment un cas, son cheval n'est pas toujours assez engagé, c'est sans doute dû au jeune âge de sa cavalière, mais as-tu remarqué la ligne parfaite qui allait des hanches de cette jeune fille à la commissure des lèvres de son cheval durant le saut ?

Le capitaine acquiesça. Comme Noémie arrivait d'un air dégagé devant Jean, celui-ci souleva sa bombe.

– Mes félicitations, Noémie, et bravo pour votre triomphe bien mérité !

La Renarde était aux anges. Tandis que le capitaine de Chassy s'éloignait vers les écuries, Jean Caumont s'approcha de l'adolescente.

– Vous allez sans doute gagner cette épreuve, les autres juniors ne sont pas à votre niveau... et trente et une secondes est un temps remarquable... !

– Merci, monsieur de Noisy, j'apprécie votre jugement.

– Écoute, Rolland-Lacour, tu dois travailler avec d'autres chevaux, tu es trop habituée à celui-là. Si tu veux, je pars faire un concours hippique en Allemagne, puis un autre à Boston, mais à mon retour au moment des grandes vacances, viens tous les matins à Reuville et nous travaillerons ensemble.

Noémie, éblouie, n'en croyait pas ses oreilles. Non seulement Jean de Noisy la tutoyait comme un compagnon d'équitation, mais il lui proposait de l'entraîner lui-même.

– Vous ne m'en voulez donc plus pour, heu, le raid ?

Il éclata de rire.

– Non, je suis beau joueur, ce que je te propose est sérieux. Tu peux devenir une grande cavalière, Noémie, peut-être la plus grande. Alors, c'est oui ?

– Bien sûr, je viendrai travailler avec vous, monsieur de Noisy.

– Tu peux dire Jean, mais je te préviens, je serai intraitable ! Rendez-vous cet été, Noémie !

Jean de Noisy la salua puis il partit se préparer à concourir à son tour. Restée seule, Noémie rêva. Des flashs de magnésium éclatèrent. Des photographes immortalisaient la jeune cavalière pour *Le Journal du Cotentin* et *La Revue manchoise*. Une fois les photos terminées, Hyacinthe Gomel, un correspondant amateur du *Bulletin paroissial de Carentan*, vint l'interviewer.

– Vous faites partie, mademoiselle Rolland-Lacour, d'une famille qui a régné autrefois sur le Cotentin ?

– Oui, mon arrière-grand-mère dont je porte le prénom a fait fortune dans le beurre salé.

– Ces temps sont malheureusement révolus.

– Vous savez, monsieur, l'argent n'est pas tout !

– Ah oui, expliquez-moi cela ! fit le journaliste impressionné.

– La gloire est plus importante, sauver son pays par exemple, et, de toute façon, on doit toujours aller au bout de ses rêves...

– Vous m'en direz tant... et vous allez continuer à monter ? interrogea Hyacinthe Gomel.

– Bien sûr, je vais même prendre des leçons avec le chevalier de Noisy !

– Ah ! très intéressant, le célèbre Jean de Noisy va vous entraîner avec votre cheval, comment s'appelle-t-il déjà ?

– Jimmy du Manoir.

– Eh bien, toutes mes félicitations et, si le chevalier s'intéresse vraiment à votre carrière de cavalière, alors je suis sûr, mademoiselle, que nous vous reverrons souvent lors des concours hippiques.

A quatre heures et demie, le concours junior était terminé. Noémie fut définitivement sacrée vainqueur. Le public, les Saint-Hilaire, et surtout la famille Hautefort au premier rang, lui firent de nouveau une véritable ovation. Charlie Lefort demanda alors à un cavalier du deuxième tour de décerner son prix à Noémie. Celle-ci espéra que Jean de Noisy viendrait lui offrir la coupe avec un baiser, mais ce fut le capitaine de Chassy qui s'approcha pour déclarer :

– Mademoiselle, en tant que représentant de l'armée française, j'ai le plaisir de vous remettre cette coupe, témoignage de votre victoire incontestée à ce concours hippique de Bayeux.

Il lui donna l'accolade et s'inclina en joignant les talons. La coupe dans les mains, Noémie, dans un geste de champion, la leva au-dessus de sa tête. Le candidat malchanceux, Paul Bontemps, passait en sens inverse. Il avait l'air si malheureux que Noémie descendit de l'estrade pour venir vers lui :

– Lys devait être de mauvaise humeur aujourd'hui.

– En effet !

– Vous savez, l'important n'est pas de gagner, c'est de participer, comme disait Pierre de Coubertin !

– Oh ! comme vous avez raison, merci, j'espère que nous nous reverrons... Noémie.

– Moi aussi, Paul.

Malgré un caractère dominateur, entier et parfois coléreux, Noémie avait de ces générosités qui lui gagnaient les cœurs. De ce jour, Paul Bontemps devint son principal camarade et ami aux concours hippiques.

Après les félicitations, la famille de Carentan voulut rentrer mais Noémie insista pour regarder les autres cavaliers. Tous partirent donc, sauf Stanislas, Valentine et Victor qui demeurèrent avec la jeune fille, tandis qu'Onésime Leviel s'occupait de rapatrier Jimmy du Manoir.

Charlie Lefort annonça la reprise :

– Mesdames et messieurs, vous les attendez tous ! Nos vedettes !

Afin de faire monter le suspense, Jean de Noisy et le lieutenant Gilles Franc passaient en dernier. Le lieutenant Franc réalisa une très belle prestation en trente-trois secondes. Son style « Saumur », sans fausse note, était superbe et extrêmement académique.

Enfin ce fut au tour du chevalier de Noisy. Noémie applaudit en force. Avec lui tout changeait. Elle avait l'impression qu'il avait réinventé l'équitation, opté pour un style résolument moderne. La posture de Jean sur Brin d'Amour était magnifique, toujours avec son cheval, le précédant plus que le suivant, ne marquant jamais le moindre arrêt ou la plus petite hésitation devant les obstacles : le chevalier et Brin d'Amour ne semblaient faire qu'un. Jean ne donnait jamais le moindre coup de cravache ni d'étrier à son cheval, tout se passait dans ses mains. Il était vraiment un extraordinaire dresseur. Il fit d'ailleurs le meilleur temps, trente secondes, avec trois obstacles de plus que Noémie ! Le chevalier de Noisy était vainqueur du concours hippique de Bayeux.

Noémie vécut le troisième trimestre dans un rêve au lycée Houdar-de-La-Motte. Elle se reposait de plus en plus sur Rodolphe. Grâce à lui, ses notes étaient excellentes et Stanislas se félicitait d'avoir mis sa fille dans une classe de garçons, persuadé que son orgueil la faisait travailler mieux qu'eux.

Ce jour-là, Noémie se préparait à partir au lycée. Elle avalait son bol de café au lait dans la cuisine avec Loulou. Cette dernière écoutait avec passion, sur Radio-Cité, Noël-Noël qui présentait son émission « Le couple le plus heureux de France ». Dans un extraordinaire personnage de centenaire, la voix cassée de l'acteur annonçait :

« Le couple élu va gagner une somme de dix mille francs et un terrain de son choix pour bâtir sa maison de campagne. »

– Oh ! mon dieu, si ça m'arrivait à moi ! s'exclama Loulou.

A cet instant, l'émission s'interrompit. Un speaker annonça d'un ton grave :

« Nous venons d'apprendre à l'instant que le dirigeable allemand, le LZ 129 *Hindenburg*, s'est écrasé en quelques secondes à Lakehurst près de New York en s'approchant de son mât d'amarrage. Il y aurait quarante victimes. Il s'agit de la plus grande catastrophe aérienne de tous les temps. Parmi les passagers on peut noter la présence du chevalier de Noisy. Le célèbre cavalier se rendait à Boston pour un concours hippique. On ne sait s'il fait partie des survivants... ce drame est horrible... »

– Madame Valentine, hé là... madame ! cria Loulou.

A cette nouvelle, Noémie avait glissé évanouie sur le carrelage noir et blanc de la cuisine.

11

Le monstre volant

– Hem, chevalier de Noizy, z'est un grand honneur de vous rezevoir avec l'ékipe de France... *Herr* kapitaine Chazy... *Herr* kolonel Prezon, bienvenue chez nous, *ja wohl !*

Herr Kurt Wackenröder, organisateur du concours hippique, attendait les cavaliers en gare de Berlin. Un sympathique orchestre bavarois, en culotte courte à bretelles vertes sur des chemises brodées, jouait un air entraînant. De jolies gretchens vêtues de costumes folkloriques prussiens offraient des bouquets de fleurs aux invités. L'accueil germanique ne pouvait être plus charmant. D'imposantes Mercedes-Benz noires décapotables attendaient les cavaliers. Le long du parcours, Jean de Noisy échangea un coup d'œil avec son camarade Chassy. Les jeunes gens avaient l'impression qu'on les faisait défiler exprès dans les rues de Berlin à la propreté immaculée. C'était la troisième fois que l'on repassait « par hasard » à la porte de Brandebourg. Des photographes placés sur le parcours immortalisaient la scène de la visite amicale des cavaliers. A plusieurs reprises, des badauds dans les rues vinrent apporter des bouquets aux sportifs. Cela sentait son coup bien préparé. Comme pour donner raison à la méfiance de Jean, Kurt Wackenröder se pencha pour annoncer triomphalement ;

– Nous avons grande zurprise pour vous... ce zoir, nous zerons rezus pour kocktail par Herr Doktor Joseph Goebbels...

C'était, à n'en pas douter, une immense faveur.

– J'aurais mieux aimé rencontrer Marika Rökk, chuchota Jean à l'oreille de Chassy.

Ce dernier pouffa de rire. La belle vedette très admirée, paraît-il, du Führer, triomphait au cinéma dans des comédies romantiques. En fait, le soir, les cavaliers eurent droit au premier montage du film *Olympia*[1], un reportage exceptionnel réalisé avec d'énormes moyens et un talent indéniable par Leni Riefenstahl, égérie du IIIe Reich, sur les Xe Jeux olympiques de Berlin en 1936. Ce film était un hymne à la force et à la beauté de l'homme aryen. Jean de Noisy ressortit de chez le Doktor Goebbels en proie à une sensation d'angoisse et de malaise. Avec toute l'équipe, ils s'étaient fourvoyés dans le piège du ministre nazi de l'Information et de la Propagande. Goebbels était un petit homme très aimable au premier abord, pourtant Jean s'aperçut rapidement que, si les lèvres minces de ce théoricien du nazisme souriaient, ses yeux inquisiteurs semblaient fouiller le visiteur au plus profond de l'âme. Ces « hommes d'État » en grand uniforme avec le brassard à croix gammée heurtaient l'esprit libéral de Jean. Les ministres de la IIIe République en France étaient en complet veston. L'an passé, trop occupé par les Jeux, Jean ne s'était pas attardé sur ses impressions. Cette année, il se rendait compte à quel point l'Allemagne nazie était un pays étrange, apparemment agréable et en fait dangereux. La beauté des monuments, des rues, des vieilles églises, des constructions médiévales était toujours présente. Dans Berlin, une ville accueillante, d'une propreté immaculée, l'ordre régnait partout. Les avenues, la nuit, étaient bien éclairées. Il n'y avait nul mendiant, nul clochard dans les rues. Une atmosphère de sécurité rassurait le visiteur. Au premier abord, ce climat était reposant, d'autant plus que les gens sur les trottoirs paraissaient souriants et bien habillés. Pourtant, en allant à pied repérer, dans un stade, le parcours du concours hippique, Jean ne pouvait se défaire de ce sentiment déplaisant qui reflétait son angoisse. Des magasins étaient fermés avec le mot *Jude*[2] inscrit sur la porte. Jean avait lu des articles dans *Paris-Soir* révélant la persécution des juifs dans l'Allemagne nazie, mais, à l'abri en France, il s'était refusé à y croire, pensant qu'il s'agissait de contre-propagande antigermanique ou d'une exagération journalistique. Maintenant, il touchait du doigt la dure réalité. Le Reich était soumis au pouvoir d'un dictateur et l'Occident n'avait pas l'air de s'en rendre compte. Jean et l'équipe résidaient au centre de Berlin dans un palace, *Le Grand Frédérick*. Le soir, après l'entraînement, ils pouvaient donc se promener en ville. Des drapeaux frappés d'une croix gammée noire, le svastika, décoraient les nouveaux bâtiments. Les jeunesses hitlériennes défilaient le soir à la lueur des torches. Jean les aperçut qui, sur une place près de l'hôtel, brûlaient des livres « écrits par des juifs ». Il ne pouvait comprendre cette haine, cette barbarie et cette stupidité brutale. Après deux heures

1. *Les Dieux du stade*.
2. *Juif*.

d'attente dans sa chambre, il réussit, une nuit, à appeler Lorraine au téléphone pour lui communiquer ses impressions à mots couverts.

– Ma chérie, vous allez bien ?

– Vous me manquez, Jean, quand rentrez-vous ?

– Bientôt, pour aller plus vite, je vais prendre le zeppelin pour New York. Brin d'Amour partira sur le *Queen Mary*, je serai revenu dans quinze jours, trois semaines au plus, j'ai hâte que nous soyons mariés, ainsi vous pourrez venir avec moi partout.

– Oh ! ce sera merveilleux, y a-t-il beaucoup de réceptions, Jean ?

– Oui, mais pas ce que vous croyez, ce sont plutôt des surprises-parties en « uniformes »...

– Ah !

– Je vous expliquerai tout, mon ange, mais comment dire, je suis très perplexe, et pour ne pas dire inquiet avec, heu, les « cousins » d'ici, vous voyez ce que je veux dire, les Kousins...

Il ne voulait pas prononcer le mot nazi, certain qu'on les écoutait.

– Ah ! vous avez de la famille en Allemagne, Jean ?

Il eut un instant d'agacement puis il se maîtrisa, Lorraine n'avait que dix-neuf ans. Elle était trop gâtée, protégée par la fortune de son père, loin de toute réalité. Mais elle était si belle. Avec lui, elle deviendrait une femme responsable.

– Dormez, mon amour, je vous aime, je rêve de vous, vous me manquez...

Il raccrocha et descendit boire un verre. Un petit homme aux cheveux gris bouclés qu'il avait déjà reconnu la veille était installé au bar. Ils lièrent conversation.

– Vous vous souvenez de moi, Léopold Van Belmeus, correspondant à *Paris-Soir*, je vous ai interviewé chez vous dans le Cotentin.

– En effet et nous nous étions aussi vus à Megève.

– J'irai vous admirer demain pour le concours hippique..., affirma le journaliste belge.

Les deux hommes sympathisèrent et s'aperçurent en devisant qu'ils prendraient ensemble le zeppelin dans trois jours pour se rendre aux États-Unis. Avec humour, Léopold Van Belmeus expliqua à son interlocuteur qu'il avait horreur du bateau, ayant fait le premier et dernier voyage du *Titanic*, vingt-cinq ans auparavant, en 1912[1]. Il en gardait, c'était compréhensible, un souvenir glacé. Jean, en revanche, était fasciné. Il se promit pendant le voyage vers l'Amérique de lui faire raconter ce désastre.

Le concours équestre était, comme tout ce qui se déroulait en Allemagne, très bien organisé et Jean ne s'en plaignait pas. Le gros ministre

1. Voir *La Dame du bocage*.

de l'Air, Hermann Goering, boudiné dans son uniforme blanc, la poitrine constellée de médailles, vint assister aux épreuves qui s'étalaient sur deux jours devant un public aussi nombreux que choisi. Lors du dressage libre, un jury, se composant surtout d'Allemands, jugeait l'exactitude avec laquelle le cheval obéissait aux ordres de son maître. Brin d'Amour et Jean furent très brillants dans cette épreuve. Le chevalier de Noisy commença par un trot allongé, puis appuyé, épaule en dedans, piaffé et une pirouette arrêtée, figure inventée par Jean lui-même. Il y avait ensuite le saut d'obstacles, plus ardu qu'à Bayeux.

De nouveau, la voix du speaker annonça en allemand, puis en anglais, dans des haut-parleurs très modernes :

– Le chevalier de Noisy monte Brin d'Amour, propriétaire, marquis Jean Caumont de Noisy, Reuville, France.

On avait des manières dans le IIIe Reich. Jean et Brin d'Amour s'élancèrent pour la barre de Spa, franchie sans encombre, la rivière, un premier droit, un deuxième, les palanques, le mur, un oxer, le vertical, un double et un dernier oxer. Jean de Noisy savait qu'il n'avait pas fait un parcours sans faute. Un membre du jury allemand baissa beaucoup la note car les sabots de Brin d'Amour avaient fait tomber une barre.

Jean rata de peu la première place et finit deuxième, derrière un aristocrate bavarois de grande classe, très sympathique au demeurant, le comte Ludwig von Wilhelm qui avait aussi fait tomber une barre. Mais sa note était meilleure. Jean se posa quand même la question quant à l'intégrité du jury... mais il n'était pas dans son caractère ni son éducation de se montrer mauvais perdant.

Comme il l'avait annoncé à Lorraine, Brin d'Amour prit le train avec le premier garçon, Mathias, en qui il avait toute confiance. Puis Jean leur avait retenu des places confortables à bord du *Queen Mary* qui devait faire escale à Anvers. Un court instant, il eut envie de partir avec eux. Il se reposerait pendant la traversée ; de plus, il savait que Brin d'Amour serait triste de ne pas le voir plusieurs jours. Malgré ces bonnes raisons de choisir le paquebot, Jean désirait arriver à New York le premier afin d'avoir le temps, avant de partir pour Boston, de régler avec un *lawyer*[1] certaines affaires qu'il avait héritées de son père, entre autres une histoire de vente de *bonds*[2] à laquelle il ne comprenait rien. L'argent qu'il en tirerait lui serait bien utile pour ses écuries qui devenaient un véritable gouffre financier. L'excitation de faire une traversée aérienne était aussi pour quelque chose dans sa décision. Depuis l'épopée de Lindbergh sur le *Spirit of Saint Louis*, traversant l'Atlantique

1. Avocat.
2. Sorte de bons du Trésor.

en trente-trois heures et trente minutes, les 20 et 21 mai 1927, Jean, alors adolescent, en rêvait. Il y avait les partisans des « plus lourds que l'air », les avions, et ceux des « plus légers que l'air », les dirigeables. Jean avait donc opté pour ce dernier mode de transport.

Le zeppelin, véritable monstre, attendait sur la piste d'envol. Les dérives arrière étaient marquées de gigantesques croix gammées noires. Jean pensa que le *Hindenburg* ressemblait à une énorme baleine, prête à avaler les passagers. Ceux-ci étaient une centaine avec les hommes d'équipage. Léopold Van Belmeus, sac de cuir à la main, arriva le dernier en courant dans la salle d'attente. Il rejoignit aussitôt Jean de Noisy et lui chuchota :

– J'ai failli rater le départ car je viens d'interviewer le commandant de la Luftwaffe...

Sur un regard interrogatif de Jean de Noisy, Léopold murmura avec un frisson :

– Et qui est aussi ministre de l'Air, Goering, brr, curieux, je dirais bizarre, bizarre comme Jouvet dans *Drôle de drame*. Vous l'avez vu, avec Michel Simon ?

– Non ! pas encore, admit Jean.

– Alors, courez-y vite en rentrant, c'est admirable ! L'humour anglais à la française, des dialogues de Prévert en or !

Tout en devisant, Jean et Léopold montèrent à bord du *Hindenburg*. Ce luxueux dirigeable pouvait relier Berlin à New York en deux jours à la vitesse de 140 kilomètres à l'heure. L'enveloppe portait à l'avant une petite nacelle de commandement et sur les côtés les nacelles des quatre moteurs Diesel Daimler de 1 050 chevaux chacun. Le luxe à bord faisait penser au plus confortable des paquebots. Les soixante-douze passagers étaient logés dans la carène. Ils disposaient de chaque côté d'un immense hall à larges baies obliques et fermées. Sur un bord se trouvait la salle à manger, sur l'autre le salon où trônait un piano spécialement conçu en métal léger. De larges baies vitrées éclairaient ces deux grandes pièces. En dessous s'étalait un bar où les passagers pouvaient fumer librement, bien que le *Hindenburg* fût gonflé à l'hydrogène, un gaz très dangereux parce que inflammable. Les Allemands l'utilisaient, par suite d'une interdiction des autorités américaines de vendre de l'hélium à l'étranger. C'était regrettable pour eux, car cette substance ne présentait pas les mêmes inconvénients. Les cabines étaient logées à l'intérieur de l'enveloppe, avec lavabos particuliers. Cette disposition était une erreur de l'architecte chargé de leur conception car il était désagréable en zeppelin de vivre dans des pièces sans fenêtre.

Jean, comme Léopold, savait bien que ces « navires des airs » n'étaient pas très sûrs. Le *Dixmude*, dirigeable français, avait disparu en 1923 dans un orage près des côtes de Sicile, le *R-101* anglais avait pris feu au-dessus de Beauvais en 1930, le dirigeable américain *Akron* s'était écrasé dans le New Jersey en 1933 après avoir essuyé une tempête au-dessus de l'océan. Pour le *Hindenburg*, c'était différent. Il avait une grande réputation de sécurité car il s'agissait de son dix-neuvième vol vers les États-Unis. Réputés pour leur sérieux, les Allemands étaient les plus gros constructeurs de ce mode de transport.

– Paré à l'envol !

Alors que le capitaine Max Prüss, tel un commandant de vaisseau, donnait des ordres à ses hommes en uniforme de marins allemands, Jean et Léopold s'installèrent chacun dans leur petite cabine.

Un vague ronron se faisait entendre dans le couloir, tandis que Jean se dirigeait vers la salle à manger du zeppelin. Par la baie vitrée, il suivit l'ascension superbe et lente au-dessus de Berlin.

– On casse une petite graine ?

Léopold le rejoignait à grandes enjambées. Ce petit homme si sympathique et rempli d'humour évoquait irrésistiblement Rouletabille, le héros de Gaston Leroux. Jean le lui fit remarquer.

– Ah ! vous dites comme une amie ! Fatalitas ! encore heureux que je ne vous rappelle pas Chéri-Bibi ! s'exclama en riant Léopold.

– Oh ! je ne me serais pas permis !

Évidemment, le forçat évadé du bagne de Cayenne, héros de Leroux, ne ressemblait en rien au sympathique journaliste belge.

– Un Dubonnet pour se mettre en forme, Jean ?

– Avec plaisir, Léopold !

Même en Allemagne, le célèbre *Dubo*, *Dubon, Dubonnet*, dont on pouvait voir la réclame dans les souterrains du métro à Paris, faisait fureur. Après avoir trempé ses lèvres dans le vin cuit, au goût sucré, délicieux, Léopold reposa son verre sur la table.

– Rouletabille, murmura-t-il, vaguement nostalgique. Vous m'avez fait remonter loin en arrière, Jean, c'était le surnom que m'avait donné une amie remarquable, celle qui m'a sauvé la vie justement sur le *Titanic*. Oui, elle m'appelait toujours Rouletabille...

– *M'appelait*... pardonnez-moi, mais serait-elle disparue ?

– Oh ! pas du tout, nous sommes toujours très amis, c'est la plus merveilleuse des créatures, une sorte de fée, mais ne vous méprenez pas, elle est mariée avec un architecte dont je suis le meilleur ami. C'est un couple formidable, ils ont deux enfants, une fille et un fils, je vais souvent passer quelques jours dans leur vieille demeure de vacances, la ferme Hautefort à Baudienville, tiens ! près de chez vous dans le Cotentin. Mais vous les connaissez, nous étions ensemble à Megève.

– En effet, le monde est petit, je connais très bien les Rolland-Lacour, surtout leur fille Noémie, un vrai numéro !

– Ah ! j'adore cette gamine. Elle sera comme toutes les femmes de cette famille, unique ! Vous savez, j'ai eu la chance de connaître la grand-mère, justement sur le *Titanic*. J'ai rencontré aussi l'homme qui partageait sa vie, le colonel Raoul de Saint-Preux, un authentique héros de Reichshoffen, je suis ami de toute la famille, des jumeaux Boris et Bohémond de Carentan, ce ne sont pas des gens ordinaires, ils ont été millionnaires et, maintenant qu'ils ont quasiment tout perdu, cela n'a pas l'air de les déranger le moins du monde...

Le serveur apportait les premiers plats :

– Huîtres, caviar beluga et saumon de la Baltique.

– Parlez-moi de la petite Noémie, vous savez, elle peut devenir une cavalière remarquable.

– Cela ne m'étonne pas, je l'ai connue tout bébé. Dès la naissance, avec ses cheveux roux, son joli visage et les grâces qu'elle faisait, j'ai compris que cette petite Renarde serait exceptionnelle... D'ici à cinq ans, elle aura tous les hommes à ses pieds. Pour le moment, c'est une gamine.

– Qui n'a pas la langue dans sa poche ! remarqua Jean.

Léopold éclata de rire avant de gober une huître.

– Ah ! ça non ! mais c'est de famille, j'ai entendu dire que la grand-mère jeune ne s'était pas gênée pour clouer le bec de Bismarck[1] !

– Otto von Bismarck ? fit Jean avec étonnement.

– Oui, le chancelier de la Grande Allemagne ! et elle a même tenu tête en 1870 à un escadron de uhlans pénétrant dans Carentan !

Le serveur apportait à présent des ortolans au jus. Il devait y avoir un chef français à bord du *Hindenburg*.

Tout en attaquant avec un appétit décuplé par l'altitude, Jean chuchota :

– Vous croyez qu'il va y avoir une autre guerre ?

Sur le même ton, Van Belmeus répondit :

– Oui, malheureusement, je le crains, le gros porc que je viens de voir m'a donné le frisson, je ne peux comprendre comment cet ancien aviateur, admiré de ses ennemis, mène cette vie de satrape ; ses yeux luisaient en parlant des femmes. Remarquez, je ne suis pas contre le sexe opposé, mais il y a en lui quelque chose de lubrique, et puis il ne me semble aimer que les médailles et les œuvres d'art, il m'a demandé d'un air innocent la liste des peintures du Louvre ! Je crois au Diable et ces hommes lui ont vendu leur âme !

A ces mots, Jean frissonna. Ce jugement était terrible, sans appel. Léopold changea de sujet et de ton.

– Je me rends à Washington pour interviewer Roosevelt. J'ai beaucoup d'admiration pour son New Deal. Il a sauvé les chômeurs

1. Voir *Le Maître de Hautefort*.

américains de la terrible Dépression. Essayons de dîner ensemble à New York. Tiens, on pourrait aller voir les Ziegfeld Follies ?

– Bonne idée !

Par les baies, les passagers apercevaient la terre qui s'éloignait. Des franges d'écume ridaient la surface de la mer. Tout était calme, agréable et serein à bord du *Hindenburg*. Jean passa deux jours exquis en compagnie de Léopold. On ne s'ennuyait jamais avec ce diable de journaliste. Bien qu'il eût le double de son âge, Jean ne sentait pas la différence de génération. Ils n'avaient pas reparlé du IIIe Reich, ni de la famille Hautefort-Rolland-Lacour. Jean pensait que Léopold avait dû être très amoureux et peut-être l'était-il toujours de la belle Valentine. En s'endormant dans sa couchette, Jean songea à la petite Noémie. Il la voyait distinctement sauter le dernier oxer sur le parcours de Bayeux. « Là, elle a laissé trop d'initiative au cheval. Elle devra le contrôler mieux par les jambes pour un meilleur résultat, je lui montrerai... ».

En cavalier, il se réjouissait de l'avoir pour élève. Elle serait son œuvre. Les passagers avaient rassemblé leurs affaires. Jean et Léopold, assis dans le salon, attendaient calmement l'arrivée. Le *Hindenburg* perdait de l'altitude. Quelqu'un cria :

– Oh ! la statue de la Liberté !

Par la vitre, les nouveaux amis regardèrent la grande dame qui semblait les accueillir, puis le dirigeable vira de bord pour approcher la piste. La vue était superbe sur New York. Au loin, l'Empire State Building dominait de sa flèche toute neuve les autres gratte-ciel.

– Je suis venu ici en 1912, murmura Léopold. Quel changement !

– Merci, vous avez été un agréable compagnon de voyage.

– Je peux en dire autant, Jean... où logez-vous ?

– Au *Waldorf Astoria*, Park Avenue !

– Moi, à l'*Algonquin*, 44e Rue, je vous téléphonerai demain soir, on ira voir le show Ziegfeld et après on ira souper chez *Sardi's*, ça va ?

– Parfait ! dit Jean.

La calme descente continuait vers la piste de Lakehurst, dans la banlieue de New York. Le zeppelin ne se trouvait plus qu'à une centaine de mètres du sol. Par le hublot, Jean distinguait les hommes du sol en uniforme qui s'apprêtaient à la manœuvre, consistant à amarrer le monstre à un mât. Derrière des barrières, la foule curieuse était rassemblée pour acclamer ce géant venu d'Europe. Au moment où le voyage semblait terminé, une terrible explosion retentit vers l'arrière du zeppelin. En un instant, Jean et Léopold comprirent ce qui se passait. Attentat ou accident ? L'hydrogène contenu dans l'immense enveloppe noire s'enflamma. En quelques secondes[1], le vaisseau du ciel s'embrasa sous les cris horrifiés de la foule. Sans réfléchir, en cavalier devant l'obstacle, Jean de Noisy brisa la vitre d'un coup de talon. Léopold Van Belmeus restait pétrifié, son sac à la main.

Déséquilibré, le *Hindenburg* penchait du côté du salon. Les baies ne devaient plus se trouver qu'à une vingtaine de mètres du sol. Jean saisit Léopold Van Belmeus qui cria :

– Non ! pas ça !

Trop tard, Jean de Noisy avait basculé dans le vide, entraînant le journaliste dans sa chute. Une douleur affreuse à la jambe fit hurler Jean. Léopold avait roulé à côté de lui. Il gémissait en se tenant l'épaule. Au milieu des poutrelles d'acier, des corps et des tissus en flammes qui tombaient du ciel, Jean et Léopold se relevèrent tant bien que mal, pour courir, l'un en boitant, l'autre en tenant son bras, vers Herbert Morrison, le commentateur de radio qui, ne pouvant supporter l'horrible spectacle, venait d'éclater en sanglots.

Jean et Léopold, choqués, s'écroulèrent à ses pieds.

– *This is terrible, the flames are leaping 500 feet into the sky!* répétait Herbert Morrison.

Des ambulances arrivaient dans un bruit de sirène assourdissant. Par chance, Jean de Noisy et Léopold Van Belmeus partagèrent le même véhicule.

Comme ils traversaient le pont de Brooklyn pour aller vers le New York Hospital, Léopold murmura :

– Avec le *Titanic*, cela fait deux fois, je crois que l'Amérique ne m'aime vraiment pas... en tout cas, merci ! vous m'avez sauvé la vie !

Malgré sa douleur, Jean faillit rire.

Allons, il ne ferait pas le concours hippique de Boston mais il était vivant !

1. Trente-deux secondes.

12

Les beaux jours

– Je m'en fiche de la reine !

– Noémie, ma chérie, il ne faut pas parler comme ça, ce n'est guère poli ! reprocha, avec sa douceur coutumière, Valentine.

Sa fille lui donnait du souci. Elle était nerveuse, brusque avec son frère, impatiente de partir à Hautefort, furieuse de ce retard impromptu de quelques jours dû à la visite officielle en France de Leurs Majestés le roi George VI et son épouse, la reine Élisabeth d'Angleterre.

Valentine voulut entraîner sa fille pour admirer l'exposition des magnifiques poupées que les enfants de France offraient aux jeunes princesses Élisabeth et Margaret Rose.

– Non merci, c'est bon pour les mioches, emmène donc Victor ! répondit avec mépris Noémie.

A treize ans, elle se sentait adulte et n'admettait plus qu'on la traite en petite fille. Valentine la regardait avec tendresse et fierté. Noémie était longue, mince, musclée par le sport, elle avait presque atteint la taille de sa mère. Toutes deux étaient très complices, deux amies. Valentine était d'habitude pleine de compréhension pour sa Noémie-Passion, mais là, elle exagérait, rongeant son frein, asticotant Loulou et ayant même proposé de partir la première, seule, par le train. Stanislas, ferme, avait refusé, on irait ensemble à Hautefort !

Tout ça, pensait Noémie, à cause de cet « idiot » de Léopold Van Belmeus, qui avait réussi à trouver des invitations pour ses parents, à la mairie de Paris, où les souverains britanniques seraient reçus en ce bel été 38.

Paris était décoré d'Union Jack et de fleurs. On avait même remplacé les vieux pavés de bois des Champs-Élysées par des petits cubes de pierre.

« Cinq millions de pavés, avait dit Stanislas, cela va coûter une fortune aux contribuables ! »

Mais rien n'était trop beau pour le roi et la reine d'Angleterre. Miss Priscilla, une vieille demoiselle anglaise qui venait le jeudi donner des leçons de conversation à Noémie et Victor, était allée, en l'honneur des souverains, s'acheter une horrible robe mauve à collerette de dentelle verte.

– Aho ! que Noémie pensez-vous ? demanda miss Priscilla en montrant l'achat à son élève consternée par tant de laideur.

Noémie n'avait pas le courage de lui donner sa véritable opinion.

– Très original, hem, vous allez rencontrer la reine, miss Priscilla ?

– Aho, non, je être sur le passage du cortège, Noémie, de loin, je crier « God save the King » et faire le révérence... !

Jamais Noémie n'avait entendu quelque chose de si stupide. S'acheter une horreur pour être perdue dans la foule anonyme et pendant ce temps-là elle devait rester clouée à Paris.

Chapeautée de paille, vêtue d'un ravissant ensemble de mousseline grège copié par sa couturière de quartier sur un ensemble de Molyneux, Valentine, le matin de la grande réception à l'Hôtel de Ville, proposa à sa fille de venir voir cet événement historique. Avec Stanislas, qui s'impatientait en bas, déjà au volant, ils essaieraient de la faire passer avec leur bristol doré.

Noémie, méprisante, répondit seulement :

– La royauté ne m'intéresse pas... D'ailleurs, on devrait couper la tête de tous les rois !

C'était la période révolutionnaire de Noémie. Son ami Rodolphe, grand admirateur de Saint-Just, et pour le moment anarchiste convaincu, l'entraînait sur la voie de la révolte. Ils avaient, sur le banc du Luxembourg et sous le regard de l'ancien combattant de plus en plus éberlué, de longues conversations idéalistes, rêvant d'un monde meilleur où tous les hommes seraient égaux. Rodolphe était très troublé par Noémie. Un jour, ils séchèrent un cours pour aller voir un film « défendu », *Paramatta, bagne de femmes* avec la grande vedette allemande Zarah Leander. En fait, ils ne virent pas grand-chose de cette histoire de chanteuse envoyée au bagne car Rodolphe osa, pour la première fois, embrasser Noémie. Celle-ci, émue par ce chaste baiser sur les lèvres, regarda distraitement les malheurs de Zarah Leander, la tête appuyée sur l'épaule de Rodolphe.

– Je t'aime, Noémie..., murmurait le jeune homme.

Il vola un deuxième baiser, puis un troisième. Noémie se laissait aller en pensant à Jean de Noisy. Ah ! si seulement il l'avait prise dans ses bras de cette façon, mais il était toujours d'une correction désespérante. Noémie avait de nombreux défauts mais elle était foncièrement honnête. A la fin du film, se dégageant des bras de Rodolphe, elle lui avoua franchement :

– Je t'aime beaucoup, Rodolphe, mais tu ne dois pas te faire des idées, j'aime un autre homme qui vient d'échapper à la mort et qui est un héros, il a sauvé la vie de notre ami Léo... Dès que j'aurai l'âge, nous nous marierons, il ne le sait pas encore mais je vivrai dans son château et, comme il est mon professeur d'équitation, nous ferons du cheval ensemble...

Ce programme consterna Rodolphe. Il promit de rester le meilleur ami de Noémie et de continuer à l'aider pour ses devoirs. Avec un peu de patience, songeait-il, cette lubie disparaîtrait et il serait le premier pour la consoler lorsque ce sale type l'abandonnerait.

La jambe cassée de Jean dans le désastre du *Hindenburg* l'année dernière avait été une bénédiction pour Noémie. Il avait passé l'été 37 à Reuville immobilisé par un plâtre. Chaque jour, Noémie venait ponctuellement s'exercer avec Jimmy du Manoir. Après quelques jours, il lui permit même de monter Brin d'Amour, revenu comme il était parti, sur le *Queen Mary*. Avec un tel professeur, Noémie faisait des progrès considérables. Elle s'entraînait sous le regard du maître pendant deux heures tous les matins. Assis dans un fauteuil, la jambe allongée sur un tabouret, il était très gentil, mais ferme avec son élève. Il n'y avait aucune familiarité entre eux, Jean se contentant de lui donner des conseils et parfois de la féliciter.

– Noémie, si tu demandes à ton cheval de produire trop d'efforts, il sera fatigué et perdra le moral. Attention à ton équilibre arrière, travaille en douceur, ta main droite fixe, garde l'appui en permanence, vas-y, ta main gauche libre doit agir de façon continue, par actions successives et à une hauteur variable tout le temps pour mieux jouer sur l'équilibre du cheval. Bravo, tu as compris, parfait, allonge-lui les foulées...

A la fin de chaque leçon, Noémie espérait que Jean l'inviterait à pénétrer dans le château, mais il ne s'écartait pas de leurs rapports maître-élève.

Au début, Valentine ou Stanislas, quand ce dernier venait en week-end, accompagnaient leur fille au château de Reuville et passaient la rechercher. Le sérieux, la classe de Jean, l'amitié et l'intérêt professionnel qu'il témoignait à Noémie, rassurèrent les parents. Jean de Noisy était aussi le futur gendre du client de Stanislas, Marcel Frémin. Peu à peu, Noémie put aller à Reuville et en repartir seule avec Jimmy du Manoir.

Au début du mois d'août, elle apprit avec rage que Lorraine Frémin arrivait avec ses parents. Pendant huit jours, Noémie ne vit pas Jean de Noisy. Quand elle se rendit au château, appelée par le premier garçon, Mathias, les Frémin étaient « enfin » partis et Jean n'avait plus son plâtre. Il commençait en boitant sa rééducation avec M. Raymond, un masseur-kinésithérapeute venu de Paris et spécialiste des sportifs. Jean, à vingt-quatre ans, savait maîtriser la douleur. Plein d'énergie, il effectuait sur la terrasse ses exercices de musculation. M. Raymond lui imposait des étirements douloureux. Noémie le trouvait souvent ainsi allongé sous les mains du « tortionnaire ».

– Je vais vous casser la gueule, Raymond ! criait-il.

– Bien, allongez-moi cette jambe, ça va, bravo, poussez sur mon poing, encore. Bonjour, mademoiselle Noémie, je vous rends votre professeur. Bientôt, monsieur Jean, je vous donnerai l'autorisation de remonter !

Noémie était là quand Jean enfourcha Brin d'Amour pour la première fois. Ils firent une courte promenade dans les allées du parc. Lorsque Jean redescendit de cheval, Noémie remarqua que des gouttes de sueur perlaient à son front. Il devait avoir très mal. M. Raymond était parti faire une course à Sainte-Mère-Église. Mathias accourait de loin mais ce fut Noémie qui aida Jean. Il s'appuya sur son épaule pour monter les marches du perron.

– Aïe ! c'est ton tour de me secourir maintenant, voilà ta revanche de Megève, dit le jeune homme en souriant.

Grisée d'être de nouveau si près de lui, Noémie ne put rien répondre. Devant la porte-fenêtre du grand perron, elle s'arrêta.

– Voilà, eh bien au revoir...

– Veux-tu prendre un verre ?

Enfin ce qu'elle avait tant espéré arrivait. Le cœur battant, Noémie pénétra à l'intérieur du château de Reuville. Dans le grand salon, un sévère mobilier Empire, venu de Saint-Michel-de-Montjoie, avait pris place le long des murs fraîchement retapissés de brocart vert d'eau. L'ensemble était beau mais froid.

Tout en boitant, Jean entraîna l'adolescente vers un boudoir tendu de soie jaune, plus intime que la vaste pièce. Épuisé par l'effort, il se laissa tomber dans un fauteuil.

– Veux-tu une orangeade ou une grenadine, Noémie ?

– Que prenez-vous ?

– Un cidre de la propriété.

Tout en parlant, il sonna pour commander les boissons.

– Bonne idée, nous en faisons encore un peu nous aussi à la ferme, comme du temps de mon arrière-grand-mère, mais, vous savez, les traditions se perdent.

Jean de Noisy dissimula un sourire amusé. Elle parlait comme une grande personne. Sur un geste du maître de maison, elle s'assit sur un canapé et croisa les jambes d'un air décontracté avant d'affirmer :

– J'aime bien cette pièce !

– Moi aussi, approuva Jean. Comment dire, j'ai l'impression que c'est un endroit chargé d'émotion ; ce boudoir était dans un état épouvantable, comme le reste du château. Il y a eu des modifications mais sans savoir pourquoi j'ai fait retapisser cette pièce de la couleur des morceaux de tissu qui pendaient sur le mur...

Un vieux serviteur apporta la bouteille de cidre bouché et les verres. Il servit son maître et l'invitée puis, avant de se retirer, il prévint :

– Monsieur Jean, Mlle Lorraine demande que vous la rappeliez ce soir avant huit heures trente sans faute, car elle s'en va ensuite à une réception au *Pré Catelan*.

– Merci, Pierre, je le ferai dès que Mlle Rolland-Lacour sera partie.

Noémie mordit ses lèvres de dépit. Ainsi, il n'y avait rien à faire, la pintade, comme un pot de glu, ne décollait pas. Elle en aurait pleuré de rage. Comme par un fait exprès, tout en buvant avec plaisir une gorgée, Jean demanda :

– Tu viendras à mon mariage, Noémie ?

Très pâle, elle réussit à répondre :

– Quand doit-il avoir lieu ?

– A cause de ma patte cassée et de diverses obligations de Lorraine, l'été prochain.

Noémie poussa un soupir intérieur de soulagement. Elle avait presque un an pour casser ce projet.

– Oh ! vous savez, il peut se passer beaucoup de choses en un an ! assura-t-elle d'un air mystérieux.

– Que veux-tu dire ?

– Eh bien, vous pouvez changer d'idée ou rencontrer quelqu'un d'autre...

– Ah ! c'est ton opinion ?

– Oui, je vous l'ai déjà dit, je ne vous vois pas du tout marié, enfin si... peut-être marié, mais pas avec elle !

– Finalement, tu n'aimes pas Lorraine ?

– Je n'ai pas dit ça.

– Non, mais tu le penses...

Il avait fini son verre, le reposa et changea de sujet.

– Ça va l'école ?

Noémie était furieuse, il la traitait vraiment en gamine.

– Je suis une excellente élève, toujours première, mais franchement j'en sais assez, dans un an j'arrête mes études pour me consacrer au cheval !

– Tes parents sont d'accord ?

– Mes parents, mes parents, vous n'avez que ce mot à la bouche, je suis assez grande pour prendre mes décisions toute seule !

– Bien ! à ton aise, tu viens demain, même heure, au revoir ma petite, tu connais le chemin...

Jean se redressa, avec un petit geste que l'on pouvait considérer comme gentil, il leva la main et sortit en boitant vers son bureau. Noémie resta un instant, mortifiée. Le vieux Pierre venait ôter les verres.

– A demain, mademoiselle Noémie.

– A demain, Pierre.

Elle hésita, puis se lança :

– Vous l'avez connu tout jeune, M. Jean ?

– Oh ! oui, mademoiselle, je l'ai presque vu naître.

– Ah ! il était gentil ?

– Le plus gentil petit garçon de la terre, aimable, poli, un ange !

– Eh bien, il a vraiment changé !

Sur cette affirmation, Noémie quitta le boudoir en laissant le vieux Pierre, estomaqué par tant d'aplomb.

« Je le hais, je lui souhaite tous les malheurs du monde avec son affreuse Lorraine. Un an ! je n'ai qu'un an pour arrêter ça, je suis encore trop petite, il ne voit pas en moi une femme, mais une gamine. Oh ! comme je suis malheureuse.. » songea-t-elle en galopant vers Hautefort.

Ils firent la paix le lendemain autour des obstacles. L'été passa ainsi, avec les leçons amicales à Reuville.

En septembre, Jean de Noisy remontait régulièrement et s'entraînait à nouveau. Un jour, Noémie eut la surprise de le voir passer impromptu à la ferme en fin d'après-midi. Il rencontra Quentin et le félicita pour sa façon d'exercer la jeune cavalière. Pour une fois déridé, Quentin accepta de monter sous l'œil exercé de Jean. Tandis qu'il faisait exécuter quelques figures à Jimmy du Manoir, Jean de Noisy l'interrogea :

– Vous montez vraiment bien, Quentin, n'auriez-vous pas été écuyer de cirque ?

A cette question qui, dans la bouche de Jean, était un grand compliment, les yeux de Quentin lancèrent un éclair jaune.

– Pas du tout, vous vous trompez !

Il descendit de cheval et partit vers l'écurie.

– Je suis désolé, je l'ai vexé ! dit Jean.

– Ne vous inquiétez pas, Quentin est un vieux garçon bizarre mais très dévoué avec les enfants et les chevaux..., affirma Valentine qui avait assisté à la fin de l'entretien. Voulez-vous entrer prendre un rafraîchissement ?

Noémie aurait embrassé sa mère d'avoir eu l'idée d'« attirer » Jean dans la ferme.

A l'intérieur, il regardait tout avec intérêt et curiosité.

– Vous avez eu raison, madame Rolland-Lacour...

– Je vous en prie, appelez-moi Valentine.

– Avec plaisir. Vous avez eu raison de conserver à cette vieille demeure l'âme de vos ancêtres.

– Ma grand-mère que j'adorais y tenait beaucoup.

– Quel beau portrait, oh ! un Boudin ! fit Jean en s'approchant du tableau représentant Tancrède l'Aîné devant la tour du domaine.

– Il s'agit de mon arrière-grand-père, un homme exceptionnel revenu de la campagne de Russie à pied et sur une seule jambe !

– Bel exploit ! On avait de la volonté dans la famille, je comprends mieux le caractère de Noémie.

– Mon Dieu, elle ne vous a pas manqué de respect, j'espère ?

Jean lança un coup d'œil vers son élève qui écoutait avec attention cette conversation.

– Pas du tout, Noémie a ses idées, elle les exprime parfaitement pour une jeune fille de son âge...

– Ah ! vous me rassurez, vous êtes content de ses progrès ?

– Très ! Si vous le désirez, je continuerai à l'entraîner l'année prochaine car maintenant je suppose qu'elle va rentrer en classe...

– Oui, le 1er octobre comme tous les écoliers, les grandes vacances sont finies !

Très bonne maîtresse de maison, Valentine fit visiter la vieille demeure au chevalier de Noisy. Noémie suivait chaque pas de son professeur. Elle était presque jalouse de sa mère qui avait pris la première place. Jean s'intéressa aussi dans le salon aux portraits de l'aïeul chouan Tancrède l'Ancien et de son épouse la Blanche Pouquette. Quant il apprit que cette dernière avait le don de guérir, il se tourna vers son élève.

– Tu as de la chance, Noémie, d'appartenir à une vraie famille, exceptionnelle, riche de l'âme et du passé. Je vous remercie, Valentine, pour cet accueil si chaleureux !

– Mais venez en voisin quand vous voulez, mon mari et moi sommes très reconnaissants de ce que vous faites pour notre fille, elle ne jure que par vous !

– C'est vrai ça ? Tu caches bien ton jeu, Noémie !

Il se pencha, lui lança une chiquenaude sur le nez et, prenant congé, déclara :

– Nous avons eu aujourd'hui notre dernière leçon. Je pars faire une série de concours hippiques en Angleterre et en Italie. On se reverra au printemps ou à l'été ! Travaille bien en classe et va régulièrement au manège, Noémie. Mes hommages, Valentine...

Voilà, il était parti.

Le cœur brisé, Noémie resta encore quelques jours à Hautefort. Damien de Saint-Hilaire était son confident. Ne pouvant plus garder son secret, elle lui avoua son amour impossible pour Jean de Noisy. Damien la consola dans les dunes de la grande plage. Il lui jura qu'elle allait oublier ce « vieux » de vingt-quatre ans et profita de ses sanglots pour lui voler un baiser. Noémie remarqua que Damien embrassait comme Rodolphe, lèvres fermées.

La nuit suivante, elle sanglotait tellement que Victor vint la voir. Ils avaient beau se chamailler, en bon petit frère, il avait du chagrin de voir sa sœur dans cet état.

– Pleure pas, Noémie, tiens ! je vais te donner mon album de *Prince Vaillant !*

C'était un grand sacrifice. A travers ses larmes, Noémie lui sourit.

– Tu es gentil, je t'aime bien, Victor.

– Moi aussi, Noémie !

Il se glissa dans le lit de sa sœur et tous deux s'endormirent, serrés l'un contre l'autre. Le vent d'est soufflait. Au-dessus de leur tête, la girouette de la tour veillait sur les habitants de Hautefort.

13

Avant l'orage

Noémie passa un hiver « atroce », sans nouvelles directes de Jean de Noisy. Elle apprit seulement par la page des sports dans *Paris-Soir*, rapporté tous les jours par son père, que le chevalier, complètement rétabli, s'était distingué au concours hippique de Rome. Une magnifique photo le représentait à cheval recevant la coupe du vainqueur des mains du gendre de Mussolini. Très bel homme, le comte Galeazzo Ciano portait avec élégance des guêtres blanches sur des souliers vernis. Il souriait aimablement au cavalier. Noémie trouva que Jean de Noisy sur la photo prenait un air plutôt guindé, voire distant. Elle le connaissait assez bien maintenant pour deviner l'expression de son visage, mais elle n'en comprit pas la raison.

Son père, le soir au dîner, avait l'air soucieux.

– Ça y est, Valentine, tu as entendu, c'est l'Anschluss !

– Oui chéri, c'est terrible, Léopold me l'a annoncé cet après-midi au bureau.

– Qu'est-ce que c'est que l'Ansse chousse ? demanda Noémie.

– Hitler est entré dans Vienne, l'Autriche est occupée par les troupes allemandes et réunifiée au Grand Reich !

– C'est grave, papa ?

– Plutôt oui ! et à Rome, Mussolini approuve...

– Et le comte Ciano ? demanda Noémie.

Valentine et Stanislas regardèrent leur fille avec étonnement.

– Ciano est ministre des Affaires étrangères, mais il n'a pas son mot à dire. De toute façon, il approuve tout ce que fait son beau-père, quant au roi Victor-Emmanuel III, c'est une potiche !

– Je ne veux pas qu'il porte mon nom si c'est un pot de chambre ! cria Victor.

– J'ai dit potiche, rectifia Stanislas.

L'été approchait. Grâce au dévoué Rodolphe, Noémie passa brillamment en troisième. Elle se regardait de plus en plus dans les glaces et commençait à se maquiller dans l'escalier, en cachette de son père. Quand elle arriva à Hautefort, émue à l'idée de reprendre les leçons avec Jean de Noisy, elle était sûre de se faire enfin remarquer de lui. Il verrait une vraie jeune fille dont la beauté s'affirmait.

La nouvelle, sous forme d'un bristol doré adressé à M. et Mme Rolland-Lacour et leurs enfants, l'atteignit en plein cœur :

Monsieur et Madame Marcel Frémin-Court
ont l'immense joie de vous annoncer
le mariage de leur fille, Lorraine,
avec le marquis Jean Caumont, chevalier de Noisy.
La cérémonie aura lieu à 11 heures
le samedi 9 juillet 1938
en l'église de Sainte-Mère-Église dans le Cotentin.
Une réception suivra au domicile du marié, château de Reuville.

Noémie refusa de monter Jimmy du Manoir pendant deux jours et songea très sérieusement à s'embarquer clandestinement à Cherbourg sur un cargo pour aller à tout hasard pacifier les populations de Papouasie. S'ils la faisaient bouillir dans une marmite, elle périrait en sainte regrettée par les pères blancs admiratifs de son sacrifice.

Damien de Saint-Hilaire la dissuada de ce projet pour le moins hasardeux et Noémie, la mort dans l'âme, accepta de suivre sa mère à Carentan chez Mlle Lefangué, une habile couturière de la place du Marché qui savait fort bien copier le flou.

Les cloches de l'église sonnaient à toute volée. Pour Noémie, c'était le glas de son amour. Trop jeune et inexpérimentée, elle avait perdu la partie, la pintade gagnait. A Hautefort, on se préparait pour cette belle journée. Léopold Van Belmeus, invité lui aussi par son sauveteur, était arrivé la veille au soir.

Avec Stanislas, ils chuchotaient :

– La tension monte dans le territoire des Sudètes[1] !

– L'avenir a été négocié à Berchtesgaden.

– On mobilise en Tchécoslovaquie.

– Tu vas voir, tout se jouera en septembre à Munich !

1. Nom donné entre les deux guerres mondiales à la minorité de langue allemande de Tchécoslovaquie.

Noémie se regardait dans la glace de sa chambre. Vêtue d'une jolie robe rose vaporeuse, elle était pâle comme une morte.

Après un rien d'hésitation, elle se passa un soupçon de rouge sur les lèvres puis, défaisant ses cheveux, elle les agita pour les plaquer sur les côtés comme Michèle Morgan dans *Quai des brumes*. D'un air langoureux, elle descendit l'escalier. Ses parents et Léo l'attendaient. Victor était déjà parti chez Evrard. La cérémonie aurait été trop longue pour lui.

– Tu es superbe, ma beauté ! dit Léopold en tirant une mèche de Noémie.

C'était malin, il l'avait décoiffée.

Dans le même état d'esprit que sainte Blandine se dirigeant vers la fosse aux lions, Noémie suivit ses parents. Elle aurait pu feindre d'être malade et ne pas venir, pourtant jusqu'au dernier instant, elle espérait assister à la fuite honteuse de sa rivale. Et si Jean, redevenu lucide, criait « Non ! » à la question du prêtre ?

Depuis l'aube, tout Sainte-Mère-Église était en émoi. Même si les rues étaient encore désertes, une sourde agitation régnait dans les maisons. Dès six heures du matin, les volets avaient commencé à s'entrebâiller. Derrière les rideaux des fenêtres, des silhouettes se préparaient. Les commerçants avaient ouvert leurs boutiques plus tôt que d'habitude car ils attendaient beaucoup de clients, et dès huit heures, des badauds venus des environs s'attroupaient déjà, attendant le cortège. Ce n'était pas tous les jours qu'on voyait ça dans le bourg. Un peu d'animation ne ferait pas de mal. On affirmait qu'une dizaine de voitures découvertes d'un luxe incroyable défileraient avec des célébrités du cinéma et de la radio. Les fleuristes de Carentan, Cherbourg et Bayeux ne savaient plus où donner de la tête, ils s'étaient réunis pour envoyer des camionnettes avec des commis livrer d'énormes bouquets au château de Reuville. Les Frémin connaissaient les usages, ils avaient jugé inconvenant de passer la nuit avec leur fille chez son fiancé. Ils avaient donc loué le château du comte de la Verterie, un vieux hobereau ruiné dont ce mariage faisait le bonheur. Grâce à cette location, il pourrait réparer sa toiture. Les Frémin s'étaient installés pour quelques jours avec plusieurs de leurs invités chez le comte, chassé dans la maison des gardiens. Selon le père de la mariée, ils viendraient tous de Paris, « car foi de Marcel Frémin, on n'reçoit qu'la crème des crèmes ! ».

C'était tout dire !

Les Frémin avaient logé Lorraine au même étage dans la vaste chambre à baldaquin du comte. Il était à peine sept heures du matin, et déjà Georgette Frémin s'agitait, secondée par ses deux femmes de chambre. Le couple ne voyageait jamais sans ses domestiques, toujours en tenue, robe noire, tablier blanc pour les femmes, gilet rayé pour les valets. Bernadette et Josette avaient été rebaptisées par Mme Frémin Capucine et Pétunia, cela sonnait mieux ! Marcel Frémin prenait dans son lit un copieux petit déjeuner, le même depuis toujours : gras-double, saucisson, galette dorée et café noir arrosé.

– Allons, Georgette ! Un peu moins d'agitation ! Tu mets la maison à feu et à sang ! On dirait que t'as la danse de Saint-Guy !

– Ah ! mon ami. Perdez cette déplorable habitude de m'appeler Georgette. Vous savez que, désormais, je suis Georgia. Ça fait britannique, c'est beaucoup plus chic !

– Chic ! Chic ! tu n'as que ce mot-là à la bouche, ma poulette ! Marcel Frémin je suis, Marcel Frémin je reste !

– Vous me navrez ! Marcel, je vous en supplie.

« Georgia » prenait un air de Madone qui ne convenait pas du tout à cette petite femme boulotte et frisottée.

– Pas Frémin ! Je vous l'ai dit cent fois. Frémin-Court, je suis née Georgette Court, vous Frémin... Frémin-Court ! c'est *up-to-date* !

– Si en plus tu te mets à causer rosbif, ça va me donner de l'urticaire !

– Mon ami, n'oubliez pas que nous marions notre fille unique à un vrai marquis, célèbre de plus, un peu de classe..., chuchota Georgette. Allons, Capucine ! Pétunia ! Courez préparer mon bain, disposez mes dessous et accessoires sur ma coiffeuse ! Vite, du nerf !

Les deux femmes de chambre sortirent en esquissant une petite révérence. Marcel Frémin haussa les épaules et trempa galette et saucisson dans son café.

– Ah ! tu me fais rire, ma Georgette, avec tes manières !

– Et ne me tutoie pas à la réception de notre gendre. Rien ne fait plus peuple, mon cher.

– J'en ai pas honte ! Moi, je ne suis pas comme les aristos ! Je ne cache pas mon oseille ! Frémin en a ! Il le montre !

– Mais, mon pauvre Marcel, dans un certain milieu, on ne parle pas de ces choses-là, c'est affreusement vulgaire !

Soudain exaspéré par le ton sucré que venait de prendre sa femme, Frémin hurla :

– Aaaah ! Tu me rases ! Ils sont bien contents les députés et sénateurs de venir se régaler chez l'empereur de la galette ! Non, mais faut pas croire ! Sous la Troisième République, c'est le fric qui donne le pouvoir ! C'est la loi Frémin !

Georgette se boucha les oreilles pour ne pas en entendre davantage.

– Décidément, c'est toi qui attiges, merde ! T'es indécrottable ! lui cria-t-elle en retrouvant le ton gouailleur qui avait été le sien lorsqu'elle était chanteuse de beuglant à Montmartre.

– V'la comme je t'aime, ma poupée ! T'es bien plus rigolote que quand tu joues les duchesses de mes deux !

– Enfin, Marcel, mon chéri, nous avons tout de même un rang à soutenir, nous habitons notre Trianon que tout le monde admire, on est même venu de *L'Illustration* le photographier et nous avons dix domestiques, nous connaissons le Tout-Paris...

– Te fais pas de bile, poulette ! Du moment qu'y a de quoi picorer les poules rappliquent ! Foi de Marcel Frémin ! Ha ! Ha !

Tout en parlant, il avalait avec appétit une des galettes dorées qui avaient fait sa fortune.

Simple ouvrier boulanger aux Batignolles avant la guerre de 14, Marcel Frémin s'était fait remarquer par son patron car il était toujours premier à l'ouvrage, dès deux heures du matin, pour préparer la pâte et le levain. En cachette, Marcel Frémin avait mis au point sa fameuse galette dorée. Un délicieux biscuit sablé, croquant à souhait, qui avait le grand avantage de garder sa fraîcheur sans prendre l'humidité. La galette dorée ne devenait jamais molle. Marcel Frémin avait commencé à vendre seul ses galettes artisanales sur les marchés. Avec Georgette, rencontrée à Montmartre, ils s'étaient mis en ménage. La jeune femme accompagna Marcel vendre à la criée. Bien vite, le succès vint. Les acheteurs réclamaient plus de galettes. Marcel Frémin engagea son beau-frère, Gaston Court, puis des cousins Frémin de Picardie. Quand la guerre de 14 éclata, Frémin avait déjà une fabrique de gâteaux à Joinville-le-Pont, son fief, car il aimait la Marne. Grâce à ses relations, il avait réussi à être réformé et à ne pas partir au front. Pendant que les autres se faisaient tuer à Verdun, Marcel Frémin, sans remords, bâtissait sa fortune. Quand Lorraine naquit en 1918 au foyer des Frémin, rien ne pouvait plus arrêter l'ascension de l'« empereur de la galette ».

Fou de sa fille, ce qui était un de ses rares jolis sentiments, Marcel Frémin ne lui refusait rien. Lorraine avait eu l'existence protégée d'une petite princesse. Ses moindres désirs étaient immédiatement exaucés. Élevée en entendant toujours parler d'argent, Lorraine pensait qu'on pouvait tout s'acheter car Marcel Frémin était fier d'être un nouveau riche et il ne manquait jamais de rappeler à qui voulait bien l'entendre combien lui avait coûté son architecte, Rolland-Lacour, qui lui avait bâti son *château* de Joinville-le-Pont, réplique exacte, mais en plus clinquant, du grand Trianon de Versailles. L'un de ses passe-temps favoris était d'annoncer au cours d'un de leurs dîners hebdomadaires du mardi, le jour le plus élégant de la semaine, selon Georgia, les prix exacts du caviar ou du saumon figurant sur la table. Cependant, s'il adorait choquer, Frémin était plus malin qu'on n'aurait pu le croire. A plusieurs reprises, lorsque Georgia lui avait soufflé l'idée qu'il suffirait, avec leur nouveau nom, de glisser devant une petite particule, par exemple baron et baronne de Frémincourt, qui leur donnerait plus de classe, Frémin avait bougonné en s'écriant que c'était grotesque, puis il y avait réfléchi. La noblesse, même s'il affirmait le contraire, l'impressionnait. Il avait croisé des princes, peu authentiques, parfois, Russes exilés par la révolution, tous chauffeurs de taxi à Paris et tous cousins du tsar. Mais quand même, ça faisait bien ! Il y avait aussi des marquises ou des comtesses, en réalité des poules de luxe, mais qui portaient des noms à rallonge. L'idée de Georgette était tentante. Baron serait un titre pas prétentieux et passe-partout. Il s'imaginait déjà, lui, l'« empereur de la galette », se présentant dans les salons : « Baron Marcel de Frémincourt ». Ce nouveau projet lui donna un coup de fouet. Connaissant un sénateur prêt à lui arranger la chose, il se leva d'un bond, soudain d'excellente humeur.

Pendant ce temps, Lorraine se faisait coiffer par un maître venu tout exprès de Paris, M. Antoine. Celui-ci sculptait sur sa tête une coiffure crantée savamment élaborée. Après la cérémonie des cheveux, il y eut celle du maquillage ; une esthéticienne réputée, car Marcel Frémin choisissait toujours ce qu'il y avait de mieux, Mlle Olympe, peignit le visage de la jeune fille exactement comme s'il s'était agi d'une œuvre d'art. A grand renfort de fards, poudres, crayons en tous genres, redessinant les sourcils épilés elle exécuta une œuvre superbe, car presque invisible. Le voile posé sur la tête de Lorraine et retenu par une couronne de diamants mit encore en valeur sa beauté. Sereine, beaucoup plus calme que ses parents, elle se préparait à ce mariage sans émotion apparente. Au fond, Lorraine trouvait tout normal. Aimait-elle Jean de Noisy ? Oui, autant que son cœur lui permettait d'aimer quelqu'un.

Au château de Reuville, Jean avait passé son habit bien trop tôt. Nerveux, il arpentait le parc, tandis que les extra dressaient les tables sous d'immenses tentes blanc et or. Le jeune cavalier possédait en réalité des goûts plutôt simples. Il se demandait si ce fastueux mariage était vraiment une bonne idée. Au moment de sauter le pas, il était pris d'une sorte d'angoisse. Hier au soir, il avait enterré sa vie de garçon avec ses amis, cavaliers comme lui : Roger de Chassy, Bernard d'Anzoux, Casimir Bresson, et Gilles Franc. Ils s'étaient installés à Reuville et préparaient pour les invités un spectacle de haute école. Les jeunes gens avaient gaillardement fêté l'événement à l'*Auberge Normande* de Carentan, réputée pour sa cuisine. Ils avaient bien bu, mangé, ri et raconté des histoires grivoises.

– Sacré Noisy, tu as tiré le bon numéro, la plus belle fille et millonnaire de surcroît ! s'écria Chassy.

– Tu n'y es pas, on dit maintenant milliardaire comme en Amérique ! rectifia Franc.

– Il a raison, te voilà tiré d'affaire pour tes haras, Jean, affirma d'Anzoux.

C'était bien ce qui gênait Jean de Noisy. Lorraine était trop riche. Le soupçonnerait-on d'avoir fait un mariage d'intérêt ? d'avoir voulu redorer son blason ? Pourtant, il était sûr de ses sentiments. Depuis Megève, son amour pour Lorraine ne s'était pas démenti. Il tremblait presque à l'idée de la tenir enfin dans ses bras. Lors d'un week-end à Reuville, elle était venue le rejoindre, en cachette de ses parents, dans sa chambre, prête à se donner à lui. Il avait dû faire un effort immense de gentilhomme pour refuser ce cadeau. Jean de Noisy respectait les traditions. Il avait été vaguement choqué de la hardiesse de la jeune fille. Lorraine serait à lui ce soir après le mariage. Jean balaya d'un geste ses hésitations stupides. Quelle importance avaient les ragots ! Cette réception fastueuse comblait Lorraine, il en était très amoureux, il n'y avait aucune raison de tout remettre en question. D'ailleurs, dix heures venaient de sonner. Il fallait songer au départ. La chanoinesse, Rolande de Perthuis, une cousine éloignée de son père, était sortie de sa retraite pour venir, en robe noire ornée d'une grande croix, le conduire à l'autel.

– Allons, mon petit Jean, je suis prête, cela va être l'heure, je vous bénis et vous offre tous mes vœux de bonheur bien mérités au moment où vous allez fonder une belle famille chrétienne, mon cher enfant !

– Je vous remercie du fond du cœur, ma cousine.

Devant l'église de Sainte-Mère, sur la place noire de monde, l'affluence était, malgré l'absence des bestiaux, pire qu'un jour de marché. Le public normand regardait passer le flot des invités. Marcel Frémin avait eu l'idée audacieuse de faire venir une équipe de tournage, celle du Pathé Journal. La cérémonie serait immortalisée et projetée sur tous les écrans de France avant le grand film de la semaine. C'était ça *la réclame Frémin*. Au milieu des chapeaux de paille colorés, des queues-de-pie, des hauts-de-forme, des mousselines, des satins et des fleurs, émergeait parfois une tête aussi ronde et chauve qu'une boule de billard. Elle appartenait à un petit homme, présentateur des actualités filmées, spécialiste des fêtes et mondanités. Il s'en donnait à cœur joie dans le micro :

« Ici Freddy Taviani ! Nous voici au mariage du siècle ! Celui de Lorraine Frémincourt, fille de l'Empereur de la Galette Dorée, avec le marquis Jean Caumont, célèbre chevalier de Noisy, grand vainqueur de concours hippiques avec son cheval Brin d'Amour. Les relations et amis de Marcel et Georgette... euh ! pardon ! Georgia Frémincourt, se pressent dans l'église de cette ravissante petite ville normande, complètement inconnue de nous autres Parisiens, j'ai nommé Sainte-Mère-Église dans le Cotentin. Je vous le demande, si ce n'était ce mariage exceptionnel, qui aurait l'idée, à part les amoureux des chevaux, de venir ici ? Après notre départ, Sainte-Mère-Église retombera dans l'oubli et nul n'en entendra plus parler... les cloches sonnent au clocher de cette robuste église édifiée dès les XIe et XIIe siècles, à ce que m'a affirmé hier au soir M. le curé. Justement le voici, il s'impatiente avec ses enfants de chœur. La mariée n'est pas encore arrivée, mais déjà, au hasard, je peux citer quelques noms célèbres... Voici la blonde vedette de cinéma Mlle Josette Day, le célèbre acteur André Brûlé, la charmante Colette Darfeuil, l'explosive Gina Manès ! j'aperçois Jaboune, mais oui, Jean Nohain est là, Lise Élina, René Dorin et les cavaliers, témoins du marié. Ils arrivent à cheval, Chassy, d'Anzoux, Bresson, Franc. Il m'est impossible de les citer tous ! Ah ! Mais voici enfin la mariée en Rolls-Royce décapotable, accompagnée de son père, Marcel Frémin, on les applaudit. Ils saluent la foule. Lorraine Frémin sera bientôt marquise ! Ah ! quelle beauté... elle sort de la Rolls-Royce pour pénétrer dans l'église. Sa robe est une merveille de Schiaparelli, toute brodée de satin légèrement rosé. Voici le marié, Jean de Noisy, au bras de sa cousine, la chanoinesse de Perthuis, qui remplace sa défunte mère... »

Entre ses parents et Léopold, Noémie assistait à un enterrement, celui de son amour. Jean et Lorraine étaient assis au centre du chœur dans de grands fauteuils. Noémie ferma les yeux.

« S'il m'aime, il va se retourner et me regarder, s'il m'aime, il va se retourner et me regarder... »

Elle ouvrit les paupières. Lorraine semblait gênée par son voile. Jean se retourna pour l'aider à soulever le tulle vaporeux. Soudain, il aperçut Noémie au troisième rang ; gentiment il lui adressa un clin d'œil discret et regarda de nouveau vers l'autel où officiait M. le curé.

Noémie manqua défaillir d'émotion. Elle entendit à peine la phrase rituelle. « Voulez-vous prendre pour épouse... » Malheureusement, il dit oui. Noémie songeait : « Il m'aime, il s'est retourné pour me regarder, il m'aime ; alors, muette et désespérée, je vivrai dans son ombre, acceptant mon triste sort, un jour il comprendra mais il sera trop tard, je serai morte et il viendra se poignarder sur ma tombe ! »

– Tu rêves, beauté, c'est fini, on va au château !

Noémie suivit Léopold et ses parents. Toutes les voitures prenaient la route de Reuville. Pour le repas, Noémie était assise à côté de Damien. Celui-ci sentait bien que son amie avait le cafard. Il essaya de la dérider, peine perdue.

Lorraine découpait la pièce montée avec l'aide de Jean. Des photographes firent crépiter leurs appareils. Noémie avait des haut-le-cœur. Elle n'avait rien avalé et surtout pas de ce gâteau infâme.

Le repas enfin terminé, les cavaliers amis de Jean offrirent aux invités un spectacle de haute école et dressage. Noémie les regarda évoluer en musique et sous les applaudissements des convives. Elle avait mal à l'âme. Avec une totale injustice, elle pensait que Jean aurait pu lui demander de participer à cette cavalcade. Avec Jimmy du Manoir, elle aurait été moins malheureuse.

Désœuvrée, boudant Damien, Léopold, ses parents, évitant Julien Devereaux et les Saint-Hilaire invités en bon voisinage, Noémie rentra se réfugier dans le château. Au bout du grand salon, la chanoinesse dormait dans un fauteuil. Le vieux Pierre passait avec un plateau.

– Mlle Noémie veut quelque chose ?

– J'ai un peu mal à la tête, je vais me reposer...

La jeune fille se dirigea vers le boudoir jaune. Les doubles rideaux étaient tirés, apportant de l'ombre dans la pièce. Noémie n'en pouvait plus. Enfin seule, elle se laissa aller. Quelques larmes coulèrent d'abord sur ses joues, puis elle se mit à sangloter. Dehors, elle entendait l'orchestre qui attaquait un lambeth-walk. Jean allait sûrement ouvrir le bal avec la pintade. Soudain, quelqu'un poussa la porte.

– Mais qu'est-ce que tu fais là toute seule ?

Noémie sursauta et essuya nerveusement ses joues. Dans la demi-pénombre, Jean de Noisy ne remarqua pas son trouble. Il s'approcha de son bureau pour chercher quelque chose.

– Non, ce n'est rien, je... j'étais un peu fatiguée !

– Toi, Noémie, à ton âge ! s'exclama-t-il en sortant d'un tiroir une partition de musique.

– Qu'est-ce qu'il a mon âge ? lança Noémie avec agressivité.

– Mais, rien, il est très bien, très bien !

Jean s'approcha d'elle avec douceur.

– Tu deviendras une vraie beauté, ma petite Noémie, tu auras tous les hommes à tes pieds, tu as l'avenir devant toi... et... tu as la chance d'avoir un très grand professeur.

Il rit et voulut tirer une de ses mèches rousses.

Elle l'aurait mordu et recula avec vivacité.

– Vous êtes bête, si bête, que j'ai pitié de vous !

– Tu n'es guère aimable, enfin, c'est de ton âge. Après mon voyage de noces, reviens ici pour t'entraîner !

– Plutôt mourir, jamais je ne reviendrai !

– Mais pourquoi ? fit Jean de plus en plus étonné.

– Parce que, parce que je l'ai décidé, parce que vous ne serez plus seul.

– Ah ! tu as peur que Lorraine soit gênée par ta présence, mais non, d'abord, tu le sais, elle ne s'intéresse pas aux chevaux et...

– Bien fait ! vous épousez une pintade qui ne songe qu'à ses robes, je vous souhaite tout le malheur du monde !

Noémie sortit en courant, laissant Jean stupéfait devant tant de violence. Elle manqua renverser le vieux Pierre qui pénétrait dans le petit salon jaune.

– M. Jean a trouvé la musique du one-step pour l'orchestre ?

– Oui, tiens, va leur porter.

– Bien, monsieur Jean.

– Pierre, attends, que penses-tu de la petite Rolland-Lacour ?

– Ce que j'en pense, monsieur Jean ?

– Oui, elle est animée d'une telle colère contre ma femme, j'en suis ahuri.

– C'est que, monsieur Jean, cette gamine est jalouse.

– Jalouse ?

– Oui, vous êtes son dieu, elle vous aime !

– Quoi ! mais c'est impossible, j'ai douze ans de plus qu'elle !

– Oh ! monsieur Jean, dans cinq ans, on ne verra plus rien, vous savez, de nos jours, les filles sont en avance, c'est pas comme à mon époque ou du temps de M. Maximilien, votre père...

De stupéfaction, Jean s'assit sur une chaise rembourrée.

– Ce que tu me dis est incroyable, Pierre, c'est... c'est ridicule, tu te trompes !

– Comme M. Jean voudra ! dit le vieux Pierre en sortant, la partition à la main.

Resté seul, Jean de Noisy passa la main dans ses cheveux châtains. « Cette petite Renarde... quand même » ! Au fond, il ne connaissait rien de la vie, à part quelques aventures au cours de ses voyages.

– Jean, mon chéri, où êtes-vous ?

C'était Lorraine qui le cherchait. Il se leva pour aller au-devant de sa jeune femme. A l'embrasure de la porte, elle se jeta dans ses bras. Ils échangèrent un long baiser.

– Cette nuit, je serai à vous, murmura-t-elle à son oreille.

Il frémit et aurait voulu l'enlever tout de suite mais il devait d'abord ouvrir le bal.

A leur retour vers la piste de bois dressée sur une pelouse, tous les invités applaudirent ce jeune et beau couple à qui l'avenir souriait. Noémie les aperçut de loin, royaux, évoluant sur la piste. Elle ne pouvait plus supporter ce spectacle.

– Papa, peux-tu me raccompagner, je ne me sens pas bien, chuchota-t-elle.

– Ce doit être la glace au chocolat ! dit Léopold, fin psychologue.

Sur la route de Hautefort, Noémie entendait encore les flonflons de l'orchestre.

La Renarde voulait rentrer dans son terrier. Elle pensait avec désespoir que tout était fini, sans savoir que sa vie ne faisait que commencer.

Deuxième Partie

LES AILES DU DÉMON

14

Le bruit des bottes

Nous dirigeons-nous inexorablement vers l'incontournable ?
Éditorial de Léopold Van Belmeus
Samedi 26 août 1939

C'est le 22 août dernier, dans sa résidence de l'Obersalzberg dans les Alpes bavaroises, que Hitler a réuni ses généraux pour leur annoncer ses dernières résolutions à l'égard de la Pologne. Le Führer leur a révélé qu'il était décidé à attaquer et à se battre à l'Ouest, s'il le fallait. Une décision qui, semble-t-il, a pris de court tous les généraux de la Wehrmacht, persuadés que Hitler n'oserait pas déclencher un conflit généralisé, pour lequel l'Allemagne n'est pas préparée. Pourtant, le 23 mai dernier, le Führer s'était déjà confié à eux en ces termes : « Dantzig n'est pas du tout le motif du litige, la question est d'étendre notre Lebensraum[1] *à l'Est. » Néanmoins, chez les nazis comme chez les militaires, on craint un conflit qui risquerait d'être fatal à l'Allemagne. En fait, il nous faut remonter quatre ans en arrière afin de comprendre comment nous en sommes arrivés à ce qui ressemble bien à une impasse :*

1936 : le 24 août à Berchtesgaden, Hitler signe un décret qui porte à deux ans le service militaire. Le 14 septembre à Nuremberg, VIIIe congrès du parti nazi. Hermann Goering est chargé de mettre en place un plan de réarmement de quatre ans. Le 1er novembre à Milan, Mussolini annonce la création d'un axe Rome-Berlin. Le

1. Territoire.

25 novembre : signature à Berlin entre le Japon et l'Allemagne du pacte antiKomintern.

1937 : le 6 novembre, à Rome, adhésion de l'Italie au pacte anti-Komintern et le 11 décembre, le Grand Conseil fasciste décide le retrait immédiat de l'Italie de la SDN[1].

1938 : le 4 février, remaniement au sein du haut commandement de la Wehrmacht : Hitler en chasse les officiers qui lui sont opposés et devient chef suprême des armées. Le 10 avril, lors d'élections en Autriche et en Allemagne, l'Anschluss (le rattachement de l'Autriche à l'Allemagne) est plébiscité par 99 % des voix. Le 7 mai, Londres et Paris interviennent auprès de Berlin pour tenter de résoudre la crise des Sudètes. Le 12 septembre à Nuremberg, dans un discours véhément, Hitler désigne son prochain objectif : l'annexion des Sudètes. Le 30 septembre, conférence des Quatre où Anglais, Français, Allemands et Italiens signent les accords de Munich, en l'absence des pauvres Tchécoslovaques, accords par lesquels la France et la Grande-Bretagne acceptent l'annexion des Sudètes par Hitler. Le 6 décembre, signature à Paris d'un traité franco-allemand de « bonne entente ».

1939 : le 15 mars, entrée des troupes allemandes à Prague. Le 27 mars, l'Espagne rejoint l'Italie, la Hongrie, l'Allemagne, le Japon et la Mandchourie au sein du pacte antiKomintern. Le 13 avril, traité de garantie mutuelle entre la France, l'Angleterre et la Pologne. Le 28 avril, Hitler dénonce l'accord naval germano-anglais et le pacte de non-agression avec la Pologne, conclu en 1934. Enfin, le 22 mai dernier (Berlin), l'Italie et l'Allemagne signent le Pacte d'Acier.

A travers ces dates clés tout montre que Hitler prépare la guerre depuis longtemps et sa folie des grandeurs va sans doute l'inciter à pénétrer en Pologne. Dans ce cas-là, la France et l'Angleterre devront entrer dans le conflit ! Enfin, le 24 août dernier, la conclusion d'un pacte de non-agression entre Hitler et Staline a surpris l'Europe. Les premiers étonnés par la volte-face soviétique sont les Occidentaux, car une délégation militaire franco-britannique tentait encore, le 21, de négocier un accord entre l'URSS et les démocraties libérales. Ainsi nous aurions fait la cour à Staline pour rien ?

Il faut donc avoir un œil en permanence sur la frontière polonaise, car si Hitler la franchit avec ses chars, alors la mobilisation sera sans aucun doute inévitable.

L.V.B.

1. Société des Nations.

Le train freinait pour entrer en gare de Carentan. Satisfait de son éditorial, Léopold mit les feuillets dans sa poche. Les six heures de voyage lui avaient permis de « lisser » son article. Sans être pessimiste, Léopold souhaitait clairement exposer pour les lecteurs de *Paris-Soir* son opinion sur la situation internationale. Par crainte d'un conflit, les Occidentaux avaient laissé Hitler « dévorer » ses voisins. Après les désastreux accords de Munich, le retour triomphal de Daladier au Bourget, où des milliers de gens étaient venus l'acclamer, avait étonné au plus haut point Léopold. Le président du Conseil lui-même pensait que le public l'aurait lynché tant il avait la sensation de s'être, comme Chamberlain, aplati devant le Führer !

Mais le ciel était si bleu, par une de ces douces journées normandes de fin de saison. Léopold avait été invité par Valentine à l'anniversaire de Noémie. Quatorze ans, cela se fêtait. Et pourtant il avait l'impression que cette gamine était née hier. Gamine n'était d'ailleurs plus le mot approprié. Rue de Tournon, juste avant les vacances, Léopold avait brusquement constaté que la petite Noémie était devenue en un hiver une vraie jeune fille, fine, gracieuse, élégante. Ses cheveux fous étaient bien coiffés, elle parlait plus posément, écoutait avec attention les conversations des grandes personnes, croisait les jambes. Pourtant, elle conservait certaines habitudes enfantines. Après le dîner, elle s'était assise sur les genoux d'« oncle Léo » en le chatouillant. Ce dernier, très gêné devant Stanislas, lui avait donné une petite tape amicale.

– Allons, beauté, tu es trop grande à présent !

– Voilà bien ta logique, Léo ! Avant j'étais toujours trop petite, maintenant je suis trop grande, dis donc, quand est-ce que je serai juste comme il faut ?

– Raisonneuse, laisse-moi discuter avec ton père !

– Oh ! encore votre politique...

– Tu préfères qu'on parle de tes études ? Tes parents m'ont dit que ce n'était pas brillant cette année !

– L'important, c'est de ne pas redoubler ! avait lancé Noémie avec aplomb.

Une vraie castastrophe lui était tombée dessus au troisième trimestre : Rodolphe avait rechuté, adieu les devoirs copiés. Le pauvre était reparti respirer dans son poumon d'acier. Avec l'accord de ses parents, désolés de cette nouvelle, Noémie était allée à l'hôpital. La vue de Rodolphe, souriant courageusement, enfermé dans cet instrument de torture, l'avait impressionnée. En cachette de sa mère qui l'attendait dans le couloir, sans craindre la contagion, elle avait embrassé les lèvres desséchées de son ami. Il avait eu un regard lumineux.

– Merci, je guérirai pour toi, Noémie...

Ce même soir, rue de Tournon, Léopold, assez perspicace, s'était aperçu que Noémie avait orienté à plusieurs reprises la conversation sur Jean de Noisy en demandant d'un air négligent de ses nouvelles. Le cavalier avait remporté plusieurs coupes européennes, et une en Amérique où il était retourné sur le luxueux paquebot *Normandie*, en compagnie de son épouse Lorraine. Il avait eu un grand succès et reçu un accueil chaleureux de la ville de New York où la beauté et l'élégance de la « chevalière de Noisy » avaient fait sensation. Pas complètement idiot, Léo avait remarqué que cette dernière précision n'avait pas l'air de plaire à Noémie. « Serait-elle déjà amoureuse ? Jean est marié, ce n'est pas un parti pour elle, mon Dieu, comme le temps passe... » songeait Léopold, étonné que les parents ne se rendent compte de rien.

Noémie était née un 2 août mais, afin que tout le monde puisse être réuni à Hautefort (car les jumeaux avaient dû livrer un bateau en Angleterre), Valentine avait décidé d'organiser cette fête familiale à la fin du mois. De plus, ainsi « oncle Léo », l'ami de toujours, serait là.

Malgré les événements inquiétants qu'il venait d'évoquer pour ses lecteurs, « Rouletabille » souhaitait profiter de ses courtes vacances. Boris Hautefort l'attendait sur le quai. Il était midi.

– Salut, Léo, heureux de te revoir chez nous !

– Bonjour, Boris ! Peux-tu d'abord me déposer à la poste, il faut que je téléphone au journal pour dicter dare-dare mon article à la rédaction ; avec un peu de chance il pourra passer dans la prochaine édition.

– Mais tu plaisantes, Léo, tu vas venir à la Maison rose, tu pourras utiliser le téléphone du grand salon, ensuite je te ferai visiter notre petit chantier et nous partirons tous à Hautefort.

Les deux amis sortirent de la gare et montèrent dans la Peugeot cabossée de Boris. Quelques instants plus tard, ils franchissaient la grille de la Maison rose. De loin, la demeure semblait toujours être la plus belle de Carentan. Mais, en s'approchant, le journaliste fut très frappé du changement : le parc n'était plus entretenu. Tout un bric-à-brac de coques de bateaux, bois, outils et même un vieux camion rouillé encombraient ce qui restait des pelouses. Flanquée de deux tours entourant le bâtiment de brique rose, l'habitation comportait plus de vingt pièces. Un vaste hall desservait le grand salon, un boudoir, une salle à manger, un bureau et un fumoir. Entre la cave et le rez-de-chaussée se trouvait toujours à l'entresol une immense cuisine. Au premier étage, cinq chambres donnaient d'un côté sur le jardin et de l'autre sur le port. Au deuxième, il y avait six autres pièces. En gravissant les marches du perron, Léopold passa sous la plaque de cuivre où était gravée l'inscription « La Maison rose ». Elle était presque effacée par le temps. A l'intérieur, les tissus des doubles rideaux et les peintures des murs étaient bien défraîchis. Une grande demeure comme celle-ci devait être entretenue en permanence si on souhaitait lui conserver cachet et luxe original. Léopold eut quand même plaisir à voir qu'une partie de l'extraordinaire collection de tableaux de l'aïeule était toujours en place. Boris montrait à Léopold le téléphone posé sur une table basse quand un « ouragan » traversa le salon. Le journaliste se demanda par quel miracle les meubles Chippendale résistaient au massacre. Justino, Carlo, Pedro couraient après Wenceslas, Ladislas, et Sigismond. Sautant par-dessus les fauteuils et jouant à la guerre avec des carabines, ils étaient encore en pyjama. Leurs mères, Conchita et Ericka, ne remarquèrent même pas le nouveau venu. Elles tentaient de rattraper leur bruyante progéniture. Léopold pensa, amusé : « L'"éducation Hautefort" n'a pas changé. »

– Justino, Carlo, Pedro, venez vous habiller tout de suite ! s'exclamait la belle Conchita.

– Wenceslas, Ladislas, Sigismond, ici ! Obéissez, nous allons être en retard à Hautefort. Il est déjà midi et demi ! Oncle Stanislas sera très mécontent ! menaçait la charmante Ericka.

Les accents des deux belles-sœurs étaient aussi différents que marqués ; Conchita, c'était le soleil du Brésil, Ericka, les roulements de Varsovie. Boris donna une tape amicale sur l'épaule de Léopold.

– Voici le téléphone. Quand tu as terminé, rejoins-moi dans l'atelier au fond du parc.

Il sortit en criant :

– Je vais me fâcher, les garçons, obéissez à vos mères !

Léopold décrocha le combiné pour demander à l'opératrice son numéro.

– Ne quittez pas, monsieur, allô l'inter, ici le 12 à Carentan, je voudrais Opéra 24 11... oui, un instant ! Attendez votre tour, madame, je n'ai pas trente-six mains ! Alors l'inter, ça vient mon numéro... allô Opéra 24 11, ne quittez pas, je vous passe votre correspondant.

Après avoir dicté son article, Léopold raccrocha. Il se croyait seul dans la pièce mais une voix rocailleuse résonna derrière lui.

– *Tzédaka*[1] ! Je crois vous raison, monsieur.

Surpris, Léopold se retourna et découvrit un vieil homme au visage émacié, la tête couverte d'une calotte noire entourée de deux boucles de cheveux gris, vêtu d'un costume trois pièces sombre. Il se leva d'un fauteuil pour saluer le journaliste.

– *Shoulèm*[2] ! Vous souvenir de moi, Abraham Mazuvski, tailleur à Paris, rue des Rosiers, je voir vous, marrriage Boris, Ericka, je être pèrre Ericka, mon femme, Rachel, décédée an passé, bien triste, Ericka mon seul enfant, je être venu quelques jourrs chez fille et gendre, voir chers petits-enfants...

1. Justice-droiture.
2. Shalom prononcé en yiddish. Bonjour. Paix. Au revoir.

– Mes respects, monsieur Mazuvski, effectivement je me souviens très bien de vous. Vous êtes bien de nationalité polonaise comme Ericka ?

– Oui, très polonais de Varsovie, toujours parlé yiddish poylish, remarquer, je vivre Paris pour vingt ans. France deuxième patrrrie ! Patrrrie de mon cœurrr...

Abraham Mazuvski parlait avec un accent beaucoup plus prononcé que celui de sa fille.

– Article vous très intéressant, très bon vision Hitler, ah ! *tsourès*[1], lui vouloir manger Europe entière, mais, j'ai question poser vous, monsieur Van Belmeus.

– Je vous en prie, appelez-moi Léopold !

– Alors vous dire Abraham, pourquoi vous, bon *goyish*[2], pas parlé problème juif ?

– Eh bien, parce que c'est un autre sujet, Abraham, mais si vous aviez lu mon éditorial de la semaine dernière, vous auriez vu que ce problème me tracasse au plus haut point, cela fait plus de quatre ans que je tire la sonnette d'alarme, en vain. Mon article très virulent s'intitulait : « Hitler veut-il anéantir les juifs ? » Je vais vous le faire parvenir.

Tel un ouragan la bande d'enfants, toujours en pyjama mais armés de carabines, revint dans le salon.

– Pan pan, tu es mort, Wenceslas... !

– V'lan ! c'est toi, Carlo ! j'te tue !

– C'est moi qui vais vous attraper et ça va chauffer !

Les « monstres » étaient, cette fois, poursuivis par Bohémond qui cria au passage :

– Salut, Léo. Va rejoindre Boris aux ateliers, j'arrive. Les enfants, si vous n'obéissez pas, vous serez privés du gâteau d'anniversaire ! Je vais me fâcher, allez vous habiller !

Après avoir salué Abraham Mazuvski, Léopold traversa le parc. Au bout de la pelouse, le petit pavillon ayant servi autrefois d'école pour les « incorrigibles » enfants de la famille, les écuries, les remises à automobiles avaient été transformés en ateliers de construction navale : les Chantiers Hautefort. Même si leur fortune s'était envolée, Boris et Bohémond avaient conservé le goût des beaux objets bien faits. Leurs voiliers s'adressaient à une clientèle de connaisseurs, riches Anglais, Hollandais ou même Français appréciant les bateaux fabriqués avec des matériaux nobles. Les coques étaient en acajou, les ponts en teck, l'accastillage fait de laiton et cuivre.

1. Difficultés, souffrances.
2. Gentil, qui n'est pas juif.

– Entre Léo. Qu'est-ce que tu en penses ?

Boris, très fier, désignait ses ateliers.

– Tu vois, nous construisons trois bateaux en même temps. Celui-ci fait dix-huit mètres, il possède quatre cabines. Ça, c'est une petite goélette, et enfin mon préféré, un bateau de course pour participer à des régates. Il ne fait que cinq mètres, mais je te garantis qu'il va offrir des sensations extraordinaires à son propriétaire. Nous avons trente charpentiers avec nous, tu sais ! Tous des anciens gars de l'usine !

Léopold était impressionné. Ces Hautefort étaient vraiment étonnants. Quasiment ruinés, ils arrivaient quand même à rebondir. Le journaliste était persuadé que les jumeaux ne devaient pas connaître grand-chose en construction de bateaux quelques années auparavant, et voilà que Boris s'exprimait en spécialiste.

– Ça y est ! les enfants sont prêts, on peut partir ! Va chercher le car !

Ce cri victorieux provenait de Bohémond, depuis la fenêtre du grand salon.

– Un car ? fit Léopold, étonné.

Avec un sourire, Boris répondit tout en entraînant son ami vers la grille.

– C'est qu'avec les deux familles, celle de Boris et la mienne..., sans oublier ma mère et mon père que nous emmenons souvent..., et aujourd'hui mon beau-père... tu l'as vu ? Quel homme charmant, je l'aime beaucoup, c'est un vrai philosophe de la vie. Le car est un vieux truc que nous avons récupéré de l'usine, il servait autrefois à transporter les employés, mais il marche toujours bien.

– Et qu'avez-vous fait des magnifiques voitures de ton père ?

– Il y en a un peu partout, ici derrière les remises, au Chalet rouge et surtout dans les anciennes laiteries de Hautefort. Avec Bohémond, on voulait tout mettre à la casse pour faire de la place à nos bateaux mais Valentine a dit que cela ferait de la peine à papa, alors pour le moment on les garde...

Après avoir fait monter tout le monde dans le véhicule, les enfants assagis, habillés et coiffés, les deux belles-sœurs, Abraham Mazuvski et Léopold, les jumeaux discutèrent comme des enfants afin de savoir qui allait prendre le volant.

– Je te dis que c'est mon tour, Boris !

– Mais non, la dernière fois, c'est toi qui es revenu de Hautefort, Bohémond !

– Tu n'étais pas là, il fallait bien que quelqu'un conduise !

– Je ne vois pas le rapport !

C'était eux les gosses. Des jumeaux de quarante ans, séduisants et souvent insupportables. Leurs femmes soupiraient. C'est Caroline, leur mère, qui arrangea tout. Chapeautée, toujours élégante avec ses cheveux blancs relevés en chignon, elle arriva en trottinant de la Maison bleue, et elle mit ses fils d'accord.

– Mes enfants chéris, sur le chemin auriez-vous la gentillesse de me déposer à l'église afin que je mette un cierge pour mon bon saint Urbain ? J'ai égaré mon chapelet, et il est plus fort que saint Antoine !

– Ah non, maman, il est déjà une heure et demie et il faut encore passer au chalet prendre papa ! On n'y sera jamais, saint Urbain ou saint Antoine, on verra ça une autre fois !

Bohémond poussa rapidement son frère vers le volant.

– Vas-y ! Mets en marche ! Allez viens, ma petite maman, je vais t'aider à t'installer, nous irons à ton église au retour, promis !

Et il lui donna un baiser sur la joue.

Au fond du car, Léopold observait avec un sourire attendri cette famille unie. Caroline Hautefort avait toujours été très pieuse. C'était du reste la seule de la famille. Sa terrible belle-mère n'avait jamais pu comprendre sa belle-fille. Toujours languissante, fatiguée, allongée, son attitude contrastait avec l'activité débordante de la grande Noémie. Tancrède était très amoureux de sa femme et lui passait ses caprices. Malgré cette paresse, Caroline était aimée de tous car elle avait un cœur d'or et une indulgence inépuisable. Elle ne disait jamais de mal des autres. Mais depuis le décès de sa belle-mère, Caroline l'endormie semblait s'être réveillée. C'était elle, mis à part sa belle-sœur Eugénie, l'aïeule de la famille et surtout la mère des descendants Hautefort. Elle en tirait une immense fierté, mais de tous ses petits-enfants, celle dont elle était la plus proche c'était sa Noémie-Passion dont elle admirait la fougue et l'enthousiasme qui lui avaient manqué dans sa jeunesse.

Le grand-père polonais de Wenceslas, Ladislas et Sigismond était assis à côté de Léopold, les six garçons un peu calmés occupaient la partie centrale. Visiblement personne ne souhaitait les énerver ; les deux belles-sœurs Ericka et Conchita, grand-mère Caroline et Bohémond s'étaient installés derrière le conducteur, comme pour le surveiller.

Boris démarra, et le vieux car bringuebalant, toujours aux armes de la Laiterie Hautefort, franchit les grilles de la Maison rose et emprunta la route de Sainte-Marie-du-Mont.

15

Nos vœux les plus sincères

Casquette enfoncée sur la tête, Tancrède, planté devant le Chalet rouge, bougonna en apercevant ses fils :

– Bon Dieu ! qu'est-ce que vous fabriquiez ? La petiote va nous attendre, il est presque deux heures ! Si c'est pas malheureux, allons, en avant !

Il s'installa à côté de sa femme, l'embrassa tendrement, et le car repartit.

Valentine et Quentin avaient bien travaillé. La cour de la ferme était décorée de guirlandes, et, près du puits, une grande table fleurie s'apprêtait à accueillir les convives, avec un tonneau de cidre non loin du banc de pierre.

Toujours très heureuse de voir son exubérante famille et l'ami Léopold, Valentine vint à leur rencontre dès que le car stoppa devant la grille. Avec des cris de joie, Victor retrouvait ses cousins. Ils partirent tous en courant vers les champs rejoindre Evrard et les derniers enfants de la Sidonie, Séverin et Rose-Marie.

– Bienvenue à vous tous, ma petite maman, papa !

Valentine embrassait avec joie ses vieux parents.

– Bonjour, ma chérie, comme tu as tout bien arrangé ! s'extasia Caroline, toujours contente.

– Ma Valentine ! Moi j'étais prêt depuis midi, mais les jumeaux sont venus me chercher en retard comme toujours ! et encore, ta sainte mère voulait s'arrêter à la chapelle de la Madeleine pour prier sainte Bertille, mais j'y ai mis le holà !

– Ça n'a pas d'importance, papa, nous avons pris l'apéritif avec Stanislas. De toute façon, j'ai laissé Noémie faire un galop sur la plage, elle commençait à s'énerver ! Mes frères ça va ? Abraham, bonjour !

– *Shoulèm...* mon très chèr Valentine, je avoir beau modèle, tailleur Lanvin, si vous vouloir, je faire pour vous. Ericka et Conchita très élégants chic de Paris, je apporté mon machine à coudre !

– Comme c'est gentil, Abraham, ton père est merveilleux, Ericka ! Ça va Conchita, tu as une mine magnifique, ah ! mon Léo, c'est vraiment aimable à vous d'être venu !

– Ne renversez pas les rôles, Valentine, c'est plutôt aimable à vous de m'avoir invité, je suis heureux de vous revoir.

Il lui donna un baiser sur la joue.

– Allez vite retrouver Stanislas dans le salon, il est inquiet et veut parler avec vous de la situation en Pologne, il pense que vous avez sûrement des informations.

– Agni ! pardingue[1] y zont ty bientôt fini leurs politesses... faut mougi[2], helo, aiguih[3] mes coutelas, le Côme !

Dans la cuisine, la Sidonie, « prêtée » pour l'occasion par les jumeaux, était venue la veille au soir à Hautefort préparer le repas. Elle était aidée dans sa tâche par son nouvel époux. Le premier, le malheureux Narcisse Lenoël qui avait déjà perdu ses mains à la guerre de 14, était mort fin 1930 d'une pneumonie. Entourée de ses quatre enfants nés sur le tard, la Sidonie avait beaucoup pleuré son cher Narcisse. Puis, pour se consoler, elle avait épousé en secondes noces Côme Leureux, un brave garçon de quinze ans son cadet, serrurier de son état, que les jumeaux, en cachette de Sidonie bien sûr, appelaient « Côme d'habitude ». Au moment de la vente de l'usine, Boris et Bohémond n'avaient plus les moyens de payer les gages d'une bonne cuisinière. Elle avait même reçu des propositions d'un restaurant de Valognes à six cents francs par mois. Mais comme elle ne voulait pas « s'expatrier », les jumeaux s'étaient débrouillés pour continuer à la loger avec sa nichée dans une des petites maisons de l'usine qu'ils avaient pu garder sur le port. La Sidonie, grande dame, avait proposé un arrangement. Elle ne prendrait que trois cents francs par mois, cette somme lui suffisait, mais elle désirait que ses deux aînés, le Noé et l'Abel, soient apprentis dans les ateliers de bateaux. De plus, ses cadets, Séverin et Rose-marie, pouvaient rester à la cuisine avec elle. Le marché avait été conclu pour la joie de tous car Boris et Bohémond ne voyaient pas très bien comment leurs femmes auraient pu s'en sortir avec leurs six garnements dans cette énorme maison. Jamais fatiguée, chantant en patois, la Sidonie faisait tout, la cuisine, le marché, le

1. Pardieu.
2. Manger.
3. Aiguise.

ménage ! Depuis qu'elle avait épousé Côme Leureux, elle rayonnait de bonheur. Pourtant aujourd'hui à Hautefort, elle se laissait aller à la mauvaise humeur.

Levée depuis cinq heures du matin, la solide cuisinière avait préparé « pour sa petite Noémie » des homards à la sauce thermidor, des poulardes à la crème et pour finir des craquelins aux pommes provenant des vergers de la propriété. Commençant à trouver le temps long, la Sidonie fourrageait dans ses casseroles et s'en prenait à son malheureux Côme, un petit homme très mince, timide, en admiration devant sa corpulente épouse qu'il semblait craindre et adorer au plus haut point.

– C'est point Dieu possible de passer à table à l'arlevaée[1] ! Côme, va donc dire à m'dame Valentine que s'ils se décident pas à frioler[2] eh ben j'y rends mon d'vant liis[3], mes poulardes, ça sera plus rien qu'd'la purée ! Non mais des fois ! j'prends la goule !

Le pauvre Côme n'eut pas besoin de s'exécuter. Sous les applaudissements de la famille affamée, Noémie revenait au galop.

– Ah ! la voilà enfin...

La jeune fille avait assez d'emprise sur elle-même pour cacher à ses invités le bouleversement de ce qu'elle venait de vivre. Son cœur battait encore la chamade. En fait, depuis l'an passé, ce jour affreux du mariage, elle n'avait pratiquement pas revu Jean de Noisy. Monsieur avait été trop occupé avec sa pintade. Or, sur la plage, Noémie les avait rencontrés. La mer s'était retirée au loin et la jeune fille, sachant que Jimmy du Manoir aimait tremper ses sabots dans l'eau, le faisait galoper sur le sable mouillé. Soudain, elle aperçut au loin un couple tenant ses chevaux en bride qui se promenait près des flots. Elle reconnut aussitôt la démarche du cavalier et l'allure de Brin d'Amour. Devait-elle rebrousser chemin et fuir ? Cette attitude ne lui ressemblait pas. Elle décida au contraire de foncer pour arrêter Jimmy du Manoir dans une neaux[4] pleine d'eau. Avec satisfaction, elle éclaboussa la pintade, vêtue d'un ensemble beige et noir dernier chic.

– Oh ! Noémie, quel plaisir ! s'exclama Jean de Noisy. Lorraine chérie, vous vous souvenez de Noémie Rolland-Lacour ?

– Oui, je crois, bonjour, mademoiselle.

Noémie l'aurait pilée, cette prétentieuse. Elle la salua froidement et se retourna aussitôt vers Jean.

– Vous êtes à Reuville ?

---

1. L'après-midi.
2. Manger.
3. Tablier.
4. Eau de mer restant dans le sable mouillé.

– Pour un mois au moins... nous rentrons d'Amérique.

– Oui, je sais !

Noémie se mordit la langue, ne voulant pas avoir l'air de s'intéresser à eux. Jean n'y prêta pas attention.

– Tu sais, nous sommes allés jusqu'en Californie par le train... c'était superbe !

– Oui, nous avons même vu des Indiens ! ajouta la pintade.

« Si seulement ils avaient pu la scalper ! » pensa Noémie avant d'ajouter tout haut :

– Bon, il faut que je vous laisse, on fête mon anniversaire à Hautefort.

– Je peux encore te demander ton âge ? interrogea Jean.

– Seize ans ! affirma Noémie d'un ton ferme.

– Je vous en aurais donné quatorze ! dit la mijaurée.

– Tu as fait des concours hippiques cette année, Noémie ?

– Oui, trois, à Saint-Lô, Vire et Cherbourg.

– Tu as gagné des coupes ?

– A Saint-Lô et Vire, oui, à Cherbourg je n'ai été que deuxième, admit Noémie.

– Il faut travailler encore, nous partons quelques jours à Deauville avec Lorraine chez ses parents, viens si tu veux à Reuville, tiens, à partir du 1er septembre, dix heures du matin comme d'habitude, d'accord ?

– D'accord, répéta Noémie, le cœur battant.

Après avoir adressé un petit signe amical à la jeune fille, Jean aida sa femme à remonter à cheval.

Noémie nota avec satisfaction que si Lorraine, sur des skis, ne manquait pas d'élégance, accrochée à son cheval, elle ressemblait bien à un sac de pommes de terre. Jean, en revanche, était toujours aussi distingué.

« Le 1er septembre, je le reverrai enfin, le 1er septembre... » se répétait Noémie avec excitation.

Le déjeuner se déroula dans une ambiance très agréable. On semblait pour l'instant avoir oublié la menace de la guerre, Noémie avait quatorze ans et c'était le principal. La Sidonie s'était surpassée. Au moment de la pièce montée de craquelins, tout le monde entonna le couplet à l'ancienne :

Bon anniversaire
Nos vœux les plus sincères,
Que ces quelques fleurs
Vous apportent le bonheur,
Que l'année entière
Vous soit douce et légère

Et que l'an fini
Nous soyons tous réunis.

Comme toujours dans ces fêtes familiales, Sidonie, Côme, les enfants et Quentin vinrent trinquer avec le bon cidre bouché que Valentine continuait d'appeler du « Grand Hautefort ».

Noémie souffla ses bougies du premier coup sous les vivats. Un bruit de moteur la fit se lever précipitamment. Peut-être Jean de Noisy venait-il lui souhaiter aussi son anniversaire. Malheureusement, ce n'était que la Duesenberg de tante Eugénie. Cyprien arrêta la voiture et ouvrit la portière de sa patronne. Tancrède se renfrogna en la voyant avancer, voûtée, appuyée sur sa canne.

– Elle vient encore nous enquiquiner celle-là ! murmura-t-il pour lui-même mais pas assez bas pour que les enfants ne puissent entendre.

A ces mots les sept cousins, Justino, Carlo, Pedro, Wenceslas, Ladislas, Sigismond et Victor, qui entouraient leur grand-père à table, coururent ensemble accueillir la grand-tante à leur façon.

– Tu viens nous enquiquiner ! tu viens nous enquiquiner !

Tancrède piqua du nez dans son assiette.

Sans parler à personne, tante Eugénie vint droit sur Valentine.

– Charmant ! Si c'est comme ça qu'on m'accueille ! C'est vraiment incroyable, mes neveux ! Boris, Bohémond, il serait peut-être temps de songer à élever correctement vos garnements.

Pour tenter d'arranger les choses, Valentine prit son irascible parente par le bras.

– Allons, ma chère tante, ce ne sont que des enfants, ils ne savent pas ce qu'ils disent, viens t'asseoir avec nous. Tiens ! Stan chéri, donne ce bon fauteuil à notre tante Eugénie.

Stanislas et Léopold se précipitèrent pour aider la vieille dame.

– Ah ! Stanislas, merci Léopold, heureusement que vous êtes là ! ma Valentine est toujours si prévenante, si charmante, ELLE... je ne vous félicite pas, Ericka et Conchita, pour vos rejetons ! Ah ! vous êtes là, Abraham, bonjour ! Noémie, viens me voir, ma petite Renarde !

– Bonjour, ma tante, merci d'être venue ! dit Noémie en regardant son grand-père qui continuait de prendre l'air absent.

La vielle dame sortit un minuscule paquet de son réticule.

– Tiens, ma chère enfant, quatorze ans c'est important, le double de l'âge de raison... c'est pour toi. Si tu es bien sage, tu en auras une à chacun de tes anniversaires... pour tes trente ans, cela te fera un sautoir !

Noémie ouvrit avec impatience le paquet. Une minuscule perle fine semblait perdue au milieu de l'écrin. Tout en embrassant poliment sa tante, elle ne put s'empêcher de compter les années. Le collier entier lui semblait bien lointain. Trente ans, autant dire jamais ! Ce fut ensuite la distribution des cadeaux familiaux, une selle neuve, une cravache et un costume de cavalier. Noémie était folle de joie. Il y avait même plusieurs cadeaux des Saint-Hilaire qui n'avaient pu venir, leurs chevaux ayant des courses de trot à Coutances.

En fin de journée, la chaleur était tombée. Une belle lumière venait dorer les murs de Hautefort. Valentine était partie se promener avec ses belles-sœurs, les hommes fumaient un cigare dans le vieux salon. Entouré de ses petits-enfants, Tancrède, assis sur le banc de pierre devant le puits, leur racontait pour la énième fois l'histoire de la famille :

– Ah ! dam, l'« Histoire », c'est point une invention de goublins ! Notre premier ancêtre c'était le Robert Guiscard qui a fait les croisades, et son fils c'était le Grand Tancrède Hauteville, qu'a pris Jérusalem ! Mon grand-père, Tancrède l'Aîné qui savait tout, disait qu'il était fort comme douze hommes ! C'est lui qui a délivré tout seul le tombeau de Notre Seigneur...

Tancrède fouilla dans sa poche et en sortit une pipe qu'il alluma. Les six garnements Hautefort, Victor, Evrard et les enfants de la Sidonie étaient suspendus à ses lèvres.

– Encore grand-père, raconte encore la belle histoire !

– Oh ! oui m'sieur Hautefort !

– Alors les « biaux » chevaliers en armure, entourant leur prince, mirent un genou en terre pour lui jurer obéissance, et le prince Tancrède, superbe sur son cheval blanc, fit l'admiration d'une princesse. Tiens ! elle s'appelait Noémie, comme ma mère et comme toi, Noémie-Passion. Avec elle, il a eu douze fils, dont Victor et puis Wenceslas, Ladislas, Sigismond, Carlo, Justino, Pedro, tiens ! y'en avait aussi qui s'appelaient Evrard, Séverin, Rose-Marie et puis Robert-Osmond et Tancrède-Bohémond, c'est celui-là, devenu seigneur de Hautefort, qui est revenu d'Antioche ici même en Normandie, il y a plus de mille ans, mes petiots ! Ah ! c'est loin tout ça ! Parce qu'en fait pour la vérité vraie tout a démarré quand les Vikings sont arrivés avec leurs drakkars sur la plage, juste devant ma maison...

Tancrède s'arrêta comme s'il pensait à autre chose, puis il reprit, songeur :

– D'ailleurs ma mère m'a toujours dit qu'ils reviendraient, et je crois bien qu'elle avait raison, les enfants, dam ouais, un jour, vous verrez, les Vikings reviendront !

Noémie, qui connaissait l'« Histoire » par cœur, regarda son cher grand-père, ses petits monstres de cousins, son jeune frère et leurs amis. Il lui sembla soudain que la vie allait toujours durer comme ça, si douce, si belle avec une famille merveilleuse. Et puis surtout dans quelques jours, le 1er septembre au matin, elle allait enfin revoir Jean de Noisy. Elle aimait un homme marié et alors, la belle affaire ! Noémie se voulait émancipée, elle était prête au combat.

16

Le rendez-vous manqué

Noémie essayait pour la troisième fois sa tenue de cheval la plus seyante : culotte blanche et pull-over moulant bleu marine ou culotte grise, chemisier rouge... cruel dilemme ! Après avoir brossé ses cheveux toujours rebelles le matin, elle opta pour un catogan de velours. Sous la bombe noire, elle tira deux mèches, du plus joli effet. Avec satisfaction, elle se regarda dans la glace de son armoire. Un soupçon de rouge à lèvres compléta le tout. Noémie estima qu'elle paraissait dix-sept ans. La date tant attendue était là. Elle allait enfin revoir Jean de Noisy. Pour faire ces essayages, la jeune fille s'était levée à l'aube. Dans la maison silencieuse, il n'y avait pas le moindre bruit. Désœuvrée, Noémie songea qu'elle avait encore quatre heures à attendre, autant dire une éternité. Elle faillit se recoucher puis décida d'aller voir Jimmy pour lui recommander d'être très brillant. A sa grande surprise, elle trouva ses parents debout dans la cuisine, serrés l'un contre l'autre, devant le poste de TSF allumé.

Un peu en retrait, Quentin semblait très pâle.

– Maman, papa, qu'est-ce qui..., commença Noémie.

Les yeux noyés de larmes, Valentine mit un doigt sur ses lèvres. Le speaker annonçait d'un ton dramatique :

« A quatre heures quarante-cinq ce matin, les troupes allemandes sont entrées en Pologne, en application du "plan blanc" d'Hitler, c'est-à-dire sans déclaration de guerre préalable. Il s'agit d'un acte de barbarie. Trente-sept régiments de cavalerie polonais résistent avec héroïsme face aux tanks des nazis. La Luftwaffe, l'aviation du Reich, a déjà détruit l'essentiel de la chasse polonaise. Il faut s'attendre dès ce matin à l'ordre de mobilisation générale... la France et l'Angleterre, pays alliés, vont devoir se battre pour le couloir de Dantzig ! »

Stanislas serra les poings.

– Ils ont osé violer la frontière polonaise... ils ont osé...

– Oh ! Stan... Stan chéri ! gémit Valentine, qu'allons-nous devenir ?

Noémie avait beaucoup de mal à comprendre le drame qui se jouait, mais elle aimait tendrement ses parents et les voir dans cet état la bouleversait.

– Papa, maman, je vous en prie, expliquez-moi, qu'est-ce que cela veut dire ?

– Ma chérie, ma petite fille, la paix n'aura duré que vingt et un ans... tu vas vieillir aujourd'hui, ton enfance est finie, ces salauds de nazis, je les hais ! C'est la guerre... la guerre, Noémie ! murmura Stanislas en serrant presque avec violence sa fille contre lui.

La guerre, Léopold en parlait tout le temps sans que cela arrive jamais et ce matin, l'événement important, pour Noémie, était le rendez-vous avec Jean de Noisy.

– Il faut appeler mes frères ! gémit Valentine en redressant la tête.

Dans les cas graves, elle avait toujours besoin des siens.

– Je doute qu'on y arrive, tous les circuits doivent être occupés..., prévint Stanislas.

Quentin tourna plusieurs fois la manivelle de l'appareil pour avoir une demoiselle de la poste mais les lignes téléphoniques étaient en effet surchargées.

– Bon ! on va à Carentan, décida Stanislas.

Tandis que ses parents réveillaient Victor, Noémie en profita pour leur fausser compagnie. Elle sella Jimmy du Manoir et, malgré les protestations de Quentin, fila au galop vers Reuville.

Il était encore très tôt. Peut-être allait-elle réveiller les habitants du château et leur annoncer la nouvelle. Elle aperçut Mathias, le premier garçon, qui traversait la cour des écuries pour donner leur ration aux chevaux. En la voyant arriver de si bonne heure, celui-ci ne put dissimuler son étonnement.

– Que se passe-t-il, mademoiselle Noémie ?

– Mais... mais c'est la guerre, Mathias, il faut prévenir M. de Noisy ! Du reste j'ai rendez-vous avec lui pour une leçon.

Le lad leva les bras au ciel.

– Oh ! ma pauvre petite, je sais, rentrez vite chez vous, M. Jean est parti à l'aube raccompagner Mme Lorraine chez ses parents à Deauville. Il doit revenir tout organiser pour les chevaux avant de rejoindre son régiment...

– Mais mon rendez-vous ? s'obstina Noémie.

Mathias hocha la tête en répétant :

– Ah ! ma pauvre petite... les jeunes, on va tous partir, seuls les anciens restent.

Le vieux Pierre s'approcha.

– Il faut rentrer chez vous, mademoiselle Noémie, vos parents vont s'inquiéter.

– Vous direz à M. Jean que je suis venue pour la leçon ?

– Oui, je vous le promets mais le patron va avoir beaucoup de problèmes à régler. Bonne chance, mon petit, que Dieu vous garde !

Le vieux serviteur avait mis tant de gravité dans sa phrase que Noémie ressentit un brusque frisson. Elle commençait à comprendre que ce vendredi 1er septembre 1939 resterait gravé dans sa mémoire à jamais.

A Hautefort, Valentine et Stanislas avaient à peine remarqué son absence. Victor était tout excité.

– Noémie, on va se battre contre les Boches. Avec Evrard, on a des frondes et des flèches !

– Tais-toi, crétin, voilà les parents, il faut que tu sois très gentil ! ordonna Noémie.

Après un geste de la main à Quentin qui refermait la grille derrière la Citroën, Valentine prévint son mari.

– Nous devons passer chercher papa, on ne peut pas le laisser seul au Chalet rouge !

Les Rolland-Lacour arrivèrent une heure plus tard à Carentan avec Tancrède Hautefort qui semblait accuser la nouvelle. Bien sûr tous les habitants de la Maison rose étaient debout, certains habillés, d'autres encore en pyjama. Ils étaient groupés dans le grand salon autour du poste de TSF qui continuait à déverser des informations catastrophiques.

« Les divisions blindées et motorisées lancées dans un *Blitzkrieg* ont pris en tenailles les troupes polonaises pendant que la Luftwaffe détruit les nœuds de communication et bombarde Varsovie. »

Tous les regards se tournèrent vers Abraham Mazuvski et sa fille Ericka. Assis sur un canapé, ils se tenaient par la main, lèvres serrées, étouffant leurs sanglots. Grand-mère Caroline, à leurs côtés, égrenait son chapelet. Tancrède, assommé, vint s'asseoir sur une chaise à côté de sa femme. Comprenant instinctivement la gravité de l'instant, les six garnements restaient pour une fois sages. Debout dans l'embrasure de la porte, la Sidonie s'essuyait les yeux avec son tablier.

– C'est t'y pas Dieu possible, m'sieur Boris, m'sieur Bohémond, mes deux aînés le Noé et l'Abel ont l'âge... y vont y partir comme aut'fois leur pauv' père, mon Narcisse.

– Je le crains, Sidonie ! dit Bohémond avec tristesse.

– Et mon Côme, y vont pas m'le prendre ?

– Quel âge a-t-il ? demanda Stanislas.

– Helo, m'sieu Rolland d'Lacour, mon Côme a ben quinze ans d'moins qu'moi, y va sur ses quarante-deux. Il est déjà parti en 17, il a fait la Somme à la dernière.

– On risque de mobiliser jusqu'à un âge avancé, ma pauvre Sidonie... oui... beaucoup de ceux qui ont fait la dernière guerre vont devoir repartir au front !

– Par le fait, vous êtes ben chanceux, trop vieux m'sieu Rolland d'Lacour, on doit avoir le même âge tous les deux, dans les cinquante-six, cinquante-sept...

– Oui Sidonie, nous avons le même âge, et vous pouvez être fière car vous tenez bien le coup !

– Vous aussi, m'sieu Rolland d'Lacour, vous zêtes point trop flapi !

En une autre occasion, son « compliment » à l'emporte-pièce aurait fait rire toute la famille, mais ce matin l'heure était trop sombre. La minute de sagesse ayant duré longtemps, les jeunes Hautefort et leur cousin Victor commencèrent à donner des signes d'impatience. Comprenant ce que les grandes personnes attendaient d'elle, Noémie les entraîna dans le jardin où elle organisa un tournoi de badminton. Au bout d'un moment, Wenceslas et Justino, les meneurs de la bande, se battirent à coups de raquette. Toujours angélique, Noémie proposa une partie de cache-cache dans les remises du fond du parc, là où s'entassaient les voitures anciennes de Tancrède. Puis elle laissa les garçons à leurs jeux pour rejoindre les adultes. Personne ne remarqua son retour. L'instant était encore plus pathétique. Valentine sanglotait nerveusement, la tête appuyée sur l'épaule de Conchita tandis que Stanislas marchait de long en large.

– Tu dois comprendre, Valentine chérie, je sais c'est très dur, Boris, Bohémond, expliquez-lui...

Les jumeaux semblaient abasourdis par la rapidité des événements. Comme toujours Boris prit le premier la parole.

– Valentine, essaie d'être raisonnable et de respecter la volonté de Stanislas, du reste, comme toujours, il nous montre le chemin...

Il avait employé un tel ton que sa femme Ericka ne put réprimer un sursaut.

Grand-mère Caroline, d'habitude très placide, égrenait toujours fébrilement son chapelet en priant saint Exupère à voix haute. Elle était persuadée que ce bon saint avait sauvé ses fils à la guerre de 14. De son côté, Abraham Mazuvski récitait le Shema Israël[1].

– *H'azak, h'azak, venit h'azack !*

– Qu'est-ce que cela veut dire, Abraham ? chuchota Caroline, curieuse.

– En yiddish, langue maternelle moi, cela signifier : Sois fort, sois fort et rassemblons nos forces !

1. Écoute Israël.

– Oh ! c'est très bien, hazatte, hazatte, venir hazatte, prions ensemble, Abraham, saint Exupère va tout arranger !

Tancrède Hautefort avait haussé le volume du poste. Il fit signe à tout le monde de se taire. Le président Daladier intervenait à la Chambre des députés.

« La nation tout entière répond à l'appel avec un calme grave et résolu... »

Un speaker enchaîna sur le même ton grandiloquent :

« Les Anglais ont appris avant les Français la terrible nouvelle : l'Europe est de nouveau en guerre, les Anglais ont annoncé que, si la France ne respectait pas ses obligations, la Grande-Bretagne déclarerait seule la guerre à l'Allemagne... Bien qu'Édouard Daladier ait tout essayé pour sauvegarder la paix, il faut à présent déchanter : c'est la mobilisation générale... »

Stanislas, le premier, brisa l'oppressant silence :

– Pardon, ma chérie, mais je te l'ai dit, rien ne peut arrêter l'escalade, je vais rejoindre mon unité le plus vite possible !

Valentine avait repris des forces. Elle tenta encore de protester :

– Enfin, Stan ! Tu es réserviste. Ce n'est pas possible, tu es trop âgé, tu n'as pas le droit, ils peuvent faire cette guerre de fous sans toi !

Commencée dans un murmure, sa phrase se termina dans un cri. C'était la première fois que Noémie voyait sa mère dans cet état de désespoir. Stanislas l'étreignit avec une immense tendresse.

– Si j'étais simple soldat, je n'irais pas, j'ai assez donné à la dernière, mais je suis commandant de réserve, c'est mon devoir, Valentine. Je suis artilleur, ils manquent d'officiers et ils vont avoir besoin de types comme moi qui savent envoyer des pruneaux sur les Boches.

– Le devoir ! Mais qu'est-ce que ça veut dire « le devoir » ? Le devoir était de fonder l'Europe comme voulaient le faire Jean Monnet et Louise Weiss. Si on nous avait écoutés, nous nous entendrions avec les Allemands !

– Les Allemands, oui, mais pas avec Hitler, ma chérie !

Noémie était atterrée, elle commençait à comprendre que Stanislas allait partir à la guerre. Et si elle en était triste, elle en ressentait aussi une grande fierté. Son père était un héros. Il allait porter un bel uniforme et peut-être défilerait-il à cheval dans les villes au son du clairon. Noémie trouvait que sa mère exagérait de vouloir le retenir de cette façon. Il reviendrait couvert de gloire et de médailles.

– Papa, je t'admire, si tu veux partir, je m'occuperai de Victor et de maman !

Surpris par ces paroles, Stanislas prit sa fille contre lui pour l'embrasser. Valentine se dégagea des bras de Conchita et protesta :

– Tu ne sais pas ce que tu dis, Noémie, mon Dieu, le cauchemar recommence...

Noémie voulut répondre pour rassurer sa mère mais ses oncles l'en empêchèrent.

– Stanislas, si tu pars, nous aussi on y va ! déclara Boris.

– Jamais nous ne te laisserons y aller seul, nous avons fait la dernière avec toi, nous recommençons, affirma Bohémond.

Valentine cessa brusquement de pleurer pour regarder ses frères avec stupeur. De leur côté, Ericka et Conchita se précipitèrent vers leurs maris.

– Non, Boris, tu n'as pas le droit, tu as trois fils ! cria Ericka.

– Il n'en est pas question, Bohémond, toi aussi tu as trois fils et nous... qu'allons-nous devenir ? ajouta Conchita, éperdue.

C'était maintenant à Valentine de calmer ses belles-sœurs. Caroline et Abraham avaient cessé leurs prières. Tancrède Hautefort coupa l'émission. Stanislas prit ses beaux-frères par le bras.

– Je n'en attendais pas moins de vous, mais vous n'êtes pas officiers, juste caporaux. Il n'y a aucune raison que vous veniez au front, vous avez vos enfants !

– Toi aussi !

– Oui, mais je peux laisser mon cabinet à la garde de Chevignard ; vous, vous n'avez personne pour les Bateaux Hautefort. Il faut que vous restiez pour faire marcher l'affaire, sinon vos femmes et vos enfants seront dans la misère...

– Pardon, remarqua Bohémond, l'un de nous deux seulement doit rester pour diriger l'affaire et faire vivre la famille. C'est d'accord, Boris ?

– D'accord, Bohémond !

– Si nous tirions au sort lequel va partir ! proposa Bohémond.

Malgré les cris de protestation de la famille, les jumeaux entêtés ne voulurent rien savoir.

Noémie n'en croyait pas ses yeux. Ses oncles allaient-ils vraiment tirer à la courte paille, comme dans la chanson ?

– On le joue à pile ou face ? proposa Bohémond.

– Pourquoi pas ? Le principal c'est de « trancher dans le vif rapidement » !

– Jouer sa vie à pile ou face ! hurla Conchita.

– Je ne peux en supporter davantage ! gémit Ericka.

Dans le parc, les cris des enfants se rapprochaient de la Maison rose. Boris eut une idée.

– Puisque nous sommes tous rassemblés dans cette pièce, laissons les enfants décider. Si c'est l'un des tiens qui passe la porte, tu partiras et si c'est l'un des miens, ce sera moi ! Tu es d'accord ?

Bohémond hocha la tête. Conchita et Ericka poussèrent un soupir. Elles connaissaient leurs maris, rien ne pourrait les détourner de cette folie. Elles cherchèrent un appui auprès de Stanislas, mais celui-ci semblait s'être rallié à la décision des jumeaux. Quant à leur beau-père, Tancrède, appuyé sur le poste de TSF, il était plongé dans ses souvenirs. Abraham, fataliste, tenait la main et le chapelet de Caroline. Noémie avait conscience d'assister à un événement qui allait avoir des conséquences terribles. Les cris des enfants se rapprochaient. Ils se bousculaient maintenant dans le couloir. Soudain, la porte s'ouvrit sur... Victor ! C'était raté !

– On a faim, maman ! cria le petit garçon.

– Oui, bientôt, chéri ! murmura Valentine.

– Les cousins, on va manger, prévint Victor en refermant la porte.

Les garnements jouaient au ballon dans le hall d'entrée.

– Ils vont tout casser ! dit Ericka.

Elle voulait aller les gronder, ce qui était une façon d'arrêter ce pari stupide, mais Boris la retint fermement par la main.

– Reste, chérie, le sort en est jeté ! reste auprès de moi... *mammè-louchèn*...

Il avait pris l'habitude de donner à Ericka de petits noms yiddish qu'il avait appris de son beau-père.

– But ! t'as failli avoir le vase... je tire !

Le jeu s'éternisait. Conchita voulut à son tour mettre un terme à cette attente insupportable. Bohémond, comme son frère, l'en empêcha. Le ballon rebondit sur la porte du salon et tout le monde sursauta. Un cri retentit.

– Fais gaffe, Victor, à toi... Pedro... tire Carlo !

La Sidonie faillit tout faire rater. Sa voix retentit dans le couloir de la cuisine.

– Si c'est pas malheureux, vous allez tout casser, brigands ! V'nez donc dans ma tchuzaine, vous rebouqui d'ma galette perlante !

– A la bouffe ! A la bouffe ! crièrent les garçons.

Et soudain la porte s'ouvrit brutalement.

– A table, maman, papa, venez tous, il y a de la galette de sarrasin ! C'était Wenceslas.

Boris, très pâle, avança vers son fils aîné. Il posa une main sur sa tête bouclée.

– Nous allons passer à table tout de suite. Va devant, mon Wenceslas, tu es mon enfant et je t'aime comme tes frères.

Étonné de cette gravité, Wenceslas leva les yeux vers son père. Il vit aussi les larmes qui coulaient sur les joues de sa mère. Avec une brusque angoisse, le petit garçon courut vers elle.

– Qu'est-ce qu'il se passe, *mammè-louchèn* ?

Ericka secoua la tête sans pouvoir répondre. Noémie prit son cousin par l'épaule.

– Ton papa part à la guerre avec le mien. Tu vas devoir devenir sage comme moi !

17

La gare de Carentan

Noémie ne savait plus où donner de la tête : elle devait soutenir sa mère, ses tantes, s'occuper de son frère, des cousins, faire mine de prier avec grand-mère Caroline et M. Mazuvski. Ces deux-là ne se quittaient plus, échangeant actions de grâces et incantations destinées à faire périr le Démon de l'autre côté du Rhin, mais pour le moment sans résultat.

On était le 3 septembre 1939 et, devant la gare de Carentan, tout recommençait comme en 1870 et en 1914, mais d'une manière bien différente. L'affliction se lisait sur le visage des hommes qui partaient et les femmes tentaient de contenir leurs sanglots. Aujourd'hui, tout se passait dans un silence glacial. Pas de fanfare municipale, pas de chorale de jeunes filles. Ceint de son écharpe tricolore, le maire était entouré du conseil municipal, et M. le curé avec ses enfants de chœur bénissait la locomotive et les wagons. Beaucoup de ceux qui, vingt ans plus tôt, étaient allés à Verdun ou au Chemin des Dames, s'en allaient, à présent quadragénaires comme Boris. Stanislas en avait fourni l'horrible explication.

– Il y a eu trop de morts à la dernière guerre et la France n'a pas eu le temps de reconstituer son « cheptel humain »... Nous allons nous battre nus face à un ennemi organisé et nombreux !

Le pays entier se préparait à la guerre. On distribuait déjà dans les mairies des masques pour protéger des gaz meurtriers, funeste souvenir de la dernière guerre. Il y en avait même pour les chiens.

Dans les musées parisiens les œuvres d'art étaient préservées en vue des bombardements. A Venise, on enterrait les statues.

Valentine, à bout de forces, descendit de la voiture, soutenue par son mari. Elle se souvint alors brusquement des jeunes filles en blanc, qui avaient entonné une chanson, au moment où Lucas la prenait, pour la dernière fois, dans ses bras. Aujourd'hui, il n'y avait que des paysans consternés d'abandonner les foins, des couples éperdus qui s'accrochaient l'un à l'autre, affolés à l'idée de ne plus se revoir.

Sur le passage des Hautefort et des Rolland-Lacour, quelques Carentanais faisaient, à voix basse, des commentaires.

– Quel courage, tout de même ! M. Stanislas, à son âge, repartir au front !

– Regardez, comme Mme Valentine a l'air malheureux ! C'est-y pas triste de voir ça !

– Quand on pense que son premier mari a disparu en 14 et que maintenant, comme qui dirait, tout recommence... !

– Et r'gardez, v'la m'sieu Boris qui part aussi !

– Et Bohémond ?

– La Sidonie m'a dit qu'il reste pour s'occuper des petiots !

– Ah ! ça c'est bien !

– Et aussi d'l'affaire de batiaux ! faut vivre, pas vrai !

Sur le quai, noir de monde, les jumeaux, accompagnés de leurs épouses, s'efforçaient de faire bonne figure. C'était la première fois qu'ils se quittaient.

Valentine ne pleurait plus. Elle avait l'impression que ses larmes s'étaient taries. Elle avait décidé avec son mari de ne pas rentrer à Paris. Stanislas craignait les bombardements sur la capitale. Il préférait savoir Valentine et les enfants à l'abri à Hautefort. Noémie irait en pension à Saint-Lô, et Victor à l'école communale de Sainte-Mère-Église.

– Cette guerre sera courte, Valentine, je te le jure, ne prends pas de risques ! Je règle tout au passage à Paris. Loulou s'occupera de l'appartement, Chevignard du cabinet. On a des commandes, il t'adressera régulièrement des mandats...

– Et ma maison d'édition ?

– Denise Marty te téléphonera et t'enverra les manuscrits ; je t'en prie, ne bouge pas d'ici, je serai peut-être rentré pour Noël.

– Oui ! J'ai déjà entendu cela..., murmura Valentine désabusée.

Quelques jeunes gens sur le quai de la gare chantaient sans grande conviction.

– On ira prendre notre linge sur la ligne Siegfried !

Les vétérans les regardaient avec nostalgie. Noémie voyait ses grands-parents, Tancrède et Caroline, si vieux, appuyés l'un contre l'autre. Abraham, avec sa calotte posée sur ses papillotes, soutenait sa fille Ericka.

Un peu plus loin, les gars de Sainte-Mère-Église partaient : le frère aîné d'Evrard, Casimir Levavasseur, et Napoléon Sénéchal. Tancrède s'approcha de ce descendant de Jean-Baptiste, l'ami napoléonien de son cher grand-père. Tout était si proche et si lointain. Julien Devereaux arrivait avec ses parents, les Saint-Hilaire. Damien, trop jeune, ne partait pas. Il donna à Noémie un baiser d'encouragement sur la joue. Julien voulut lui aussi lui dire adieu. Elle ôta son foulard et le lui passa autour du cou.

– Bonne chance, Julien !

– Petite Noémie, vous êtes si belle, si courageuse, je porterai toujours ce souvenir...

Julien avait l'air bouleversé. Il étreignit Noémie et l'embrassa soudain passionnément à la commissure des lèvres. Troublé de sa hardiesse, il rejoignit ses parents, la laissant stupéfaite. Julien Devereaux venait de lui avouer son amour. Elle ne s'attendait vraiment pas à cette déclaration et commençait à percevoir le pouvoir qu'elle avait sur les hommes. La Sidonie, sanglotant, arrivait avec ses aînés, le Noé et l'Abel, déjà en uniforme. Côme Leureux, lui aussi en troupier, suivait d'un air un peu hagard. Noémie le félicita au passage.

– Vous avez beaucoup d'allure, Côme !

– Ah ! ça, mam'zelle Noémie, l'uniforme ça fait l'homme !

Le serrurier redressait fièrement sa petite taille.

– Côme, tu dois surveiller le Noé et l'Abel, si tu r'viens sans eux, j'te tue ! menaça la Sidonie.

– J'te l'jure, ma femme, j'te l'jure !

Le malheureux était terrorisé par sa dragonne qu'au demeurant il adorait. Valentine et ses belles-sœurs vinrent embrasser la Sidonie pour la soutenir. Noémie était profondément émue par cette agitation désolée, ponctuée de sanglots et de promesses. Tout le monde, même ses parents serrés dans les bras l'un de l'autre, semblait l'avoir oubliée.

Brusquement, à l'autre bout du quai, elle aperçut Jean de Noisy, en uniforme de lieutenant. Elle hésita un instant mais comme il n'était accompagné que du vieux Pierre, elle fendit la foule et se dirigea vers lui. Il lui tournait le dos.

– Je, je vous souhaite bonne chance, Jean !

A ces mots, il se retourna.

– Noémie, ma petite Noémie, cas de force majeure, nous avons raté notre dernier rendez-vous, mais je vais revenir vite vérifier tes progrès...

– Je vous le promets, Jean, prenez bien soin de vous !

– Compte sur moi, ce ne sera pas long cette fois-ci...

– C'est ce que dit mon père, peut-être pour Noël !

– Il a raison !

– Votre femme n'est pas là ? s'étonna Noémie, secrètement soulagée de l'absence de la pintade.

– Non, elle était trop... bouleversée, je l'ai laissée chez ses parents, mais elle reviendra diriger le domaine et les chevaux, pas vrai, Pierre ?

– Oui, monsieur Jean !

Dans un bruit strident, le train, venant de Cherbourg, entrait en gare. Noémie tressaillit. « Il » allait partir. Il allait la quitter et peut-être ne le reverrait-elle jamais.

– Au revoir, Jean, au revoir... il faut que je rejoigne mes parents !

– Va vite, au revoir, Noémie, tu me manqueras beaucoup tu sais ! Je t'écrirai du front.

Avant qu'elle ait pu revenir de sa surprise, il lui avait plaqué deux baisers sur les joues. Puis, d'un geste très doux, il lui caressa les cheveux.

– Tiens bon, petite !

Après avoir serré le vieux Pierre dans ses bras, Jean saisit sa cantine et se dirigea vers le train.

Encore retournée par sa tendre caresse, Noémie courut vers les siens. Boris étreignait Ericka tandis que Stanislas embrassait Valentine.

– Tiens bon, chérie...

Il disait les mêmes mots que Jean, puis il se retourna vers sa fille.

– Je compte sur toi, Noémie, pour que tu ne donnes pas de souci à ta mère et que tu prennes soin de Victor ! Tu dois me remplacer, ma fille, j'ai confiance en toi...

Il la prit à part et chuchota :

– Ta mère est fragile, sois l'homme de la famille, Noémie, tu promets ?

– Je te le jure, papa, tu peux partir tranquille. Je saurai assumer mes responsabilités. Je t'aime de tout mon cœur !

– Moi aussi, ma Noémie !

Le chef de gare agitait son drapeau.

– Attention au départ !

Boris et Bohémond, au bord des larmes, se jetèrent dans les bras l'un de l'autre. La séparation était déchirante. La locomotive sifflait. Ce bruit strident résonna lugubrement aux oreilles de Noémie.

Tous les hommes montaient en se bousculant dans les wagons. A une fenêtre baissée, Stanislas et Boris agitèrent la main.

– Oh ! Stan, fais bien attention à toi ! hurla Valentine, sur le quai.

– Boris, ne prends pas de risques ! criait Ericka.

– Mon fils ! gémit le vieux Tancrède, anéanti comme l'avait été son propre grand-père pour son départ en 1870.

– Nous prions pour vous avec Abraham, promit Caroline, accrochée au bras du vieux Mazuvski.

– Mon frère, sois tranquille, je veillerai à tout ! murmura Bohémond pour lui-même.

Il avait à s'occuper de deux femmes, six enfants et à maintenir une affaire pour le retour de son jumeau. Ce n'était peut-être pas lui qui avait hérité de la meilleure part.

Le train s'ébranla, emmenant tous les hommes valides du bocage.

– Adieu, adieu, revenez !

Ce n'était qu'un cri.

Tandis que les wagons défilaient, Noémie aperçut à une fenêtre Jean de Noisy. Il regardait au loin dans la direction de Reuville. Pensait-il à Brin d'Amour ou à Lorraine ? Noémie courut le long du train.

– Jean, bonne chance !

Il baissa les yeux vers elle et cria :

– Va voir Brin d'Amour, Noémie, monte-le, il va s'ennuyer sans moi !

Noémie fit signe qu'il pouvait compter sur elle.

Voilà, c'était fini. Ils étaient partis.

Dans un grand vide intérieur, Noémie, obéissant à Stanislas, vint prendre le bras de sa mère et la main de son petit frère qui, brusquement, s'était mis à pleurer.

– Ça va aller, maman, ça va, Victor, je suis là, nous sommes ensemble, je veillerai sur vous !

18

La drôle de guerre

Noémie avait son opinion sur la question. La drôle de guerre était d'un ennui désespérant. Il ne se passait rien que des discours assommants d'hommes politiques à la TSF, comme ceux du président du Conseil Daladier, ou de Guy La Chambre, le ministre de l'Air, expliquant aux auditeurs rassurés que tout allait *très bien madame la Marquise...*

L'hiver s'annonçait rigoureux sur toute la France. Dans le Cotentin, Noémie gelait au couvent de Saint-Lô. Elle rageait d'être ainsi bouclée et de ne pouvoir sortir de cette « prison » que tous les quinze jours. Au début, Valentine venait la chercher avec la Citroën de Stanislas mais depuis les rationnements d'essence Noémie rentrait seule, comme une grande, par le train.

Malgré les mandats de Chevignard, la jeune fille voyait bien que sa mère avait du mal à joindre les deux bouts. La période était triste, noire, le ciel bas sur la plage des Vikings. Le froid n'empêchait pas Noémie d'aller parfois s'y promener avec son grand-père qui avait refusé de quitter son Chalet rouge. Le souffle coupé par la bise, elle avait du mal à tenir debout au sommet d'une dune. La tête protégée d'une toque de fourrure, Tancrède Hautefort regardait le paysage avec consternation.

A perte de vue, la mer gelait sur le rivage. Au loin les vagues ne charriaient pas de glace mais, au bord de la plage, l'eau prenait sur une largeur de plusieurs mètres. Un terrible vent du Nord soufflait.

– Rappelle-toi ce que tu vois, Noémie-Passion ! hurla le vieil homme. Je me souviens de ce que me disait mon grand-père Tancrède l'Aîné, qui avait vu la mer geler en 1849 : « Si tu vois ça, petiot, apprête-toi à passer plusieurs lunes de grand froid. »

Noémie n'avait jamais contemplé pareil spectacle. Une mouette, foudroyée par le gel, tomba à ses pieds. Elle pensa à Stanislas, Boris et Jean de Noisy au front.

– Viens, grand-père, il faut rentrer.

– Tu as raison, ma chérie...

A petits pas, ils retournèrent vers le Chalet rouge. Même à l'intérieur, il faisait froid. Le chauffage central installé à grands frais autrefois ne marchait pas, par manque de charbon, que de toute façon Tancrède ne pouvait plus payer. Il brûlait du bois dans un poêle.

– Il faut que tu viennes à Hautefort ou que tu retournes à Carentan, grand-père, tu ne peux rester tout seul, dit la jeune fille.

– Pas question ! je suis très bien ici, et puis, Noémie-Passion, un jour, je le sais, les Vikings reviendront et je veux être là pour les voir arriver sur leurs drakkars !

Devenait-il fou ou gâteux ? Derrière la baie de la salle à manger, le vieil homme et la jeune fille scrutèrent l'horizon.

Une épaisse fumée noire se découpait sur le ciel gris. Un cuirassé battant pavillon français, bravant le mauvais temps, passait devant les îles Saint-Marcouf. Des vagues énormes venaient s'abattre sur la proue du navire qui, malgré la tempête, conservait son cap. De son poste d'observation, Tancrède lut avec ses jumelles le nom du bateau, la *Bretagne*. Il prit son stylo à encre, ouvrit un grand registre sur lequel il inscrivit :

Samedi 9 décembre 1939, 11 h 05, Cuirassé Bretagne *au cap Nord-Nord-Ouest en direction sans doute du port de Cherbourg. Temps gris, température –10°.*

Noémie s'approcha de son grand-père.

– A quoi ça te sert de noter tous les noms des bateaux ?

– En fait, ma Noémie-Passion, c'est pour m'occuper et pour le souvenir. Mon registre a déjà servi aux autorités maritimes de Carentan. Il y a quelques années, on croyait un bateau de pêche perdu en mer, moi j'avais noté qu'il était parti en direction de l'Angleterre...

Noémie adorait les histoires de Tancrède.

– Et alors ? il était perdu ?

– Pas du tout ! En fait, il avait été arraisonné par les douaniers britanniques pour je ne sais quelle raison, mais les pêcheurs étaient bel et bien vivants et en prison ! C'est grâce à mon registre qu'on les a retrouvés. Tu sais, mon Chalet sert de point de repère aux marins. C'est la seule maison de la côte et on aperçoit de très loin sa toiture rouge.

Noémie quitta Tancrède à regret. Elle ne pouvait le forcer à abandonner son repaire. Il gelait trop pour sortir Jimmy du Manoir. Comme tout le monde maintenant elle roulait à bicyclette. Pédaler la réchauffait et lui donnait des idées. Elle avait l'impression que sa famille se laissait glisser dans un gouffre sans fond. Noémie allait sur ses quinze ans et rageait d'être trop jeune encore pour entreprendre vraiment quelque chose. Elle se sentait investie d'une mission en tant que digne héritière de son ancêtre, la Grande Noémie qui, elle, avait su, à vingt ans, tirer les Hautefort de la misère.

« Un jour, je serai célèbre, riche, je ferai fortune pour redonner la splendeur au nom des Hautefort... » se jura-t-elle.

Elle passa près de la Hilairie sans y entrer puis, elle s'arrêta devant le château de Reuville dont elle poussa la grille pour se rendre aux écuries. Les chevaux étaient dans leurs stalles. En la reconnaissant, Brin d'Amour frémit de plaisir.

– Brin d'Amour, mon beau, as-tu des nouvelles de ton maître, moi je n'en ai pas ! Pourtant il m'avait promis de m'écrire ! Il me manque... va-t-il bien ? chuchota Noémie à l'oreille du cheval.

Il hennit comme s'il avait compris.

– Oh ! mademoiselle Noémie, bonjour !

C'était le vieux Pierre accompagné d'un lad trop jeune pour être mobilisé.

– Tu vois, Jacquet, Mlle Noémie vient parfois promener Brin d'Amour. Il se languit de M. Jean !

– Avez-vous de ses nouvelles ? demanda la jeune fille d'une voix mal assurée.

– Oui, par Mme Lorraine, elle est au château aujourd'hui. La pauvre s'ennuie ici, elle retourne souvent chez ses parents à Deauville ou à Paris. Voulez-vous monter la voir, elle sera sûrement heureuse de vous parler.

– Heu, non merci, je dois rentrer vite, ma mère va s'inquiéter !

Noémie n'avait aucune envie de rencontre la pintade. Mais traversant la cour pour récupérer sa bicyclette appuyée contre un mur de brique, elle vit apparaître sur le perron une silhouette féminine enveloppée d'un long manteau de chinchilla. Elle reconnut aussitôt l'épouse de Jean. Un instant, la belle Lorraine jeta un regard inquisiteur vers Noémie. Elle fronça les sourcils, comme pour se rappeler où elle avait bien pu voir cette intruse, puis elle cria :

– Pierre, venez pousser la chaudière, on grelotte dans cette baraque !

Sans jeter un regard vers le château, Noémie, transie, remonta sur sa bicyclette et rentra très vite à Hautefort. Valentine l'attendait dans la salle commune, bien chauffée par la cuisinière de fonte.

– Il y a une lettre pour toi !

Elle souriait en tendant l'enveloppe à sa fille. Noémie la saisit et monta quatre à quatre dans sa chambre pour lire et relire les quelques lignes écrites par Jean de Noisy.

Chère Noémie,

J'espère que tu travailles bien en classe et que l'hiver n'est pas trop long à l'arrière. Ici, les hommes s'ennuient et jouent à la belote. Fais-tu des progrès avec Jimmy du Manoir et vas-tu promener Brin d'Amour ? Il me manque. Tu peux m'envoyer de ses nouvelles au 4ᵉ régiment de cavalerie de Sedan. J'ai un cheval ici, une brave bête, Mousqueton, que je monte tous les jours. Je lui apprends à sauter. Il aime ça. Mes respects à tes parents. Je crois que ton père est sur la ligne Maginot. Je t'embrasse bien affectueusement.

Ton professeur « préféré »,
Jean de Noisy.

De retour à la pension, Noémie mit trois jours pour écrire, en cachette des mères Augustines, une réponse « intelligente » à Jean. Se forçant à prendre un style de grande personne, elle lui fit un rapport sur Brin d'Amour et la vie dans le Cotentin. Lyrique, elle décrivit la plage et les champs glacés, puis elle signa : *Je pense à vous. Votre toujours très bonne élève et amie fidèle.*

Noémie Rolland-Lacour.

A Saint-Lô, elle avait de bonnes copines, Fochette et Joffrette Lecanu, deux sœurs qui venaient d'Avranches où leur père, patriote convaincu de la dernière guerre, était pharmacien. Fochette et Joffrette ne semblaient pas affectées par leurs prénoms destinés à honorer la mémoire des deux maréchaux ayant gagné la Grande Guerre. Elles partageaient le même dortoir que Noémie. La nuit, tandis que les autres élèves dormaient, les trois jeunes filles se glissaient sous les rideaux entourant pudiquement leurs lits pour de longues discussions. Heureusement, sœur Benoîte de la Miséricorde avait le sommeil lourd au bout du dortoir. Ses ronflements sonores en bruit de fond, Noémie et ses amies se confiaient leurs secrets. Fochette et Joffrette aimaient, la première un clerc de notaire, la seconde le préparateur de leur père. Les jeunes gens mobilisés étaient l'un à la frontière belge, l'autre vers Thionville. Enhardie par ces confidences, Noémie leur parla de Jean de Noisy. Les deux sœurs connaissaient le chevalier de réputation, et leur admiration pour Noémie devint alors sans bornes. Une nuit où les trois jeunes filles grelottantes se serraient les unes contre les autres dans leurs chemises de pilou, une ombre voletante traversa le haut des rideaux. Elles poussèrent un cri qui réveilla sœur Benoîte de la Miséricorde.

– Hé ! que se passe-t-il ?

– Rien, j'ai eu un cauchemar, ma sœur ! répondit avec présence d'esprit Noémie.

Les ronflements leur apprirent que sœur Benoîte s'était rendormie. En raison de la défense passive, il n'y avait aucune lumière dans le dortoir et les carreaux des fenêtres étaient peints en noir. Noémie alluma une bougie qu'elle gardait cachée sous son lit et, avec l'aide de Joffrette et Fochette, entreprit l'escalade de son placard à vêtements. Ses deux amies la soutenaient car une planche vermoulue pouvait céder. En haut du rideau, il y avait la grosse poutre du plafond où se cachait la chauve-souris. Noémie allait mettre la main dessus avec dégoût mais la chauve-souris, éblouie par la lueur de la bougie, partit à tire-d'aile vers les rideaux de sœur Benoîte où elle se posa délicatement. La jeune fille faillit redescendre quand elle s'aperçut que des mots avaient été gravés dans le bois, sans doute à l'aide d'un canif. Approchant la bougie, elle essuya la poussière pour mieux lire :

Les gazelles de Saint-Lô : Germaine le Gueltel « Bouboule », Jeanne-Chantal de Casablanca « Papette », Noémie Hautefort « Mimi », Isabelle de Reuville « Zaza », Anne Leféburе « Chiffonnette » souhaitent la bienvenue à celle qui sera assez audacieuse pour monter au sommet et qui lira ces lignes écrites le 22 mai 1845.

Noémie redescendit, songeuse. Son arrière-grand-mère et ses amies lui adressaient un message à cent ans de distance. Qui étaient ces jeunes filles, Bouboule, Papette, Chiffonnette ? Et cette Isabelle de Reuville avait-elle un rapport avec le château de Jean de Noisy ? Samedi prochain, il faudrait qu'elle se débrouille pour se rendre à la Maison rose de Carentan afin de faire parler son informatrice préférée, la Sidonie. Elle en saurait sûrement beaucoup plus.

Ce passé fascinait Noémie. Elle avait de plus en plus l'impression d'être guidée par ses ancêtres vers un destin unique. Elle mit bien sûr Fochette et Joffrette au courant de l'inscription. De ce jour, les nouvelles gazelles de Saint-Lô firent le serment du secret absolu et d'entraide à la vie, à la mort.

C'était Bohémond qui attendait tous les quinze jours Noémie à la gare de Carentan. Il avait l'air très fatigué. La plupart de ses charpentiers étant à la drôle de guerre, il avait dû engager de jeunes apprentis et de vieux ouvriers de l'usine, mais il vendait peu de bateaux. L'atmosphère était triste à la Maison rose. Les six cousins essayaient d'être sages pour ne pas contrarier leurs parents. Grand-mère Caroline regrettait ce cher Abraham Mazuvski reparti travailler dans son atelier, rue des Rosiers.

La Sidonie, moins prolixe que d'habitude, expliqua à Noémie que le passé était le passé et que « ben des choses s'étaient passées » mais que pour le présent elle « s'faisait du souci pour son Côme qu'était à Strasbourg et qu'par le fait, il aurait pour la Noël, son adjudant l'avait dit, un cigare, une orange, cent vingt grammes de jambon et une bouteille de champagne pour quatre... ah ! là là, même pas de cidre bouché ! »

Comprenant qu'elle n'en tirerait rien de plus pour le moment, Noémie emprunta la bicyclette de tante Conchita et rentra à Hautefort. Valentine, folle de joie, venait de recevoir des nouvelles de Stanislas et de Boris.

19

La ligne Maginot

Le commandant Rolland-Lacour faisait partie des cinq cent mille soldats français cloîtrés à cent pieds sous terre, dans un monde futuriste digne de Jules Verne.

– A la soupe !

– Tu viens dîner, mon commandant ?

– Je te rejoins.

– Ça n'a pas l'air d'aller !

– Si, tout va bien, j'arrive.

Malgré cette affirmation, Boris avait raison. Stanislas paraissait sombre. Depuis presque trois mois il était enfermé avec ses hommes et son beau-frère dans un des souterrains de la ligne Maginot, le « bouclier » de la France. Même s'il avait pu obtenir de l'état-major de garder Boris avec lui, il trouvait le temps long. Pendant la guerre de 14, il avait tenu un journal, ses mémoires de guerre qu'il avait presque oubliés dans un tiroir de son bureau rue de Tournon. Mais cette fois-ci, il n'avait pas le courage de recommencer. Il préférait écrire de longues lettres à Valentine et ses enfants, pourtant il en « expurgeait » de lui-même les passages dangereux pour la sécurité de l'État.

Depuis une dizaine d'années, les Français vivaient dans la certitude d'être bien défendus par cette superbe ligne Maginot dont la construction avait englouti l'essentiel des crédits de la défense. En 1920 déjà, contre l'avis du maréchal Foch, qui condamnait la « guerre inerte », on avait évoqué la construction d'un « mur fortifié ». En 1929, l'Assemblée et le gouvernement avaient adopté le projet de loi sur la « défense des frontières ». André Maginot étant ministre de la Guerre, la ligne porterait son nom. Étendue sur cent quarante kilomètres, c'était une succession de gros ouvrages, comprenant des canons sous casemate et tourelles, de petites constructions garnies de mitrailleuses et de pièces antichars. Maginot disait de son œuvre : « Ce sont des forts que l'on aurait cassés et dont on aurait placé les morceaux aux points les plus favorables du terrain. » Ainsi tous les accès étaient verrouillés, de la frontière belge au Rhin, grâce à ces très nombreuses casemates en « pattes de palmipède ». La Moselle était interdite au nord de Metz. La trouée de la Sarre, entre Saint-Avold et Sarralbe, était condamnée. La région fortifiée de la Lauter surveillait la frontière allemande de Bitche jusqu'à Fort-Louis, sur le Rhin.

Tout était prévu pour enterrer les armées : des réservoirs géants d'eau douce, des réserves blindées de munitions, des lignes de chemin de fer électriques à voie étroite pour transporter les hommes des casernes aux tourelles, de l'arsenal à la cantine. Ah ! C'était d'un autre confort que les tranchées de Verdun ! Il y avait même l'air conditionné et des cinémas où Stanislas n'avait pas le cœur de se rendre. Accompagné de son caporal, l'artilleur allait souvent voir les meilleurs canons du monde qui pouvaient balayer la zone frontière ; des 75, modèle 1933, capables de tirer trente coups par minute à onze kilomètres et groupés par trois pièces, des 135 modernes, des mortiers de 81. A partir de 1936, les ouvrages avaient été garnis de canons antichars. Des observatoires à périscopes permettaient de faire canonner en moins de trois minutes un objectif repéré grâce aux liaisons téléphoniques. « Si seulement on avait eu ça en 14 ! »

Pourtant Stanislas était hanté par la même question : « La ligne Maginot est-elle invulnérable ? » Il estimait que les fortifications manquaient de DCA[1], et les intervalles entre les forts, devant être tenus par des unités d'infanterie pour empêcher l'ennemi de s'infiltrer, lui semblaient déjà désuets. Les fossés antichars faisaient défaut, mais comment imaginer que l'ennemi oserait engager des blindés devant de telles concentrations d'artillerie ? Stanislas pensait que rien de sérieux n'était prévu au-delà de la position fortifiée de la Crusne. La frontière du Nord était mal protégée, les ouvrages devant Valenciennes et Maubeuge trop petits. La ligne avait été prolongée vers l'ouest jusqu'à l'ouvrage de La Ferté, à trente kilomètres de Sedan. On considérait, avec Pétain, la région des Ardennes comme impénétrable, et le fossé de la Meuse était censé interdire les raids blindés. Cela laissait beaucoup de place au hasard, or Stanislas était pragmatique surtout pour les affaires militaires. Il ne voulait pas inquiéter Boris qui se souciait des siens à Carentan et se languissait de Bohémond.

Impeccable dans son uniforme kaki, Stanislas avait délaissé les bandes molletières pour des bottes, pourtant sa tenue, par rapport à

1. Défense Contre Avions (Défense antiaérienne).

celle qu'il portait en 14, hormis le bleu horizon, n'avait guère changé. Il était responsable d'une casemate de flanquement entourée de rangées de rails formant ainsi un obstacle antichar. Sur la ligne Siegfried, l'ennemi observait sans bouger les Français qui avaient ordre de ne pas avancer non plus. « Cela peut durer des années, ce n'est pas la drôle de guerre, c'est la guerre des nerfs ! » songeait Stanislas. Il était certain que les Allemands n'allaient pas attaquer en Alsace ou en Lorraine, et que l'on assisterait à une répétition des campagnes de 1914 avec l'invasion de la Belgique. La ligne Maginot ne dépassait pas Malmédy, à l'ouest et s'arrêtait à quatre cents kilomètres de la Manche, car les Belges avaient protesté, ne souhaitant pas que leur pays fût entouré d'une fortification. De plus, si les Français avaient continué la construction le long de la frontière, cela aurait pu laisser croire à la Belgique qu'en cas de guerre ils abandonneraient leur pays. Léopold III, roi des Belges, avait opté en 1936 pour la neutralité, interdisant même ses frontières aux observateurs militaires français.

– Au moment où l'on s'y attendra le moins, les Boches passeront par les Flandres et nous les regarderons faire ! avoua Stanislas à Boris, incrédule au début. Ce dernier éprouvait une telle admiration pour son beau-frère qu'il finit par partager ses inquiétudes.

Stanislas avait expédié plusieurs rapports à son état-major. Ils étaient restés sans réponse. Ses réflexions ne paraissaient intéresser personne. Son dernier rapport daté du 2 décembre avait été directement adressé au général Maurice Gamelin, commandant en chef des forces alliées, retranché dans son QG au fort de Vincennes. Après tout, il valait mieux s'adresser au bon Dieu qu'à ses saints :

Rapport de la situation actuelle sur la ligne Maginot par le commandant Stanislas Rolland-Lacour au 10e régiment d'artillerie.

Mon général,
Mes états de service lors de la dernière guerre et mon expérience de l'ennemi, ne valant certainement pas les vôtres comme membre de l'état-major du maréchal Joffre de glorieuse mémoire, m'ont amené à certaines réflexions.
Je me permets donc, en patriote, avec tout le respect que je vous dois, de vous donner un double avis : celui de l'artilleur ainsi que celui de l'architecte. Pour qu'une résistance sérieuse ait lieu sur la rive Sud de la Meuse, il y a beaucoup à faire. Cette rivière ne pourra arrêter longtemps l'ennemi. La Meuse n'est pas très large, elle est peu profonde, et son courant est assez lent. Les Allemands n'ont-ils pas à plusieurs reprises franchi la Marne durant la dernière guerre ? Ils peuvent aussi bien arriver des forêts des Ardennes. Les « maisons fortes » sur la route de Bouillon ne les arrêteraient pas plus de deux

heures, d'ailleurs, ne sont-ils pas passés maîtres dans l'art de se camoufler dans les bois. Comment leur résister à Sedan ? les organisations défensives sont embryonnaires. Dans certains ouvrages, seul le coffrage est terminé et le béton n'est même pas coulé. Dans d'autres, il manque des créneaux, des portes de fer et une partie de l'armement.

Avec ses jumelles, Stanislas voyait l'ennemi de l'autre côté de la frontière, en nombre limité. Il savait qu'il fallait passer à l'attaque. Rester à attendre était très mauvais pour le moral. Les hommes se démotivaient. Ils ne croyaient plus à la guerre. Pour envahir la Pologne, Hitler avait placé le plus gros de ses armées sur le front Est et ainsi dégarni ses positions face à la France. C'était le moment d'être offensif. Stanislas avait terminé son rapport à Gamelin par ces mots :

Je suis certain, mon général, que votre perspicacité vous fait penser que, si nous attaquons avant Noël, nous serons à Berlin pour la nouvelle année, car Hitler ne pourra faire la guerre sur deux fronts. Je sais que, lors de vos brillantes études à l'École militaire de Saint-Cyr, vous citiez la phrase de Napoléon : « Celui des deux qui reste dans ses retranchements est anéanti. » J'ai le sentiment très inquiétant que le chancelier du IIIe Reich a pris connaissance du livre de son colonel Heinz Guderian intitulé Achtung Panzer[1]*, où cet officier visionnaire évoque une nouvelle forme de guerre : l'intervention concentrée de tanks soutenus par l'infanterie et les forces aériennes, la guerre éclair. En espérant que ce rapport très respectueux d'un officier du front pourra aider l'état-major à prendre une décision, je vous prie de croire, mon général, à l'assurance de mon dévouement, de mon admiration et de mon profond respect...*

Commandant Stanislas Rolland-Lacour au 10e d'Artillerie.

– Tu lui passes un peu de pommade au vieux ! constata Boris après lecture du rapport.

– Oui, pour mieux faire glisser l'huile de ricin ! Gamelin est entouré d'incapables prétentieux. Tu ne crois pas que le Haut État-Major devrait être sur le front plutôt que de rester le cul à Vincennes ?

Stanislas et Boris attendirent la réponse qui arriva quelques jours avant Noël.

Notre chef, le généralissime Gamelin, trop occupé, n'a pu prendre connaissance de votre rapport. Le Haut État-Major en reçoit, du reste,

1. Attention blindés.

beaucoup et fort contradictoires. Vos faits d'armes pendant la précédente guerre sont tout à votre honneur.
Cependant, après vérification auprès de votre commandement, vous n'avez en aucun cas un rôle d'observateur, ni de tacticien. Nous vous serions donc gré de bien vouloir cesser d'écrire tout nouveau rapport. Votre rôle est de tenir une casemate de flanquement, et de commander votre bataillon, rien de plus.

Cordialement.

Colonel Bricault, conseiller à l'état-major du général Gamelin.

– Allons, Stan ! tu as fait ce que tu as pu !

– J'ai peur que nous ne courions à la catastrophe...

– Ne sois pas défaitiste, il y aura un miracle comme en 14...

– Je ne crois pas que les miracles arrivent deux fois, Boris... Allons au mess !

Dans les tranchées, Stanislas s'était toujours débrouillé pour que la « popote » soit excellente, histoire de relever le moral de ses troupes, mais il n'avait pas réussi à renouveler cet exploit. Le cuistot, Bernard Santier, un brave Picard, fonctionnaire dans le civil, manquait de talent et d'imagination. Heureusement, les colis de Valentine, Ericka et Conchita apportaient un peu de fantaisie aux tristes repas. Stanislas et Boris rejoignirent le mess des officiers et sous-officiers en empruntant un souterrain. Les gradés étaient déjà à table quand le commandant passa le sas.

– Fixe !

Les hommes se levèrent en saluant. Stanislas leur fit un signe amical.

– Repos, les gars, et bon appétit.

– Merci, mon commandant !

– Bon appétit à vous, mon commandant !

Stanislas prit place à sa table avec ses hommes et Boris. Malgré son grade inférieur, il était accepté partout comme beau-frère du chef. La conversation était toujours la même.

– Alors mon commandant, qu'est-ce qu'il se passe ?

– On attaque ou pas ?

– A quoi on sert ? Les frisés jouent au ballon en face sur la ligne Siegfrid.

– Pourquoi on leur tire pas dessus ?

– Il paraît qu'il faut pas les énerver !

– On va avoir des permissions à Noël ?

– N'y comptez pas trop, le haut commandement nous garde ici pour surveiller les Boches...

Sur un geste de Stanislas, à la fin du repas, Boris alluma le poste de TSF. Il fallait remonter le moral désastreux des hommes. Maurice Chevalier chantait :

Paris sera toujours Paris
La plus belle ville du monde
Malgré l'obscurité profonde
Son éclat ne peut être assombri

Ils connaissaient tous le refrain par cœur et le reprirent avec nostalgie.

Paris sera toujours Paris
Plus on réduit son éclairage
Plus on voit briller son courage
Sa bonne humeur et son esprit
Paris sera toujours Paris

– Ah ! si seulement on pouvait aller passer Noël à Paname !

– Qu'est-ce qu'ils font les civils à l'arrière ?

– Et ma femme, je voudrais voir ma femme !

– Pourquoi ta femme, mon vieux, on nous met du bromure dans le pinard et ça nous endort !

– Et c'te putain de ligne Maginot, ça nous endort pas ?

Derrière lui, Stanislas entendit une exclamation :

– Oh ! mon capitaine !

C'était le brave Plantard, le grand charpentier de Chamonix, qui avait déjà servi sous ses ordres à Verdun. Apprenant que son chef s'était engagé, il avait fait de même pour le retrouver. D'ailleurs, Plantard ne pouvait se résoudre à appeler Stanislas mon commandant. Pour lui son pitaine restait son pitaine !

Boris et Stanislas se sentirent soudain moins seuls.

– Ah ! mon capitaine, je peux vous dire que pour vous retrouver ça n'a pas été du gâteau, parce que j'ai dit à la bourgeoise : si j'y vais à quarante-cinq piges, c'est pour le capitaine ! Et te voilà Boris, ah ! c'est le bon vieux temps ! Ça fait des jours et des jours que je marche seul dans ce labyrinthe, un vrai trou tordu...

Le lendemain, Stanislas se chargea de régulariser la situation en faisant incorporer Plantard comme ordonnance dans son bataillon. Et l'attente éprouvante recommença.

Une adorable lettre de Noémie vint rasséréner son père.

Mon papa bien-aimé,
Ne t'inquiète de rien, je m'occupe très bien de maman et Victor quand je viens en « permission ». Ici Noël a été triste sans toi et oncle Boris. On pense tous à vous. Maman est courageuse et rassurée sur ton sort puisque vous ne vous battez pas. Elle dit que c'est le principal. J'ai reçu une lettre de mon professeur Jean de Noisy. Je crois qu'il est au

4e de cavalerie de Sedan. Si jamais tu le rencontres, invite-le à ton mess, cela lui fera plaisir. Léopold a réussi à téléphoner de son journal. Il part faire des reportages sur le moral des troupes aux armées. C'est moi qui lui ai donné ton adresse car maman était partie à Carentan acheter des chaussures pour Victor qui a beaucoup grandi, moi aussi d'ailleurs, je porte maintenant les robes de maman.
Au printemps, je vais reprendre les concours hippiques avec Jimmy du Manoir. Il est en pleine forme. J'espère que tu seras rentré pour nous voir sauter les obstacles. Nous attendons ton retour avec impatience. Écris-moi, écris-nous.

Je t'aime, papa.
Noémie.

La nuit suivante, Stanislas fit un rêve affreux. Il était perdu dans le désert, mourant de soif, incapable d'avancer vers une source fraîche. Sa femme et ses enfants n'entendant pas ses cris disparaissaient derrière une dune de sable.

– Valentine... Noémie... Victor ! hurlait-il, mais sa voix ne portait pas.

Stanislas se réveilla glacé, sûr que des événements terribles se préparaient.

20

Le 10 mai dans le bocage

Noémie était prête à sept heures du matin. Elle devait partir par la route avec Jimmy du Manoir et se rendre au concours hippique de Barfleur. Valentine et Victor la retrouveraient vers neuf heures avec Onésime Leviel qui avait de nouveau accepté de s'occuper du cheval. Il faisait un temps magnifique. Noémie prenait rapidement un bol de café à la chicorée dans la cuisine quand elle vit deux gendarmes de Sainte-Mère-Église à la grille de la ferme. Déjà levée, Valentine sortit pour aller leur ouvrir.

– Bonjour, messieurs, que puis-je pour vous ?

– Un p'tit renseignement, m'dame Rolland-Lacour.

Noémie aperçut Quentin qui rentrait très rapidement à l'intérieur des écuries. Intriguée, car elle avait l'impression qu'il se cachait, elle s'approcha de sa mère et des gendarmes.

– Voulez-vous entrer boire un gloria ? proposa Valentine comme c'était la coutume à Hautefort.

Personne ne refusait jamais ce café normand arrosé de calvados.

– Oh ! alors très léger, m'dame Rolland-Lacour !

Les deux gendarmes, assis sous le portrait de Tancrède l'Aîné, burent religieusement le breuvage, puis le plus âgé, Fernand Marie, se décida enfin à révéler l'objet de cette visite matinale.

– Figurez-vous, m'dame, qu'on a reçu l'ordre de rechercher un certain Rouko Maloukian qui aurait tué sa femme en 1926 et se serait évadé du bagne de Cayenne où il était condamné à vingt ans de travaux forcés !

– Je ne vois pas ce que je peux faire pour vous, messieurs ! dit Valentine.

– Et la petite demoiselle ?

Noémie fit une moue.

– Je n'ai jamais entendu parler de cet individu.

– Faut vous dire que ce Rouko Maloukian était plus connu sous le nom du Superbe Émilio, oui ! un trapéziste, un gars de cirque qui faisait aussi l'écuyer.

A cette précision, Valentine ne put s'empêcher de jeter un regard vers les écuries.

– Le Superbe Émilio, non, non vraiment, et qu'aurait-il fait exactement ?

– Il aurait scié le trapèze de sa femme qui le trompait avec un partenaire... oh ! vous savez ces gitans... arméniens, tous les mêmes, ma pauvre dame, des étrangers ! En fait, avec le recensement et la mobilisation, la police aurait retrouvé sa trace. Avant-guerre, il était caché dans un cirque mais il a disparu ! Bon, m'dame Rolland-Lacour, c'est pas tout ça, on continue notre petite enquête et on classe l'affaire, on vous souhaite une belle journée !

Après le départ des gendarmes, Quentin sortit de l'écurie avec Jimmy du Manoir. Valentine s'approcha de lui.

– Ces messieurs de la maréchaussée cherchaient un certain Émilio mais Noémie et moi leur avons dit la vérité, nous ne connaissons personne de ce nom...

Quentin baissa ses paupières sur ses yeux aux reflets jaunes.

– Moi non plus, madame Valentine, ce type-là est certainement mort depuis longtemps...

– Je le pense aussi, Quentin.

D'un accord tacite, ils se détournèrent et Quentin ajouta :

– Noémie, mon petit, c'est l'heure de partir, bonne chance !

La jeune fille enfourcha son cheval. Elle envoya un baiser à sa mère et eut la soudaine impression que celle-ci n'avait pas dit toute la vérité aux gendarmes. Le soleil était déjà haut dans le ciel quand la Renarde franchit la grille de Hautefort.

– Allez, mon beau !

Noémie aimait passionnément ce bocage normand, ces haies mystérieuses qui cachaient de vastes prés, ces petits cours d'eau glissant le long des sentiers. Avec l'espoir d'avoir des nouvelles de Jean, elle passa devant Reuville, mais le château semblait vide et les écuries aussi. La jeune cavalière prit la route de Barfleur, puis elle se dirigea vers Audouville et Ravenoville pour remonter vers Saint-Vaast-la-Hougue. Elle s'arrêta quelques instants pour faire boire Jimmy et admira la vue dégagée sur l'île de Tatihou à marée haute. D'après la légende familiale c'était de là que son arrière-grand-mère était partie pour faire fortune. Elle resta un moment à rêver tandis que Jimmy se reposait, puis elle attaqua les derniers kilomètres qui la séparaient encore de Barfleur.

Elle arriva comme prévu vers neuf heures, le concours hippique devait avoir lieu au début de l'après-midi. La Citroën conduite par Valentine ne tarda pas. Tandis que Onésime Leviel menait Jimmy aux écuries, Noémie alla reconnaître le terrain. Une barre de Spa, un droit, la rivière, une palanque, un autre droit, puis le mur, un oxer, de nouveau un droit, un autre oxer, un autre mur, pour terminer deux doubles à la suite.

Valentine s'approcha de sa fille. Victor avait rejoint Onésime dans les écuries.

– Qu'est-ce qu'il y a, ma chérie, tu sembles soucieuse... ?

Noémie secoua ses beaux cheveux roux.

– Non, enfin oui un peu, ces deux doubles à la suite, Jimmy ne va pas aimer cela. Mais ça devrait aller, oui, je vais gagner ce concours !

– Comment... ?

Valentine était stupéfaite par tant d'aplomb.

– C'est normal, maman, les bons cavaliers sont tous à la guerre. Dans le Cotentin, il n'y a que moi de valable, ce n'est pas ce pauvre Paul Bontemps qui va me faire peur. Il devrait tomber avant l'oxer, car il n'arrivera jamais à faire pivoter son cheval sur si peu de distance ! Ce n'est pas très gentil et c'est désolant à dire car il est très sympathique, mais il n'a pas le « sens ». Tu verras, c'est moi qui vais gagner ce concours.

Valentine la suivit des yeux tandis qu'elle repérait une nouvelle fois le terrain. Elle ne pouvait s'empêcher de penser avec un peu de nostalgie que sa fille n'avait plus besoin d'elle ni de personne. Cette enfant avait mûri, elle saurait mener sa vie.

Paul Bontemps arriva vers onze heures. Il avait une mine affreuse.

– Noémie Rolland-Lacour, vous êtes déjà là, cela fait plaisir...

– Bonjour, Paul, comment ça va ?

– J'ai mal dormi et Lys n'a pas supporté le voyage, il boite. Qu'est-ce que vous pensez du parcours ?

– Assez technique, ça va être difficile.

Devant les obstacles, le malheureux Bontemps blêmit davantage.

– Ça me semble très serré entre le mur et l'oxer, il faut prendre un virage à 90° !

« C'est comme s'il était déjà tombé », pensa Noémie.

– A tout à l'heure, Paul, bonne chance.

– Merci à vous, Noémie, je... j'ai beaucoup pensé à vous...

Après une rapide collation prise dans une petite auberge avec sa mère, son frère et Onésime, Noémie alla se préparer aux écuries. Valentine et Victor s'installèrent sur les gradins. Onésime préféra s'accouder à une barrière avec les autres lads.

Comme prévu, le concours commença à deux heures de l'après-midi. L'un des juges se leva et prit son porte-voix :

– J'appelle le premier cavalier, M. Paul Bontemps qui monte Lys.

Les premiers obstacles se passèrent bien. Puis, comme si les paroles de Noémie avaient eu l'effet d'une malédiction, le malheureux Bontemps tomba avant l'oxer.

– Éliminé.

Noémie n'avait pas le temps d'aller le consoler.

Les autres cavaliers firent de bons parcours, surtout un jeune homme de Saint-Sauveur-le-Vicomte, un certain Émile Leridon montant Perroquet, un magnifique pur-sang normand à la robe café-au-lait.

– Trente-sept secondes, annonça le juge.

Noémie se dit que ce temps ne serait pas facile à battre. Ce Leridon était un rude adversaire, mais elle avait la chance de passer en dernier. Son premier exploit de Bayeux était bien loin. En quelques concours hippiques régionaux, la Renarde était devenue la « vedette » du Cotentin.

Jimmy du Manoir, en pleine forme, sautait les obstacles avec aisance et ne perdait pas un instant. Noémie le guidait avec ses mains et ses genoux. Les talons et la cravache ne servaient à rien. Ce n'était que douceur, efficacité et parfaite communication entre l'animal et sa cavalière. Le premier double se passa bien, mais Noémie sentit Jimmy inquiet en regardant le deuxième. De la main, elle caressa la crinière de l'animal.

– Tout va bien, allez, mon chéri, tu es le plus beau, le meilleur... !

Rassuré, Jimmy survola littéralement le dernier obstacle.

– Trente-six secondes !

Les juges discutèrent à voix basse quelques instants, ils comparaient leurs notes.

– Noémie Rolland-Lacour, vainqueur ! Venez mademoiselle pour la remise de la coupe.

Elle lança aux siens un clin d'œil complice sous les ovations du public, peu nombreux, mais très motivé. Le malheureux Paul Bontemps, appuyé sur la rambarde, lui adressa un petit sourire triste. Au moment où elle s'apprêtait à monter les marches de l'estrade, un homme bedonnant, le ventre ceint d'une écharpe tricolore, sans doute le maire de Barfleur, arriva en hurlant :

– C'est la guerre ! c'est la guerre !

Noémie était furieuse. On le savait bien ! Cet imbécile allait tout gâcher. L'autre continuait à vociférer :

– Les Allemands ont violé la neutralité de nos voisins ! Ils sont entrés en Belgique, aux Pays-Bas et au Luxembourg !

Noémie s'en voulut d'avoir pensé à sa gloire avant la patrie. Soudain elle comprit que la situation était vraiment grave. Elle songea à son père et à oncle Boris sur la ligne Maginot, à Jean à Sedan. Le public, angoissé, quittait le champ de courses. Le visage crispé par l'inquiétude, Valentine vint retrouver sa fille. Il fallait rentrer très vite à Hautefort pour écouter la TSF.

Avec Victor et Onésime, elle reprendrait la voiture tandis que Noémie repartirait comme elle était venue. Valentine l'accabla de recommandations.

– Ne prends pas la route, ma chérie, reste dans les champs, derrière les haies sur les petits chemins.

– Mais maman, les Allemands sont en Belgique, pas en Normandie...

Valentine bouleversée avait du mal à respirer.

– Je sais, oui... mais fais ce que je te dis, ma chérie, je t'en supplie ! Ton père estime que tout peut aller très vite ! Mon Dieu... protégez-les...

Le retour à Hautefort se déroula sans encombre. Noémie suivit les consignes de sa mère. Sur le chemin, Valentine déposa Onésime chez le père Parfait qui grogna : « Ah ! dam, c'est comme en 70 avec les Prussiens ! »

Quand la Citroën franchit la grille, Quentin était sur le toit en train de changer des ardoises cassées. De la cour, Victor l'apostropha :

– Tu ferais bien de descendre, Quentin, les Boches ont attaqué !

– Quoi ! qu'est-ce que tu racontes, petit ?

Noémie surgit une heure et demie plus tard. Dans la cuisine, les autres étaient autour du poste. Valentine, très émue, sortit rapidement de la ferme.

– Oh, ma chérie, Dieu merci tu n'as rien... Quentin, allez vite fermer la grille, s'il vous plaît. Noémie, va mettre ton cheval dans l'écurie et viens nous rejoindre.

A la TSF, les informations étaient confuses : la Wehrmacht était déjà en Belgique, peut-être même à Sedan. Noémie pensa encore à Jean de Noisy. Elle comprit, d'autre part, que Paul Reynaud voulait remplacer Gamelin mais Daladier n'était pas d'accord. En Angleterre, Chamberlain avait démissionné et laissait la place à Winston Churchill. A la gare de l'Est à Paris arrivaient les premiers trains de réfugiés qui fuyaient les combats, les malheureux très secoués ne pouvaient presque rien dire sinon que les *Panzer* avançaient à une vitesse foudroyante, laissant une terre brûlée sur leur passage.

– « La guerre éclair », murmura tout bas Valentine.

Vint ensuite un discours plutôt optimiste et très patriotique de Paul Reynaud annonçant que l'armée française pénétrait à son tour en Belgique pour défendre ses voisins :

« Aujourd'hui 10 mai 1940, trois pays libres, la Hollande, la Belgique, le Luxembourg, ont été envahis cette nuit par l'armée allemande. Ils ont appelé à leur secours les armées alliées.
Ce matin, entre 7 et 8 heures, nos soldats, les soldats de la liberté, ont franchi la frontière. Ce champ de bataille séculaire de la plaine des

Flandres, notre peuple le connaît bien. En face de nous, se ruant sur nous, c'est aussi l'envahisseur séculaire.
La France, calme et forte, est debout. C'est l'heure du rassemblement. Vous savez déjà qu'au sein du gouvernement tous les partis se sont rejoints. A l'heure où le meilleur de notre peuple, ce qu'il a de plus jeune, de plus vivant, de plus fort, va risquer sa vie dans un combat solennel, une pensée grave habite chaque maison, chaque chaumière de nos villages, chaque cantonnement de nos armées. Une même pensée nous élève tous au-dessus de nous-mêmes. Chacun se prépare à faire son devoir ! »

« Cela ne va peut-être pas si mal que ça. Il parle bien Paul Reynaud ! » songea Noémie.

Valentine se leva avec une exclamation :

– Papa ! mon Dieu, il est tout seul !

A cet instant, la sonnerie du téléphone retentit. Noémie décrocha, c'était oncle Bohémond.

– Sais-tu comment va grand-père ? s'enquit aussitôt Noémie, maman est inquiète.

– Il est au Chalet rouge, je suis allé le chercher, mais il refuse de bouger, il dit qu'il attend les drakkars des Vikings ! je crois qu'il perd un peu la tête !

Valentine décida de se rendre elle-même le lendemain matin à Sainte-Marie-du-Mont pour convaincre son père de sortir de sa solitude au bord de la mer. A part les discours de Paul Reynaud, la TSF ressassait les mêmes informations catastrophiques. Pour changer les idées de sa mère, Noémie proposa :

– Et si on essayait de joindre Léo à Paris, il a peut-être des nouvelles ?

– Bonne idée, chérie, demande *Paris-Soir*, Lafayette 47 22.

Noémie décrocha le combiné et actionna la manivelle. Il était déjà neuf heures du soir.

– Allô, mademoiselle, je voudrais Lafayette 47 22 à Paris, s'il vous plaît.

– Il y a au moins trois heures d'attente, tous les circuits sont occupés. Vous confirmez ?

– Oui, bien sûr !

– Tu penses que Léo sera toujours là, maman ?

– Une nuit comme celle-là, il ne quittera pas le journal !

Une longue attente commença auprès du téléphone. Victor finit par s'assoupir sur un banc. Valentine monta le coucher. Noémie sortit de la viande froide et du fromage afin que chacun puisse prendre des forces. Quentin, inquiet, fumait cigarette sur cigarette.

A une heure du matin, le téléphone retentit enfin. Valentine courut décrocher.

– Allô, *Paris-Soir* ? je voudrais parler à Léopold Van Belmeus s'il est encore là !

– Ne quittez pas, il doit être au marbre, je le cherche...

Après quelques instants, la voix de Rouletabille résonna.

– Allô... oui, qui est là ?

– Léopold ? c'est Valentine !

– Comment êtes-vous arrivée à me joindre ?

– Nous avons attendu presque quatre heures, mon ami, je suis aux cent coups ! Avez-vous des informations qui n'ont pas été données à la TSF ?

– Passez-moi l'expression, Valentine, mais c'est le foutoir, le PC de Gamelin est à Vincennes, celui du général Georges à La Ferté-sous-Jouarre et l'amiral Darlan se trouve à Maintenon, je vous demande un peu... de plus, leurs communications radio marchent très mal...

– Et Stanislas ? demanda Valentine.

– Je n'ai pas de nouvelles, comment en aurais-je ? Tout ce que j'ai appris c'est que les panzerdivisions de Guderian progressent d'une manière infernale. Je pars au front comme reporter aux armées et si j'ai des nouv...

On entendit un petit clic. La communication était coupée.

– Allô, allô !

Valentine paraissait au bord de la crise de nerfs. Noémie vint lui tenir la main...

– Allô, Paris ! allô !

L'opératrice de Carentan reprit la ligne.

– Désolée, madame, mais tous les circuits sont définitivement coupés.

– Maman, je dois aller me coucher, demain je prends le train tôt pour Saint-Lô...

Valentine, hagarde, regarda sa fille.

– Pas question, ma chérie, tu restes ici. Maintenant, il ne faut plus se quitter...

Après avoir embrassé sa mère avec tendresse, Noémie songea en montant l'escalier qu'il y avait quand même eu deux bonnes nouvelles dans cette affreuse journée : elle avait gagné le concours hippique et elle ne retournait pas à la pension.

Dans son lit, Noémie qui n'était pas pieuse, comme sa grand-mère Caroline, s'adressa tout de même directement au Tout-Puissant :

– Mon Dieu, je ne vous demande pas grand-chose d'habitude mais aujourd'hui protégez papa, oncle Boris et... aussi Jean de Noisy !

Elle s'endormit confiante dans l'avenir, sûre que tout allait s'arranger.

21

Les plages de Dunkerque

– Ce n'est pas possible, toi ici, Léopold !

– Stanislas !

A cet instant un obus s'écrasa avec une explosion.

– A terre ! hurla Stanislas.

Les deux amis se jetèrent dans le sable. La vue de Van Belmeus en costume militaire, avec un casque trop grand sur lequel on pouvait lire *Presse*, fit presque sourire Stanislas.

– Léo ! qu'est-ce que tu fous dans ce merdier ?

– Mon métier, mon vieux, je couvre l'événement pour *Paris-Soir* !

– C'est une souricière, tu ne devrais pas rester là !

– Tu plaisantes, pas avant que tu m'aies raconté ce qui se passe ici ! Je croyais que tu étais sur la ligne Maginot ?

– As-tu des nouvelles de Valentine et des enfants ?

– Oui, ils m'ont eu miraculeusement au téléphone, ils vont bien... évidemment ils sont inquiets, mais ta femme tient le coup !

Cette précision redonna du courage à Stanislas. Même dans ses cauchemars les plus atroces, il ne pouvait imaginer un pareil désastre. Depuis plusieurs jours, il essayait avec Boris et le brave Plantard de monter sur un bateau afin de fuir l'enfer de Dunkerque.

Le danger des obus semblant pour le moment écarté, Stanislas se releva.

– Viens à l'abri.

– Où est Boris ? s'inquiéta Léopold. Il n'était pas avec toi ?

– Si, il essaie de nous trouver quelque chose à manger... Allons derrière cette automitrailleuse.

Des engins militaires à moitié détruits étaient enlisés dans les dunes. Le spectacle de la poche de Dunkerque était dantesque. Les militaires français et anglais, sales, dans leurs uniformes déchirés, les visages rongés par la barbe, erraient avec l'espoir d'échapper à l'étau pour rallier l'Angleterre. Des bateaux britanniques faisaient l'aller-retour pour sauver les hommes encerclés par l'armée allemande. C'était l'opération Dynamo.

Accablés par de longues retraites, les Alliés piétinaient sur les plages ou sur les routes encombrées de matériel car les Anglais brûlaient tout sur place afin de ne rien laisser aux Boches. Aux dernières nouvelles ceux-ci ne se trouvaient qu'à sept kilomètres, mais les avions de la Luftwaffe pilonnaient sans cesse les plages.

Comme toujours, Léopold sortit son inséparable carnet.

– Pourquoi n'es-tu plus sur la ligne Maginot, Stan ?

– J'avais l'impression d'être planqué, j'ai demandé à être affecté au front. Le 18 mai je suis parti avec une unité vers le nord-ouest pour renforcer nos positions sur l'Aisne et dans l'Argonne où nous nous sommes battus contre la Ire Armée de von Witzleben. Un vrai carnage, beaucoup de mes hommes sont morts. Nous les artilleurs, on attaquait à pied des *Panzer* qui roulaient à quatre-vingt kilomètres/heure ! L'arrivée de Weygand pour remplacer Gamelin n'a pas changé grand-chose... les communications ne marchent plus, il n'y a plus rien à manger. Ça sent la gabegie et le pot-de-vin ! J'espère qu'il y aura des enquêtes après guerre.

– Je peux l'écrire ? Qu'est-ce que tu veux dire exactement par là, Stanislas ?

– En temps de paix, nous n'avons pas fabriqué d'armes, pas d'avions, pas de chars ! Nos responsables pensaient que ce serait une guerre de tranchées comme en 14 ! Nom de Dieu, comme ils se sont trompés. Il leur suffisait de lire Guderian et de Gaulle pour comprendre. Les Boches sont d'une redoutable efficacité ! Je les hais et je les admire !

– Qu'est-ce que tu comptes faire maintenant ?

– Essayer de ne pas être faits prisonniers, nous embarquer pour l'Angleterre et revenir en douce. Mais ce ne sera pas facile, en trois jours je dirais que cent trente mille Anglais ont déjà été évacués... Cette opération Dynamo me semble réservée aux sujets de Sa Majesté, car à peine dix mille Français ont pu trouver une place à bord d'un bâtiment. De plus, depuis ce matin, le port est impraticable. Il faut embarquer par les plages. On aura de la chance si on arrive à gagner un bateau. Nous serons à découvert ! Les stukas n'auront plus qu'à nous canarder tranquillement.

Tout en prenant des notes, Léopold se gratta la tête.

– C'est de la dynamite tout ce que tu me racontes là, je ne vais pas pouvoir tout dire dans mon canard, car il y aurait des émeutes antibritannique.

Boris revenait en courant.

– Léopold ! Toi ! Ah ! ça me remonte le moral.

Sous l'abri précaire de l'automitrailleuse, les trois amis partagèrent la maigre ration qu'avait « dégotée » Boris. A plusieurs reprises, des Messerschmitts de la Luftwaffe attaquèrent.

Soudain, le brave Plantard surgit au sommet d'une dune.

– Mon capitaine, regardez ce que j'ai trouvé !

Il tenait fièrement un lapin bien vivant à la main.

– Ce soir lapin à la moutarde ! annonça-t-il tout joyeux en dévalant la pente.

A cet instant un avion ennemi arrivait en rase-mottes. Stanislas, de son abri, hurla :

– Plantard, couche-toi, nom de Dieu !

Les mitrailleuses résonnaient. Inconscient du danger, Plantard continuait de courir vers ses compagnons.

– Il est pas beau ce lapin, mon pitaine !

Stanislas hurla de nouveau :

– A plat ventre ! tu vas...

C'était trop tard, une rafale venait de toucher le Chamoniard à la poitrine. Stanislas se précipita vers lui. Écroulé dans le sable, Plantard fixait son « pitaine » sans comprendre ce qui lui arrivait. Un mince filet de sang coulait à la commissure de ses lèvres. Stanislas s'agenouilla pour soutenir sa tête. Le malheureux n'avait pas lâché le lapin qu'il tenait toujours dans la main gauche.

– Je, je suis, désolé, mon pitaine... je...

– Ça va aller, Plantard, tu vas t'en sortir.

Boris et Léopold, atterrés, arrivaient à leur tour.

– Boris, essaie de nous trouver un infirmier ! Dépêche-toi !

Stanislas sentait que Plantard les quittait. Son teint avait changé, ses yeux se troublaient.

– Ce... ne sera... pas... nécessaire... mon pitaine... on s'est bien amusés... quand même... non ? allez... allez... voir ma femme... dites... lui...

Sa tête retomba sur le côté. Le poilu Plantard était mort. Sa main se desserra et le lapin s'enfuit sur la plage. Des soldats se lancèrent à sa poursuite. Cela faisait trois jours qu'il n'y avait plus rien à manger.

Effondrés par ce drame, Stanislas, Boris et Léopold murmurèrent une prière. Stanislas prit la plaque et les effets personnels de son ancien artilleur pour les rendre à sa femme. « J'irai plus tard à Chamonix, si on ne crève pas », se promit-il en tirant une bâche sur la dépouille de Plantard.

Vers la fin de l'après-midi, des bâtiments anglais approchèrent de la plage, deux destroyers, cinq croiseurs, un yacht de milliardaire et des bateaux de pêche venus courageusement des côtes anglaises.

– Allons ! debout, ordonna Stanislas.

Léopold n'avait visiblement pas envie de partir pour l'Angleterre. Il voulait rendre son papier au journal.

– Nos chemins se séparent, Stanislas.

– Je ne crois pas que ce soit une bonne idée de rester ici. Quand les Boches arriveront, tu seras fait prisonnier...

– Mais je suis journaliste, j'ai ma carte de presse...

– Ça m'étonnerait qu'ils en tiennent compte. Viens donc avec nous.

Boris était du même avis que son beau-frère.

– Stan a raison, il faut filer avec nous, Léo...

Les trois hommes se dirigèrent vers la mer, au milieu de milliers de soldats français et britanniques. Les bateaux, littéralement pris d'assaut, se trouvaient à une centaine de mètres du rivage. Des batteries côtières allemandes, installées de chaque côté de Dunkerque, canardaient sans cesse les plages. Dans cette pagaille épouvantable, Stanislas, Boris et Léopold parvinrent à approcher un chalutier. Sur le pont, une dizaine de soldats anglais, en voyant les Français approcher, se levèrent. Stanislas, pensant qu'ils allaient les aider à monter à bord, s'agrippa avec Boris et Léopold au bastingage.

– *Let go of that railing, froggy. Every frenchman taken aboard means one less English lad we can save*[1] *!*

– *No*, Henry !

Malgré le propriétaire du bateau anglais, outré, qui cherchait à s'interposer, un des tommies saisit son fusil et donna des coups de crosse sur les mains de Stanislas qui fut bien obligé de lâcher prise. Ses compagnons subirent le même sort. Quatre soldats britanniques qui arrivaient à la nage à cet instant embarquèrent sans problème après avoir bousculé les trois Français.

– Désolés, les Frenchies, mais nous avons rendez-vous à Times Square ce soir ! lança, avec un fort accent, un sergent.

– Salopards, vous nous lâchez comme dans la Somme en 14 ! hurla Stanislas. *You roastbeef bastards !*

Le bateau s'éloignait pour gagner le large. Les trois amis tentèrent de monter à bord d'autres bâtiments mais chaque fois la même opération se renouvela. A neuf heures du soir, les bateaux étaient loin.

Les jours suivants, tout recommença. Si certains Français avaient réussi à s'embarquer, Stanislas et ses compagnons faisaient partie des quarante mille Frenchies coincés dans la poche de Dunkerque. Tous les Anglais, sauf les blessés, avaient quitté la France. Le 4 juin à cinq heures du matin, alors que le soleil se levait, Stanislas fixait les dunes derrière lesquelles grondait un bruit terrible. Tapi sous l'automitrailleuse Léopold dormait comme un bienheureux. Boris vint rejoindre son beau-frère en rampant.

1. Lâchez ça, mangeurs de grenouilles, un Français embarqué c'est un Anglais qui reste sur la plage !

– Qu'est-ce qu'il se passe ?

– C'est la fin, Dunkerque est tombé.

Des milliers d'Allemands armés surgirent au sommet des dunes. Boris, atterré, se retourna vers son beau-frère. Des larmes coulaient sur les joues de Stanislas.

– Saloperie de guerre !

Il prit son visage dans ses mains, puis il sortit un canif de sa poche et arracha ses galons.

– Qu'est-ce que tu fais ? s'exclama Boris.

– Si je les garde, nous allons être séparés. Ils me mettront dans un oflag[1] et toi dans un stalag[2], il faut que nous restions ensemble, c'est notre seule chance de nous en sortir. Merde ! et Léopold !

Rouletabille, épuisé, dormait toujours à poings fermés.

Stanislas avait raison, sa profession de journaliste n'avait pas fait bénéficier Léopold d'un traitement de faveur. Les Allemands avaient même l'air de penser qu'il s'agissait d'un espion.

Le 4 juin, à midi, les trois compagnons marchaient en rang sous un soleil de plomb, dans un convoi de prisonniers. Stanislas s'était bien gardé de révéler aux Allemands qu'il parlait parfaitement leur langue depuis sa plus tendre enfance.

Les journées se déroulaient toutes de la même façon. Les prisonniers étaient levés dès quatre heures du matin. Des gardiens leur donnaient un peu d'eau et un quignon de pain, puis les convois s'ébranlaient. Le nombre de prisonniers avait étonné les Allemands eux-mêmes. La marche durait jusqu'au soir. L'armée allemande réquisitionnait alors fermes, écoles, mairies. On enfermait les prisonniers jusqu'au lendemain. Puis on les fit avancer à travers la Belgique pour les ramener dans un stalag en Allemagne. Au fil des jours, Stanislas glanait des informations. Le 5 juin, Édouard Daladier avait quitté le gouvernement, le 10, Mussolini déclarait la guerre à la France, cela s'appelait écraser le vaincu, le 14 la Wehrmacht occupait Paris. Heureusement Valentine et les enfants étaient à Hautefort. Le gouvernement avait quitté Tours pour Bordeaux, le 15 Guderian prenait Verdun, le 16 Paul Reynaud démissionnait. Le maréchal Pétain était devenu le président du Conseil. Avec un nouveau cabinet de ministres autour de lui, il disait avoir fait don de sa personne à la France. Cela fit beaucoup rire les soldats allemands. Le soir, au bivouac, Stanislas chuchotait ses informations à Léopold qui les notait sur son petit carnet en cachette des gardes.

Le 16 juin, les prisonniers arrivèrent près d'Ostende, en Belgique,

1. Camp pour officiers.
2. Camp pour soldats.

où on les cantonna dans une grange. Stanislas, Boris et Léopold se retrouvèrent dans la paille au milieu d'une centaine de pauvres gars.

– Ostende ? chuchota Léopold.

– Oui, je ne sais pas exactement à combien de kilomètres, cinq ou six peut-être, répondit sur le même ton Stanislas.

Léopold gratta ses boucles grises.

– Ma cousine Van Belmeus est conservateur du musée des Beaux-Arts à Ostende... si seulement on pouvait...

Ils s'étaient compris.

C'était une chance à saisir. Comme si le destin voulait enfin leur sourire, un incident vint servir leurs plans. Deux prisonniers français se mirent à se battre pour une sordide histoire de mégots de cigarettes. En quelques instants le pugilat prit de l'ampleur. Une cinquantaine de prisonniers se tapaient dessus sans très bien savoir pourquoi. Revolver à la main, un gradé allemand pénétra dans la grange.

– Arrêdez ! je fous ordonne d'arrêder !

Sans réfléchir, Boris se jeta sur lui, réussit à le désarmer et jeta le pistolet à Stanislas. La bagarre avait cessé. Les hommes, profitant de l'aubaine, sortirent par la grande porte dans une panique générale. Tenant le sous-officier en joue, Stanislas, Boris et Léopold enfoncèrent une porte basse non gardée sur l'arrière de la grange. De l'autre côté du bâtiment, les Allemands mitraillaient les fuyards. Stanislas donna alors un magistral coup de crosse sur la tête du sergent qui s'écroula au sol.

– Nous avons cinq minutes d'avance, le temps qu'ils remettent de l'ordre, nous serons loin.

Boris traîna le sous-officier par les pieds pour le dissimuler derrière une remise à bois. Une petite rivière coulait en contrebas de la ferme. Les trois amis se jetèrent à l'eau.

– Normalement, ça devrait descendre vers la mer, assura Stanislas.

Ils se laissèrent porter par le courant pendant une heure. Vers trois heures du matin, Boris repéra un sous-bois où ils se cachèrent toute la journée du lendemain. Malgré la faim qui les tenaillait, ils attendirent la nuit suivante pour repartir. Vers onze heures du soir, ils prirent à travers champs et se dirigèrent vers Ostende. Au passage des voitures allemandes, ils se cachaient derrière des fourrés. C'était Léopold maintenant qui les guidait, car il connaissait les lieux. Après avoir traversé la ville en partie bombardée et évité de nombreuses patrouilles ennemies, ils parvinrent avant le lever du jour devant le musée des Beaux-Arts heureusement debout. Léopold fit le tour du bâtiment vers la maison de sa parente. Après quelques coups discrets, la porte s'ouvrit sur Amanda Van Belmeus, une vieille dame au visage énergique.

– Mon cousin Léopold ! je te croyais mort, quel bonheur !

Ils étaient sauvés. Du moins pour l'instant.

Après s'être séchés et avoir passé des vêtements ayant appartenu au mari décédé de leur hôtesse, ils se rassasièrent dans la cuisine et racontèrent leur épopée. De son côté Amanda Van Belmeus leur apprit que le maréchal Pétain en France avait demandé l'armistice par ces mots : « C'est le cœur serré que je vous dis qu'il faut cesser le combat... je me suis adressé cette nuit à l'adversaire pour lui demander s'il était prêt à rechercher avec moi, entre soldats, après la lutte et dans l'honneur, les moyens de mettre un terme aux hostilités. »

C'était l'armistice... la honte ! Cette nouvelle atterra Stanislas.

Moins atteints, mais anéantis de fatigue, Boris et Léopold dormirent jusqu'à deux heures de l'après-midi, cachés dans le grenier. Stanislas, lui, debout dès neuf heures du matin, le 18 juin, essayait de savoir ce qui se passait. Un peu avant six heures du soir, en tournant les boutons du poste à galène, il réussit enfin à capter Londres et appela aussitôt ses compagnons et cousine Amanda. La tête collée contre l'appareil, tous retinrent leur souffle.

Un certain général de Gaulle lançait un appel sur les ondes de la BBC :

« Les chefs qui, depuis de nombreuses années, sont à la tête des armées françaises ont formé un gouvernement. Ce gouvernement, alléguant la défaite de nos armées, s'est mis en rapport avec l'ennemi pour cesser le combat. Certes, nous avons été, nous sommes submergés par la force mécanique, terrestre et aérienne de l'ennemi. Mais le dernier mot est-il dit ? L'espérance doit-elle disparaître ? la défaite est-elle définitive ? Non. Car la France n'est pas seule. Elle n'est pas seule... Elle n'est pas seule... Elle a un vaste empire derrière elle. Elle peut faire bloc avec l'Empire britannique qui tient la mer et continue la lutte. Elle peut, comme l'Angleterre, utiliser l'immense industrie des États-Unis.

Cette guerre n'est pas limitée au territoire malheureux de notre pays. Cette guerre n'est pas tranchée par la bataille de France. Cette guerre est une guerre mondiale. Toutes les fautes, tous les retards, toutes les souffrances n'empêchent pas qu'il y ait dans l'univers tous les moyens nécessaires pour écraser un jour nos ennemis. Foudroyés aujourd'hui par la force mécanique, nous pourrons vaincre dans l'avenir par une force mécanique supérieure. Le destin du monde est là. »

Était-ce tout ? Un long silence suivit puis la voix reprit :

« Moi, général de Gaulle, actuellement à Londres, j'invite les officiers et les soldats français qui se trouvent en territoire britannique, ou qui viendraient à s'y trouver, avec ou sans leurs armes, j'invite les ingénieurs et les ouvriers spécialisés des industries d'armement à se mettre en rapport avec moi.

Quoi qu'il arrive, la flamme de la résistance ne doit pas s'éteindre et ne s'éteindra pas.

Demain, comme aujourd'hui, je parlerai à la radio de Londres. »

Stanislas éteignit le poste, puis il se leva. Boris qui l'avait rejoint avec Léopold le regarda incrédule.

– Tu ne vas tout de même pas me dire que tu veux aller rejoindre ces salopards d'Anglais qui nous ont rejetés à la mer ?

– Ce ne sont pas les Anglais que je vais retrouver, c'est ce de Gaulle ! Ma décision est prise, Boris, mais tu fais comme tu le penses... Il faut quand même que tu saches que nous sommes des prisonniers évadés avec voies de fait sur un sergent allemand. Si les Boches nous retrouvent, c'est le peloton d'exécution !

– Tu hais vraiment les Allemands...

– Non, pas les Allemands, je veux faire la guerre à Hitler et à toute l'horreur qu'il représente !

– Mais écoute, Stanislas, si on réussissait à gagner la France, on dit qu'il y aura la zone libre, on peut s'y réfugier.

– Chez Pétain ! Non ! il a été mon chef en 14 mais là, je ne peux admettre la défaite et la collaboration avec l'ennemi, vivre sous la botte allemande, jamais !

Léopold voulait rentrer à Paris pour témoigner dans les colonnes de son journal. Stanislas pensa qu'il se faisait de douces illusions. Tout serait censuré.

– Je préviendrai Valentine que tu continues la lutte, Stanislas !

Amanda Van Belmeus possédait un petit voilier qu'elle proposa aux fuyards.

– Je ne sais pas trop naviguer, admit Stanislas.

Boris le rassura :

– Moi je sais, avec papa on prenait tout le temps ses bateaux pour aller livrer le beurre en Angleterre... allez, je viens avec toi, Stan, tu as sûrement raison et ce de Gaulle aussi.

La nuit suivante, après avoir quitté Léopold et sa charmante cousine Amanda, Boris et Stanislas tirèrent sur la plage d'Ostende, heureusement mal gardée par l'occupant ivre de sa victoire, le petit bateau. En bon marin, Boris hissa la voile, vérifia la boussole et mit le cap au nord-ouest.

La mer était calme, la nuit étoilée. Avec un peu de chance et sans U-Boot[1], ils pourraient atteindre, au lever du jour, les côtes britanniques.

1. Sous-marins allemands.

22

La folle équipée

– C'est moi, vite, je viens vous sauver !

A ce hurlement, accompagné par les coups de klaxon d'une voiture pénétrant dans la cour de Hautefort, Noémie se leva d'un bond pour se pencher à la fenêtre. Même si elle avait tout de suite reconnu la voix de tante Eugénie et le moteur pétaradant de la Duesenberg, la jeune fille ne s'attendait pas à un tel spectacle : non seulement la luxueuse automobile croulait sous les matelas, paniers et malles fixés sur le toit, mais ses occupants ressemblaient à deux fous échappés d'un bal costumé. Malgré la chaleur, la vieille dame avait passé sur ses robes un manteau de chinchilla datant d'avant 1914 et complété sa tenue par un grand chapeau orné d'une aigrette. Elle brandissait une ombrelle faisant plutôt penser, dans ses mains, à un gourdin qu'à un accessoire élégant. Quant à Cyprien, son dévoué chauffeur, il avait lui aussi enfilé sur son uniforme une pelisse aussi ancienne que celle de sa patronne. Un vêtement qui en son temps était fort luxueux et avait dû appartenir à l'un des maris d'Eugénie. Noémie aurait volontiers éclaté de rire, mais elle comprit très vite, en entendant les cris stridents de la tante, que tout allait de plus en plus mal !

– Valentine, ma grande, c'est affreux, tout le monde fuit ! Vite ! que fais-tu ? je suis venue vous sauver tous... ! il faut partir ! Nous n'avons plus une minute à perdre !

Elle essayait de convaincre Valentine, descendue l'accueillir.

– Tu ne peux pas rester ici avec tes enfants, mon petit ! Le monde est fou ! Les uhlans arrivent, ils sont à Caen ! Tu dois m'écouter ! Les Prussiens vont nous massacrer si nous restons ! Ils écrasent les mains des enfants, ils violent les femmes et ils égorgent les riches !

Noémie avait rejoint sa mère, celle-ci se cacha le visage dans ses mains.

– Je sais, c'est affreux, c'est la débâcle, l'exode, mais je ne peux partir, et si Stanislas revenait..

– Mais, ma pauvre fille, ton mari est peut-être mort à l'heure qu'il est. Tu dois penser à tes enfants, réagis que diable, heureusement que je suis là ! Il faut traverser la Loire, Valentine. Les généraux vont regrouper les troupes comme en 14. Allons à Saint-Preux en Anjou !

– Mais la route risque d'être horriblement dangereuse et je ne peux pas laisser papa, maman et tous les autres à Carentan, je n'arrive pas à les joindre au téléphone...

– Mais je viens à leur place, Bohémond a mis tout le monde dans le car, à part ton père qui refuse de bouger. Il m'a demandé de venir te trouver ! Es-tu sourde, remue-toi, on se retrouvera tous à Saint-Preux loin des Huns !

Valentine ne bougeait toujours pas.

– Mais la ferme, les chevaux... !

Quentin qui assistait à la scène fit un pas en avant.

– Votre tante a raison, madame Valentine, il faut mettre les enfants à l'abri ; monsieur Stanislas approuverait, je reste pour m'occuper de tout !

– Mais, mon pauvre Quentin, si les Allemands se vengent sur vous !

– Je n'ai pas peur, cela fait longtemps que je n'ai plus peur de rien.

La tante Eugénie approuva.

– Bravo, mon garçon, c'est cela, restez ! voilà ce que j'appelle un employé dévoué. Alors, ma fille, tu te remues ou tu préfères te faire ouvrir le ventre et voir sous tes yeux un Boche trancher la tête de tes enfants !

La sinistre prédiction de la tante fit frissonner Noémie. Depuis quelques jours, la TSF ne parlait plus que de ces départs en masse. La France entière avait envahi les routes. Limousines de luxe, guimbardes, bicyclettes et malheureux à pied tirant des voitures à bras ou poussant même dans des brouettes le grand-père impotent, tout le monde s'était lancé à l'aventure. Victor avait rejoint sa mère et sa sœur. Il glissa sa main dans celle de Noémie et chuchota :

– C'est vrai que les Boches vont nous tuer ?

– Non, t'en fais pas, ils ne nous auront pas ! lui répondit-elle sur le même ton.

Le visage livide, Valentine se retourna vers ses enfants.

– Vite mes chéris, mettez quelques vêtements dans un sac. Noémie, aide ton frère ! Prenez juste un change et des affaires de toilette ; ne vous encombrez pas de livres, ni de cahiers !

– Je peux emmener *Les Pieds Nickelés* ? demanda Victor.

– Oui, mais dépêchez-vous, je vous en prie, rendez-vous en bas dans cinq minutes ! On part avec tante Eugénie !

Le sort en était jeté.

Valentine gardait quelque argent, des bijoux, des papiers. Elle les emballa à la hâte. Noémie, partagée entre deux sentiments : l'excitation de ce départ et la douleur de voir sa mère dans cet état de panique, n'eut guère le loisir de s'attarder sur ces impressions contradictoires. Valentine tenait la main de Victor. Les larmes aux yeux, elle embrassa Quentin et poussa Noémie vers la voiture.

– Allez, montez ! criait tante Eugénie qui trônait sur la banquette arrière.

Valentine s'assit à côté d'elle et les enfants prirent place sur les strapontins.

– Il n'y a plus une minute à perdre ! En route, Cyprien ! Et surtout menez rondement, mon garçon ! Rappelez-vous, les Boches nous poursuivent et ils vous tueront le premier.

Après avoir fait des signes d'adieu à Quentin, on avait à peine franchi les grilles que tante Eugénie se laissa aller à une description apocalyptique.

– Ah ! mes pauvres enfants, heureusement que vous m'avez écoutée ! Autrement, Dieu sait ce qui vous serait arrivé ! Des morts ! toujours des morts, partout ! Le meurtre ! la barbarie ! une vraie boucherie ! Savez-vous que la gare de Rennes a été bombardée ? Des centaines de corps ont été brûlés et la puanteur s'est abattue sur la ville ! des relents de chair brûlée se sont répandus, comme à Varsovie où les Prussiens éventraient les enfants et jouaient avec leurs boyaux. Vous vous rendez compte ? Mes pauvres petits !

Victor eut un hoquet. Il était près de vomir. Noémie lui ouvrit la fenêtre et serra très fort la main de sa mère. Comme tante Eugénie allait se relancer avec délectation dans une autre histoire probablement plus horrible que la première, Valentine osa l'interrompre :

– Ma tante, je t'en prie, je ne t'ai pas suivie avec mes enfants pour entendre ces choses abominables ! Notre situation est déjà assez pénible, ce n'est pas la peine de les effrayer.

– Mais ta fille n'a pas du tout l'air d'avoir peur, n'est-ce pas, Noémie ? Il faut toujours regarder la vérité en face, enfin... à ta guise, ma grande !

La vieille dame grommela une dernière phrase incompréhensible en haussant les épaules, et un lourd silence s'abattit à l'arrière de la voiture. Sur les routes des réfugiés marchaient à pied, l'air épuisé. Ils tenaient des enfants hagards par la main. Les habitants des villages, apitoyés, leur ouvraient les portes, donnaient de l'eau ou du lait. Noémie comprit vite que Cyprien ne les conduisait pas à une partie de campagne. Après Coutances, les routes devinrent de plus en plus encombrées. Tante Eugénie donna l'ordre à son chauffeur de se diriger vers Saint-Lô. Bien mal lui en prit. Le long des départementales, des familles avançaient, le regard fiévreux ; elles marchaient, n'ayant pas d'autre recours. Une paysanne poussait dans une brouette un petit garçon qui semblait mal en point. La malheureuse, à bout de forces, lança vers les passagers du véhicule un regard plein de désespoir, qui fit monter les larmes aux yeux de Noémie.

– Ma tante, il faut s'arrêter pour prendre cette femme et son enfant ! supplia-t-elle.

– Mais es-tu folle ? on ne peut sauver toute la France ! Si on en prend un, on aura tous les autres sur le dos, chacun pour soi ! Avancez Cyprien !

– Je ne peux plus, madame, ces charrettes nous barrent le chemin.

L'irascible tante ouvrit sa portière.

– Allons, poussez-vous, on veut passer.

Les paysans, qui cherchaient eux aussi à avancer, allaient lui répondre vertement mais un bruit de moteur d'avion couvrit bientôt leurs cris.

– Les Boches ! les stukas nous mitraillent !

Abandonnant paquets et véhicules sur la route, les fuyards se jetèrent sur les bas-côtés. Valentine saisit sa tante par le bras, elle poussa ses enfants dehors pour aller rejoindre la population à plat ventre dans les fossés. Cyprien tremblait de tous ses membres en récitant ses prières.

– Sainte Mère de Dieu, protégez-nous, Sainte Mère de Dieu, protégez-nous.

La tête dans l'herbe, Noémie entendit la décharge des mitrailleuses...

Des cris de blessés retentirent. Les avions s'éloignèrent. Chacun se redressait hagard pour reprendre son bien.

– Les salauds, ce ne sont pas des Boches ! Ce sont des Italiens, ils viennent nous poignarder ! cria un homme.

– Les Ritals sont entrés en guerre !

– Ils étaient nos alliés en 14.

– Oh ! nous sommes maudits, nous allons tous périr !

Valentine ressortait du fossé en tirant sa tante. Celle-ci était trop lourde. Noémie, Victor et Cyprien durent l'aider. La capeline de travers, tante Eugénie n'avait pas l'air trop émue de cet intermède.

– Que voulez-vous, ce sont des traîtres ! ils ont déjà poignardé César, pourquoi pas nous ! Allons, en route, Cyprien, nous allons demander l'hospitalité à ma vieille amie, la baronne Marie-Aude de Leystignac. C'était la cousine de mon cher époux, Cyrille Sorteville.

Mais, en arrivant chez la baronne, Eugénie et les siens s'aperçurent avec stupeur qu'il ne restait plus rien, sinon un tas de pierres, de la demeure de la cousine. Un voisin qui avait lui aussi perdu sa maison, leur apprit que, des batteries françaises s'étant installées dans le parc, l'ennemi avait bombardé le toit du château. Folle de rage plus que de chagrin, Eugénie arracha son chapeau en maugréant :

– Ah ces Allemands, décidément, ils nous auront tout fait ! Ce sont vraiment des sales Boches, des chiens, des ordures ! Roulez, Cyprien ! il faut que nous trouvions un abri pour la nuit à présent.

Noémie, que le caractère « difficile » de la vieille dame n'impressionnait pas, lui demanda d'un ton suave :

– Je croyais que tu aimais beaucoup les nazis, ma tante ?

Eugénie, imperturbable, toisa sa petite-nièce.

– Tu te crois maligne ! J'admirais les nazis, chez eux, ils savaient mettre de l'ordre ! Mais, quand ils viennent nous canarder, ça ne va plus du tout !

– Et le Moustachu ! insista Noémie, qu'est-ce que tu en penses à présent ?

– Tu veux parler du chancelier Hitler, je suppose ! Eh bien, celui-là, il finira mal, je te le prédis ! Chaque chose à sa place, une place pour chaque chose ! Cyprien, réveillez-vous, la route est libre maintenant et cherchez une bonne auberge.

Ils passèrent la nuit dans une grange sur les matelas de la voiture, en compagnie d'une dizaine de réfugiés harassés. Valentine essayait de savoir où se trouvait le 10e régiment d'artillerie. Tout le monde l'ignorait.

Le lendemain, dès l'aube, ils reprirent leur chemin vers Mortain. Le spectacle le long des routes était de plus en plus tragique. Des groupes de soldats français et belges se mêlaient aux fuyards. Parfois un vieil homme les insultait.

– Nous, on ne leur a pas permis de passer sur la Marne !

– Vous pouvez pas comprendre, ce n'est pas la même chose !

– Les Belges nous ont abandonnés ! Mort aux Belges !

Des enragés voulurent lyncher un malheureux soldat du roi Léopold. La Duesenberg prise dans le flot humain était à l'arrêt. Valentine ouvrit la portière.

– Arrêtez, la Belgique a été le bouclier de la France en 14, ils n'ont rien pu faire aujourd'hui, laissez cet homme !

Le pauvre Belge jeta un regard reconnaissant vers cette femme toujours belle qui venait de le sauver. Noémie et Victor admiraient leur mère. C'était vraiment une héroïne.

– C'est malin, tu aurais pu nous faire tuer, ma grande ! En avant, Cyprien ! grogna tante Eugénie.

Le calvaire continuait parmi les réfugiés. Un lieutenant blessé était poussé dans une voiture d'enfant par son ordonnance. Dans un camion de l'armée, des créatures très maquillées aux cheveux teints et aux lèvres pourpres chantaient :

– A la Bastille, on l'aime bien Nini peau d'chien.

En découvrant ces femmes aux décolletés plongeants, tante Eugénie soupira.

– Des filles de joie ! il ne manquait plus que ça ! Ne regarde pas, Noémie !

A ce moment-là, un ronflement qu'ils connaissaient tous maintenant retentit. Plusieurs avions piquant du ciel commençaient à mitrailler. On ne cherchait même plus à savoir si c'étaient les Allemands ou les Italiens.

– Arrêtez, Cyprien ! Tout le monde dans le fossé ! ordonna la tante qui en prenait l'habitude.

La Duesenberg fit une embardée. Les gens en état de choc hurlaient, cela explosait partout. Dans l'affolement, Noémie s'était un peu éloignée des siens. Elle vit près d'un bosquet tante Eugénie qui avait perdu son chapeau, appuyée contre sa nièce. Celle-ci serrait Victor en cherchant avec affolement Noémie du regard. Les balles sifflaient de toutes parts. Noémie, ne pouvant rejoindre sa mère, se protégea la tête de ses mains. Un jeune soldat était couché à côté d'elle. Son uniforme sali, déchiré, attestait le long chemin qu'il avait dû parcourir. Au moment où l'on allait se relever, les avions revinrent, décidés à semer la terreur. Noémie se dit qu'elle allait mourir sans avoir revu Jean de Noisy. Les balles ricochaient sur les cailloux. Elle sentit soudain un bras qui se posait sur ses épaules. C'était le jeune soldat aussi effrayé qu'elle. Il était difficile de savoir s'il voulait la réconforter ou se rassurer lui-même par une présence chaleureuse. Des gémissements retentirent, une femme avait été touchée au ventre. Son mari hurlait. Noémie cacha sa tête contre la poitrine du soldat. Brusquement, il se pencha et prit ses lèvres. Ce baiser ne ressemblait en rien à ceux très chastes de Rodolphe ou Damien. C'était le baiser long, puissant et profond d'un garçon expérimenté. Une chaleur indicible monta dans les reins de Noémie. Elle aurait voulu que cette bouche voluptueuse, vivante, jeune, animale ne la quittât jamais.

Les avions s'éloignèrent enfin. A regret, le jeune soldat se détacha de Noémie en chuchotant :

– Merci, tu es très belle, bonne chance !

Il se redressa pour reprendre sa route. Les cheveux remplis de brindilles, la jeune fille rejoignit sa famille.

– Oh ! mon ange, mon trésor, ma Noémie, j'ai eu si peur, je ne te voyais plus !

– Maman, dit Victor, ils nous ont pas tués, hein, tu es sûre ?

– Non, mon amour, ils n'ont pas réussi !

– Alors, moi la prochaine fois, je les tuerai ! déclara le petit garçon.

Valentine était à bout, elle se tourna vers tante Eugénie.

– On ne peut pas continuer ! Nous allons être massacrés ! Quoi qu'il arrive, il faut rentrer chez nous, ma tante.

L'œil sombre, tante Eugénie l'admit.

– Cyprien, avons-nous assez d'essence pour rentrer ?

– Tout juste, madame !

– Alors à la maison, mon brave !

– A votre service, madame ! dit Cyprien en claquant des dents.

Il remit le moteur en marche. La Duesenberg réussit à faire demi-tour au milieu du bruit, de la fumée, des blessés, qui avaient tant bien que mal repris leur marche. Noémie aperçut des corps ensanglantés, gisant bouche grande ouverte. Une femme sanglotait en serrant le corps de son bébé, une autre pansait la jambe de son mari qui hurlait de douleur. Un peu plus loin, une petite gare était en flammes. A l'entrée de Torigny-sur-Vire, la voiture tomba en panne. Immobilisée au beau milieu de la route, l'énorme limousine croulant sous les matelas ressemblait à une baleine épuisée. Autour d'eux, c'était toujours le même spectacle désolant de misère et de tristesse. Après deux heures d'immobilité forcée, Cyprien réussit finalement à nettoyer le carburateur et à faire redémarrer l'automobile.

Au fur et à mesure qu'ils avançaient dans le Cotentin, les routes devenaient plus désertes. A Saint-Lô, on retomba en panne, mais d'essence. Là, tante Eugénie revenait vers son fief. Elle parvint, grâce à un vieux notaire de ses amis, à dénicher à prix d'or deux bidons d'essence chez un garagiste. Celui-ci leur apprit que les *Panzerdivisionen* de Rommel étaient à Bayeux. Il fallait se hâter de rentrer.

A Carentan, la Maison rose était vide de ses occupants. Valentine déposa tante Eugénie chez elle et rentra avec ses enfants à Hautefort après avoir fait un détour par le Chalet rouge où elle trouva son père très calme.

– Ma sœur est folle, vous êtes tous fous, il fallait rester ! Dieu sait où sont Bohémond et la famille, enfin... allez donc vous coucher ! ordonna Tancrède.

Suivant le conseil de l'aïeul, Valentine et ses enfants rentrèrent à Hautefort. Quentin les accueillit avec une bonne soupe. Le pauvre Cyprien dormit pendant douze heures avant de repartir avec la Duesenberg chez sa terrible patronne.

Le surlendemain de cette folle équipée, Noémie entendit un bruit infernal sur la route de Sainte-Mère-Église.

Avec sa mère, Victor et Quentin, elle monta précipitamment dans la tour de la ferme. Les murs tremblaient. Une longue colonne de chars, les fameuses *Panzerdivisionen* de Rommel, avançaient vers le bourg. Des soldats allemands, tourelle ouverte, regardaient le paysage normand. Noémie étreignit sa mère, bouleversée, qui murmurait :

– Ils sont là, mon Dieu, ils sont là, mes enfants, l'occupation commence...

23

La vengeance du vieux seigneur

« Deutschland siegt auf allen Fronten ! » L'Allemagne vainc sur tous les fronts !

Sur la place du bourg, connue pour son marché aux bestiaux, ses beaux marronniers et le clocher de son église dominant tout le Plain, les horsains venus de l'Est se promenaient dans leurs uniformes vert-de-gris sous le regard dubitatif des Sainte-Mère-Églisais.

Bien que Valentine leur ait demandé de ne pas sortir de Hautefort, Noémie et son frère, brûlant de curiosité, étaient venus à bicyclette voir les « Huns ».

Camions, automitrailleuses, tanks de panzerdivisions, motos, side-cars, la Wehrmacht avait pris possession des lieux. Les signes de l'occupation étaient déjà partout. Des pancartes blanches aux lettres noires gothiques avec des flèches indiquant les directions étaient clouées sur les arbres centenaires :

Der Militär befehlshaber in Frankreich, Hauptverkehr direktion Cherbourg, General der Kommandantur Carentan.

Des banderoles rouges à croix gammée noire avaient remplacé le drapeau tricolore de la mairie. Quelques très vieilles personnes hochaient la tête, elles avaient vu les uhlans à casque à pointe en 70 et ce honteux souvenir leur mouillait les yeux.

– Les fridolins n'ont pas l'air aussi vaches que tante Eugénie prétendait ! déclara Victor à voix haute.

– Chut ! tais-toi, s'ils comprennent !

Noémie, très protectrice, prit la main de son frère pour aller à l'épicerie Letourneur acheter du chocolat. Dans son magasin déjà vide, la patronne Jeanne-Aimée que Noémie connaissait bien secoua la tête.

– On n'est plus livrés, dis à ta maman que, si j'ai du sucre et du café, je lui en garderai.

Elle baissa la voix car deux soldats allemands passaient en riant devant la vitrine.

– Tu sais, « ils » vont tout nous prendre, ces frisés sont affamés, ils ont raflé les poulets chez Levavasseur, va falloir tout cacher ! Et ils vont nous mettre en carte, toi, Noémie, tu seras J3, ton frère J2, ta mère A comme moi, Adulte, et mon Gaston qui est maçon, T !

– Qu'est-ce que ça veut dire, T ?

– Travailleur de force, ton grand-père sera V, Vieillard, c'est-y pas triste tout ça !

Noémie ressortit très perplexe avec son frère de l'épicerie Letourneur.

– Moi, je veux être J3 comme toi ! annonça Victor.

– Eh bien il faut que tu grandisses, mon petit ! répondit Noémie, forte de ses presque quinze ans.

Elle saisit la main de son frère car un groupe de jeunes soldats de la Wehrmacht les croisaient.

– Rhâ, cholie *Fräulein* ! lança l'un d'eux en la regardant ; les autres rirent sans aucun geste déplacé.

Avec dignité, elle enfourcha sa bicyclette et, suivie de Victor, elle pédala à toute allure vers Baudienville. Noémie craignait d'avoir inquiété sa mère, mais celle-ci était trop occupée pour avoir remarqué leur absence.

Une Mercedes décapotable et un camion rempli d'uniformes vert-de-gris étaient garés dans la cour Hautefort. Valentine parlementait devant la porte de la cuisine avec un officier. Noémie et Victor se faufilèrent parmi les soldats dont certains étaient assis sur le banc de pierre ou adossés au vieux puits.

D'un ton glacé Valentine répondait :

– Je regrette, colonel, mais il n'en est pas question, notre ferme est une demeure familiale, ce n'est pas une caserne !

– Pardon madame, je crois que vous n'avez bas compris, z'est un ordre ! je réquizitionne trois chambres pour moi, le lieutenant Werner Beringen et mon ordonnance, Fritz Schütz, vous avez beaucoup de place izi ! Pour mes hommes, fous pouvez les loger dans les communs, vos bâtiments là-pas, brès des brès...

Noémie traduisit pour elle-même, près des prés ! Elle admirait sa mère, pâle, amaigrie mais toujours belle malgré sa fatigue et son chagrin, résistant à l'envahisseur.

– Je ne peux accepter la présence d'autant d'hommes, colonel, j'ai des enfants, une fille très jeune et...

– Z'est la guerre, madame, vous l'avez perdue ! Si l'un de mes soldats manquer de respect à vous ou jeune *Fräulein*, je le fais fusiller, vous savez je aime beaucoup la France, j'ai fait mes études boulevard Saint-Michel à la Zorbonne ! ah ! z'était le bon temps !

Il claqua des talons et, soudain très mondain, se présenta :

– Kolonel Otto von Stülberger, faites-moi visiter !

Le ton était sans appel.

Après un regard éloquent pour Noémie et Quentin qui assistaient à la scène, Valentine, consternée, se décida à faire ce que lui ordonnait l'officier de la Wehrmacht.

Noémie les suivit à l'intérieur tandis que Victor se faisait expliquer le maniement de l'automitrailleuse par Fritz. L'ordonnance du colonel était un gaillard long et maigre comme un jour sans pain, affublé de lunettes de myope, retenues sur les côtés par des élastiques car, précisa-t-il avec difficulté à Victor :

– Je perdu lunettes, *kaputt* dans panzer, moi avoir *schön*[1] petit garçon, *komme* toi, *schön*, je être en guerre, pour trois ans, bauvre Fritz, lui venir Cologne, ville Cologne, *schön !*

Victor comprit que tout était *schön* avec Fritz mais qu'il était très malheureux d'avoir perdu son eau de Cologne ! Pour le consoler, Victor l'entraîna boire un café – il en restait toujours au chaud sur la cuisinière – accompagné d'une tartine de pain blanc et de beurre salé. Fritz, reconnaissant et affamé, engloutit le tout en une bouchée.

Ignorant ce goûter impromptu qu'elle aurait désapprouvé, Valentine montra au colonel trois pièces dans l'aile Ouest de la vieille bâtisse, le plus loin possible de sa propre chambre et de celles des enfants.

– *Ja... ja...*

L'officier paraissait hésiter à accepter ces chambres pourtant fort correctes. Revenant vers le centre de la ferme, juste sous la tour du bâtiment principal, il montra une porte.

– Et ici, qu'est-ce que z'est ?

– Ma chambre, colonel ! dit Valentine froidement.

Noémie était très fière de la classe de sa mère.

– Oh ! excuzez-moi, madame, et ici ?

Le colonel désignait une porte de bois ouvragée.

– C'est une pièce inoccupée depuis soixante-dix ans, c'était le domaine de mon arrière-grand-père, le maître de la ferme...

– *Ach...* je veux voir !

Après un regard pour sa fille, Valentine ouvrit la porte du vieux seigneur. Noémie suivit avec curiosité. Si elle connaissait bien sûr les lieux, elle y venait très rarement car elle partageait le respect quasi religieux des descendants Hautefort pour le héros de la retraite de Russie. La chambre, fleurant bon l'encaustique, était plongée dans la

1. Joli.

pénombre par des rideaux pourpres tirés devant la fenêtre. Valentine les entrouvrit pour montrer à l'officier le lit à baldaquin fermé par des portes de bois à l'ancienne.

– Rhâ, je aime beaucoup za, très... comment dites-vous... volklorique ! Je m'installe ici !

– Franchement, je vous le déconseille, colonel !

– Et pourquoi, madame ?

Valentine chercha du secours vers sa fille. Noémie fit un pas en avant.

– Ma mère pense que cela ne plairait pas à notre ancêtre. Vous savez, il n'avait pas le caractère facile !

Le colonel Otto von Stülberger regarda Noémie comme s'il découvrait une puce.

– Je ne combrends pas, pièce vide, grand-père mort...

– Oui, depuis très longtemps ! se hâta de répondre Valentine. Si vous le désirez nous aménagerons mieux vos appartements, vous y serez plus au calme, indépendants, vous avez un escalier sur l'extérieur et...

– *Frau*, je m'installe ici ! *Mein Handkoffer*[1] *!* cria le colonel en ouvrant la fenêtre.

La nuit suivante, le colonel Otto von Stülberger, après avoir ôté ses bottes et son uniforme chamarré, s'étendit avec délectation sur le large lit à baldaquin dont les portes de bois étaient ouvertes ; il regarda un instant, sur le mur, une photo montrant toute cette famille française en costumes du XIXe siècle. Il y avait au centre une très belle femme à qui l'actuelle maîtresse de maison et sa fille ressemblaient ; un patriarche moustachu tenait le bras d'un jeune homme, son petit-fils probablement.

Avec une grimace de plaisir, le colonel étira ses jambes fatiguées. Il se laissa aller à la griserie de la victoire. Le Führer avait eu raison, rien n'avait pu enrayer l'avancée fulgurante des *Panzer*. La guerre était gagnée. Les Anglais à genoux. Le vainqueur n'allait en faire qu'une bouchée. Le colonel voulut se pencher pour éteindre la bougie car l'électricité était encore coupée dans la région mais un souffle, probablement un courant d'air, éteignit la flamme. Un peu surpris, il battit son briquet et ralluma la bougie. Puis il se leva et s'assura que les rideaux étaient bien fermés. Malgré la chaleur, il fallait respecter les ordres de la défense passive et se méfier, car un maudit Halifax[2] en déroute pouvait toujours essayer de larguer une bombe. Tout était en

1. Mon bagage.
2. Bombardier anglais.

ordre dans la chambre sans le moindre courant d'air. Le colonel se recoucha, éteignit la bougie et s'apprêtait à fermer les yeux quand il crut entendre un soupir près de lui. Interloqué, il ralluma son briquet et vérifia une nouvelle fois qu'il était bien seul dans la pièce. Il haussa les épaules, éteignit et se cala dans les oreillers, aux aguets. Il se méfiait de ces Français toujours disposés à faire de mauvaises blagues. Cette fois-ci tout était tranquille, et Otto von Stülberger commençait à ronfler quand un des battants du lit se referma bruyamment. Il sauta hors de sa couche, ralluma, fit le tour de la pièce, ouvrit la porte, vérifia que le couloir était vide. Il tâta ensuite les cloisons de sa chambre, ne découvrit rien d'anormal, et se recouchait lorsque le deuxième battant se referma avec encore plus de violence que le premier. Cette fois-ci, le colonel se leva comme un diable. Il alla chercher son revolver, prêt à tirer sur quiconque bougerait. Il s'assit dans un fauteuil et finit par s'y endormir, épuisé de tant d'émotions.

Le lendemain matin, sanglé dans son uniforme, il avait très mauvaise mine mais il était décidé à gagner sa deuxième bataille de France contre les forces inconnues.

Les jours passaient sans nouvelles de Stanislas et Boris. Étaient-ils prisonniers, blessés, disparus ? Toutes les hypothèses, même les plus terribles, étaient envisagées. Noémie pensait souvent à Jean de Noisy. A cause de l'occupant et sur les conseils de Quentin, elle n'osait pas, pour le moment, sortir Jimmy du Manoir ou Oscar du Bocage. On les laissait donc dans un pré le plus loin possible des Allemands. Elle était allée plusieurs fois à bicyclette rôder du côté de Reuville mais le château était fermé et les écuries vides. Casimir Dieudonné, un oncle du lad Mathias, lui avait appris que Mme Lorraine avait filé loin vers le Sud, dès le 15 mai, en emmenant tous les chevaux.

A Carentan, l'occupant avait également réquisitionné des chambres à la Maison rose et à la Maison bleue chez grand-mère Caroline. Bohémond, rentré lui aussi d'un exode catastrophique avec sa famille, avait réussi à dissimuler, juste avant l'arrivée des Allemands, la collection de tableaux familiale et celle de tante Eugénie sous de la paille dans une remise au fond du jardin. Bien lui en avait pris car la Kommandantur s'était installée chez la tante. Outrée d'héberger tous ces « Prussiens », la vieille dame leur menait la vie dure : pas d'eau chaude, de l'orge à la place du café, des réveils en fanfare toutes les nuits avec des coups de canne au plafond. Le matin, laissant sa porte ouverte, quand les officiers descendaient, elle faisait mine d'agoniser dans d'effroyables gémissements. Le soir, ressuscitée, elle les narguait ouvertement en faisant mettre à toute force par Félicienne, sa femme de chambre, *La Marseillaise* sur son phonographe. Le pauvre Cyprien, tremblant, avait eu l'ordre de fixer, de nuit, dans le bureau du *Feld-*

kommandant, un chromo représentant une Alsacienne tenant le drapeau français dans ses bras.

– Enfin ! soupirait tante Eugénie, seul le maréchal Pétain nous a sauvés avec l'armistice.

Comme d'habitude, son frère Tancrède n'était pas d'accord. Pour lui qui s'était battu en 70 à Reichshoffen, à Sedan et au siège de Paris, dont les fils étaient à Verdun en 17, l'armistice était une honte.

Un autre drame arriva le 3 juillet, avec la nouvelle que la flotte française venait d'être coulée par les Anglais à Mers el-Kébir. Si Tancrède était complètement assommé par cette terrible catastrophe, la tante Eugénie avait des idées bien arrêtées sur la conduite à tenir.

– L'Anglais est l'adversaire héréditaire ! Une fois de plus nous nous sommes trompés d'ennemi. Nous devons nous allier à l'Allemagne pour écraser ces misérables ! Fachoda ! Dunkerque ! Mers el-Kébir ! C'en est trop !

– Pourquoi pas Jeanne d'Arc et Napoléon ! hurla Tancrède.

Il était venu à Carentan et ne pouvait contenir sa fureur contre sa sœur.

– Tu n'es qu'une idiote, tu ne comprends rien ! Churchill a fait un acte symbolique pour prouver au monde entier qu'il se battrait jusqu'au bout, même s'il devait poignarder son propre frère ! Non, il faut espérer la victoire des Anglais, et qu'un jour ce de Gaulle viendra nous sauver !

– Ton de Gaulle est un déserteur, un général félon ! hurla la terrible tante Eugénie.

– Ton Pétain, un couard, un lâche, un traître !

L'une était devenue farouchement pétainiste, l'autre gaulliste de la première heure. Après cette scène, ils ne se reparlèrent jamais !

Le soir même dans son Chalet rouge, Tancrède ouvrit son grand registre. Il rechercha la journée du *12 décembre 1939* où il avait noté : Bretagne *au cap Nord-Nord-Ouest en direction sans doute de Cherbourg. Temps gris, température – 10°*. Il prit une plume pour ajouter dans la marge : *coulé par les navires de la Royal Navy le 3 juillet 1940 à Mers el-Kébir en Algérie. Sur les 1 300 marins tués, 1 012 dont 36 officiers, 151 officiers mariniers, 825 quartiers-maîtres et marins se trouvaient sur le cuirassé* La Bretagne.

Quelques jours plus tard Tancrède dut s'incliner, quand les Allemands le chassèrent « poliment » de son cher Chalet rouge. Les officiers trouvant sans doute l'endroit, face à la mer, très stratégique, lui donnèrent une heure pour plier bagage. Il arriva un matin à la ferme, conduit en side-car par un *Feldwebel*[1] vaguement apitoyé par le sort de ce vieux monsieur chassé de chez lui.

1. Sergent.

– Rhä, z'est la guerre, monsieur !

– Oui, c'est le leitmotiv !

Sans un mot de plus, Tancrède serra sa fille et ses petits-enfants contre son cœur et s'installa au premier étage dans une chambre contiguë à celle de Valentine. Le colonel sortait à cet instant de la pièce de son grand-père. Hochant sa belle tête blanche, Tancrède referma sa porte.

– Un Boche dans son lit, jamais grand-père n'acceptera ça !

De fait, le colonel Otto von Stülberger avait de plus en plus mauvaise mine et une grosse bosse sur le front. La nuit dernière, s'étant finalement couché sous le baldaquin, il avait reçu le cadre de la grande photo sur la tête. Cependant, obstiné, il refusait de s'avouer vaincu par un fantôme auquel il ne croyait pas.

24

Le fugitif

En cette mi-juillet, la température même de nuit était torride. Noémie rêvait, la fenêtre ouverte, quand elle entendit un bruit venant de la cour. Elle pensa qu'un soldat allemand logé dans les communs cherchait à voler quelque objet. A pas de loup, elle se leva, sans allumer la lampe à pétrole. Des graviers tombèrent sur le rebord de la fenêtre. Pas de doute, quelqu'un cherchait à attirer son attention. « Si c'est ce Fritz, je vais le remettre à sa place d'une belle façon ! » songea-t-elle. Dissimulée par le rideau, elle passa la tête pour voir l'individu qui osait lancer des cailloux.

Tout dormait dans la ferme. Le rayon de lune éclairait la façade du bâtiment principal d'une lueur blême. Noémie jeta un coup d'œil en bas et faillit pousser un cri scandalisé. Sanglé dans un uniforme noir, un officier SS recommençait son manège dans la direction de sa fenêtre.

– Psst, Noémie, tu es là ?

En apercevant la jeune fille, le SS eut un soupir de soulagement. Quand il ôta sa casquette, Noémie manqua hurler de bonheur. Jean ! c'était Jean de Noisy sous l'uniforme allemand. Elle ne chercha pas à comprendre, et mit un doigt sur ses lèvres en lui faisant signe de se cacher contre le mur. Sans prendre le temps d'enfiler un peignoir, elle descendit dans l'obscurité vers la cuisine. Prenant garde à ne pas faire de bruit, elle ouvrit la porte et invita Jean à entrer.

– Noémie, j'ai hésité à venir te demander asile mais...

– Chut, la maison est pleine d'Allemands... suivez-moi !

Avec décision, elle prit sa main pour le guider dans l'obscurité vers l'escalier. A chaque craquement, elle tremblait de voir apparaître le colonel, mais une fois sur le palier, elle respira. Il devait dormir, car il n'y avait aucun rai de lumière chez l'Allemand.

Elle fit pénétrer Jean dans sa propre chambre dont elle referma vivement la porte à clé.

Après l'avoir guidé vers un fauteuil, elle tira les doubles rideaux et alluma sa lampe à pétrole. Jean de Noisy, épuisé sans doute par une longue marche, avait déboutonné le haut de sa veste noire.

– Vous êtes vivant, c'est merveilleux ! s'extasia Noémie en s'approchant du jeune homme.

Avec l'éclairage de la lampe, les formes de Noémie se découpaient en contre-jour sous la percale rose. Jean ne pouvait rien ignorer de ce superbe corps de femme, de ses seins fermes, ni du triangle ombré de son bas-ventre. Il se redressa, la gorge sèche.

– Je n'aurais pas dû venir, je te mets en danger, je... je vais repartir !

Elle l'obligea à se rasseoir.

– Mais pas du tout, dans ma chambre vous ne risquez rien, moi non plus, vous savez les fridolins sont assez corrects !

– Alors, mets quelque chose ! murmura-t-il en se penchant pour saisir une robe de chambre qu'il lança vers Noémie.

Un peu interloquée, elle obéit et revint vers le jeune homme. Celui-ci semblait accablé.

– Je viens de Reuville, tout est fermé, j'ai juste aperçu une voiture allemande devant le perron et je me suis caché. Sais-tu où est ma femme ? Et mes chevaux ? Que sont-ils devenus ? Où est mon Brin d'Amour, le sais-tu ?

Noémie nota avec satisfaction qu'il semblait plus inquiet du sort de ses chevaux que de celui de la pintade. Tous les espoirs étaient donc permis.

– Ne vous inquiétez pas, d'après ce que j'ai appris, elle est partie en zone libre chez son père, elle a déménagé les haras.

– Dieu soit loué, ils sont en sécurité !

Noémie décida de changer de sujet.

– Avez-vous faim, soif ?

– Oui, je meurs de tout ! avoua-t-il en passant sa main sur ses lèvres desséchées.

– Alors ne bougez pas, je vais vous chercher ce qu'il faut.

– Attends, je ne peux rester comme ça, il faut que je me débarrasse de cet uniforme. As-tu des vêtements civils ?

– Oui, il y a des vieux pantalons et des chemises de papa dans un buffet en bas.

– Merci, tu me les rapporteras et j'irai me débarrasser de cet uniforme.

– Vous ne pouvez pas sortir pour le moment. Êtes-vous démobilisé ?

– Non justement, tu sais, j'étais à Sedan comme nos pères et nos grands-pères, cela a été affreux. Presque toute mon unité a été massacrée... avec un sergent nous avons pu éviter d'être faits prisonniers. A

Châlons, j'ai perdu ce brave type, j'ai continué seul et j'ai pu voler cet uniforme à son propriétaire, un lieutenant SS qui se baignait dans la Meuse. Comme il s'est mis à crier, nous nous sommes battus et...

– Oh ! vous l'avez tué ? chuchota Noémie, les yeux brillants d'admiration.

– Je ne sais pas, Noémie, franchement je ne sais pas.

Il ne pouvait lui dire qu'il avait probablement égorgé cet homme qui ne lui avait rien fait sinon pénétrer dans son pays.

Depuis des jours, protégé par cette tenue qui lui avait permis de s'emparer aussi d'une moto, Jean avançait vers le Cotentin avec la seule pensée de retrouver sa demeure, sa femme et surtout, comme Noémie l'avait compris, ses chevaux.

– Bon, déshabillez-vous, ordonna la jeune fille avec décision.

– Mais... je...

– Donnez-moi votre uniforme, je m'occupe de le brûler !

– Non, c'est trop dangereux pour toi, si tu te faisais prendre.

– Allez, pas de manières, obéissez !

Lui rendant la monnaie de sa pièce, elle lui lança un grand châle et se retourna, tandis que Jean, très gêné, commençait à se dévêtir.

– Ça y est !

Le châle noué autour des reins, il s'était rassis dans le fauteuil en croisant les jambes avec dignité. Torse nu et musclé, Dieu qu'il était beau ! Noémie avait envie de poser sa tête contre sa poitrine pour entendre son cœur battre à l'unisson du sien. Après avoir mis de côté ses papiers militaires, il fit un paquet des vêtements du SS et des bottes.

Faisant preuve de présence d'esprit, Noémie enroula le tout dans une grande serviette de toilette, puis elle murmura :

– Ne répondez à personne. Je vous enferme pour plus de sécurité...

Après s'être assurée qu'il n'y avait âme qui vive dans le couloir, elle s'éclipsa, referma la porte à clé derrière elle et descendit à tâtons l'escalier. Dans la cuisine, elle alluma une bougie sans crainte, car les vitres avaient été peintes en noir par Quentin. Le feu n'était pas éteint dans la vieille cuisinière de fonte. Avec un crochet, Noémie ouvrit l'un des ronds de foyer, y jeta du petit bois, activa les flammes et brûla la chemise et le pantalon. Pour les bottes, elle verrait plus tard. Pendant que les premières pièces de vêtements se consumaient, elle mit sur un plateau pain, fromage et jambon. Laissant la veste du SS et les bottes enroulées dans la serviette sur la table de la cuisine, juste sous le portrait de Tancrède l'Aîné, elle alla dans le cellier chercher une bouteille de cidre bouché. En revenant, elle faillit laisser tomber la bouteille. Le colonel Otto von Stülberger, en pyjama, s'était assis devant le plateau préparé par Noémie. Il posait sa main sur la serviette contenant la veste et les bottes du SS.

– *Ach*, petite *Fräulein* Noémie avoir faim !

– Oui... oui... colonel, hem, vous aussi ?

– *Ja*, très mal dormir...

– Oh ! je suis désolée, le climat de la France ne vous réussit pas ? Le ton ironique de Noémie n'échappa pas au colonel.

– *Nein*, pas bien du tout !

Tout en répondant, il tripotait la serviette dissimulant le paquet de vêtements. S'il l'ouvrait et découvrait son contenu, elle était perdue. Prestement elle poussa le plateau vers le colonel.

– Voulez-vous un peu de fromage et de jambon ? proposa-t-elle avec un grand sourire.

Elle était prête à lui offrir un festin. Charmé par cette soudaine amabilité, Otto von Stülberger ne se fit pas prier.

– Che ne refuse jamais l'offre d'une jolie femme !

Tandis qu'il attaquait avec appétit cet en-cas, Noémie saisit rapidement la serviette et son contenu.

– Fou faire lessive à cette heure-zi ? s'étonna le colonel.

– Oui, oui, c'est plus pratique, encore un peu de cidre ?

– *Ja, ja !*

Le paquet sous un bras, Noémie reversa du Grand Hautefort dans le verre du colonel. Elle allait s'éclipser mais, trop nerveuse, elle eut un geste maladroit et une botte glissa sur le sol.

Intrigué, le colonel se levait déjà pour voir ce qui venait de tomber. Noémie, affolée, se jeta à quatre pattes et tenta de dissimuler de nouveau la preuve dans la serviette. Juste à l'instant fatal où le colonel allait découvrir l'« objet du crime », le tableau de l'ancêtre Tancrède Hautefort se décrocha du mur où il était attaché depuis quatre-vingts ans, et tomba sur la tête de l'officier. Assommé par le coup, Otto von Stülberger s'effondra sur la table.

Complètement paniquée, Noémie eut la présence d'esprit de saisir le paquet de vêtements. Elle courut les cacher sous des bouteilles puis elle revint vers le colonel qui reprenait connaissance.

– Rhä, *Fräulein* Noémie, que s'est-il passé ?

– Je suis désolée, ce maudit tableau était mal attaché !

Tancrède l'Aîné sur le sol semblait narguer le colonel. Légèrement titubant, celui-ci se releva. Il prit la bouteille de cidre d'une main, le fromage de l'autre et, avec dignité, il quitta la pièce.

– *Fräulein* Noémie, fotre ancêtre ne pas aimer moi... z'est la guerre entre nous, che vais essayer de dormir.

D'un pas mal assuré, il entreprit de regagner la chambre du vieux seigneur de la ferme.

– Merci, cher arrière-grand-père ! murmura Noémie en embrassant le tableau de Tancrède Hautefort. Elle fit un nœud à la ficelle usagée et replaça le cadre sur le mur qui lui sembla soudain très abîmé par le salpêtre. Elle courut chercher dans un buffet les vieux vêtements de

Stanislas. Avec émotion, elle les serra contre son cœur, croyant sentir l'odeur de ce père chéri. Contre toute raison logique, elle était sûre qu'elle le reverrait un jour. Elle revint vers la table, mit sur une assiette pain, jambon et fromage restant. Le cidre ayant été emporté, elle le remplaça par un pot de lait. Il n'y avait aucun bruit sur le palier. Elle introduisit la clé dans la serrure, ouvrit la porte avec précaution. Après avoir refermé derrière elle, Noémie ne vit pas Jean dans le fauteuil où elle l'avait laissé. Très inquiète, elle posa sur le guéridon les victuailles qui l'encombraient et haussa la lampe pour mieux voir dans la pièce. Épuisé, il s'était allongé sur le lit. Noémie s'approcha en chuchotant :

– Jean, je vous ai apporté à manger...

Les bras en croix, il dormait, enroulé dans le châle. Sur son visage, elle voyait les marques des dangers qu'il avait côtoyés. Elle eut brusquement envie de se coucher à son côté, de se lover près de lui. Au matin, il la prendrait contre lui, la couvrirait de baisers. Un de ses bras pendait hors du lit, une jambe aussi, attestant que, dans son esprit, il voulait juste se reposer un moment. Le sommeil l'avait surpris, pour ne pas dire assommé. Noémie souleva sa jambe pour l'allonger sous la couverture. Elle saisit oreiller et courtepointe au crochet, installa le tout sur la descente de lit. Soufflant la lampe à pétrole, elle ouvrit la fenêtre. Un instant, elle regarda le ciel étoilé puis revint s'allonger par terre sur ce lit improvisé.

– Oh ! Jean, vous êtes là, je vous aime tant, je vous aime, Jean, mon amour !

Avec douceur, elle prit sa main, la porta à ses lèvres, osa l'embrasser, troublée par cette chaleur et cette odeur masculines. Sans lâcher ses doigts, elle sentait battre les veines du poignet à l'unisson de son cœur. Ivre de bonheur, elle ne tarda pas à s'endormir, bercée par le coassement des grenouilles qui avait remplacé le son des canons.

Quand Jean se réveilla, l'aube pointait. Il regarda avec attendrissement Noémie couchée en chien de fusil sur le tapis. Il se leva doucement, la souleva dans ses bras pour la poser toujours endormie sur le lit. N'ayant rien mangé depuis deux jours, il engloutit pain, jambon et fromage. Il vida le pot de lait et enfin il se sentit mieux. Les vêtements de Stanislas étaient posés sur le guéridon. Jean les saisit et passa derrière un paravent. Dans chaque pièce de la ferme, l'aïeule avait, en son temps, fait installer l'eau courante avec lavabo. Il regretta de ne pas trouver de rasoir dans cette chambre de jeune fille, mais l'eau et le savon lui firent du bien. Le pantalon de Stanislas était un peu large pour sa taille fine de cavalier, la chemise usagée, pourtant Jean respira mieux de se retrouver en civil. Ses papiers militaires étaient sur le guéridon, il les mit dans sa poche. Il aurait voulu quitter la pièce à pas de loup mais déjà les soldats allemands tôt levés sortaient du dortoir des communs pour aller, torse nu, se laver et se raser à la pompe. Ils étaient jeunes et riaient, fiers d'être vainqueurs. Cette vision était dure pour le vaincu en fuite. Avec précaution, Jean ferma mieux les doubles rideaux. Il s'assit, perplexe sur la conduite à tenir. Dans ses vêtements civils, il pouvait risquer de se glisser dehors mais, tant que ses papiers militaires n'étaient pas en ordre, il ne voulait pas mettre en danger les habitants de Hautefort qui seraient accusés d'avoir abrité un fugitif.

Jean en était là de ses réflexions quand il entendit un soupir. Noémie se réveillait. Elle s'assit sans surprise et regarda son « invité ».

– Cela va mieux ? chuchota-t-elle.

– Oui, grâce à toi. Tu as pu te débarrasser des vêtements ? demanda Jean sur le même ton.

En se levant, elle lui raconta tout bas sa rencontre avec le colonel et sa terreur quand il avait failli découvrir l'uniforme.

– Je dois partir, je te mets en danger ! murmura Jean, épouvanté par le courage de Noémie.

– Pas du tout ! Vous ne pourriez faire un pas sans être pris.

Noémie, derrière le paravent, ôtait sa veste de pyjama. Il apercevait l'ombre de son corps se découpant dans le rai de soleil filtrant entre les rideaux. Avec pudeur et plus troublé qu'il ne voulait se l'avouer, il se retourna vers l'alcôve.

– Si mon brave Pierre était là, tu pourrais aller le voir, il s'occuperait de trouver un centre de démobilisation, s'il en existe encore un dans cette pagaille, toi, tu ne peux pas faire cela...

Fraîche et souriante, ayant enfilé un chemisier et une jupe d'été fleurie, Noémie ressortit de derrière le paravent.

– Laissez-moi faire, j'ai ma petite idée. Donnez-moi vos papiers, vous ne devez pas bouger d'ici. Si vous restez sagement enfermé, personne ne viendra... vous avez confiance en moi ?

Jean, perplexe, la regardait, si jeune, belle, inconsciente du danger. Soudain, il décida :

– Je veux parler à ta mère, elle saura ce qu'il faut faire !

– Pas question ! elle est déjà assez inquiète du sort de papa et oncle Boris !

– Justement, je ne veux pas ajouter à ses tourments !

– Vous êtes sous ma protection ! Tenez, prenez donc un bouquin, *Terre des hommes* est sur ma table de nuit...

– Tu lis Saint-Exupéry ? s'étonna Jean.

– Oui, j'apprécie beaucoup dans ce livre l'esprit de sacrifice et l'humilité, qui sont à mon avis les deux conditions permettant à l'homme de mener une vie spirituelle, où soit engagé le destin de l'humanité.

– Eh bien ! tu m'en diras tant !

Jean n'en revenait pas. On lui avait changé sa petite Noémie. En un an, elle était devenue femme et philosophe. Elle profita de sa stupéfaction pour rafler les papiers et les mettre dans son soutien-gorge. Puis elle se dirigea vers la porte. De loin, elle lui envoya un baiser du bout des doigts.

– Rappelez-vous, pas un mot, pas un geste, couchez-vous dans l'alcôve et attendez... Je reviendrai vous apporter à manger et vous donner le résultat de ma mission !

Avant qu'il ait pu faire un geste, elle avait disparu dans le couloir. Elle fermait sa porte à double tour au moment où Victor sortait de sa chambre.

– Tu t'enfermes maintenant ?

– Oui, avec tous ces soldats, on ne sait jamais ! répondit-elle avec hauteur.

– Mince ! t'as peur qu'ils te violent ?

– Mon petit ami, tu ne sais pas de quoi tu parles, alors boucle-la !

Noémie toisait son petit frère de onze ans. Ils allaient se disputer mais, sur le palier, la porte du colonel Otto von Stülberger s'ouvrit avec violence. Il passa une tête furibonde en hurlant :

– Fritz, Fritz, *mein Handkoffer* !

Aussitôt, l'ordonnance accourut de la cuisine, où elle moulait le café pour son officier. Fou de rage, le colonel continua à vociférer en français à l'intention de ses hôtes Noémie, Victor et Valentine qui sortait de sa chambre, alertée par ces hurlements.

– Je partir, z'est une honte, vous Français malhonnêtes, cette chambre hantée par mauvais fantôme !

– Colonel, je suis désolée mais je vous avais prévenu, il ne fallait pas vous installer chez mon ancêtre, il avait un très mauvais caractère ! intervint Valentine.

– Fous Français mauvais, tous mauvais !

Tancrède Hautefort avait rejoint sa fille et ses petits-enfants. Avec sa Noémie-Passion, le vieux monsieur glissa un coup d'œil dans la chambre de l'ancien seigneur des lieux. Tous les cadres étaient tombés, le baldaquin effondré, un pot à eau renversé. Ils eurent du mal à garder leur sérieux.

– Je vais vous faire préparer une chambre près de votre lieutenant et de votre ordonnance dans l'aile Ouest comme je vous l'avais proposé ! déclara Valentine.

– Bas question, je bars m'installer dans peau château voisin !

Noémie comprit que Stülberger filait avec armes et bagages à Reuville. Personne, à Hautefort, ne s'en plaignit. Pour le moment, le colonel laissait le jeune lieutenant Werner et ses hommes. Seul Victor regrettait son « ami » Fritz. Après le départ du colonel, Noémie conduisit son grand-père dans le cellier où elle avait caché les bottes et la veste du SS. Elle les mit dans un vieux sac de toile et demanda à voix basse :

– Grand-père, peux-tu aller me débarrasser de cela ?

– Ah ! ma petiote, tu as tué un Boche ! chuchota Tancrède, à la fois ébahi et admiratif.

– Non, pas moi, un ami, mais il faut faire disparaître le tout. Dans la cuisine c'est impossible, le cuir est trop dur !

– Personne ne fait attention à un vieux bonhomme comme moi... il y a encore de l'essence dans la remise, je vais aller dans un champ brûler du bois, tu vois ce que je veux dire, allez, file sans inquiétude !

« Cher grand-père. » Noémie le vit passer en sifflotant devant les soldats allemands qui prenaient le soleil à côté de leurs automitrailleuses.

– *Guten Tag*[1] *!* lança très aimablement Tancrède Hautefort à ses « hôtes ».

– *Guteng Tag, Herr* Hautefort ! répondirent en chœur les soldats.

L'un d'eux, un *Feldwebel* encore plus poli, ajouta :

– Zoleil, France, *schön* !

– Ah ! *ja, ja, schön !* répéta le vieil homme, son sac sur l'épaule, en se dirigeant vers la remise.

– Viens avec moi, mon gars, dit-il à Quentin. On va faire disparaître une pièce à conviction !

A ces mots, les yeux de Quentin brillèrent d'un éclair jaune et il suivit avec plaisir le vieux monsieur.

Sûre que son grand-père allait réussir sa mission, Noémie pédalait sur la route de Audouville-la-Hubert puis de Saint-Martin-de-Varreville. Elle n'osait toujours pas monter Jimmy du Manoir, ni Oscar du Bocage. Elle se contentait de les entraîner dans les prés, mais ces séances avaient attiré tous les soldats de la ferme et ce public déplaisait aux chevaux.

En passant devant le calvaire, Noémie repensa à ses premières rencontres avec l'« Assassin ». Depuis près de cinq ans elle l'aimait en silence. Noémie croisa plusieurs patrouilles de soldats allemands. Ceux-ci agitèrent la main sur le passage de cette jolie fille.

– *Guten Tag, Fräulein !*

Elle atteignit sans encombre la Hilairie. Mathieu, Bernardine et Damien exultaient de joie. Julien avait réussi à leur téléphoner. Plus heureux que les deux millions de soldats français prisonniers, il avait pu, grâce à une « combine », se faire démobiliser à Caen et rentrait dans le Cotentin. Noémie se joignit à l'allégresse générale. La joie un peu calmée, elle s'isola avec Damien en qui elle avait toute confiance et lui exposa rapidement le problème. A dix-huit ans, Damien raisonnait déjà en adulte.

1. Bonjour.

– Il faut en parler à papa ! décida-t-il.

Mis au courant de la situation, Mathieu de Saint-Hilaire prit les papiers de Jean.

– Rentre à Hautefort, ma petite Noémie. Où caches-tu le chevalier de Noisy ?

– Dans la cave ! déclara Noémie, préférant ne pas avouer que Jean était dans sa chambre.

– Tu dois en parler à ta mère !

– Je préfère ne pas l'inquiéter, Mathieu, elle est si fragile.

– J'espère réussir mais ici, c'est le système D. En zone libre il y a des centres de démobilisation, en zone occupée, plus rien n'existe, il n'y a plus d'armée, c'est chacun pour soi, mais je vais me débrouiller. Je pense venir cet après-midi avec des papiers apparemment en règle.

Noémie espéra que Mathieu aurait « quelques petites difficultés » de façon que Jean reste encore une nuit auprès d'elle.

Après avoir remercié les Saint-Hilaire, elle remonta sur sa bicyclette pour rentrer à la ferme. Elle trouva sa mère bouleversée au milieu du salon. Victor lui tenait la main. Tancrède Hautefort serrait sa fille contre lui. Il adressa pourtant à Noémie un clin d'œil destiné à lui faire comprendre que la question des bottes était réglée.

– Maman, que se passe-t-il ? murmura Noémie, s'attendant au pire.

Valentine désigna un jeune homme assis dans un fauteuil, devant un verre de cidre. Elle chuchota, craignant les oreilles indiscrètes.

– Léopold, ne pouvant nous joindre au téléphone, nous a envoyé l'un de ses collaborateurs, M. Louis Charbonnier, le pauvre a quitté Paris avec beaucoup de difficulté. Il a réussi à avoir un *Ausweis* et, comme les trains ne marchent pas encore bien, il a fini le trajet à bicyclette. Il nous apporte une nouvelle extraordinaire, ton père a été fait prisonnier avec Boris et Léopold à Dunkerque... Ils se sont échappés, Stan et Boris sont partis en bateau continuer la lutte en Angleterre, Léo est rentré à Paris.

Épuisée par tant d'émotions, Valentine se laissa tomber sur une chaise en face du jeune journaliste.

– Sont-ils bien arrivés ? demanda aussitôt Noémie.

Valentine regarda sa fille d'un air égaré.

– Ma chérie, on ne peut savoir encore mais ils ont échappé à l'enfer et aux stalags. Boris est bon marin, le temps était beau, je veux croire qu'ils ont réussi... Oh ! mes enfants, mes chers enfants, ils reviendront, oui un jour, ils reviendront !

Noémie mêla ses larmes à celles de sa mère et de son frère. La moustache blanche de Tancrède tremblait d'émotion.

– Il faut prévenir Ericka à la Maison rose ! décida Valentine.

Elle réussit à avoir une demoiselle de la poste qui lui passa la demeure familiale de Carentan.

C'est Bohémond qui répondit.

– Allons, mon frère, dit Valentine d'un ton enjoué, tu vas bien ?

– Ça peut aller.

Il était surpris d'entendre sa sœur si gaie. Valentine prit une inspiration. Il fallait lui faire comprendre ce qui se passait, sans pour autant parler clairement au cas où les Allemands écouteraient les conversations.

– Nos « deux Pieds Nickelés » ont échappé à leurs femmes...

– Ah ! fit Bohémond, perplexe.

– C'est très drôle, ils étaient sur la plage et finalement ils sont partis à la pêche en mer ! Voilà ! Dis-le à Ericka, elle sera sûrement contente...

– Oui, maman aussi. Il nous reste un peu d'essence, nous allons venir vous voir pour en parler ensemble. Merci, ma chérie ! merci !

Bohémond, soulagé, raccrocha. Ainsi Boris et Stanislas étaient vivants. Il courut vers la Maison bleue où Ericka était auprès de sa belle-mère. Les prenant toutes deux dans ses bras, il murmura :

– Ils sont vivants, probablement partis pour l'Angleterre.

– Je le savais ! dit tranquillement Caroline en égrenant son chapelet, saint Anastase m'a toujours exaucée.

Noémie ne put remonter dans sa chambre qu'après le déjeuner avec de la nourriture cachée dans une serviette. Jean lisait Saint-Exupéry. En quelques mots, elle le mit au courant des nouveaux événements. Louis Charbonnier dormait dans la chambre de l'aïeul abandonnée par le colonel. Le journaliste lui, ne risquait pas de réveiller la fureur du fantôme.

Tandis que Jean se restaurait de pâté, pain, pommes et cidre, Noémie lui expliqua que Mathieu de Saint-Hilaire s'occupait personnellement de ses papiers.

– Il viendra dans l'après-midi ? demanda Jean qui semblait redouter une seconde nuit auprès de Noémie.

– Peut-être, mais s'il y a des difficultés, ce sera demain, ou après-demain ! Il faut que j'y aille, sinon maman va monter !

Elle osa poser sa main sur l'épaule de Jean qui saisit ses doigts et les effleura d'un baiser.

– Merci, tu es un bon petit soldat, Noémie !

Elle manqua se jeter dans ses bras en hurlant : « Je vous aime, Jean, je vous aime ! »

Avec difficulté, elle se retint et, après un petit signe, elle ressortit en refermant la porte à clé.

L'après-midi, elle fut très distraite en montant dans un champ Jimmy du Manoir. Ce dernier le sentait et n'en faisait qu'à sa tête. Quentin était furieux.

– Tu n'es bonne à rien aujourd'hui !

– Non, c'est vrai, ramène Jimmy à l'écurie.
– Tu ne viens pas le bouchonner ?
– Pas aujourd'hui, je... j'ai un peu mal à la tête !
Elle cherchait tous les prétextes pour retourner auprès de Jean. Il pouvait être cinq heures. Après avoir expliqué à sa mère qu'elle avait dû prendre froid, par cet été torride, Noémie monta enfin dans sa chambre. Jean s'était endormi sur le lit. Tremblant de bonheur, elle s'allongea à son côté. Noémie sentait son corps contre le sien. Une chaleur intense envahissait ses reins. Dans son sommeil, Jean se retourna. Machinalement, il la prit contre lui Ses mains effleurèrent sa taille avant de se poser, possessives, sur ses seins. Il l'attira fermement, Noémie ne pouvait plus ignorer son désir d'homme. Elle se colla à lui, s'offrant à ses baisers. Il murmura quelques mots affolés.
– Si belle... j'ai envie de toi...
Brusquement, il ouvrit les yeux et regarda d'un air égaré Noémie déjà sous lui.
D'un mouvement rageur, il s'arracha à ce beau fruit offert.
– Noémie, que fais-tu ! Seigneur ! je dois partir !
– Non, Jean, je vous en prie, je vous...
Elle allait dire « je vous aime ».
A cet instant, elle entendit la voix de Mathieu de Saint-Hilaire dans la cour.
– Oh ! Valentine, Noémie est-elle là ?
– Oui, Mathieu, dans sa chambre, elle se repose.
– Puis-je entrer ?
– Bien sûr, venez au salon !
Certaine que Mathieu allait mettre sa mère au courant de la présence de Jean à Hautefort, Noémie saisit la main du jeune homme.
– Venez vite !
Dans le couloir et sur le palier, il n'y avait personne. Elle entraîna Jean vers l'aile Ouest en espérant que Victor jouait dehors avec Evrard et que le lieutenant Werner vaquait à ses occupations. Ses prévisions se révélèrent justes. Après avoir fait dévaler à son protégé deux escaliers, elle atteignit la porte de la cave.
– Restez ici pour l'amour du ciel, Jean, je reviens.
Il était un peu ahuri de la tournure des choses mais rassuré par cette cave qui lui évitait de faire une grosse bêtise. Noémie le troublait de plus en plus. Il s'en voulait et s'assit sur une barrique de cidre. Noémie remonta au salon.
– Pourquoi ne m'as-tu rien dit, ma chérie ? demanda aussitôt Valentine.
– Pour ne pas t'inquiéter, maman !
– Où as-tu caché Jean de Noisy ?
– Mais dans la cave !

Dans un coin du salon, le vieux Tancrède Hautefort observait sa petite-fille d'un air perspicace. Les Allemands avaient pour le moment quitté la cour de la ferme. Peut-être se baignaient-ils sur la grande plage des Vikings. Ils avaient l'air en vacances. Suivie de Noémie et Mathieu, Valentine descendit délivrer le fugitif.

– Voici vos papiers tamponnés par l'adjoint au maire compréhensif, je l'ai dit à Noémie, c'est le système D ! Vous êtes un homme libre, Jean ! déclara Mathieu en lui tapant sur l'épaule.

Ce dernier se tourna vers la maîtresse de maison.

– Merci du fond du cœur, Valentine, je suis désolé de cette intrusion. Noémie a été très courageuse !

– Je sais, c'est une de ses principales qualités. Vous n'avez pas été trop mal dans ce trou, elle aurait pu au moins vous donner une couverture !

– Mais non, cela allait très bien ! fit Jean, un peu gêné. A bientôt et encore merci, je te dois probablement la vie, Noémie !

En prenant congé, il embrassa rapidement la jeune fille sur la joue et suivit Mathieu. Celui-ci, n'ayant plus d'essence, avait ressorti un ancien *petit duc* de son père, attelé à un cheval.

– Je vous dépose à Reuville, Jean, mais je vous préviens, votre château a été réquisitionné, ça grouille de schleus là-dedans !

Jean de Noisy se retourna pour saluer encore Valentine. Il agita la main et son regard croisa celui de Noémie. « Je vous aime », disaient les yeux de la jeune fille, « Je ne suis pas libre de vous aimer », répondaient ceux de Jean de Noisy.

Dans la brume de chaleur montant dans le bocage, Noémie le vit disparaître derrière les haies verdoyantes de la route.

Troisième Partie

LES NUITS SANS ÉTOILES

25

A tire-d'aile

Mademoiselle Noémie Rolland-Lacour
Ferme Hautefort
Baudienville par Sainte-Mère-Église
Manche

Paris, le jeudi 9 janvier 1941

Chère Noémie,

Je te remercie de ta lettre de vœux qui a mis plus de quinze jours à me parvenir. Je suis complètement guéri. Ce sont les médecins qui l'affirment et je me sens solide. Je suis rentré à Houdar-de-La-Motte pour passer le bachot. Au lycée, tu me manques beaucoup. Certains de nos amis, D et S, aussi. Ils ne sont pas revenus à la rentrée et nous n'avons aucune nouvelle. Le jeudi, je retrouve ton amie Bérengère au parc du Luxembourg sur « notre » banc et nous parlons de toi. Figure-toi qu'un très vieux monsieur, un ancien combattant sans aucun doute, au vu de ses décorations, nous a demandé de tes nouvelles. Il avait l'air de bien te connaître.

L'hiver à Paris est encore très froid et nous n'avons pas de vrai chauffage dans l'appartement. Juste une flambée dans un poêle à bois le soir car il n'y a plus de charbon. Mes parents te remercient ainsi que ta maman pour le beurre salé, le pâté et le jambon fumé que tu nous as envoyés. Par miracle, le paquet est bien arrivé. Nous manquons de tout. Malgré ou à cause des cartes d'alimentation, il faut faire la queue dès cinq heures du matin pour avoir du pain ou un morceau de viande. Je t'avoue que j'ai tout le temps faim mais il ne faut pas se plaindre car nous avons la chance, avec mes parents, d'être ensemble. Pour retrouver le moral, le soir à la bougie, car nous sommes rationnés en gaz et électricité comme vous sans doute, je lis beaucoup. J'ai réussi à me procurer le dernier livre des Thibault *de Roger Martin du Gard. C'est superbe, il faut absolument que tu lises ce cycle romanesque. Sais-tu que Selma Lagerlöf est morte en Suède ? Te souviens-tu comme nous aimions* Le Merveilleux Voyage de Nils Holgersson *? J'aimerais chevaucher, comme lui, une grosse oie pour aller te voir dans le Cotentin. En attendant, pour me faire de l'argent je fais parfois le vélo-taxi.*

Je pense à toi et rêve du jour où nous nous retrouverons. Je vais avoir dix-neuf ans au printemps, toi, comment l'oublierais-je, tu auras seize ans pour l'été. Je suis retourné dans notre cinéma au Quartier latin, là où nous avions séché le cours de M. Blot pour assister à une séance de Paramatta bagne de femmes. *Je n'oublierai jamais cet après-midi-là... Hier, j'y ai donc vu* Remorques *de Jean Grémillon avec Jean Gabin et Madeleine Renaud. Lui est magnifique dans le rôle d'un capitaine de sauvetage en mer. Sa vie est bouleversée par sa rencontre avec une femme dont il devient éperdument amoureux... j'ai partagé ses réactions sur fond de vagues et d'embruns ! Au cinéma d'à côté passait* Le Juif Süss *de Veit Harlan. Malgré le désir que j'ai d'aller voir ce film qui est un pamphlet antisémite, paraît-il très bien fait, je crois que je n'aurai pas le temps, étant malheureusement trop pris par mes examens. Un Français, indigne de confiance, Jacques Bonsergent, a été le premier à être fusillé à Vincennes pour avoir, dans une bousculade, levé la main sur un sous-officier allemand. La cour martiale allemande l'a donc condamné à mort sans recours en grâce, et la Préfecture de police a prévenu que la lacération et l'endommagement d'affiches de l'autorité occupante seront considérés comme actes de sabotage, punis des peines les plus sévères. Il faut de l'ordre, vois-tu ! et ne pas confondre héros et traîtres.*

Pour l'été, je vais sûrement partir sur un chantier de jeunesse dans la Nièvre près de la ligne de démarcation. En zone libre, le maréchal Pétain nous appelle à la collaboration.

A bientôt, Noémie, rêvons d'un monde meilleur et attendons patiemment. Tu dois être encore plus belle et intelligente. Comment travailles-tu avec tes cours par correspondance ? Je voudrais être là pour t'aider. Je t'embrasse avec toute ma tendresse. Mon respectueux souvenir pour ta maman, ton père et une bourrade à ce vieux Victor.

Ton ami de toujours.
Rodolphe.

Noémie reposa la lettre. Elle réfléchit, puis elle la relut une deuxième fois. Elle devinait entre les lignes tout ce que Rodolphe taisait en raison de la censure. Tout le monde savait que des lettres étaient choisies au hasard par la police allemande, la fameuse Gestapo, et passées au crible. Rodolphe, visiblement, se méfiait. Leurs condisciples juifs, David Blochman et Samuel Borstein, avaient certainement dû fuir avec leurs parents. Noémie ne pouvait comprendre ce que ces charmants garçons avaient pu faire aux nazis pour déclencher pareille haine. Bien sûr, Rodolphe voulait dire qu'il n'irait jamais voir le film de propagande *Le Juif Süss* et qu'un malheureux Français, un héros, avait été fusillé par l'occupant. Pensait-il que ce pauvre Bonsergent serait le premier d'une longue série ? De son chantier de jeunesse, Rodolphe allait-il essayer de passer en zone libre ? Oui, c'était sûrement cela. Il la prévenait qu'il allait tenter de franchir la ligne de démarcation. *Patience*, voulait-il dire, *nous serons longtemps séparés, attends-moi je t'en prie, attends-moi, Noémie*. Elle aimait beaucoup Rodolphe, l'admirait pour son courage face à la maladie et pour son esprit brillant. Par certains côtés, il l'avait même troublée, comme Damien et le soldat, dans le fossé pendant l'exode. Elle savait que Julien Devereaux, revenu de la guerre, ne pouvait lui cacher son amour. Noémie avait de plus en plus conscience du pouvoir qu'elle exerçait sur les hommes. Le lieutenant allemand, Werner Beringen, n'y échappait pas. Il était discret, poli, chaque fois qu'il la rencontrait dans le bourg car il avait finalement quitté la ferme avec le colonel von Stülberger et Fritz, l'ordonnance. Sur la place de l'église, quand elle passait, raide comme la justice, devant le jeune officier, elle lui refusait le moindre regard ou le plus petit sourire. Elle savait qu'il en souffrait. Féminine jusqu'au bout des ongles, Noémie devinait son trouble mais elle était décidée à l'ignorer avec mépris. A part Werner, elle aurait voulu aimer l'un de ses soupirants mais celui qui faisait battre son cœur avait toujours le même nom... Jean de Noisy. Sans comprendre pourquoi, elle ne parvenait pas à se l'arracher de l'esprit. La jeune fille se désespérait. Elle s'estimait maudite, d'aimer en silence le seul qui fût marié et ne faisait aucun cas d'elle.

Depuis qu'elle l'avait abrité dans sa chambre, Noémie sentait qu'il l'évitait. Elle ne le rencontrait presque plus dans Sainte-Mère-Église ou Carentan. De loin, il lui faisait un signe et s'éclipsait. Jean était rentré vivre dans son château occupé. Elle savait par le vieux Pierre, revenu à l'automne de la zone libre avec « Mme Lorraine et les chevaux rapatriés par un train spécial », que le chevalier de Noisy avait laissé les salons du bas aux officiers allemands. Ceux-ci y avaient installé un vrai quartier général. Pour lui-même et son épouse, Jean disposait de trois pièces au premier étage, les autres chambres étant affectées aux officiers et sous-officiers. Pierre, lui, habitait dans une pièce sous les combles. Mathias, ayant eu la chance de rentrer au pays, et d'être « démobilisé » de la même façon que son maître, logeait de nouveau avec les lads qui n'avaient pas été faits prisonniers ou tués au combat. Dans beaucoup de familles, on pleurait un fils, un époux, un frère. En deux mois cent vingt mille soldats français étaient morts et de plus on les avait traités de lâches !

Noémie se désespérait de n'avoir pas été appelée au château pour monter sous la férule de Jean. S'il n'y avait même plus le monde du cheval entre eux, il ne fallait rien espérer.

En octobre, Valentine voulut renvoyer sa fille chez les sœurs de Saint-Lô finir ses études et mettre Victor dans le collège des frères de Montebourg, le garçonnet devant commencer le secondaire. Après avoir fait ses comptes, elle s'aperçut qu'elle n'avait plus les moyens de payer les pensions. Noémie, ravie de ne pas retourner chez les Augustines, promit de suivre des cours par correspondance. De fait, elle s'y appliquait régulièrement. Quant à Victor, M. Quesnel l'instituteur affirma que cet enfant intelligent passerait facilement, le temps venu, du brevet élémentaire au certificat de bachelier.

Valentine et ses enfants vivaient donc reclus avec Quentin à Hautefort. Ils n'en sortaient que pour aller à bicyclette à Carentan rendre visite à la famille. Grand-mère Caroline, totalement inconsciente, hébergeait deux braves soldats bavarois à qui elle faisait bêcher son jardin ! Pour les remercier, elle leur avait offert une médaille de sainte Geneviève qui allait, sûrement, de nouveau sauver la France.

Fidèle à elle-même, tante Eugénie fulminait contre *les sales Boches* qui s'étaient installés chez elle. Ils auraient bien voulu partir car l'imagination de la vieille dame, pour leur rendre la vie impossible, était inépuisable. Dès qu'ils étaient sortis, malgré ses quatre-vingt-neuf ans, elle montait ouvrir leurs fenêtres pour qu'ils trouvent lits et pots à eau gelés. C'était sa façon de résister à l'occupant ! Elle avait donné l'ordre à sa fidèle Félicienne de cirer tous les jours le grand escalier de façon à rendre les parquets si glissants que l'un des officiers se casse la jambe ! Lorsque Noémie venait rendre visite à sa grand-tante, elle les entendait buter, jurer en allemand et se rattraper à la rambarde. Jusqu'à présent les souhaits vengeurs d'Eugénie n'avaient pas été exaucés.

Les repas familiaux étaient devenus impossibles : Tancrède et Eugénie, fâchés à mort depuis Mers el-Kébir, refusaient toujours de se revoir.

Valentine n'avait pas osé dire à la terrible tante que Stanislas et Boris s'étaient embarqués pour l'Angleterre. Pendant longtemps, on vécut dans la terrible incertitude de leur sort. On les savait partis d'Ostende, mais étaient-ils bien arrivés ? Ce fut Tancrède qui eut l'« idée ». Il savait que depuis toujours la tour de Hautefort servait de relais à des pigeons voyageurs venant d'Angleterre, qui trouvaient là de l'eau et du grain. Avec l'aide de Quentin, il attrapa un oiseau et, espérant un signe, ôta le message roulé autour de sa patte.

Les fourmis marchent à reculons, le commandant Simon les fera aller droit.

Ce n'était pas ce qu'il espérait. Assez perplexe, Tancrède montra le texte à Valentine. Qui était ce commandant Simon ? Noémie s'aperçut que sa mère pâlissait et glissait le papier dans sa poche. Se reprenant et demandant le conseil de son père et de sa fille, Valentine écrivit :

Robert Guiscard cherche les deux chevaliers des croisades espérant leur arrivée en Antioche !

Si par hasard le pigeon parvenait à destination de l'autre côté de la Manche, Valentine espérait que le message serait décrypté et donné aux Français groupés près du général de Gaulle. Antioche étant évidemment les îles anglaises. Les jours s'écoulaient et le pigeon ne revenait pas. Noémie à la Hilairie apprit que, sur la plage des Vikings, des soldats allemands avaient reçu l'ordre d'abattre tout volatile au-dessus de la mer. Le malheureux pigeon avait dû finir au fond de l'eau.

Sans nouvelles de Stanislas et Boris, Valentine se rongeait d'inquiétude. Fidèle à sa promesse, Noémie s'efforçait de soulager sa mère. Même Victor travaillait bien en classe et ne faisait pas de bêtises avec Evrard. Il passait d'ailleurs le plus clair de son temps dans la ferme de son ami à jouer de la clarinette, sa nouvelle passion.

Noémie avait conscience qu'à Hautefort ils étaient privilégiés, ayant plus facilement de la nourriture à la campagne que dans les villes. Valentine avait acheté deux vaches à ses voisins les Levavasseur, et Noémie avait appris à les traire. Elle utilisait l'ancienne recette de beurre salé de son arrière-grand-mère. Cela permettait d'envoyer des paquets à Loulou, aux Chevignard et à Rodolphe, coincés à Paris.

Quentin, l'hiver, venait vivre dans la ferme car son *chambrau* sur l'écurie était trop glacé. Un soir, Noémie le vit remonter de la cave avec une pioche et une pelle. En apercevant la jeune fille, il ne put réprimer un léger sursaut.

– Que fais-tu, Quentin ? interrogea-t-elle sans penser à mal.

– Tu es bien trop curieuse, cela ne te regarde pas ! répondit Quentin d'un ton rogue.

Ce n'était pas la meilleure façon de décourager Noémie.

– Dis donc, j'ai quand même le droit de te poser une question ! se rebella la jeune fille, pressentant un mystère.

Valentine arrivant sur ces entrefaites échangea un regard avec Quentin.

– Ce n'est rien, ma chérie, je lui ai juste demandé de... réparer les vieux tuyaux qui fuyaient...

« Avec une pioche et une pelle », songea Noémie, peu convaincue.

C'était la première fois de sa vie qu'elle prenait sa mère en flagrant délit de mensonge. La nuit venue, Noémie descendit dans les caves. A la lueur de la bougie, elle examina les lieux, ne vit rien de suspect. Sous les voûtes, il y avait un précieux tas de charbon qu'il fallait économiser, des tonneaux pour la plupart vides. Des jambons pendus au plafond, des oignons. La deuxième cave contenait des bouteilles de Grand Hautefort bien alignées dans des casiers. Sous la troisième voûte, Noémie trouva de vieux meubles cassés, et de la vaisselle ébréchée. Elle eut l'impression qu'une très grande armoire un peu vermoulue avait changé de place. D'ailleurs la terre battue portait des traces fraîches. Elle ouvrit la porte ouvragée. L'armoire était vide. Noémie eut beau passer sa bougie à l'intérieur, elle ne vit rien de suspect. Pourtant à l'interstice des planches, la flamme trembla comme s'il y avait du vent. Noémie regarda autour d'elle, un soupirail était ouvert. Elle alla le fermer et remonta se coucher, dubitative.

Le lendemain matin, malgré le froid, elle s'entraîna comme d'habitude sur Jimmy du Manoir. Elle avait commencé dernièrement à monter Oscar du Bocage qui présentait de réels dons, mais elle était obligée de calmer la jalousie de Jimmy. Quentin, imperturbable, ne parut avoir gardé aucun souvenir de leur petite altercation de la veille.

Aux premiers jours du printemps, Noémie aperçut un pigeon qui tournait au-dessus de la tour. Elle se précipita pour récupérer l'oiseau affamé. Elle lui donna aussitôt de précieux grains de riz et à boire. Puis elle défit le message qu'il portait autour de la patte.

A Robert Guiscard, les deux chevaliers d'Antioche aiment leurs palefrois, ils reviendront vainqueurs du désert.

A la lecture de ces lignes, Valentine ne put maîtriser un tremblement nerveux. C'était sûr, Stanislas et Boris étaient vivants. Ils partaient sans doute, comme l'avait annoncé la BBC qu'elle écoutait la nuit en cachette, avec les FFL[1] sous la conduite du colonel Leclerc vers la Libye.

Pendant quelques jours, l'atmosphère à Hautefort fut presque joyeuse. Noémie s'était résignée à ne plus revoir Jean quand ils se croisèrent à bicyclette juste devant le calvaire. Contre toute attente, Noémie éclata de rire.

– Cela fait drôle de ne pas vous voir à cheval ou en Hispano, Jean !

Très détendu, toujours élégant et bronzé, ses yeux vairons brillaient sous le soleil. Il mêla son rire à celui de la jeune fille.

– Je peux te renvoyer le compliment, comment vas-tu ?

1. Forces françaises libres.

– Très bien !

Elle mentait. D'émotion, sous son regard noir et bleu, elle manqua défaillir.

– Moi aussi ! Il fait beau, veux-tu revenir t'entraîner à Reuville ?

Si elle le voulait ! Pourtant, avec sagesse, elle essaya de maîtriser son enthousiasme.

– Il faut que je voie si je peux, vous savez on m'a redemandée pour un concours hippique !

– A Avranches ? Oui, moi aussi j'y serai ! Que veux-tu, la vie reprend ses droits et les Allemands nous laissent faire des concours dont ils sont, du reste, friands. Alors, c'est oui ou non ? Tu es peut-être devenue une cavalière trop importante pour moi maintenant !

– Ne vous moquez pas, Jean, je disais cela par discrétion. Je ne veux pas déranger votre femme.

Une ombre fugitive passa sur le visage de Jean de Noisy.

– Lorraine ne supporte pas le climat, elle a préféré rentrer chez ses parents. Quand j'ai un *Ausweis* je vais la voir à Joinville !

Noémie pressentit que tout n'était pas rose entre Jean et la belle Lorraine. Elle était sûre de l'avoir bien jugée. Une égoïste qui ne le rendait pas heureux. Bizarrement, au lieu de s'en réjouir, elle éprouva une certaine tristesse pour lui. Si seulement elle pouvait le consoler. Il riait de nouveau, gentiment, moqueur.

– Cette soudaine humilité te va mal, Noémie, je te serai toujours reconnaissant de ce que tu as fait. J'ai une grande admiration pour toi, tu as été si courageuse, tu m'as sauvé. Je t'aime beaucoup, tu sais, mais j'ai été très occupé ces derniers temps, allez, viens demain comme avant-guerre !

Il tira sur une mèche de ses cheveux roux et remonta sur sa bicyclette sans attendre la réponse. Le cœur de Noémie battait trop fort, elle ne put résister.

– Je viendrai, oui, je viendrai ! cria-t-elle en s'éloignant vers la Hilairie.

Elle se retourna une fois pour le regarder au moment où il fit de même. Il rit de loin, agita la main et disparut derrière les haies.

Noémie savait qu'elle n'allait pas vivre jusqu'au lendemain.

26

Les compagnons du Drakkar

– Hei-di ! hei-do ! hei-da !
– Hei-di ! hei-do ! hei-da !
– Hei-di ! hei-do ! hei-da ! Ah ah ah ah ah ah ah ah !

Noémie regardait les soldats de la Wehrmacht qui rentraient de la plage, maintenant interdite aux Français, en chantant gaiement. Ce refrain lui donnait, comme à tous les Sainte-Mère-Églisais, des frissons sur l'échine. Il ne s'agissait pourtant que d'un innocent refrain de marche pour scouts, en Forêt-Noire, destiné à entraîner, et n'ayant rien à voir avec le parti nazi. Courbant apparemment le dos sous l'occupant, les Normands feignaient d'ignorer ces *verts-de-gris* joyeux.

Même Jimmy du Manoir, que Noémie ressortait pour venir à Reuville, hennissait, nerveux. Il ne semblait pas apprécier ce défilé de soldats rentrant, pelles sur l'épaule, dans la cour du château. Le père Parfait, encore vivant et toujours au courant de tout, affirmait que les Boches construisaient un grand « barzingue » en bas des dunes, que tout le monde appelait déjà le mur de l'Atlantique, pour empêcher tout débarquement des Anglais. Noyés dans le Blitz sous les bombes allemandes, les Britanniques ne devaient pas y songer. Hitler voulait briser le moral d'Albion. Pourtant les gens du Cotentin voyaient souvent passer des Spitfires et des Hurricanes allant attaquer les bases allemandes à Cherbourg ou des liaisons ferroviaires vers Caen et Le Havre.

Quand Noémie apercevait l'un d'eux dans le ciel, elle savait que la détermination des pilotes de la RAF[1] empêchait les nazis de traverser la Manche. Elle aurait voulu leur envoyer des baisers, d'autant plus

1. Royal Air Force.

qu'elle avait appris que des Polonais, Hollandais, Belges, Norvégiens et Français avaient rejoint l'aviation anglaise. Romantique, elle pensait que Stanislas et Boris survolaient, peut-être, parfois la ferme. Un jour à Reuville, après avoir sauté les obstacles dans un pré avec Brin d'Amour que Jean lui donnait à entraîner, elle ne put s'empêcher d'agiter la main en direction d'un Wellington au moteur fumant. Le lieutenant Werner passant près d'une haie l'aperçut, mais il détourna la tête comme s'il n'avait rien vu.

Une perpétuelle agitation régnait à Reuville. Les Allemands ne cessaient d'aller et venir, d'envahir les pièces principales en entrant bruyamment à n'importe quelle heure sans se soucier de déranger ou de réveiller tout le château. Ils paraissaient presque encouragés par le propriétaire. Noémie ne les saluait jamais. Quand ils lui adressaient la parole, elle feignait de ne pas comprendre.

Trois fois par semaine, Noémie se rendait à Reuville pour prendre des leçons avec son professeur. L'atmosphère ne ressemblait pas à celle, plus calme, de Hautefort. Non seulement les officiers se montraient bruyants, mais ils avaient l'air de s'être tous entichés de Jean.

– Ach ! *Herr* de Noizy ! vous avez raison, une fois de pluz ! s'écriait le colonel Otto von Stülberger, ravi d'avoir trouvé une chambre sans fantôme.

Quand il apercevait Noémie, il saluait froidement son ancienne « logeuse ». Il y avait aussi Hans von Zilbnerf, un officier au visage aussi aigu qu'une lame de couteau. C'était un officier SS tout de noir vêtu. Il marchait dans le parc avec Jean, tentait de prendre son bras et ne cessait de l'entretenir de sujets artistiques ou sportifs les plus divers. Au fil des jours, Noémie, atterrée, se rendit compte que l'homme qu'elle aimait déployait des trésors de charme et de politesse pour plaire aux occupants.

« *Herr* chevalier de Noizy est un cavalier merveilleux ! zi intelligent, fin, zenzible, cultivé ! il zait tout faire ! ah ! zi tous les Français étaient comme lui ! » entendait Noémie, à longueur de matinée, quand elle venait au château. Très décontracté, Jean de Noisy paraissait trouver naturel de se comporter aussi courtoisement avec l'ennemi. A la fin d'une leçon, le regard brillant de colère, Noémie ne put s'empêcher de lancer :

– Vraiment, Jean, je ne vous comprends pas ! Les Allemands sont nos ennemis, ils nous envahissent, nous affament. A Paris ils ont fusillé un résistant, un héros, Jacques Bonsergent !

– Comment le sais-tu ? demanda-t-il vivement.

– J'ai mes informateurs, qu'est-ce que vous croyez ? Je suis en liaison avec la capitale !

– Sois prudente, ma petite Noémie, murmura Jean en regardant autour de lui.

– Prudente ! qu'est-ce que cela veut dire ? Mon père se bat, lui, je ne peux accepter cette défaite honteuse !

– Il le faut pourtant, Noémie ! chuchota-t-il d'un ton grave. Tu ne dois jamais répéter ce que tu viens de me dire, ton frère est-il au courant pour ton père ?

– Non, maman n'a pas voulu lui dire...

– Elle a eu raison, je lui parlerai, Noémie, calme-toi. Sois raisonnable, agis en grande personne !

Tout en parlant, l'attirant contre lui, il glissa une main sur sa nuque. Sous la masse des cheveux roux, ses doigts caressaient sa peau tendre. Noémie, alanguie, ne put résister. Elle posa sa tête contre la poitrine de Jean. Son odeur raffinée, mélange de lavande et de tabac, l'anéantissait. Même lâche avec l'occupant, elle l'aimait. Il chuchota à son oreille :

– Cela ne sert à rien de se montrer odieux avec eux, ils sont ici pour un certain temps, autant rester en bons termes... Pense à nos futurs concours hippiques, nous avons de la chance qu'ils nous laissent monter et ne réquisitionnent pas les chevaux ! Comprends-tu ? Pense à toi, à tes études et à devenir la cavalière que j'ai toujours vue en toi. Ne t'occupe de rien d'autre, tu jures, Noémie ?

Elle était moite dans ses bras, prête à vendre son âme pour lui. Ses lèvres appelaient un baiser. Jean, troublé, se pencha vers elle. Il interrompit son geste. Le capitaine von Zilbnerf, fumant un cigare, avançait vers eux.

– *Herr* de Noizy, auriez-vous l'amabilité de me prézenter enfin cette charmante jeune perzonne qui a le regard d'une de nos ztars allemandes, je veux parler de la ravizante Magda Schneider ?

Noémie se raidit aussitôt. Si cet abominable SS, sanglé dans son uniforme noir, approchait, elle refuserait de lui tendre la main. Jean la saisit aussitôt par le bras. Ses doigts la serraient avec force, semblant lui dire : « Obéis, Renarde, obéis ! »

– Oh ! capitaine von Zilbnerf, avec plaisir, cette jeune fille, mon élève, sera l'une de nos futures grandes cavalières, Noémie Hautefort... elle aura beaucoup à apprendre de votre superbe école berlinoise.

Le capitaine, que le mutisme de Noémie n'avait pas l'air de perturber, se frotta les mains.

– *Ach so ! Wunderbar !* A Berlin, avant la guerre, je étais moi-même un bon cavalier... Je vous ai vu chevalier de Noizy, quelle glasse ! ah ! z'était le bon temps, mais tout va bien maintenant avec l'exzellente collaboration franco-allemande.

« Compte là-dessus, mon bonhomme ! » songea Noémie, avant de lancer sèchement :

– On m'attend chez moi. Au revoir, Jean !

Elle siffla Jimmy du Manoir, qui attendait dans le champ et, refusant l'aide du SS, elle remonta en selle. Tout en se dirigeant vers la grille du château, Noémie se sentit soulagée d'avoir agi ainsi, elle n'allait tout de même pas baisser pavillon devant une casquette noire ! Jimmy du Manoir hocha sa belle crinière avec approbation.

Pour quelle raison Jean agissait-il de cette façon ?

Cette question l'obséda jusqu'à son retour à Hautefort. Ce n'était pourtant pas son genre de se montrer obséquieux ! Noémie adorait le cinéma. Elle avait remarqué que, dans certaines scènes, les acteurs jouant la duplicité ou le mensonge exagéraient leur attitude. Le zèle dont Jean faisait preuve sonnait un peu faux. Elle avait trop d'imagination. Tout cela ne voulait rien dire. Noémie, consternée, voyait se briser la statue aux pieds d'argile.

A Hautefort, elle eut la tentation d'en parler à sa mère, mais Valentine semblait si préoccupée qu'elle y renonça pour l'instant.

La nuit suivante, Noémie dormit très mal, son sommeil était entrecoupé de cauchemars dans lesquels Jean surgissait. A cheval sur Brin d'Amour, il défilait en uniforme nazi devant l'armée allemande marchant au pas de l'oie sous les croix gammées. Une image plus affreuse que les autres réveilla Noémie en sursaut : à la place du Führer hurlant à Nuremberg ses discours hystériques se trouvait Jean de Noisy. Le bras levé, il fascinait une foule en délire. Le visage et le corps tremblants, Noémie s'assit sur son lit. Elle avait la gorge sèche et un nœud au creux de l'estomac. A l'intérieur de la maison, il n'y avait pas un bruit, à part le plancher qui craquait, comme dans toutes les vieilles demeures. En se levant dans l'obscurité, pour prendre un verre d'eau, elle entendit au loin le clocher de Sainte-Mère-Église sonner deux heures du matin. Elle se sentait si angoissée qu'elle décida, même si elle n'avait plus l'âge de se comporter en enfant, de se diriger sur la pointe des pieds vers la chambre de Valentine pour se glisser dans son lit. La tiédeur des bras maternels parviendrait à apaiser son malaise. A pas de loup, une bougie à la main, elle traversa le palier et ouvrit la porte de sa mère. A sa grande surprise, elle s'aperçut que le lit n'était pas défait et que Valentine ne se trouvait pas dans la pièce. Depuis plusieurs jours, Noémie sentait qu'elle lui cachait quelque chose tant son attitude était étrange. Durant la journée du lendemain, tout en ayant l'air de faire autre chose, Noémie l'« espionna ». A quelques détails près, Valentine semblait vaquer normalement à ses occupations. Un peu plus nerveuse, moins attentive peut-être, mais son sourire était toujours le même et elle parlait à ses enfants avec la même tendresse. Pourtant, il y avait un mystère. On ne l'appelait pas la Renarde pour rien, Noémie décida qu'elle allait en avoir le cœur net. La nuit suivante, elle attendit que les douze coups sonnent au clocher de Sainte-Mère-Église pour se lever discrètement. Elle enfila des chaussons et une robe de chambre sur son pyjama. Sans allumer de bougie, elle alla à tâtons vers la chambre de Valentine. Si jamais sa mère dormait, elle refermerait doucement le battant et repartirait se coucher. Comme la veille, le lit était vide. La couverture n'avait même pas été défaite. Mue par une inspiration subite, Noémie descendit au rez-de-chaussée. Elle avait cru entendre un très léger déclic. Dans le tiroir du buffet, la jeune fille savait que Valentine gardait précieusement une torche à pile électrique, qu'on ne trouvait plus dans le commerce. Noémie voulut la prendre mais le tiroir était vide. Elle alluma une bougie et descendit vers les caves, certaine que le secret résidait dans l'armoire déplacée par Quentin. Le cœur battant, regrettant de n'avoir pas enfilé pantalon et pull-over chauds, elle grelottait en avançant sous les voûtes. Des souris s'enfuirent sur son passage. Bien sûr, Caruso le gros chat noir né dans une grange de Hautefort était, avec l'âge, devenu paresseux. Noémie avait horreur de poser des tapettes. Elle décida d'enfermer Caruso dès le lendemain pour qu'il fît son travail à la cave. En attendant, elle ouvrit la porte de l'armoire. Comme la veille, la flamme de la bougie se tordit sous l'effet d'un courant d'air. Pourtant le soupirail était fermé. Noémie passa plusieurs fois la bougie le long des rainures sans rien remarquer de suspect. Ses doigts glissèrent sur le rayon du haut. Elle sentit un taquet. Elle appuya dessus, un déclic résonna et le fond de l'armoire s'écarta, découvrant un passage creusé dans le mur. Noémie, abasourdie, recula devant ce souterrain, puis, dominant une peur bien naturelle, elle s'engouffra dans le boyau creusé à même le roc. Ce passage devait être très ancien. Des toiles d'araignées pendaient le long des murailles suintantes d'humidité. L'une d'elles atteignit Noémie au visage. Elle se débattit, manquant hurler et s'enfuir. Avec courage, elle se domina, reprit sa marche en faisant attention à ne pas laisser la bougie s'éteindre, sinon elle serait perdue dans le noir. Après un éboulement, le boyau s'élargissait, Noémie crut percevoir un chuchotis. Elle se dissimula derrière une roche et haussa la tête pour découvrir le mystère. A la lumière d'une lanterne posée sur le sol, Jean de Noisy parlait debout devant Valentine et trois personnages assis sur des caisses. La jeune fille ne voyait pas bien les visages de ces derniers.

– Mes amis, j'ai la triste confirmation que Girard a été arrêté par la Gestapo, on dit qu'il a été dénoncé, peut-être sous la torture, par son radio Marty.

Un murmure stupéfait agita les participants de cette réunion nocturne. Valentine laissa tomber son visage dans ses mains.

– Honoré d'Estienne d'Orves était un ami de Stanislas, que vont-ils lui faire ?

– Le fusiller certainement ! Mais voila ce que vous ne devez jamais dire, les vrais noms ! Il était Girard, désigné comme chef du deuxième bureau de la France Libre. Venu à la recherche d'hommes sûrs pour l'organisation d'un réseau de résistance contre l'occupant. Je devais le rencontrer dans trois jours. Pour le moment nous sommes sans ordres. Vous devez comprendre que, si l'un de nous est pris, il vaut mieux se suicider que d'avouer sous la torture... Si vous parliez, notre réseau Drakkar s'effondrerait ! Eh dehors de nos réunions, nous ne nous connaissons que de vue, nous ne nous fréquentons pas, nous devons nous méfier de tout et de tous ! Ne parlez jamais devant vos enfants qui peuvent vous trahir sans penser à mal, rappelez-vous, nous sommes en guerre et c'est une guerre de l'ombre !

Derrière son abri, Noémie défaillait d'amour. Des larmes inondaient son visage. Ainsi, elle avait cru à sa lâcheté et en éprouvait des remords.

– Avez-vous des questions à poser ? s'enquit Jean, car nous voir trop souvent serait dangereux. Je vous ai convoqués de nouveau ce soir devant l'urgence de la situation ; pendant quelques jours, nous ne nous rencontrerons pas. Si je vous demande de venir, la phrase suivante sera dite à Toulon qui la répétera à Louvois qui ira la donner aux autres... : « Avec le vent d'Norouais, il y a du sauticot. » Ce sera la réunion du soir à onze heures. Méfiez-vous du couvre-feu, passez derrière les haies sans lumière pour rentrer chez vous. Pour Louvois et moi, grâce à ce souterrain creusé durant les guerres de Religion, nous pourrons regagner nos lits sans encombre ! Oui, que veux-tu, Toulon ?

Ce dernier levait la main. Noémie eut un soupir de surprise, c'était Joseph Levavasseur, le père d'Evrard, qui s'adressait à Jean.

– Commandant Simon, ce souterrain a trois branches, l'une d'elles, j'en suis sûr, arrive à ma ferme, je n'ai jamais déblayé mais si je creuse, j'crois bien qu'ça ira droit chez Louvois...

Il désignait Valentine. Noémie apprit ainsi le nom de guerre de sa mère. Ils se levaient tous. Parmi les dernières personnes, Noémie reconnut le percepteur de Carentan, M. Casimir Bellin. Jean l'appelait Geoffroy. Il lui donna l'ordre d'essayer de faire remarcher sa radio dans son grenier pour entrer en contact avec l'Angleterre. Qui aurait pu soupçonner le petit fonctionnaire à lunettes cerclées d'argent ? Cette nuit, l'honorable receveur des impôts, ne pouvant rentrer à Carentan, dormirait caché dans l'étable de Toulon.

– Commandant Simon, puis-je vous poser une question ?

– Bien sûr, Gilbert.

Le dernier personnage se levait à son tour. Avant de voir son visage, Noémie reconnut sa voix. C'était Julien Devereaux.

– Ne serait-il pas plus prudent pour vous de quitter votre château sous un prétexte quelconque, pour vous éloigner du haut commandement allemand de la région et entrer dans la clandestinité d'où vous pourriez peut-être mieux nous diriger ?

– C'est une suggestion à laquelle j'ai pensé, Gilbert, Geoffroy la soumettra à Londres. Pour le moment, mon poste est à Reuville et mon jeu est de paraître idiot, lâche et collaborateur pour l'occupant. C'est très dur mais c'est ainsi que je peux être au courant de tout et aussi me procurer divers accessoires dont nous manquons pour fabriquer des faux papiers qui nous seront très utiles. Au revoir, bonne chance !

Ils se serraient la main. Noémie avait besoin de réfléchir à ce qu'elle avait découvert.

Valentine prenait congé de Jean. Celui-ci la retint.

– Soyez prudente, Louvois, faites attention à vos enfants, surtout à votre fille !

– Comptez sur moi, Simon !

Devançant sa mère, Noémie eut à peine le temps d'emprunter le passage secret dans l'autre sens, de refermer l'armoire et de remonter se coucher. Trop excitée, ne pouvant dormir elle pensa réveiller son grand-père pour le mettre au courant. Elle entendit Valentine qui marchait à pas de loup, ouvrait la porte de Victor puis la sienne pour s'assurer que ses enfants dormaient bien. Noémie ne pouvait accepter l'idée que sa mère ne lui ait rien dit. Pour la première fois de sa vie, elle éprouvait à son égard une sorte de jalousie.

Le lendemain, la jeune cavalière arriva à Reuville pour prendre, comme si de rien n'était, sa leçon d'équitation. Rien n'était changé dans l'attitude de Jean. Bon écuyer, il l'entraîna avec Oscar du Bocage puis il lui offrit de monter Opéra pour changer. Elle allait bien sûr accepter quand, du perron, le capitaine von Zilbnerf leur demanda de venir prendre une coupe de champagne dans le salon en compagnie du colonel Otto von Stülberger. Ils fêtaient l'arrivée de Rommel et de l'*Afrikakorps* à Tripoli.

– Oh ! la bonne nouvelle ! avec plaisir, capitaine, s'écria Jean.

Il se retourna, sûr que Noémie allait refuser. A son grand étonnement, elle fit un éblouissant sourire.

– Du champagne, oh ! j'adore, capitaine !

Jean de Noisy la suivit, assez perplexe. Noémie pénétra dans le château. Le grand salon avait été transformé en hall d'état-major. De loin à une table, devant une carte, le lieutenant Werner Beringen lui adressa un salut. Noémie y répondit poliment, puis elle suivit Jean et von Zilbnerf vers le petit salon jaune, reconverti en bureau particulier pour le colonel. Ce dernier, pas rancunier, sabra la bouteille de champagne avec son poignard et en offrit à Noémie.

– Zanté ! comme on dit chez fous, *Fräulein* !

Jean de Noisy trinqua avec bonne humeur et il leva sa coupe aux succès de Rommel. Noémie le regardait d'un autre œil. Il était parfait d'innocence et savait prendre l'air le plus benêt possible. Même le vieux Pierre se faisait avoir. Noémie remarqua le regard noir qu'il jetait vers son maître en apportant les flûtes de cristal pour les autres officiers invités par le colonel. Le lieutenant Werner, convié à la fête, essaya de se rapprocher de Noémie. Le capitaine von Zilbnerf, ébloui par sa beauté, lui faisait carrément du charme. Très à l'aise, elle trinqua « à la paix du Führer » avec ces messieurs. Le colonel, à son tour, vint vers Noémie. Manquant certainement de femmes, ils faisaient tous cercle autour de cette belle jeune fille. Dans une glace biseautée, elle aperçut Jean qui considérait cette situation privilégiée. Rapide comme l'éclair, il s'approcha du bureau pour glisser dans sa poche un tampon de la Kommandantur, destiné sans doute à fabriquer les faux papiers dont il avait parlé la veille au soir.

Le cœur battant, tout en riant un peu trop fort avec les officiers, Noémie s'appuya contre la cheminée. Sa décision était prise ! Que le commandant Simon le veuille ou non, le réseau Drakkar comptait, à dater de ce jour, un nouveau membre.

27

Le commandant Simon

– Avec le vent d'Norouais, il y a du sauticot !

D'un air naturel, Joseph Levavasseur venait de lancer à Valentine devant les soldats allemands, vivant toujours dans les communs de Hautefort, la phrase que Noémie attendait depuis quinze jours. Un sergent baragouinant le français demanda ce « que z'était que le zauticot ».

– Dam, d'la crevette grise !

– Ah ja ja, on peut en pêcher ?

– Dam oui, puisque vous pouvez aller sur la plage ! répondit Levavasseur.

La nuit suivante, la jeune fille entendit sa mère se lever furtivement. Noémie l'imita. Prudente, elle passa pull, pantalon et elle enfonça un bonnet gris sur ses cheveux roux. Munie cette fois d'une lanterne ne pouvant s'éteindre, elle prit le chemin du souterrain. Dans sa partie élargie, à l'abri de la roche, elle écouta attentivement les paroles du commandant Simon. Londres avait ordonné pour le lendemain soir une grande opération de déstabilisation de l'ennemi, avec sabotages des lignes téléphoniques militaires. A part Geoffroy, le percepteur de Carentan qui devait rester la nuit à l'écoute de sa radio, Toulon-Levavasseur, Gilbert-Julien Devereaux et Louvois-Valentine y participeraient. Le rendez-vous du réseau Drakkar était fixé, avant le couvre-feu, dans la dernière masure abandonnée, à gauche, au bout du village de Lessay, en bordure de la fameuse lande.

– Nous devrons être rentrés au matin, chacun chez nous pour ne pas donner l'éveil. Je vous ai fabriqué un *Ausweis* vous permettant de circuler après le couvre-feu de onze heures mais ne vous en servez qu'en cas d'extrême nécessité. Ah ! Louvois, abandonnez votre nom d'épouse, reprenez avec vos enfants votre nom de jeune fille, c'est plus prudent s'il y avait une enquête sur « qui vous savez » ! Je vous présente des nouveaux venus dans notre réseau.

Simon désignait deux ombres collées contre la muraille. Il leur fit signe d'approcher dans la lumière de la torche. Noémie reconnut le boulanger de Sainte-Mère-Église, Barnabé Artu, et la mercière Évangéline Marie. Simon les baptisa, Hugo pour le premier, Roger pour la seconde. Ces derniers avaient pour seule mission d'essayer de savoir, en faisant parler leurs clients soldats, combien il y avait de blockhaus sur la plage et de champs de mines.

« Pauvre grand-père, dans quel état doit être ton beau chalet ! » pensa Noémie.

Elle attendit, pour suivre Jean à bonne distance, que sa mère ait pris avec Toulon le chemin du retour. Elle était guidée par le bruit des pas sur les cailloux. Le commandant Simon marcha avec Gilbert, Hugo et Roger environ quinze minutes. Noémie comprit que ce souterrain menait directement au château de Reuville. Elle se souvenait vaguement d'avoir entendu sa mère raconter qu'elle avait découvert ce passage secret avec son cousin Zacharie Junior pendant la guerre de 14, mais que sa grand-mère avait fait murer l'ouverture. C'était Quentin, bien sûr, qui avait été chargé de le rouvrir et de dissimuler habilement l'entrée par le mécanisme de l'armoire. Noémie entendit une porte se fermer au bout du boyau. Elle monta un escalier taillé à même le roc et buta contre un panneau de fonte. Elle frissonna, craignant d'avoir à refaire le long chemin en sens inverse. Longtemps, ses doigts tâtonnèrent, cherchant à déclencher un mécanisme secret. Elle allait abandonner, quand son index accrocha un minuscule anneau qu'il tira. Aussitôt, le panneau de fonte s'ouvrit. Comme elle l'avait pensé, Noémie arrivait dans une cave voûtée. Elle monta un escalier de pierre. Une porte était encore entrouverte, donnant vers les écuries. C'était sans doute par là que Simon faisait s'éclipser les partisans. Le lad Mathias devait être dans le coup pour qu'ils « s'évaporent » derrière le parc. Haies bénies du bocage, connues de tous les habitants, et devant lesquelles les occupants butaient régulièrement. Ils se trompaient souvent de chemin car rien ne ressemblait plus à une haie qu'une autre haie. Seuls les gens nés dans la région s'y reconnaissaient et Noémie était de ceux-là. Elle savait toujours où elle se trouvait. En revanche, dans le château elle était un peu désorientée. Il n'y avait pas un bruit. Elle marcha dans un couloir pour pénétrer dans un cellier. Les nombreuses bouteilles vides lui apprirent que l'occupant buvait ferme. Elle traversa ensuite à l'entresol une immense cuisine. Après un autre escalier, elle se retrouva dans le hall du château de Reuville.

A la lueur tremblotante de la lanterne, le portrait de Hitler, entouré de drapeaux à croix gammée, la dominait. Noémie passa dessous avec un frisson et elle monta le grand escalier. Elle savait qu'elle allait commettre une folie mais ne pouvait s'en empêcher. Par le vieux Pierre, elle avait appris que les pièces réservées à Jean et son épouse se situaient dans l'aile Ouest. Mais elle n'ignorait pas que Lorraine était absente. Après s'être orientée, elle prit le couloir de droite et entrouvrit une porte. Au ronflement sonore, Noémie estima que le colonel Otto von Stülberger dormait dans cette pièce. Elle se dirigea vers un autre palier. Le cœur battant, elle aperçut un rai de lumière au bout d'un couloir obscur. Pas de doute, il s'agissait de l'appartement de Jean de Noisy. Au moment où elle allait gratter à la porte, jouissant déjà de la surprise du commandant Simon, la lumière s'éteignit. Noémie, perplexe, songea à faire demi-tour mais il n'était pas dans son caractère de reculer. Elle souffla sa lanterne et pénétra dans l'appartement à pas de loup.

Jean venait de se coucher. Il avait conscience de s'être lancé dans une folle entreprise, qu'il ne pourrait plus abandonner. Seule la paix, si jamais elle revenait un jour, le délivrerait de ce fardeau. Se montrerait-il digne d'être le chef de réseau du Cotentin ? Il pressentait que la lutte de l'ombre serait longue. Pour le moment, ils n'étaient que quelques dizaines d'agents de renseignements. Il faudrait qu'ils soient au moins un millier, pour le jour où il serait nécessaire de passer à l'action armée. Ses compagnons n'étaient pas encore bien conscients du danger, pourtant s'ils étaient pris, le châtiment serait impitoyable. Jean ne craignait pas d'être fusillé, il pensait à d'Estienne d'Orves et le plaignait car lui-même ne savait pas s'il aurait le courage de résister à la torture. Jean songea qu'il devait absolument trouver pour son réseau des pilules de cyanure. Ses pensées étaient dramatiques mais, depuis qu'il vivait avec cette épée de Damoclès au-dessus de la tête, ses affreux cauchemars s'espaçaient. Il en connaissait la raison, sachant que le destin avait mis sur sa route la vengeance.

Circulant la semaine passée au volant de sa camionnette à gazogène, il avait aperçu à Saint-Lô parmi des miliciens français, haïs de la population, un homme grand au teint très blanc sous son béret. De profil, le milicien lui rappelait vaguement quelqu'un sans qu'il puisse l'identifier. Soudain, l'inconnu s'était retourné, découvrant une tache de vin violette sur son autre joue. Malgré les années, Jean avait reçu un choc. Il reconnaissait parfaitement l'un des assassins de son père. Tout se recoupait dans son esprit enfiévré. Darnand, le chef de la milice française, appartenait, avant-guerre, aux ligues d'extrême droite de l'Action française et de la Cagoule. Maximilien avait donc été assassiné par ses propres partisans.

– Capitaine Jabiro ! cria un milicien, pouvons-nous entrer dans la cathédrale ?

Ces messieurs semblaient en visite.

– Bien sûr, allez-y les gars, on va ensuite à la Kommandantur, je vous attends au café !

Jean connaissait maintenant le nom de son ennemi. Faisant taire son impatience et ne voulant pas se faire remarquer, il remonta dans sa camionnette et démarra. Il fallait attendre le bon moment pour venger la mémoire de son père, et surtout, par une imprudence personnelle, ne pas mettre le réseau en danger.

De son lit où il avait quelque mal à trouver le sommeil, Jean crut entendre un bruit. Il se redressa, alluma une bougie, se leva, alla regarder dans le couloir. Tout était calme. En revenant dans sa chambre, il jeta un coup d'œil dans sa salle de bains et ne vit pas Noémie cachée sous un peignoir. Elle ne pouvait se décider à jaillir devant lui. Que dirait-elle ? « Je veux faire partie du réseau Drakkar. » En cette seconde, elle désirait seulement qu'il la prenne dans ses bras, mais s'il la repoussait encore, jamais elle ne survivrait à cette humiliation.

N'osant bouger, elle tendit l'oreille. Jean s'était avec un soupir recouché dans le vaste lit. Il mit les deux mains derrière sa nuque et réfléchit. Lorraine ne reviendrait pas à Reuville. C'était sans doute mieux ainsi. Sa dernière visite au château avait été une catastrophe. Quelle différence avec la courageuse petite Renarde ! Depuis son court séjour dans sa chambre, Jean pensait souvent à sa fougue, son élégance à cheval, sa beauté irradiante, ses cheveux roux souvent emmêlés, son rire et son aplomb. Il se retourna sur sa couche. Il songeait trop à Noémie.

Jean avait commis une grave erreur en épousant Lorraine. Il croyait la changer, quelle stupidité ! Rien ne la changerait jamais. Dans son esprit, Jean dressait la liste de leurs différences : il aimait les chevaux, elle les avait en horreur ! Il préférait la vie de famille, elle n'était heureuse que brillant en société ! La lecture était pour lui une passion, à part la revue *Ciné-Miroir* elle ne lisait rien ! Si la fortune pour Jean n'était qu'un moyen de faire vivre ses haras, pour Lorraine et son père l'argent était un dieu ! Elle aurait voulu une rivière de diamants à chaque petit déjeuner ! Jean aurait pu « s'arranger » de tous ces défauts si Lorraine lui avait donné des enfants. Elle en refusait l'idée, ayant « peur que cela n'abîme son corps ». Horrifié, il lui avait fait avouer qu'enceinte de deux mois elle avait fait appel à une « faiseuse d'anges » pour mettre un terme à sa grossesse. Il pouvait comprendre qu'une femme accablée par la pauvreté ait recours à cette extrémité mais pas Lorraine qui aurait eu toutes les nurses possibles à sa disposition ! Pour aider la sinistre matrone, elle avait de plus avalé vingt comprimés d'aspirine qui l'avaient rendue malade à mourir. Ce dernier coup avait achevé d'ouvrir les yeux du jeune homme. Devenu lucide, il était décidé à s'en séparer. Elle pourrait ainsi être reçue tous les soirs, comme elle en parlait souvent, par Otto Abetz à l'ambassade d'Allemagne à Paris. Lorraine ne trompait pas encore Jean avec les hauts officiers de l'État-Major allemand mais cela ne saurait tarder. Leurs uniformes de vainqueurs la fascinaient.

Après cinq jours infernaux, Jean avait donc décidé de ramener Lorraine chez son père. Toujours au volant de sa camionnette à gazogène qui marchait lentement mais, muni de deux *Ausweis* cette fois authentiques, aimablement signés par le colonel Stülberger, Jean avait donc pris la route de Joinville-le-Pont avec une femme boudeuse à son côté. Il avait stupidement chargé l'arrière du véhicule de jambons, beurre et crème pour ses beaux-parents.

A part des voitures allemandes circulant à l'essence, des barrages, quelques tanks et camions civils, eux aussi à gazogène, la circulation était quasiment inexistante sur cette route que Jean avait si souvent prise au volant de son Hispano-Suiza rouge.

Pressé de rentrer pour ses missions, Jean ne resta qu'une nuit dans le Trianon de marbre, or et angelots de stuc. Il se sentait ridicule avec ses provisions. La table des Frémin devenus, à la surprise de leur gendre, baron et baronne de Frémincourt regorgeait des meilleurs mets. Le marché noir marchait fort chez l'Empereur de la Galette Dorée, à moins que les deux généraux allemands invités à dîner ne se fussent chargés de ravitailler leur hôte. Après le départ des officiers, le nouveau baron, passant son bras sous le sien, attira son gendre dans le fumoir.

– Lorraine me raconte que vous collaborez aussi, mon garçon, vous avez fichtrement raison, voilà les gens intelligents ! On me dit que des salopards font du sabotage, eh bien, il y aura des otages et les Boches auront raison de les fusiller !

Au supplice, Jean dut se laisser cataloguer par son beau-père dans la race qu'il exécrait, celle des collabos. Marcel Frémin lui assena le coup de grâce en annonçant triomphalement qu'il venait de signer un *contrat en or* avec la Kriegsmarine de Dönitz. Des envoyés de l'amiral allemand étaient venus le trouver dans son usine, en baisse d'activité par manque de farine, pour lui demander de fabriquer des biscuits résistant à l'eau de mer destinés aux U-Boot.

Les *pauvres* sous-mariniers allemands se régaleraient dans leurs cercueils de fer et Marcel Frémin se rengorgeait car *les Boches payaient recta en bonne monnaie* ! Il allait non seulement garder son personnel mais décupler sa fortune. Obligé de se taire, Jean quitta le Trianon dès la fin du couvre-feu. Il savait qu'il ne reviendrait pas à Joinville-le-Pont.

– Je vous rejoindrai le mois prochain à Reuville ! dit Lorraine en embrassant son mari.

– Attendez que je vous appelle, il fait froid actuellement dans le Cotentin et j'ai plusieurs concours hippiques...

Jean craignait que Lorraine ne devine un jour ses activités. Dans ce cas tout serait perdu. Il avait compris que le divorce entre eux était inévitable mais pour le moment la tâche urgente était de résister à l'occupant.

Au milieu de ses pensées, il crut entendre un nouveau bruit très vague venant de la salle de bains. « Un volet mal attaché », songea-t-il. Ses paupières se fermaient. Il songea encore à la mission du lendemain. Il n'y avait pas d'école pour apprendre la résistance, il fallait tout inventer. Jean ne devait plus retrouver les partisans tous ensemble. S'il y avait dénonciation, ils seraient pris dans une souricière. Il lui fallait être prudent pour tout le réseau. Puis il s'endormit brusquement.

Noémie avait déposé sa lanterne éteinte sur le carrelage. Elle sortit de sa cachette en prenant garde à ne pas faire craquer le parquet. Elle aurait dû parler à Jean quand il s'était levé. Clouée au sol de la salle de bains, elle n'avait pas eu la force de l'affronter. Quand elle avait douze ans, elle aurait pu le faire, à seize, presque femme, elle pressentait qu'elle ne devait pas se jeter à sa tête.

Comme dans sa chambre à Hautefort, elle s'allongea à côté de lui, nicha sa tête au creux de son épaule, respira avec griserie son odeur de mâle. Elle savait n'aimer que lui, être née pour lui. Aucun homme ne pourrait la délivrer de son amour. Dans son sommeil, il remua, sa veste de pyjama était à demi ouverte. Noémie osa poser ses lèvres sur sa poitrine. Elle entendait leur cœur battre à l'unisson. Elle était prête à se déshabiller pour se coller nue contre lui quand il glissa un bras autour de son corps. Dans son sommeil, il rêvait, murmurait des mots incompréhensibles. Soudain, distinctement il chuchota :

– Noémie, Noémie !

Il passait ses doigts dans ses cheveux. Le croyant réveillé, elle n'osa bouger, attendant, tremblante de bonheur, qu'il se saisisse d'elle comme d'une proie. Il n'en fut rien. Il dormait réellement, rêvait et se retourna vers l'autre côté du lit. Grisée, Noémie comprit qu'elle avait réussi. Il l'aimait. Ce n'était plus qu'une question de temps. Il ne devait pas savoir qu'elle était venue. Avec douleur, elle s'arracha à sa couche, alla reprendre sa lanterne sans s'apercevoir que celle-ci avait perdu un morceau de verre cerclé de fer. A tâtons, elle fila dans le couloir, descendit l'escalier éclairé par la lune, se retrouva dans la cuisine, chercha des allumettes et ralluma sa lanterne.

Le plus dur restait à faire ! Elle serra les dents. Soudain glacée, elle regagna la cave, réussit à ouvrir et refermer le panneau de fonte encastré dans le mur, et s'engouffra dans le souterrain dont elle connaissait maintenant la longueur. Des images frappaient son imagination. Si un éboulement se produisait, son corps serait muré vivant sous terre. Ses dents claquaient d'effroi. Elle réussit pourtant à dominer sa peur et à avancer de façon que la flamme de la lanterne ne s'éteignît pas car elle s'était aperçue de la perte de la vitre.

Arrivée enfin au bout du tunnel, elle batailla pour ouvrir le fond de l'armoire, Quentin ayant inventé un mécanisme assez sophistiqué. Après s'être acharnée quelques minutes, elle réussit à faire basculer un minuscule levier. Peu après, Noémie était dans son lit. Elle entendit une porte se fermer et devina qu'il s'agissait de celle de Tancrède. Son grand-père insomniaque était-il au courant de la vie nocturne de Hautefort ? Le connaissant, c'était bien possible. Cette pensée rassura Noémie. Elle savait en tout cas qu'elle avait un allié dans la place. Cher grand-père, même à presque quatre-vingt-dix ans, un Hautefort ne s'avouait jamais battu.

Les partisans ne savaient pas qu'ils avaient rendez-vous dans l'ancienne masure, abandonnée, d'une sorcière. Cette Bernice avait eu son heure de gloire au siècle dernier pour ses philtres magiques.

Entouré de Toulon, Louvois et Gilbert, le commandant Simon boitait légèrement. Il s'était coupé le pied dans sa salle de bains sur un morceau de verre dont le vieux Pierre ne comprenait pas comment il était venu là. Simon chuchotait ses ordres :

– Tout est changé, Geoffroy a réussi à me faire parvenir le message de Londres, *les poules ont des dents*. Les ordres sont annulés, surtout pas de sabotage, ce sera pour plus tard. Maintenant nous n'avons besoin que de rapports succincts. Toi, Toulon, cherche les câbles souterrains posés entre Sainte-Marie-du-Mont et Sainte-Mère-Église. Toi, Louvois, procure-nous un rapport sur les garnisons entre Saint-Côme-du-Mont, Carentan et Chef-du-Pont. Gilbert, donne-nous les emplacements de DCA en gare de Lison. Pour moi, je dois photographier leurs cartes d'état-major, ce ne sera pas trop difficile ! murmura le commandant Simon avec un sourire.

Il allait ajouter que Londres voulait également des renseignements sur les défenses de Saint-Lô. Il se réservait d'y aller pour essayer aussi d'en savoir plus sur le milicien Jabiro. Au moment où il donnait l'ordre de dispersion, un bruit résonna. On avait marché à l'extérieur. Simon fit signe à ses compagnons de s'aplatir contre les murs de torchis. Il éteignit vivement la lampe et s'approcha de la porte branlante. Du gravier crissa encore. Pas de doute, on les observait. Y avait-il déjà un traître dans l'organisation ? Simon jeta un coup d'œil à l'extérieur, par la fenêtre brisée. Il n'apercevait pas d'uniformes, ni de mitraillettes. S'ils étaient encerclés par les Allemands, c'était discret. Sortant un revolver de sa ceinture, le commandant Simon ouvrit brusquement la porte. Un galopin, bonnet enfoncé jusqu'aux yeux, écoutait contre le battant. Simon le saisit à bras-le-corps. Le garçon se débattit comme un diable. Il mordit la main du commandant. Celui-ci le jeta sans façon sur la terre battue au centre de la masure.

– Qui es-tu, petit salopard ? gronda le chef du réseau en appliquant le canon de son revolver contre la tempe du garçon.

Devant son silence, Simon, furieux, lui donna un coup sur la tête et ralluma sa torche.

– Allez ! Parle, ou tu es mort !

Une voix un peu étranglée répondit :

– Avec le vent d'Norouais il y a du sauticot !

D'un geste vif, Simon arracha le bonnet du garçon. Les cheveux roux de Noémie se répandirent sur ses épaules.

Devant l'air stupéfait des partisans, la jeune fille grimaça d'un air comique.

– Ouille ! vous avez la main dure, commandant Simon !

Jean, pétrifié, se pencha pour l'aider à se relever.

– Tu n'as pas été suivie au moins ? interrogea-t-il.

Valentine se jeta vers sa fille.

– Quelle folie ! Tu dois rentrer et tout oublier, chérie !

Noémie secoua la tête.

– Pas question, Louvois !

Julien Devereaux tenta de s'interposer.

– Noémie, sois raisonnable, ce n'est pas ta place, nous tremblerons tous pour toi !

– Et moi, bien à l'abri, pour vous, qu'est-ce que je ferai ? Je veux faire partie du réseau Drakkar et mon nom sera Milady ! déclara Noémie qui avait trop lu *Les Trois Mousquetaires*.

Jean s'était éloigné pour s'assurer que tout était calme à l'extérieur Seul le vent faisait bouger les feuillages. Il revint vers la jeune fille.

– C'est malin, tu nous ferais tous prendre avec un nom pareil ! Tu seras Jourdan et tu obéiras aux ordres, pas d'initiatives malheureuses qui mettraient le réseau en danger ! Jamais de conversation à la maison, tu ne sais rien des occupations de ta mère, elle ne sait rien de toi ! Notre force et notre faiblesse est que nous nous connaissons tous et que nous nous rencontrons souvent. En ville, ils ne savent même pas qui est l'autre agent, ici ce n'est pas possible. Tu seras boîte aux lettres !

– Boîte aux lettres ! répéta Noémie, humiliée.

– Tu porteras des messages et rien d'autre ! Tu jures de suivre les ordres même si tu ne les comprends pas, Jourdan ?

Sans oser regarder sa mère qui pleurait en silence sur l'épaule de Julien Devereaux, Noémie murmura :

– Je le jure, commandant Simon, oui je serai boîte aux lettres, je jure fidélité et obéissance au réseau Drakkar et à toute la résistance, je suis jeune mais je vous promets à tous que vous ne regretterez pas de m'avoir parmi vous !

28

L'ennemi valeureux

A chaque soubresaut des essieux, le malheureux sentait son cœur taper dans sa poitrine. La vitesse de son pouls avait augmenté, de fines gouttes de sueur perlaient à ses tempes. La peur s'était emparée de lui à Lisieux quand deux officiers SS étaient montés dans le train. Ils avaient d'abord déambulé d'un bout à l'autre du couloir, puis, comme il l'avait redouté, les nazis étaient entrés dans son compartiment pour s'asseoir juste en face de lui. Il n'avait pas bougé, essayant de prendre un air décontracté. Depuis, les SS, fumant cigarette sur cigarette, le dévisageaient avec un sourire de connivence. Les arrêts fréquents lui laissaient espérer qu'ils allaient descendre mais ils n'en faisaient rien. Ils devaient se rendre à Cherbourg. N'ayant pas d'*Ausweis*, il avait réussi à quitter Paris sans éveiller les soupçons des policiers chargés de surveiller le départ des voyageurs. Il bénissait son voisin, le coiffeur Isaac, qui, mis au courant de ses projets, avait eu l'idée de couper ses cheveux frisés et de les décolorer en blond. De plus, toujours sur les conseils d'Isaac, il s'était confectionné dans la nuit un costume et un manteau verts qui lui donnaient l'air d'un honorable bourgeois de Francfort. C'était probablement la raison des sourires des deux SS. Il se serait bien passé de leur sollicitude, craignant qu'ils ne lui adressent la parole et que son accent ne le trahisse. Ses sinistres prévisions se réalisèrent.

– *Das Wetter ist jezt miserabel*[1] *!* fit l'un des SS.

A cette phrase anodine, constatant le mauvais temps, il réprima un sursaut et réussit à articuler à voix basse :

1. Le temps est affreux en ce moment !

– *Wie bitte*[1] ?

Ils allaient découvrir son identité et le faire arrêter comme déchet de l'humanité. Le train entrait en gare de Bayeux. N'y tenant plus, il se leva, parvint à faire un signe de tête poli aux nazis, puis il ouvrit d'une main tremblante la porte du compartiment. Un cri retentit.

– *Herr, da ist !*

Cette fois c'était fini, ils allaient l'arrêter, c'était certain.

Il se retourna, blanc comme un linge.

L'un des officiers s'était levé, la main tendue vers le filet à bagages.

– Herr dein Hut[2] !

Le SS saisit le chapeau vert pour le donner au voyageur.

– *Danke...*, balbutia-t-il avant de s'éclipser dans le couloir pour descendre du train à la hâte.

En sortant de la gare, malgré le froid, il s'assit quelques instants sur un banc pour retrouver sa respiration. Un soldat de la Wehrmacht remarquant un « compatriote » civil s'approcha de lui. Il se leva aussitôt et fila dans les rues vers la sortie de la ville.

Le jour s'assombrissait. Malgré le couvre-feu, il essaya d'avancer. Un panneau indiquait : *Carentan 38 kilomètres*, c'était bien loin, mais peut-être faisable dans la nuit. *Ma guén David*[3] le protégerait. Un peu remis de ses émotions, il reprit sa route. En chemin, il croisa de nombreuses patrouilles allemandes, heureusement motorisées. Chaque fois, le même scénario recommençait. Dès qu'il apercevait des phares, il se jetait dans le fossé. Au petit matin, il n'était qu'à Isigny. Il trouva une cachette dans une cabane abandonnée où il passa la journée. La faim le tenaillait mais il pensa que c'était trop dangereux de sortir le jour. A la nuit tombée, il se remit en route. Il restait sept kilomètres à parcourir mais, la route étant infestée de barrages allemands, il n'arriva que le lendemain dans la matinée après avoir traversé, malgré le danger, les marais de Carentan. Il devait être neuf ou dix heures, il l'ignorait, ayant cassé sa montre-bracelet en se jetant dans un fossé. Il fit le tour du bassin. Deux ouvriers le regardèrent avec un drôle d'air. C'était normal, il ressemblait à un clochard. Son manteau vert était taché de boue, son chapeau couvrait son visage mal rasé. Une belle fille chaudement vêtue, un bonnet de laine blanche sur ses cheveux roux, pénétrait dans le parc de la Maison rose à bicyclette. C'était sûrement Noémie. Comme elle avait grandi, on aurait dit une vraie jeune femme. Il accéléra le pas, rasant le long mur d'enceinte, puis il franchit les grilles à son tour. Arrivé près du perron, il aperçut Noémie qui appuyait

1. Pardon ?
2. Votre chapeau !
3. L'étoile de David.

sa bicyclette contre l'escalier de la cuisine. Des poules caquetaient dans le panier du porte-bagages. La jeune fille s'approcha de l'inconnu.

– Vous désirez quelque chose, monsieur ?

– Ah ! *Gottenyou*[1], *h'avérta*[2], mon petit Noémie, c'est moi Abraham !

– Monsieur Mazuvski ! s'exclama la jeune fille complètement éberluée de retrouver le père d'Ericka, cheveux courts décolorés en blond pâle et dans cette tenue verdâtre.

– Ah ! je suis enfin à Eretz Israël[3] ! Je avoir soif, mon petit Noémie !

D'épuisement, il tomba à demi évanoui contre la jeune fille.

– Je vous en prie, ne restons pas là, un petit effort, monsieur Mazuvski.

Avec sagesse, Noémie entraîna le vieil homme vers l'escalier montant à la cuisine. C'était le domaine de la Sidonie. Les soldats allemands ayant un « billet de logement » pour le deuxième étage de la Maison rose n'osaient y pénétrer. La terrible cuisinière n'admettait aucune incursion dans son royaume. Seul un caporal originaire de Karlsruhe, dans le Bade-Wurtemberg, un dénommé Dietrich Goztler, trouvait grâce à ses yeux de patriote. C'était un peintre en bâtiment dans le civil. Ses jours de repos, il était toujours prêt à donner un coup de main, voire à repeindre la Maison bleue de *Frau* Caroline qui lui offrit en remerciement une médaille de saint Barnabé. Sidonie parla même à Dietrich de son pauvre Côme « qu'était d'prisonnier dans un talag[4] de la Forêt-Noire où qu'il s'tordait les boyaux d'famine ! ».

Dietrich, compréhensif, promit d'alerter sa mère cuisinière à Karlsruhe pour qu'elle aille en personne porter des paquets au prisonnier français.

– On n'est pas des pêtes, faut s'aider jusqu'à la fin de la guerre ! déclara Dietrich à la Sidonie, émue de cette coopération.

– Hé là ! ma Noémie, qui qu'c'est y qu'ce jimard[5] ? s'écria Sidonie en découvrant le petit homme « vert » tiré par la jeune fille.

– Chut, Sidonie, c'est M. Mazuvski !

– Eh ben vrai ! et ses ch'veux, ils l'ont mis dans un drôle d'état, ah ! pov m'sieur Abraham, v'nez donc ici, j'vas vous faire un gloria !

Malgré les rationnements, la Sidonie avait toujours à sa disposition, grâce au brave Dietrich, du vrai café et du sucre. Pour le calvados, M. Bohémond en gardait caché à la cave.

---

1. Oh ! cher Dieu !
2. Mon amie.
3. En terre promise.
4. Sidonie voulait dire stalag.
5. Malheureux qui pleure.

– Où est mon fille ? réussit à articuler Abraham Mazuvski, tout en buvant à petites gorgées le liquide bienfaisant.

– Elle est d'sortie avec m'dam Conchita et tous les p'tiots, même qui z'ont emmené ma Rose-Marie !

Tout en parlant, la Sidonie posait devant lui du pâté, du pain blanc qu'elle réussissait à faire dans le four. Le malheureux, affamé, se jeta dessus. Il n'en avait pas vu depuis bien longtemps à Paris.

– *Frau* Sidonie, fous avez besoin de quelque choze ?

C'était Dietrich qui passait la tête par la porte de la cuisine. Le pauvre Mazuvski ne put réprimer un sursaut devant l'uniforme de la Wehrmacht.

– Fich' ni digue[1], va donc m'chercher du bois l'Dietriche ! ordonna la Sidonie, royale.

Aussitôt, le caporal décampa pour obéir à *Frau* Sidonie. Noémie, admirative, songea que la cuisinière avait la manière avec l'occupant. C'était elle qu'on aurait dû envoyer dresser Hitler.

Une fois Abraham rassasié, les deux femmes l'aidèrent à monter dans une chambre du premier étage, le deuxième étant totalement occupé. Ils ne rencontrèrent heureusement aucun soldat car la Sidonie était moins sûre des autres Allemands que du peintre en bâtiment.

– Reposez-vous, monsieur Mazuvski ! chuchota Noémie. Ericka ne va pas tarder et vous allez revoir vos petits-fils !

– Ah ! quelle *eidèlkayt*[2], mon petit Noémie, merzi Zidonie, tout est *fardoust*[3], izy z'est bien calme, nous zommes en zécurité, *bentshèn gomel*, je vous *bentshèn*[4], aaah !

Il s'endormit. Noémie et Sidonie en profitèrent pour redescendre vers la cuisine. Dietrich rapportait en courant du bois puis il laissa les deux femmes et rejoignit son lieutenant qui sortait du parc.

– L'est un peu gniot[5] l'Dietriche, mais ben brave, ma Noémie, doun[6] moi c'que tu m'as apporté, c'est-y ben des poules comme prévu, parce qu'ici, il n'y a plus ren de ren à mougi !

– Oui, Sidonie, elles sont dans le panier sur mon vélo, mais Quentin n'a pas eu le temps de les tuer, faudra que tu le fasses toi-même !

– Oh ! l'Dietriche le f'ra ! assura la cuisinière en commençant à préparer le repas tout en chantant la soupe à la graisse qui était un vrai programme.

---

1. Rien du tout.
2. Gentillesse.
3. Embrouillé.
4. Je vous bénis.
5. Niais.
6. Donne.

– *L'faô qu'no le r'counnai-se*
L'g'y a ri d'pur ex-quis
Qu'la soupe à la grais-se
Qu'j'aimions tant dans l'pays
Ceuss' qui la bliam' sont to-quis
Ou n'sav' pé la fai-re
Quand vos choux sont é-pu-quis
P'lez vos poum' de terr-re...

En s'éloignant dans le parc à la recherche de Bohémond pour le prévenir de l'arrivée du beau-père de Boris, Noémie entendait la voix de Sidonie. Quel tempérament ! Elle était non seulement la mémoire de la famille, mais celle du Cotentin. Qui apprendrait après elle le folklore normand aux enfants ? Noémie se savait privilégiée de porter en elle ce trésor.

Une longue Mercedez-Benz sombre était arrêtée devant les portes à double battant des Chantiers Hautefort. Au moment où Noémie voulut les ouvrir, le colonel Egon Wrangel, « pensionnaire » chez tante Eugénie, sortit, raccompagné par Bohémond. Ce dernier semblait très nerveux.

– Vous afez jusqu'à demain, *Herr* Hautefort, pour me donner fotre réponse ! Après, ils partiront tous en Bafière, cholie région de mein pays ! Je rentre chez fotre tante, je me demande ce qu'elle a bien pu infenter pendant mon absence pour nous emmerder ! C'est bien comme ça que fous dites les Français ?

Bohémond ne put s'empêcher d'esquisser un sourire.

– A peu près, colonel ! je vous porterai ma réponse.

Wrangel claqua des talons et repartit dans le bolide conduit par un chauffeur en uniforme. Noémie s'approcha pour embrasser Bohémond.

– Que voulait-il, mon oncle ?

Le jumeau abandonné passa la main dans ses cheveux qui commençaient à grisonner.

– Ah ! ma petite Noémie, j'aurais mieux fait de partir avec mon frère ! je suis seul pour faire face à tout ça et je n'ai que des ennuis.

– C'est vrai que les Allemands ont l'air nerveux en ce moment, j'ai même l'impression que certains font leurs bagages.

– Tu parles ! continua Bohémond à mi-voix. Ça se passe très mal sur le front Est, depuis le mois de juin qu'ils ont envahi la Russie, ils ne le disent pas mais ils n'ont que des revers, je l'ai entendu à la BBC, ils sont forcés de reculer avec le froid, ils n'atteindront jamais Moscou ! Tant mieux, Hitler a fait la même erreur que Napoléon, l'hiver russe les vaincra mais cela va prendre combien de temps... tu as vu ces affiches horribles : « Engagez-vous dans la LVF[1], rejoignez Jacques Doriot ! » J'ai eu toutes les peines du monde à raisonner Noé !

– Le fils de Sidonie ?

– Oui, ce jeune fou voulait partir s'enrôler contre les bolcheviques pour voir du pays !

– Si Sidonie savait cela !

– Elle lui flanquerait la raclée de sa vie !

– Mais, oncle Bohémond, les Américains entrent dans la guerre...

– Oui, comme à la dernière, mais en 17, on n'était pas occupés, du moins à l'Ouest. S'ils veulent reprendre l'Europe, ils devront débarquer, mais où ?

– Enfin, mon oncle, tu ne dois pas être trop pessimiste, maman et... notre voisin Jean de Noisy trouvent que l'attaque de Pearl Harbor par les Japonais est une bonne chose pour la France.

– Peut-être, mais les Américains ne sont pas prêts, ils auront deux fronts, le Pacifique et l'Atlantique. Allons ! Miss Fend-la-Bise, tu es venue me parler stratégie ?

– Non, vous apporter des poules.

– C'est gentil, ma Noémie, tu auras des concours hippiques au printemps ?

– Oui, dès avril. Alors, qu'est-ce qu'il voulait le colonel Wrangel ?

– Que je fabrique des baraquements de bois pour abriter sur les plages les soldats de la Wehrmacht, sinon il fait partir mes charpentiers en Allemagne pour le travail obligatoire dans des usines d'armement[2], tu te rends compte, je les connais tous depuis que je suis né ou presque, je suis responsable d'eux, ils ont des familles, des enfants.

– Mais si tu n'acceptes pas, as-tu d'autres commandes ? Comment feras-tu pour payer tes ouvriers ?

– Les Boches ont de l'argent, le colonel m'a assuré qu'il paierait recta le travail commandé... oh ! j'en ai assez de tous ces tracas !

– A propos, le père de tante Ericka, M. Mazuvski, est arrivé, le pauvre dort, épuisé !

– Comment a-t-il pu passer ?

– Je ne sais pas mais il a une drôle de tête !

– Ericka se tourmentait pour lui. On chuchotait sous le manteau que cinq mille juifs ont été raflés à Paris et internés au camp de Drancy. Dieu seul sait ce que les nazis veulent faire de ces malheureux. Abraham a eu raison de venir, ici il sera en sécurité. La Wehrmacht a ses défauts mais les juifs ne concernent pas l'armée. Au moins, je ne

1. Légion des volontaires français.
2. Le sigle STO ne sera inventé qu'en février 1943.

m'inquiète pas pour Ericka et ses fils à Carentan. Vis-à-vis de Boris, je suis responsable d'eux.

Bohémond adressa un sourire faussement décontracté à sa nièce. Il sortit une blague à tabac et se roula une cigarette. Mais le goût de cet ersatz de feuilles était si mauvais qu'il fit une grimace. Ce qui lui manquait le plus c'était du bon tabac anglais. Ah ! avoir une Players et la fumer avec Boris et Stanislas !

Noémie prit avec affection le bras de son oncle. Il lui tapota la main :

– Tu vois, ma chérie, si ton père était là, je suis certain qu'il me donnerait un bon conseil pour le colonel Wrangel...

Noémie eut soudain une illumination.

– Je sais ce que t'aurait dit papa.

– Ah oui ?

– Tu as combien d'ouvriers ?

– Une trentaine.

– Fais-les voter, finalement c'est à eux de décider de leur sort et puis des baraquements, ce n'est quand même pas comme si les Allemands te demandaient de construire des chars d'assaut ou des canons !

C'était la logique même. Bohémond admira Noémie. Elle était la digne fille de son père.

Tante Ericka revint vers midi avec sa belle-sœur Conchita, les six enfants et grand-mère Caroline. La charmante aïeule avait réussi à entraîner ses belles-filles et petits-fils prier dans une chapelle de Saint-Hilaire-Petit-Ville où un saint Guillaume était fort réputé pour son « bras de fer » : il avait en l'an 512 chassé des barbares venus de l'Est.

La famille se rassembla dans le petit salon chauffé par un poêle à bois. Remis de ses émotions, après avoir dormi et serré fille et petits-enfants sur son cœur, Abraham Mazuvski put raconter sa fuite, sa peur des deux officiers nazis, sa longue marche.

– *Mazel tov*[1] *!* fallait absolument moi quitter Paris, vie impossible, plus rien à manger, sauf si acheter marché noir, Allemands pas comme ça avant-guerre, maintenant haïr juifs. En Allemagne, *dybbouk*[2] eux forcés porter étoile jaune sur manteau !

Ericka s'approcha de son père qu'elle avait du mal à reconnaître. Elle lui prit la main...

– Mais, papa chéri, de telles mesures n'ont pas été prises en France.

– Ça venir, ça venir... Hitler veut monde entier sans juifs. *Tzaddikim*[3] oubliés...

Grand-mère Caroline était outrée.

1. Chance, Dieu merci.
2. Par le démon.
3. Hommes justes.

– Mon pauvre Abraham, cet Hitler est vraiment un monstre ! Je vais retourner à l'église prier sainte Philomène, elle ne me refuse jamais rien, pour qu'elle le fasse périr dans d'atroces souffrances.

Chaque fois que Noémie évoquait le nom de son père avec un membre de la famille, la jeune fille ressentait une immense nostalgie. La présence, les conseils, l'intelligence et la compréhension de Stanislas lui manquaient terriblement. Victor souffrait aussi de son absence. Quant à Valentine, elle se rongeait littéralement. On recevait parfois à Hautefort, mais si rarement, des nouvelles des deux combattants. La censure avait interdit à Léopold Van Belmeus d'écrire en toute liberté. Des propositions « en or » lui avaient été faites de prendre la direction de *Je suis partout* ou de *La Gerbe*, journaux collaborateurs par excellence. Il avait décliné cette offre et réussi à filer par la zone libre en Afrique du Nord. C'était par son truchement que des envoyés mystérieux, des coups de téléphone provenant de Caen, ou des lettres de Vichy annonçaient que le chien et le chat de « Cousine Eulalie » se portaient bien. Cousine Eulalie était vraiment une très bonne parente. Elle envoyait parfois un peu d'argent qui faisait cruellement défaut à la ferme. Léon Chevignard avait lui-même bien du mal à joindre les deux bouts et ses mandats devenaient, avec ses excuses, de plus en plus réduits.

Noémie repartit pour Hautefort vers trois heures de l'après-midi. Comme le lui avait ordonné le « commandant Simon », elle passa sur la place du Marché chez Honoré Le Loret, le pharmacien de Carentan. Elle ne savait rien de lui et devait simplement lui remettre une boîte d'aspirine vide à « remplir » avec cette phrase : « Ma tante a mal à la tête ! »

– Voilà, mademoiselle.

– Merci, monsieur, bonne fin de journée !

Noémie fourra la petite boîte dont elle ne connaissait pas le contenu au fond de sa poche. A la sortie de la ville, elle pédala rapidement pour combattre le froid qui tombait tôt en fin de journée.

Elle avait toujours envie d'ouvrir les objets tels que les pots de lait en fer-blanc, qu'elle transportait sur son guidon et qu'elle devait livrer ici ou là. Obéissant au commandant Simon, elle faisait taire sa curiosité. Elle avait désormais deux vies, l'une de cavalière avec Jean de Noisy, l'autre de l'ombre sous le commandement de Simon. Elle les aimait et les admirait autant l'un que l'autre, résistant maintenant au désir de le rejoindre par le souterrain. Elle craignait, par une imprudence, de mettre en danger le réseau. Noémie devenait un vrai soldat. Elle se consolait, sachant que Jean l'aimait, et faisait confiance à la providence pour les réunir.

Elle fut dépassée dans la montée de Saint-Côme-du-Mont par trois voitures allemandes lancées à toute allure. Dans l'une des Mercedes, elle reconnut le colonel Otto von Stülberger et le lieutenant Werner

Beringen. Elle eut l'impression que ce dernier lui adressait un signe discret. Sans comprendre s'il voulait lui dire de s'arrêter ou de le rejoindre à Reuville, perplexe, inquiète du chargement qu'elle transportait, Noémie arriva, essoufflée, sur la place de Sainte-Mère-Église. Elle pénétra dans la mercerie d'Évangéline Marie, alias Roger, et lui tendit la boîte avec ces mots :

– Votre tante n'aura plus mal à la tête...

Roger avait des clientes. Elle la remercia d'un air indifférent et rangea l'aspirine dans un tiroir. Noémie remonta sur sa bicyclette et décida de passer à Reuville sous le prétexte de rendre visite à Brin d'Amour. Elle espérait apercevoir Jean. Une grande agitation régnait au château. Les soldats fermaient leurs paquetages.

Le colonel Otto von Stülberger, devant le perron, faisait remplir sa voiture de malles. Il avait visiblement donné l'ordre du départ. Noémie alla appuyer sa bicyclette contre le mur des écuries. A l'intérieur, dans la quasi-obscurité, Werner Beringen caressait Brin d'Amour.

– Ah ! *Fräulein* Noémie, je savais que vous comprendre et viendriez izy...

– Mais, lieutenant, je...

– *Fräulein* Noémie, je fais partir. Notre Führer a limogé général Guderian ! Tous les hommes jeunes doivent aller sur le front Est.

Noémie s'approcha de lui, un peu apitoyée.

– Ah... la Russie !

– La guerre... grosse malheur...

– Oui, je suis désolée, Werner, vous êtes un ennemi mais vous ne m'étiez pas antipathique.

– Merci, *Fräulein* Noémie, je apprécier, je espérer vous revoir après-guerre, mais écouter moi... je sais vous n'aimer pas beaucoup le colonel... mais lui officier loyal Wehrmacht, pas policier ! Quelqu'un d'autre va arriver dans la région, plus haut gradé.

Il baissa encore plus la voix.

– Quelqu'un Gestapo... le remplaçant du colonel lui aussi Wehrmacht ne pourra rien ! dites à fotre famille de faire drès attention, vous avoir compris, tantes, gousins, eux étrangers pas d'ici !

Il voulait parler d'Ericka et de ses fils qu'il avait vus à la ferme.

Noémie, muette d'étonnement, ne répondit rien. Il reprit :

– Wenceslas, Ladislas, Sigismond, pas pon, pas pon du tout !

Werner fixait intensément la Renarde.

– Même porter messages peut être drès dangereux. Fous comprendre, *Fräulein* Noémie ?

– Je, je ne vois pas de quoi vous voulez parler, Werner, répliqua Noémie, assez déstabilisée.

– Je sais, vous pas savoir. Bonne chance, *Fräulein* Noémie. Si je rester en vie, me permettez de écrire vous après-guerre...

– Oui, oui bien sûr !

– Merzi, merzi beaucoup !

Le jeune officier claqua des talons pour sortir des écuries. Sur le pas de la porte, il se retourna, revint et murmura :

– Dernière chose, *Fräulein*, ceux qui vont venir n'aiment bas les juifs... bas du tout même, mais il n'y en a pas au Cotentin.

Le sang de Noémie se glaça. Werner prenait un immense risque, lui-même, en parlant.

– Je... je vous remercie, oui, Werner ! Bonne chance, prenez garde à vous !

D'un geste spontané, elle lui tendit la main. Très ému, il s'inclina pour déposer un chaste baiser sur ses doigts. Il rêvait d'elle depuis des mois mais, avec classe, n'osa faire plus, tant qu'ils étaient ennemis. Il emportait une photo de la jeune fille prise en cachette, dans le champ de pommiers.

Par chance, les occupants des communs à Hautefort suivirent le colonel. Ils ne seraient remplacés que dans quelques jours ou semaines.

Le soir même Noémie raconta à Valentine tout ce qu'elle avait appris de Werner. Après un conseil de famille avec Tancrède, Quentin et Victor qu'il fallait bien associer au sort des cousins, Noémie et Valentine décidèrent, avec l'accord de Bohémond, d'aller chercher dès le lendemain matin la famille Mazuvski à Carentan. Il était trop dangereux de les garder à la Maison rose s'il fallait les cacher de la Gestapo. Quentin se chargeait d'aménager confortablement le souterrain.

Valentine semblait accablée. Quand elles furent seules, Noémie interrogea sa mère :

– Qu'est-ce qui se passe ?

– Comme disait ma grand-mère, le caoche[1] est vide, comment allons-nous nourrir cinq bouches de plus et...

Valentine baissa la voix.

– Le réseau n'a plus un sou, Simon en cherche partout, lui-même n'a plus de liquidités, il en faut beaucoup pour toutes les opérations que nous avons à mener...

– Tu crois qu'il faudrait payer ceux qui nous aident ?

– Surtout pas ! Simon l'interdit, comme il l'a dit, *pas de cavalerie de Saint-Georges*, sinon on verra arriver des mercenaires qui s'engageront par intérêt. Non, le patriotisme doit être gratuit. Mais, nous avons besoin de payer des billets de train, des accessoires, voitures à gazogène, fausses plaques, camions et, si on ne nous en parachute pas, des armes ! Oh ! chérie, tu es mineure, je m'en veux tant, ton père m'en voudrait aussi de te savoir avec nous !

1. Bas de laine.

– Chut, maman, je suis majeure de l'âme. Au contraire c'est bien qu'on soit toutes les deux engagées dans la même lutte, papa serait fier de nous.

La nuit suivante, Noémie pensa à l'ennemi valeureux qui l'avait prévenue, au péril de sa propre sécurité. Le chef de la Gestapo n'hésiterait certainement pas à châtier un officier « traître ». Il avait du charme, Werner, avec ses yeux clairs, son visage intelligent, fin, loyal. Noémie, attendrie, décida de trouver quelque chose pour le protéger des dangers qui le menaçaient.

Après avoir hésité, elle fit défiler dans sa tête les saints de grand-mère Caroline. Son choix s'arrêta sur sainte Rita, patronne des cas désespérés. Dans la neige et le blizzard, Werner Beringern aurait bien besoin de son assistance. Car, elle ne le savait pas, mais la destination du courageux lieutenant avait un nom, Stalingrad.

Les Mazuvski étaient à peine installés à Hautefort que deux policiers de la Gestapo arrivèrent à Carentan pour interroger les habitants, se renseigner, fouiller en ville, puis à la Maison rose. Cette enquête dura une semaine. Bien que les Normands fussent peu loquaces, les hommes sombres durent tirer de leur pêche quelques renseignements. L'un d'eux, un dénommé *Herr* Rolf Brauner, vêtu d'un manteau de cuir noir, chapeau enfoncé sur son crâne rasé, vint un matin sonner à la grille de Hautefort, désirant parler à *Frau* Rolland-Lacour. Heureusement, Victor était en classe. Les Mazuvski qui avaient dormi dans des chambres de la ferme coururent aussitôt se cacher dans le souterrain. Après les avoir bouclés derrière l'armoire, Noémie monta rejoindre sa mère. Sans se démonter, Valentine, devant le banc des anciens, répondait au policier.

– Vous devriez dire *Frau* Hautefort, *Herr* Brauner, si j'ai bien compris votre nom !

– *Ja, ja*, mais j'ai abris que votre mari était prisonnier évadé, disparu, mal, très mal cela !

– Oh ! *Herr*, je n'ai plus de mari, c'est un coureur ayant une maîtresse... il a dû aller la rejoindre. J'ai repris mon nom de jeune fille, nos enfants renient leur père indigne et je ne veux plus rien avoir à faire avec ce triste individu !

Noémie admira sa mère, si bonne comédienne. De fait, Brauner parut ébranlé.

– *Ach !* si lui venir izy, nous prévenir tout de suite !

– Comptez sur moi, je serais ravie de m'en débarrasser, il viendrait pour me demander de l'argent et filer ensuite rejoindre l'autre femme !

– *Ja, ja*, j'ai autre petite chose, fous n'auriez pas vu famille juive ?

Valentine se redressa, paraissant choquée.

– *Herr* Brauner, nous sommes une honorable famille catholique depuis mille ans, installés dans la région et baptisés !

– *Ja, ja*, mais vous pas connaître juif polonais et femme fotre frère, Poris lui aussi barti, lui franc-tireur !

– Oh ! *Herr*, je suis fâchée avec ce frère et je n'ai vu aucun de ces gens depuis bien longtemps ! Ils ont dû rentrer en Pologne, avant-guerre. Bon débarras, vous savez, actuellement, chacun pour soi ! Moi, j'ai mes enfants français et chrétiens, vous voyez ce que je veux dire, le Führer a bien raison de nettoyer l'Europe !

Ce discours violent plut à Brauner qui se retira, semblant convaincu par cette bonne Aryenne.

L'affreux individu parti, Valentine eut presque une crise de nerfs dans la cuisine, sous le portrait de Tancrède l'Aîné. Jamais de sa vie elle ne s'était sentie si avilie.

Noémie, affolée de la voir dans cet état, lui bassina les tempes avec du vinaigre.

– Maman, tu as été merveilleuse ! chuchota la jeune fille en lui donnant à boire du cidre.

Valentine se calma peu à peu. Elle fit ensuite promettre à sa fille de ne pas parler à Ericka, ni à Abraham ou aux enfants de cette épée de Damoclès, pour ne pas les inquiéter. Elle était sûre que *Herr* Brauner reviendrait.

L'argent ! cette question commençait à angoisser Noémie aussi. Il fallait acheter du tissu au marché noir, pour vêtir les garçons. Avec une machine à coudre branlante, Abraham leur confectionnait des culottes dans de vieux pantalons des ancêtres retrouvés au grenier. Mais il fallait se procurer des galoches, chaussettes de laine, tricots, chaussures aux semelles compensées pour les femmes, du sucre, le chocolat n'existait plus, du fourrage pour les chevaux. Oscar du Bocage et Jimmy du Manoir manquaient de bons « mashes ». Tout était rationné, mais tout était à vendre au marché noir. Jamais Noémie n'aurait pensé qu'on avait besoin de tant de choses dans une maison. Le pauvre Quentin en était réduit à se rouler des cigarettes avec de la paille ! Quand Joseph Levavasseur tuait un cochon en cachette de l'occupant, il en gardait un morceau gratuit pour Hautefort. Noémie se mit à élever des lapins mais elle sanglotait quand Quentin les tuait et refusait d'en manger. Elle maigrissait sans savoir si c'était de faim ou d'amour. Elle n'avait pas vu Jean depuis plusieurs semaines. Elle savait que son travail de l'ombre était considérable. Noémie ne connaissait que le haut de l'iceberg. Elle pressentait qu'il devenait le chef d'un groupement de plus en plus étendu et que ses responsabilités étaient énormes. Elle admirait sa loyauté, la promptitude de ses décisions, la prudence dont il faisait preuve pour les autres et sa façon d'assumer personnellement les risques. Elle l'aimait chaque jour davantage.

29

Le trésor des Hautefort

La neige tombait sur les champs entourant la ferme. Une fois de plus, Noémie plaignit Werner dans le froid de l'hiver russe. On chuchotait sous le manteau que Stalingrad allait tomber. Si c'était le cas, chacun estimait que ce serait la Bérésina de Hitler.

Valentine était partie à Carentan dans la Citroën équipée au gazogène par Quentin. Victor passait la nuit chez Evrard. Tante Ericka donnait un tub aux garçons près de la cuisinière de fonte, car c'était désormais la seule source d'eau chaude. M. Mazuvski chantonnait dans sa chambre. Grand-père Tancrède faisait une réussite sur la table de la cuisine.

Depuis le départ précipité du colonel von Stülberger, les occupants étaient moins nombreux dans la région. Si Reuville « accueillait » toujours des officiers, à Hautefort on retrouvait le plaisir d'être entre soi. Aucun soldat allemand ne traversait plus la cour. Valentine avait cru à une ruse machiavélique de Rolf Brauner, mais le chef de la Gestapo normande semblait se désintéresser des habitants de la ferme.

Noémie, glacée, passa une cape ancienne, récupérée au grenier et sortit réconforter Jimmy et Oscar. Elle demeura un long moment dans l'écurie et parla aux chevaux. Elle les enveloppa d'une couverture et leur donna double ration d'avoine. Avec angoisse, elle se demandait comment elle allait pouvoir acheter du fourrage. Avec la neige, il était impossible d'envoyer les animaux paître dans les champs.

– Bonsoir, mes chéris !

A regret, Noémie rabattit sa capuche sur sa tête et reprit le chemin de la ferme. Au loin, elle remarqua la silhouette de son grand-père assis sur le banc des anciens.

« Il est fou, il va prendre froid », songea-t-elle en venant vers lui.

– Grand-père, ne reste pas là ! cria Noémie, le visage picoté par les flocons de neige.

La silhouette massive ne bougea pas. Plissant les yeux, Noémie s'approcha du vieillard, mais dans un tourbillon elle s'aperçut qu'il n'y avait personne sur le banc. La jeune fille, stupéfaite, regarda à l'intérieur de la cuisine éclairée par un chandelier. Tancrède Hautefort était assis à la table devant ses cartes. Quentin aidait Ericka à sécher les cousins. M. Mazuvski, descendu de sa chambre, se servait une tasse d'orge grillée.

Les jambes tremblantes, Noémie s'assit sur le banc. Bien enroulée dans sa cape, elle attendit quelques instants. Presque aussitôt, elle vit apparaître devant le puits l'ombre masculine qu'elle avait prise pour son grand-père. Sous une casquette à la mode ancienne, l'homme lui souriait. Elle ressentit une autre présence rassurante à ses côtés. C'était la silhouette d'une femme qui lui ressemblait. Noémie comprit qu'il s'agissait de son arrière-grand-mère et que l'homme du puits était son ancêtre Tancrède l'Aîné. La jeune fille n'avait pas peur. Au contraire, elle éprouvait un immense sentiment de sécurité, elle eut même l'impression de recevoir une caresse sur la main tandis qu'une voix murmurait :

– Cherche, cherche, petite, dans la tour...

Dans un tourbillon de neige, les deux ombres s'évanouirent. Se demandant si elle avait rêvé, Noémie pénétra dans la cuisine.

– Oh ! comme tu es pâlotte, Noémie-Passion, c'est le froid, viens te réchauffer ! s'écria Tancrède.

La jeune fille aida Ericka à préparer la maigre soupe du soir. Valentine téléphona qu'elle restait à Carentan auprès de sa mère grippée et, après le dîner, Noémie monta se coucher avec la famille. En cas d'urgence, tous les Mazuvski devaient dévaler vers le souterrain. Trop excitée par la vision qu'elle avait eue dans la cour, Noémie n'arrivait pas à trouver le sommeil. Elle se leva, alluma la lampe à pétrole et sortit de sa chambre. Les habitants de Hautefort dormaient. A pas de loup, elle emprunta l'escalier de la tour. Bien vite, elle se retrouva au sommet. Là, elle commença à chercher et ne vit rien de suspect. A part les toiles d'araignées et les marches branlantes, nul signe du passé. Songeant qu'elle avait trop d'imagination, Noémie ne pouvait se décider à redescendre. Elle cogna doucement sur les murs, cherchant le secret de la tour. Soudain, elle remarqua une marche plus abîmée que les autres et la souleva. Une cache était dissimulée sous l'escalier. Des souris sortirent de cet abri. Noémie faillit laisser tomber sa lampe à pétrole. Avec dégoût, elle introduisit la main dans ce trou et ramena un coffret de bois sculpté. Les ferrures étant usagées, elle l'ouvrit sans difficulté et découvrit d'abord un vieux grimoire. Bien que le parchemin eût été à demi mangé par les rongeurs, elle lut des recettes de bonne femme :

Pour conjurer la fièvre, dites : « Au nom de sainte Exupère et de sainte Honorine, arrière fièvre d'avant, fièvre d'arrière, fièvre printanière, fièvre quartaine, fièvre quintaine. Ago, super ago, consummatum est » ; puis récitez trois Pater et trois Ave et, si la fièvre est tenace, écrivez la formule sur un parchemin vierge, qui restera lié pendant neuf jours au poignet gauche du malade. Trois buhottes[1] *macérées dans un reste de cidre, une queue de souris mort-née, trois clous de girofle et un quignon de pain sec à faire bouillir pendant trois heures...*

Si c'était cela le secret de la tour ! Des dizaines de conseils suivaient pour guérir toutes les maladies. Noémie avait entendu parler dans la famille de la Blanche Pouquette qui avait le « don », mais en fille moderne, elle ne croyait pas trop à toutes ces histoires de grisc[2].

Elle allait refermer le coffret quand elle aperçut dans le fond une enveloppe tachée par l'humidité sur laquelle était inscrit d'une très belle écriture :

Lettre de Noémie Hautefort pour sa chère petite-fille Valentine Rolland-Lacour.

Bien que la missive ne lui fût pas adressée, Noémie, trop curieuse et impatiente, ouvrit l'enveloppe.

Mon enfant très chérie,

Après une existence bien remplie, je redeviens ce que j'ai toujours été, une paysanne normande. Aujourd'hui, j'ai quatre-vingt-quinze ans et je sais que le « caoche » de la famille se vide. Avec l'aide du brave Narcisse, je dissimule un souvenir pour toi et tes frères. A vous de décider et partager comme vous l'entendrez.

Au cours de ma longue vie, il m'est arrivé d'avoir de grosses difficultés et je sais que ce n'est pas facile à résoudre. J'ai donc caché pour vous, mes héritiers, un petit trésor. Pour le trouver, ma Valentine, il faut que tu lises attentivement cette phrase : « Derrière Boudin en grattant un peu, se trouve ce dont vous avez besoin. » Je t'aime, je vous aime. De l'autre côté, vous allez me manquer, je vous bénis tous de mon amour.

Noémie Hautefort, saine de corps et d'esprit, ce 2 août 1926.

Si Valentine avait été à la ferme, Noémie, trop excitée par sa découverte, l'aurait réveillée mais, en son absence, elle décida d'agir seule.

1. Limaces rouges.
2. Femme du goublin.

Voyons ! que disait le message ? « Derrière Boudin, en grattant un peu se trouve... »

Avec décision, Noémie redescendit vers la cuisine. Elle savait où se trouvait « Boudin ». Après être montée sur un banc, d'un geste précis, elle décrocha le portrait de Tancrède l'Aîné, peint autrefois par Eugène Boudin. Le mur, elle l'avait remarqué quand le tableau était tombé sur la tête du colonel, semblait à cet endroit, poreux, comme déformé par le salpêtre. Elle se munit d'une grosse cuiller et se mit à gratter. C'était en fait un mélange de terreau et de ciment assez friable. Bien vite, Noémie découvrit une nouvelle cache. Dans le fond, de petits objets rectangulaires étaient enveloppés de chiffons. Noémie en saisit un, défit le tissu en tremblant. C'était un lingot d'or ! Il y en avait une trentaine. La jeune fille remplit un panier d'osier avec le « trésor » de la Grande Noémie et remonta le tout en plusieurs voyages dans sa chambre car c'était très lourd. Après avoir replacé le portrait, elle ne dormit pas de la nuit. A chaque bruit, elle sursautait. Au petit matin, enfin elle s'assoupit et fut réveillée par le vacarme du moteur à gazogène.

Avec sagesse, Noémie attendit sur le palier que sa mère ait embrassé Ericka, ses fils et Victor revenu de chez Evrard.

– Bonjour, ma chérie, tout s'est bien passé ?

– Viens, maman ! dit-elle en entraînant sa mère vers sa chambre.

D'un geste brusque, la jeune fille ouvrit la courtepointe de son lit. Les lingots d'or brillaient de mille feux.

– Mais qu'est-ce...

Valentine dut s'asseoir. Noémie lui raconta avec ménagement sa vision sur le banc puis elle lui montra la lettre de l'aïeule.

– Chère grand-mère, comme tu connaissais la vie, que ta sagesse était grande ! murmura Valentine, très émue.

Elle se redressa soudain.

– Je dois en parler à Bohémond.

– Écoute, maman, j'ai bien réfléchi. Il faut prendre la moitié de ce trésor pour le réseau Drakkar, le reste doit être divisé en trois, une part pour nous, une part pour Ericka, une part pour Bohémond, qu'en penses-tu ?

– Je pense, ma fille, que tu es devenue le chef de la famille !

30

Un homme venu du ciel

Après l'hiver si rigoureux, un printemps précoce avait jailli dans le bocage. Les mouettes, venues de la mer, voletaient au-dessus des toits de Hautefort. Dans les champs verdoyants, les fleurs s'épanouissaient. Les pommiers commençaient à embaumer. Victor et ses cousins osaient courir dans les prés. On voyait rarement sur la route de Baudienville des véhicules allemands. Les soldats étaient de plus en plus concentrés près de la grande plage. Des blockhaus armés de canons avaient été construits pour défendre la côte. Le mur de l'Atlantique s'étirait jusqu'à Cherbourg pour reprendre après La Hague et descendre le long du Cotentin.

Les gens de la péninsule se sentaient isolés de tout, occupés par un ennemi dont ils percevaient la nervosité.

Des forteresses volantes, de plus en plus nombreuses, survolaient souvent la Manche. Elles partaient déverser leurs bombes sur l'Allemagne. Dans les champs, les paysans normands relevaient à peine la tête pour les regarder passer, mais leur cœur bondissait de joie chaque fois qu'ils entendaient les sirènes et le bruit bien reconnaissable des *flying fortresses*[1]. Noémie avait appris par Radio-Paris que la capitale avait été bombardée. Six cent trente Français étaient morts. On ne pouvait compter les sans-abri. Boulogne-Billancourt et les alentours étaient les localités les plus touchées. Les usines Renault, qui fabriquaient des véhicules pour les Allemands, étaient en partie démolies.

– Mais l'Angleterre comme Carthage sera détruite ! éructait, sur les ondes, le commentateur collabo Jean Hérold-Paquis.

1. Forteresses volantes.

Il faisait une chaleur anormale pour la saison. Cette nuit-là, Noémie pensait à Jean de Noisy, à la fois si proche et si lointain. Elle se retournait dans son lit sans réussir à trouver le sommeil. Agacée, elle se leva puis essaya de coincer la fenêtre afin de créer un appel d'air. Soudain, un bruit de moteur retentit. La DCA allemande se déchaîna aussitôt. C'était sûrement un avion anglais que les canons de la côte visaient. Le ciel était illuminé par les éclairs. On y voyait presque comme en plein jour. L'avion de chasse, un Spitfire, luttait courageusement quand il fut atteint à l'aile. Le feu prit instantanément. Noémie eut le temps d'apercevoir le pilote qui sautait en parachute. L'avion de chasse partit en vrille pour aller s'écraser en direction de la plage des Vikings. De hautes flammes éclairaient le ciel. Noémie enfila à toute allure un pantalon, et une chemisette pour courir vers la cour.

– Vite, Ericka, Abraham ! cria Valentine en chemise de nuit. Tous à la cave, les Allemands vont venir par ici !

Les Mazuvski dévalèrent avec Victor l'escalier en direction de leur cache. Valentine, un peu rassurée, s'habilla, tandis que Tancrède à sa fenêtre surveillait toute l'opération.

– Ah ! le brave type, venir chez nous, ça c'est bien ! s'écriait l'aïeul, ravi sans songer aux conséquences.

Le parachutiste descendait doucement dans le ciel en se dirigeant vers le champ de pommiers. S'ils n'étaient pas déjà là pour le réceptionner, les soldats de la Wehrmacht n'allaient pas tarder à surgir mitraillette au poing. Se méfiant de leur arrivée imminente, Noémie traversa la cour en rasant les murs. Quentin, finissant de boutonner son pantalon, sortit des écuries.

– Tu ne dois pas y aller, Noémie !

– Mais... il faut le sauver, sinon ils vont le faire prisonnier !

– Attends-moi !

Masquée de la route par les bâtiments, la Renarde courut en direction des pommiers. Quentin l'imita. Un grand bruit de branches cassées retentit dans le fond du pré. L'aviateur venait d'« atterrir » avec fracas dans l'un des arbres. Accroché par les filins de la voilure de son parachute, il se balançait dans son harnais à deux mètres du sol. Sa tête pendait sur le côté. « Pourvu qu'il ne soit pas mort », pensa la jeune fille. Elle ordonna :

– Monte dans l'arbre et coupe les liens. Moi je vais le réceptionner !

Quentin leva les yeux pour regarder l'aviateur allié.

– Ce gars-là doit peser dans les quatre-vingts kilos, alors c'est plus sage de faire le contraire ! bougonna-t-il en lançant son canif, que Noémie saisit au vol.

Elle se mit à escalader le pommier. Elle connaissait chaque arbre du verger pour y avoir souvent joué avec son frère et ses cousins. Parvenue près du parachutiste, Noémie chuchota :

– *How are you ?*

Un gémissement lui répondit. Le gars était sonné, peut-être blessé par sa chute. En tout cas, il semblait vivant. Noémie coupa un à un les filins du parachute. Soudain, elle sentit le poids de l'aviateur emporter le tout et elle aperçut Quentin qui le « réceptionnait » dans ses bras. Saisir la toile fut une autre affaire. Tout était emberlificoté dans les branches. Au loin des bruits de moteurs de voitures et de motos, des claquements de bottes, des cris « *Schnell ! schnell ! kaputt !* » retentissaient. Des tirs de mitraillettes claquaient au croisement des routes de Baudienville. Les soldats allemands cherchaient derrière les haies des Levavasseur où avait bien pu tomber l'aviateur.

– Fais vite, Noémie ! cria Quentin. Ils arrivent !

Affolée, se cisaillant les doigts, elle acheva de couper les derniers filins. Il ne fallait laisser aucune trace. Noémie sauta sur le sol avec la voilure de nylon qu'elle commença de rouler à toute vitesse avec l'aide de Quentin. Le parachutiste gisait sur le sol à demi évanoui. Quentin lui avait ôté son serre-tête et ouvert les revers fourrés de son blouson de cuir. Autant que Noémie pouvait en juger dans l'obscurité, c'était un beau garçon blond aux cheveux très courts.

– *Can you walk ?* interrogea Noémie.

L'aviateur ouvrit les yeux. Il vit cet ange penché vers lui.

– *My god, a dream !* murmura-t-il, ébloui.

– Non, pas un rêve, *you are in France, we are friends, German soldiers are everywhere, come quick, quick !* répéta Noémie.

Avec l'aide de Quentin, elle souleva le garçon. Ils le prirent chacun sous un bras, pour l'entraîner, avec son parachute, derrière une haie. Il était temps.

Les Allemands commençaient à surgir de partout. Deux automitrailleuses stoppaient devant la grille. Sans façon, des soldats ouvraient les deux battants pour pénétrer dans la cour. Armés de lampes torches, ils inspectèrent les bâtiments, le puits, comme si le parachutiste se cachait dedans, et se dirigèrent vers les écuries puis le champ de pommiers.

– Il faut passer par-derrière ! chuchota Noémie. Peux-tu le porter, il marche trop mal, on ne va pas y arriver.

Sans prendre le temps de prévenir l'aviateur, Quentin le « chargea » sur son épaule. Noémie admira sa force et le guida dans la nuit en rasant la haie, puis ils longèrent le mur du bâtiment Ouest et empruntèrent un petit passage qu'on n'utilisait plus guère. Au moment où ils parvenaient devant la porte du cellier, Valentine leur ouvrit de l'intérieur.

– Vite ! ils sont devant ! Je vais aller les occuper. Descendez-le dans le souterrain avec les autres. Si les Allemands le trouvent ici, il est bon et nous aussi.

– Fais attention, maman ! Ils ne sont pas complètement idiots !

Noémie referma la porte. Elle saisit au passage une lampe à pétrole qu'elle alluma. Suivie de Quentin et son fardeau, elle descendit à la cave. Quentin soufflait, épuisé. L'aviateur fit signe qu'il pouvait marcher. Noémie ouvrit à la hâte l'armoire secrète devant les yeux du parachutiste stupéfait. Il pénétra dans le souterrain en boitant et s'appuyant sur l'épaule de Noémie.

Tous les Mazuvski attendaient avec inquiétude des nouvelles. Le premier mot d'Abraham fut pour la toile du parachute.

– *Mazel tov !* je pouvoir faire beaux chemises pour tout le monde !

Quentin installa l'aviateur sur un des lits de camp. Aidée par Ericka, Noémie lui retira sa botte pour examiner sa cheville. Elle n'était pas médecin mais, visiblement, il n'avait rien de cassé, juste une bonne entorse. Les deux femmes lui firent un bandage.

Bien vite,Wenceslas, Ladislas, Sigismond et Victor, très excités par l'aventure, entourèrent le soldat allié en lui posant des questions :

– Il est bath, ton uniforme !

– T'en as des décorations !

– Combien de Boches tu as abattus ?

– D'où tu viens ?

– Comment tu t'appelles ?

Ericka intervint.

– Les enfants, laissez-le donc se reposer !

Sous ce déluge, l'aviateur souriait, il semblait avoir compris ce que les jeunes garçons lui demandaient. Il avait récupéré et son regard bleu était malicieux.

– *Hello boys ! My name is Larry Bradley, I'm from Adelaide, Australia !*

Wenceslas leva les yeux vers Noémie.

– Qu'est-ce qu'il raconte ?

– Qu'il s'appelle Larry et qu'il vient d'Adélaïde en Australie !

Ladislas, Sigismond et Victor serrèrent la main du parachutiste.

– Bienvenue en France, monsieur l'Australien ! dit Ladislas.

– Ça fait loin de chez vous pour tomber en avion ! déclara Victor.

Tout en terminant sa tâche, Noémie fit la traduction pour l'aviateur.

– *And you, Miss, what is your name ?*

Avec un sourire, elle répondit en anglais :

– Bienvenue chez nous, vous êtes dans la famille Hautefort du Cotentin, je m'appelle Noémie. Ne vous inquiétez pas, nous allons vous cacher, ensuite nous vous ferons évacuer, nous avons tous les contacts nécessaires.

Le ton de Noémie dans cet excellent anglais acheva de rassurer l'Australien. Il se sentait très bien dans le souterrain avec ces Français exotiques. Il avait faim. Noémie monta avec Quentin à la cuisine pour lui chercher quelque chose à grignoter. Tandis que Quentin allait dans le cellier, Noémie éteignit la lampe et s'approcha de la fenêtre.

Valentine était dans la cour. Elle avait enfilé un peignoir sur ses vêtements et semblait très endormie.

– Que se passe-t-il, messieurs ?

Un officier, connu à Sainte-Mère-Église sous le nom de capitaine Egon Uhl, s'approcha.

– *Ach* madame ! nous cherchons barachutiste tombé quelque bart bar là, fous n'afez rien fu ?

– Un parachutiste ? oh non, monsieur l'officier, je dormais, je suis vraiment navrée de ne pouvoir vous aider.

– Fous safez le sort que Waffen SS et Gestapo réservent aux Franzais qui aident les ennemis, madame ?

Noémie admira sa mère qui prenait un air effrayé.

– Bien sûr, monsieur l'officier, vous vous doutez bien que, si je savais quelque chose, je vous le dirais, nous ne voulons pas d'ennuis ici, nous sommes une bonne famille française, nous collaborons avec le vainqueur, nous écoutons les conseils de notre bon maréchal !

« Elle en fait peut-être un peu trop », songea Noémie.

– Barfait ! Nous allons berquizionner !

Noémie abandonna le casse-croûte de l'aviateur et n'eut que le temps de remonter se coucher. Les soldats ouvraient toutes les portes, grimpaient au grenier, descendaient à la cave. Noémie, dans son lit, ouvrit un œil pour regarder le capitaine Egon Uhl qui fit le tour de sa chambre. Il alla jusqu'à vérifier derrière l'alcôve, mais n'osa pas demander à Noémie de se lever. Elle entendit qu'ils faisaient de même chez Tancrède. Celui-ci, en chemise et bonnet de nuit, cria à l'officier :

– Moi, j'ai tout vu ! je sais où est ce vaurien d'Anglais qui vient nous bombarder !

Le cœur de Noémie s'arrêta.

– *Ach ! Herr...* c'est bien za et où est-il ?

– Vers la baie des Veys, regardez !

De sa fenêtre, Tancrède désignait le sud-est.

– C'est là-bas que ce salopard est tombé, dans les marais ! Allez vite, il doit se noyer en ce moment !

L'officier hésitait encore, Tancrède acheva de le convaincre.

– Son avion est tombé près de la grande plage.

– *Ja ja !*

– Eh bien, le parachutiste, oui je l'ai vu poussé par les vents vers les Veys ! croyez-moi, vous allez retrouver son cadavre noyé, à moins qu'il ne soit dévoré par les crabes ! *Heil* Hitler !

Le vieux semblait si convaincant que le capitaine claqua des talons et partit avec ses hommes dans la direction indiquée, où ils pataugèrent jusqu'au matin.

Le capitaine Egon Uhl dut admettre auprès de sa hiérarchie que le parachutiste s'était évaporé. De son antre de la Gestapo de Caen, *Herr* Rolf Brauner se promit de revenir à Carentan pour dresser à sa façon ces gens du Cotentin trop menteurs et trop arrogants.

– Les prairies sont bien vertes, ce matin ! déclara Noémie avec un sourire innocent.

A sa grande joie, c'était elle qui avait été chargée de passer « par hasard » à cheval à Reuville pour donner à Jean la phrase-code annonçant une urgence. Devant le nouveau colonel allemand de la région, Helmut von Schölner, Jean de Noisy répondit d'un air négligent :

– Oui, cela annonce le printemps !

Noémie cacha sa joie. Il serait ce soir au rendez-vous. Sous le regard de quelques soldats, Noémie prit sa leçon. Jean de Noisy avait l'air un peu fatigué, ayant sans doute effectué une mission nocturne au nez et à la barbe de ses occupants. Chaque colonel laissait le mot à son remplaçant : à Reuville on pouvait être tranquille, le propriétaire des lieux était le meilleur des collaborateurs. Jean se mettait en quatre pour aider les Allemands. Il prêtait même souvent un cheval à l'un des officiers bons cavaliers, celui qui n'avait pu retrouver le parachutiste, le capitaine Egon Uhl. Jean leur faisait la faveur d'aller galoper avec eux sur la plage. Il était l'un des seuls Français à revoir ces lieux hérissés de pics, de pieux en fer et dont les dunes étaient minées. Le Chalet rouge était devenu un vrai bunker. Tout en fredonnant *Lili Marlène*, chanson fort appréciée des Allemands, Jean devisant avec son compagnon, flatté de monter en compagnie du célèbre chevalier de Noisy, notait dans sa tête chaque bunker et chaque pièce d'artillerie.

– Bravo, tu fais des progrès constants, Noémie. A un de ces jours... fit Jean d'un air négligent en rentrant dans son château.

Le soir même à minuit, une réunion du réseau Drakkar eut lieu à l'endroit habituel du souterrain avec le commandant Simon, Louvois, Jourdan, Toulon, Gilbert et le parachutiste australien. Les Mazuvski, sur le conseil de Valentine, n'étaient pas remontés coucher dans leurs chambres. Il fallait être prudent. Ils dormirent à un bout du tunnel, tandis que les partisans discutaient à la lueur d'une lanterne. Ils écoutèrent avec beaucoup d'intérêt Larry Bradley leur expliquer ce qu'il savait de la situation. Il faisait partie de la RAF et plus particulièrement du *1 000 Bomber's raid over Cologne*[1]. Sous les ordres de sir Arthur Harris, chargé par Winston Churchill de briser le moral et le potentiel de l'ennemi en recourant à des bombardements massifs, Larry avait avec les autres alliés détruit 240 hectares de la ville. Plus en une seule

1. 1 000 bombardiers sur Cologne.

fois qu'au cours des 1 346 sorties précédentes de la RAF. En revenant sur l'Angleterre, il n'avait pu continuer comme c'était son rôle de chasseur à protéger ces forteresses volantes ; détourné de sa route par les vents, il avait perdu de l'altitude en raison d'un problème de carburant et la DCA allemande l'avait abattu. Le jeune homme souhaitait rejoindre son unité, c'était bien naturel. Jean sortit une carte qu'il déplia sur la table. Son doigt pointa vers la région de l'Isère.

– Il n'y a qu'une solution, il faut faire passer Larry en zone libre. Là dans le Vercors, nous avons des compagnons qui pourront l'aider à descendre vers le Sud pour embarquer sur un bateau de pêche direction l'Espagne, ensuite l'Angleterre. Il faut le convoyer jusque là-bas. Il n'y a que le train, Paris, puis Chalon, Lyon, Vienne, Valence... c'est un long chemin mais je pourrai confectionner deux *Ausweis*, j'ai tout le matériel nécessaire.

Julien Devereaux, ou plutôt Gilbert, se proposa aussitôt. Simon refusa car il avait besoin du jeune homme sur place pour d'autres opérations nocturnes. Il n'était pas question de faire partir Toulon. L'absence de Joseph Levavasseur à sa ferme aurait été remarquée par les Allemands. Louvois-Valentine déclara que c'était à elle de convoyer Larry. Jourdan-Noémie fit remarquer aussitôt :

– Cela ne me semble pas raisonnable. Si la ferme est de nouveau occupée, les Boches vont demander où tu es, alors que, si c'est moi qui y vais, tu pourras toujours dire que je suis repartie à la pension.

Gilbert s'interposa.

– Cela me semble trop dangereux pour toi, Jourdan, de plus Larry ne parle pas français, il nous fera repérer. Je t'assure, c'est à moi de le faire !

Pour une fois, le commandant Simon hésitait, partagé entre ses sentiments pour Noémie et l'efficacité de la mission.

Jourdan qui avait « préparé son coup » sortit une vieille casquette de paysan, qu'elle avait trouvée au grenier. Elle enfonça ce couvre-chef sur la tête de Larry qui ne comprenait rien à cette discussion.

– Je vous présente mon cousin de Barneville-Carteret, c'est un brave garçon, mais malheureusement, il est muet de naissance. Il s'appelle Modeste, Modeste Lefrançois !

Les partisans se regardèrent. Cette Renarde avait vraiment de la ressource. Le commandant Simon n'hésita plus :

– Cette mission t'appartient, Jourdan, nous t'aiderons au maximum mais ne sous-estime pas le danger !

31

Les cheminots

Quatre jours plus tard, Noémie et Larry Bradley, munis de fausses cartes d'identité et de faux *Ausweis* aux noms de Jeanne Carbonel et Modeste Lefrançois, habillés de tenues propres mais rustiques, prenaient à Carentan le train pour Paris. Larry avait bien répété son rôle de muet un peu demeuré. Les jeunes gens s'étaient mis d'accord sur quelques codes des mains pour pouvoir communiquer.

Le voyage se déroula sans incidents. A leur arrivée à la gare Saint-Lazare, Noémie ressentit une première angoisse. Il fallait franchir un barrage allemand pour pénétrer dans la ville. Les *Ausweis* de Simon paraissaient plus vrais que vrais. Devant un policier en noir, Jourdan expliqua qu'elle emmenait son cousin à Paris parce que le pauvre était muet de naissance et qu'il allait consulter un professeur à la faculté de médecine. Le gestapiste qui attendait autre chose que deux culs-terreux les laissa passer.

Comme l'avait recommandé le commandant Simon, ils devaient se rendre dans la salle des pas perdus et attendre sous la pendule la venue d'un compagnon qui leur dirait :

– Paris est bien calme ce soir !

Jourdan était censée répondre :

– A la campagne, souvent il pleut !

L'homme d'un réseau parisien les emmènerait alors coucher dans un lieu sûr, avant de les remettre dans un autre train le lendemain.

Ils attendirent longtemps. C'était le deuxième accroc du voyage, personne ne vint. L'homme n'avait-il pas eu le message ou s'était-il fait prendre ?

Noémie décida qu'il n'était guère prudent de rester là sous le regard des soldats allemands qui déambulaient dans la salle des pas perdus.

Bien que Valentine lui ait recommandé de ne surtout pas se rendre à leur domicile parisien, Noémie décida de sortir de la gare. Elle héla un vélo-taxi et lui ordonna :

– 20, rue de Tournon !

Ils montèrent tous les deux dans le véhicule, tiré par le cycliste.

Noémie avait du mal à reconnaître Paris. Tout avait changé. Les seules voitures qui roulaient étaient des autos militaires. Les taxis et autobus avaient disparu. Les nouvelles reines du pavé étaient la bicyclette et la voiture à cheval. Les signes de l'occupation étaient partout, des pancartes fléchées indiquaient les directions à prendre : *Der Militärbefehlshaber in Frankreich, General der Luftwaffe, Hauptverkehrdirektion Paris*. La défense passive imposait l'image d'une Allemagne en guerre. Tous les immeubles occupés par les troupes étaient entourés de sacs de sable, les fenêtres recouvertes de grillage et parfois percées de meurtrières, Feldgendarmeries, postes militaires, hôtels de la Gestapo. Le ministère de la Marine rue Royale était devenu la Kriegsmarine, le cercle Interallié un casino pour officiers. Des blockhaus s'élevaient çà et là, de puissantes chicanes forçaient les Parisiens à faire des détours, les Allemands avaient même barricadé les cinémas Marignan, Rex et le Paris, devenus des Soldaten-Kino[1]. Devant l'ABC, des affiches en allemand invitaient les officiers à venir voir le spectacle : *Hinein ! mein Herren, jawohl, hinein*[2] ! Les espaces découverts comme le carrefour Médicis étaient équipés de petits abris bétonnés pour mitrailleuses.

– Ah, les salopards ! lâcha entre ses dents le cycliste en passant devant le palais du Luxembourg tenu dorénavant par les SS.

Ils arrivèrent devant l'immeuble de la rue de Tournon vers sept heures du soir. Noémie paya la course en puisant dans la somme d'argent que lui avait remise le commandant Simon. Grâce aux lingots de la Grande Noémie, le réseau Drakkar ne manquait plus de munitions sonnantes.

Larry, docile, suivait Noémie sans un mot. Les jeunes gens pénétrèrent dans l'immeuble. « Maréchal nous voilà ! » chantait à tue-tête un baryton fort connu, dans le poste de TSF de la concierge. Celle-ci n'entendit pas la porte d'entrée se refermer. Noémie et Larry montèrent à pied au cinquième étage, car l'ascenseur, en raison des rationnements, ne marchait plus. Sans le dire à sa mère, Noémie avait eu la précaution de mettre la clé dans son sac. Avec émotion, elle retrouva l'ambiance de l'appartement. Rien n'avait bougé. Elle entendit la radio dans la cuisine. C'était sûrement Loulou qui écoutait sur Radio-Paris

1. Cinémas pour les soldats.
2. Entrez, messieurs, entrez !

la « Chronique de Tante Simone » et l'orchestre oriental de Ara Bartevian.

– Loulou ? c'est moi, c'est Noémie.

La brave femme arriva dans l'entrée en s'essuyant les mains à son tablier.

– Ah ! mon Dieu ! Seigneur c'est pas possible ! ma petite Noémie ! comme tu as grandi, comme je suis heureuse de te revoir, j'étais si inquiète pour vous tous et...

Loulou s'arrêta net en voyant Larry auquel elle n'avait pas fait attention.

– Qui est ce jeune homme ? Tes parents sont au courant ?

– Ne t'inquiète pas, c'est un cousin, Jean-Paul, tu sais on t'en avait parlé, mais il est sourd et muet, il faut que je l'emmène retrouver sa famille en Belgique. Nous venons passer la nuit ici !

Noémie avait décidé de compliquer les informations afin qu'il n'y ait pas de recoupements possibles.

– Ah oui..., fit Loulou, parfaitement sûre de n'avoir jamais entendu parler de ce cousin sourd et muet.

Elle n'était pas stupide et flairait un mystère.

– Tu sais, Noémie, ce n'est peut-être pas très prudent de rester ici. Par trois fois, des messieurs en noir, tu vois ce que je veux dire, sont venus pour savoir où était ton père. Comme ta pauvre maman me l'a annoncé, j'ai bien dit qu'il avait filé avec une maîtresse, une maîtresse ! j'vous demande un peu, quelle époque ! Si c'est pas malheureux, enfin... je vais descendre essayer de vous trouver quelque chose à manger, je reviens le plus vite possible mais n'ouvrez à personne si on sonne !

Dans la cuisine, le speaker annonçait :

« Ici Radio-Paris, et voici notre quart d'heure quotidien de la LVF de Jean Loustau avec nos plus brillants éditorialistes, Jacques de Lesdain, Lucien Rebatet et Paul Chack. »

L'un d'eux, Noémie n'aurait pas su le reconnaître, se lança dans une longue diatribe collaborationniste :

« Le mal vient de ce que les Français ne savent pas reconnaître les juifs, la question ne se poserait pas, si par exemple les juifs avaient la peau bleue. Non, le monde souffre de trois grands fléaux : le juif ! le franc-maçon et le bolchevique ! Alors, voici comment les reconnaître... »

Noémie, scandalisée de ces diatribes, activa la galène. Il était huit heures du soir et c'était l'heure du bulletin de la BBC, où les Français de Londres s'adressaient à ceux qui étaient occupés. Jean Oberlé susurrait d'abord sur l'air de *La Cucaracha* :

Radio-Paris ment,
Radio-Paris ment,
Radio-Paris est allemand...

Puis, vint l'instant des messages :
– *Les Français parlent aux Français...*
– *Le cuisinier manque de sel...*
– *Je répète :*
– *Le cuisinier manque de sel...*
– *Les oiseaux chantent le soir...*
– *Ma tante possède un balai...*
– *Ma cousine a des chaussons...*

Noémie entendit Loulou revenir. Elle refit tourner la galène pour remettre la TSF sur Radio-Paris.

Le dîner « bricolé » par Loulou fut délicieux : un gâteau de carottes, une salade avec de l'huile de lichen[1] blanc, des pâtés de rutabagas et pour finir des biscuits aux navets. Loulou avait mis les petits plats dans les grands. On parla de la famille, de Valentine, de Victor, on évita Stanislas avec sa « maîtresse ». Grâce encore aux lingots vendus, Noémie confia à la brave femme une somme d'argent pour tenir le plus longtemps possible. Fatiguée par toutes ces émotions, Loulou alla se coucher de bonne heure. Noémie en profita pour faire les préparatifs du lendemain. Il fallait des costumes plus discrets. Des vêtements de citadins. Dans la chambre de ses parents, elle trouva un complet gris de Stanislas qui irait très bien à Larry et pour elle une petite robe à fleurs de sa mère. Quelque chose la chagrinait encore, les cheveux de Larry étaient trop blonds. Évidemment, il aurait pu passer pour un Allemand, mais il ne connaissait pas un mot de cette langue. Elle alla fouiller dans l'armoire à pharmacie du cabinet de toilette et dénicha une bouteille de teinture d'iode. Cela devait faire l'affaire ! Elle expliqua à Larry son projet de lui teindre les cheveux en roux. Ainsi ils se ressembleraient et feraient encore plus cousins. Elle emmena l'Australien dans la salle de bains. Celui-ci retira sa chemise, se pencha au-dessus du lavabo, puis il tourna la tête pour regarder Noémie. La jeune fille était au-dessus de lui. Brusquement il se redressa et prit Noémie dans ses bras, la serra contre sa poitrine et l'embrassa avec fougue. La Renarde, troublée, faillit laisser tomber la bouteille de teinture d'iode sur le carrelage.

– *Darling*, Noémie, *honey*...

Il murmurait des mots tendres. Elle n'aurait jamais cru que ce

1. Végétal complexe qui pousse sur les pierres des toits.

garçon, d'apparence si calme, eût autant de tempérament. Avec décision, il l'enleva dans ses bras pour la porter dans la pièce à côté, la chambre de Stanislas et Valentine.

– *My love, dear... petite French ! you save me... so courageous !*

En fait de courage, Noémie en manquait complètement. Inondée de désir, elle se tendait vers ce beau garçon, prête à se donner. Bien sûr, le visage de Jean se superposait à celui de Larry, pourtant elle passa les bras autour de son cou en murmurant :

– *No, no, Larry !*

Il osa relever ses jupes, commença à la caresser. Elle écartait les jambes. Il se redressa pour déboutonner son pantalon.

– Viens, viens..., murmura Noémie.

A cet instant, la sonnette de la porte d'entrée résonna. Les jeunes gens se figèrent.

– Chut, tais-toi ! fit Noémie en se levant d'un bond.

Loulou, en bigoudis, était déjà dans l'entrée. Noémie la rejoignit.

– Qui est là ? demanda Loulou sans ouvrir la porte.

– Madame Langlois, la concierge !

– Oui ? qu'y a-t-il pour votre service ?

– Tout va bien, Loulou ? On m'a dit que deux personnes suspectes sont montées au cinquième !

– Oh oui, ce n'était rien, madame Langlois, juste des relations de province, mais elles sont reparties avant le couvre-feu, dormez tranquille !

La concierge redescendait l'escalier.

– Ouf ! chuchota Loulou, elle est collabo et prête à dénoncer tout le monde. Va vite dormir, ma Noémie, demain faut que vous filiez tôt, avant qu'elle sorte les poubelles, car je crains pour ton « cousin ».

Loulou avait tout compris... Larry, l'air inquiet, attendait Noémie dans la chambre. Elle lui fit signe que tout allait bien. Il voulut la reprendre dans ses bras. Le charme était rompu. Avec douceur, elle le repoussa.

– *I am sorry, it's impossible, Larry, we must sleep !*

L'Australien était beau joueur, cependant, il fit promettre à Noémie que, s'ils étaient vivants après la guerre, elle viendrait le voir au pays des kangourous.

Noémie promit, sûre qu'elle n'irait jamais là-bas. Avec docilité, il se laissa passer la teinture d'iode sur la tête. Comme sa « cousine », il devint d'un roux éclatant.

Le lendemain, à six heures, après avoir embrassé chaleureusement Loulou, ils filèrent vers le métro qui les emmena gare de Lyon. En face d'eux, sur les banquettes de bois, deux soldats allemands devisaient gaiement en leur adressant des sourires. Noémie, ayant peur que Larry ne réponde, mit sa tête contre la sienne et lui donna un baiser.

– *Ach* l'amour ! l'amour, z'est Paris ! s'exclama l'un des soldats.

La première partie du voyage en train se déroula sans l'ombre d'un souci. A Chalon, un peu avant la ligne de démarcation, des soldats allemands firent descendre tous les passagers sur le quai pour vérifier les *Ausweis*. Ce premier contrôle se passa bien. Les voyageurs se rendant en zone libre, dont Larry et Noémie, purent remonter en voiture. Le train repartit une heure plus tard. Cependant, juste avant la ligne de démarcation, le train s'arrêta en rase campagne. La chaleur était suffocante. Noémie et Larry étaient maintenant seuls dans le compartiment. Elle se leva pour ouvrir la fenêtre. Ce qu'elle aperçut lui glaça le sang. La voie était barrée par un tank allemand. Des agents de la Gestapo avaient installé des tables à tréteaux sur le bord du remblai, pour refaire des contrôles. Noémie saisit la main de Larry qui avait compris le danger.

– *Come with me !*

Tout en essayant de conserver une apparence calme, les jeunes gens se dirigèrent vers la queue du train. Ils remontèrent les couloirs des voitures. Noémie aurait voulu descendre sur les voies, mais elles étaient infestées de policiers de la Gestapo et de SS. Ils cherchaient visiblement le « gros oiseau ». Le contrôleur du train, venu en sens inverse du même couloir, s'approcha de Larry :

– Vous cherchez quelque chose, monsieur ?

Noémie s'interposa.

– Il est muet, non, je... mon cousin veut aller aux toilettes...

– Ah ! Paris est bien calme ce soir ?

Noémie répondit automatiquement :

– Oui, mais à la campagne, souvent il pleut !

– Votre cousin est muet ? Parfait ! vous êtes Jourdan ?

Noémie commençait à comprendre ce qui leur arrivait.

Le contrôleur ôta sa casquette en chuchotant :

– Capitaine Orbal, du réseau Lyonnais. Suivez-moi !

Il sortit une clé de sa poche pour passer dans le dernier wagon. C'était celui du courrier, trois autres agents des chemins de fer déplaçaient des sacs postaux. Sans façon, les gars des postes jetèrent littéralement Noémie et Larry dans des sacs vides. On les referma sur eux, puis Noémie réalisa qu'on les entourait d'autres paquets.

– Chut, pas un mot ! murmura une voix.

Les agents continuèrent à classer le courrier et le contrôleur retourna vers le couloir.

« A la grâce de Dieu », se dit Noémie. Elle sentait le corps de Larry à travers le rude tissu. Il murmura :

– *Goodbye, darling, I love you...*

L'attente fut longue. Noémie entendit les bottes des Allemands qui pénétraient dans le wagon-poste. Ils posaient des questions, donnaient même des coups de baïonnette à certains sacs de courrier. Des rires éclataient. C'étaient ceux des gars du réseau amusant les soldats allemands avec des histoires de filles. Noémie avait du mal à respirer. Enfin, le train repartit. Elle sentit que l'on déplaçait le sac de Larry. Quand Orbal revint à la tombée de la nuit la libérer, il la rassura entièrement. L'Australien était en sécurité maintenant, de l'autre côté de la ligne de démarcation. Noémie regretta de n'avoir pu lui dire adieu. Il s'était révélé courageux, calme et séduisant. Noémie repensait avec trouble à la veille au soir. Elle ne savait pas ce qui serait arrivé si Mme Langlois n'était pas montée ou plutôt elle ne le savait que trop.

Une locomotive avait été attachée à l'autre bout du train. Après un long arrêt, celui-ci repartit en sens inverse. Le capitaine Orbal semblait plus rassuré. Il offrit un sandwich rance et de l'eau à Noémie, en s'excusant de ce pain noir et dur.

– C'est tout ce qui me reste, les ravitaillements deviennent de plus en plus rares.

Noémie se jeta sur le quignon, et devant le regard d'Orbal, voulut partager équitablement avec lui. Avec politesse, il commença par refuser, puis accepta l'offre. Tout en avalant le quignon noirâtre, il lui expliqua en chuchotant qu'il avait reçu l'information du commandant Simon que le réseau Drakkar lui envoyait, avec l'agent Jourdan, un aviateur australien à faire passer en zone libre. Ayant appris qu'un deuxième contrôle de la Gestapo devait avoir lieu sur les voies, il avait décidé d'intervenir. Le seul problème c'est qu'il cherchait dans les compartiments depuis le matin un blond et une rousse, or il y avait deux roux... ce changement de couleur avait failli tout perturber. Noémie se rendait compte que la moindre initiative pouvait être funeste.

A Paris, Orbal fit ses adieux à Jourdan. Il la confia à un dénommé Martial qui la prit en charge jusqu'à Évreux pour la confier à Baudouin, lequel à Lisieux la donna à Germain, qui la laissa près de Caen à Hugues.

Le réseau des cheminots était une organisation extraordinaire. Grâce à eux, Noémie évita les grosses agglomérations. Des agents la faisaient changer de train aux terminus, ou au milieu des voies en pleine nuit. Elle ne s'était pas lavée depuis trois jours quand elle sortit du train à dix heures du soir en gare de Carentan.

Seule avec deux soldats allemands sur le quai de la gare, elle décida d'aller dormir à la Maison rose, quand elle entendit un grand cri.

– Noémie, quelle surprise, ma chère, d'où venez-vous ?

C'était Jean de Noisy qui sortait de l'hôtel-restaurant du *Lion-d'Or* en compagnie du capitaine Uhl et du nouveau colonel de la région.

– Oh ! je suis allée voir une vieille parente à Bayeux, répliqua Noémie.

– Comme c'est gentil ! Colonel Wolfram, nous permettez-vous de ramener cette gentille petite voisine ?

– *Ja, ja, Fräulein... ?*

– Noémie Hautefort !

– Enjanté, *Fräulein* !

Dans la longue Mercedes, Noémie, coincée par le colonel, se laissait aller au bonheur d'être contre Jean. Il devisait gaiement avec Uhl, assis à côté du chauffeur, et Wolfram. Ceux-ci étaient sous le charme. De plus, les trois hommes avaient fait un très bon repas, sans tickets de rationnement et au marché noir. C'était Jean qui les avait invités. Le cœur battant, Noémie comprit que le commandant Simon avait monté toute cette comédie pour l'attendre à la gare en personne, sans éveiller de soupçons et pour s'assurer qu'elle était bien rentrée au bercail. Il l'aimait, c'était sûr, il l'aimait ! Il ne pouvait plus cacher ses sentiments. Elle sentit que, dans l'obscurité, il lui serrait la main. Noémie répondit à son étreinte. Le trajet lui sembla trop court jusqu'à la ferme.

– A un de ces jours, ma petite, vous voilà rentrée ! déclara Jean devant les grilles de Hautefort.

Le chauffeur, un sergent, ouvrit la portière pour Noémie qui remercia poliment le colonel.

– Z'était un plaisir, *Fraülein* !

La jeune fille fit un signe de la main destiné à Jean. Mais celui-ci ne la regardait plus. Tout à son rôle, il venait de proposer au colonel, ravi, de l'initier aux joies de la belote.

La Mercedes s'éloigna tous phares éteints vers Reuville. Noémie rentra dans la cour de la ferme. Valentine, aux cent coups, l'attendait dans le salon. Mère et fille s'étreignirent.

– Ma chérie, tu es là, enfin !

– Mais oui, maman, tu en doutais ?

Valentine secoua la tête.

– Non, mais je crains tout, Simon prend trop de risques, je sens l'étau se resserrer.

32

Guet-apens

Quand Rolf Brauner était de bonne humeur, un tic nerveux agitait les commissures de ses lèvres. Il avait ce matin toutes les raisons d'être satisfait. Jean Moulin, ce damné Max, qu'il savait être président du Conseil national de la Résistance, avait été emprisonné le 21 juin 1943. La Gestapo le poursuivait depuis des mois. Grâce à un indicateur infiltré dans le réseau, Klaus Barbie, excellent collègue gestapiste de Rolf Brauner, l'avait fait arrêter à Caluire. A cette heure-ci, Barbie s'occupait du sort de « Max » au fort de Montluc, à Lyon. Brauner se frotta les mains, ce traître parlerait sans tarder, donnant tous les chefs de réseaux. Personne ne pouvait résister aux méthodes éprouvées de la baignoire et autres ingénieuses tortures de la Gestapo, dont Barbie était un digne serviteur. Sur cette pensée qui le fit sourire, Rolf Brauner chaussa de fines lunettes cerclées d'argent pour signer de nombreux papiers, ordres de perquisition et d'arrestation dans la région de Caen. Un de ses assistants frappa à la porte puis il fit entrer Edmond Jabiro, un milicien français, défiguré par une tache violette. Ce dernier exécuta le salut hitlérien en claquant des talons.

– *Heil* Hitler !

– *Heil* Hitler ! répondit aimablement Rolf Brauner pour enchaîner aussitôt : *Ach*, kapitaine Jabiro, fous m'amenez des nouvelles de ce damné commandant Simon, j'espère !

Tout ce qui résistait à Rolf Brauner était « damné ».

Sur un geste du chef de la Gestapo, Jabiro s'assit dans un fauteuil face au bureau. Sous le portrait du Führer, Rolf Brauner retira ses lunettes en plissant ses petits yeux gris très enfoncés dans leurs orbites.

– Allons, je fous écoute, kapitaine Jabiro !

– Simon est un malin, *Herr* Brauner, c'est très difficile de connaître son vrai nom. Il nous file entre les doigts. Mais je jurerais que c'est un gars du coin, il se cache entre Carentan et Cherbourg, j'en suis sûr. Ce peut être un notable vivant en ville, un pharmacien, notaire, rentier ou même un paysan, à l'abri dans sa ferme.

Rolf Brauner ressentit un chatouillement dans l'oreille. Cette sensation lui arrivait toujours lorsqu'il était sur une piste importante.

– A votre avis, Simon peut-il être une femme ?

Sans savoir pourquoi, il revoyait en cet instant cette dame de grande allure devant la tour de sa ferme. Comment s'appelait-elle déjà ? Il fouilla dans ses fiches. « Ah oui ! *Frau* Valentine Hautefort. Son mari l'avait abandonnée pour une maîtresse. L'idiot ! »

Jabiro secoua la tête.

– Non, *Herr* Brauner, j'ai le signalement de Simon, c'est un homme, probablement assez jeune, sportif. Il court vite. On a failli le prendre à Couville et La Glacerie, où il était allé espionner les rampes de lancement de V1 en construction. Il a réussi à faire sauter un poste d'écoute-radar à Nacqueville et aussi à Gréville. La liste est longue. Il aurait été vu à Cherbourg relevant les plans des chenaux non minés dans la rade, et photographiant les fortifications de la région de Granville. Il se déplace vite, est très habile, entouré de tout un réseau de gens aussi matois que lui. Malgré mes indicateurs infiltrés à Saint-Lô, à Carentan, Saint-Côme-du-Mont, Saint-Sauveur-le-Vicomte, Valognes, Tourlaville et Cherbourg, nous n'avons pu encore localiser les lieux de rendez-vous de ce réseau fantôme.

– *Mein Gott !* kapitaine Jabiro, vous parlez de Simon et de ses acolytes avec presque admiration !

– Ah ! *Herr* Brauner, le plus beau jour de ma vie sera celui où je vous l'offrirai, lui et les siens enchaînés, et je vous jure, cela ne va pas tarder !

– *Ach !* dites vite...

– Un de nos complices se trouve à Londres... personne ne se méfie de lui, c'est un indicateur sûr et dévoué à notre cause, Simon va bientôt recevoir un ordre sur les ondes de la BBC.

Un sourire étira les lèvres minces de Rolf Brauner.

– Et quel est cet ordre, kapitaine Jabiro ?

– Celui de faire sauter la station de brouillage radio que vous avez fait installer sur la rivière Douve à Liesville près de Carquebut, *Herr* Brauner ! « Le petit oiseau chante de bon matin », quand le commandant Simon entendra cette phrase, je suis sûr qu'il foncera tête baissée avec ses partisans dans le piège que nous allons lui tendre.

– Le petit oiseau chante de bon matin... comme c'est choli ! Je vous félicite, kapitaine Jabiro, vous avez fait du bon travail, vous pouvez disposer.

Brauner ouvrit le tiroir central de son bureau. Il en sortit une liasse de billets français, fraîchement imprimés par ses services – cela ne coûtait pas cher au IIIe Reich –, et il la lança en direction du milicien. Celui-ci empocha prestement la somme puis il exécuta un nouveau salut.

– *Heil* Hitler ! *Herr* Brauner, ce serait un grand honneur de participer à l'opération quand vos services arrêteront ce traître !

Le gestapiste acquiesça avec bonhomie.

– C'est d'accord, Jabiro, fous l'aurez bien mérité, fous serez des nôtres.

Le milicien sorti, Brauner se frotta les mains. Après le Calvados, c'était le tour du Cotentin.

Le 8 juillet suivant, le chef de la Gestapo apprit deux nouvelles. La première le contraria fort : Jean Moulin, ce damné Max, était mort sans donner les réseaux, ni leurs chefs ! Barbie y était peut-être allé un peu trop fort. Rolf Brauner ne pouvait comprendre comment Jean Moulin avait réussi à ne pas parler. En revanche, la seconde nouvelle lui réchauffa le cœur : sur Radio-Londres, parmi une multitude de messages, ses hommes, spécialistes du décodage, avaient entendu la phrase ravissante : « Le petit oiseau chante de bon matin... » Le commandant Simon n'allait pas tarder à se manifester. Rolf Brauner serait prêt.

« On pourrait presque croire le monde en paix », pensa Noémie en observant le public du concours hippique de Carentan : s'installaient calmement sur les gradins paysans, éleveurs de chevaux, notables. Si les premiers rangs n'avaient pas déjà été occupés par les officiers allemands, on aurait pu oublier la guerre. Cette nombreuse assistance se déplaçait pour deux raisons. D'abord pour le célèbre chevalier de Noisy, une vraie vedette de concours, dont la réputation, le charme et l'élégance à cheval n'étaient plus à faire mais aussi pour ce jeune espoir, Noémie Hautefort. Le nom de la cavalière était désormais sur toutes les lèvres car les journaux normands le citaient souvent avec une photo en première page. Ces textes n'étaient pas censurés et Noémie devenait, comme Jean, une célébrité. Les spectateurs parlaient en connaisseurs.

– Elle ira aux Jeux olympiques, quand il y en aura de nouveau, c'est sûr !

– La Renarde et son cheval ne font qu'un, vous devez absolument les voir !

– Cette petite a le génie de son arrière-grand-mère, celle qui a bâti l'usine !

– Mais pourquoi ne s'appelle-t-elle plus Rolland-Lacour ?

– Elle a repris le nom de sa mère, Hautefort, son père a abandonné sa famille pour une femme de mauvaise vie, une rien du tout !

– Si c'est pas triste ! la pauvre madame Valentine, tiens, elle n'est pas là pour voir sa fille ?

– Comment s'appelle le cheval déjà ?
– Jimmy du Manoir...
– Mais elle en a un autre, Oscar du Bocage !
– Bien sûr, Jimmy a quel âge ?
– Dix, douze ans !
– Ah ! pour les concours, ce sera bientôt terminé !
– Enfin, cette petite Hautefort est ben d'chez nous, dam ouais !

Noémie se préparait seule dans les écuries. Cependant, elle était contrariée. Sa mère, Valentine, était partie le matin même par le train, munie d'un *Ausweis* tout à fait régulier, délivré par la Kommandantur de Carentan pour, officiellement, rendre visite à une vieille parente impotente de Lisieux, Mlle Bernadette Hue. Les ordres de Simon étaient formels : Louvois devait, en gare de Lisieux, dissimuler ce papier officiel allemand dans les toilettes numéro 2, derrière la chasse d'eau truquée à cet effet, et en trouver un autre au nom de Germaine Leblanc, infirmière. Elle ne devait rien garder sur elle, photos, bijoux ou souvenirs, rappelant la ferme Hautefort ou la famille. Sa mission, assez simple, consistait à remonter dans le train pour Évreux. Là, elle prendrait la correspondance en direction d'Orléans. Dans cette ville, Louvois devait gagner la cathédrale Sainte-Croix, entrer dans le premier confessionnal le plus près de l'autel et chuchoter au prêtre qui l'attendrait :

– Mon père, j'ai mangé trop de raisin !

Celui-ci, après avoir répondu : « Péché véniel, mon enfant ! », la conduirait alors à la sacristie où un partisan du groupe Franc, La Pucelle, du Loir-et-Cher, lui remettrait un paquet contenant une nappe de dentelle qu'elle devait rapporter, après avoir, à Lisieux, repris son identité et brûlé celle de Germaine Leblanc. C'était la routine.

Noémie ne connaissait pas le détail de l'opération. Elle avait seulement vu, le matin, partir Valentine qui devait rentrer le lendemain.

Au moment du départ pour la gare, en véhicule à gazogène, Noémie s'était jetée dans les bras de sa mère. Victor – que savait-il exactement de toutes ces activités ? – supplia brusquement Valentine de ne pas s'en aller. Il avait poussé comme un champignon durant l'hiver. A quatorze ans, il dépassait sa mère et sa sœur d'une demi-tête, et promettait d'être aussi grand que son grand-père Tancrède.

– Mes chéris, je vais juste voir cette pauvre cousine, Mlle Hue, qui est bien malade, à Lisieux.

Jamais les enfants n'en avaient entendu parler. Tancrède serra sa fille sur son cœur avec ces mots :

– Va où le devoir t'appelle, ma chérie, et embrasse bien de notre part Mlle Hue !

L'ancêtre était parfait !

A cet instant deux sous-officiers allemands arrêtèrent leurs véhicules devant la grille pour présenter leurs « billets de logement ». Avec un soupir, Noémie leur montra les chambres de l'aile Ouest réservées à l'occupant. Tout allait se compliquer avec les Allemands de nouveau dans la ferme. Tandis que les soldats retournaient chercher leur barda, Noémie et Victor n'eurent que le temps de faire dévaler les Mazuvski vers le souterrain. Victor avait beaucoup mûri. Noémie lui confia la famille polonaise et partit avec Jimmy du Manoir pour le concours hippique de Carentan. Elle ne pouvait se défendre d'avoir un goût âcre dans la gorge. Voir sa mère partir au volant de la « Citron » l'avait bouleversée. C'était ridicule, Valentine laisserait la voiture à la Maison rose et la reprendrait en revenant puisqu'il s'agissait d'un voyage connu de la Kommandantur. Sans hésiter, Noémie passa à Reuville chercher Jean qui participait, lui aussi, au concours hippique. Elle espérait faire la route jusqu'à Carentan avec lui, mais c'était la journée des déceptions. Le vieux Pierre, navré, lui annonça que le chevalier de Noisy s'était fait mal en tombant de cheval. Soigné par le major allemand Kurt qui avait constaté sa chute, il se reposait, ayant pris un sédatif. Noémie demanda à le voir, mais Pierre, après avoir bredouillé qu'il dormait sûrement, ajouta que c'était impossible car Mme Lorraine était revenue et veillait sur son mari. Sentant que le vieux serviteur voulait se débarrasser d'elle, Noémie, en partant, se retourna. Il lui sembla que quelqu'un l'observait derrière les rideaux de la chambre de Jean.

Le spectacle allait commencer. Noémie caressa Jimmy du Manoir. Oncle Bohémond, parti livrer du bois, ne serait pas dans le public, tante Conchita et grand-mère Caroline soignaient la varicelle de Justino, Carlo et Pedro. Sidonie leur prêtait main-forte et avait ramené sa nichée, car Rose-Marie et Séverin étaient couverts, eux aussi, de boutons, tout comme Dietrich Gotzler. Avec sollicitude, Sidonie montait dans la chambre du peintre allemand des bouillons reconstituants. Noémie ne pouvait donc compter sur personne de la famille pour la soutenir. Elle avait tort de se faire du souci. Le public était chaleureux et applaudit quand le présentateur Charlie Lefort pénétra sur la pelouse.

– Merci d'être venus si nombreux ! Le spectacle va bientôt commencer. J'ai, cependant, une désolante nouvelle à vous annoncer, le chevalier de Noisy a fait une mauvaise chute de cheval en s'entraînant avec Brin d'Amour ! Non, ne vous inquiétez pas, ses jours ne sont pas en danger, mais il ne pourra pas participer aujourd'hui à notre concours. Enfin, je vous rappelle la présence de notre brillante cavalière Mlle Noémie Hautefort !

Sur un geste de Charlie, la jeune fille s'avança sur la piste pour saluer. En la voyant, le public lui fit une ovation. Les officiers allemands, qui appréciaient les bons cavaliers, applaudirent en se levant. Sur le côté des gradins, deux épouses de notables, que Noémie connaissait de vue, parlaient à mi-voix.

– Ce Noisy doit avoir trop de choses à faire avec ses amis allemands...

– Qu'est-ce que vous voulez dire, Gisèle ?

– Comment, vous ne savez pas, Marie-Thérèse, mais c'est un collaborateur notoire !

– Quelle honte !

– Chez lui à Reuville, c'est la fête continuelle avec l'occupant !

– C'est ignoble, mais la roue tourne...

Noémie tremblait de rage. Elle aurait voulu leur faire rentrer ces paroles dans la gorge. Jean qui risquait sa vie tous les jours se rendait-il compte de l'opinion que les gens du Cotentin avaient de lui ? En retournant aux écuries finir de préparer Jimmy, elle croisa Paul Bontemps.

– Oh Noémie, chère Noémie, comment allez-vous ?

– Mais très bien, Paul.

– J'en suis ravi, vous savez à quel point je vous admire, et... heu, j'ai entendu que le chevalier de Noisy ne viendrait pas aujourd'hui, quel dommage ! C'est toujours un grand plaisir de le voir évoluer, mais il n'y a pas que moi, vous voyez, même un grand cavalier peut vider les étriers !

– C'est vrai, admit Noémie.

Paul se rapprocha.

– J'ai pris, aujourd'hui, une très grave décision : si je ne fais pas un bon parcours, j'abandonne l'équitation... enfin pas totalement, j'organiserai des concours, cela me permettra de rester dans le milieu hippique sans avoir à monter, car vous savez, je crois que je ne suis pas très doué... mais ainsi, Noémie, je pourrai continuer de vous voir souvent.

Elle observa le jeune homme. Il était attendrissant. D'émotion, il bégayait un peu. Elle lui serra la main.

– Vous ferez un merveilleux organisateur et je serai heureuse de participer à des concours Paul Bontemps !

– Oh ! Noémie, vous avez toujours le mot juste, je... je... je vous...

Elle le coupa.

– Excusez-moi, Paul, une personne de ma famille arrive.

Elle sourit de loin à la vieille dame irascible. Tante Eugénie, suivie de Cyprien, dérangeait le public. Furieuse de voir les Allemands installés aux bonnes places, elle voulait faire décaler les officiers pour s'asseoir au premier rang avec son chauffeur.

– C'est quand même un comble ! Poussez-vous donc, je suis la tante de Mlle Noémie Hautefort, cette place m'est toujours réservée ! fulminait l'aïeule intraitable.

Un colonel, cantonné dans sa belle demeure rue Qui-qu'en-grogne, plus « courageux » que les autres, osa répondre à l'infernale vieille dame :

– Mais, *Frau* Buisson, la rangée est rézervée aux officiers !

Eugénie avait plus d'un tour dans son sac.

– Ah, mon cœur ! je, Cyprien mon bon, je vais m'évanouir, mes pilules !

Elle vacillait sur sa canne.

Vaincus, les soldats de Rommel se levèrent pour lui laisser la place.

Comme libéré, Paul Bontemps fit une excellente prestation, tout au moins au début, car il ne chuta que sur le dernier obstacle. Quand il se releva, il chercha Noémie du regard et lui adressa un clin d'œil. Le sort en était jeté. Le concours hippique de Carentan de ce samedi 17 juillet 1943 avait vu la dernière prestation du cavalier Paul Bontemps.

Les autres concurrents entrèrent en piste à leur tour. Il y avait parmi eux d'excellents écuyers, dont un jeune capitaine allemand, Konrad Mannheim. En le regardant évoluer, Noémie se dit qu'il ne serait pas facile à battre.

Casimir Bellin, le percepteur de Carentan, s'approcha des écuries. Il faisait mine de s'intéresser aux chevaux mais, en voyant l'air de « Geoffroy », Noémie comprit qu'il se passait quelque chose de grave. Regardant autour de lui afin de s'assurer que personne ne les observait, Geoffroy chuchota rapidement à la jeune cavalière :

– Simon et Gilbert sont en grand danger, ils doivent participer à une opération sur la Douve à Liesville, ils vont faire sauter la station de brouillage radio, une maison grise isolée près de la rivière, c'est un piège de la milice, il faut les prévenir. A part vous, je ne peux joindre personne ! Bonne chance, Jourdan !

Sur ces mots, le petit homme s'éclipsa derrière les écuries.

Pendant un instant, Noémie ne put bouger, pétrifiée par la nouvelle. Geoffroy avait enfreint les ordres de ne jamais joindre un membre du réseau en dehors des messages codés. Il fallait que le petit percepteur soit angoissé pour qu'il soit venu au concours hippique contacter Jourdan. L'esprit de la jeune fille travaillait rapidement. Qu'avait-il dit ? Personne, à part elle, ne pouvait les prévenir. Tout s'éclairait dans l'esprit de Noémie. Bien entendu, Jean n'était pas tombé de cheval, c'était d'ailleurs impensable et mieux, la pintade n'était pas revenue. C'était sûrement une idée du vieux Pierre pour l'éloigner. Noémie devait partir au plus vite. Il était dit que tout le monde tomberait de cheval aujourd'hui. Avant de monter sur Jimmy du Manoir, Noémie desserra rapidement la sangle de sa selle de trois crans.

Sur le terrain, Charlie Lefort reprenait la parole. Toujours grandiloquent et un tantinet ridicule.

– Et j'appelle maintenant la splendide cavalière, honneur de la Normandie, Noémie Hautefort ! Cette jeune fille va bientôt fêter ses dix-huit ans, bon anniversaire ! Mademoiselle, en piste !

A califourchon sur Jimmy du Manoir, Noémie vint se mettre en place à la ligne de départ, attendant le signal. Elle s'élança aussitôt, passa avec maestria le premier obstacle, une barre de Spa. A la sortie du virage, à six mètres du deuxième obstacle, Noémie sentit un déclic se produire. Nerveuse, elle se prépara à enlever Jimmy. Celui-ci franchit l'obstacle, mais la selle tournait sur son dos, vers son ventre et... cul par-dessus tête, Noémie roula dans l'herbe. Sa chute avait l'air très naturelle. Elle se redressa avec une grimace de douleur non feinte. Le public, déçu, se leva avec un ensemble parfait.

– Ohhh ! quel dommage, s'est-elle fait mal ?

Tante Eugénie, qui n'avait pas bougé, se retourna, furieuse, vers les officiers allemands.

– C'est votre faute aussi, vous avez dû faire peur au cheval avec vos casquettes et vos armes !

Il n'y avait qu'elle pour oser leur parler de la sorte.

Charlie Lefort se précipita sur son micro.

– Quelle tragédie, Noémie Hautefort est éliminée, vous connaissez tous le règlement. Navré, à une prochaine fois où vous serez plus chanceuse, mademoiselle !

Noémie s'était quand même fait un peu mal à la cuisse et son coude était écorché. Jimmy du Manoir la regardait de ses beaux yeux tendres sans comprendre ce qui était arrivé. La Renarde lui fit une caresse et chuchota à son oreille :

– Tout va bien, mon chéri, tu n'es pas responsable, ne t'inquiète pas... je t'aime, il va falloir que tu sois en forme !

Elle saisit Jimmy par les rênes et, en accentuant sa boiterie, ressortit du champ vers les écuries. Ne voulant pas risquer d'être reconnue dans son costume blanc et noir, elle se changea à toute allure et enfila un vieux pantalon et une veste de son père qu'elle emportait toujours pour bouchonner Jimmy après les concours. Elle se demandait ce qu'elle allait faire de ses vêtements de parade quand elle entendit la voix toujours énergique de tante Eugénie.

– Alors, ma pauvre petite, tu vois que ce n'est pas si facile ! A ta place j'abandonnerais cette bête vicieuse qui t'a fait un sale coup ! tu devrais monter une jument bien douce et obéissante, ce serait sûrement mieux !

Appuyée sur sa canne, la vieille dame toisait avec mépris ce pauvre Jimmy. Sans prendre ombrage de ses réflexions, Noémie se dit que tante Eugénie tombait à pic.

– Ne t'inquiète pas, ce n'est pas grave, ça arrive aux meilleurs cavaliers. Par contre, ma tante, est-ce que tu peux me rendre un petit service ?

– Je ne fais que cela dans cette famille ! grogna l'irascible vieille dame. Que veux-tu, ma grande ?

– Puis-je laisser chez toi ce sac avec mes vêtements d'équitation ? Je passerai les chercher demain !

Soulagée, car elle avait toujours peur qu'on ne lui demande de l'argent, tante Eugénie acquiesça. Avec grandeur, elle se retourna vers son chauffeur qui la suivait toujours pas à pas.

– Cyprien, allons remuez-vous, prenez le sac de ma nièce !

Refusant de se rendre chez le médecin, Noémie prétendit rentrer très vite à Hautefort.

– Ne va surtout pas à la Maison rose, c'est plein de microbes là-dedans, Conchita ne sait pas soigner ses enfants, Justin, Charles et Pierre sont couverts de boutons. Bohémond est d'une mollesse avec sa femme ! A propos, sais-tu quand Ericka reviendra avec Vincent, Louis et Serge ? Et Boris et ton père ? Oh ! tous ces gens qui s'amusent à voyager, tandis que nous restons sur place, fidèles au poste ! Ah ! c'est incroyable ce laisser-aller ! Heureusement que toi et moi sommes là, ma grande ! Ah ! dans quinze jours, tu auras ta perle... dix-huit ans... c'est un âge, j'étais déjà mariée avec mon cher Hippolyte, il était beau, tu l'aurais vu, ma Noémie, le jour de notre mariage...

Noémie ne pouvait plus se défaire de tante Eugénie. Pourtant, celle-ci lui fut encore utile. Tout le champ les vit marcher, bras dessus bras dessous, vers la Duesenberg, maintenant à gazogène.

– Mme Buisson ramène sa petite-nièce pour la soigner !

Loin des regards indiscrets, Noémie quitta enfin sa tante. Elle enfonça un bonnet noir sur ses cheveux roux et se mit en selle avec une grimace de douleur. Elle ne devait pas quitter Carentan par la route où elle se ferait trop remarquer, mais par les marais. Noémie les connaissait parfaitement pour y avoir suivi son grand-père à de nombreuses reprises. Elle voyait même très bien où l'ennemi avait installé sa station de brouillage sur la Douve.

Grand chasseur, Tancrède Hautefort se faisait souvent accompagner de sa petite-fille. Elle n'aimait pas voir l'épagneul Jobourg rapporter dans sa gueule les canards morts aux pieds de son maître, mais elle adorait se promener avec l'aïeul. Il lui avait fait explorer dans son enfance les environs de Carentan, Sainte-Mère-Église et Sainte-Marie-du-Mont. Il n'y en avait pas deux comme elle pour savoir se diriger par les champs dans ce bocage ou dans les marais très dangereux pour tout néophyte.

Combien de fois Tancrède avait-il raconté l'histoire du Cotentin à sa petite-fille ! Des terres, des paroisses entières, des monastères construits le long des côtes avaient été engloutis par la mer dans les années 541, 603 et 709. La Neustrie[1] avait plus eu à lutter contre la mer que contre les Vikings. Tancrède affirmait même qu'il y avait

1. Ancienne Normandie.

dans les temps anciens de grandes forêts en Cotentin. D'autres invasions des flots avaient eu lieu en 1203, 1244 et même en janvier 1735. La mer ne s'était en fait jamais complètement retirée, laissant place aux marais, richesse des pâturages. Personne, à part les gens « de par ici », n'osait y aller. Trous d'eau, sables mouvants, tourbillons, boues glissantes. Il fallait connaître les secrets des marais pour s'y aventurer.

Le soleil baissait à l'horizon. Par des chemins inconnus des Allemands, elle réussit à gagner les bords de la Douve. Parfois, Jimmy du Manoir hennissait, glissant dans la glaise. Noémie mit pied à terre pour le guider.

– Tais-toi, je t'en prie, mon beau chéri !

Il semblait comprendre et, sans renâcler, s'embourbait puis courageusement recommençait à avancer.

Ils n'étaient plus loin de Liesville. Voyons, qu'avait donc dit Geoffroy ? « Une maison grise isolée au bord de la rivière... »

Noémie s'aplatit dans l'herbe pour examiner la situation. Rien ne bougeait. Une cahute en torchis abandonnée, sur le bord de l'eau, servit d'abri à Jimmy du Manoir. Elle l'attacha à une ancienne mangeoire, lui apporta de l'herbe tendre pour le faire tenir tranquille et elle chuchota à son oreille.

– Tiens-toi sage et attends-moi !

Il paraissait avoir compris. Noémie s'éclipsa en se dissimulant dans les hautes herbes. La rivière formait une anse à cet endroit. Deux arbres rabougris lui servirent d'observatoire. La maison grise se trouvait à une cinquantaine de mètres. La nuit était presque tombée. Sur le toit de la vieille demeure, une antenne neuve attestait que Noémie ne s'était pas trompée de but. Il s'agissait bien de la station de brouillage.

Apparemment, rien ne bougeait. Il n'y avait pas de sentinelle à l'horizon. Ce calme était suspect. Noémie allait redescendre de son arbre quand elle aperçut des ombres grises qui se dispersaient dans les fourrés, barrant le chemin de la grand-route. C'étaient les policiers allemands qui préparaient la souricière. Simon et Gilbert devaient être à l'intérieur, inconscients du danger.

N'écoutant que son courage, Noémie rampa en direction de la station. Elle se déchirait les mains et les genoux sur les ronces mais les Allemands ne se doutaient pas que quelqu'un pouvait venir de ce côté de la rivière. Elle pénétra dans la maison grise par une petite porte basse de l'arrière.

– Simon, Gilbert ! murmura-t-elle.

Pas de réponse ; elle avança dans l'obscurité. Elle marchait au hasard, mains tendues en avant, quand elle se sentit happée par un bras de fer. Un canon de revolver se posa sur sa tempe.

– Pas un mot ou tu es mort ! menaça la voix de Simon.

– Flûte, c'est une manie ! protesta Noémie à demi étranglée.

– Jourdan, tu as désobéi, que fais-tu là ?

– Vite, c'est un piège, les Boches sont sur la route, vous êtes encerclés !

Sans prendre le temps de lui demander comment elle avait été mise au courant, le commandant Simon murmura pour Gilbert :

– Règle le détonateur à trente secondes. Comment es-tu venue, Jourdan ?

– A cheval.

– Nous aussi, ordre de dispersion ! Notre seule chance de fuite est par le bocage !

Simon, méconnaissable, un béret enfoncé sur la tête, saisit le bras de Noémie. Les trois compagnons ressortirent, courbés, par la petite porte arrière. Les ombres venant de la route se rapprochèrent de la maison.

– Fous êtes pris, commandant Simon, rendez-vous ! ordonna la voix de Rolf Brauner.

Le gestapiste croyait le chef du réseau toujours à l'intérieur de la station. Au moment où ses sbires pénétraient dans la maison, sûrs de leur victoire, l'horlogerie, bien réglée par Gilbert, déclencha le mécanisme. Rolf Brauner, de la route, vit la station de brouillage s'ouvrir comme le cratère d'un volcan. Un jet de feu s'élança vers le ciel, les portes et les fenêtres explosèrent, tuant les Allemands qui étaient entrés. Les gestapistes, dont le milicien Jabiro, s'étaient jetés à plat ventre dans un fossé.

– *Mein Gott*, Jabiro, rattrapez ce *Teufel*[1] ! ou gare à vous ! ordonna Brauner, ivre de rage.

Des débris embrasés retombaient un peu partout. Un instant, les fugitifs avaient plongé eux aussi dans l'herbe pour s'abriter des tisons. Ils se relevèrent avant les gestapistes et coururent vers leurs chevaux. Par chance, Simon et Gilbert avaient laissé leurs montures à l'abri d'une haie près de la masure où se trouvait Jimmy du Manoir. Suivie de Simon, Noémie s'y rua pour détacher son cheval. Un homme se trouvait déjà là. Il menaçait les jeunes gens de son revolver.

– Mains en l'air, tu es fait, Simon !

Cette voix française retentit comme un coup de fouet.

Une dernière explosion de la station éclaira la nuit d'une lueur orangée. Jean de Noisy frémit en reconnaissant son ennemi personnel, le milicien Jabiro. L'homme à la tache violette était venu au-devant de son destin.

– Aah ! une femme ! grimaça le milicien en arrachant le bonnet de Noémie. Je vous ai eus avant la Gestapo, mes petits amis, vous allez dérouiller ! Et toi, Simon, qui es-tu ?

1. Démon.

– Ah ! ne tirez pas ! gémit Jean en se courbant et jouant l'effroi.

Jabiro voulut ôter le béret et le cache-nez dissimulant le visage du chef de la résistance. En faisant ce geste, il leva le bras, et son autre main armée du revolver dévia légèrement. Ce mouvement servit Jean. Il se redressa, enfonçant jusqu'à la garde un poignard qu'il gardait toujours, pour les missions, caché dans sa botte.

– Je suis le fils de Maximilien de Noisy que tu as lâchement assassiné, Jabiro !

Le milicien, frappé au cœur, tituba.

– Ah ! le fils de... tu as... tu es...

– Jean de Noisy, vermine, oui je suis le commandant Simon, mais tu ne le répéteras plus à personne !

Le milicien s'effondrait entre les pattes de Jimmy du Manoir. Il réussit à articuler :

– Maximilien avait trahi la Cagoule !

– C'est toi le traître, mauvais Français, tu as osé porter la main sur la femme que j'aime ! Meurs, et va en enfer !

Sa rage décuplée, Jean de Noisy porta un coup à la gorge du milicien qui eut un dernier râle. Noémie, horrifiée par cette scène, ne pouvait bouger, clouée au sol de la masure. Elle n'avait finalement retenu qu'une phrase de Jean : « Tu as osé porter la main sur la femme que j'aime ! »

Il lui remit son bonnet sur la tête, détacha Jimmy et la hissa en selle. Julien Devereaux les attendait dehors, tenant le cheval bai de Jean par la bride. C'était une brave bête du nom de Stoney, moins célèbre que Brin d'Amour. Jean ne prêtait jamais Stoney aux officiers allemands du château. C'était un cheval inconnu d'eux.

Les cris des gestapistes retentissaient au-dehors. Ils couraient dans tous les sens. Un projecteur éclaira les fuyards.

– Halte ! halte ! *Kaputt !* entendirent les jeunes gens. C'était la voix devenue hystérique de rage de Rolf Brauner. Avec des jumelles, il tentait de repérer les partisans parmi les buissons, les taillis et les arbres. Soudain, il isola trois individus aux visages bien dissimulés par des bonnets enfoncés et des cache-nez sur le bas du visage. Vêtus comme des paysans, ils chevauchaient leurs montures. Des gens du coin, sans doute, Rolf Brauner allait se charger de bouleverser toutes les fermes des environs. Au moment où ils allaient disparaître, l'un des cavaliers se retourna vers les Allemands. Rolf Brauner remarqua l'étrange regard de cet homme. Il n'aurait su dire ce qui le rendait unique, mais un petit tic nerveux agita les lèvres du gestapiste. Il était sûr que ce partisan était le commandant Simon. A ses yeux, il le reconnaîtrait, c'était un regard comme il n'en avait jamais vu.

Des rafales de mitraillette éclatèrent dans la nuit. Les trois cavaliers firent bondir leurs montures par-dessus une haie. Les Allemands en voiture voulurent les suivre par la route, mais les jeunes gens, qui connaissaient parfaitement la région, s'enfoncèrent dans les champs. Sans prendre un seul chemin vicinal, ni aucune route, ils dépassèrent Carquebut. Toujours par les prés, les herbages, les champs de pommiers à l'abri des grandes routes, passant derrière des fermes endormies, juste éclairées par le clair de lune, ils sautaient les haies. Le cœur de Noémie battait à tout rompre. Elle savait que ce n'était pas de peur, mais d'excitation. Il fallait se détourner de Chef-du-Pont qui serait sûrement surveillé. Vers Coquerie, Simon s'arrêta pour chuchoter ses ordres.

– Gilbert, tu ne dois pas regagner la Hilairie ce soir, va à Cauquigny chez Bruno, restes-y deux jours à pêcher à la ligne, bien en vue de tout le monde, offre du poisson au *Feldwebel* qui habite au café le *Banzel*, Bruno assurera que tu as passé la journée et la nuit chez lui.

– Et Jourdan ? osa demander Julien.

Il regardait Noémie avec émotion.

– Je m'en occupe ! déclara Simon. Bonne chance !

Un instant, il suivit du regard Gilbert qui s'éloignait dans la nuit, puis se tournant vers Noémie, il murmura :

– Je vais te ramener chez toi !

– Non, c'est trop dangereux, vous devez tenter de rentrer au château d'abord !

– Dis donc, et tes promesses, ce n'est pas toi, le chef !

Il poussa Stoney pour voir le visage de Noémie dans la nuit. Elle soutint son regard.

– Non, je ne suis pas le chef, mais vous l'avez dit à l'ignoble milicien, c'est moi que vous aimez...

Ils étaient botte contre botte. Au loin, très loin, les cris et les bruits de moteurs retentissaient. Oubliant une seconde qu'ils étaient deux fugitifs pourchassés par la Gestapo, Jean, vaincu, se pencha vers Noémie et prit ses lèvres. Elle gémit de plaisir sous la chaleur du baiser. Ce fut rapide, violent, profond.

– Viens ! murmura Jean, s'arrachant le premier à l'étreinte.

Il repartit au galop, avec Noémie. Il paraissait savoir où il allait, sautant les haies et traversant les prés, en évitant des vaches qui dormaient çà et là. Soudain, il s'arrêta devant un vieux pavillon et mit pied à terre. Il attacha Stoney, aida Noémie à descendre de cheval et les jeunes gens pénétrèrent dans le pavillon.

– Nous avons fait le tour du château. Nous sommes derrière l'étang, je veux te parler, Noémie.

Elle se colla contre lui.

– Non, ne parlez pas, Jean, je vous aime depuis toujours, je suis à vous !

Il tenta de la repousser puis, dans un grondement, il la saisit comme une proie. Noémie renversa la tête sous ses baisers fous. Ses yeux vairons, si beaux, étranges et lumineux, brillaient dans la nuit. Il encerclait sa taille, caressait ses seins, la plaquait contre lui, l'étouffait, l'enlevait du sol, la dévorait comme un affamé. Noémie, abandonnée dans ses bras, se rendait compte à quel point il avait dû se faire violence pour ne pas montrer son amour.

Affolé, il cherchait à arracher son pantalon, son chemisier. Il la voulait nue contre lui, prêt à la prendre debout contre la cloison de ce pavillon abandonné. Au loin, il crut voir les rayons de phares. Il s'agissait d'une voiture allemande rentrant au château.

Dégrisé, Jean écarta Noémie.

– Mon amour, ma fleur, nous devons être raisonnables !

Sa voix était rauque, trop grave, trahissant son désir et son émoi.

– Il faut regagner l'écurie, y laisser nos chevaux. Tu viendras très naturellement demain à bicyclette chercher Jimmy, je vais te raccompagner par le souterrain.

– Non, Jean, je veux...

– Chut, tais-toi, moi aussi je veux, mais cette nuit, je dois te mettre à l'abri. Si je suis pris, tu ne sais rien, tu ne connais rien !

– Je veux être à vous...

Il prit son visage entre ses mains.

– Tu veux, tu décides, ma Renarde ! tu nous as sauvés cette nuit... Si nous sommes encore en vie après la guerre, mon amour, nous serons l'un à l'autre, je te le jure !

– Mais si cela dure dix ans ! protesta Noémie.

Elle était si drôle que Jean eut un sourire silencieux.

– Tu seras vieille et laide, mais je t'aimerai quand même !

Il la tira littéralement hors du pavillon et la remit en selle.

Évitant le château, les jeunes gens réussirent à gagner les écuries sans se faire remarquer. Quelques chevaux hennirent. Jean allait mettre Stoney dans une stalle quand Mathias, semblant jaillir de la nuit, prit les deux chevaux par la bride. Il fit signe à son maître qu'il s'en occupait. En un temps record, les animaux furent dessellés et installés sur la paille d'un box.

Noémie comprit que Mathias était complice des sorties nocturnes de son maître. Jean prit la main de Noémie et les jeunes gens firent le chemin qu'elle connaissait. Ils passèrent à pas de loup par la porte du cellier et descendirent aux caves. Jean saisit deux lampes pigeons et entraîna Noémie dans le souterrain. Parfois ils s'arrêtaient, essoufflés, pour s'embrasser. Quand ils arrivèrent près de l'endroit où les Mazuvski dormaient, Jean caressa le visage de Noémie.

– Va, mon cœur, maintenant tu connais le chemin !

Affolée à l'idée de le quitter, elle murmura :

– Viens avec moi, je t'en prie.

Ils se regardèrent, émus. C'était la première fois qu'elle le tutoyait.

– Nous nous verrons demain ! assura-t-il. Va, je t'aime, Noémie, je t'aime plus que tout au monde ! je veux te savoir en sécurité !

Il lui donna la deuxième lampe pigeon. Avec déchirement, la jeune fille s'arracha à son étreinte.

Elle aperçut encore un moment une faible lueur, puis il y eut un coude dans le souterrain. Elle passa devant les lits des Mazuvski. Abraham leva la tête avec un clin d'œil. Noémie connaissait le chemin. Elle pénétra dans la ferme et regagna sa chambre sans encombre. L'aube se levait. Trop excitée pour trouver le sommeil, elle regarda le ciel pâlir et les étoiles s'éteindre les unes après les autres.

Au château, Jean put remonter chez lui sans éveiller l'attention de ses « pensionnaires ». Il eut, lui aussi, du mal à trouver le sommeil. Était-il fou de lui avoir avoué son amour ? Bien que séparé de Lorraine, il n'était pas encore libre et Jean pressentait que son rôle dans la résistance allait devenir chaque jour de plus en plus dangereux. Que pouvait-il proposer à Noémie ? une vie se terminant dans une embuscade. Il devait être raisonnable pour deux.

– *Ach !* comment va mon blessé ?

Le major Kurt réveilla le chevalier de Noisy en même temps que le vieux Pierre.

– Oh ! j'ai toujours très mal à la hanche ! se plaignit Jean.

– Pouvez-vous vous mettre debout ?

– Je vais essayer ! murmura-t-il.

Avec des gémissements parfaits de vérité, Jean se leva et fit le tour de son lit en boitant.

– Grosse déchirure musculaire, voici très bonne pommade, je vais vous frotter.

Jean dut se déculotter et se faire aimablement masser le postérieur par le major Kurt qui lui raconta avec force détails que des terroristes avaient fait sauter la station de brouillage radio cette nuit.

– Il va y avoir des représailles, des otages, *ach*, la guerre grosse malheur ! Chevalier, tout le monde pas raisonnable comme vous, bon collaborateur.

Quand le major Kurt fut parti en ordonnant trois jours de lit à son malade, Jean et le vieux Pierre échangèrent un coup d'œil consterné. Des otages innocents allaient être fusillés. Jean, soudain, doutait de sa mission. Il avait envie de tout abandonner et de partir sur une île déserte avec Noémie.

Elle fit irruption dans sa chambre à onze heures du matin, fraîche comme une rose.

– Bonjour, Jean, je suis venue prendre de vos nouvelles ! cria-t-elle très fort avant de refermer la porte. Le major Kurt m'a dit qu'il vous avait ordonné de vous reposer trois jours.

Pris à son propre piège, Jean devait rester cloué au lit, d'une humeur massacrante.

– On les a bien joués ! chuchota Noémie en se penchant vers lui.

Avec discrétion, Pierre sortit de la pièce. Jean se sentait complètement ridicule, il voulut se lever.

– Surtout pas, après cette chute de cheval ! murmura Noémie.

Elle était si belle, penchée sur lui, désirable, les cheveux fous entourant son visage aux yeux brillants.

– Je t'aime, Jean !

Elle prit ses lèvres et s'allongea à côté de lui.

– Jeune folle, veux-tu te lever, si Pierre revient...

– Je lui ai demandé de me couper de la luzerne pour mes lapins !

Elle pouffait de rire. Jean la serra contre son corps. A travers le drap, elle n'ignorait pas son désir d'homme puissant. Avec autorité, il la renversa sous lui. Palpitante, elle ferma les paupières sous ses baisers passionnés. Déjà, il caressait ses seins, ouvrait le drap pour qu'elle vînt se nicher sous lui. Il l'aidait à faire glisser son pantalon. A cet instant, le téléphone sonna. Avec un soupir, Jean se détacha de Noémie pour répondre.

– Le 41 à Reuville ? Ne quittez pas, on vous demande de Blois, vous prenez ? fit la voix impersonnelle de la demoiselle des postes.

– Allô, ici Rémy, je peux parler au propriétaire des haras ?

– C'est moi !

– Phœbus n'est pas un bon reproducteur, la saillie n'a pas pris !

Cherchant à cacher son angoisse, Jean répondit calmement :

– Désolé, nous vous trouverons un autre étalon !

Jean raccrocha, blême. Il regarda Noémie qui avait posé la tête sur son épaule. Un instant, il hésita à tout lui révéler, puis il décida d'attendre encore un peu. Il fallait être sûr et voir ce que le réseau pouvait faire.

– Que se passe-t-il ?

– Je dois travailler, mon chéri, il faut que tu me laisses préparer certaines choses.

– Mais, je peux...

– Chut, je t'en prie, Noémie, nous allons nous revoir très vite, je t'aime, si tu savais comme je t'aime !

Il la serra très fort contre lui, la raccompagna à la porte et revint se coucher au cas où le major Kurt repasserait.

Un agent du Loir-et-Cher venait de lui annoncer, en phrases codées, l'arrestation à Orléans de « Germaine Leblanc » !

33

L'étau de la Gestapo

Dans le wagon à bestiaux qui l'emmenait vers sa dernière destination, Valentine, meurtrie, blessée, épuisée, affamée, assoiffée, ne comprenait pas comment elle était encore en vie. Arrêtée, avec le prêtre, elle avait tout subi à la prison d'Orléans. L'abbé et le partisan du groupe Franc avaient été fusillés. Valentine était sûre que le donneur était le sacristain. Elle l'avait vu parler en riant avec les gestapistes. Ils avaient saisi la nappe de dentelle qu'elle devait rapporter à Simon. Après analyse, ils n'avaient pas tardé à trouver inscrits sur la toile, à l'encre sympathique, tous les codes que les groupes Francs du Cotentin et du Calvados devaient employer pour communiquer. Valentine n'avait trouvé la force de résister aux coups, mauvais traitements et tortures aussi bien physiques que morales, qu'en pensant à ses enfants. Son silence les protégerait. De fait, par une chance incroyable, la Gestapo du Loir-et-Cher n'avait pas découvert la véritable identité de Germaine Leblanc.

Ne pouvant remonter plus haut la filière, sans véritable preuve, à part cette nappe dont Valentine prétendait tout ignorer, les gestapistes dégoûtés la jetèrent dans ce train, sans billet de retour, en compagnie d'une foule de malheureux en aussi mauvais état qu'elle. Des hommes, des femmes et des enfants juifs, serrés les uns contre les autres, gémissaient sur la paille. Valentine plaignait surtout les enfants, ces innocents. L'un d'eux, un petit garçon, ayant perdu ses parents, sanglotait. Il ressemblait à Victor. Valentine le prit dans ses bras et le berça jusqu'à ce qu'il s'endormît. Aux arrêts du train, elle percevait des cris en allemand. Parfois, un cheminot s'approchait du wagon et passait par un interstice un morceau de pain ou un filet d'eau. Les malheureux se précipitaient tous pour essayer de boire. Valentine réussit à alimenter un peu le petit garçon. Elle était près de la porte restant obstinément fermée quand elle entendit une voix française chuchoter :

– Donnez-moi vos noms, si je peux faire quelque chose.

Se méfiant, Valentine répondit sur le même ton :

– Qui êtes-vous ?

– Roland du groupe Franc des cheminots, parlez vite, le train va repartir...

– Où sommes-nous ?

– En Alsace, vous vous dirigez sur Strasbourg pour partir vers l'Allemagne !

– Mon nom est Germaine Leblanc, j'ai été arrêtée à Orléans.

– Quel réseau ?

Valentine se méfiait encore.

– Je ne suis pas dans la résistance... une simple infirmière !

– Je vous en prie, dites-moi un seul mot pour m'aider à vous aider !

Brusquement, Valentine fut convaincue de sa sincérité ;

– Drakkar !

– C'est bon ! Et les autres, comment s'appellent-ils ?

Ils se bousculèrent pour répondre

– Isaac Blum, Samuel Rosenberg, Jacob, Sarah, Rachel...

Des familles entières. Ils avaient tous été raflés de nuit à Paris dans le quartier juif des petits commerçants. Leur « crime », porter l'étoile jaune qui les désignait à la déportation.

Le train se remettait en marche.

– Savez-vous où on nous emmène ? eut encore le temps de demander Valentine.

– D'après la direction, en Bavière, vers Dachau... courage !

Le commandant Simon avait convoqué une réunion extraordinaire dans le souterrain. Les partisans étaient tous là, Gilbert, revenu de la pêche chez Bruno, Toulon, Geoffroy, Hugo, Roger, Jourdan. Seule Louvois était absente.

A la lueur de la lampe pigeon, Simon regarda avec tristesse Jourdan, puis il se décida :

– Compagnons, Louvois a été arrêtée, je ne vous ai rien dit tant que je n'étais pas sûr de son sort. Visiblement, elle n'a pas parlé, saluons son courage.

Ne pouvant se maîtriser, Jourdan s'effondra en sanglotant sur l'épaule de Roger, la mercière de Sainte-Mère-Église, Évangéline Marie. Valentine, belle et douce, arrêtée, c'était impossible. Simon ne pouvait, devant les partisans, prendre Jourdan contre lui pour la consoler. Il devait rester le chef et donner les ordres.

– Geoffroy, tu dois prévenir Guillaume du groupe Franc du Calvados par ces mots : A Lisieux, sainte Thérèse a vécu au Carmel.

Avec cette phrase innocente, Simon ordonnait la destruction des papiers de Louvois, laissés dans les toilettes de la gare de Lisieux et qu'elle aurait dû reprendre après avoir brûlé ceux de Germaine Leblanc.

Simon continuait, impitoyable.

– Louvois avait en sa possession tous les codes écrits sur une nappe. Ceux-ci sont maintenant aux mains de l'ennemi. Avertis Londres, Geoffroy, et préviens-les que nous allons être obligés de changer tous nos messages. D'autre part, avec le groupe Franc du Loir-et-Cher, nous avons acquis la certitude que Louvois a été trahie. Gilbert, tu es chargé d'attirer dans un piège le traître, un sacristain du nom de Pancrace Benoît. Sylvain du Loir-et-Cher te l'amènera en gazogène jusqu'à Alençon. Toi, tu dois nous le convoyer jusqu'à Lessay à notre lieu de rendez-vous, la masure de la sorcière, nous le jugerons et, s'il est coupable, il sera exécuté.

Devant cette sentence implacable, les partisans du réseau Drakkar frémirent. Jourdan pleurait toujours contre Roger. Devant son désespoir, Simon ne put continuer à jouer son rôle. Il s'approcha d'elle et la prit dans ses bras.

– Courage, Jourdan, Louvois est en vie, nous en sommes sûrs.

Il n'aurait pas dû parler, mais il n'avait pas la force de la faire souffrir plus longtemps. Il la sentait frémir contre lui. Comme il l'aimait ! Il voulait la chérir, la protéger et, à cause de lui, de leur mission, elle avait perdu sa mère. Le destin était trop cruel.

– Calme-toi, Jourdan, je t'en supplie, calme-toi... un partisan alsacien a pu lui parler !

– Mais alors, où est-elle ? Nous pouvons aller la délivrer ! gémit Noémie.

Il secoua la tête.

– En France, nous aurions pu tenter quelque chose, mais à cette heure-ci, elle doit être en Allemagne !

– Ah ! mon Dieu, en Allemagne ! répéta Noémie, accablée.

– Ne perds pas confiance, si nous apprenons son lieu de détention, nous pourrons agir. Je te le promets.

Il n'y croyait pas trop. Mais il fallait absolument lui redonner courage. Simon sentait qu'ils approchaient du dénouement. L'important était de tenir. Le réseau alsacien l'avait prévenu que la destination de Louvois était Dachau, mais avec sagesse il s'abstint de donner cette précision, Dieu savait ce que Jourdan était capable d'inventer.

Les partisans devaient se séparer. Simon les prévint.

– A part Gilbert qui a sa mission, chacun doit être très prudent, se faire oublier, aller au cinéma en famille. Tiens, on passe à Carentan *L'assassin habite au 21*, c'est une excellente comédie policière de Clouzot, avec Pierre Fresnay ! La semaine prochaine, ce sera *Les*

Visiteurs du soir de Marcel Carné, allez-y, riez fort, applaudissez, amusez-vous, saluez poliment les Allemands dans la salle, organisez des réunions de famille, même avec rutabagas et pain noir. Geoffroy, après ton message à Londres, démonte ton poste radio et cache tout ! Attendez-vous à des perquisitions. Soyez plus malins que la Gestapo ! Si on vous interroge sur Valentine Hautefort, vous ne savez rien. Elle a dû aller voir de la famille. Bonne chance à tous, je vous ferai recontacter avec cette phrase : « Les vaches, ayant la fièvre aphteuse, ne donnent plus de lait. » Si le danger se précise, ce sera : « En été, les poules pondent beaucoup d'œufs. » Vous connaissez tous le chemin.

Le groupe se dispersa. Au moment de suivre Toulon, Julien Devereaux se retourna pour voir Simon qui s'inclinait vers Jourdan. Julien serra les mains dans ses poches, sûr que le chef du réseau et la jeune fille échangeaient un baiser. Sa passion pour Noémie lui ravageait le cœur. Pour elle, il aurait pu donner sa vie. Il avait deviné depuis longtemps l'amour impossible qui habitait Noémie. Bien sûr, Jean de Noisy paraissait séparé de sa femme, mais il était toujours marié. Que pouvait-il offrir à Noémie ? En faire sa maîtresse ? A cette pensée, Julien Devereaux tremblait de rage. Il la respectait trop. Il se souvenait d'avoir aimé Noémie toute petite sur la plage. Bien que plus âgé qu'elle et Damien, il partageait leurs jeux. Elle était si drôle à cinq, six ans, incroyablement volontaire. Julien l'avait vue grandir, mais son amour s'était encore plus affirmé depuis qu'ils faisaient partie du même réseau. A chaque mission, il tremblait plus pour elle que pour lui-même. Julien aurait dû haïr Jean de Noisy. Pourtant, il ne pouvait se défendre d'admirer et aimer le chef du Drakkar. Le commandant Simon avait un véritable ascendant sur ses troupes. Plein de toutes ces pensées contradictoires, Julien Devereaux dormit dans l'étable de Joseph Levavasseur, en attendant le matin pour sortir à bicyclette.

Jean savait qu'il affaiblissait son autorité vis-à-vis des membres du réseau en ne cachant pas les sentiments qu'il éprouvait pour Noémie, mais il se sentait incapable de la laisser repartir dans cet état.

A la lueur tremblotante de la lampe, il l'attira à lui et ils s'assirent sur un muret éboulé. D'une main, il caressa sa nuque, de l'autre, il écarta des cheveux fous sur son front pour y déposer des baisers. Un doigt essuya ses larmes.

– Mon cœur, ma chérie, je te jure que Valentine reviendra, je le sens, tu dois retrouver tes forces, ton calme, ton courage pour faire face et tout cacher à ta famille. Ils vont s'inquiéter de son absence. Tu dois avoir l'héroïsme de leur affirmer, en souriant, qu'elle a téléphoné de Lisieux où elle veut rester un certain temps. Si la Gestapo enquête, tu dois répondre qu'elle est partie en possession d'un *Ausweis* officiel délivré par la Kommandantur.

– Oh ! Jean, quel cauchemar ! J'ai déjà perdu mon père, nous sommes sans nouvelles de lui depuis des mois, voici maintenant maman qui disparaît, c'est trop dur !

Elle levait vers lui ses beaux yeux noyés de chagrin.

Il ne put résister et prit ses lèvres avec une sorte de violence, puis il la serra avec force.

– Tu n'es pas seule, chérie, je sais ce que c'est d'être orphelin, mais tu ne l'es pas, tu retrouveras tes parents et je suis là, je te protégerai ainsi que Victor, je te le jure ! Je t'aime, Noémie, je t'aime tant !

Tous deux affolés de désir s'embrassèrent longtemps, ne pouvant se séparer.

– Ne me laisse pas seule, je vais avec toi au château ! chuchota Noémie.

Jean eut l'héroïsme de se détacher d'elle. Avec un soupir, il murmura :

– Non, tu dois rentrer à la ferme pour ton frère, ton grand-père et les Mazuvski. Ils sont en grand danger, tu es responsable d'eux à présent, Noémie, c'est toi le chef de Hautefort, et moi ma place est à Reuville, pas de folies, chérie !

Il la força à se redresser. Main dans la main, ils firent le chemin qu'ils connaissaient bien. Après un dernier baiser, Jean la laissa à l'endroit habituel et Noémie regagna sa chambre sans encombre.

Le lendemain matin, quand elle descendit dans la cuisine, Quentin discutait avec le vieux Pierre qui apportait dans un panier quelques œufs.

– C'est très aimable à vous, monsieur Pierre, dit Quentin, justement nous en manquions.

– Oh ! il n'y a pas de mérite, « en été les poules pondent beaucoup d'œufs ! » déclara Pierre en prenant congé.

Noémie trembla. Elle savait ce que cela voulait dire.

Dans la cour, Tancrède Hautefort prenait le soleil sur son banc. Les « pensionnaires » allemands saluaient le vieillard, en partant se raser à la pompe.

– Ta mère revient quand ? demanda Tancrède.

– Elle a téléphoné de Paris où elle reste un certain temps ! eut le courage d'affirmer Noémie.

– Ma parole, elle a la bougeotte !

Noémie voyait les rideaux remuer à l'étage. C'étaient les Mazuvski qui venaient dans leurs chambres se laver et prendre du linge. Elle allait monter leur dire d'être prudents, quand elle entendit un ronflement de moteurs et des portières qui claquaient.

De trois Mercedes grises descendirent des hommes de la Gestapo avec Rolf Brauner à leur tête.

Noémie échangea un rapide regard avec son grand-père. Celui-ci se leva en boitant beaucoup plus que d'habitude. Il rentra dans la maison, tandis que Noémie se dirigeait poliment vers le chef de la Gestapo.

– Que puis-je pour vous, messieurs ?

– Nous venons berquisitionner toutes les fermes et demeures du voisinage voir si vous cacher saboteurs !

– Oh ! *Herr* Brauner, vous pouvez regarder partout, je suis seule avec notre régisseur, mon grand-père et mon petit frère !

– *Ach !* frère bon pour STO !

– Oh non ! *Herr* Brauner, il n'a que quatorze ans, il est trop jeune !

– Et *Frau* Hautefort ? interrogea Rolf Brauner dont la lèvre était agitée d'un tic nerveux.

Noémie sentait une rigole de sueur couler dans son dos. Elle réussit à sourire.

– Ma mère est allée à Lisieux !

– Voyez-vous ça ! zans permission ?

– Pardon *Herr* Brauner, elle n'aurait jamais fait cela, avec un *Ausweis* officiel de la Kommandantur !

– Si vous mentir, vous coûter cher !

– Mais, je ne mens pas, *Herr* Brauner, vous pouvez vérifier !

– Nous vérifier, nous vérifier ! Allons...

D'un pas décidé, le gestapiste, deux sbires sur les talons, pénétra dans la ferme, tandis que les autres se rendaient dans les écuries et les anciennes laiteries.

Dans une pièce à l'étage, Victor faisait une partie de dames avec son grand-père. Celui-ci salua très aimablement le gestapiste.

– Bonjour, monsieur, beau temps aujourd'hui !

Rolf Brauner fouilla un long moment dans la chambre de Valentine puis dans celle de Noémie. Sans façon, il ouvrait les tiroirs, humant soutiens-gorge et culottes, jetant un coup d'œil aux livres, regardant derrière les tableaux et miroirs. N'ayant rien trouvé de suspect, à part un roman d'Erich Maria Remarque, auteur allemand antinazi qui n'eut pas l'air de lui plaire, Brauner se fit conduire à la cave.

S'il découvrait le passage secret, c'en était fait des Mazuvski et aussi du réseau, car l'infâme policier aurait tôt fait d'aller à Reuville et de tout comprendre sur le commandant Simon. Noémie avait remarqué que le tic nerveux de Rolf Brauner s'accentuait. Il furetait autour de l'armoire, se plaignant de ne pas y voir. L'un de ses comparses lui tendit une torche à pile électrique, dernier modèle. Noémie bénit le ciel que ce ne fût pas une bougie, car le courant d'air sur la flamme l'aurait mis sur la piste.

Rolf Brauner passa le rayon électrique le long des rainures. Noémie décida de jouer le tout pour le tout. Elle savait que Tancrède gardait une réserve de calvados dans le cellier attenant. Dans l'obscurité, elle fit mine de trébucher pour casser une bouteille. Au bruit, Rolf Brauner se retourna.

– *Ach !* mauvais Franzais, cacher bon vin aux Allemands !

– Oh non ! que croyez-vous, *Herr* Brauner, je serais très heureuse d'en offrir à vous et vos hommes, mais il est de fait que, voici plusieurs mois, des soldats de la Wehrmacht ont abusé de cet alcool normand et...

– Ils s'être mal conduits ?

Rolf Brauner se rapprocha de Noémie.

– Plutôt, je dois dire qu'ils étaient complètement ivres, nous n'avons pas voulu les dénoncer à leurs officiers, mais mon grand-père a préféré leur retirer cette boisson qu'ils ne pouvaient supporter !

– *Ja, ja*, la Wehrmacht pouah ! eux boire du lait, rien d'autre ! *Fräulein*, au nom du Führer, je vous pardonne !

– Je vois bien que vous n'êtes pas du même genre, *Herr* Brauner, puis-je vous offrir quelques bouteilles de calvados et trinquer avec vous ?

– *Ja, ja*, si c'est cadeau !

Sur un geste du gestapiste, ses sbires s'emparèrent d'une douzaine de bouteilles.

Noémie en prit une de 1912 que Tancrède gardait précieusement pour un anniversaire et elle remonta dans la cuisine boire avec les hommes de la Gestapo.

Quand ils partirent enfin, passablement éméchés et satisfaits de leur visite, Rolf Brauner s'attarda à la grille où Noémie l'avait raccompagné.

– Je féliciter vous, Française amie IIIe Reich !

Il claqua des talons.

– Mes respects à *Frau* Hautefort, *Fräulein*, si vous venir Caen, je serai heureux conduire vous au cinéma !

Noémie crut tomber par terre. Le chef de la Gestapo l'invitait à aller voir un film ! Elle comprenait ce que cette proposition signifiait. Bah ! si elle devait coucher avec le diable pour sauver le réseau, elle le ferait !

Comme s'il avait compris ses pensées, Rolf Brauner ajouta :

– A bientôt, *Fräulein, ach !* maintenant nous aller à Reuville voir ce qui z'y passe !

– Vous verrez surtout beaucoup de chevaux ! réussit à articuler Noémie en riant.

– *Ja, ja !*

Rolf Brauner monta dans sa voiture. Au loin, Noémie aperçut un autre véhicule arrêté près des poteaux télégraphiques. Bien sûr, la ruse était grossière, si Noémie se précipitait sur le téléphone pour avertir Jean de la visite de la Gestapo, ce serait une indication de complicité. Passer par le souterrain, Noémie n'avait plus le temps, Rolf Brauner serait à Reuville avant elle. Jean était averti du danger, il saurait faire face. Elle monta féliciter Tancrède et Victor qui avaient parfaitement joué leur rôle, puis descendit rassurer les Mazuvski qui avaient entendu une partie du dialogue dans la cave. Ericka en tremblait encore.

– Noémie, ma chérie, tout ce que tu fais, avec Valentine, vous sera rendu au centuple, le Seigneur vous protégera !

Noémie songea que sa mère avait bien besoin de l'intervention divine.

– *Mazel tov*, mon petit Noémie, tu lui as bien tenu tête à ce *manzèr*[1] !

Wenceslas, Ladislas et Sigismond entouraient leur cousine.

– Peut-on aller courir dans les champs avec Victor ? supplièrent les jeunes Hautefort.

Noémie secoua la tête.

– Pas maintenant, mes chéris, je vous en prie, restez sages !

– Je vais leur faire la lecture ! assura Ericka.

Comme ils avaient grandi, les jeunes cousins. Ils étaient pâles, amaigris. Ils avaient besoin de soleil, de verdure et surtout de vivre sans peur.

Noémie remonta à la cuisine. Elle s'assit en face de Quentin et attendit dans l'angoisse, espérant qu'à Reuville la Gestapo ne découvrirait pas l'autre bout du souterrain. Elle hésitait sur la meilleure solution. Peut-être devait-elle cacher les Mazuvski au grenier. Elle n'avait que dix-huit ans et était responsable de cinq vies humaines, de son vieux grand-père et de son jeune frère. Quentin, gentiment, posa sa large main calleuse sur la sienne.

– Veux-tu un gloria, petite ?

– Je vais être ivre morte après le calvados avec les monstres !

– Parfois, cela aide à supporter la vérité ! murmura Quentin.

A cet instant, elle entendit un ronflement de moteurs sur la route. Noémie se précipita à la fenêtre. Elle eut le temps d'apercevoir la Mercedes de Rolf Brauner, dans laquelle se trouvait à l'arrière, solidement encadré par deux gestapistes, Jean de Noisy. Il n'eut pas un regard pour la ferme Hautefort.

Noémie, effondrée, comprit que Rolf Brauner avait arrêté le commandant Simon.

Au mépris des consignes de prudence, Noémie sella Jimmy du Manoir et se rendit à Reuville. La consternation régnait au château, pas seulement chez les lads et le vieux Pierre, mais aussi parmi les officiers allemands. Ceux-ci, surtout le major Kurt, avaient défendu le chevalier de Noisy, assurant que, la nuit du sabotage, celui-ci, blessé

1. Bâtard.

après une mauvaise chute, dormait dans son lit. Le colonel Helmut von Schölner avait confirmé à Rolf Brauner, toujours méfiant, avoir bien donné un *Ausweis* tout à fait régulier à *Frau* Valentine Hautefort. Le capitaine Egon Uhl promit à Noémie de téléphoner au haut quartier général pour défendre Jean de Noisy et le faire libérer de cette incarcération arbitraire.

Dans le salon jaune, Noémie trouvait chez les officiers de la Wehrmacht des alliés précieux.

– Mais pourquoi *Herr* Brauner a-t-il arrêté M. de Noisy ? S'agit-il d'une dénonciation ? demanda Noémie au capitaine Uhl.

Celui-ci secoua la tête.

– Pas du tout, *Fräulein*, Rolf Brauner prétend avoir vu dans la nuit les yeux étranges d'un saboteur, et il les a comparés avec le regard, comment dites-vous ?

– Vairon ?

– *Ja, ja*, monsieur de Noisy a un œil brun et un autre bleu, ce qui est grand charme, n'est-ce pas, *Fräulein* ! fit Uhl d'un air un tantinet grivois.

Noémie se rendit compte qu'ils la considéraient comme la « petite amie » de Jean.

– Mais c'est ridicule, dans la nuit, de loin, on ne voit rien !

– Komment savez-vous que c'était de loin ?

Noémie se mordit la langue.

– Je le suppose, sinon Rolf Brauner aurait arrêté le saboteur sur place !

– *Ja, ja*, très bien raisonné !

Pour réchauffer l'ambiance, le vieux Pierre servait du cidre bouché. De plus en plus pompette, Noémie, qui avait tout de même trinqué au calvados, bu le gloria et maintenant se rafraîchissait au cidre pétillant, se leva.

– Où sont-ils partis ?

– Mais à Caen, mademoiselle Noémie, au siège de la Gestapo ! gémit le vieux Pierre. Ah ! mon maître, mon pauvre maître !

Il se tordait les mains.

– Colonel ! dit Noémie avec autorité. Pouvez-vous me donner un *Ausweis* pour Caen ?

– *Mein Gott, Fräulein*, c'est très dangereux ! Gestapo !

Rien qu'à ce mot, le colonel von Schölner, élégant aristocrate saxon, paraissait trembler. Noémie insista.

– Colonel, je vous en supplie, je dois aller à Caen innocenter M. de Noisy. Du reste, ajouta-t-elle devant les Allemands ébahis, *Herr* Brauner m'a invitée à aller au cinéma !

34

La nuit de Bayeux

En passant devant l'Abbaye aux Hommes, Noémie se mit sous la protection du Conquérant et de la reine Mathilde.

Combien de fois avait-elle entendu, de la bouche de Tancrède, l'histoire du glorieux bâtard et de sa fière épouse.

Imitant, pour une fois, grand-mère Caroline, Noémie pénétra dans l'église Saint-Étienne, fondée au cœur de l'abbaye par Guillaume et Mathilde. Ses pas résonnaient dans l'immense nef aux larges arcades. Seules quelques vieilles dames priaient. Dans le chœur, près de l'autel, Noémie s'agenouilla devant la dalle portant l'épitaphe de Guillaume le Conquérant. Son sarcophage ayant été profané à plusieurs reprises au cours des siècles, d'abord par les huguenots, puis ses restes ayant plus tard été jetés au vent lors de la Révolution, il ne restait que cette pierre. Mais Noémie estimait que sa grande âme de Normand allait lui insuffler le courage nécessaire à sa mission, car depuis sa descente du train elle avait failli, plusieurs fois, faire demi-tour. Était-elle folle ou inconsciente d'aller se jeter dans la gueule du loup ?

Noémie savait que la ville de Caen était née d'une île fortifiée par les Normands, au confluent de l'Orne et de l'Odon. C'était au XIe siècle qu'elle était devenue la cité préférée du duc Guillaume.

Agenouillée sur un prie-Dieu, Noémie se remémorait l'histoire romanesque de Guillaume et Mathilde. Après sa victoire au Val-ès-Dunes, sur les barons rebelles du Cotentin et du Bessin, le jeune Guillaume, assuré de garder son duché, avait demandé la main de sa séduisante cousine, Mathilde de Flandres. Avec hauteur, la jeune princesse avait mal accueilli ce prétendant de naissance illégitime, fruit des amours de la belle Arlette et du duc Robert de Normandie. Elle annonça même tout haut : « J'aimerais mieux être nonne voilée que donnée à ce bâtard ! »

Il faut avouer que la réponse était fort désagréable. Fou d'humiliation, de rage et d'amour, Guillaume fonça à bride abattue vers la ville de Lille. Il pénétra dans le palais du comte de Flandres, empoigna Mathilde par ses longues nattes et, la traînant autour de la salle, la bourra de coups de botte ! On avait la manière en ce temps-là ! La demoiselle, déconcertée et subjuguée, tomba dans ses bras, l'épousa et devint souveraine d'Angleterre grâce à la victoire de son mari à Hastings, le 14 octobre 1066, sur le dernier roi anglo-saxon Harold II. La tapisserie de Bayeux portant son nom racontait l'histoire de la conquête.

En fait, Guillaume le Conquérant, en débarquant dans le Sussex pour prendre les îles anglaises, déclarait à tous : « Il faut savoir oser ! »

Noémie, ayant retrouvé son énergie, grignota un croûton de pain qu'elle avait eu la précaution d'emporter dans son sac avec quelques victuailles et du linge de rechange pour Jean, puis elle se dirigea au hasard dans le centre historique de Caen. Elle ignorait totalement où était la Gestapo et n'osait s'informer auprès des passants, craignant de les effrayer. En revanche, avisant une échoppe de cordonnier où l'on réparait, visiblement, des bottes clouées allemandes, elle s'enquit de la Kommandantur. Le cordonnier indiqua l'orgueilleux bâtiment, en direction du Vieux-Sauveur. Arrivée devant les drapeaux à croix gammées, Noémie demanda en chuchotant aux soldats allemands de faction où se trouvait le siège de la *Geheime Staatspolizei*. Le nom entier de l'ignoble police secrète de Heydrich sonnait ainsi moins dangereux.

Les sentinelles, sans états d'âme, sous leurs casques, lui désignèrent une petite rue, derrière l'hôtel de Colombey. C'était un endroit discret, sombre, sans garde apparente, près de la maison des Quatrans. Une voiture noire avec deux policiers stationnait en permanence devant la porte d'un vieil hôtel particulier, réputé pour ses voûtes et ses caves. Refoulant sa crainte, Noémie frappa à une porte de bois sombre. Celle-ci s'ouvrit aussitôt sur un gestapiste, chapeau enfoncé sur la tête et col de manteau de cuir relevé. A croire qu'ils dormaient avec.

– Je désire parler à *Herr* Rolf Brauner !

– A quel sujet ?

– C'est personnel, dites-lui que Noémie Hautefort le demande.

– Bien, asseyez-vous !

Le policier désigna poliment un banc à la jeune fille qui prit place sous le portrait de Hitler. Son cœur battait, à la pensée d'être si près de Jean. Était-il enchaîné dans les caves, battu, affamé, torturé ? Il n'y avait pas un bruit dans les bâtiments de la Gestapo. Une ambiance feutrée régnait. Le policier avait laissé Noémie seule dans l'entrée. Elle attendit un long moment, sûre qu'on l'observait.

Il revint enfin pour déclarer :

– *Herr* Brauner, très occupé, vous recevra après zon déjeuner !

Le croûton de pain n'était plus qu'un lointain souvenir. Noémie ne voulait pas toucher aux provisions pour Jean. Le ventre creux, elle répondit par un sourire.

– En ce cas, j'attendrai !

– Il vaut mieux vous revenir dans une heure ou deux !

Noémie songea qu'elle devrait errer dans Caen jusqu'au rendez-vous. Elle se leva à regret pour se diriger vers la sortie quand elle entendit une porte claquer en haut de l'escalier.

– *Stumpfsinnig*[1], mais c'est *Fräulein* Hautefort, mon azistant s'est mal exprimé, quelle zurprise ! Foulez-vous partager mon repas ?

Quand on va déjeuner avec le démon, il faut emporter une longue cuiller, dit le proverbe. En montant les marches, le visage apparemment serein, Noémie espérait que sa cuiller serait aussi longue qu'un manche à balai.

Rolf Brauner, très mondain, lui ouvrit sa porte. Elle pénétra dans un bureau sombre, aux doubles rideaux fermés. Une lampe sur la table éclairait un peu la pièce.

– Je travailler ! s'excusa Rolf Brauner en montrant une montagne de papiers.

Il ouvrit les rideaux pour laisser filtrer le soleil et guida la jeune fille vers un guéridon préparé avec nappe et assiettes pour deux personnes.

Sur un geste aimable, elle s'assit en face du chef de la Gestapo et se retint pour ne pas se jeter sur le pâté et une aile juteuse de poulet à la crème déjà servis. Dans ce lieu, on ne connaissait visiblement pas les restrictions.

– Châteauneuf-du-pape ! voulez-vous un peu de ce bon vin, *Fräulein* ?

– Vous êtes un véritable amateur, *Herr* Brauner, un doigt !

Il la regarda, surpris.

– Un doigt komment ?

– Un doigt de vin, c'est une expression !

– Charmant, tout à fait charmant, un doigt !

Rolf Brauner hocha la tête en souriant.

– Eh bien ! attaquons !

Il désignait l'assiette de Noémie.

1. Idiot.

Elle ne se le fit pas dire deux fois et prenait avec son couteau un gros morceau de pâté sur du pain blanc quand Rolf Brauner demanda :

– Que me vaut l'honneur de votre visite, *Fräulein* ?

Noémie posa, à regret, pain et pâté pour minauder.

– Vous m'avez bien invitée à aller au cinéma, *Herr* Brauner !

– Oh ! charmant ! vous avoir fait tout ce chemin pour répondre à mon invitation...

– Eh bien... dans un sens, oui ! affirma Noémie en avalant une bouchée délicieuse.

– *Ach !* on joue justement ce soir *Le Baron de Münchhausen*, je serai très honoré d'y aller en votre compagnie, *Fräulein*, où êtes-vous descendre ?

– Chez une relation ! se hâta de répondre Noémie.

– Alors, z'est oui ? insista Rolf Brauner.

– Pourquoi pas ? Mais je suis venue vous parler aussi de notre voisin et ami le marquis Jean Caumont de Noisy !

Elle avait intentionnellement donné ses titres aristocratiques, espérant que cela impressionnerait Rolf Brauner. Celui-ci repoussa son assiette.

– *Ach !* ze n'est plus frivolités, z'est travail ! Horst ! cria-t-il.

Un mastodonte pénétra aussitôt dans la pièce.

« Va-t-il me battre ? » songea Noémie.

Le mastodonte se contenta de desservir prestement les assiettes pleines. Sous le regard consterné de la jeune fille, il jeta le tout dans une bassine et ressortit aussi rapidement.

– Pour travail, vous venir ici ! fit Rolf Brauner.

Désignant la chaise en face de son bureau, il referma les rideaux, appela un autre acolyte qui vint s'asseoir à côte de son patron pour tout noter. La lampe éclaira le visage de Noémie tandis que Rolf Brauner et son assistant restaient dans l'ombre. Elle s'était jetée, tête baissée, dans la nasse.

– *Fräulein* Hautefort, qu'avez-vous à déclarer ?

– Je suis venue, *Herr* Brauner, témoigner en faveur du chevalier Jean de Noisy. Il n'a jamais fait de résistance, je connais ses opinions pro-allemandes ! affirma Noémie.

– *Ja, ja*, z'est ce que m'ont déclaré officiers chez lui, mais ze n'est pas suffizant ! il y a zabotages, parachutages armes dans Cotentin, nous cherchons kommandant Simon, chef du réseau résistance, en avez-vous entendu parler, *Fräulein* ?

– Bien sûr ! déclara Noémie, estimant qu'il serait ridicule de nier, mais je ne le connais pas, parfois on se demande même s'il existe. Les gens du coin sont très calmes, ils s'entendent bien, dans leurs fermes, avec les soldats.

– *Ja, ja*, eux pas se plaindre !

– Ah ! vous voyez, nous à Hautefort, nous avons accueilli depuis 1940 nombre de soldats de la Wehrmacht. A Reuville, il y a même eu des Waffen SS !

– Vous avoir quelque chose contre courageux Waffen SS, nobles défenseurs du Reich !

– Pas du tout ! se hâta de dire Noémie. Je me souviens de l'un d'eux, le capitaine von Zilbnerf, un officier très bien élevé, aucun de ces soldats ne s'est jamais plaint de M. de Noisy. S'il avait été dans la résistance, il se serait vengé sur les occupants du château. Au lieu de cela, il n'a parmi eux que des amis. Ils font du cheval ensemble. M. de Noisy déteste les Anglais et aime l'Allemagne !

– Mais parachutage armes ?

– Enfin, *Herr* Brauner, si cela avait lieu sur les terres du marquis de Noisy, cela se saurait, se verrait du château, du bourg, de Sainte-Mère-Église. Tout le monde en parlerait ! Il y a de bons collaborateurs qui le dénonceraient.

Noémie savait que les parachutages avaient lieu loin, dans la lande de Lessay.

– Je ai vu, dans jumelles, regard du saboteur, à Liesville, yeux très étranges sous bonnet !

– Mais, *Herr* Brauner, je connais beaucoup de gens par ici qui ont des regards bizarres, y compris ceux qui louchent, sans compter les borgnes. Je vous en prie, laissez-moi voir M. de Noisy pour lui donner du linge et un peu de nourriture !

– Bas question ! il est, pour le moment, au zecret et répond à nos questions, je dois reconnaître qu'il dire exactement même chose que vous !

Noémie avait la sensation que Rolf Brauner jouait avec elle comme le chat avec la souris. Il se leva.

– Bon, *Fräulein*, je être très occupé, vous revenir demain, même heure, nous parler !

Soudain, très mondain, il fit le tour de la table, prit la main de Noémie, révulsée, et déposa un baiser sur ses doigts.

– *Baron Münchhausen* autre fois, *Fräulein, ach !* laisser petites provisions pour *Herr* de Noisy ! Horst lui donner de votre part !

Le mastodonte, revenu dans la pièce, débarrassa prestement Noémie de son paquet et la conduisit vers le rez-de-chaussée. En descendant l'escalier, la jeune fille crut entendre des gémissements venant de la cave. Elle dut s'accrocher à la rambarde. Osaient-ils torturer Jean ? Horst, peu enclin à la conversation, fit signe aux policiers de faction de la laisser sortir.

Étourdie par l'émotion, elle se retrouva dans la rue, sans savoir ce qu'elle allait faire. Elle marcha un long moment au hasard. La citadelle du château semblait l'écraser. Noémie avait laissé toutes les provisions pour Jean. Elle avait faim, soif, et heureusement son sac contenait des tickets de rationnement que Quentin, prévoyant, y avait glissés, avec quelques centaines de francs. Elle revint vers la rue Saint-Pierre et avisa un petit restaurant à l'enseigne du *Duc Guillaume*. C'était de bon augure.

– Puis-je déjeuner ? demanda-t-elle à la patronne, une Normande blonde au visage rose et avenant.

– Oui, si vous avez des tickets ! Ici c'est une maison honnête, on ne fait pas de marché noir !

Noémie la rassura et eut droit à une soupe bien clairette, un morceau de pain noir, une tranche de pâté aux marrons dure comme de la semelle, accompagnée de betteraves cuites à l'eau, arrosée d'une sauce blanchâtre ne ressemblant en rien à de la crème.

C'était parfaitement infect, mais Noémie avait si faim qu'elle s'en contenta. Deux soldats allemands avalaient le même repas à une autre table, mais ils semblaient moins secoués par ce menu spartiate que la jeune fille. Elle se rendait compte à quel point ils étaient privilégiés à Hautefort en comparaison des gens des villes. Il y avait toujours le moyen de se nourrir dans le Cotentin, même si les aliments de luxe tels oranges, bananes, sucre, chocolat avaient disparu.

Après avoir payé son écot et donné six tickets, Noémie engagea la conversation avec la patronne. Celle-ci s'appelait Marie-Madeleine. Elle avait trois enfants et son mari était prisonnier dans un stalag en Prusse-Orientale.

– Je compte dormir à Caen cette nuit, connaîtriez-vous une chambre ? demanda Noémie.

Marie-Madeleine possédait derrière le restaurant au-dessus d'une remise une petite mansarde, avec cuvette et pot à eau. C'était misérable, mais propre. Pour quinze francs par jour, Noémie s'installa dans ce pauvre galetas.

Afin de ne pas éveiller la curiosité de la restauratrice, elle affirma être élève aux Beaux-Arts et venir étudier les bâtiments conventuels, ainsi que l'Abbaye aux Dames, fondée par Mathilde, pendant de l'Abbaye aux Hommes.

En fait d'études, Noémie, qui était partie de Hautefort tôt le matin, dormit tout l'après-midi. Ses forces revenues, elle sortit en fin de journée et s'aperçut en marchant dans les rues qu'elle était suivie. *Herr* Brauner ne laissait rien au hasard.

Revenue au *Duc Guillaume*, Noémie fit le même genre de dîner que le repas de midi et elle monta se coucher. Toutes ses pensées étaient tournées vers Jean, si proche et si éloigné. Elle entendit sonner toutes les heures au clocher de l'église Saint-Pierre. Les sirènes résonnèrent trois fois avant le passage des bombardiers alliés partant « arroser » les villes allemandes. Enfin, à l'aube, la jeune fille s'endormit.

Elle se réveilla en sursaut, pour se préparer à toute allure et se rendre à son rendez-vous.

– Ah ! *Fräulein*, je ne penser pas vous revoir, peut-être vous avoir peur Gestapo ! déclara Rolf Brauner quand elle fut introduite dans son bureau.

– Mais pourquoi ? j'ai la conscience tranquille, M. de Noisy aussi, j'ai confiance dans la police allemande et ses représentants !

– Bien ça, prenez place !

La même comédie, à l'exception du simulacre de repas gastronomique, reprit.

– Vous pas dire toute la vérité ! fit Rolf Brauner, un doigt menaçant tendu vers Noémie.

Elle ne cilla pas sous l'accusation.

– Comment cela, *Herr* Brauner ?

– Vous pas descendre chez amis, mais petit hôtel *Duc Guillaume* !

– Oh ! je ne vous ai jamais dit descendre chez des amis, je vous ai dit exactement chez des relations !

– *Ach !* expliquez za, franzais diffizile !

– Relations veut dire connaissances, je connaissais cet endroit par... mon grand-père qui m'avait parlé du *Duc Guillaume* !

– Vous avoir réponse à tout, *Fräulein* !

Noémie eut l'impression que Rolf Brauner commençait à s'énerver.

– Non, *Herr* Brauner, je suis honnête avec vous, comment vous mentir, vous représentez l'autorité et la loi...

– Vous pas peur ?

– Non, car j'ai ma conscience pour moi !

– Et conscience *Herr* de Noisy ?

– Je connais sa droiture et son honnêteté, je vous le répète, *Herr* Brauner, il est impossible que le marquis de Noisy, de vieille famille française, soit mêlé à des actes de sabotage. Le commandant Simon, s'il existe, est un autre homme !

La joute dura jusqu'au soir. On ne parlait plus du *Baron de Münchhausen*. Parfois, le tic nerveux de Rolf Brauner s'accentuait, pour disparaître presque complètement quand il se calmait. Noémie devinait qu'il prenait un plaisir sadique à changer brusquement de sujet. Parfois, il lui parlait de Michel-Ange, artiste décadent, dépravé, puis il évoquait la grandeur des chevaliers Teutoniques pour finalement réciter une fable de La Fontaine.

C'était un fou, méthodique, vicieux. Il mourait d'envie d'arrêter Noémie mais elle comprit que l'individu avait besoin de preuves pour passer à l'action.

La comédie dura huit jours. Chaque soir, Rolf Brauner reconvoquait Noémie pour le lendemain. Elle revenait sans crainte apparente, obstinée, défendant Jean, bec et ongles mais avec diplomatie. L'argent fondait, elle se demandait avec angoisse ce qu'elle allait faire car elle n'aurait bientôt plus de quoi payer la patronne du *Duc Guillaume*. Elle avait l'impression que, si elle repartait à Hautefort, elle abandonnerait Jean aux mains des tortionnaires et qu'on ne le reverrait jamais plus.

Le neuvième jour à midi, heure du rendez-vous de Noémie, elle trouva Rolf Brauner très affairé.

– Ah ! *Fräulein*, vous pouvoir témoigner que moi être très correct à Gestapo... *Herr* de Noisy sembler innocent, vous pouvoir repartir avec lui !

Des larmes d'émotion montèrent aux yeux de Noémie. Était-ce une machination ?

Rolf Brauner lança un ordre sec. Le mastodonte entra suivi de Jean. Il était amaigri, avec une barbe de dix jours, sale, chemise et pantalon déchirés, mais il marchait et ne portait pas, du moins sur la figure, de trace de coups. Ne voulant pas compromettre Noémie, Jean évitait de la regarder.

– *Herr* de Noisy, vous pouvoir remercier *Fräulein* Hautefort, vous êtes libre car vos réponses ont été identiques aux siennes.

Complètement ahuris de la rapidité des événements, Jean et Noémie prirent « poliment » congé de Rolf Brauner.

Sur le pas de la porte, celui-ci prévint :

– Ah ! nous garder encore valise, chevalier de Noisy, vous devoir revenir après-midi chercher affaires ! Au revoir, *auf wiedersehen* !

C'était sûrement une dernière ruse. Noémie et Jean descendirent l'escalier accompagnés par le mastodonte.

Ils se retrouvèrent dans la rue, les jambes flageolantes, ayant pourtant envie de s'enfuir en courant. Sûrs que du premier étage on les observait, ils se forcèrent à marcher calmement. Jean avait l'air d'un vrai clochard.

Après avoir tourné le coin de la rue, il prit le bras de Noémie.

– Mon cœur, quelle folie as-tu faite ? il fallait me laisser, je t'aime... Bon, on fout le camp en leur laissant la valise ?

– Surtout pas, c'est ce qu'il attend, il faut retourner la chercher cet après-midi comme des gens ayant la conscience tranquille ! affirma Noémie.

Elle l'entraîna, sans passer par le restaurant, dans sa soupente.

Torse nu, il se lava au-dessus de la cuvette avec le pot à eau. Noémie vint appuyer sa joue contre son dos. Il se retourna et la prit dans ses bras.

– Ma folle, ma bien-aimée...

Ils échangèrent un long baiser.

– Que t'ont-ils fait ? chuchota Noémie quand elle eut repris un peu ses esprits.

– Ils m'ont interrogé, douze heures par jour, laissant la lumière la nuit pour m'empêcher de dormir, se relayant à mon « chevet ». Dans les caves, j'entendais d'autres gars hurler à côté !

– Dieu, t'ont-ils battu ?

– Je dois dire que non, ils m'ont affamé, menacé, ils ont prétendu que tu avais avoué, j'ai tout nié comme toi !

– Tu n'as pas reçu mon paquet de provisions ?

– Non, ils ont dû l'analyser pour voir si tu me faisais parvenir un message et ensuite King Kong l'a certainement dévoré ! Tu n'as toujours pas de rasoir, chérie ?

– Non, mais je t'ai gardé une chemise propre !

Jean la passa avec soulagement. Ainsi vêtu, il faisait moins peur.

– Écoute, il me reste un peu d'argent, il faut aller déjeuner ! décida Noémie.

– Je dois dire que les menus de *Herr* Brauner étaient assez succincts, pain noir et eau croupie comme dans Eugène Sue.

Il titubait légèrement de fatigue, de faim. Noémie le prit par la main.

– Viens...

Dans la petite salle du restaurant, elle présenta Jean à la patronne comme étant son frère.

– A-t-il des tickets ? s'enquit Marie-Madeleine dont c'était la seule préoccupation.

Noémie en avait encore douze. Ils partagèrent équitablement et eurent droit à la même soupe lavasse, et à un ersatz de pâté aux topinambours. Jean était tellement affamé que Noémie lui offrit sa part en affirmant qu'elle avait pris un bon petit déjeuner. L'orge, en guise de café, bue, ils remontèrent dans la soupente et se laissèrent tomber sur le lit pour s'endormir presque aussitôt dans les bras l'un de l'autre.

En dix jours, Jean n'avait eu que quelques heures de sommeil à la Gestapo. Noémie dut le secouer à cinq heures. Il fallait absolument aller chercher la valise.

Elle ramassa ses affaires, régla Marie-Madeleine et les jeunes gens reprirent, avec audace, le chemin de la Gestapo.

– Je reviens prendre mes affaires ! déclara Jean au fonctionnaire de service.

On les fit attendre un long moment dans l'entrée, enfin, King Kong descendit du bureau de Rolf Brauner, la valise à la main.

– *Herr* Brauner me charger dire vous – tiens, le mastodonte parlait – lui devoir partir, urgent, regretter beaucoup pas dire au revoir à vous, reviendra Cotentin voir vous, voici valise. *Herr* de Noisy vérifier si tout être là !

Jean regarda pour la forme, prêt à jurer que rien n'avait été volé, mais ses vêtements de rechange, pull-over, pyjama, montre, argent et papiers étaient en place.

De nouveau soulagés et quelque peu ahuris, les jeunes gens prirent le chemin de la gare. Il était six heures et ils attrapèrent le dernier train pour Cherbourg. Des soldats allemands étant dans leur compartiment, ils ne pouvaient se parler. Noémie réfléchissait : « A Carentan, nous allons trouver quelqu'un pour nous raccompagner chacun chez nous et ce sera fini ! » Elle enrageait de n'avoir su profiter de leur solitude dans la mansarde. Jean la regardait, comme s'il avait deviné ses pensées. Il caressa sa joue et l'embrassa sous le regard goguenard des soldats.

Un peu avant Bayeux, le train s'arrêta brusquement. La voie ferrée avait été mitraillée par des avions anglais. Il fallait descendre. Avec autorité, Jean prit la main de Noémie.

– Viens, suis-moi, je sais où nous allons !

Ils marchèrent un moment dans la campagne en direction de Saint-Loup-Hors. Après deux ou trois kilomètres, Noémie aperçut les tourelles d'un petit manoir Louis XIII, caché derrière de haute futaies. Jean semblait parfaitement connaître les lieux.

De luxueuses voitures allemandes stationnaient devant le perron. Dédaignant l'entrée, Jean passa par les communs. Une femme entre deux âges, brune, avec une certaine allure, sortait des cuisines.

– Que voulez-vous ? Ah ! monsieur de Noisy ! s'exclama-t-elle en reconnaissant Jean sous sa barbe châtaine.

– Madame Yvette, auriez-vous deux chambres pour cette demoiselle et moi ?

– Il me reste l'ancien appartement des ducs de Normandie, je crois que vous le connaissez...

– Oui, en effet, faites-nous monter deux soupers.

– J'ai des poulardes aux morilles, du riz au lait avec des oranges et...

– Ce sera parfait !

Dans le manoir, la patronne tendit une clé à Jean en lui chuchotant :

– Premier étage, numéro 32.

Des officiers allemands descendaient le grand escalier en galante compagnie. Jean, les ignorant, entraîna Noémie vers un petit escalier en colimaçon. Il paraissait en effet bien connaître les lieux. Dans un couloir, il ouvrir le numéro 32 affiché sur la porte et Noémie se retrouva dans un salon XVIIIe divinement meublé. De chaque côté de la pièce se trouvait une chambre. L'une avec un lit à baldaquin rose, l'autre à guipures bleues.

– Que veux-tu comme couleur, le rose ou le bleu ? interrogea Jean.

Noémie espérait une seule chambre.

De mauvaise humeur, elle demanda :

– Où sommes-nous ?

– Dans le meilleur endroit de marché noir de la région !

– Vous y venez souvent ?

– Avant-guerre, pour dîner avec des amis, j'ai dormi dans cet appartement avec le capitaine Franc après un certain concours hippique de Bayeux, si tu vois ce que je veux dire... Maintenant si tu crois que je suis venu ici avec douze créatures de rêve, tu te trompes, Noémie. *Carpe diem*[1], chérie, serons-nous libres ou en vie demain, je n'en sais rien... Tiens, prends ta salle de bains et reviens souper, tu me retrouveras plus civilisé !

Jean déposa un baiser sur ses lèvres, puis il la poussa vers la chambre bleue et referma la porte de la rose.

Noémie entendit l'eau couler dans la salle de bains de Jean. Elle se décida à l'imiter et ôta ses vêtements.

Elle se laissa glisser, avec volupté, dans l'immense baignoire. Depuis longtemps elle n'avait pu prendre de vrai bain. A Hautefort, pour économiser l'eau chaude, on se servait de brocs et de tubs.

Noémie resta un moment ainsi, allongée, rêvant, puis elle se savonna, avec un savon parfumé préparé à cet effet. Il y avait même des sels de bain et de l'eau de Cologne.

Une grande serviette et un peignoir roses étaient posés sur un tabouret. Jamais Noémie n'avait vu un luxe pareil.

Elle se sécha, regarda dans la glace son corps aux formes parfaites.

Dans son sac, il ne lui restait qu'une jupe et un corsage à peu près propres. Noémie les enfila sans mettre de sous-vêtements. Elle se coiffa avec soin. Grâce à un ruban, elle remonta ses cheveux sur le haut du crâne.

L'estomac noué, elle ouvrit la porte et trouva Jean, bien rasé et habillé de frais, assis dans un canapé. Il lisait un journal qu'on avait dû lui monter en même temps que le souper.

– Qu'y a-t-il de nouveau ? questionna Noémie.

– Rien... si, un commando SS allemand, dirigé par Otto Skorzeny, a enlevé Mussolini[2] qui était détenu dans les Abruzzes !

– Mais c'est très mauvais ça ?

– Non, Hitler s'en glorifie, mais Mussolini n'est plus rien dans le bal. Il va se faire avaler ! Viens, que je te regarde, mon ange, que tu es jolie... as-tu faim ?

– Oh oui ! avoua Noémie.

– Moi aussi !

Ils s'attablèrent et dévorèrent le repas succulent de Mme Yvette. A plusieurs reprises pendant le repas, Jean prit la main de Noémie pour l'embrasser. Il caressait ses cheveux, l'interrogeait sur Jimmy et Oscar du Bocage. Ils discutèrent un moment cheval, concours hippiques puis il lui demanda si elle avait envie d'entrer dans l'équipe de France après-guerre,

1. Mets à profit le jour présent.
2. 12 septembre 1943.

au cas où il y aurait un après-guerre. Il était charmant, tendre, affectueux, même amoureux, mais ne dépassait pas certaines limites.

Après le souper, ils allèrent s'asseoir sur le canapé, face à la fenêtre ouverte. Une étoile filante traversa le ciel.

– J'ai fait un vœu..., soupira Noémie.

– Moi aussi..., murmura Jean.

– Qu'est-ce que c'est ?

– On ne doit pas le dire si on veut qu'il soit exaucé !

Avec une douceur extrême, il prit ses lèvres, ne se lassant pas d'embrasser son visage, son cou, de respirer son odeur, de caresser ses cheveux.

– Ma petite Renarde, tu m'as sauvé la vie pour la troisième fois, comment pourrai-je jamais te rendre tous ces bienfaits !

Elle se tendit vers lui.

– Jean, je t'aime depuis toujours !

Elle s'offrait. Encore une fois héroïque, il la souleva pour la remettre debout. Avec tendresse, il lui embrassa le bout du nez et murmura :

– Bonsoir, chérie, va dormir, il faut te reposer, demain beaucoup de travail nous attend !

A grandes enjambées, le front en sueur, il se dirigea vers la porte de sa chambre qu'il referma sur lui. Folle de rage, Noémie saisit un vase de cristal qu'elle lança de toutes ses forces contre la boiserie. Ahuri par le bruit, il rouvrit son battant pour voir Noémie sortir de la pièce avec dignité et claquer à son tour sa propre porte. Visiblement perdu, il fit quelques pas dans le salon, il avait déjà ôté ses chaussures et se coupa sur un éclat de verre. Cela lui rappela vaguement quelque chose.

Ne pouvant laisser se prolonger ce malentendu entre eux, il frappa à la porte.

– Je dors ! cria Noémie.

Sans l'écouter, il entrouvrit le battant. Elle était allongée, toujours habillée, en travers du lit. Jean posa un genou sur la courtepointe, sa main caressait sa masse de cheveux roux, doux comme de la soie.

– Ma folle, ma chérie, je te respecte car je t'aime, donne-moi le temps d'être libre, je ne suis pas un saint, je...

Il ne put en dire plus. Elle s'était retournée. Son corsage ouvert découvrait la perfection de ses jeunes seins dressés vers lui. Jean blêmit, la tentation était trop forte. Dieu sait qu'il avait résisté à l'envie d'en faire sa maîtresse, il voulait lui offrir autre chose.

Allongée, offerte, le visage humide de larmes, les bras passés autour de son cou, elle répondait à ses baisers.

– Si nous sommes morts demain, je veux être à toi, hoqueta-t-elle.

Ne pouvant plus se maîtriser, il releva sa jupe et eut la surprise de la trouver nue sous le tissu. Il arracha ses propres vêtements, la dévêtit entièrement et tous deux se glissèrent dans les draps.

– Attends, chérie.

Il prenait son temps, l'apprivoisant comme un petit animal, la caressant, lui arrachant des plaintes qui le rendaient fou. Il était presque sûr qu'elle n'avait jamais connu d'autres hommes et ne voulait pas la brusquer, pourtant sa hardiesse lui en faisait douter.

– Je t'aime et je n'aimerai jamais que toi..., murmura Noémie, viens, je suis à toi !

Mots éternels. Plaquée contre Jean dont elle sentait le puissant désir, elle se laissait aller, buvait la vie à cette bouche amoureuse. Des ondes brûlantes parcouraient son corps. Elle l'appelait, l'attirait, il abandonna ses baisers et ses caresses pour la prendre avec un grondement.

Sous le corps musclé, elle découvrait l'amour, mais ne put se retenir de pousser un petit cri de douleur. Il voulut s'éloigner. Elle le retint et il arriva bien vite au faîte du plaisir. Une mince tache de sang s'étalait sur le drap.

– Pourquoi moi... tu n'aurais pas dû me faire ce don..., murmura Jean, bouleversé.

– Je suis heureuse, si heureuse ! chuchota Noémie. Je sais que je suis faite, née pour toi ! il fallait que ce soit toi !

Elle alla se rafraîchir dans la salle de bains et revint se nicher dans ses bras.

Entre eux, tout était parfait, tendre, beau et passionné. Jean ne pouvait cacher son amour. Il voulait la ménager car cette première fois pouvait la secouer beaucoup plus qu'elle ne s'y attendait. Mais ce fut Noémie qui revint vers lui avec l'envie d'une bonne élève voulant être à la hauteur du maître.

A plusieurs reprises, il la reprit au cours de la nuit.

Nuit d'été, nuit de paix, nuit sans danger, réservée à l'amour. Nuit de Bayeux.

Jamais Noémie ne pourra oublier cette première nuit avec Jean. Pour lui, elle oublie toute pudeur. Il se redresse, la contemple abandonnée, prisonnière entre ses genoux écartés.

Elle est à lui, faite pour lui. Il veut tout connaître de son corps et mourir avec elle de plaisir.

Carpe diem ! Ils vivent au maximum cet intermède offert par le destin, dans leur vie dangereuse. Ils oublient tout pour ne penser qu'à leur plaisir et leur bonheur.

De quoi demain sera-t-il fait ? Cette nuit est à eux et ils ne songent qu'à l'instant présent.

35

Le dernier printemps

Ami entends-tu, le vol noir des corbeaux sur nos plaines,
Ami, entends-tu, ces cris sourds du pays qu'on enchaîne,
Ohé partisans, ouvriers et paysans, c'est l'alarme
Ce soir, l'ennemi connaîtra le prix du sang et des larmes.

Montez de la mine ; descendez des collines, camarades !
Sortez de la paille les fusils, la mitraille, les grenades,
Ohé les tueurs, à la balle et au couteau, tuez vite !
Ohé saboteur, attention à ton fardeau : dynamite...

C'est nous qui brisons les barreaux des prisons, pour nos frères
La haine à nos trousses et la faim qui nous pousse, la misère.
Il y a des pays où les gens au creux des lits, font des rêves.
Ici, nous vois-tu, nous on marche et nous on tue ; nous on crève...

Ici, chacun sait ce qu'il veut, ce qu'il fait quand il passe,
Ami, si tu tombes, un ami sort de l'ombre à ta place,
Demain du sang noir séchera au grand soleil sur les routes.
Chantez, compagnons, dans la nuit la Liberté nous écoute...

Ami entends-tu, les cris sourds du pays qu'on enchaîne !
Ami entends-tu, le vol noir des corbeaux sur nos plaines !...
Oh oh oh oh oh oh oh oh...

L'oreille collée à la TSF, Noémie ne pouvait entendre sur Radio-Londres le *Chant des partisans*[1] sans frissonner.

Elle vivait dans la peur, l'angoisse quotidienne et pourtant le bonheur. Le retour de Jean au château de Reuville avait été fêté par ses « amis » de la Wehrmacht. Ils lui avaient réservé la surprise d'une réception au champagne. Ces bouteilles provenaient des caves de Reims, occupée, mais Noémie et Jean ne firent pas les difficiles.

– Au chevalier de Noisy, notre hôte et ami ! déclara le colonel Helmut von Schölner, et le toast fut aussitôt repris par le capitaine Egon Uhl et le major Kurt.

Ils croyaient ne jamais revoir le cavalier, pas plus que Noémie. Leur admiration pour la jeune fille était sans bornes. Ils semblaient même fiers que ces deux Français aient échappé aux griffes de la Gestapo. Le vieux Pierre, si heureux d'avoir récupéré son maître, pleurait en remplissant les coupes.

– *Prosit !*

A la fin de la soirée, les officiers étaient tellement soûls que, vautrés dans les fauteuils du salon, ils entonnèrent *Heidenröslein*[2] :

– *Sah ein Knab ein Röslein stehn,*

– *Röslein auf der Heiden,*

– *War so jung und morgenschön*[3]...

Ces paroles nostalgiques de Goethe les bouleversaient. Les larmes aux yeux, ils avaient le mal du pays, pensaient à leurs femmes et leurs enfants terrés dans les villes, sous les terribles bombardements des Alliés. Ils commençaient à douter de leur victoire. Certains officiers pensaient même qu'il faudrait un jour demander aux Anglo-Saxons une paix séparée de la Russie.

Jean de Noisy, un peu gris lui aussi, avait presque des remords de les duper ainsi. La situation avait pourtant un avantage. Les jeunes gens n'avaient plus besoin de cacher leur liaison aux yeux des occupants. Ceux-ci considéraient désormais Noémie comme la « petite amie » officielle de Jean et ils n'y voyaient aucun mal.

Noémie avait à présent trois vies : la résistante ! le chef de famille ! l'amoureuse ! La vie de Jourdan se déroulait toujours sous les ordres du commandant Simon. Ses missions, pendant l'hiver 1943-44, prirent beaucoup d'importance. Elle participa même à des sabotages avec Gilbert, Toulon et bien sûr Simon. Elle comprenait que Julien Devereaux était de plus en plus épris d'elle, qu'il avait deviné sa liaison avec Jean et en

1. Musique, Anna Marly. Paroles, Joseph Kessel et Maurice Druon
2. Rose sauvage.
3. Jeune garçon vit une rose, rose sur la lande éclose, l'était belle comme un matin...

souffrait affreusement. Comme tous les êtres très amoureux, Noémie était égoïste et ne pensait qu'à son bonheur. Jean lui-même avait changé. Malgré la menace permanente, son visage était plus souriant, décontracté. Il était pourtant certain que Rolf Braumer resurgirait un jour.

La deuxième existence de Noémie était son rôle de chef de la ferme. Tout reposait sur ses frêles épaules. C'était elle, désormais, le maître de Hautefort. Elle devait cacher ses pensées nostalgiques. Valentine lui manquait. Sans nouvelles, comprenant qu'elle n'en aurait pas, elle devait, et c'était le plus douloureux, continuer de mentir à Tancrède, Victor et toute la famille, y compris ceux de Carentan. Elle affirmait que sa mère était maintenant à Paris et allait très bien. Quentin n'était pas dupe, mais il se taisait... comme toujours !

Ericka et Abraham avaient compris le drame, mais ils feignaient de l'ignorer, pour ne pas accabler Noémie de questions. Ils étaient, d'autre part, bien occupés avec les trois garnements qui cherchaient à filer régulièrement du souterrain. A sa grande terreur, Noémie retrouva Wenceslas en conversation animée avec Franz, un *Feldwebel* cantonné à Hautefort. C'était heureusement un brave type qui lavait ses chaussettes tous les soirs dans un baquet devant l'écurie.

– Mais il n'a pas l'air méchant ! protesta Wenceslas quand Noémie l'eut ramené manu militari dans la ferme.

– Lui non ! mais il faut tout craindre. Wenceslas, je t'en prie, tu es l'aîné, donne l'exemple à tes frères. Restez tous à l'intérieur, sans ouvrir les fenêtres, et au moindre bruit... le souterrain ! Tu promets ?

– Je te promets, Noémie, maman dit que tu as beaucoup de soucis, je serai sérieux, mais tu sais c'est long... et papa nous manque, tu n'as pas de nouvelles ?

Noémie, la gorge serrée, secoua la tête.

– Non, mon chéri, mais je suis sûre qu'oncle Boris reviendra avec mon père. Un jour, on les verra arriver ici, sans crier gare !

Ils s'embrassèrent tendrement. Noémie devait lever la tête maintenant. Wenceslas avait quatorze ans. Victor approchait de ses quinze ans. Bientôt, ils seraient des hommes. Cette existence était aride pour une jeune fille qui aurait dix-neuf ans dans quelques mois. Parfois elle regardait, dans un magazine bien mince, car le papier manquait, des modèles de robes. Vaille que vaille, la haute couture continuait à Paris avec des matériaux de remplacement, liège, tulle, ersatz de tissus. Pour séduire encore plus Jean, elle aurait voulu porter des chaussures surélevées à semelles articulées, des chapeaux en hauteur, se maquiller, être « swing » ! Victor, lui, rêvait d'une veste tombante sur un pantalon rétréci pour ressembler à un « zazou ».

Dans le Cotentin, on était bien loin de ces folies, pourtant Noémie relevait ses cheveux au-dessus du front et accrochait à ses oreilles de larges boucles qu'elle avait fabriquées avec les bagues destinées aux pattes des poules ! Elle avait, grâce à Abraham, deux robes, une à pois, l'autre à fleurs, car il était impossible de sortir avec les corsages taillés dans la toile de parachute de Larry. Comme les paysans autrefois, elle portait à la ferme des sabots de bois. Même manquant de tout, Noémie se refusait à piocher dans la garde-robe de Valentine. Elle s'accrochait à l'espoir que sa mère, comme Stanislas, reviendrait un jour. Parmi ses obsessions, il y avait celle de ravitailler la ferme. Quentin posait dans les champs des collets pour lapins de garenne et ramassait les pommes de terre qu'il avait plantées. Noémie s'abîmait les mains à biner carottes, choux, rutabagas et à semer du blé pour faire du pain. Elle trayait les deux vaches, allait à la Hilairie quémander du foin pour ses chevaux. Malgré leur gentillesse, Mathieu et Damien lui en donnaient avec parcimonie car ils avaient eux-mêmes du mal à nourrir leurs trotteurs.

S'il n'y avait eu sa troisième vie dans les bras de Jean, Noémie ne savait pas si elle aurait eu l'énergie de faire face.

Les nuits sans opération de sabotage, elle le rejoignait par le souterrain. Heureusement, les Mazuvski dormaient souvent dans leurs chambres car Noémie aurait été gênée de passer régulièrement devant eux.

Il l'attendait au lieu de rendez-vous habituel, puis ils remontaient enlacés vers le château et leur nid d'amour. Le seul danger était de se faire prendre, sortant du souterrain, par quelque Allemand. Ceux-ci, heureusement, se couchaient tôt. Si les jeunes gens rencontraient un officier dans le grand escalier, ce dernier se contentait de les saluer avec discrétion. Au fond d'eux-mêmes, ils enviaient le chevalier d'avoir une si jolie jeune maîtresse.

En quelques mois, Noémie avait fait de nombreux progrès. Elle était une élève très douée et surpassait souvent son professeur. Jean ne reconnaissait plus dans cette femme amoureuse et tendre la jeune Renarde, souvent arrogante, parfois effarouchée. Il l'aimait chaque jour davantage, craignant pour sa vie. Il aurait voulu la protéger et se reprochait de l'entraîner vers des missions de plus en plus périlleuses. Noémie était loin de tout savoir : le commandant Simon était maintenant le chef pour tout le Cotentin de 1 441 partisans, dont 815 étaient armés. Plusieurs maquisards, en cours de missions, avaient été pris et fusillés sans autre forme de procès. Simon n'avait rien pu faire pour ses hommes, morts sans dénoncer le réseau. La résistance normande se composait aujourd'hui, pour le Calvados, de 1 650 hommes dont 910 armés, pour l'Eure, de 2 780 dont 1 130 armés. Dans l'Orne, il y en avait 3 750 avec 1 080 armés et dans la Seine-Inférieure 6 883 dont 1 930 armés !

Ces chiffres semblaient dérisoires face à l'énorme armée allemande, pourtant Simon savait que, le jour venu, ce serait une force, jaillie de l'ombre, implacable et terriblement efficace. Il devinait que le débarquement était imminent. La grande question, que les résistants, comme les Allemands, se posaient, était le lieu de ce débarquement que chacun pressentait. Tous étaient tendus, nerveux, on s'attendait, en France, à des événements extraordinaires. Le danger, la peur du lendemain, la certitude que la mort planait au-dessus d'eux, exacerbaient l'amour de Jean et Noémie.

Dès qu'ils se retrouvaient seuls à Reuville, après quelques jours de séparation, Noémie, passionnée, se jetait dans ses bras.

Sans la laisser respirer, à pas impérieux, il l'entraînait vers le grand lit de sa chambre.

– Mon amour, tu m'as manqué, où étais-tu ?

– A la pêche aux moules ! chuchotait-il, rieur, en dévorant son oreille.

Palpitante, elle se renversait, s'offrait à son étreinte, à ses baisers, à ses caresses.

Nue sous le regard de son amour, elle frissonnait de plaisir.

– Comme tu es belle, Noémie, murmurait-il, la gorge sèche. Laisse-moi te regarder, j'aime tes seins, tes cuisses fermes de cavalière, l'odeur de ta peau...

Il la buvait, la respirait, s'enivrait de son ardeur. Refusant de penser à l'avenir, Jean s'émerveillait de ce don magnifique qui lui permettait d'oublier le présent. Il s'était simplement juré, s'ils s'en sortaient, de divorcer, la paix revenue, pour épouser Noémie.

Avec une science profonde des choses de l'amour, il faisait durer le plaisir incommensurable de l'attente. Il aimait la voir gémir, appeler, soupirer, vouloir rendre le plaisir qu'elle ressentait. Ils se rafraîchissaient l'un l'autre de leurs lèvres, se redressaient. Elle se pâmait, s'ouvrait à Jean, gonflée, chaude, humide de désir.

Il ne pouvait plus se maîtriser et s'abattait sur sa proie avec un grondement possessif. Elle criait, mordait, soupirait, se tordait, le repoussait pour l'attirer plus vite et plus fort. Le sang battait à leurs tempes.

Ils s'assoupissaient un court moment dans les bras l'un de l'autre, puis les « affaires » reprenaient.

En usant de multiples précautions, ils écoutaient Radio-Londres sur le poste de TSF. C'était l'heure des messages :

– *Le coq chantera trois fois !*
– *A la fin de l'envoi, je touche !*
– *C'est évidemment un tort !*
– *Les carottes sont cuites !*
– *Le cinéma ferme à minuit !*
– *Les enfants s'ennuient le dimanche !*

Noémie savait que Jean attendait des directives pour le réseau Drakkar, mais il se gardait bien de les lui révéler. C'était Gilbert, enfin Julien, devenu le véritable lieutenant de Simon, qui lui avait avoué que cinq plans d'action avaient été confiés à la Résistance.

– *Plan vert :* Sabotage de voies ferrées. *Plan bleu :* Interruption de l'énergie électrique. *Plan violet :* Coupure totale des transmissions téléphoniques aériennes et souterraines. *Plan Bibendum :* Ancien plan tortue ; blocage ou paralysie des unités de renfort. *Plan rouge :* Démarrage des actions de guérilla.

Julien savait qu'il avait commis une grave faute en révélant à Noémie non seulement les plans, mais les phrases à J-2 et J-1[1]. Pour les plans vert, violet et bleu, le premier message serait : « Les dés sont sur le tapis ! » Pour Bibendum et rouge, le second devrait être : « Il fait chaud à Suez. »

Ce serait alors le déclenchement des opérations.

Ignorant la faiblesse de son lieutenant, qui n'avait pu résister à sa passion ni à la curiosité de Noémie, Jean écoutait les messages sans rien laisser paraître de ses émotions à sa jeune maîtresse et bien sûr sans rien noter. Ayant tout dans la tête, si une phrase concernait son réseau, il avertissait l'un ou l'autre des partisans sans lui révéler le sens exact du message.

Avec un printemps précoce, les pommiers du bocage étaient en fleur, mais les drames se succédaient. Simon avait appris que Pierre Brossolette, créateur du CNR[2] et conseiller du général de Gaulle, avait été pris par la Gestapo. Le 22 mars, il avait préféré se jeter du cinquième étage des bureaux de l'avenue Foch à Paris, plutôt que de risquer de parler. Un autre haut responsable de la résistance, Gilbert Védy dit Médéric, avait absorbé une pilule de cyanure. Le même jour, François Delénal dit Faraday s'était suicidé de la même façon, rue des Saussaies. Simon avait depuis longtemps distribué du poison à tous les membres de son réseau, y compris Noémie, avec ordre de le cacher dans une chaussure, ou la doublure d'un vêtement. Lui-même en possédait quand il avait été arrêté par Rolf Brauner à Caen. A plusieurs reprises, découragé, sur sa paillasse, il avait songé à l'avaler, car il craignait de ne pouvoir résister sous la torture. Or, Rolf Brauner s'était contenté lors des interrogatoires de l'humilier. Noémie ne pourrait le tirer des griffes de la Gestapo chaque fois. S'il était de nouveau arrêté, sa décision était prise : Pierre Brossolette lui avait montré le chemin à suivre. Jean se souvenait de l'avoir rencontré, avec d'autres chefs de réseaux, et il gardait le souvenir d'un homme fin, discret et courageux.

---

1. Jour moins deux, Jour moins un.
2. Conseil national de la Résistance.

Bonnes et mauvaises nouvelles alternaient : les maquisards du plateau des Glières, en Haute-Savoie, avaient été décimés par les miliciens et les Allemands sous un déluge de fer et de feu. En revanche, l'Armée rouge avait reconquis la Crimée, MacArthur, dans le Pacifique, avait repris aux Japs Hollandia en Nouvelle-Guinée. Après des jours de combats effroyables en Italie, les Alliés venaient enfin de percer le front allemand, la fameuse ligne Gustav. Ils avaient pris Monte-Cassino, sa chute leur ouvrant la route de Rome.

A Paris, des privilégiés avaient assisté à la première, au Vieux Colombier, de *Huis clos*, une pièce de Jean-Paul Sartre. Comme les frivolités du théâtre semblaient lointaines à Noémie.

– Après la guerre, chérie, tu passeras une belle robe, une étole de fourrure, et nous irons au spectacle, ensuite nous irons manger une soupe à l'oignon aux Halles ! promit Jean en l'embrassant.

Noémie croyait sentir le fumet alléchant des oignons.

Le 15 mai, les Allemands supprimèrent tous les trains civils. Ne pouvant plus envoyer de paquets, Noémie se faisait du souci pour « ses » Parisiens. Allaient-ils mourir de faim dans la capitale ? Elle avait appris que le beurre se vendait au marché noir mille francs le kilo, le vrai café deux mille francs et les pommes de terre cinq cents francs, alors que le salaire d'une dactylo n'était que de mille cinq cents francs par mois. Comment les malheureux s'en sortaient-ils ?

Tancrède, qui avait combattu les Prussiens en 1870 dans Paris encerclé, prétendait qu'à l'époque les gens mangeaient du rat.

– Les pauvres, dire qu'on ne peut plus rien pour eux ! Grand-père avait raison, il faut être fou pour aller habiter à la ville !

Assis au soleil sur le banc des anciens, le vieux Tancrède vivait de plus en plus au ralenti. Il était plongé dans ses souvenirs. Noémie avait l'impression qu'il conversait régulièrement avec ses ancêtres.

Une nuit, elle entendit un grand remue-ménage devant la grille de la ferme. Noémie sauta hors du lit pour regarder par la fenêtre. Des soldats encadrant des officiers pénétraient dans la cour. Craignant le pire, elle passa un peignoir sur son pyjama. Avec l'aide de Victor, elle fit descendre à toute allure les Mazuvski vers le souterrain, puis elle remonta ouvrir la porte d'entrée à laquelle les soldats tambourinaient. A une fenêtre, Tancrède et Victor tentaient de les calmer.

– Voilà, messieurs, voilà, on vient !

Dans la semi-obscurité, Noémie, en ouvrant la porte, aperçut seulement le bas des visages des officiers sous leurs casquettes.

– Nous avoir besoin de quatre chambres confortables, dit l'un d'eux, d'une voix rogue.

« Je ne suis pas un hôtel ! » eut envie de rétorquer Noémie. Elle se maîtrisa pour dire tout haut avec un sourire :

– Suivez-moi, messieurs !

Rassurés par cette jolie jeune fille en tenue de nuit, des soldats pénétrèrent dans la cuisine. Avec des lampes électriques, ils regardèrent partout, pour s'assurer que tout était calme. Sur un geste d'un *Feldwebel* – Noémie avait appris à les reconnaître –, les officiers, encadrant un *Feldmarschall* à en juger par ses galons, montèrent l'escalier derrière la jeune fille.

– Voici notre meilleure chambre ! dit Noémie en ouvrant gracieusement la porte de Tancrède l'Aîné ; elle espérait que le fantôme de l'ancêtre ferait une belle sarabande.

– *Ach !* superbe, très couleur locale ! déclara le *Feldmarschall* en découvrant le lit à baldaquin, les portes ouvragées et les rideaux pourpres.

Il salua Noémie en ôtant sa casquette et pénétra dans la pièce avec son ordonnance. Deux sentinelles se postèrent aussitôt devant sa porte. Noémie entraîna les trois autres officiers dans l'aile où étaient autrefois Werner Beringen et l'ordonnance Fritz.

Ils auraient voulu rester près de leur chef, mais Noémie leur expliqua que son vieux grand-père était malade et son jeune frère aussi.

Fatigués, ils n'insistèrent pas pour loger dans le corps principal du bâtiment. Noémie, songeuse, revint vers sa chambre. Au passage, elle rassura Tancrède et Victor et leur conseilla de se recoucher. Elle ne redoutait aucun danger. Ces officiers avaient dû s'attarder et cherchaient seulement une demeure où dormir. Elle-même allait se remettre au lit quand elle posa ses doigts sur son front. Dans la pénombre du couloir, elle avait aperçu les traits de l'officier supérieur. Comment ne l'avait-elle pas reconnu aussitôt ? Les courbettes des officiers et le zèle des soldats auraient dû la mettre sur la voie : la Renarde du Bocage abritait dans son terrier celui que même ses ennemis appelaient le « Renard du Désert » : le maréchal Erwin Rommel en personne, venu en inspection sur la côte du Cotentin.

L'esprit fébrile, Noémie songea que l'occasion était trop belle. Elle savait que Jean était en mission. Il ne rentrerait que tard dans la nuit. Elle s'habilla rapidement. Deux heures sonnaient au clocher de Sainte-Mère-Église. Tout dormait dans la ferme. Au milieu du palier, assis sur des chaises, les deux sentinelles ronflaient. Sans bruit, Noémie se glissa vers le souterrain.

– Tout va bien ! chuchota-t-elle pour les Mazuvski, puis elle courut, grâce à une lampe à pile que lui avait donnée Jean, aussi vite qu'elle le put vers le château. Elle connaissait le souterrain par cœur et ne ressentait plus aucune peur. Quand elle rejoignit enfin Jean, celui-ci venait juste de rentrer. Il lavait sur ses mains les dernières marques d'explosifs. Il était inquiet car sans nouvelles de Gilbert qui aurait dû le rejoindre à un point donné de Pouppeville.

– Il sera retourné chez lui ! décida Noémie, trop excitée.

Elle mit Jean au courant de l'arrivée impromptue de Rommel.

– Rommel en Normandie..., répéta Jean, songeur.

– Si on l'enlevait ? proposa la jeune fille.

– Ce ne serait pas une mauvaise idée, à ceci près que ta ferme serait incendiée, ses habitants fusillés ou déportés et toute la région ravagée ; non, il faut trouver autre chose, tu dois essayer d'apprendre pourquoi il est là ! ce qu'il veut, ce qu'il prépare, ses projets, quoi !

– Merci, c'est facile ! je ne parle pas allemand !

– Oh ! mon ange, tu es maligne, fais-lui du charme à lui et à ses officiers, personne ne sait te résister, je suis sûr que tu pourras leur tirer les vers du nez, ma chérie, mon amour... je te raccompagne !

Affamés, ils s'embrassèrent longuement. Stoïques, ils se séparèrent pour regagner le souterrain. Jean la laissa partir à l'endroit habituel.

– Sois prudente, je t'aime.

Noémie remonta dans sa chambre sans réveiller les Mazuvski et sans se faire remarquer des sentinelles qui avaient glissé sur le parquet et dormaient maintenant en travers de la porte du maréchal.

A cinq heures du matin, n'ayant pas fermé l'œil, Noémie descendit préparer le petit déjeuner de Rommel. Elle vida tout ce qu'elle avait dans son garde-manger, fit cuire une omelette au jambon et chauffer un café au lait, beurra des tartines, résista à l'envie de tout dévorer, et monta l'escalier armée d'un plateau, vers la chambre de l'ancêtre.

Les sentinelles réveillées voulurent l'empêcher d'entrer.

– *Nein, nein, heraus !*

– Mais j'apporte le petit déjeuner pour votre officier ! protesta Noémie.

– *Nein*, poison !

A cette exclamation de son ordonnance, la porte s'ouvrit sur le maréchal Rommel, vêtu seulement de son pantalon et de ses bottes. Il se frottait vigoureusement le torse avec une serviette, ayant fait sa toilette avec le pot à eau et la cuvette de Tancrède l'Aîné, qui avait toujours refusé l'eau courante chez lui. Rommel n'était pas très grand, mais il possédait de larges épaules.

Bel homme, une réelle noblesse se lisait sur son visage.

Dans un français presque parfait, il remercia son hôtesse.

– Je suis très sensible à votre attention, mademoiselle.

– Je vous en prie, général ! dit Noémie, voulant avoir l'air d'ignorer son identité.

Un fin sourire du Renard du Désert prouva qu'il appréciait la discrétion de la jeune fille.

– Ce repas me semble succulent ! déclara-t-il en passant une chemise.

Ayant déposé son plateau sur une table de bois noir, Noémie examina la pièce. Tout semblait en ordre. Pas de cadres cassés ! Tancrède l'Aîné avait donc accepté sous son baldaquin le maréchal Rommel.

– Vous avez bien dormi, général ? s'enquit aimablement Noémie.

– Très bien, ma meilleure nuit depuis longtemps, j'ai fait de bons rêves, tout est si paisible par ici, que je vais vous confier un secret !

– Ah ! fit Noémie, interloquée, tandis que le maréchal s'attablait devant le plateau.

– Cette nuit, j'ai pris la décision, si les circonstances le permettent, d'aller fêter en Allemagne l'anniversaire de ma chère femme. Vous avez l'air charmante, mademoiselle, conseillez-moi un cadeau qui ferait plaisir à mon épouse.

– Oh ! général, laissez-moi réfléchir, ah oui ! j'ai vu hier dans un magazine parisien des chaussures merveilleuses en antilope, chez Bertil, au coin de la rue du Faubourg-Saint-Honoré et de la rue Royale à Paris. C'est divin, vous allez voir !

Elle courut chercher le magazine de ses convoitises et le rapporta au maréchal. Celui-ci dévorait son repas.

– Exzellente omelette, après-guerre, vous viendrez donner la recette à mon épouse !

– Avec plaisir, général ! voici le modèle très chic des escarpins fins avec de hauts talons, une allure folle, toute l'élégance de Paris !

Rommel prit le magazine et déclara :

– Mademoiselle, j'en prendrai aussi une paire pour vous remercier de votre accueil. Quelle pointure ?

– Du 38 !

– Comme ma femme, vous les recevrez d'ici à quinze jours au plus tard, vers le 5 ou 6 juin.

Noémie remercia chaleureusement son « invité » et prit congé de lui. Il était si charmant qu'elle avait presque des remords de l'avoir dupé. Peu après, le maréchal, suivi de ses officiers, monta dans sa Mercedes. Noémie le vit regarder un instant la tour de Hautefort. Le soleil brillait. Les mouettes aux ailes blanches voletaient au-dessus de la flèche orgueilleuse. Elle eut l'impression que Rommel voulait fixer dans sa mémoire l'image rustique de la ferme. Il fit un geste. Son chauffeur accéléra. Les motos et voitures démarrèrent les unes après les autres pour disparaître derrière les haies du bocage.

Sur l'ordre de sa sœur, Victor courut dire aux Mazuvski que le danger était écarté. Sous les yeux de Quentin et de Tancrède à sa fenêtre, qui n'osaient l'interroger, Noémie sella le vieux Jimmy du Manoir, toujours son préféré, et elle galopa vers Reuville.

Jean venait de se lever. Il finissait de prendre son petit déjeuner en compagnie du major Kurt et du capitaine Egon Uhl. Les Allemands, ayant entendu dire que le maréchal Rommel inspectait la région, étaient très excités. Ils espéraient l'accueillir à Reuville avec tous les honneurs.

Très polis, ils invitèrent Noémie à se joindre à eux. Elle trépignait d'impatience de parler à Jean mais but quand même avec plaisir leur vrai café. Les Allemands partirent enfin inspecter les pièges antichars, pieux, filets, rails recourbés, « dents de dragon » et fils de fer barbelés de la plage. Cette défense s'étalait sur quatre mille kilomètres et Jean savait qu'une aussi grande distance ne pouvait que comporter des points faibles. Il les avait décelés vers La Madeleine et communiqués aux Alliés. Les photographies aériennes prises par les Anglais et les Américains avaient confirmé les indications du commandant Simon. Jean, impassible, entraîna Noémie vers la salle de manège. Avant de se remettre en selle, elle s'assura qu'ils étaient bien seuls pour l'informer de la décision de Rommel : si tout allait bien, il partait fêter l'anniversaire de son épouse en Allemagne. Les yeux vairons de Jean lancèrent un éclair noir et un bleu.

– Les dieux aveuglent ceux qu'ils veulent perdre ! murmura Jean.

– Que veux-tu dire ?

– Que les Romains avaient raison, l'Olympe sera peut-être avec nous... tu as bien travaillé, chérie, moi aussi ; pendant le petit déjeuner, mes « pensionnaires » m'ont appris que Rommel a donné l'ordre d'inonder les marais. D'un côté, il s'attend à quelque chose et de l'autre, il part rassuré, je crois que c'est le fantôme de ton cher aïeul qui l'a bien inspiré cette nuit pour notre cause ! Allons, mon trésor, au travail !

Noémie enfourchait Jimmy du Manoir quand Mathias survint, blême.

– Monsieur Jean, ils ont pris Julien... Julien Devereaux, la Gestapo le retient dans le bourg !

Noémie et Jean arrivèrent au galop sur la place ensoleillée de Sainte-Mère-Église. Ils n'avaient aucune idée de la situation exacte. Ils espéraient une fois de plus bluffer la Gestapo. Il était trop tard. Le spectacle qui se déroulait près des arbres les cloua d'horreur. Quelques habitants, sur le pas de leur porte et de leurs boutiques, n'osaient bouger. M. le curé sortait de son église, un crucifix à la main. Les cavaliers mirent pied à terre. Sur un ordre de Rolf Brauner, quatre gestapistes, parmi lesquels Jean et Noémie reconnurent le mastodonte, tiraient Julien Devereaux hors d'une voiture. A son visage tuméfié, il était visible qu'ils l'avaient roué de coups. Il boitait et l'une de ses épaules était démise.

Ce que Jean craignait s'était produit, Julien s'était fait prendre avec les explosifs. Un peloton d'exécution de SS sortit d'un camion militaire. Muni d'un porte-voix, Rolf Brauner annonça :

– Cezi est un avertissement à la population du Cotentin. Une dernière fois, quels zont vos complices ?

Julien Devereaux tressaillit en apercevant Noémie à côté de Jean de Noisy. Rolf Brauner surprit son regard. Il se retourna vers la jeune fille et son ancien prisonnier. Ses petits yeux cruels se plissèrent, prêts à faire le lien entre les trois jeunes gens.

Julien, traîné et ligoté contre un arbre, comprit la situation dramatique. Son imprudence allait tous les faire prendre. Soudain, pour sauver celle qu'il aimait le plus au monde, il hurla :

– Oui, j'avoue, je suis le commandant Simon, mais j'agis seul, je n'ai jamais eu de complices !

Il croqua la pastille qu'il avait dissimulée sous sa joue. Le cyanure fit un effet instantané. Les SS, furieux, visèrent quand même, de leurs armes, le malheureux dont la tête retomba sur la poitrine.

Rolf Brauner, satisfait, s'approcha du corps ensanglanté, pour lui donner un coup de pied.

Noémie, pantelante, s'appuyait contre Jean. Sur la place, portes et fenêtres s'étaient refermées.

– Voizi ce qui arrive aux ennemis du Reich ! hurla Rolf Brauner, puis il s'approcha de Jean et Noémie.

– *Fräulein*, vous connaissiez cet homme ?

– De vue, comme tout le monde ! réussit à articuler la jeune fille.

– Et vous, monsieur de Noisy ?

– Je l'ai rencontré dans le village... sans plus !

– Vous n'avez jamais penzé qu'il était le commandant Simon ?

– Jamais, *Herr* Brauner, jamais ! Comment imaginer une chose pareille ! affirma Jean, d'un air choqué.

Noémie admira son self-control. Elle luttait de toutes ses forces pour ne pas hurler. Le chef de la Gestapo eut un sourire narquois sous son chapeau noir.

– Z'est bien, très bien, j'ai confiance en vous, chevalier !

Sur ces mots ambigus, Rolf Brauner fit un geste vers ses sbires et les soldats.

Ils remontèrent tous dans le camion et la voiture pour filer en direction de Cherbourg.

Jean soutint Noémie jusqu'à leurs montures. Les larmes maintenant coulaient sur son visage. Elle se dominait pour ne pas avoir une crise de nerfs. Julien, son camarade de jeux, était là, mort en héros. Elle devait prévenir les Saint-Hilaire pour qu'ils viennent récupérer le corps de leur fils. Elle imaginait leur douleur et celle de Damien.

Entre les flancs de Jimmy du Manoir et d'Opéra, Noémie se laissa aller à son chagrin contre la poitrine de Jean.

– Courage, chérie, tiens bon, tu dois rentrer dans la clandestinité, je vais essayer de te cacher !

– Jamais, ce que tu feras, je le ferai, Jean ! Je ne vais pas fuir au moment de la fin !

– Qu'en sais-tu ? Tout peut mal tourner, nous espérons un événement, mais nous ne savons rien de précis !

– En tout cas, je réclame ma part de lutte, tu ne peux pas me refuser cela !

– Mais, chérie, tu n'as pas compris, Rolf Brauner joue avec nous tous ! Il attend son heure comme un chacal vicieux.

Noémie leva ses yeux encore noyés de larmes vers l'homme qu'elle aimait.

– Tu crois qu'il sait ?

– Julien nous a sauvés pour l'instant mais Brauner n'abandonnera pas à moins d'un miracle venant du ciel ou de la mer !

Quelques jours plus tard, la tempête, le vent et la pluie s'abattaient sur le Cotentin et toute la côte normande.

Quatrième Partie

LE RETOUR DES VIKINGS

36

Les dieux aveuglent ceux qu'ils veulent perdre

L'image était aussi nette qu'au cinéma : un drakkar avait baissé ses voiles pour avancer à toute allure à la rame.

– *Knoers*[1] ! criaient les Vikings.

La voile c'était le voyage, les rames la guerre ! Ils venaient de surgir, à toute vitesse, sur la mer déchaînée, déclenchant la terreur absolue dans les villages.

Hrolf mit une main sur son front pour se protéger de la pluie. L'endroit lui parut béni par Odin. Derrière la longue plage de sable fin, il pouvait discerner un bocage épais et verdoyant, une terre riche, belle et grasse. Hrolf passa son vêtement de parade, des braies colorées, une dague à la ceinture et l'anneau de Thor autour du cou. Il baisa la pierre solaire grâce à laquelle il avait pu se diriger dans la tempête et le brouillard. Ce cristal avait la vertu de lui permettre de distinguer où se trouvait le soleil, malgré un temps très brumeux. Agitant sa crinière rousse, il ordonna à son fils, Ghor, de mettre le cap sur la côte. Enfin, le drakkar s'enfonça dans le sable et les Vikings, ces guerriers venus du Nord, débarquèrent en poussant des cris de joie. Ils étaient las de ces voyages incessants, fatigués d'être de grands prédateurs. Leur réputation de férocité était exagérée, ils avaient envie de posséder de belles filles et de faire du commerce. Pour donner confiance aux indigènes du lieu, Hrolf décida de s'appeler Rollon et son fils, Guillaume Longue-Épée.

Des coups de feu, des lancers de mortier éclatèrent tout proches.

1. La curée.

Tancrède se réveilla en sursaut, furieux d'interrompre un si beau rêve, mais ce n'était pas un rêve !

– Nom de Dieu, les Vikings !

Comme un jeune homme, il bondit hors de son lit, manqua tomber, prit sa canne et alla ouvrir la fenêtre. Malgré le mauvais temps, la nuit était claire comme en plein jour. Des centaines de parachutistes envahissaient le ciel. Tancrède pouvait très bien les voir car les forteresses volantes qui les larguaient volaient assez bas. La DCA allemande envoyait des fusées éclairantes pour tenter de les abattre en plein ciel.

« Pourvu que les pauvres gars ne se noient pas dans les marais inondés par Rommel ! » pensa aussitôt Tancrède.

Plusieurs gros planeurs passèrent au-dessus de la tour. Dans un fracas infernal ils allèrent se poser, derrière la ferme, dans les champs. « J'crois bien qu'ils ont bousillé les pommiers de grand-père ! » se dit Tancrède. Les cheveux ébouriffés, Victor arriva en pyjama dans la chambre de l'aïeul.

– Les Tommies ! Les Tommies arrivent !

– Je le savais, mon petiot ! Les Vikings vont débarquer sur ma plage ! Depuis le temps que je l'annonce ! Tout le monde me prenait pour un vieux fou ! Allez viens, on va voir ça de plus près !

– Mais grand-père, et Noémie ?

Tancrède lissa ses belles moustaches blanches.

– Depuis le temps qu'elle nous fait des cachotteries celle-là ! C'est notre tour d'agir. Descendons chacun de notre côté sans faire de bruit et on se retrouve à l'ancienne laiterie dans un quart d'heure, ça te va, pirate ?

– Tope là, grand-père, déclara Victor.

Il repartit comme un conspirateur vers sa chambre pour s'habiller à toute allure.

Tancrède et Victor ignoraient que Noémie ne se trouvait pas à Hautefort. Le chef du réseau Drakkar avait entendu à la radio de Londres le message tant attendu, le deuxième vers de la première strophe du poème de Verlaine : « bercent mon cœur d'une langueur monotone » signifiant que l'opération Overlord[1] était commencée. Le commandant Simon avait réuni ses principaux lieutenants pour leur annoncer :

– Ça y est... les Alliés vont débarquer ! L'action de la résistance, dans cette nuit du 5 au 6 juin 1944, doit être décisive. Des directives précises nous sont données par les chefs des Forces françaises de l'Intérieur. Nous devons suivre les ordres transmis par l'état-major du général Kœnig. Ils laissent une bonne marge à nos initiatives sur le terrain en tenant compte de la situation géographique des groupes clandestins,

1. Suzerain.

de nos degrés de formation, de l'importance de nos effectifs, de la densité des troupes ennemies dans le secteur. A notre maquis bien armé sont dévolus les embuscades et le harcèlement de guérilla. Aux corps francs, aussi sous mes ordres, revient le soin de s'attaquer aux centraux téléphoniques, postes de relais, dépôts, parcs automobiles, remises de matériel, réserves de carburant, matériel ferroviaire et installations stratégiques. Enfin, à tous nous sont demandés le brouillage des indicateurs routiers, les semis de clous spéciaux sur les routes empruntées par les convois, l'abattage des arbres, la pose des crève-pneus explosifs, la destruction des signalisations allemandes, l'inversement des panneaux de direction, l'interception des estafettes motocyclistes et la coupure des voies ferrées ! Notre but est, bien sûr, de désorganiser au maximum la défense des Allemands. Bonne chance ! Vous connaissez tous vos missions, nous avons assez répété. Il y a du travail pour tout le monde !

Après avoir ordonné aux Mazuvski de ne sortir du souterrain sous aucun prétexte, Noémie avait donc quitté la ferme la veille vers neuf heures du soir pour participer à différentes opérations de sabotage. Malheureusement, elle ne faisait pas partie du groupe dirigé par le commandant Simon. Elle était furieuse, mais ce dernier, intraitable, avait ordonné qu'elle accomplisse des missions moins dangereuses que celles qu'il devait effectuer dans la nuit.

Tancrède se pencha à la fenêtre. La plus grande confusion régnait dans la cour de Hautefort. Quentin ne savait plus où donner de la tête.

Les unités de vétérans allemands cantonnées à la ferme sortaient de l'aile Ouest : un pantalon enfilé rapidement sur un maillot de corps, fusil à la main, ils étaient prêts à tirer dans tous les sens.

– *Mein Gott !* z'est l'invasion !

– Allez vers la plage ! criait Quentin, voulant les détourner des planeurs.

Les ordres et les contrordres fusaient en allemand. Pas plus que le maréchal Rommel les soldats ne s'attendaient à un débarquement un jour de tempête et Hitler lui-même était persuadé que l'attaque aurait lieu dans le Pas-de-Calais !

Au loin, Sainte-Mère-Église était en flammes. Le tocsin résonnait, des maisons brûlaient. Soudain, un grondement terrible arriva de l'Ouest. Des vagues d'avions, à très basse altitude, tous feux allumés déferlèrent au-dessus du bourg larguant des centaines de parachutistes. L'un d'eux s'écrasa dans une maison en flammes, tandis qu'un autre restait suspendu au clocher de l'église. La plupart de ces malheureux arrivaient morts au sol car les Allemands avaient le temps de les viser au cours de leur descente. Le feu d'artifice des balles traçantes, dans le ciel, provenant des mitrailleuses allemandes, les vrombissements des avions, le bruit des armes automatiques firent un instant hésiter

Tancrède. Mais le vieil homme était buté, sa décision était prise. Il descendit l'escalier, passa dans la réserve derrière la cuisine prendre une veste de velours qu'il enfila, et il saisit un bidon d'essence volé quelques jours auparavant aux occupants qu'il gardait caché précieusement. A cet instant, Abraham Mazuvski ouvrit la porte de la cave.

– Qu'est-ce que se passer, monsieur Tancrède ?

– Les Américains arrivent !

– Ah ! *Mazel tov !*

– Surtout restez en bas avec les autres, ça va être très dangereux, Noémie ou moi viendrons vous chercher quand ce sera calmé !

Le sort des Mazuvski réglé, Tancrède se dirigea vers les anciennes laiteries en rasant les murs. Il traversa la cour le plus discrètement possible, mais les Allemands étaient trop énervés pour se demander ce que faisait ce vieux bonhomme dans la nuit. Finalement, Tancrède craignait davantage la perspicacité de Quentin que l'affolement des Boches. C'était dans les anciennes laiteries qu'on avait remisé vingt-cinq ans plus tôt une partie de sa collection d'automobiles. Victor, qui avait revêtu un vieux costume de Stanislas, l'y attendait déjà.

– Qu'est-ce que tu comptes faire avec ton bidon, grand-père ?

– Ne t'inquiète donc pas, petiot, et aide-moi à soulever cette bâche.

Sous l'épaisse toile, Victor reconnut l'une des toutes premières voitures de Tancrède, une *vis-à-vis* de la marque De Dion-Bouton de 1899 dans laquelle il avait joué petit avec Evrard.

– Mais, grand-père, tu ne veux tout de même pas partir avec ce tas de ferraille, cette antiquité ne va jamais démarrer !

– Ah les jeunots tous les mêmes ! Ils croient tout savoir et ne savent rien ! lança Tancrède en levant les yeux au ciel. Je fais tourner en cachette ma De Dion une fois par semaine depuis le premier jour de la guerre, je savais bien qu'un jour j'en aurais besoin ! Rends-toi utile, assez dégouezi[1], prends ce bidon et verse-le dans le réservoir.

Victor regarda Tancrède avec étonnement. L'ancêtre se mettait à reparler le patois de son enfance.

Une grande porte à double battant donnait directement sur la route. Sans bruit, Tancrède alla l'ouvrir. Les deux conspirateurs poussèrent l'automobile sur le chemin à une centaine de mètres de la ferme. Le vieillard ravi se mit aux commandes et demanda à son petit-fils de tourner la manivelle. Au grand étonnement de Victor, la De Dion démarra au troisième essai.

– En route ! on va point s'travéquer[2], no allons à coupe chemin[3] !

---

1. Bavardé.
2. Aller de travers.
3. Par les petites routes.

De plus en plus étonné, Victor prit place à côté de son grand-père. Celui-ci engagea la première vitesse dans un craquement infernal et il donna un solide coup d'accélérateur. L'automobile se mit à pétarader et démarra, mais en marche arrière.

– Nom de d'là ! hurla l'ancêtre.

Il manquait de pratique. En fait il ne conduisait plus depuis vingt ans. Tancrède réengagea une vitesse et cette fois-ci la De Dion avança enfin au milieu de la mitraille et des tirs de mortier. Le vieillard évita de repasser devant la ferme, il se dirigea vers le croisement où il tourna à droite dans un chemin de traverse pour mettre le cap sur La Madeleine. Au loin, le jour se levait.

Après avoir manqué dix fois recevoir des coups de mortier, ils arrivèrent près des maisons du hameau de La Madeleine ; Victor aperçut sur la route des centaines de tracts qui avaient dû être lancés la veille d'un avion. Au passage, il en saisit un qui était accroché dans une branche. Il le lut à son grand-père.

Il faut sans délai vous éloigner, avec votre famille,
pendant quelques jours, de la zone de danger où vous vous trouvez.
N'encombrez pas les routes. Dispersez-vous dans la campagne,
autant que possible.

Les Alliés avaient pensé aux populations, mais toutes les maisons semblaient désertées, à moins que les habitants ne soient terrés dans les celliers. Les obus éclataient de partout. Tancrède dut se résoudre à arrêter sa De Dion dans un chemin de sable près de la chapelle Renaissance, et à faire le reste à pied en prenant garde à ne pas aller dans les champs minés. Victor commençait à regretter cette équipée. Il devait soutenir son grand-père qui boitait en soufflant.

Après pas mal d'efforts, les oreilles assourdies par le vacarme et baissant la tête devant les balles traçantes, ils arrivèrent enfin au Chalet rouge. Tancrède eut la satisfaction de voir que, malgré les bombardements, sa maison était toujours debout. Le grand-père et le petit-fils, surexcités, traversèrent le jardin en courant pour aller voir ce qui se passait de l'autre côté des dunes.

De la plage, le spectacle était hallucinant. Des milliers de navires, péniches, engins de tous types attendaient l'aurore au large. Sur cette armada, il devait y avoir au moins trente mille hommes. Le temps était maussade, avec de gros nuages bas poussés par un vent violent. Sous le feu ennemi, malgré la mer démontée, les bateaux avançaient vers le rivage.

– Ah ! c'te plage, « ma » plage... mon petiot, c'est ici le carrefour de l'Histoire !

Il en avait les larmes aux yeux, le vieux Tancrède. Sur dix

kilomètres, le sable s'allongeait devant une étendue de terres basses et d'eaux infinies, dans cette immense baie. Au loin, les îles Saint-Marcouf disparaissaient parmi les bâtiments. Le vieux Tancrède se rappelait l'histoire de sa plage racontée par l'Aîné : « Ainsi les "Normands", sur leurs barques à fond plat, étaient-ils arrivés au matin du "12 de May 841" par la Route Bleue des Cygnes avec ce sacré Vieul ès Espaulles et en 1346, le roi d'Angleterre Edouard III s'en était v'nu à la "Hoogue de Saint-Wast" contempler ses troupes "ardant et robbant" sur la plage de "Sainte-Marie-du-Mont" ! »

– Ah çà, not' plage a joué un grand rôle ! En 1450, à la fin de la guerre de Cent Ans, les débris de l'armée « angloise », battue à Formigny, ont été obligés, dans leur retraite, de traverser la baie des Veys et les soldats se sont noyés en grand nombre. La dernière fois qu'ils s'en sont venus, ces Anglais, c'était en 1793, pour, au cours de la guerre des Chouans, essayer de s'emparer du Cotentin !

Pour Tancrède, l'Histoire se répétait, la grande Histoire qui n'avait pas d'imagination et comme une comptine rabâchait les mêmes événements, aux mêmes lieux, inlassablement.

– Pourvu, petiot, qu'y s'fassent point r'jeter à la mer, c'matin ! murmura Tancrède.

– T'en fais pas, grand-père, regarde ! dit Victor, ébloui par le spectacle fantasmagorique de ce « ballet » nautique monstrueux.

Aujourd'hui, l'invasion avait plus de moyens que dans les temps anciens. Le débarquement était précédé par des escadrons de chars DD équipés de « jupes » en caoutchouc et d'hélices, les transformant pour l'occasion en bateaux de fortune. Ils étaient mis à l'eau à trois kilomètres du bord. Certains d'entre eux coulaient dans les vagues, emportant leurs équipages par le fond. Les jupes de caoutchouc de ceux qui arrivaient sur la plage se repliaient sur les côtés des chars, dégageant ainsi les canons pour ouvrir le feu sur les blockhaus allemands. Tancrède et Victor baissèrent la tête, comprenant que les tanks préparaient le terrain pour l'infanterie. Dans le ciel éclairé, comme en plein jour, par les explosions, la véritable aube se levait enfin. La flotte alliée, en file indienne, s'avançait dans les chenaux préparés par les dragueurs de mines. Des canots remplis d'hommes et de munitions s'approchaient du rivage. Très vite, malgré les tirs allemands, ce fut un grouillement d'embarcations de toutes sortes, regorgeant de troupes, un va-et-vient de petits bateaux surchargés qui se faufilaient entre d'énormes cuirassés. Alors commença un terrible bombardement. Les canons des géants des mers pilonnaient les blockhaus pour couvrir la flottille de débarquement. Tandis que cuirassés et croiseurs demeuraient au large, les contre-torpilleurs s'avançaient tout en tirant sur les dunes, les fortifications et plus loin sur les batteries allemandes.

A cet instant, Tancrède et Victor entendirent un sifflement strident venir sur eux. Le jeune garçon saisit son grand-père par les épaules et se précipita avec lui à plat ventre dans le sable. Quand ils se relevèrent, un immense trou d'obus avait « creusé » le jardin et la toiture du Chalet en tuiles rouges avait été soufflée. Mais la charpente et les murs étaient toujours en place.

« Quentin m'arrangera tout ça dès que ça ira mieux ! » pensa Tancrède avec un optimisme à toute épreuve.

Le duel d'artillerie était engagé. D'un côté les Allemands pilonnaient la plage et la mer, de l'autre les navires alliés s'efforçaient de repérer les canons ennemis, tâche difficile au milieu d'un bombardement général. Les obus allemands creusaient des gouffres marins, soulevaient de monstrueuses éclaboussures de vingt à trente mètres de haut, faisant chavirer de petites embarcations. Des bateaux coulaient, des soldats alliés disparaissaient avec leurs paquetages trop lourds, certains poussaient des hurlements en levant les bras en l'air avant de s'enfoncer dans les eaux sombres. Victor aurait voulu courir les aider, mais Tancrède s'agrippait à lui. Enfin, certains G.I's[1], épuisés, hébétés, arrivèrent sur le rivage. Se reprenant très vite, ces hommes creusaient des trous pour se mettre à l'abri du tir ennemi. Ils tentaient de tenir la tête de plage balayée par les canons et les mitrailleuses des blockhaus, particulièrement par ceux de la brèche de Sainte-Marie-du-Mont et du fort de Saint-Martin-de-Varreville. Malgré l'intensité des bombardements alliés, une grande partie des ouvrages fortifiés allemands étaient toujours intacts.

– Ah ! bon sang ! avoir vu ça et mourir... c'est t'y biau, tiens, petiot, v'là l'génie ! ah ! çà y sont mieux équipés qu'nous en 70 ! Si z'avaient été là à Reichshoffen ! s'extasiait Tancrède.

Effectivement, les équipes du génie commençaient déjà à tracer des voies d'accès en démolissant, avant que la marée ne les recouvre, les obstacles et « dents de dragon » installés sur la plage par Rommel.

Le déferlement d'hommes continua ainsi longtemps. A six heures et demie du matin, à la grande joie de Tancrède et de Victor, toujours allongés dans la dune, malgré les mines, les balles et les obus le premier blockhaus ennemi était pris. Le soleil était déjà haut à l'horizon et, dans une éblouissante lumière, les G.I's venaient de passer, comme les Vikings, dans la gloire et l'héroïsme la brèche de Sainte-Marie-du-Mont.

A sept heures, la 4e division d'infanterie composée des 8e, 12e et 22e régiments débarquait avec un formidable matériel, Jeeps, chars, half-tracks, tracteurs chenillés, chars Sherman, juste devant le Chalet rouge, sur la plage de Tancrède Hautefort. Un peu plus tard dans la

1. *General Issue*. En fait, tous les soldats de l'armée américaine.

matinée, le vieil homme et son petit-fils apprirent que les Alliés sous le haut commandement du général Eisenhower avaient baptisé cet endroit Utah Beach du nom d'un des États américains. Tancrède fit un peu la moue. Il aurait préféré Rollon Beach, ou même, pourquoi pas, Hautefort Beach. Il pensait que l'histoire de sa famille méritait cet honneur, mais il était un peu tard pour mettre Ike[1] au courant de l'épopée normande, et le vieux Tancrède se résigna à accepter ce nom *amerloque*, d'autant plus que, dans le Calvados, les libérateurs avaient baptisé l'autre tête de pont *Omaha Beach*, où les pauvres boys se faisaient, paraît-il, massacrer.

Des bateaux arrivaient et arrivaient encore au large. Tancrède et Victor avaient l'impression d'assister au débarquement de Martiens. Des dunes de Varreville au Chalet de Tancrède on ne voyait plus la mer tellement elle était recouverte de bâtiments. Les G.I's sautaient dans l'eau, tenant à bout de bras leurs fusils. En courant, les hommes se regroupaient en montant sur la plage. De gros bateaux à fond plat, sortes de péniches, se posaient à la marée près du rivage. L'avant de ces bateaux s'ouvrait en deux, des ponts-levis s'abaissaient et des camions chargés de matériel, des voitures et des tanks blindés, moteurs déjà en marche, descendaient par leurs propres moyens. C'était extraordinaire à voir, admirable, gigantesque ! Des soldats américains avançaient vers eux.

– Viens-t'en, petiot !

Tancrède se releva tant bien que mal, aidé par Victor, pour accueillir les libérateurs dans leurs tenues de combat kaki.

– *French ! We are French ! Welcome in France !*

Aussitôt, les soldats, mitraillettes en avant, les entourèrent.

Un officier en battle-dress[2] s'approcha, arme au poing, visiblement très méfiant.

– *Hands up*[3] *!*

Tancrède et Victor s'exécutèrent, horriblement vexés d'être pris pour des ennemis. Le vieil homme s'expliqua dans un anglais parfait.

– C'est une erreur, je suis Tancrède Hautefort, le propriétaire de cette maison que l'on appelle le Chalet rouge, et voici mon petit-fils Victor ! Nous sommes venus vous souhaiter la bienvenue ! Nous n'avons pas d'armes !

L'officier leur fit signe de baisser les bras. Il ordonna à ses soldats de faire de même avec les mitraillettes.

– Excusez-nous, fit l'Américain en français avec un accent soutenu,

1. Eisenhower.
2. Tenue de combat.
3. Mains en l'air !

mais on nous a tellement raconté d'histoires de French collaborateurs que nous sommes méfiants.

– Oh ! pas chez nous, pas en Normandie ! A Paris je n'dis pas, mais ici on est tous pour vous ! Ah ! c'est le plus beau jour de ma vie ! déclara Tancrède, prêt à embrasser l'officier.

Ce dernier sortit une carte de sa poche.

– Vous pourriez peut-être nous aider en nous indiquant où sont les batteries allemandes et les champs de mines, aussi bien sur la côte qu'à l'intérieur ?

Victor demanda d'un air suppliant :

– Je peux y aller, grand-père ? Moi je connais le bocage, je peux leur montrer !

Tancrède dévisagea son petit Victor, presque aussi grand que lui. Seize ans, un homme ! Un instant fugitif, il se revit, lui-même, partant en 70, glorieux et vainqueur à l'avance, contre les Prussiens. Le vieil homme se souvenait de son père, Zacharie, si tendre et compréhensif. Il eut à peu près les mêmes paroles.

– Tu veux agir en homme et c'est bien, je suis fier de ton courage, vas-y mon petiot. Va faire ta guerre, moi j'aimerais y aller, mais je suis un peu trop vieux !

Ivre de joie, Victor embrassa rapidement son cher grand-père, puis il se dirigea avec l'officier vers une Jeep, qui démarra sur le sable. En voyant son petit-fils partir avec les Américains, le vieil homme écrasa une larme de fierté. Un autre gradé s'approcha poliment.

– Vous êtes le propriétaire de cette maison, *sir* ?

– C'est exact, elle s'appelle le Chalet rouge ! répéta fièrement Tancrède.

– Nous avons besoin d'un QG pour le général de brigade Theodore Roosevelt Junior, qui doit diriger le trafic sur la plage.

– Le fils du président des États-Unis ? interrogea Tancrède admiratif.

– *Yes, sir*, mais de l'ancien président Roosevelt, pas de l'actuel !

Trop content de participer enfin à l'action, l'aïeul courut en boitant pour guider l'officier. Celui-ci se présenta avec décontraction.

– Captain Kenneth Braden !

– Tancrède Hautefort !

La porte du Chalet, grande ouverte, battait au vent. Quelques heures plus tôt des Allemands devaient encore s'y trouver, mais ils avaient rapidement détalé. L'état intérieur de la demeure était lamentable, vitres brisées, éclats de verre partout. Les boiseries étaient arrachées, les meubles saccagés, les tableaux crevés par les tirs, le toit n'existait plus. La demeure était à ciel ouvert car des trous d'obus avaient détruit, par endroits, le deuxième étage. Des poutres pendaient du plafond. Quentin aurait plus de travail que n'avait pensé Tancrède, mais le

Chalet tenait toujours debout, et à la guerre comme à la guerre ! Le balcon à colonnades surplombait la plage. Ce serait parfait pour le général Roosevelt. En quelques instants, les Américains s'emparèrent des cartes allemandes qui traînaient, puis le salon fut transformé en salle de commandement. Nouvelles cartes aux murs, émetteurs radio, meubles brisés poussés sur les côtés. Il restait une table en bon état. Très heureux, Tancrède laissa les Américains s'installer avant l'arrivée du général. Il ressortit faire le tour de sa maison et dénicha une pelle près de l'escalier de la cave. Des M.P.[1], avec ces lettres écrites sur leurs casques, montaient la garde dans le jardin.

– *Come with me*[2] *!* ordonna Tancrède.

Un des soldats suivit le vieil homme vers l'ancien potager, près d'une petite bâtisse qui servait autrefois de réserve, Tancrède l'avait baptisée *la cabane aux marins*, les Allemands y entreposaient du bois. Il tendit la pelle au soldat, un rude gaillard bien baraqué, et lui montra où il fallait creuser. Croyant découvrir un trésor, le G.I. mit au jour une cache souterraine dans laquelle se trouvaient des centaines de bouteilles de cidre du Grand Hautefort et de calvados.

– Encore un coup que les Prussiens n'auront pas ! Tu vas m'en dire des nouvelles, mon gaillard ! assura Tancrède en débouchant une bouteille de calva qu'il tendit au soldat.

Très vite mis au courant de la situation, d'autres hommes arrivèrent. Tancrède se lança alors dans une grande distribution, tout en trinquant lui-même avec ses invités.

– Attendez, mes garçons, vous allez me goûter aussi mon cidre, vous avez sûrement pas ça en Amérique !

Fous de joie, les jeunes soldats, sûrement plus habitués à boire du bon lait du Michigan, découvraient les produits normands. Tancrède était fier, c'est qu'on avait le sens de l'hospitalité dans son pays.

Un peu fatigué par cet excès d'alcool matinal, Tancrède retourna vers son Chalet, sans oublier de prendre avec lui une bouteille de calvados.

Le capitaine Kenneth Braden le présenta un peu plus tard dans la matinée au général Roosevelt Junior.

– Voici un brave patriote français, le propriétaire de cette maison !

Le général le remercia chaleureusement de lui prêter sa demeure pour quelques heures. Très heureux de serrer la main de son hôte illustre, Tancrède déclara :

– Vous êtes ici chez vous, mon général, mon chalet est le vôtre. Puis-je vous offrir une lampée de calvados pour vous réchauffer ?

1. *Military Police.*
2. Venez avec moi !

A sa grande déception, le général Roosevelt déclina l'offre. Malgré sa fatigue et son teint blême, il alla s'enfermer dans le salon du Chalet rouge pour diriger les opérations. Tancrède ne pouvait savoir que ce grand cardiaque aurait dû être dans une chaise longue mais qu'il avait refusé de se planquer.

Sur les dunes, des raboteuses, des pelleteuses poussaient le sable, des bulldozers faisaient un travail de géant, traçant des chemins, déroulant derrière eux sur le sol des grillages pour assurer la marche des véhicules sur la terre ou sur les sables mouvants. Les troupes montaient vers la route comme une marée. Les colonnes se suivaient.

Bien que l'on fût au début de juin, l'air matinal était frais. Assis sur le perron de sa maison, heureux, après quatre ans d'absence, d'être de nouveau chez lui, Tancrède frissonna. Il prit une nouvelle gorgée de calvados qui le réchauffa. Soudain, il allait mieux. Ses yeux bleus fatigués se plissèrent. Parmi les Jeeps et les longues colonnes, il voyait un homme vêtu à la mode ancienne, en blaude de paysan. Celui-ci lui tendait les bras et marchait, mieux, courait vers lui. Tancrède se redressa en lâchant sa bouteille.

– Grand-père..., balbutia-t-il.

Bien campé sur ses deux jambes, l'Aîné lui sourit.

– Ah ! petiot, tu m'as ben manqué !

– Moi aussi, grand-père, tu viens me chercher ?

– Pour sûr, mon Tancrède Bébé, tous les autres sont là qui t'attendent !

– Oh ! grand-père, comme ça a été long la vie sans toi...

– Tiens, mon gars, v'là l'Ancien et pis ta mère, la Noémie, la v'là là-bas avec sa crinoline et son ombrelle, r'garde à ses côtés, y'a l'colonel de Saint-Preux et ton père, le Zacharie, et le mien, le Mathurin, et ma mère, l'Augustine, et sur la dune... c'est not' ancêtre à tous !

Oubliant son chalet, Tancrède avançait vers l'Aîné qui l'étreignit, son amour le réchauffait.

Au loin, très loin sur les sables, au milieu des tanks et des Jeeps, se dressait sur un fier destrier un chevalier en armure, brandissant son oriflamme brillant sur le soleil. Il leva son heaume et lui aussi sourit à Tancrède.

– Oh ! grand-père, c'était point une histoire de goublins... Robert Guiscard et l'grand Tancrède, c'était donc vrai !

– Pour sûr, allez viens, petiot !

– Mais, mon Victor, ma petite Noémie, les autres et...

– Viens, mon fils, ne t'inquiète pas, viens !

Tancrède vit son chalet qui s'éloignait et, au pied du perron, la dépouille d'un vieux bonhomme tout ridé, appuyée contre la rambarde de pierre. Redevenu Tancrède Bébé, jeune, beau, riant, heureux, plein d'enthousiasme, délivré de tout souci, il suivit l'Aîné avec bonheur.

37

Le bocage en feu

Dans le bocage, les G.I's découvraient les premiers soldats allemands. Même si ces derniers avaient les bras levés, ils les mettaient en joue et tiraient. Cet ordre terrible avait été donné : pas de prisonniers les premiers jours, pour ne pas ralentir l'avance, car c'était loin d'être gagné. Si les panzerdivisions rappliquaient, elles risquaient de rejeter les libérateurs à la mer.

A la ferme, Abraham Mazuvski, très inquiet, avait fini par sortir de la cave, en suppliant sa fille et ses petits-enfants de ne pas bouger. Il monta dans la tour, essayant de voir ce qui se passait. Armé de jumelles, il regarda l'horizon. Derrière la ferme en contrebas, des soldats casqués, vêtus de kaki, avançaient armes aux poings.

– *Mazel tov !* les Américains, c'est les Américains !

Surexcité par sa découverte, Abraham redescendit en courant vers la cour de Hautefort. Les Allemands avaient décampé sauf le sergent Franz qui montait la garde sans grande conviction. A cet instant, un parachutiste atterrit près du puits. Poussant des cris gutturaux, Franz le mit en joue. Il avait, semble-t-il, l'intention de tuer cet ennemi venu du ciel. N'écoutant que son courage, Abraham s'interposa. Il connaissait un peu Franz. Dans son allemand très polonais, il arriva à le convaincre de ne pas tuer ce jeune Américain. Franz, bien embarrassé, décida de ligoter l'Américain pour le faire prisonnier. Au moment où il allait mettre sa menace à exécution, une quinzaine de parachutistes alliés atterrirent presque en même temps autour de la ferme. Rassuré par ce renfort, le jeune parachutiste sortit son arme. Fou furieux de sa propre peur, il voulait à son tour tuer l'Allemand. A nouveau, Abraham s'interposa, cette fois dans un anglais approximatif, pour sauver la vie du sergent.

– *No, just prisoner... ! he is our prisoner inside the house !*

« Les hommes sont tous fous », pensa Abraham.

Les parachutistes arrivaient en courant pour rejoindre leur camarade. Un grondement terrible approchait. Quentin sortit des écuries où il était allé calmer les chevaux affolés. Il saisit Abraham par le bras et n'eut que le temps de bondir avec lui dans la maison pour se réfugier, ainsi que Franz et le parachutiste américain, dans la cave. Une pluie d'obus s'abattit sur Hautefort, écrasant l'aile Ouest et les anciennes laiteries, détruisant ainsi quatre-vingts automobiles de Tancrède. Seules, miraculeusement, les écuries, la tour, toujours fière au vent, et le bâtiment central restaient intacts.

Quand Noémie revint de mission à la ferme vers dix heures du matin, elle n'avait aucune nouvelle du commandant Simon. Elle voulait croire qu'il était toujours en vie.

La nuit de sabotages avait été plus dure que prévu. Jourdan, avec son équipe qui se composait de Toulon, Roger et Hugo, avait abattu des poteaux télégraphiques, crevé des pneus, inversé les panneaux de signalisation. Damien, encore bouleversé, comme ses parents, par la mort de son frère Julien, était venu rejoindre Noémie. Cette action lui sauva la vie. Des obus tombant sur la Hilairie tuèrent Mathieu, Bernardine et beaucoup de chevaux. Noémie ne savait pas où Jean était parti. Elle devinait qu'en compagnie de lieutenants aguerris il sabotait les voies ferrées, paralysait les convois allemands, formait des embuscades, et arrêtait, probablement en les tuant, les estafettes motocyclistes.

Retrouver Hautefort dans cet état-là atterra la jeune fille. La ferme ressemblait à un champ de bataille. De nombreux parachutistes américains étaient allongés, morts, dans la cour. D'autres gisaient, blessés, à côté d'Allemands tués ou mutilés eux aussi. Ils étaient revenus des champs pour tenter de s'abriter du déluge de feu. Les survivants gémissaient. Aidée du parachutiste américain qui se nommait Billy et du sergent Franz, Noémie, avec Ericka, Abraham et Quentin, commença de donner les premiers soins à ceux qui pouvaient être sauvés. En lui recommandant de faire bien attention, elle envoya Wenceslas essayer de trouver des ambulanciers américains. Comme autrefois son arrière-grand-mère en 70, elle installa les blessés dans le salon et la cuisine, miraculeusement intacts, et donna les premiers soins à ces hommes, sans faire attention à leurs uniformes. D'instinct, elle savait poser les garrots et pansements pour arrêter les hémorragies. Quentin, Ericka et Abraham se dévouaient sans compter. Ladislas et Sigismond donnaient à boire à ceux qui le réclamaient.

Enfin, guidées par Wenceslas, très fier d'avoir réussi, des ambulances américaines vinrent évacuer les blessés. Un médecin-major demanda à Noémie la permission d'installer un « hôpital de campagne » dans les champs alentour. L'autorisation donnée, Noémie lui fit promettre de bien traiter les blessés allemands.

– *Of course !* fit le docteur, choqué. Eux prisonniers, mais soignés !

A grande vitesse, des tentes se déplièrent près des pommiers carbonisés et les hommes furent transportés à l'intérieur afin d'y être opérés. La famille demanda à garder le pauvre sergent Franz, terrorisé, jusqu'à ce que des camps réguliers de prisonniers soient ouverts, sinon il risquait de se faire tirer comme un lapin.

Sainte-Mère-Église était la première ville de France libérée. Il allait falloir encore beaucoup de batailles pour déloger l'ennemi du bocage. Les lignes téléphoniques étant coupées par le réseau Drakkar, Noémie ne pouvait joindre la Maison rose à Carentan. Impossible de s'y rendre, elle avait appris qu'on se battait vers Saint-Côme-du-Mont, mais un certain calme semblait revenu autour de Sainte-Mère.

L'absence de Tancrède et de Victor l'inquiétait terriblement. Apprenant leur départ trop discret, elle craignait le pire. Quelle idée folle avait donc piqué le grand-père et son petit-fils ? Elle avait des remords de les avoir négligés, trop occupée par la résistance. Ils lui en voulaient certainement un peu.

– Je crois que monsieur Tancrède a pris sa De Dion pour filer cette nuit..., déclara Quentin.

Impossible de vérifier si la guimbarde manquait à l'appel, les voitures n'étaient plus qu'un tas de ferraille.

– Miséricorde, ils ont dû aller voir le débarquement... il faut absolument les chercher ! Quentin, selle-moi Oscar, je dois y aller ! ordonna Noémie.

– Pas question que tu y ailles seule, je viens avec toi !

La jeune fille le regarda avec étonnement.

– Je croyais que tu ne voulais jamais sortir !

– Si tu ne t'es pas rendu compte, ma Renarde, ce n'est pas un jour ordinaire ! Parole de moi, avec toutes ces armées, tu ne quitteras pas la ferme seule !

Il avait de l'humour, Quentin, et de la volonté.

Touchée de sa sollicitude, la jeune fille murmura :

– C'est d'accord, Nounou, j'accepte !

Au moment où ils repartaient à cheval, vers Sainte-Mère, à travers champs par prudence, ils croisèrent une colonne d'Américains. En comparaison de la raideur allemande, leurs tenues semblaient presque négligées. Pas de lourdes bottes cloutées, mais des Rangers à semelles de caoutchouc. Des rubans de balles de mitrailleuses passées à leurs épaules s'enroulaient autour de leur ceinture. En plus de leur mitraillette, un énorme revolver débordait sur leurs cuisses. Leurs sihouettes n'avaient aucune ligne, la vareuse battle-dress ample, d'une teinte indéfinie, entre le gris, le vert et le kaki, s'ouvrait sur la poitrine en une vaste poche dans laquelle s'entassaient munitions et vivres. Il y avait aussi une poche pour les pansements, d'autres aux pantalons, sur les côtés et en arrière, des poches partout le long des jambes. En outre, le long du mollet droit, serré par deux courroies, était fixée une longue gaine garnie d'un poignard. Ce costume qui paraissait au premier coup d'œil négligé était en réalité la perfection même. Une vraie tenue de combat, pratique et parfaitement bien conçue.

De leur côté, les G.I's eurent l'air de beaucoup admirer la cavalière. Gentiment, ils lui lancèrent des friandises, et à Quentin des cigarettes. Noémie avait honte. Elle aurait dû refuser mais, affamée, elle dévora le chocolat et des barres de *Mars*, tandis que Quentin allumait, pour la première fois depuis longtemps, une cigarette blonde, un vrai régal !

Ils arrivèrent enfin près de Sainte-Mère-Église. Il leur avait fallu éviter les convois allemands qui fuyaient pour organiser leur riposte, les Américains méfiants, les obus et les bombes. Le bourg était toujours encerclé par la Wehrmacht. Impossible d'y pénétrer. Noémie s'était trompée, ça tiraillait encore de tous côtés : elle descendit de cheval. Elle avait besoin de réfléchir. Avec Quentin, ils se mirent à couvert derrière une haute haie. Dans Sainte-Mère, des habitants dépendaient les corps des pauvres parachutistes alliés tués avant même d'avoir posé le pied sur le sol de France. Plus tard, elle apprit que celui qui était tombé sur le clocher de l'église était un miraculé. Il s'appelait John Steele et avait eu la vie sauve en faisant le mort.

– Revenons par Reuville, peut-être que Jean est revenu, et qu'il sait où sont grand-père et Victor.

Quentin devinait la raison de ce détour. Il connaissait l'amour de Noémie pour Jean de Noisy, mais il acquiesça et les deux cavaliers repartirent en direction du château. En arrivant, Noémie comprit que quelque chose de très grave était en train de se passer. Les portes et les fenêtres brisées battaient au vent. Les meubles avaient été jetés dans les jardins où ils brûlaient encore. Les statues du parc étaient brisées. Une aile de la demeure se consumait. Noémie et Quentin se précipitèrent à l'intérieur. Des voix tonitruantes provenaient du grand salon.

– Alors salopard ! tu croyais t'en sortir comme ça ?

– Collabo ! dégueulasse ! pourri !

– Allez les gars, on l'attache à un arbre et on le zigouille !

Noémie ouvrit la porte à double battant.

Quatre hommes portant des bérets et des blousons tenaient Jean en joue. Celui-ci, blême, paraissait transformé en statue.

– Qu'est-ce que vous faites ? lança la jeune fille avec autorité.

– On a jugé ce collabo ! répondit l'un des quatre hommes en se retournant avec un ricanement.

Noémie chercha du secours auprès de Quentin, mais celui-ci avait disparu. Seule contre ces excités, elle avança courageusement.

– Mais vous êtes complètement fous ! c'est le commandant Simon !

– Simon, c'était Julien Devereaux ! Il est mort en héros, sur la place de Sainte-Mère.

– Non, Julien Devereaux était le lieutenant Gilbert, le commandant Simon, chef du réseau Drakkar, a toujours été Jean de Noisy !

Un flottement se fit sentir parmi les « partisans ». Noémie observa attentivement leurs visages.

– D'abord, qui êtes-vous ? D'après moi vous ne faites partie d'aucun réseau de résistance. Je suis Jourdan de Drakkar et je ne vous ai jamais vus en opération !

– De quoi j'me mêle ? Qu'est-ce que ça peut te foutre qui on est, pétasse ! On est venus faire notre devoir, c'est tout !

– Jean ! hurla Noémie. Dis-leur qui tu es !

Sombre, il se taisait toujours, bras croisés sur la poitrine. Un des excités s'approcha pour lui ligoter les poignets avec une corde.

– Allez, viens avec nous, pourri !

– Un bandeau sur les yeux, on l'descend dans la cour comme un traître !

– Les mains en l'air ! le chevalier de Noisy n'ira pas avec vous !

C'était la voix de Quentin.

Il avait fait le tour du bâtiment, et venait de surgir derrière les « résistants » par une petite porte sur le côté de la cheminée. Il tenait un fusil de chasse qu'il avait trouvé à l'office.

– Les mains en l'air, j'ai dit ! Et posez vos armes au sol ! bande de voleurs, rapaces de la pire espèce, videz vos poches !

Ses yeux lançaient des éclairs jaunes. Effrayés, les hommes s'exécutèrent en remettant sur un guéridon cassé tout ce qu'ils avaient raflé, argent et bijoux.

– Vous alliez faire une grosse connerie, les gars ! Allez, suivez-moi, je vais vous raccompagner ! Vous allez me foutre le camp et ne jamais revenir par ici. Mlle Hautefort vous l'a dit, vous êtes chez un héros, le commandant Simon... du balai !

Pour prouver qu'il ne plaisantait pas, il donna un magistral coup de crosse dans les côtes de celui qui semblait être le chef du groupe. L'homme poussa un hurlement avant de s'écrouler par terre.

Les trois autres, affolés, le soulevèrent et ils quittèrent la pièce, suivis par Quentin qui tirait des coups en l'air, pour les faire déguerpir plus vite.

Se jetant contre Jean, Noémie ôta les liens de ses poignets.

– Mon amour, pourquoi, pourquoi ne leur as-tu rien dit ?

– Je ne sais pas, le dégoût de tout, je suis fatigué, Noémie...

– Mais tu te laissais faire comme ça, toi qui es toujours prêt à te battre ?

– J'en ai eu soudain assez, mon amour, la nuit a été terrible ! nous avons perdu trois bons compagnons, des réseaux d'Avranches et de Saint-Sauveur. Pourquoi eux et pas moi ?

– Mais tu n'as pas pensé à nous, à notre avenir ?

– Si, bien sûr, mais peut-être, pour toi, aurait-il mieux valu que je disparaisse...

– Oh ! Jean ! Jean, comment peux-tu dire cela !

– Non, je t'aime, je t'aime plus que tout, chérie, mais cette guerre a été trop longue pour nous tous, excuse-moi.

Noémie l'aida à s'asseoir sur ce qui restait d'un canapé. Il tremblait de fatigue, de rage, de haine et peut-être, malgré tout, de peur. Si Noémie n'était pas arrivée, il serait mort, abattu bêtement par des idiots. Il ne leur en voulait même pas. Elle courut chercher à boire et revint en demandant :

– Ce sont ces types qui ont tout détruit ?

Jean secoua la tête.

– Non, c'est le travail de Rolf Brauner, je n'étais pas là, les gestapistes ont fait le ménage avant de partir, ils ont fini par comprendre qui j'étais et ont voulu se venger. Les salopards ont même rossé le pauvre Pierre.

– A-t-il besoin de soins, où est-il ?

– A l'abri maintenant, chez sa cousine, au bout du parc. Elle le soigne, cela va aller !

– Mais les écuries ? s'inquiéta Noémie.

– Tout va bien ! Rolf Brauner voulait y mettre le feu avec les chevaux à l'intérieur mais Pierre m'a dit que von Schölner et Egon Uhl l'avaient menacé de leurs revolvers s'il touchait aux animaux. Ils ont tous filé maintenant. Tu sais, Noémie, il y a quand même des types bien à la Wehrmacht ! Ce que ces officiers ont fait pour Brin d'Amour et les autres, je ne l'oublierai jamais... Par contre, Rolf Brauner n'est pas allé loin, Toulon et Hugo m'ont averti qu'ils l'ont eu quand il fuyait. Sa voiture a sauté sur une de nos mines. Il doit être en enfer à l'heure qu'il est !

Ils restèrent un moment dans les bras l'un de l'autre, puis Noémie raconta à Jean la disparition de Tancrède et de Victor. Elle était sûre que le vieil homme était parti vers Sainte-Marie-du-Mont avec son petit-fils. La route, pour se rendre de Reuville au Chalet rouge, était dangereuse et leur parut longue. Quand Noémie, Jean et Quentin arrivèrent, la nuit tombait mais ils virent la De Dion près de la chapelle Renaissance. Sur la route, la plage et devant le Chalet rouge, le va-et-vient incessant des unités continuait. En pénétrant dans le parc maintenant abandonné par le général Roosevelt, Noémie aperçut aussitôt son grand-père. Il paraissait dormir sur les marches du perron. Mettant pied à terre, elle s'approcha de lui. Il avait les yeux fermés et un doux sourire étirait ses lèvres.

– Grand-père, oh ! grand-père ?

Noémie posa sa main sur son épaule. Le vieil homme tomba sur le côté. La bouteille de calvados qu'il avait toujours à la main roula dans le sable. Il était mort de joie, de fatigue, de vieillesse et peut-être aussi d'avoir trop fêté la libération.

Noémie ne put se retenir de sangloter. Elle avait du mal à reprendre sa respiration. Seules les mains de Jean, qui vinrent entourer ses épaules avec une immense tendresse, l'apaisèrent un peu.

– Allons, calme-toi ma chérie, regarde comme il a l'air heureux...

– Les Vikings, il est venu voir débarquer ses chers Vikings ! balbutia Noémie.

De toutes ses forces, elle serrait ce bon grand-père qu'elle aimait tant, celui qui passait des heures à lui raconter l'« histoire de la famille » quand elle était petite...

Ils décidèrent d'installer le corps de Tancrède sur un matelas dans l'ancien salon déserté par les Américains, et de le veiller. De toute façon, il était trop tard pour repartir. Il restait quelques rations K des G.I's dans la cuisine. Malgré le chagrin, Noémie dévora, puis elle passa la nuit dans un fauteuil éventré, près de son grand-père. Jean, assis tout contre elle, la réconfortait.

Après avoir longuement prié avec Quentin, Noémie et Jean décidèrent d'enterrer, pour le moment, Tancrède dans le jardin. Ils l'enveloppèrent dans une toile de parachute abandonnée par les Américains. Quentin et Jean creusèrent un trou sur une butte face à la mer. Sûrs qu'il n'y avait aucun prêtre à la chapelle de La Madeleine, ils déposèrent le corps de Tancrède dans le trou et Noémie, le visage à nouveau inondé de larmes, murmura sa propre prière :

– Cher grand-père, te voici devant la plage que tu aimais tant. Plus tard nous te ferons une belle tombe au cimetière de Carentan avec ta famille. De là-haut, tu vas pouvoir continuer à noter les noms des bateaux qui passent. Regarde comme la grève est belle aujourd'hui, des milliers de drakkars lui font honneur, je t'aime grand-père, oh si tu savais comme je t'aime...

Noémie ne put en dire plus. Elle ferma les yeux, écrasée de chagrin.

Quentin reboucha cette tombe de fortune. Il planta une croix qu'il avait fabriquée avec deux morceaux de bois trouvés dans l'ancienne « cabane aux marins ». Enfin, ils retournèrent à la chapelle pour revenir en poussant la De Dion dans le garage. Noémie ne savait pas encore que c'était tout ce qui restait de l'extraordinaire collection d'automobiles de Tancrède Hautefort, mais elle voulait garder cette antiquité en souvenir de lui.

En repartant, Noémie croisa Onésime Leviel.

– Oh ! c'est un vrai drame, l'père Parfait et la mère Parfaite y sont morts tous deux sous leur bicoque et j'sais plus où aller...

– Viens à Hautefort, Onésime, moi je cherche partout mon frère, Victor, l'as-tu vu ?

– Oui-da, hier matin !

– Et sais-tu où il est maintenant ?

– Ah dam, il est parti tout dré vers Carentan, dans une drôle de voiture, une « jip » qu'ils appellent ça, les Tommies ! Même qu'y m'a crié : « J'vas à la guerre, dis-le à ma sœur ! »

La route de Carentan étant impraticable, ils rentrèrent vers Hautefort. Un peu après le calvaire, Jean quitta Noémie et Quentin pour aller rendre visite au vieux Pierre. Toujours très discret, Quentin s'éloigna un peu du couple. Jean s'approcha de Noémie et l'embrassa tendrement.

– Je sais ton chagrin et j'aimais beaucoup ton grand-père, tu es vraiment un être exceptionnel, je ne compte plus les fois où tu m'as sauvé la vie, je t'aime, mon amour, tu m'as redonné du courage, je te donnerai des nouvelles très vite, mais je dois rendre mon tablier !

Noémie arrondit des yeux interrogatifs.

– Oui, chérie, aujourd'hui la résistance du réseau Drakkar cesse, je vais réunir les groupes francs et nous remettrons armes et argent aux autorités qui sont aujourd'hui l'armée régulière. Notre rôle est fini ! Simon et Jourdan n'existent plus, je ferai une réunion pour expliquer tout cela. Chacun doit rentrer chez soi. Notre aventure de l'ombre est terminée, nous redevenons des citoyens ordinaires, mon ange, enfin... tu n'es pas si ordinaire !

Il lui arracha un baiser et s'éloigna à travers champs.

En arrivant à la ferme, Noémie se rendit compte qu'elle n'avait pas bien estimé les énormes dégâts que les bombardements avaient causés. Trop occupée par les blessés, la veille, elle n'y avait pas fait attention. Dans les champs, l'hôpital de campagne fonctionnait bien. Les Mazuvski, eux, étaient enfin installés sans crainte dans la cour. Les garçons, fous de joie couraient à l'air libre, Ericka et Abraham étaient assis sur le banc de pierre. La vie semblait presque reprendre son cours normal.

Noémie allait leur apprendre la triste nouvelle pour Tancrède quand une colonne de chars Sherman passa devant la ferme. L'un d'eux s'arrêta près de la grille et la tourelle s'ouvrit sur un grand gaillard blond aux yeux bleus.

– Je souis à la ferme Hautefort ? demanda-t-il avec un fort accent américain.

Noémie s'approcha de ce G.I., intriguée par un vague air de famille.

– Oui, c'est exact...

– Mon nom est John Hautefort, je souis le fils de Zacharie Junior, le cousin de Valentine Hautefort, je venir de Californie !

Noémie lui tendit les bras.

– Bienvenue chez toi, John, je suis ta cousine, Noémie.

Il apportait des nouvelles. Tous les Hautefort d'Amérique allaient très bien. John offrit aux habitants de la ferme ces fameux chewing-gums, sorte de bonbons à mâcher au goût étrange, piquant et sucré. Wenceslas, Ladislas et Sigismond étaient ravis. John était venu d'Angleterre en bateau avec la troupe américaine. Il avait réussi, aussitôt débarqué à Utah Beach, à avoir la permission du commandant de son unité d'aller voir sa famille française, surtout s'il obtenait des renseignements au sujet des marais inondés où l'armée se perdait.

Les questions fusaient :

– Combien êtes-vous ?

– Allez-vous marcher sur Paris ?

– D'autres hommes doivent-ils débarquer ?

Noémie offrit du cidre et une omelette au jeune homme et à ses quatre compagnons. Malheureusement le cousin ne pouvait rester plus longtemps car son unité devait marcher sur Cherbourg. John promit de revenir dès que la guerre serait finie, car pour lui, elle ne faisait que commencer !

John Hautefort reparti dans son char, Noémie fut bien obligée de dire la vérité aux Mazuvski pour Tancrède et Victor.

Wenceslas et Ladislas voulaient aussi filer avec les Américains. Ericka et Abraham durent faire preuve d'autorité pour les garder à la ferme.

– *Balbatishèr*[1], mes pétits, oy... le Moloch partir, Can Eden revenir, laï laï laï !

Abraham maintenant chantait à l'air libre.

Le sergent Franz devait partir pour un camp de prisonniers. Avant de quitter Abraham, il pleura dans les bras de l'homme qui lui avait sauvé la vie.

– Va, mon pétit, va, tu seras mieux avec corned-beef Amérika qu'au Berlin du Moloch !

En fait, la guerre n'avait pas changé Abraham.

Le « tablier » de Jean rendu aux autorités, Noémie allait le voir presque toutes les nuits. Elle essayait d'avoir des nouvelles de son frère mais c'était impossible. Elle ne put, d'autre part, annoncer tout de suite la triste mort de Tancrède aux habitants de la Maison rose.

1. Faut rester tranquilles.

Carentan était encerclé, il n'y avait plus de téléphone et les chars allemands, sur la route de Périers, canonnaient la ville.

Trois semaines plus tard, Noémie put enfin pénétrer dans Carentan dévasté. Jean avait tenu à l'accompagner.

A la Maison rose, Bohémond avait accueilli tous les voisins ne possédant pas de sous-sol dans leurs petites maisons et cinquante personnes avaient vécu serrées les unes contre les autres dans les solides caves de la grande demeure. Comme si la mort de Tancrède n'avait pas été suffisante, Sidonie avait eu la douleur de perdre sa fille Rose-Marie tuée par un éclat d'obus et le petit Justino avait été gravement atteint à la tête. Soigné jour et nuit par Conchita et grand-mère Caroline, il se remettait doucement de sa blessure.

Tante Eugénie avait tout perdu dans la bataille. Sa magnifique demeure et ses chers palmiers avaient été détruits par les obus. Elle avait eu juste le temps de mettre un châle sur ses épaules et de s'enfuir avec sa bonne, la vieille Félicienne. Le malheureux Cyprien était mort sous les bombardements. Depuis, tante Eugénie vivait avec sa belle-sœur dans la Maison bleue qui, malgré des pans de murs et de toitures détruits, restait debout. En revanche, les remises avaient été totalement brûlées par des bombes incendiaires, emportant en fumée l'extraordinaire collection de peintures de la grande Noémie Hautefort. Il n'y avait plus un objet d'art, pas une seule toile. Les Boudin, Monet, Manet, Sisley, Courbet, Jongkind que les Allemands n'avaient jamais trouvés s'étaient tous consumés sous la paille.

– C'est malin, mon garçon, tu aurais pu les cacher ailleurs ! déclara la tante Eugénie au pauvre Bohémond qui n'y était vraiment pour rien.

Le seul Eugène Boudin qui restait désormais dans la famille était le portrait de Tancrède l'Aîné à Hautefort.

Noémie réunit Bohémond, Conchita, grand-mère Caroline et tante Eugénie dans le grand salon, dévasté lui aussi. Les meubles Chippendale avaient reçu beaucoup d'éclats d'obus. Les sièges Napoléon III étaient éventrés. Avec le plus grand ménagement, elle leur apprit le décès de Tancrède.

Grand-mère Caroline se mit à pleurer sans bruit puis, tout en égrenant son chapelet, elle murmura d'une voix douce :

– Je le savais depuis le débarquement, je le sentais, mon cher Tancrède, enfin... le bon Dieu me l'a donné, il me l'a repris, que le Seigneur l'ait en sa sainte garde, puis elle récita le *Notre Père* à l'ancienne.

– Père qui es dans les cieux, que ton nom soit sanctifié, que ton règne vienne, que ta volonté soit faite sur la terre comme au ciel. Donne-nous aujourd'hui notre pain quotidien. Remets-nous nos dettes comme nous-mêmes avons remis à nos débiteurs, et ne nous soumets pas à la tentation mais délivre-nous du Mauvais.

Déchiré par le chagrin, Bohémond ne dit rien, debout devant la fenêtre en face du port. Conchita vint contre lui et murmura :

– Notre Justino va mieux, chéri, il nous a reconnues, monte le voir...

Noémie comprit que cette bonne nouvelle faisait du bien à son oncle.

Dans le silence, à la stupéfaction générale, tante Eugénie se mit soudain à hurler de désespoir.

– Mon frère, mon petit frère chéri, mon Tancrède, mon cher compagnon de jeux, il était tout ce qui me restait ! Mon Dieu, pourquoi ? Pourquoi me l'avoir repris ?

Ils demeuraient tous interdits par un tel débordement de sanglots.

Noémie s'approcha d'Eugénie pour lui prendre la main.

– Mais, ma tante, pourtant tu te disputais toujours avec grand-père, vous ne vous êtes pas parlé depuis quatre ans !

– Ça n'a rien à voir ! Je l'aimais mon Tancrède, il m'aimait, et nous aimions nos disputes ! Vous n'avez jamais rien compris dans cette famille ! Je l'aimais, comprenez-vous ! Je l'aimais et lui m'aimait plus que tout, moi sa sœur chérie !

Tante Eugénie, qui avait abandonné le deuil de son quatrième mari, l'amiral Buisson, déclara qu'elle porterait celui de son frère jusqu'à la fin de ses jours. Elle décida enfin de faire élever un monument à la gloire de Tancrède Hautefort face à la mer sur la plage des Vikings.

Noémie comprit, ce jour-là, que les ressorts de l'âme humaine sont insondables.

38

Heureux qui comme Ulysse...

– Les voilà ! les voilà !

Des centaines de Normands attendaient dans les dunes depuis l'aurore. L'annonce de l'arrivée de la division Leclerc s'était propagée dans le bocage avant de se confirmer. La fameuse unité française Tchad, qui avait combattu dans les déserts de Libye et maintenu très haut le prestige de la mère patrie, arrivait enfin à Utah Beach.

En ce 30 juillet, Noémie, Jean de Noisy et toute la famille Hautefort, qui s'était habituée à la présence « quasi officielle » du commandant Simon, attendaient sur la plage depuis l'aube. Seule tante Eugénie avait refusé, sous prétexte de son « grand âge », de passer la journée dans les dunes, mais elle ne s'était pas privée de grommeler :

– De toute façon, nous ne sommes même pas sûrs que mes neveux soient bien avec ce Leclerc ! Et d'où vient-il cet individu ? Personne n'en a jamais entendu parler avant-guerre ! A-t-il vraiment le droit de porter ce grade de général ?

C'était trop tard, rien ne changerait jamais Eugénie !

La 2e DB[1] débarqua au coucher du soleil, presque au même endroit que les Américains deux mois plus tôt. La foule battait des mains, jetait des fleurs sur les chars. Des enfants aux arêtes de la colonne grimpaient jusqu'aux tourelles et les conducteurs des voitures n'arrivaient pas à se dégager.

Un ancien combattant de 14, qui se trouvait auprès de Noémie et Jean, murmura, les larmes aux yeux, en voyant les Français de la 2e DB :

1. Deuxième division blindée.

– Notre vieille armée n'est donc pas morte ! Ils ont vengé l'honneur !

Longtemps les tanks défilèrent. Ils portaient sur les flancs les trois couleurs, la croix de Lorraine, et sur le côté, au-dessous de leur tourelle, de beaux noms de France : Tarentaise, Anjou, Sauternes, Bergerac, Gascogne, Chantereyne, Val-André, Côte-d'Or, Beaujolais, Champagne, Normandie... Un extraordinaire nuage de poussière et de sable les entourait. Soutenue par Jean, Noémie n'en pouvait plus de cette attente. Elle criait, appelait, hurlait. Enfin, comme les autres, elle aperçut quatre Jeeps à la queue leu leu. Sans surprise, elle reconnut son père dans le dernier véhicule. Ses cheveux sous le calot avaient blanchi, mais c'était lui, vivant, bouleversé de cet accueil. Il cherchait, c'était visible, les visages aimés. A ses côtés, Boris, les traits burinés, conduisait.

L'émotion était trop forte. Lâchant le bras de Jean, Noémie se mit à courir.

– Papa ! Oncle Boris ! Papa, c'est moi Noémie !

Elle dévalait la dune en direction des héros.

Stanislas ne pouvait en croire ses yeux. Un instant, il crut que Valentine venait à sa rencontre, mais à la couleur des cheveux roux et à ses cris, il reconnut sa fille avec stupeur.

En 1939, il avait laissé une adolescente, et il retrouvait une vraie jeune femme de vingt ans. De stupéfaction, Boris fit caler la Jeep. Toujours alerte, Stanislas bondit hors du véhicule pour se précipiter vers sa fille.

– Noémie, ma chérie ! Mon petit... toi, c'est toi !

D'émotion, il glissa dans le sable, manqua tomber, mais il se rétablit pour la prendre dans ses bras. Ils restèrent ainsi un long moment sans dire un mot.

– Boris !

– Bohémond !

Serrés l'un contre l'autre, les jumeaux aussi se taisaient, la gorge serrée. Ils se séparèrent pour se regarder, leurs tempes avaient grisonné de la même manière. Ils portaient les mêmes rides sur le front.

– *Mammè-louchèn*, mon Ericka !

Boris quitta son frère pour saisir sa femme et la couvrir de baisers. Il eut ensuite, lui aussi, du mal à reconnaître ses trois fils. Wenceslas, Ladislas et Sigismond étaient aussi grands que lui.

– Mon tout petit... mon Boris... !

C'était grand-mère Caroline qui marchait difficilement dans le sable, soutenue par le bras d'Abraham. Presque intimidée par le retour de son beau-frère, Conchita avança avec ses fils, Justino, Carlo et Pedro.

Jean de Noisy s'était écarté avec discrétion. Il regardait, avec émotion, les membres de cette famille, bonheur qui lui avait toujours manqué, se retrouver, comme s'ils ne s'étaient pas quittés.

Après une longue série d'embrassades et d'accolades, les questions ne tardèrent pas à fuser :

– Où est Valentine ? et Victor ? Pourquoi ne sont-ils pas là ? demanda Stanislas en cherchant sa femme et son fils parmi la foule.

– Et papa, il n'a pas pu venir ? s'enquit Boris.

Un silence gêné leur répondit.

Noémie releva courageusement le visage vers son père et son oncle. Ce qu'elle avait à leur annoncer était bien difficile.

– Papa chéri, oncle Boris, il vaut mieux que je vous parle, vous devez savoir...

Avec précaution, Noémie apprit d'abord à Stanislas que Valentine avait été arrêtée par la Gestapo et que Victor était parti faire « sa » guerre avec les Américains. Ensuite, elle se tourna vers Boris pour lui annoncer le décès de Tancrède au Chalet rouge, le jour du débarquement. Sous le choc, les deux beaux-frères titubèrent. Valentine disparue, Victor enrôlé, Tancrède mort, c'était trop !

La Jeep du général Leclerc stoppa à la hauteur du groupe. Noémie, encore bouleversée, fut tout de suite conquise par le charisme de cet officier. Il avait un beau visage, au regard altier, barré par une fine moustache. Tout en lui indiquait le chef de légende. Il interpella Stanislas et Boris.

– Alors, Desaix, Favre, que vous avais-je promis ? contents d'être de retour au pays, en famille ?

– Oui, mon général... nous sommes très heureux !

C'était Stanislas qui avait répondu, avec une telle émotion que Leclerc la perçut aussitôt. Comprenant qu'un drame se jouait, le général ordonna :

– Prenez votre soirée tous les deux, je file sur Avranches, rejoignez-moi demain dans la journée, colonel, capitaine !

– Merci, mon général. Nous serons exacts au rendez-vous ! promit Boris.

La Jeep de Leclerc redémarra dans un nuage de sable et de poussière. Presque toute la famille revint à Hautefort dans le car conduit par Bohémond. Il avait réussi à le remettre en route avec l'essence donnée par les Américains. Quentin était resté des heures sous le moteur, à pester contre cette vieille mécanique.

Stanislas et Boris remontèrent dans leur Jeep. La 2e DB en possédait quatre, nommées avec humour « Toi », « Moi », « L'autre » et « On s'en fout ». Stanislas et Boris avaient hérité de cette dernière.

Après un regard pour Jean, Noémie partit avec son père et son oncle. De son côté, Jean fit monter quelques jeunes cousins, ravis, dans une vieille Peugeot, remarchant aussi grâce au carburant des libérateurs, qui avaient remplacé les Allemands au château. Bien que rien ne fût dit, chacun, dans la famille, considérait Jean de Noisy comme le fiancé de Noémie. Ne voulant pas s'imposer, dans un moment si intime, Jean chuchota à Noémie qu'il passerait le lendemain. Elle ne l'entendit pas de cette oreille et lui fit jurer de revenir prendre le café. Elle voulait qu'il parle avec son père. Ericka ne quittait pas son Boris. Lui-même ne cachait pas son bonheur d'avoir retrouvé sa femme, ses fils et aussi son beau-père en bonne santé. Là-bas, il avait tout le temps craint pour leur vie. Il s'émerveillait du courage de Valentine et de Noémie qui les avaient cachés pendant toute l'occupation.

– Viens, papa, on va te montrer le souterrain ! s'écria Ladislas.

– Après le dîner, mon chéri ! dit Boris.

Assis à côté de Bohémond, il ne se lassait pas de donner des bourrades à son jumeau.

C'était une belle soirée d'été. Une douce brise atténuait la chaleur. Quentin avait dressé une grande table dans la cour, installé un tonneau de cidre sur le banc de pierre. Il avait fait un feu dans la cheminée pour griller des poulets à la broche, de plus, avec les rations K des Américains, il y aurait un vrai festin, comme on n'en connaissait plus.

Pourtant, au début du dîner, l'ambiance était nostalgique. Noémie avait pris place à côté de son père pour lui tenir la main. Depuis qu'il avait appris la disparition de sa femme et de son fils, Stanislas ne semblait plus pouvoir réagir. Avait-il tellement souffert pendant cinq longues années, pour ne jamais les retrouver ? D'autre part, l'état affreux de la ferme, les bâtiments brûlés, les champs saccagés et retournés par les obus, les barrières arrachées attestaient la dureté des combats dans le Cotentin.

Cependant, peu à peu, le bon cidre aidant, on se dérida et tout le monde se mit à parler de l'occupation et de la résistance.

Malgré sa grande tristesse, répondant aux questions de tous, Stanislas se laissa aller à raconter leur épopée avec Boris :

– Après notre traversée sur le minuscule voilier de la cousine belge de Léopold, traversée réussie grâce à Boris, qui s'est révélé être un sacré marin, nous étions à Londres dès le 20 juin 1940. Nous sommes allés nous présenter au QG du général de Gaulle où régnait une pagaille épouvantable. On nous a installés alors dans des baraquements, nous avons dû attendre très longtemps. Je vous jure qu'on commençait à se demander ce qu'on faisait là et s'il ne vaudrait pas mieux rentrer chez les Boches !

Toute la famille éclata de rire. Boris continua :

– Enfin, le 25 juillet, de Gaulle a dit au capitaine Leclerc de rallier les pays d'Afrique-Équatoriale française à la France Libre. Il cherchait des hommes, nous nous sommes immédiatement engagés.

Stanislas se pencha vers Noémie.

– Tu sais, ma chérie, ce Leclerc est vraiment un être extraordinaire, il est sûrement promis à un grand destin, il ignore la douleur et la fatigue. Sa voix est nette, ses commandements sobres. Les hommes se feraient hacher pour lui. C'est un grand chef, un saint-cyrien sorti premier de l'École de guerre !

– Et tante Eugénie qui prétend qu'on ne sait pas d'où il vient !

– Il s'appelle, en réalité, Philippe de Hauteclocque, reprit Stanislas, il a adopté ce nom de Leclerc pour protéger sa famille restée en France, d'ailleurs vous l'avez entendu, nous avons fait de même avec Boris, devenu le capitaine Favre, et moi colonel Desaix ! Nous avions trop peur de vous mettre en danger !

– Et après, papa, que s'est-il passé ? questionna Noémie comme une enfant suppliant. Raconte encore.

Stanislas l'embrassa et poursuivit :

– Nous avons donc fait partie des Forces françaises libres. En novembre 1940, nous débarquions au Gabon près de Libreville. En 1941, nous étions en Libye, où nous avons lancé un raid de reconnaissance sur Koufra. Le 1er mars, Leclerc était nommé colonel, et la garnison italienne de Koufra se rendait ! Je me souviendrai toujours de ce matin-là, dans la cour inondée de soleil, le clairon a sonné *Au drapeau*. Devant ses hommes, Leclerc a prononcé ce serment : « Vous venez de remporter une victoire qui peut vous enorgueillir. Mais Koufra n'est qu'une étape dans la libération de la France. Nous ne déposerons pas les armes avant que le drapeau français flotte sur Paris et Strasbourg ! » Il nous a tous chauffés à bloc. S'il nous avait demandé de traverser la Méditerranée à la nage, nous l'aurions fait ! En décembre 1942, nous étions de nouveau en Libye. Je suis retourné plusieurs fois sur son ordre, en Angleterre, voir de Gaulle. A différentes reprises, j'ai survolé la mer et je pensais que je n'étais pas loin de Hautefort. Nous vous avons envoyé des messages par pigeons voyageurs, les avez-vous reçus ?

– Oui, on savait que vous étiez en vie...

– Valentine l'a su ?

– Bien sûr, papa...

– Alors, elle doit résister et m'attendre !

Un long silence suivit. Puis Stanislas reprit :

– Après avoir traversé le Tchad, toujours sous les ordres de Leclerc, devenu général, moi colonel et Boris capitaine, nous avons parcouru le désert pour rejoindre la VIIIe armée britannique. Le 6 janvier 1943, nous nous sommes emparés du poste italien d'Umm el-Araneb. Le 12, nous contrôlions le Fezzan repris aux Italiens. En mars 1943, nous nous sommes retrouvés en Tunisie, où nous avons repoussé trois assauts germano-italiens à Ksar-Rhilane. Ça a été une grande et belle victoire, vous savez... Depuis, nous sommes devenus la 2e division blindée, rattachée au 15e corps d'armée du général Patton, en tout seize mille combattants au moral formidable et suréquipés. D'ailleurs notre matériel est notre propriété, nous l'avons payé !

– Comment cela ? demanda Bohémond, assez étonné.

– On voulait nous le donner à crédit, c'est la nouvelle mode américaine, tout est à crédit ! répondit Boris entouré de sa femme et de ses enfants. Mais de Gaulle et Leclerc ont tenu à ce qu'il soit à nous !

– Mais pourquoi n'avez-vous pas débarqué plus tôt ?

– Nous rongions notre frein, nous aurions bien voulu, mais les ordres de Eisenhower étaient formels, la 2e DB devait rester fraîche et puis, de vous à moi, les Alliés désiraient garder pour eux le prestige du débarquement... c'est de bonne guerre, si je puis dire.

– Et maintenant, qu'allez-vous faire ?

– Vous l'avez entendu de la bouche de Leclerc, nous partons sur Avranches !

Sur ces mots, Abraham Mazuvski se leva.

– *Mazel tov...* ah ! mes fils, je vous bénir. Sur les rives des fleuves de Babylone, là nous pleurer au souvenir de Zyon[1].

Grand-mère Caroline, très émue, tapota la main d'Abraham.

– C'est très beau ce que vous avez dit, mon ami !

Un vol de canards sauvages passa au-dessus de la tour en direction de la mer.

Il était presque dix heures du soir, le galop d'un cheval retentit sur la route. Fidèle à sa promesse, c'était Jean de Noisy. D'avoir si longtemps parlé avait fait du bien à Stanislas. Il avait retrouvé assez de calme pour observer sa fille. La façon dont elle regardait le cavalier mettre pied à terre ne trompait pas.

« Elle a été trop longtemps livrée à elle-même », songea Stanislas, redevenu un père inquiet pour sa fille.

Il se leva pourtant de table et traversa la cour pour accueillir Jean.

– Ah ! voici le héros du réseau Drakkar, bonsoir, commandant Simon ! dit Stanislas, montrant ainsi qu'il savait beaucoup de choses.

– Bonsoir, colonel Desaix ! répondit Jean en souriant.

– Je vous ai aperçu sur la plage, mais nous étions si troublés que je n'ai pas pu vous saluer ! Merci d'être venu ce soir.

Malgré ses appréhensions, Stanislas demeurait toujours d'une grande civilité. Il l'entraîna prendre un calvados avec les hommes, debout près du puits.

Noémie ne put s'empêcher de venir s'appuyer sur la margelle près de Jean. Elle souriait, cheveux au vent. Il la regardait, ébloui. « Elle est sa maîtresse ! » pensa Stanislas, effondré.

1. Jérusalem.

Heureusement, Caroline appela sa petite-fille auprès d'elle. Celle-ci la rejoignit à table, que Quentin, Ericka et Conchita commençaient de desservir.

Stanislas allait proposer à Jean de marcher vers ce qui restait des pommiers brisés par la canonnade quand celui-ci le devança :

– Puis-je vous dire un mot en particulier, colonel ?

– Dites Stanislas, comme autrefois, ce sera plus simple... Oui, allons marcher un peu, cela me fera du bien, c'est que dans le désert j'ai perdu l'habitude du calvados !

– Nous avons perdu beaucoup d'habitudes... il va être dur de se réhabituer à la paix...

– Oh ! la paix n'est pas encore là, le monstre va se défendre, et peut toujours faire beaucoup de mal...

– Vous avez raison !

Tournant le dos aux champs, les deux hommes franchirent la grille de Hautefort. Stanislas offrit une cigarette anglaise à son compagnon. Celui-ci la prit avec un plaisir non dissimulé et tous deux, fumant, marchèrent sur la route.

– Je vous écoute, Jean.

– Eh bien voilà, je ne l'ai jamais dit à Noémie pour ne pas l'inquiéter, ou du moins la pousser à une action folle, mais je crois savoir où a été emmenée Valentine.

Stanislas s'arrêta net de marcher.

– Où ça ? dans un de leurs horribles camps de concentration, c'est ça ? Ils existent vraiment ?

– Oui, si elle est toujours en vie... elle est à Dachau en Bavière.

– Misère... mais qu'est-ce qui lui a pris de faire de la résistance ? Elle aurait pu rester à la maison, tranquille !

– C'est ma faute ! dit courageusement Jean, je n'aurais pas dû l'accepter dans le réseau, mais elle a insisté, c'est une femme admirable, très courageuse...

– Oui, je sais, le caractère Hautefort...

– Nous avons vécu de durs moments ici, je ne pouvais contrôler toutes les missions... Quand elle a été prise, je pensais franchement que ce qu'elle devait exécuter était facile.

Stanislas s'assit sur le talus.

– Racontez... tout !

Pendant un long moment, Jean parla, expliquant les années du réseau Drakkar, et comment Valentine avait été arrêtée à cause de la dénonciation d'un traître qui l'avait payé de sa vie.

– Et Noémie ?

– Oui, elle aussi a fait partie du groupe. Elle a été exceptionnelle !

– Mais elle était trop jeune ! Pour elle, vous auriez dû refuser ! s'exclama Stanislas.

– C'est ce que j'ai fait au début, mais quand Noémie a décidé quelque chose, autant dire au soleil d'arrêter sa course !

Stanislas se redressa lentement.

– Est-elle votre maîtresse ?

– Je suis un homme d'honneur, monsieur, je l'aime plus que tout au monde ; dès que je serai divorcé, je l'épouserai !

Avec lassitude, Stanislas lui tapa sur l'épaule.

– Je n'ai rien contre vous, Jean, au contraire, mais je dois être de la vieille école. Tout va trop vite, le monde a basculé en cinq ans. Je m'attendais à retrouver ma femme tricotant au coin du feu et ma fille faisant de la couture. Mon fils, n'en parlons pas, je le voyais toujours en culottes courtes ! Ah ! notre univers est dévasté ! Il n'y a que des champs de ruines ! Vous avouerai-je que j'espérais, pour Noémie, autre chose qu'un homme divorcé... mais si c'est le bonheur de ma fille, rassurez-vous, je ne m'y opposerai pas, de toute façon, elle n'en fera qu'à sa tête et je pars demain.

Boris et Ericka s'étant isolés dans une pièce, Stanislas passa la nuit à parler avec Noémie au salon. Il voulait sa version des faits et il lui fit raconter les années de guerre et d'occupation. Puis il demanda à rester seul dans la chambre de Valentine. Il en ressortit au matin, les yeux rouges, et Noémie remarqua qu'il cachait dans son uniforme une fine chemise de sa femme.

Après avoir embrassé toute la famille, Stanislas et Boris remontèrent dans leur Jeep pour continuer le combat. Malgré les victoires d'Avranches, Falaise, Orléans, les jours qui suivirent furent très sombres pour les hommes de la 2e DB. Bien que de Gaulle eût fait savoir qu'il ne pouvait être question pour les Alliés d'entrer à Paris sans l'armée française, ils n'avaient aucune assurance de libérer la capitale. En apprenant le débarquement américain en Provence, un seul cri s'éleva parmi eux :

– Vont-ils entrer dans Paris avant nous ?

Leclerc, suivi de Stanislas et Boris, se rendit alors chez Patton pour lui affirmer sa volonté de marcher sur Paris. Mais, à l'état-major du général américain, on ne lui donna que des réponses évasives. Leclerc, Stanislas et Boris écumaient de fureur. Le 19 août, Leclerc comprit enfin le plan des Alliés, il n'était pas question de libérer Paris pour l'instant ! Eisenhower voulait contourner la capitale française par le nord-ouest et le sud-est pour faire tomber la ville par débordement sur les ailes. Il souhaitait éviter les combats de rues, car si des poches de résistance allemande subsistaient, cela ferait perdre trop de temps aux forces alliées. Il fallait poursuivre l'ennemi sans relâche.

Le matin du 20 août, Stanislas pénétra comme un fou dans la maisonnette où Leclerc prenait quelque repos.

– Mon général, une extraordinaire nouvelle qui balaie le plan des Alliés, Paris s'est insurgé !

Sans en référer au commandement allié, Leclerc décida d'envoyer, le 21 août, en direction de Versailles et Paris, un élément léger mais capable de combattre, sous les ordres du lieutenant-colonel de Guillebon. Stanislas insista pour faire partie de cette mission, mais Leclerc souhaitait le garder auprès de lui. Enfin, il envoya Boris prévenir de Gaulle de son coup d'audace.

Mon général,

Depuis huit jours, le commandement américain nous fait marquer le pas... Devant pareille paralysie, j'ai envoyé Guillebon avec un détachement léger direction Versailles avec ordre de prendre le contact, de me renseigner et d'entrer dans Paris si l'ennemi se replie. Je ne peux malheureusement pas faire de même pour le gros de ma division pour des questions de ravitaillement et afin de ne pas violer ouvertement toutes les règles de la subordination militaire.

De Gaulle reçut la lettre au Mans, le 22 août vers midi. Il y répondit aussitôt en approuvant l'initiative de Leclerc et en l'informant qu'Eisenhower, peut-être lassé ou ému par ces Français, lui avait promis de fixer Paris comme direction à la 2ᵉ DB. La nouvelle fut acclamée par tous les hommes. Ils allaient enfin marcher sur la capitale. Stanislas et Boris, revenu de sa mission, en auraient pleuré. Paris ! c'était donc vrai ! Stanislas se voyait déjà rue de Tournon, sans Valentine, mais il s'était juré de la retrouver, même en enfer.

– Attends-moi, mon amour, attends-moi ! murmurait-il dans son sac de couchage.

Dès le lendemain matin, la division était en route vers Rambouillet, organisée en groupements tactiques, unités combinant l'infanterie, les chars et l'artillerie. Elle s'engagea le 24 à partir de sept heures sur deux axes : le groupement Billotte par la RN 20 devait entrer dans Paris par la porte d'Orléans, et le groupement Langlade en passant plus à l'ouest avait ordre de passer la Seine par le pont de Sèvres. De nombreux combats opposèrent la 2ᵉ DB à des poches d'Allemands ; à Longjumeau, Massy-Wissous, à la Croix-de-Berny et enfin à Fresnes. Apprenant dans l'après-midi que le préfet Luizet voulait lui parler, Leclerc lui fit répondre : *Tenez bon, nous arrivons !* et il doubla la communication en envoyant un Piper-cub, un petit avion de reconnaissance, jeter un message sur la Préfecture de police. Stanislas eut l'honneur de participer à cette mission en tant qu'observateur. Malgré les tirs de la DCA allemande, il ressentit une sorte d'ivresse à survoler Paris en plein jour. Il put se rendre compte de la détermination des Parisiens érigeant des barricades. Cela lui fit penser à l'insurrection de juin 1832, racontée par Victor Hugo dans *Les Misérables*. Des combats de rues, des embuscades ! Les Parisiens se battaient contre l'envahisseur pour leur liberté.

Il était heureux que Noémie fût restée à Hautefort, mais s'inquiétait pour Victor. Ses recherches auprès des autorités américaines n'avaient rien donné.

A la tombée de la nuit, les éléments les plus avancés de la division se trouvaient à Bourg-la-Reine sur l'axe principal et au pont de Sèvres sur l'axe secondaire. Mais cette situation ne satisfaisait pas le général Leclerc qui avait un moment espéré pénétrer dans Paris le soir même. Piétinant d'impatience à la Croix-de-Berny, il ordonna alors à un détachement de gagner Paris afin d'annoncer l'arrivée de la division tout entière pour le lendemain, vendredi. Stanislas réussit à faire partie de cette mission, malheureusement sans Boris qui, lui, devait rester auprès du général. Avec un peloton de chars moyens réduit à trois unités, le *Montmirail*, le *Romilly* et le *Champaubert* ; deux sections d'infanterie portées par onze halfs-tracks et une section de génie, ils partirent sur Paris. Aidés dans leur progression par les FFI, la colonne se glissa à travers Fresnes, L'Haÿ-les-Roses, Bagneux, Cachan, Arcueil et Le Kremlin-Bicêtre. Stanislas reconnaissait ces banlieues où il avait construit des immeubles, des écoles et des hôpitaux. Ils arrivèrent à la porte d'Italie vers vingt et une heures. Devant une foule en liesse et sous la pluie, les blindés remontèrent l'avenue d'Italie, le boulevard de l'Hôpital, puis ils traversèrent le pont d'Austerlitz, longèrent le quai Henri-IV pour atteindre l'Hôtel de Ville. L'émotion, pour lui et ses camarades, était trop forte.

– Paname ! nous voilà ! criait un sergent-chef.

Ils avaient tous les larmes aux yeux. Stanislas savait qu'il assistait à des événements historiques.

Georges Bidault, qui avait remplacé Jean Moulin à la présidence du CNR, prévenu de l'arrivée de premiers éléments de la 2e DB vint en courant vers Stanislas.

– Mon colonel, au nom des soldats sans uniforme de France, j'embrasse en vous le premier soldat français en uniforme pénétrant dans Paris !

Et le petit homme serra vigoureusement Stanislas sur son cœur.

Le numéro 3 d'un nouveau journal venait de paraître, *Le Parisien libéré*. Stanislas en acheta un exemplaire. A la une, il lut sur six colonnes : *Victorieux derrière ses barricades, Paris va connaître la délivrance*. L'article était signé Léopold Van Belmeus. Après s'être illustré en faisant son métier de grand correspondant de guerre à Tobrouk et El-Alamein, l'ami belge avait réussi à rejoindre une rédaction parisienne non collaborationniste. D'ailleurs les journaux comme

Je suis partout avaient cessé d'imprimer. Léopold était à Paris. Stanislas se promit de le contacter pour qu'il l'aide à retrouver Valentine.

Le lendemain, vendredi 25, un beau soleil succéda aux averses de la veille. La 2e DB au grand complet pénétra dans Paris dès l'aube. A dix heures, le colonel Billotte envoya, par l'intermédiaire du consul de Suède, un ultimatum au commandant du « Gross Paris », installé à l'hôtel *Meurice*, rue du Faubourg-Saint-Honoré. Faute de réponse, il décida d'attaquer le QG allemand mais von Choltitz capitula enfin. Manu militari, il fut mené à la gare Montparnasse où l'attendait le général Leclerc, accompagné de Stanislas, du jeune général de brigade Chaban-Delmas et du colonel Rol-Tanguy, chef des FFI.

A midi, après des combats de rues qui avaient coûté la vie à deux mille huit cents personnes et qui en avaient blessé sept mille autres, Stanislas put voir le drapeau français flottant enfin sur la tour Eiffel. Si Valentine et Victor avaient été à ses côtés, cela aurait été le plus beau jour de sa vie.

Dans le Cotentin, les nouvelles arrivaient de manière contradictoire, car le téléphone ne fonctionnait pas.

– Paris est libéré !

– Pas du tout, la ville est en flammes !

– Les Américains sont entrés dans la capitale...

– Non, c'est la 2e DB !

– Le général von Choltitz a tout fait sauter sur les ordres de Hitler !

– Les monuments sont en feu !

– Les Alliés ont évité Paris, c'est la famine, il y a des morts dans les rues...

Noémie ne tenait plus en place. Elle convainquit Jean de se rendre dans la capitale. Lui, en tant que commandant Simon, pourrait passer. De plus, le Conseil de la Résistance voulait voir le chef du réseau Drakkar pour le féliciter de son action.

Après avoir récupéré des jerricanes remplis d'essence par les Américains, ils les placèrent, malgré le danger, dans le coffre, et ils partirent tous deux dans la vieille Peugeot rouillée.

Le voyage fut long et éprouvant. Ils traversèrent les villes et les villages détruits à soixante-quinze pour cent. A part Bayeux, miraculeusement épargné, c'étaient Carentan, Isigny, Caen, qui avaient été écrasés par un mois de bombardements et de tirs d'artillerie. Lisieux, Saint-Lô avaient été rasés. Aucune province de France n'avait connu de tels ravages. Noémie et Jean se rendaient compte que la gigantesque bataille, qui avait duré du 6 juin au 30 août, laissait un champ de ruines. Deux cent mille soldats, alliés et allemands confondus, étaient morts. Quinze mille civils avaient été tués en quatre-vingt-dix jours. En découvrant ce désastre, Noémie se serrait contre Jean. Le tribut des Normands, payé pour la libération de la France, était terrible.

Les survivants erraient dans les ruines, cherchant quelques objets ou espérant revoir un familier.

Il n'était pas question de trouver d'hôtel ou de chambre chez l'habitant. Il n'y avait plus une maison intacte. Jean et Noémie dormirent dans la voiture, serrés l'un contre l'autre, ne comprenant pas pourquoi ils avaient la chance d'être en vie.

– La Normandie ne pourra jamais se remettre de ce martyre ! murmura Noémie.

– Nos compatriotes sont courageux, chérie, ils vont enterrer leurs morts et rebâtir... je t'aime, mon cœur, Dieu nous a permis de survivre, l'avenir est à nous, ensemble, nous ne nous quitterons plus jamais...

39

Dans Paris en liesse

Noémie ne pouvait croire à son malheur. En elle se succédaient la rage, la honte, le désespoir, l'envie de se venger et celle de se laisser glisser vers la mort. C'était trop injuste. Pourtant, tout avait si bien commencé lorsqu'elle était entrée avec Jean dans Paris.

Depuis la Défense jusqu'à l'Arc de Triomphe, les Américains campaient sur les bas-côtés des avenues de Neuilly et de la Grande-Armée. Les femmes leur apportaient des fleurs, les hommes des bouteilles de vin miraculeusement jaillies des caves. En retour, les G.I's leur offraient du lait concentré sucré, denrée inconnue, du chocolat et du chewing-gum. La musique de Glenn Miller résonnait sous les tentes kaki et près des tanks immobilisés. Les jeunes « Ricains », ravis, signaient des autographes et donnaient des baisers aux jeunes filles.

Après l'horreur de la Normandie, Noémie et Jean avaient l'impression de débarquer sur la Lune. Paris n'avait pas brûlé comme le voulait Hitler ! Paris était libéré ! Bien sûr, la guerre continuait vers l'Est, mais l'atmosphère de joie folle, de surexcitation dans la capitale était communicative. Il restait bien encore quelques poches de miliciens et de SS irréductibles, sur les toits de certains immeubles, mais Paris était de nouveau Paris. Les occupants en étaient chassés. A trois heures de l'après-midi, Noémie et Jean étaient sur les Champs-Élysées, avec des dizaines de milliers de Parisiens venus applaudir les vainqueurs. Le général de Gaulle descendait la plus belle avenue du monde. A son côté se trouvait Georges Bidault et, derrière lui, les généraux Leclerc et Kœnig. Enfin, Noémie aperçut avec fierté son père et d'autres officiers près du général Leclerc. Ses cris et ses gestes attirèrent l'attention de Stanislas qui remarqua Jean auprès d'elle. Il murmura quelques mots à Leclerc qui les chuchota à Georges Bidault. De loin, Noémie comprit que le chef de la résistance répétait : « Le commandant Simon, où est-il ? » Sur un geste de Bidault, Stanislas fit signe à Jean et Noémie de venir les rejoindre. Fendant la foule, les jeunes gens, main dans la main, se mêlèrent au cortège officiel.

– Commandant Simon ! cria Georges Bidault, vous viendrez après, le général veut connaître le héros de la Normandie !

Dans le brouhaha et les cris d'enthousiasme de la foule, le cortège gagna la place de la Concorde. Au milieu de la cohue, Noémie et Jean se trouvèrent séparés. Georges Bidault avait appelé le commandant Simon auprès de lui afin de le présenter à de Gaulle. Celui-ci attendait l'arrivée de sa voiture découverte, pour aller jusqu'à Notre-Dame.

Juchés sur leurs chars Sherman, des Américains brandissaient des drapeaux. En croyant reconnaître l'un des G.I's, Noémie pensa avoir une hallucination. Elle plissa les paupières, plus de doute, sous le casque c'était Victor qui agitait la bannière étoilée.

– Victor, mon chéri c'est toi ! hurla-t-elle.

– Oh ! Noémie, c'est super, hein ! répondit l'adolescent, sans marquer aucune surprise de retrouver sa sœur dans cette foule.

Ayant entendu les cris de sa fille, Stanislas quitta le général Leclerc pour voir ce qui se passait. Était-il possible que ce jeune G.I. soit son fils ? Sans Noémie, Stanislas ne l'aurait probablement pas reconnu.

Il fendit la foule, pour avancer vers le tank.

Tout au plaisir de parler avec sa sœur, Victor n'avait pas vu son père. Lui-même l'aurait-il reconnu, en cet officier supérieur parti depuis cinq ans ? Stanislas l'interpella comme s'il l'avait quitté la veille.

– Ça va, mon garçon ?

– Papa, tu as vu, c'est merveilleux, j'ai retrouvé Victor ! dit fièrement Noémie.

– Je vois, tu veux bien descendre de ton perchoir, mon fils ?

– Oh papa, pas vrai c'est toi ! s'exclama Victor.

Sans lui laisser le temps d'en dire plus, Stanislas saisit son mollet pour le faire basculer vers lui. Un bref instant, père et fils se serrèrent très fort dans les bras l'un de l'autre. Stanislas, stupéfait, s'aperçut que son garçon le dépassait d'une demi-tête.

– Oh ! papa, c'est vraiment chouette de te retrouver ! déclara Victor.

– Oui, mon fils, c'est chouette !

Sur le char, les compagnons de Victor s'exclamèrent :

– *Hello, Vic ! it's your daddy ? Come back, quick !*

– *Yes, boys !* fit Victor.

– *No, boys !* déclara Stanislas.

Prenant fermement son fils par le bras, Stanislas l'entraîna vers le groupe des officiers.

– Mais papa, mes copains ! protesta Victor.

– Maintenant, mon garçon, c'est moi qui donne les ordres et tu viens toi aussi, Noémie !

De loin, le général de Gaulle, qui avait assisté à la scène, semblait assez intrigué.

– Alors, Rolland-Lacour, qu'est-ce que c'est que ce cirque ?

– Une affaire familiale, mon général, j'ai enfin retrouvé mon fils qui s'est engagé en Normandie.

Sous le regard altier du général de Gaulle, Victor baissa un peu la tête.

– Sans permission paternelle ! Alors, mon gaillard, qu'est-ce que tu fais avec cet uniforme américain, tu me sembles bien jeune, quel âge as-tu ?

– Seize ans, mon général, l'âge de me battre, et je suis en train de libérer Paris !

– A toi tout seul... et nous alors ?

Le général se retourna vers Stanislas.

– Félicitations, Rolland-Lacour, qu'allez-vous faire de cette forte tête ?

– Le boucler pour qu'il passe son bachot !

– Bonne idée !

– Mon général, je voudrais une permission de vingt-quatre heures pour l'emmener chez les Oratoriens de Pontoise dont le père supérieur est un ancien de Verdun, afin que Victor termine ses études.

Le chef de la 2e DB s'avançait, badine à la main.

De Gaulle l'apostropha :

– Leclerc ! Rolland-Lacour a besoin d'un peu de temps pour son garçon, je suppose que vous n'y voyez pas d'inconvénient ?

Avec un fin sourire, le général acquiesça. Il était au courant des difficultés familiales du colonel « Desaix ». De Gaulle se retourna une dernière fois vers l'adolescent.

– Écoute-moi bien, mon gaillard, je suis content de toi, mais ton père a raison, et la prochaine fois que tu « libères Paris », fais-le au moins en uniforme français !

Pince-sans-rire, gigantesque, déjà un monument historique, il monta dans la voiture qui venait de s'avancer. Victor, peu impressionnable d'habitude, en avait quand même les jambes molles. Stanislas prit de nouveau son fils contre lui puis il saisit le bras de Noémie.

– Je suis bien content de te revoir, mon garçon. Allez, venez mes enfants, on va à la maison.

La soirée rue de Tournon fut très gaie, presque comme autrefois. Il ne manquait que Valentine. Chacun essaya, non pas de l'oublier, mais de réagir courageusement à son absence.

Stanislas n'osa même pas ouvrir le placard des vêtements de sa femme dans leur chambre, sinon il aurait perdu toutes ses forces, et il savait qu'il allait lui en falloir beaucoup. La sonnette de l'entrée ne cessait de résonner. C'étaient Boris et Jean qui s'étaient rencontrés en bas, devant la loge. Ensuite, ce fut Léopold Van Belmeus, en uniforme américain. Il avait à son bras une superbe W.A.C.[1], originaire de Philadelphie et capitaine de l'Armée de libération. Le journaliste belge semblait au mieux avec cette beauté platine qui le dépassait d'une tête et portait le nom de Beverly. Ils arrivaient tous deux du Ritz où ils avaient rencontré au bar Ernest Hemingway qui fulminait contre le journaliste anglais, Rex North. Ce dernier avait écrit dans le *Pictorial* de Londres que la population française, et normande en particulier, préférait les Allemands aux Alliés et qu'elle avait tout fait pour leur venir en aide !

Jean, si calme d'habitude, ne put s'empêcher de s'indigner avec Stanislas, Noémie et Léopold. Le petit Belge qui avait, sous ses cheveux toujours frisés, encore pris quelques rides pendant ces longues années à bourlinguer, promit de rectifier ce mensonge dans ses prochains articles. Il assura qu'Ernest (Hemingway) avait juré lui aussi, pour réparer l'injustice, de parler officiellement du patriotisme des populations locales et du comportement admirable de la résistance normande qui avait contribué largement au succès du jour J[2]. Cette indignation avait fait du bien à tout le monde. Loulou, secouée de retrouver Stanislas en uniforme, était heureuse qu'il ne fût pas « parti avec une maîtresse », et triste qu'il ne ramène pas encore Mme Valentine. Mais, solide au poste, elle confectionna grâce aux victuailles que Noémie avait eu la précaution d'emporter un dîner de rois, omelette au lard, pommes de terre rissolées et salade de chicorée à l'ail. Stanislas descendit avec Boris chercher des bouteilles à la cave. Au passage, la concierge collabo lui fit des grâces.

– Heureuse de vous revoir, monsieur Rolland-Lacour !

– Merci, madame Langlois...

– Et madame Valentine n'est pas là ?

– Non, elle se repose en province ! répondit laconiquement Stanislas.

On but ferme au cinquième étage, rue de Tournon. Les Chevignard, avertis par le téléphone automatique qui avait toujours continué de fonctionner dans Paris, vinrent rejoindre la famille. Léon avait fait marcher, tant bien que mal, le cabinet. Odile avait eu, pendant les restrictions, un cinquième enfant. Stanislas félicita son associé pour la gestion des affaires, et lui promit de revenir très vite le soulager de

1. *Women's Army Corps* : corps féminin des armées.
2. Hemingway le fera plus tard dans son journal de guerre.

son fardeau. Un cognac à la main, on écouta des disques tout nouveaux, apportés par Beverly et Léopold, de Duke Ellington, Armstrong et Cab Calloway.

A trois heures du matin, il fallut bien se quitter. Léo repartit vers le Ritz, bras dessus bras dessous avec sa Beverly, roucoulante. La nature de leurs relations ne laissait aucun doute. Ils devaient avoir trente ans de différence, mais la guerre avait fait basculer tous les principes bourgeois. Stanislas semblait s'être résigné à voir en Jean de Noisy le fiancé de sa fille. Si c'était le bonheur de la petite ! Quand le chevalier prit congé, il lui serra chaleureusement la main, en lui assurant qu'il pouvait venir voir Noémie. Stanislas se doutait bien que les amoureux s'étaient passés de sa permission, mais il estimait devoir agir ainsi.

– Rassurez-vous, monsieur, demain je demande le divorce ! chuchota Jean en se retirant.

Il y avait des chambres, rue de Tournon ; Noémie aurait aimé lui en proposer une, mais à cause de son père elle n'osa quand même pas. Tandis que Boris s'installait avec Victor, Noémie descendit accompagner Jean dans la rue.

Comme tous les amoureux du monde, ils s'embrassèrent longuement sous les réverbères dont quelques-uns étaient rallumés.

Des cris de joie éclataient autour de l'Odéon. Il semblait que dans Paris personne ne voudrait, ce soir, se coucher.

– Où vas-tu dormir, mon amour ? s'inquiéta Noémie.

– J'ai appelé mon ami, le capitaine de Chassy. Il m'attend, nous allons parler cheval, pour que je t'oublie un peu...

– Pas trop, tu jures ?

Jean la prit dans ses bras.

– Je l'ai dit à ton père, demain je cours chez mon ancien camarade de classe, Benoît Duputel, il est avocat, et je dépose ma demande de divorce. Ne t'inquiète pas, chérie, je t'aime, je t'aime... Je reviens te chercher demain vers deux heures, ça te va ?

Ils s'arrachèrent l'un à l'autre avec un soupir de douleur. Noémie le vit s'éloigner dans la rue de Tournon. Il se retourna plusieurs fois pour lui envoyer des baisers, puis il disparut dans sa voiture garée un peu plus loin.

Le lendemain matin, tôt, Stanislas, intraitable, partit dans la Jeep avec Boris et Victor. Ce dernier renâclait, après une aventure si excitante, à redevenir un simple potache. Stanislas réussit à trouver les mots appropriés pour convaincre son fils de se laisser boucler à la pension des Oratoriens.

– Il s'agit de ton avenir, mon petit, et c'est mon devoir de père d'agir ainsi !

Ensuite, Stanislas prit sa fille dans ses bras.

– La dernière fois que nous nous sommes quittés, ma chérie, nous ne nous sommes pas revus pendant cinq ans. Cette fois-ci, je te jure que ça ira plus vite. Je vais chercher votre mère et je rentre pour toujours, promis !

– Tu sais donc où est maman ?

– Oui, grâce à ton Jean, j'en ai une vague idée, fais-moi confiance...

Prudent, Stanislas ne voulut pas en dire plus. Victor embrassa sa sœur, Boris sa nièce.

– Allez, courage, on y va ! déclara Stanislas, cachant son émotion.

Noémie les regarda partir dans la Jeep vers le palais du Luxembourg. Ils tournèrent à droite le long des jardins et disparurent eux aussi. Noémie demeura, désœuvrée, dans la rue. Jean avait dit qu'il serait de retour à deux heures. Un nom s'imposa à son esprit : *Rodolphe...*

Noémie décida d'aller rendre visite à son ancien camarade de classe. Qu'était-il devenu ? Était-il bien passé en zone libre ? Elle n'avait reçu aucune lettre depuis bien longtemps.

En arrivant rue des Écoles, chez les parents de son ami, la jeune fille trouva porte close. Elle eut beau frapper, personne ne lui ouvrit. Elle redescendit l'escalier. Il n'y avait pas de concierge dans ce modeste immeuble.

Noémie pensa à Bérengère qui avait peut-être des nouvelles. Elle revint rue de Tournon et téléphona à son ancienne camarade. Celle-ci, d'une voix monocorde, lui donna rendez-vous près de la fontaine de Médicis sur leur ancien banc du parc.

Noémie l'y rejoignit. Elles eurent presque du mal à se reconnaître. Après avoir tendrement embrassé Noémie, Bérengère se décida à parler :

– Comme tu l'as probablement compris d'après les lettres qu'il t'adressait, Rodolphe a rejoint les partisans du Vercors. Tu sais, Noémie, ce massif est une véritable forteresse naturelle, protégée par de hautes falaises. Le 17 juillet dernier, les Allemands ont donné l'assaut. En moins de trois jours, ils ont massacré six cent cinquante maquisards, Rodolphe en faisait partie. Il est mort en héros ! Je l'aimais, Noémie, je l'aimais...

Bérengère s'effondra dans les bras de son amie. Celle-ci, bouleversée, sanglotait aussi.

Mort, Rodolphe, après tant de luttes pour retrouver la santé dans son poumon d'acier, quelle injustice du destin ! Mort, ce gentil camarade qui lui passait ses devoirs. Mort si jeune, brisé par la guerre comme tant d'autres. Noémie ne pouvait comprendre cet horrible tirage au sort.

– Pleurez, jeunesse... pleurez, je vous promets que le temps des cerises reviendra...

L'ancien combattant, beaucoup plus vieux, chancelant, vidé par ces années d'occupation, venait d'arriver sur « son » banc.

Noémie fronça les sourcils avec étonnement. Elle le reconnaissait vaguement. Il continuait de parler.

– Je vous connais bien, depuis longtemps, je me souviens de ce garçon, Rodolphe, ah ! il a rejoint mes compagnons de Verdun... la mort est courte, la vie est longue ! Souriez, jeunes filles, souriez, vous êtes en vie !

Il tapota les épaules des deux amies et se leva pour s'éloigner en boitant vers les bassins, sur lesquels quelques enfants faisaient déjà voguer leurs voiliers.

– Vu les circonstances d'abandon du domicile conjugal par ta femme, dans un an, Jean, tu seras libre ! Ne t'inquiète de rien ! je m'occupe de tout. Préviens quand même Lorraine de ta demande de divorce, c'est plus correct ! De toute façon, elle ne peut pas refuser. Sacré commandant Simon, on parle beaucoup de toi et de tout ce que tu as fait en Normandie ! Je suis fier d'être ton ami !

Me Benoît Duputel, un homme de trente-deux ans, comme Jean, serra avec force la main de son ancien condisciple avant de refermer sa porte. Jean descendit l'escalier de cet immeuble cossu, quai Malaquais. Dehors, des traces de balles sur les murs témoignaient encore des combats dans Paris. Soulagé par cette conversation, il faillit téléphoner à Noémie, puis il préféra partir tout de suite pour Joinville-le-Pont, annoncer à Lorraine sa décision irrévocable. Il était sûr que, de son côté, heureuse de retrouver sa liberté, elle approuverait.

Il se gara près de la Marne, devant le palais des Frémin. Jean comprit, en voyant le lourd portail de fer forgé arraché, que quelque chose ne tournait pas rond. Il sortit de voiture pour emprunter à pied la longue allée qui menait au « Trianon ». Il aperçut aussitôt les dégradations qui avaient été faites à la maison. D'immenses croix gammées noires étaient grossièrement peintes de chaque côté de la porte d'entrée avec l'inscription *Maison de la collaboration* tracée sur le fronton ! Sans que Jean ait sonné, la porte s'ouvrit sur sa belle-mère. Le hall et le salon Louis XVI étaient saccagés. Georgette pleurnichait.

– Oh mon Dieu, Jean ! Je vous ai vu dans le jardin, vous arrivez en plein drame... les FFI ont emmené Marcel à Drancy, vous vous rendez compte ! tout ça parce qu'il a vendu aux Allemands quelques petits biscuits ! Je vous en prie, faites quelque chose pour lui, on dit que vous êtes un héros, vous devez bien avoir quelques relations avec les nouveaux maîtres... Il faut faire relâcher mon Marcel. Il est innocent ! Songez, il a été prévoyant... pendant toute la guerre, il a donné aussi à la résistance !

– Alors, ne vous inquiétez pas, Georgia, s'il peut le prouver, il sera sauvé !

– Oui, mais quand même, téléphonez, je ne sais pas moi, à Bidault, à de Gaulle, tout ça ce sont vos amis !

– Écoutez, Georgia, si ce que vous dites est vrai, c'est un bon point pour lui, je vais de toute façon essayer de le faire sortir de Drancy, ce ne sera pas si facile, mais en tant qu'ancien beau-père...

– Comment ancien beau-père ? s'exclama Georgette.

– Je dois parler à Lorraine, où est-elle ?

– Mais chez vous !

– Comment chez moi !

– Oui ! hoqueta Georgette, la pauvre petite, tout cela l'a bouleversée ! Elle a trouvé de l'essence et notre ancien chauffeur, Roger, un gentil garçon, l'a emmenée, elle est repartie à Reuville, vous savez elle vous aime beaucoup !

– A Reuville ! hurla Jean. Non, elle n'a pas le droit !

Sans écouter les cris de sa belle-mère, Jean sortit du « Trianon » dévasté, pour courir vers sa voiture.

Il était temps, deux voyous tentaient de la lui voler. Avec une barre de fer de la grille, traînant par terre, Jean réussit à les mettre en fuite, puis il remonta au volant et fila rue de Tournon.

Noémie avait envie de rester quelques jours à Paris, d'autant plus qu'ils pouvaient profiter de l'appartement, mais Jean prétexta une obligation pour rentrer très vite en Normandie. Sans s'arrêter, remplissant le réservoir avec les jerricanes restants, tendu sur le volant, parlant par monosyllabes, il fit la route, pourtant défoncée par les chenilles des tanks, en dix heures !

Noémie essaya de le faire s'arrêter à leur château-auberge près de Bayeux. Il refusa, arguant un rendez-vous urgent.

Près de Carentan, Noémie éclata.

– Tu dois me dire la vérité, que se passe-t-il, Jean ?

Se rendant compte qu'il lui avait fait faire un voyage impossible, il arrêta la voiture près de Saint-Côme-du-Mont.

– Chérie, tu me fais confiance, je dois rentrer régler une situation très pénible... ce soir, tu restes bien sagement à Hautefort, tu promets ? Je viendrai te voir le plus vite possible, je t'aime, Noémie !

Il l'embrassa et embraya en faisant craquer sa boîte de vitesses.

Il était deux heures du matin quand Noémie pénétra dans la ferme. Les Mazuvski étaient rentrés à Carentan. Quentin et Onésime vinrent voir qui arrivait à cette heure indue. Rassurés, ils repartirent se coucher.

Noémie savait que Jean lui cachait un événement très grave. Désobéissant à ses ordres, après tout, le réseau dissous, il n'y avait plus de commandant Simon, Noémie prit une torche électrique offerte par cousin John, et elle descendit dans le souterrain.

Elle effectua en un temps record ce chemin qu'elle connaissait si bien.

Dans le château désert et dévasté, Noémie monta à pas de loup vers l'appartement de Jean. Dans le couloir qui menait à sa chambre, elle entendit, par la porte restée entrouverte, la voix de Jean :

– Tu n'as pas le droit d'être là, Lorraine !

Noémie dut s'appuyer au mur ainsi ce qu'elle craignait était arrivé, sa femme était revenue.

– J'ai tous les droits, je suis ta femme ! criait Lorraine.

– Non, tu ne l'es plus, tu es partie depuis trois ans et j'ai demandé le divorce !

– Trop tard, je te réclame le droit d'asile, tu ne peux me le refuser, je suis poursuivie, regarde ce qu'ils m'ont fait !

– Ah !

Un faible cri poussé par Jean retentit. Noémie ne put s'empêcher de regarder ce qui se passait à l'intérieur de la chambre.

Couchée dans le lit épargné par l'incendie, Lorraine venait d'arracher une perruque et montrait son crâne rasé.

– Maman ne t'a pas dit ?

– Non, non..., bredouilla Jean en tombant assis sur une chaise branlante.

Tondue ! Lorraine avait donc été rasée par des voyous avant de s'enfuir de Joinville ! Le spectacle de ces femmes poursuivies était ignoble, mais celui de ces créatures au bras des vainqueurs avait été, lui aussi, horrible.

Ce dont Noémie avait peur arriva, Jean murmura :

– Écoute, Lorraine, je ne te veux aucun mal, j'accepte de t'abriter ici quelque temps, même de t'aider ensuite à partir à l'étranger... nous divorcerons et tu oublieras, tu referas ta vie...

– Mais tu n'as pas compris, mon petit Jean, je te l'ai dit, je suis ta femme, tu es un homme influent maintenant, du reste, je veux avoir notre enfant ici à Reuville...

– Quoi ! hurla-t-il.

Lorraine ouvrit les draps, découvrant à son mari, horrifié, son état avancé. Elle en était sûrement à son neuvième mois.

– Mais tu sais très bien que cet enfant n'est pas de moi !

– Prouve-le ! personne ne te croira. Si tu ne veux pas de moi ici, il faudra me tuer et l'enfant avec...

– Tu n'en voulais pas, tu t'es fait avorter ! Je ne reconnaîtrai jamais cet enfant, tu t'es fait faire un bâtard par un de tes officiers allemands !

– Oui, et je l'aimais !

– Alors, va le rejoindre ton nazi, et fais-lui endosser la paternité !

Cela devenait ignoble, Noémie s'enfuit. Jean ne pouvait en supporter davantage. Il sortit dans le couloir vide et descendit vers le hall. Il avait besoin d'air et ouvrit la porte.

Longtemps, il resta assis sur les marches du perron. La tête dans les mains, il cherchait les moyens de se libérer du piège où il était tombé. En proie à des envies de meurtre, il haïssait cette femme qui portait son nom, et son ignoble chantage.

Au loin, il croyait voir la tour de Hautefort, et ses pensées volaient vers Noémie. Il allait lui parler, lui faire comprendre la nécessité de patienter un peu, pour clarifier la situation.

Sans pouvoir attendre, Jean prit une lampe et descendit dans le souterrain. Il savait que, seule, Noémie était à la ferme. Il allait monter dans sa chambre, la réveiller tendrement. Dans les bras l'un de l'autre, ils réfléchiraient à la meilleure façon d'agir pour préserver leur amour.

Au milieu du souterrain, à l'endroit du rendez-vous des partisans, Jean trouva Noémie en larmes.

– Chérie !

Elle redressa la tête, vindicative :

– Chasse-la, Jean ! si tu m'aimes, chasse-la !

– Noémie, je t'en supplie, aie un peu de patience, je vais joindre mon avocat... et...

– Et elle va avoir cet enfant qui n'est pas de toi ! Elle veut redevenir Mme de Noisy, c'est un démon, tu es un jouet entre ses mains ! Ne te laisse pas faire, chasse-la cette nuit, mets-la dans un hôpital, je ne sais où, mais pas chez toi, pas chez nous, dans notre lit... Jean, c'est atroce... Après tout ce que nous avons vécu, je ne peux accepter sa présence. Si tu la gardes, si tu fais cela, je te haïrai !

– Donne-moi quelques jours, je ne peux pas la chasser !

Il tendit la main vers elle.

– Noémie, sois compréhensive...

– Si demain elle n'est pas partie, tu ne me reverras jamais..., hurla Noémie.

Elle courut vers les caves de Hautefort.

Jean, atterré, revint à Reuville. Il remonta dans son château. Des cris retentissaient à l'étage. Il se précipita. Le vieux Pierre, affolé, vint à sa rencontre dans l'escalier.

– Monsieur Jean, il faut appeler le Dr Dubourg, Mme Lorraine a les premières douleurs...

Le cauchemar continuait.

A huit heures du matin naissait à Reuville un petit garçon de huit livres et demie.

– Félicitations, monsieur de Noisy, voici un beau bébé qui vous ressemble ! N'allez pas embrasser tout de suite Mme de Noisy, elle est fatiguée, elle doit se reposer, déclara le Dr Dubourg, satisfait de son accouchement.

Jean, assommé, prit du café à la cuisine avec le médecin. Celui-ci parti, Pierre demanda à son maître :

– Comment va-t-on l'appeler ?

– Qui ça ?

– Mais votre fils, monsieur Jean !

Par la fenêtre, Jean voyait les mouettes tournoyer dans le ciel bleu. Il eut un sanglot intérieur. Connaissant l'intransigeance de Noémie, il savait qu'elle n'accepterait pas de compromis. Cette nuit, il l'avait perdue pour toujours.

Cinquième Partie

LA VALSE DES ADIEUX

40

Le pays du bout du monde

La baie de Sydney se découpait au coucher de soleil. C'était l'été, un superbe mois de février et la température était exquise. Appuyée au bastingage du bateau, Noémie respirait l'air marin avec volupté. Elle ne se lassait pas de la beauté du paysage. Les eaux turquoise frangées d'écume du littoral baignaient le vaste port naturel de la ville. Les toits de tuiles rouges des habitations brillaient sous les derniers rayons. Sur des kilomètres, plages, criques et anses festonnaient la côte barrée à l'intérieur, dans les terres ocre, par les Blue Mountains.

Harbour Bridge, le gigantesque pont suspendu, appelé affectueusement par les Sydneysiders le « Vieux Cintre » car il avait été ouvert en 1932, enjambait le Rocks vers Milson's Point.

Des ferries rentraient au port. Noémie avait l'impression que les habitants de Sydney prenaient ce moyen de locomotion comme les Parisiens l'autobus. La France était si loin. Paris et le Cotentin lui semblaient irréels.

Noémie se retourna pour regarder Larry Bradley. Il parlait avec un groupe de cavaliers, invités, comme Noémie, par les organisateurs à cette excursion en mer.

De loin, il lui sourit, salua ses interlocuteurs, et revint aussitôt vers elle.

– Tout va bien, *darling* ? demanda-t-il tendrement.

– Oui, c'était une très belle journée !

– Vous commencez à aimer l'Australie ?

– Bien sûr, je trouve votre pays enchanteur, Larry.

Il passa un bras autour de ses épaules pour lui désigner la pointe de Bennelong.

– Il paraît qu'un magnifique opéra sera, un jour, construit ici, ce sera splendide, un monument unique avec des toits blancs et aériens, évoquant des voiles ou les pétales d'une fleur exotique[1] comme vous, Noémie !

Sa voix se faisait rauque. Il osa déposer un baiser sur les cheveux roux de la jeune fille. Elle sourit avec indulgence. Larry était attendrissant. Il cherchait à lui montrer son pays sous son meilleur jour. Comme un guide touristique, il en vantait toutes les qualités.

Hier soir, dans Watson's Bay, pendant le dîner chez *Doyle's*, le restaurant de fruits de mer le plus célèbre du pays, Larry lui avait d'abord raconté avec charme les débuts de l'aventure australienne.

– En fait, *honey*, c'est ici à Sydney que tout a commencé. Le 26 janvier 1788, date historique pour notre pays, le capitaine Phillip débarquait à Botany Bay en compagnie de huit cents bagnards et deux cents soldats. Aux tentes succédèrent bientôt des baraques en planches, puis des maisons et des édifices administratifs en dur et finalement nous aurons bientôt un fouillis de gratte-ciel qui sont en construction. Avant dix ans, ils donneront sur l'embouchure de la Parramatta River et sur la baie. Notre pays est en pleine mutation, la guerre nous a arrêtés, mais maintenant 1949 est l'année du grand boom !

Noémie alla ensuite se promener, avec Larry, dans The Rocks, ce cœur historique de Sydney.

– Le quartier regorge de bonnes adresses, ainsi l'*Argyle Tavern*, où l'on peut prendre un *counter lunch*[2] ! expliqua Larry.

Il l'entraîna vers les plus vieilles demeures de la ville, comme Cadman Cottage.

– Elle date de 1816 ! dit-il fièrement.

Bras dessus, bras dessous, ils errèrent dans les anciennes ruelles, longeant les entrepôts de marchandises et les pubs aux façades de grès rouge, pour déboucher enfin dans la partie Ouest, l'endroit le plus cossu, où Larry lui fit découvrir les élégantes maisons georgiennes des riches entrepreneurs. *Garrison Church*, une église, donnait sur une superbe placette avec des alignements on ne peut plus *british*. Ils terminèrent leur promenade devant *Bligh's House*.

– Et voici la demeure du capitaine William Bligh, qui gouverna, ici en Australie, la Nouvelle-Galles du Sud de 1806 à 1808, expliqua Larry, de plus en plus troublé.

Il prit Noémie dans ses bras. Elle crut qu'il allait l'embrasser, comme en France lors de leur fuite quand elle avait entrepris de lui teindre les cheveux en roux. Presque cérémonieusement, devant la maison éclairée par un clair de lune romantique, Larry murmura :

---

1. Commencé en 1957, l'opéra sera inauguré en 1973 par la reine Elisabeth II.
2. Déjeuner au comptoir.

– Noémie, je vous aime depuis que je suis tombé chez vous à Hautefort, je rêve de vous, *honey*, voulez-vous m'épouser ?

Elle ne s'attendait pas à cette demande. Noémie était prête à se donner à lui, mais se marier, fonder une famille étaient loin de ses préoccupations.

– Larry, je suis très touchée, laissez-moi réfléchir un peu...

– Ne me faites pas attendre trop longtemps !

– Non, je vous répondrai après le dernier concours hippique.

– Dans trois jours ?

– Oui, c'est cela !

– Je ne sais pas si je pourrai survivre !

Il était exquis. Noémie savait qu'elle allait sans doute accepter. Il la raccompagna à l'hôtel *Regent of Sydney*, George Street, où étaient logés tous les cavaliers.

Au moment de descendre de la Land Rover, Larry retint la main de Noémie.

– Ne me faites pas trop languir, *honey*, je jure de vous rendre heureuse !

– J'en suis sûre, Larry.

– Puis-je monter prendre un verre ?

– Pas ce soir, il est tard, j'ai un concours important demain.

– Vous avez déjà raflé toutes les coupes ! laissez-en un peu aux autres ! protesta-t-il en riant.

Avec tendresse, Noémie lui ferma les lèvres d'un baiser. Il voulut la retenir. Elle s'échappa.

– A demain, Larry !

Dans le hall, Paul Bontemps l'attendait, nerveux.

– Tu ne seras pas en forme demain, Noémie !

– Ne t'inquiète pas, au contraire, je suis en pleine forme !

Chantonnant, Noémie prit l'ascenseur en compagnie de Paul. Il sortit, bougon, de la cabine au dixième étage, tandis qu'elle continuait vers le quinzième.

Rentrée dans sa chambre ultramoderne, Noémie se laissa tomber sur son lit. Elle se savait un peu cruelle pour Paul qui espérait en silence depuis des années, sans qu'elle lui ait donné le moindre encouragement.

Les mains derrière la nuque, Noémie réfléchit. Épouser Larry était évidemment la solution à tout. Elle aurait vingt-cinq ans au mois d'août, et savait que sa famille souhaitait ardemment la voir enfin mariée, établie avec un avenir stable.

Là, au bout du monde, Noémie se sentait bien, oubliant enfin l'ignoble douleur qui l'accompagnait depuis cinq ans. Elle avait été sincère avec Larry. L'Australie lui plaisait infiniment. Elle avait l'impression que dans ce pays fascinant tout était encore à construire. Cela correspondait à sa nature. Elle aimait la beauté des paysages, si différents de la Normandie, et appréciait la simplicité rugueuse des habitants. Elle avait retrouvé Larry avec un immense plaisir. Il était toujours aussi séduisant et ne l'avait jamais oubliée. Il était fou de joie que Noémie ait tenu sa promesse de venir le rejoindre de l'autre côté de la terre, et l'avait présentée à tous ses amis comme l'héroïne lui ayant sauvé la vie durant la guerre. Grâce à lui, Noémie avait été fêtée partout. Adélaïde, Perth, Melbourne et Canberra l'avaient vue triompher aussi de ses concurrents. Des photos de Noémie Hautefort sur Oscar du Bocage s'étalaient partout en première page.

Noémie poussa un soupir. Paul Bontemps avait raison. Elle devait se coucher et dormir.

Faisant un effort surhumain, elle se releva pour aller dans la salle de bains. Rapidement, elle prit une douche et enfila une chemise de nuit rose sur son corps fin et musclé. Elle regretta soudain de n'avoir pas invité Larry à monter dans sa chambre. Ce soir, elle aurait pu se laisser aller dans les bras d'un homme aussi séduisant que lui.

Depuis cinq ans, Noémie n'avait pas eu un flirt. Plusieurs cavaliers avaient essayé de lui faire la cour. Bonne camarade, la jeune fille refusait tout sentiment.

Quelque chose était brisé en elle. A son corps défendant, elle comparait chaque homme avec Jean, et pourtant elle le haïssait toujours autant. D'habitude, elle ne pouvait repenser à leur dramatique séparation sans se laisser aller à sangloter. Ce soir, dans son lit, grâce à Larry, elle se sentait plus calme pour revoir le passé.

Elle avait, sans tarder, appris la naissance de l'enfant à Reuville. Jean, accablé, était venu frapper à la grille de Hautefort. Noémie, implacable, avait refusé de le revoir. Se méfiant, elle avait ordonné à Quentin de poser des barres de bois ne permettant plus l'accès du souterrain par l'armoire. Ulcérée, meurtrie, désespérée, ne voulant même plus évoquer le nom de Jean de Noisy, Noémie s'était d'abord réfugiée à la Hilairie en ruine. Elle s'était un peu remise de son malheur en consolant Damien de ses deuils.

Le jeune homme voulait remonter, à la force du poignet, ses haras et y associer Noémie en l'épousant. Elle aimait beaucoup Damien, mais l'idée du mariage lui faisait horreur. Laissant Damien à son travail, son souvenir et ses peines, elle vécut un certain temps à la Maison rose, aidant ses tantes à nettoyer les gravats des bombardements, et attendant avec angoisse des nouvelles de son père.

Après la prise de Strasbourg par la 2e DB en novembre 1944, Boris était rentré glorieux à Carentan. Il avait tenu le serment de Koufra et voulait aider son frère à rebâtir tout ce qui avait été détruit, grâce aux dommages de guerre qui seraient certainement versés après la fin totale des hostilités. Ce fut encore Noémie qui annonça à Boris la nouvelle que personne n'osait lui révéler. Bohémond avait été arrêté pour collaboration et emprisonné au camp de Tourlaville. Boris pouvait lui rendre visite tous les samedis matin. Noémie l'accompagnait souvent. Elle ne tarda pas à être intriguée car Boris revenait toujours affamé. Elle connaissait bien ses oncles et découvrit rapidement la supercherie. Au nez et à la barbe des gardiens, les jumeaux, profitant de leur ressemblance, échangeaient leur place une semaine sur deux. Comme autrefois, petits garçons, ils partageaient tout... Boris était ulcéré qu'on le traite en héros et son frère en traître. L'injustice de leur sort le révoltait. Noémie proposa de prendre un grand avocat parisien, ami de Stanislas, Me Grangeard. Celui-ci conseilla un défenseur du Cotentin, Me Gisellois de Coutances. C'était un débutant, mais qui avait fait de la résistance sous les ordres du commandant Simon, *et de nos jours*, affirma Me Grangeard, *c'est le principal.*

Malgré sa réticence au nom de Simon, Noémie dut s'incliner.

Le lendemain, Boris et Noémie étaient chez Me Gisellois. Celui-ci accepta d'assurer la défense de Bohémond, surtout en apprenant qu'une partie de la famille avait résisté, comme lui, dans le réseau Drakkar. Peu avant le procès, Boris décida de prendre la place de Bohémond à Tourlaville. Il estimait que son frère, trop abattu, ne saurait pas se défendre. Mais Boris prenait l'immense risque d'une peine de prison ferme, et il ne pourrait sans doute plus changer de place avec Bohémond. Noémie était émue de leur amour fraternel.

L'avocat général fut très sévère. Il avait laissé entendre qu'il demanderait cinq ans de prison ferme, et l'indignité nationale ! Après l'audition rapide de quelques témoins, Noémie manqua défaillir en voyant arriver le commandant Simon, cité par Me Gisellois comme témoin à décharge.

Sans regarder personne, Jean de Noisy, très pâle, déclina ses noms officiels et le nom de guerre du commandant Simon, puis déclara que M. Bohémond Hautefort avait agi pour le bien de ses employés et qu'il avait été très utile et dévoué aux personnes de sa famille étant dans le réseau, tels que Jourdan, Noémie Rolland-Lacour, et Louvois, Valentine Rolland-lacour. La déposition fit beaucoup d'effet. En ressortant, Jean chercha le regard de Noémie. Méprisante, elle détourna la tête. Même s'il sauvait Bohémond, jamais elle ne pardonnerait.

Me Gisellois fit ensuite une belle plaidoirie sur Noémie et sa mère qui avaient osé braver la Gestapo et cacher, avec l'accord de Bohémond, les membres juifs de la famille dans les caves de Hautefort.

Le président se tourna ensuite vers Boris, dans le box des accusés.

– Bohémond Hautefort, avez-vous quelque chose à ajouter pour votre défense ?

Boris se racla la gorge avant de commencer.

– Monsieur le président, mon frère et moi ayant combattu ensemble à Verdun, nous avons tiré au sort en 39, pour savoir lequel de nous deux allait partir défendre la patrie, c'est Boris qui est parti. J'ai fait le choix de fabriquer des baraquements pour l'ennemi, c'est vrai, mais il faut savoir qu'avant toute chose je suis patriote et ce sont des Normands que j'ai voulu sauver. Si j'avais refusé les ordres de la Wehrmacht, tous mes ouvriers, bons compagnons, seraient partis en Allemagne, quittant contre leur gré femmes, enfants, familles. C'est parce que j'ai pensé à eux, que j'ai voulu les défendre, qu'on m'accuse aujourd'hui de trahison. J'ai agi selon ma conscience de Français et m'en remets à la justice de mon pays.

Le président revint une heure plus tard avec la décision des juges du tribunal.

– Bohémond Hautefort, vous êtes condamné à sept mois de prison. Comme vous les avez déjà effectués, vous êtes un homme libre. Vos droits civiques ne vous sont pas retirés.

Le public explosa de joie. Bohémond, dans la salle, alla se jeter dans les bras de son frère toujours assis dans le box des accusés.

– Oh merci, Boris, merci, tu as sauvé mon honneur et celui de la famille !

Le président cligna les yeux, croyant voir double, en regardant les jumeaux enlacés.

Quelques jours plus tard, Noémie aperçut Jean au marché de Carentan. Ericka, bien sûr au courant de leur séparation, l'incita à faire la paix en allant le remercier de son intervention en faveur de Bohémond. Le coup de poignard que Noémie ressentit lui rappela à quel point la blessure était vive. Jean marchait vers elle comme un homme décidé à s'expliquer. Que pouvait-il dire ? Je t'aime toujours, mais j'ai femme et gosse à la maison ! Redeviens ma maîtresse et attendons !

Noémie tourna les talons et s'enfuit en courant. Si elle lui parlait, elle savait qu'elle serait perdue.

Les trains remarchaient enfin. Rassurée pour son oncle Bohémond, Noémie, confiant Jimmy du Manoir et Oscar du Bocage à Quentin et Onésime, partit, ou plutôt s'enfuit, du Cotentin pour Paris.

Le 30 avril 1945, l'Allemagne s'effondrait. Le monstre, dans son bunker, était mort, et, contre toute raison, Stanislas avait retrouvé Valentine au camp de Dachau. C'était elle qui avait aidé ses compagnes de misère à survivre. Chaque soir, à leur demande, dans le baraquement pourri, elle leur racontait l'« histoire » des Hautefort : l'ancêtre Robert Guiscard, le prince Tancrède Bohémond et ses douze fils.

– Raconte, Valentine, dis encore, raconte !

– Comment c'était chez toi ?

– J'étais une petite fille élevée comme une princesse, d'ailleurs je pensais que mon père était un prince ! Avec ma grand-mère, nous allions rue de la Paix chez Worth nous acheter des robes...

– Oh ! elles étaient comment ?

– Bleues, roses, jaunes, avec des tournures, des traînes, des galons d'or, des fleurs, des tuyautés de dentelles et des hortensias.

– Oh ! c'est beau !

– Et que mangiez-vous ?

– Des poulets à la crème, des gigots au jus, des tartes aux pommes caramélisées...

Elles mouraient toutes de faim. Les descriptions de Valentine leur servaient de dîner et de rêve. Toutes ses compagnes, grâce à ses récits, survécurent. Elle était pourtant bien faible quand Stanislas la récupéra, elle ne pesait plus que trente-cinq kilos, mais elle était vivante !

Avec la rage de lui rendre la santé, Noémie soigna sa mère pendant toute une année. Stanislas, démobilisé et redevenu architecte, était aux petits soins pour sa femme. Léopold venait souvent, accompagné de sa superbe Beverly. Elle avait accepté avec la bénédiction de l'armée de devenir Mme Van Belmeus. Le couple arrivait avec des chocolats et friandises américains pour redonner le sourire à Valentine. Elle avait cru toucher le fond ; grâce à l'amour des siens, après les horreurs qu'elle avait vécues, elle remontait la pente. Noémie voyait bien que ses parents, très discrets, se faisaient beaucoup de souci pour elle.

Valentine, ayant retrouvé quelques forces, osa même plaider la cause de Jean dont elle avait reçu la visite, rue de Tournon, en cachette de Noémie.

– Tu sais, ma chérie, il est très malheureux, ce n'est pas sa faute, il m'a tout expliqué, l'enfant n'est pas de lui et je pense que...

– Maman, je t'aime plus que tout, mais je te prie de ne pas te mêler de mes affaires ! j'ai été trahie, trompée, ridiculisée, ne me parle plus jamais de Jean de Noisy, il est mort pour moi !

Drapée dans son chagrin, Noémie s'isola même des siens. Victor, ayant passé son bachot grâce aux Oratoriens, était revenu, lui aussi, rue de Tournon. Refusant de devenir architecte comme son père, il jouait de la clarinette dans les caves de Saint-Germain-des-Prés. Noémie l'accompagnait parfois pour le regarder jouer au *Lorientais* ou au *Tabou* rue Dauphine. Victor fréquentait Claude Luter, Sidney Bechet, *La Rose Rouge*, Juliette Gréco, les Frères Jacques et Boris Vian. Dans cette ambiance survoltée et intellectuelle, Noémie, en pantalon noir comme toutes les filles de son âge, pansait ses plaies en dansant le boogie-woogie jusqu'au matin, mais le cœur n'y était pas. Elle rentrait l'âme vide et toujours seule.

Stanislas, résigné au destin de musicien de son fils, emmena Valentine achever sa guérison au soleil du Midi chez leur vieil ami Lagnol qui avait perdu une jambe à Verdun. C'était dans son village que Stanislas et Valentine s'étaient mariés. Noémie n'avait pas voulu les accompagner. Ses chevaux lui manquaient. Elle songeait presque à retourner à Hautefort, sans se faire remarquer des habitants du château de Reuville, quand le téléphone sonna.

C'était Paul Bontemps. Comme il le lui avait annoncé à Carentan, « lui, le plus mauvais cavalier de France », était devenu un brillant organisateur de concours hippiques. Il lui proposait une tournée de jumping, mot à la nouvelle mode.

Sans hésiter, comprenant que Paul lui offrait une planche de salut, Noémie accepta.

Le soir suivant, elle arriva à Carentan. Un cirque avait planté sa tente sur la place du Marché. Les Carentanais, heureux de retrouver un spectacle, se pressaient pour voir les clowns et la cavalcade défilant dans la ville. Boris, qui avait attendu Noémie à la gare, emmena sa nièce à la Maison rose. Elle revit avec une immense joie tous les cousins, ses tantes, Bohémond, plein d'enthousiasme pour la reconstruction des ateliers de bateaux, Sidonie qui avait retrouvé son mari, Côme Leureux, revenu du « talag » ben malade ! Le vieil Abraham qui ne quittait plus la Maison bleue, grand-mère Caroline, et même tante Eugénie dont le caractère ne s'améliorait pas. Ces deux dernières avaient beaucoup vieilli et Noémie se rendait compte qu'elle devait profiter de leur présence.

Le lendemain matin, Bohémond conduisit sa nièce à Hautefort. Quentin la serra dans ses bras avec émotion.

– Ma petite, ma cavalière, j'avais peur de ne jamais te revoir..., murmura-t-il, la voix enrouée.

– Mais, Quentin, tu pensais que je ne reviendrais pas ? s'exclama Noémie.

– Je pensais ce que je pensais, grommela-t-il.

Il était apparemment toujours le même.

Noémie lui trouva pourtant un air étrange. Ses yeux jaunes étaient adoucis, comme en paix.

La jeune fille fit le tour du domaine. Malgré le travail effectué par Quentin et Onésime, Noémie voyait avec effroi les terribles dégâts causés aux bâtiments annexes, aux communs, aux toitures.

– Les dommages de guerre n'y suffiront pas, on fera le plus urgent, promit Bohémond, mais un jour, il faudra se résigner à vendre, ma petite Noémie.

– Non, jamais ! il ne faut jamais faire ça ! Un jour j'aurai l'argent, oncle Bohémond, je t'en prie, ne vendez pas Hautefort, ce serait un crime.

– Bon, on attendra ! promit Bohémond, ne voulant pas contrarier sa nièce.

Dans son écurie, Jimmy du Manoir hennissait, ayant senti la présence de Noémie. Elle courut l'embrasser. Il était presque aveugle, mais si heureux de retrouver sa jeune maîtresse.

Noémie avait des remords de l'avoir ainsi abandonné. Oscar du Bocage piaffait d'impatience de partir galoper avec elle. Noémie lui refusa ce plaisir, car elle avait trop peur de rencontrer Jean, ou pis, sa femme et leur enfant.

La jeune fille resta trois jours à Hautefort pour se préparer à rejoindre Paul Bontemps. Deux événements imprévisibles l'accablèrent : la nuit suivante, Jimmy du Manoir s'endormit pour toujours sur la paille de son écurie. Il avait eu une crise cardiaque sans laisser au vétérinaire le temps d'accourir. Perdre ainsi son fidèle compagnon atteignit profondément Noémie. Avec l'aide de Quentin, Onésime, Joseph Levavasseur et Evrard, venu aux nouvelles de son ami Victor, Noémie enterra Jimmy dans le champ de pommiers quasiment détruit. Sur un monticule, elle planta une croix avec ces seuls mots : « Jimmy, mon ami ». Longtemps elle sanglota.

Des cymbales, klaxons, tambours résonnaient, c'était le cirque qui passait, annonçant un spectacle à Sainte-Mère-Église. Noémie remarqua la pâleur de Quentin, qui, bêche à la main, regardait le cortège des clowns et des attractions juchés sur leurs roulottes et appelant les spectateurs dans leurs haut-parleurs.

Le lendemain matin, Quentin n'était plus là, Noémie trouva un mot dans la cuisine.

Bonne chance à tous, vous m'avez recueilli, je ne vous oublierai jamais... que Mme Valentine retrouve la santé, je vous garderai toujours dans mon cœur.

Votre ami, Quentin.

Noémie savait qu'un mystère avait entouré la venue de Quentin à la ferme. Était-il ce grand Émilio qui aurait tué sa femme, comme avait semblé le penser Valentine ? Vingt ans s'étaient écoulés. Était-ce le temps nécessaire pour la prescription d'un crime ?

Sans craindre de rencontrer Jean, elle galopa sur Oscar jusqu'à Sainte-Mère-Église. Le cirque était déjà parti. Emportait-il Quentin et son secret ?

Tous ces événements poussaient encore plus Noémie à prendre ses distances avec le passé. Confiant la ferme à Onésime, ravi d'avoir un toit et une occupation, la jeune fille quitta ces lieux trop chargés de souvenirs pour prendre le train avec Oscar du Bocage. Comme un lad, elle voyagea en sa compagnie dans le wagon à bestiaux. Arrivée à Paris, elle l'enfourcha pour le conduire dans un haras de Versailles appartenant à des cousins de Paul Bontemps.

En un an, Noémie Hautefort, car elle avait gardé pour les affiches son nom connu de cavalière, devint la plus célèbre écuyère de France.

Sa beauté, son élégance à cheval, ce que Jean lui avait appris durant leurs longues leçons sous l'occupation, la rendaient imbattable. Elle enlevait toutes les coupes, s'occupait de son cheval, vivait souvent à Versailles dans les haras où les cousins de Paul lui gardaient une chambrette au-dessus de l'écurie.

Elle voyait beaucoup moins ses parents, leur téléphonait. Tout allait bien, Valentine avait même repris ses activités auprès de Louise Weiss pour relancer leur grande idée européenne. Léopold suivait le procès de Nuremberg des criminels nazis et en faisait des comptes rendus exceptionnels.

Stanislas reçut le titre de compagnon de la Libération. C'était un grand honneur, le général de Gaulle venait de clore la liste. Ils étaient mille cinquante personnalités civiles ou militaires à avoir cette distinction, parmi lesquelles le commandant Simon, pour son action dans le Cotentin.

En l'apprenant par le journal, Noémie avait aussitôt tourné la page. Quelques jours plus tard, le concours hippique international officiel de Paris organisé par Paul Bontemps et la Société Hippique française se déroula sur le terrain du Jardin d'Acclimatation. Noémie participa aux épreuves avec brio. Elle rafla la plupart des coupes, le *Prix d'Ouverture*, le *Prix de France*, le *Prix des veneurs* et le *Grand Prix de la Ville de Paris*. Malgré ces magnifiques victoires avec Oscar du Bocage, devenu célèbre lui aussi, Noémie enrageait car son style maintenant était calqué sur celui de Jean. Avant chaque obstacle, elle se demandait comment agirait Jean, trouvait la réponse et l'appliquait. Après l'une des épreuves, un journaliste vint vers elle et lui dit qu'avec ses confrères chroniqueurs hippiques ils avaient cru voir en elle le style du chevalier de Noisy. C'était un grand compliment.

– Je ne sais pas de qui vous voulez parler ! répondit-elle, glaciale.

La saison suivante, le Tout-Paris se déplaça pour se rendre au Vel'd'Hiv, de funeste mémoire, car il évoquait l'ignoble rafle des juifs en juillet 1942 ; l'endroit était redevenu un vélodrome couvert pour de grands spectacles, comme les Six Jours de Paris. Une immense surprise attendait le public : le retour du chevalier de Noisy, sur son nouveau cheval, Étoile filante ! En entendant le speaker annoncer Jean, Noémie faillit s'enfuir. La curiosité fut la plus forte. Elle ne put s'empêcher de le regarder évoluer, sauter les obstacles avec toujours autant de classe et de facilité. Il semblait toujours le même, séduisant, sportif et calme. Quand il sortit du terrain sous les applaudissements frénétiques de la foule, le regard de Jean croisa celui de Noémie. Il sauta à terre, rendit Étoile filante à Mathias, son lad, et voulut la rejoindre. Elle avait disparu et attendit que Jean se fût éloigné pour participer aux épreuves. Heureusement, il n'était pas derrière les barrières car elle se fit battre lamentablement par un cavalier italien de grand renom, le capitaine Pietro Lagazzo.

Le lendemain matin, elle prévint Paul Bontemps.

– Je refuse de participer à des concours où se trouve le chevalier de Noisy !

– Ah ! pourtant il m'a parlé très gentiment de toi !

– Cela m'est complètement égal, je refuse de le rencontrer !

La même douleur revenait chaque fois qu'elle pensait à Jean ou voyait sa photo dans un journal. A plus forte raison, elle se sentait incapable de le côtoyer en « bon camarade ». Il n'y avait jamais, dans les articles, un mot sur sa femme ou son fils. Noémie se perdait en conjectures. Était-elle trop orgueilleuse ? Aurait-elle dû accepter la situation et rester sa maîtresse ? Aujourd'hui, comme une mendiante, elle aurait pu voler quelques nuits de bonheur. Au moins, elle aurait été un peu heureuse. Mais non, elle avait bien fait. Il l'avait trahie, jamais elle ne pardonnerait !

Après trois ans de tournées en France et dans les pays limitrophes, comme la Belgique, la Suisse, le Luxembourg et l'Italie, la célébrité de Noémie grandissait.

Elle ne gagnait pas d'argent à ces épreuves, mais l'organisation lui offrait l'entretien de son cheval, ses costumes d'équitation, ses voyages et hôtels. Plusieurs cavaliers, dont le bel Italien Pietro Lagazzo et Paul Bontemps lui même, avaient essayé de lui faire la cour. Prenant une attitude sportive, elle refusait tout sentiment et tout contact physique.

Un jour, Paul Bontemps arriva, très excité, à l'entraînement de sa cavalière vedette. On les demandait pour le grand concours hippique d'Adélaïde en Australie avec par la suite une tournée dans les principales villes.

– Adélaïde ! répéta Noémie, surprise.

N'avait-elle pas promis, avec légèreté, au parachutiste Larry Bradley d'aller le voir après la guerre dans son lointain pays ?

Elle le savait en vie, car Larry avait écrit une lettre charmante de remerciements, expliquant que, son aventure en France terminée, il avait fait le Pacifique. Prisonnier des Japs, il avait été délivré de son calvaire après Hiroshima.

Rentré chez lui dans son ranch de Barossa Valley, près d'Adélaïde, il pensait toujours à Noémie.

Le blocus de Berlin-Ouest par les Russes venait de s'achever. C'était la guerre froide entre l'Est et l'Ouest. Le jour du somptueux mariage de l'actrice américaine Rita Hayworth avec le prince Ali Khan, Noémie, après avoir embrassé ses parents, s'envolait d'Orly en quadrimoteur, pour gagner, en quarante-huit heures et six escales, ce pays du bout du monde.

Pour la première fois, Oscar du Bocage voyageait dans la cale aménagée. Noémie s'inquiétait pour lui, mais Oscar avait bon caractère. Il supporta très bien voyage et décalage horaire.

Dans les forêts d'eucalyptus entourant Adélaïde, et les prairies vertes parsemées de fleurs, Noémie galopa avec Larry. Il avait hérité ce ranch magnifique de son père. Un peu plus loin, dans la région de Coonawarra, il possédait des cépages. La sœur de Larry, Millicent Bradley, adorait Noémie. Un chef aborigène, Big Jack, s'occupait des chevaux.

Noémie se voyait déjà, comme à Hautefort, régnant sur ce domaine. Elle ferait venir ses parents pour le mariage. « Oui, Larry, je resterai avec vous, nous irons voir la Barrière de Corail, les kangourous et Ayers Rock, ce rocher mythique dont vous m'avez tant parlé, au centre de l'Australie. Je veux, dans vos bras, découvrir les Champs de Neige des Grandes Montagnes, les canyons, le Queensland, les plages de la Banana Coast et le Jardin d'Éden... »

Là, elle était heureuse, délivrée de son mal. C'était elle qui, demain, réveillerait Larry pour lui dire : *Oui, je serai votre femme.* Demain serait un jour merveilleux. Demain sa vie allait changer.

Sur cette pensée rassurante, Noémie s'endormit, le sourire aux lèvres.

41

L'empire des rêves

La sonnerie du téléphone réveilla Noémie en sursaut. Les cheveux emmêlés, elle regarda son réveil. Sept heures. Elle aurait dû être déjà debout pour filer aux écuries. La sonnerie continuait, insistante. C'était sûrement Larry, impatient de connaître sa réponse. Elle s'étira avant de décrocher.

– *Yes, Larry, yes !* murmura Noémie avec un sourire.

Il allait comprendre qu'elle acceptait sa demande en mariage.

– Miss Noémie Hautefort ? demanda la voix impersonnelle d'une téléphoniste ou secrétaire.

– Oui, c'est moi, mais... (Noémie allait dire : Rappelez un peu plus tard quand je serai bien réveillée.)

– Ne quittez pas, je vous prie, Mr. Baedeker désire vous parler.

Rassemblant ses esprits, rejetant sa masse de cheveux en arrière, Noémie s'assit dans son lit.

– Miss Hautefort ?

– Oui, c'est moi ! répéta Noémie.

– Melvyn Baedeker *speaking*, charmé de vous entendre, je suis à l'aéroport de Sydney, dans une heure je m'envole pour Los Angeles. Dans quinze jours, je serai avec mon équipe à Paris, y serez-vous ?

– Je ne sais pas encore, je suis très occupée ! déclara Noémie, un peu agacée.

Qui diable était cet Américain, car à son accent fortement nasillard, cet interlocuteur n'était ni anglais ni australien. Un natif de Brooklyn ou du Bronx probablement, peut-être un journaliste sportif n'ayant pu avoir l'article à sensation qu'il recherchait et qui se rabattait sur elle, à cette heure matinale.

– Rappelez-moi un peu plus tard, s'il vous plaît !

– Impossible, je serai en plein ciel ; miss Hautefort, je n'irai pas par quatre chemins, je vous ai vue concourir plusieurs fois en France, en Italie et ici en Australie ! J'ai voulu vous inviter à dîner hier soir, mais vous étiez déjà sortie.

« Cours toujours, mon bonhomme ! pensa Noémie, si c'est une soirée que tu veux, trop tard ! »

– Vous êtes exactement ce qu'il me faut ! reprit Baedeker.

Devant tant d'aplomb, Noémie répliqua sèchement :

– Tant mieux, monsieur, je vous souhaite un bon vol !

Elle allait raccrocher.

– Voilà, c'est parfait ça, le ton est merveilleux, une grande cavalière, et une personnalité du tonnerre, vous êtes très connue, vous et moi ferons des étincelles !

Elle avait affaire à un type un peu fou.

– Mais vous ne savez peut-être pas qui je suis ? continua l'individu.

– Absolument pas, et je vous l'ai dit, je suis pressée, monsieur !

– Melvyn Baedeker, producteur à la Paramount. Voici l'objet de mon appel, miss Hautefort, nous allons produire un film et je désire que vous en soyez la vedette !

Noémie tombait des nues.

– Un film, avec moi ?

– *Absolutely !*

– Mais je ne suis pas actrice !

Elle se demandait s'il ne s'agissait pas d'une mauvaise plaisanterie. Avec le plus grand sérieux du monde Melvyn Baedeker enchaîna.

– Peu importe, miss Hautefort, vous le deviendrez ! j'ai télégraphié à la Paramount, ils ont votre dossier et vous veulent pour un rôle de cavalière, vous voyez ce que je veux dire, mieux que Zorro !

Noémie commençait à comprendre.

– En fait, vous me voulez comme Sonja Henie qui patine ou Esther Williams et ses ballets nautiques ?

– Exactement ! Alors quand pouvons-nous nous rencontrer, pour signer le contrat ?

Agacée par le ton « sûr de lui » de l'Américain, Noémie répliqua :

– Désolée, monsieur Baedeker, mais vous vous trompez, je n'ai aucune envie de devenir une star de cinéma !

– Comment ? s'écria-t-il, choqué, mais tout le monde veut devenir une *movie star*, miss Hautefort !

– Eh bien, pas moi, je suis une sportive ! Au revoir, monsieur !

– Attendez, attendez, nous pouvons peut-être discuter. Acceptez-vous de lire le scénario, au moins ?

– Faites-le déposer à mon hôtel, j'y jetterai un coup d'œil, répondit-elle sur un ton hautain.

– Bien, mon assistant qui reste à Sydney va vous le remettre, et puis, je vous retéléphone de Hollywood pour savoir votre réponse. Quand rentrez-vous à Paris ?

– Je ne sais pas encore si je rentre jamais, monsieur Baedeker !

– Vous reviendrez, vous reviendrez, il le faut, miss Hautefort. Avec le scénario, je vous fais porter un projet de contrat, un très beau contrat ! Nous en parlerons, on peut l'aménager, tout est possible, vous verrez on s'entendra très bien, miss Hautefort, je ferai de vous une grande vedette !

– Excusez-moi, mais maintenant je suis très pressée, mon cheval m'attend ! dit Noémie avec un petit rire.

– A Hollywood, vous aurez le plus beau de tous les chevaux, un étalon du Wyoming ! Hurricane, c'est une bête de flamme et de feu à la robe de jais, personne ne peut le dresser, vous seule, miss Hautefort, avec votre toison d'or, y parviendrez, ah ! je vous vois déjà sur les affiches, tous deux flamboyants, d'or, d'ébène et de lumière !

Il n'était pas un peu fou, il était complètement cinglé.

– Eh bien, au revoir, monsieur Baedeker !

– Je vous rappellerai tous les jours. A très bientôt, miss Hautefort, je vous le prédis, vous reviendrez, miss Hautefort, personne ne résiste à Hollywood !

– Ce jour-là tu caracolais avec grande fierté,
Emportant au logis ma belle fiancée ;
Charmante et gracieuse, elle te montait d'un air virginal.
J'aurais pu défier tout Kyle Stewart
De me faire voir si beau couple !

Noémie se pelotonna dans les bras de Larry. Elle ne l'aurait jamais imaginé récitant avec romantisme du Robert Burns, après l'amour. La journée s'était écoulée dans la fièvre du concours complet de Sydney. Noémie n'avait pas eu le temps de repenser au coup de téléphone de Baedeker.

Elle avait concouru l'après-midi pour le steeple. C'était une succession d'obstacles simples mais nombreux qui devaient être franchis à un train de course. Oscar du Bocage était en forme, Noémie un peu moins. Larry, dans les tribunes, ne la quittait pas du regard. Elle perdit quelques points, se retrouva classée derrière le jeune lord anglais, James Tandleton, mais elle se rattrapa dans le parcours classique de concours hippique. Elle aborda la barre de Spa, la rivière et les palanques, comme Jean le lui avait si bien appris. A six heures du soir, les juges remirent à Noémie la coupe de Sydney. Le soir, elle alla dîner avec Larry dans Watson's Bay, puis ils revinrent à l'hôtel. Très naturellement, Noémie entraîna le jeune Australien dans sa chambre. Une telle joie de vivre émanait de Larry que Noémie se retrouva nue contre lui. Elle avait tellement manqué d'amour, de caresses, de tendresse qu'elle s'offrit avec passion. Elle le regardait à présent, reconnaissante du plaisir donné et de la possibilité qu'il lui offrait de pouvoir vivre sans douleur. Elle n'avait pas oublié Jean dans ses bras, mais elle comprenait que tous les espoirs lui étaient permis.

Le torse nu, Larry alluma une cigarette qu'il offrit à Noémie. Elle la prit, se leva, gracieuse et nue, sous le regard admiratif de son amant, pour chercher sur la table une grosse enveloppe qu'elle ouvrit. C'était le scénario de Melvyn Baedeker, avec un projet de contrat.

– Un dingue m'a appelée pour me proposer de tourner un film !

– Oui, je sais ! dit Larry.

– Comment tu sais ?

– Jerry Telman, l'assistant de Baedeker, est un vieux copain. Il était dans le Pacifique avec moi, il m'a dit que la Paramount te voulait, Noémie !

– Qu'en penses-tu, Larry ?

– Que je t'aime, mais il me semble que tu dois accepter sinon tu le regretteras toujours !

– Tu crois ?

– Malheureusement pour moi, oui ! et puis, c'est dur à dire, mais ton cœur est ailleurs, Noémie, tu l'aimes toujours !

– Mais qui ?

– Cet homme que j'ai vu autrefois dans le souterrain, le commandant Simon, il y avait quelque chose de si fort entre vous ! tu n'en étais même pas consciente, je ne sais pas ce qui s'est passé, mais là, dans mes bras, tu l'appelais encore, tu as crié Jean !

– Larry, je te demande pardon, murmura Noémie.

– Non, c'est ainsi, on n'y peut rien, tu n'es pas prête encore, pour te marier. Si tu veux, nous irons galoper dans le Bush, et je te raccompagnerai à ton avion, tu es faite pour de grandes choses, Noémie !

– Tu viendras me voir en Europe ou en Amérique si j'y vais !

– Écoute, *darling*, j'ai vu tellement d'horreurs, hors de mon île, que je resterai en Australie, sûrement pour des années ! Toi, si tu veux, viens me revoir, je t'attendrai longtemps ! Alors ! que raconte-t-il ce scénario ? Montre-moi ton contrat, je peux peut-être t'aider.

Ils se plongèrent dans la lecture du script. *On a Mountain with You*, écrit par un certain Joey Lanfield, était charmant. Il y avait toutes les qualités pour faire un joli film. L'histoire, un peu naïve, était rythmée, pleine d'aventures et de rebondissements. Elle se déroulait en Louisiane au début du XIXe siècle. L'héroïne, une Française, prénommée Kathy, présentait une personnalité à facettes qui rappelait celle de la future interprète. Comme Noémie, Kathy était une nature forte et passionnée, qu'aucun obstacle, même le plus périlleux, n'effrayait. C'était une cavalière indomptable, une vengeresse cherchant à retrouver l'héritage de ses plantations de coton. Autre point commun troublant : Kathy plaisait à tous les hommes, pourtant, elle n'en aimait qu'un seul. Celui qui lui échappait ne s'appelait pas Jean de Noisy, mais Beau Rogers et il était fiancé à une brune orgueilleuse, dure et implacable avec ses esclaves, que l'auteur avait baptisée Tallulah ! Autre similitude importante : Kathy passait les trois quarts de l'histoire à cheval. Elle fuyait dans les bayous, rencontrait un pirate masqué qui était en fait Beau Rogers, et après de nombreuses batailles tout se terminait sur un voilier où le cheval Hurricane partait vers les îles avec le couple enfin réuni au soleil couchant.

Larry était un homme d'affaires avisé. Tandis que Noémie finissait la lecture du script, il s'était plongé dans le contrat.

– Cinq cents dollars par semaine, ce n'est pas assez ! Tu dois demander plus et aussi des dividendes !

– Qu'est-ce que c'est ?

– Des royalties, si tu veux, que tu sois repayée sur les bénéfices du film.

Tout cela était du chinois. Soudain, Noémie frissonna. Elle comprenait que son avenir allait changer si elle acceptait. Elle avait presque peur. Pourtant, elle savait ce qu'elle ferait de l'argent enfin gagné. Son rêve de reconstruire Hautefort dans sa splendeur d'autrefois et d'aider sa famille à tout rebâtir était à portée de la main. Elle avait l'impression que quelqu'un d'autre, un ange gardien, son arrière-grand-mère peut-être, était dans la pièce et la guidait.

– Et si je refuse, Larry ?

Il secoua la tête.

– Tu ne refuseras pas, *honey*, tu ne peux pas refuser !

Elle savait qu'il avait raison.

Elle imagina Jean, la voyant sur un écran de cinéma, et la pensée qu'il serait malheureux, jaloux, impressionné de son succès, ou plein de remords la réjouit au-delà de tout.

Fidèle à sa promesse, Melvyn Baedeker téléphona le lendemain de Hollywood.

– Miss Hautefort ?

– Bonjour, monsieur Baedeker, j'ai lu *On a Mountain with You*, je dois admettre que ce n'est pas mal, pas mal du tout...

– Oh ! je suis enchanté ! Alors rendez-vous à Paris pour la fin du mois ? Acceptez-vous de dîner avec le metteur en scène, Cliff Travers, et moi-même, disons le 30 avril à l'*Élysées-Matignon* ?

– Eh bien, oui, pourquoi pas ?

– Sept heures, ça ira ?

– C'est un peu tôt pour Paris, disons plutôt huit heures et demie.

– A votre aise, huit heures et demie, au revoir, Noémy, fit Baedeker, abandonnant le cérémonieux « miss ».

– Au revoir, Melvyn, répondit Noémie, appelant déjà, à l'américaine, « son » producteur par son prénom.

Noémie passa encore quelques jours exquis avec son bel Australien. Elle lui était très reconnaissante car il lui avait redonné le goût de vivre. Ils prirent un petit avion, bien sûr piloté par Larry, pour visiter le Territoire du Nord, le Red Heart[1]. Dans le pays du Dream Time, et les bras musclés de Larry, Noémie retrouvait son énergie.

Ils se quittèrent à l'aéroport de Sydney, avec difficulté. Noémie n'avait plus envie de partir. Ils échangèrent un long baiser.

– Avant un an, si tu restais, tu me détesterais, *honey*, va ! le monde est à toi !

Dans l'avion, Noémie eut une crise de larmes, sous le regard furieux de Paul Bontemps, vexé qu'elle ait passé tout son séjour avec Larry Bradley.

– C'est Noémie Hautefort !
– La cavalière !
– Elle est bien élégante !
– Nina Ricci ? Jacques Fath ?

Dans sa robe en faille noire de Maggy Rouff, évidemment prêtée pour l'occasion, Noémie suscitait les commentaires. Elle traversa le rez-de-chaussée de l'*Élysées-Matignon*, où de nombreux consommateurs soupaient.

Sous les yeux envieux de ce public, la jeune fille descendit l'escalier menant au paradis, c'est-à-dire au Club des Stars.

Dans ce sous-sol, exclusivement réservé aux gens du spectacle, Marc Dantzer, le maître de cérémonie, tel saint Pierre, ne laissait passer que les têtes célèbres. Arrière aux inconnus !

– Bonsoir, Noémie chérie, comme vous êtes belle, on vous attend ! déclara Marc, entraînant la jeune cavalière vers la table de Melvyn Baedeker, le producteur. Comme il l'avait annoncé, il était accompagné du metteur en scène, Cliff Travers.

Après les présentations, on prit du champagne, et Noémie put observer les deux Américains. Baedeker était un petit bonhomme chauve, remuant, drôle, au nez pointu. Il était très laid, mais plein de vivacité, d'idées. Ses yeux noirs brillaient, en examinant la jeune fille qu'il considérait déjà comme son œuvre. Cliff Travers semblait plutôt taciturne. Très grand, large d'épaules, un visage altier, taillé à coups de serpe, il ne s'animait que pour parler métier. Alors il posait des questions abruptes, tempêtait contre les stars et leurs multiples caprices, les monteurs, les scénaristes et surtout les producteurs sans se gêner devant

1. Le Cœur rouge.

Baedeker qui paraissait habitué. Tout en parlant, il observait Noémie avec une extrême attention. Pas dupe, elle lui demanda tout de go :

– J'ai l'impression, monsieur Travers, que vous êtes en train de chercher à savoir si je ne suis pas une trop mauvaise actrice, mais je ne suis pas actrice du tout, je l'ai dit à Melvyn, je suis une cavalière !

Le metteur en scène la dévisagea avec amusement :

– La comédienne me regarde, j'ai vu toutes vos actualités à cheval, c'est ce que je veux et Melvyn aussi.

– Alors, si c'est ce que vous voulez, tout va bien, il n'y a plus que le contrat à signer, n'est-ce pas, Melvyn ?

Producteur et réalisateur échangèrent un coup d'œil. Cette petite Frenchie était une vraie trouvaille. Cliff en ferait une vedette, comme Deanna Durbin ou Ginger Rogers.

Ne la quittant pas des yeux, Melvyn Baedeker questionna avec une douceur calculée :

– Si je comprends bien, Noémie, vous acceptez définitivement de jouer le rôle de Kathy dans *A Mountain with You* ?

– Oui, si...

Noémie sortit le contrat de son sac. Les conseils de Larry avaient porté et elle avait l'impression de devenir quelqu'un d'autre. Une vraie femme d'affaires comme son arrière-grand-mère. A l'instant, elle était encore pauvre. Si elle négociait bien, elle sortirait de ce restaurant riche.

– J'accepte ce film si je reçois, non pas cinq cents mais mille dollars par semaine, et ce durant les quinze semaines du tournage ! De plus, je veux 2 % sur les entrées des spectateurs dans les cinémas. Si nous tournons d'autres films, j'exige que mon contrat soit réévalué chaque fois. Naturellement, mon nom à l'affiche sera en premier et en plus gros... enfin je pense qu'il serait nécessaire d'apporter quelques modifications au script !

A cette dernière exigence, Cliff Travers crut s'étrangler. Cette fille, qu'il jugeait, la seconde précédente, aussi séduisante que Maureen O'Hara commençait à l'exaspérer avec ses attitudes de vedette.

– Ah oui, vraiment ? Et quelle sorte de « modifications » désirez-vous ?

– Eh bien, il faudra que je parle avec l'auteur de la psychologie du personnage, pour le rendre plus attractif, humain, vrai ! comme dans la vie ! déclara-t-elle en souriant d'une manière irrésistible.

– Si vous refusez le rôle de Kathy, il y a d'autres actrices françaises qui seront capables de le jouer, vous savez ! déclara Cliff Travers d'un air presque menaçant.

Noémie suivit son regard dans la salle de restaurant très animée. « Le monde est rempli de comédiennes », semblait-il dire. Noémie pouvait mettre un nom sur tous les visages. Quelques tables plus loin, la ravissante Dany Robin riait aux éclats, en compagnie de son mari, Georges Marchal. Au bar, Etchika Choureau discutait avec Nicole Berger, dans un autre groupe Martine Carol racontait une histoire drôle à Madeleine Lebeau et Geneviève Kervine, tandis qu'Henri Vidal chuchotait des mots doux à Michèle Morgan. Travers avait raison, personne n'était irremplaçable, n'importe quelle comédienne pourrait tourner le film à sa place. Et pourtant, à toutes ces charmantes créatures, il manquait quelque chose.

Noémie affronta le metteur en scène.

– Si vous êtes venus me chercher c'est qu'aucune de ces actrices n'est, à ma connaissance, une cavalière ! Il faudra la faire doubler pour les scènes de poursuites, ce sera difficile car il y en a beaucoup. Il faut savoir très bien monter et vous le savez ! répliqua-t-elle calmement.

Baedeker soupira. Décidément, sa « découverte » n'était pas de celles qui se laissaient marcher sur les pieds. Cliff Travers, décidé à ne pas capituler devant une débutante, lui demanda abruptement :

– Miss Hautefort, YES OR NO ?

Furieux, il ne l'appelait plus par son prénom.

Elle le regarda droit dans les yeux.

– *Yes*, à mes conditions ! *No* aux vôtres.

Cliff se tourna vers Baedeker.

– Alors, Mel ? c'est à toi de décider !

Un grand soupir répondit.

– Vous nous ruinez, Noémy, mais OK, vous avez gagné ! On signe mille dollars, 2 %, l'affiche, les corrections du script... Ah ! vous êtes dure, très dure en affaires !

Noémie avait envie d'éclater de rire.

C'était Melvyn Baedeker le sacré comédien.

– Une lettre de Noémie, chéri ! Viens vite !

Stanislas avait à peine mis la clé dans la serrure que Valentine l'appelait du salon.

Depuis qu'il l'avait récupérée, Stanislas traitait sa femme comme un objet très précieux. Elle avait presque retrouvé sa bonne mine et sa coquetterie. A cinquante-neuf ans, Valentine gardait grande allure. Une immense noblesse se lisait sur son visage légèrement marqué aux paupières de petites ridules, et parfois quelqu'un remarquait que son poignet était tatoué d'un numéro.

Stanislas la trouvait plus belle encore, plus humaine depuis qu'il l'avait sortie de l'enfer. Il avait l'impression que le ciel avait été très généreux pour leur couple et leurs enfants. Il était décidé à profiter désormais de chaque bon moment de l'existence.

– Voilà, je suis là. Lis, mon amour !

Il prit tendrement Valentine par les épaules et écouta les nouvelles toutes fraîches de leur fille.

Noémie Hautefort
Green Venice
2009 Sunset Boulevard
Beverly Hills
California

Dimanche 8 mai 1949

Cher maman, cher papa,

Enfin, ça y est ! Votre fille est bel et bien arrivée à Hollywood ! Ici tout est incroyable, je n'ai jamais vu autant de palmiers, de voitures splendides, Cadillac roses et blanches longues comme des yachts. Les avenues sont énormes, comme cette ville étirée le long du Pacifique et comptant aujourd'hui deux millions d'habitants, chiffre énorme, on m'a dit qu'en 1890, l'année de ta naissance, maman, il n'y avait que cinquante mille pionniers ici. Ah ! il s'en est passé des choses depuis que vous m'avez conduite à Orly pour que je m'envole en Constellation, direction Los Angeles. Après un voyage interminable et quatre escales dont l'une à Terre-Neuve, puis à New York et Denver, j'ai eu l'impression d'atterrir sur une autre planète. D'ailleurs, comme pour l'Australie, je ne savais même plus quel jour, ni quelle heure nous étions ! Melvyn Baedeker qui a l'habitude du jetlag[1] *m'a répété qu'il me faudrait quelques nuits pour me remettre ! Heureusement, le film ne commence que dans quatorze jours, j'ai donc le temps de me reposer, si on peut dire, et surtout d'apprendre mon texte ! À peine arrivée, j'ai eu droit à une conférence de presse, où il a fallu que je réponde pendant plus d'une heure et demie à une multitude de questions ; je ne me suis pas trop mal débrouillée, mais heureusement j'avais un interprète qui m'a parfois aidée à répondre à une trentaine de journalistes. Ils ont dit que j'avais un bon accent. Ensuite, séance à la télévision. Vous savez, ce nouveau machin qui débute en France. Ici, tout le monde a son poste de télévision. En fait, c'est comme la radio mais avec l'image. Un présentateur (aussi acteur), Ronald Reagan, m'a interviewée dans son show. Le pauvre, on dit ici qu'il est en train de devenir un « has been[2] ». Il paraît que dans cinq ans personne ne le connaîtra plus. Hollywood est dur pour ceux qui sont en perte de vitesse. Pour moi, Ronald a été très chaleureux et surtout a fait l'effort*

1. Décalage horaire.
2. Qui a été.

de ne pas parler trop vite. Je suis passée, bien sûr, en direct et tout le monde m'a fait des compliments. J'avais eu le temps de prévenir nos cousins Hautefort de Californie pour qu'ils me regardent. Je t'en parlerai plus loin, maman. Après quoi, je l'avais bien mérité, mon producteur et mon metteur en scène m'ont emmenée déjeuner au Roosevelt Hotel, *un des hauts lieux de l'histoire du cinéma. C'est là qu'en 1929 eut lieu la première cérémonie des Oscars. Au ciné-grill, de style néo-castillan qui t'amuserait, papa, nous avons été salués par Errol Flynn. Je ne l'ai pas montré, mais j'étais vraiment baba de voir en chair et en os Robin des Bois ! Melvyn et Cliff m'ont présenté ensuite mon futur partenaire, Chuck Braban, un jeune premier d'un mètre quatre-vingt-dix qui porte tout le temps des lunettes noires et ne parle pas le français. C'est très bon pour mon anglais. Il y avait aussi Louis Jourdan et sa femme, ainsi que le Français Marcel Dalio, qui dans* On a Mountain with You *va jouer le rôle de mon oncle-parrain. Je l'adore déjà et, quand nous sommes seuls, nous parlons en français, cela me repose. Marcel est un monsieur très drôle, qui ne mâche pas ses mots. Après le déjeuner, alors que j'essayais de cacher ma fatigue, Baedeker m'a conduite « chez moi ». J'espère que vous allez venir, et découvrir l'incroyable demeure que j'habite ! Cliff Travers, mon metteur en scène, m'a raconté l'histoire de ce qu'ils appellent une « maison de poupée », alors qu'il y a au moins quinze pièces !* Green Venice *appartenait à une des premières stars du muet, Renée Adorée, une Française qui devint ici une très grande vedette, peut-être avez-vous vu ses films dans votre jeunesse ? Elle a fait construire cette extravagante villa dans ce qu'on appelle ici le style* Early Fairy, *ce qui veut dire « féerique primitif ». Ah, nous sommes très loin de Hautefort ! C'est copié sur les films de Douglas Fairbanks et la décoration a été exécutée par un professionnel du studio. Tout est bleu pâle, rose bonbon ou vert pistache ! C'est à la fois hideux et ravissant ! Ma chambre ressemble à celle de la princesse des fées et ma salle à manger à celle du roi Arthur. Un couple de domestiques, Elsie et Freddy, s'occupe de mes moindres désirs. J'ai aussi un chauffeur noir, nommé Lincoln Davies, qui me conduit en Cadillac blanche, une répétitrice, on appelle ça un coach, Oona Springs (c'est une ancienne actrice de théâtre, portant d'énormes faux cils dès le matin), ainsi qu'un jardinier italien, Tino Moretti, et quoi d'autre ? Pour le moment, chers parents, je crois vous avoir tout dit. Bientôt, maman, je t'enverrai de l'argent pour Hautefort, et dites à Victor que je vais lui offrir toutes les clarinettes qu'il veut. Ne vous inquiétez pas pour moi, j'ai trouvé ma vraie vie. En attendant que le film commence, je travaille dur ; chaque matin, durant au moins trois heures, j'apprends mon texte avec mon coach, puis je nage dans ma piscine de quinze mètres de long ! Ensuite, je déjeune légèrement et je pars m'entraîner avec Hurricane pour les scènes les plus difficiles, après quoi, je rentre ici vers cinq heures, je revois encore un peu mon texte, puis je me couche tôt afin d'être à pied d'œuvre le lendemain matin ! Le week-end prochain, c'est d'accord avec eux, maman, j'irai voir ton cousin Zacharie Junior, Amélie et leurs enfants John et Émilie dans leur ranch de San Fernando Valley. Ils sont très excités de me rencontrer et d'avoir de vos nouvelles toutes fraîches. Ils ont monté une affaire florissante de cascades aériennes, ça tu le sais déjà, maman, mais aussi de voitures, chevaux avec cowboys et diligences pour les westerns. C'est John, revenu de la guerre, qui va m'aider avec Hurricane et les chutes de cheval. Mais surtout ne vous inquiétez pas. J'attends de vos nouvelles, chers parents, je pense très fort à vous ainsi qu'à mon Victor et à Oscar du Bocage. Pouvez-vous aller le voir souvent au haras Bontemps de Versailles ? Il sera heureux que vous l'embrassiez pour moi. J'ai hâte de vous revoir. Une bise pour notre Loulou. Je pense encore et encore beaucoup à vous tous, vous me manquez déjà, votre fille affectionnée.*

Noémie

Valentine reposa la lettre avec émotion.

– Je crois qu'elle est heureuse, Stan !

– Oui, chérie, ne te fais plus de souci. Elle va enfin oublier cette désastreuse affaire.

Stanislas ne pouvait s'empêcher de garder une immense rancune à Jean de Noisy.

Valentine, plus indulgente, tentait de l'excuser. La petite avait trouvé sa voie. C'était le principal.

Noémie était dans la piscine de *Green Venice* quand la sonnerie du téléphone résonna sur la terrasse fleurie.

Noémie sortit de l'eau pour répondre.

C'était Cliff Travers. Il s'humanisait.

– Noémie, je serais heureux que vous veniez avec moi ce soir, chez des amis très chers, les Sanders, qui donnent une party.

Elle commença par hésiter. Demain matin, Oona venait tôt, pour la faire répéter et, l'après-midi, elle devait essayer les nombreux costumes qu'Edith Head avait créés pour son rôle dans le film. Pourtant, malgré cette journée chargée, vaguement flattée de l'attention de Cliff, Noémie accepta. Elle avait envie de sortir de sa tour d'ivoire et de se faire des amis.

Dans son smoking blanc, Cliff Travers était transformé. D'habitude, il n'était à son aise que, casquette sur la tête, dans des pantalons de coton et chemises à carreaux. Ce soir, il était splendide. Noémie ne s'était jamais retrouvée seule avec lui. Impressionnée par son silence, elle commençait à trouver le temps long. Ils roulaient en effet sur Sunset Boulevard depuis plus de quinze minutes et Cliff, après quelques formules de politesse, ne desserrait pas les dents.

– Ne m'aviez-vous pas dit, Cliff, que la maison de vos amis se trouvait sur Sunset Boulevard ? s'enquit-elle avec surprise.

– Oui, c'est vrai ! répliqua-t-il avec un de ses rares sourires, mais Sunset fait plus de soixante-dix miles, Noémie, et ils vivent à l'autre bout près du Pacifique à Malibu...

Après avoir donné cette explication, Cliff ne dit plus un mot. Il semblait fébrile, mal à son aise. Depuis qu'elle le connaissait, Noémie jugeait cet homme étrange, beaucoup plus secret qu'elle n'aurait pu l'imaginer. Il lui parlait peu du film qu'ils allaient tourner ensemble, et presque pas de son personnage. Il semblait éviter les sujets trop personnels et se cantonnait dans les généralités. Il avait mis la radio dans la voiture, luxe encore presque inconnu en Europe. Tout en écoutant la musique, elle regardait le paysage, Bel Air sur sa droite, les parcs, et les somptueuses maisons lui semblaient des palais. Après trois quarts d'heure de route, Noémie commença à se demander si son metteur en scène n'était pas en train de l'enlever. Comme s'il avait compris ses pensées, Cliff reprit la parole :

– George Sanders est un vrai seigneur, j'ai tourné deux films avec lui, vous allez voir, à la ville, il adore jouer les lords anglais sarcastiques et insupportables...

– Et sa femme, Zsa Zsa Gabor ? Comment est-elle ? demanda Noémie, amusée à l'avance. Elle avait entendu parler par les journaux de cinéma des extravagances de la blonde Hongroise.

– C'est un personnage, une bombe en puissance. Ce que je trouve sympathique chez Zsa Zsa – il prononçait Jaja – c'est qu'elle ait quitté l'héritier Hilton qui valait des millions de dollars pour épouser Sanders, qui, lui, est juste un acteur de talent, certes, mais fallait-il qu'elle lui trouve du charme pour abandonner cette fortune.

Après un nouveau silence, Noémie demanda soudain à son mystérieux metteur en scène :

– Pourquoi ne parlez-vous jamais de vous, Cliff ?

– Je pourrais vous retourner la question, Noémie, répondit-il en regardant la route.

Un ange passa entre eux.

Dix minutes plus tard, Cliff se gara devant la maison des Sanders, puis il tourna lentement la tête vers Noémie, comme s'il était sur le point de lui avouer quelque chose. Il devait être timide car il ne dit rien. A cet instant, elle remarqua avec surprise qu'il était très séduisant et que cette idée ne lui était encore jamais venue à l'esprit.

A la party des Sanders, Noémie rencontra tout ce qu'Hollywood pouvait compter de stars. La tête lui tournait. Le monde *in* était là. Cliff la présenta à Charles Boyer, très heureux de parler à une jeune compatriote. Noémie trouva que le grand acteur, bien qu'âgé de cinquante-deux ans, était la séduction même. Il y avait aussi Gene Kelly, Lauren Bacall et Humphrey Bogart, le producteur Darryl Zanuck, Cary Grant, Jean-Pierre Aumont, Noémie n'en croyait pas ses yeux. Tous les « Dieux de l'Olympe » étaient rassemblés dans cette villa à colonnades, derrière laquelle s'étendait une piscine bleue avec vue sur l'océan Pacifique. Un cocktail à la main, une jeune femme blonde s'approcha de Noémie en se déhanchant. Elle lui tendit la main.

– Bonsoir, vous êtes venue toute seule ?

Étonnée, Noémie regarda l'inconnue. Elle était vraiment belle, blonde, diaphane, un nuage de mousseline et de transparence. Pourtant, au-delà de son sourire apparemment joyeux, se devinait une sorte de fêlure presque tragique.

– Non, c'est un ami metteur en scène qui m'a emmenée.

Noémie désigna Cliff à la jeune actrice en robe si moulante qu'elle paraissait cousue sur son corps. Cette dernière plissa ses paupières sur ses yeux bleus.

– Oh ! mince, alors ! Cliff Travers ! Mais c'est un génie ! Je rêve de tourner un film avec lui ! Depuis le temps que j'essaie de le rencontrer !

– Mais si vous voulez, je vous le présente, répondit Noémie. (Elle était très sensible à la gentillesse un peu déroutante de son interlocutrice qui devait être très myope.) Comment vous appelez-vous ? Moi, mon nom est Noémie Hautefort. Je dois tourner pour la Paramount...

– Ah oui, *On a Mountain with You*, bonne chance, copine ! Moi, je m'appelle Marilyn Monroe...

Noémie prit le bras de sa nouvelle amie et l'amena à son metteur en scène. Celui-ci salua poliment avant de se retourner vers Dean Martin et Billy Wilder. Marilyn gémit :

– Tu vois, Nôôémy, c'est toujours pareil ! Dans les soirées, on dirait que tout le monde m'évite ! Les femmes me détestent, tu sais pourquoi ?

Noémie secoua ses boucles rousses.

– Vous vous faites des idées, moi je vous trouve charmante !

– Les autres, non, parce que je suis trop tout ! trop de seins, de cul, de cheveux blonds ! Quant aux hommes, je leur fais peur ! Enfin ! Laisse-moi ton numéro de téléphone, je te passe un coup de fil bientôt, je te le promets ! Bye bye baby !

Elle s'en alla en lui faisant du bout des doigts un petit signe aérien.

– Vous vous êtes amusée, Noémie ?

– Oui, Cliff, beaucoup, merci de m'avoir amenée à cette réception.

– Il y en aura d'autres...

– Alors, à demain au studio pour les essais de garde-robe !

– A demain, Noémie !

Cliff déposa sa vedette devant la porte de sa demeure. Il ne demanda pas « à entrer boire un dernier verre » et se contenta simplement de lui déposer un léger baiser sur la joue. De la part de Cliff Travers c'était beaucoup.

Noémie, songeuse, le regarda partir dans la nuit, au volant de sa grosse Studebaker décapotable.

Dans les jours qui suivirent, Noémie espéra que Marilyn allait téléphoner mais elle ne reçut aucun appel et oublia, car les choses sérieuses allaient commencer.

42

L'usine aux chimères

– *On the Mountain* 144, première ! s'écria le clapman.

– Action ! hurla Cliff Travers.

Sur l'un des plateaux de la Paramount, c'était le premier tour de manivelle du premier film de Noémie Hautefort. Soudain morte de trac, comme à son premier concours hippique de Bayeux, elle n'avait pas dormi de la nuit. Aujourd'hui, elle était seule, ni son père, ni Jean pour la soutenir. Jean ? De toute façon qu'aurait-il fait ? Il ne connaissait rien au cinéma.

Levée à l'aube pour le maquillage, car il fallait qu'elle soit prête à tourner à huit heures précises, déjà exténuée, assise à l'arrière de la limousine conduite par Lincoln, le chauffeur noir qui la réconfortait gentiment, Noémie révisait fiévreusement son texte. C'était trop tard, elle serait jetée dehors ! A peine arrivée au studio, elle se retrouva propulsée entre les mains expertes de Betsy, la maquilleuse, et de Tuesday, la coiffeuse. A sept heures et demie, le ventre creux, Noémie eut du mal à se reconnaître dans le miroir. Joues roses, paupières ombrées, cheveux bouclés, elle eut l'impression d'être devenue une créature sophistiquée. Sans plus attendre, un cortège de quatre personnes l'entraîna dans une autre pièce. Tout ce joli monde parlait très vite et elle ne comprenait plus rien à ce que racontaient ces gens. L'habilleuse poussa une porte, sur laquelle Noémie lut son propre nom inscrit en lettres d'or. Sans qu'elle eût le temps de réagir, on la changea des pieds à la tête comme une simple poupée. La costumière, le regard critique, sautillait autour de l'apprentie comédienne avec la concentration d'un rapace guettant sa proie. D'un geste expert, elle lui fit ôter une robe bleue pour passer un ensemble noir d'amazone. On finit par poser un chapeau à voilette sur sa tête et ils s'égaillèrent tous, en lui proposant des doughnuts et un café qu'elle accepta. Serrée à mort dans son corset, elle se demanda si elle pourrait avaler quoi que ce soit. Ayant envie de prendre la fuite, elle s'assit sur le large canapé rose. Brusquement, elle aurait voulu sangloter d'énervement. Que faisait-elle ici ? Était-elle devenue un mannequin sans volonté ? Trouvant son maquillage trop soutenu, Noémie se releva pour s'approcher du miroir. A l'aide d'un mouchoir, elle atténua le rose vif, et décolla les faux cils qui lui donnaient l'air dur. Elle enleva du rouge à lèvres et décoiffa la soigneuse ordonnance de ses boucles. Ses cheveux libres, elle se sentit mieux. A cet instant, quelqu'un frappa à la porte.

– Entrez !

C'était Chuck Braban, son partenaire. Superbe, immense, incroyablement beau sans ses lunettes noires, il semblait inconscient de sa puissante séduction. Noémie dut s'appuyer sur une coiffeuse : il avait des yeux vairons, comme ceux de Jean.

– Je voulais dire à toi, se donna-t-il la peine d'articuler en français, notre phrase encouragement pour le première ou le début de tournage... *Break a leg*[1] *!*

Chuck murmura cette courte phrase avec une véritable gentillesse. Durant quelques secondes, la vision de Jean se substitua à celle de l'acteur. Noémie eut une sorte de sanglot. Où était-il en ce moment ? Pensait-il à elle ? Souffrait-il ? Regrettait-il le mal qu'il lui avait fait ? Jean... Jean, un jour l'oublierait-elle ? Arracherait-elle cette douleur de son cœur ?

Touchée par l'attention de son partenaire, Noémie poursuivit leur conversation en anglais :

– Merci, c'est notre « Merde » à nous les Français, Break a leg ! Oh, Chuck, c'est tellement gentil à vous ! Je me sentais un peu nerveuse !

– C'est normal, tout le monde est comme ça le premier jour, avant qu'on ait crié « Moteur ! », vous verrez, Noémy, cela se passera très bien...

– Mais, Chuck, je ne suis pas une vraie actrice, et en plus je ne joue pas dans ma langue ! Franchement, je me demande si je ne suis pas folle d'avoir accepté ce rôle !

Elle sentait ses jambes trembler. Heureusement, elle avait une jupe longue.

– Tous les acteurs ont le trac, autrement ils ne seraient pas acteurs...

– Pourtant, vous avez l'air si calme...

– Mais je claque des dents de peur ! Chaque fois, j'espère qu'il va y avoir un tremblement de terre ou le feu... je me dis que je serais bien

1. Casse-toi une jambe !

tranquille dans un bureau, mais non, c'est comme ça, je préfère crever de trouille et être dans la lumière des sunlights plutôt que de...

Satisfaite des immenses progrès qu'elle avait faits en anglais, Noémie enchaîna :

– Que de ne pas avoir peur et rester dans l'ombre ?

Chuck éclata de rire.

– Je crois que vous avez bien résumé la situation, *honey* !

Il fit encore un pas vers la jeune femme et murmura avec conviction en déposant un chaste baiser sur sa joue :

– Vous allez devenir une star, je le lis dans vos yeux... A tout de suite, *love* !

Aussi vite qu'il était entré, Chuck sortit de la loge. Noémie se sentit un peu moins nerveuse. La sympathie du jeune premier y était pour beaucoup. Elle essaya de revoir son texte, mais des mots incohérents se bousculaient dans sa tête. Ce soir, la production allait la renvoyer en France, sans même lui payer de billet de retour ! Cette attente était insupportable. Plutôt que de rester enfermée, elle décida de descendre sur le plateau voir ce qui s'y passait. Au moment où elle ouvrait la porte de sa loge, elle eut la surprise de découvrir son metteur en scène dans le couloir. Lui aussi venait lui souhaiter bonne chance. Contrairement au jeune premier qui avait planté ses yeux dans ceux de Noémie, Cliff ne la regarda pas vraiment. Il marmonna :

– Vous êtes très bien, le costume est parfait, le chapeau un peu plus en arrière... bon ! Je suis heureux de travailler avec vous, Noémy.

– Mais, moi aussi, Cliff, je compte sur vous pour m'aider.

– Vous seule pouvez vous aider ! A tout à l'heure sur le plateau !

Puis il tourna les talons. Comme il était bizarre !

Le premier plan était long et difficile. Kathy, l'héroïne, avait une explication avec un jeune inconnu, Beau Rogers, rôle joué par Chuck.

Il s'agissait, en réalité, d'une situation assez comique, sur le pont d'un bateau à roues, où chacun des héros se prenait pour quelqu'un d'autre. La scène n'était pas facile à jouer, il fallait du rythme et de la fantaisie. Noémie aurait préféré débuter à cheval. Là, elle se serait sentie plus forte.

Avant que le metteur en scène criât « Moteur ! », il régnait sur le plateau une agitation que Noémie trouva, étrangement, plutôt rassurante. Elle eut le temps de revoir son texte avec Oona, tandis que Betsy, l'incorrigible maquilleuse, la recoloriait de rose vif. Cliff vint lui murmurer quelques brèves indications sur ses places face à la caméra, et le sentiment que Kathy ressentait pour Beau Rogers. Enfin, la séquence démarra. Noémie, en état second, songea que jamais elle n'arriverait au bout de sa première phrase. Une vingtaine de figurants incarnant les voyageurs du bateau à roues couraient le long du bastingage, pendant qu'une machine lançait de la vapeur à tout jet. Méconnaissable avec un chapeau et des lunettes, Chuck se dirigea en grimaçant, à grandes enjambées, vers Noémie. Il était si différent de tout à l'heure ! Dans l'histoire, il était en fuite. Comment allait-elle parvenir à lui répondre, en ne comprenant plus ce qu'il était en train de lui dire ? Comme par miracle, Noémie enchaîna. D'un côté, elle ne pensait pas un mot de son texte et avait l'impression d'être une machine à réciter, de l'autre, elle se sentait protégée par ces projecteurs éblouissants qui l'empêchaient de voir la caméra sur la grue. Noémie réussit à ne pas bégayer jusqu'à la fin du plan. Chuck, gentil, leva son pouce en signe de bravo. A côté de la caméra, Cliff, plus réservé, ôta sa casquette et s'écria :

– Ça va le son ? caméra ? Noémy ça allait, continue comme ça ! Maintenant on peut la tourner ! Tout le monde en place ! Moteur !

Certaine que la caméra l'avait filmée, Noémie se sentit désappointée. Quand il fallut recommencer, elle vit surgir une montagne de difficultés. D'ailleurs, dès les premiers mots, elle buta sur son texte.

– Coupez ! hurla Cliff.

Puis, patient, il ajouta :

– Ça va, Noémy, reprends !

A la deuxième prise, il y eut un nouveau problème dû à la caméra, à la troisième un autre pour le son, à la quatrième pour un bruit de porte, à la cinquième, ce fut Chuck qui bredouilla, et ainsi de suite. Cette scène, qui tout à l'heure avait presque paru facile à Noémie, se transformait en piège redoutable. A midi, on déjeuna rapidement au self-service. Noémie se força à avaler un hot dog et à boire cette nouvelle boisson pétillante qui la revigorait, un Coca Cola. A la fin de la journée, épuisée, elle ne savait plus qui elle était, ni où elle se trouvait. Elle répétait pour la énième fois des mots dont elle ne comprenait plus le sens, mais elle tenait le coup. A huit heures du soir, Cliff hurla :

– Coupez ! C'est fini pour ce soir !

« J'ai été épouvantable », se dit Noémie.

– Tu as été parfaite ! Bravo, Noémy, tu es douée ! déclara Cliff.

Il avait l'air sincère. Il tourna les talons. Comme il était étrange !

Ainsi se déroula la première rencontre de Noémie avec l'usine de Hollywood. On était loin du rêve. C'était un travail dur, mais qui, finalement, lui plaisait.

Dans les jours qui suivirent, ce fut plus difficile encore. Kathy était un personnage écrasant. Noémie ne quittait presque jamais le plateau. Elle n'avait pas une minute de répit, devait courir enfiler des robes plus belles les unes que les autres. Durant les scènes de comédie, Chuck était un partenaire très agréable, mais il y avait aussi Marcel Dalio qui jouait le rôle du baron de Momoncourt, un très sympathique aristocrate farfelu. Lors des nombreuses séquences tournées dans les collines de Hollywood aménagées en décors, Noémie montait le cheval, Hurricane, donné par le studio. C'était un animal superbe, racé, intelligent. Entre eux, la complicité et l'amour furent instantanés. Il n'obéissait vraiment bien qu'à Noémie. Elle en faisait ce qu'elle voulait. Le cousin John Hautefort, démobilisé depuis longtemps, était chef cascadeur sur ce tournage. Il prodiguait de précieux conseils à sa cousine. Elle allait souvent passer des week-ends au ranch Hautefort de San Fernando Valley. Avec Zacharie Junior et Amélie, sa femme, originaire de Carentan et amie de Valentine, on parlait de la ferme de Sainte-Mère-Église, de la plage des Vikings devenue Utah Beach. Un jour, Zacharie évoqua le château de Reuville et le souterrain qu'il avait découvert avec Valentine, après avoir survolé la région en 1917. Noémie pâlit affreusement et prétexta la fatigue pour rentrer. Ces souvenirs étaient toujours trop vifs. Elle n'avait pas la force de les faire revivre.

Tout aurait été parfait à la Paramount si, dès la première semaine de tournage, Noémie n'avait ressenti de la part de Debra Newton, l'actrice qui jouait dans le film le rôle de Tallulah, une hostilité chaque jour grandissante. Furieuse de ne pas être la vedette de *On a Mountain with You*, Debra lançait à la Française des regards méprisants qu'elle ponctuait de sourires en forme de rictus. De surcroît, pendant leurs scènes, Noémie, pourtant débutante, avait vite compris que cette peste essayait de lui faire tourner le dos à la caméra. Cliff Travers réprimanda Debra à plusieurs reprises. Noémie devint plus indulgente quand elle comprit que sa rivale faisait tout afin d'attirer l'attention de Cliff. Énigmatique pour tous, y compris pour Noémie, Travers, solide comme un roc, et apparemment glacé comme un reptile, ne s'occupait que de son film. Cet homme-là devait travailler vingt heures par jour. Quelle était sa vie ? un mystère ! En dehors des mesquineries de Debra Newton, l'ambiance était au beau fixe. A la cantine du studio, Noémie déjeunait à côté d'Ava Gardner et d'Errol Flynn. Elle riait aux blagues de Bogart et trouvait fascinant le regard de sa femme, Lauren Bacall, justement baptisée « The Look ». Marcel Dalio s'était institué le parrain de Noémie. Entre deux prises, il lui enseignait ses « trucs » de métier. La jeune actrice l'écoutait. N'était-il pas l'acteur fétiche de Renoir et de *La Grande Illusion* !

– Tu comprends, mon poussin, ce qu'il faut, c'est émouvoir le public qui te verra sur l'écran, mais en même temps ne jamais te prendre au sérieux ! Ne joue surtout pas les mots de ton texte, retiens le sentiment. Aie toujours une pensée, mais pas forcément celle qui correspond aux phrases que tu dis.

– Facile à dire, Marcel, plus difficile à faire !

– Tiens, tu auras réussi quand tu seras, pour chaque spectateur dans les salles obscures, la Noémie-Passion que je devine en toi.

« Noémie-Passion. »

– Tu parles comme mon grand-père, Marcel, c'est ainsi qu'il m'appelait, répondit Noémie avec nostalgie.

– Allons, pas de tristesse, mon poussin ! Que vois-je passer dans ces beaux yeux ? La vie est merveilleuse, parfois rude, elle vous secoue, mais nous faisons le plus beau métier du monde ! Allez souris, cela va être à toi, plan 235, Kathy est sauvée par Hurricane, va, ma belle, et sois bonne, je te regarde !

A la fin de chaque journée de travail, Chuck venait frapper à la porte de la loge de Noémie. Les premières semaines, ils ne parlèrent que du tournage et de leurs personnages. Ce fut Chuck qui, un vendredi soir, aborda un sujet plus personnel. Noémie, étonnée, apprit que ce garçon aux airs décontractés était en instance de divorce. Sa femme, Ann, mettait tout en œuvre pour l'empêcher de voir leurs deux enfants. Sans pouvoir s'arrêter, Chuck parla durant une demi-heure, comme si depuis longtemps il avait eu envie de se confier à sa partenaire. Sa femme ne le comprenait pas. Elle n'aimait pas le métier, détestait Hollywood et voulait rentrer en Angleterre. A la fin de sa confession, il chuchota :

– Excusez-moi de m'être ainsi laissé aller, Noémy... je suis désolée, je ne sais pas ce qui m'a pris !

– Non, votre franchise m'a beaucoup touchée.

– Je vous trouve si belle...

Sa voix n'était plus qu'un chuchotement. Ses yeux vairons brillaient dans la pénombre.

Depuis le début du tournage, Noémie était certaine que ce moment allait arriver, mais elle ne savait pas exactement quand. Dès que son regard avait croisé celui de Chuck, elle avait su qu'il se passerait quelque chose entre eux. Le jeune premier se pencha pour l'embrasser avec une extrême douceur. Noémie ferma les yeux. « Jean ! » De nouveau, son visage s'interposa entre eux. C'était lui, il était là, bien vivant, il la prenait dans ses bras. Entre deux baisers, l'acteur lui murmurait :

– Noémy, oh, merveilleuse Noémy, Noémy-Passion, comme dit ce vieux Marcel, j'ai envie de toi depuis que nous nous sommes rencontrés...

Cette nuit-là, à *Green Venice*, Noémie devint la maîtresse de Chuck. C'était un amant tendre et passionné. Il lui répétait les mêmes mots d'amour, avec une voix douce et envoûtante. Malgré le véritable plaisir qu'elle prit à être dans ses bras, Noémie ne parvint pas à arracher Jean de son esprit. C'était une maladie ! En ouvrant les yeux, le lendemain, elle faillit murmurer son prénom. Non, cette belle tête masculine endormie sur l'oreiller n'était pas celle de Jean de Noisy, mais celle de

Chuck Braban, son partenaire américain, son nouvel amant, dont elle réussirait peut-être à tomber amoureuse.

Hollywood était un village. Contrairement à ce qu'imaginait Noémie, tout le monde, en trois jours, fut au courant de sa liaison avec Chuck. En dépit des rendez-vous secrets que se donnaient les jeunes gens – il ne rentrait qu'à la nuit tombée à *Green Venice* et elle allait rarement à *Moonfleet*, la nouvelle villa à colonnes de Chuck sur Melrose Avenue –, très vite, des regards, des allusions coururent. Un jour, comme le tournage touchait à sa fin, Dalio prit Noémie à part.

– Mon poussin, ce n'est pas moi qui vais jouer les pères « La Morale », mais fais attention...

– Qu'est-ce que tu veux dire, Marcel ?

– Chuck est un garçon adorable, eh oui, que veux-tu, je « sais » ! Mais à Hollywood, c'est un panier de commères, tout le monde s'occupe de la vie de tout le monde.

– Bon, eh bien, je suis majeure et libre ! J'ai tout de même le droit d'avoir qui je veux comme amant ! déclara-t-elle, avec bravade.

– Bien sûr, mon poussin, et, si j'avais quelques années de moins, je te ferais la cour, bien que je ne me trouve pas trop consumé pour mes cinquante ans, hein, qu'est-ce que tu en penses ?

– Tu es formidable, Marcel, et tu as toujours été si gentil avec moi... je te serai toujours reconnaissante de tout ce que tu m'as appris.

– Mais, mon petit cœur, qui n'aurait pas envie de t'aimer ? Enfin, bref, voilà ce que je voulais te dire : Chuck est toujours marié...

– Non, il est en instance de divorce ! rectifia Noémie.

– Ce qui est finalement la même chose ! Ils sont toujours mariés ! Sa femme, crois-moi, je la connais, Ann Braban est une tigresse de la pire espèce ! Elle fera tout pour le salir, pour VOUS salir ! On n'est pas en France, il y a des ligues féminines, ici, les commères se jettent sur les ragots, comme des corbeaux sur un macchabée !

– Mais qu'est-ce que je peux faire, Marcel ?

– Feindre de rompre, mais c'est sans doute trop tard ! Je voulais te prévenir, au cas où on écrirait des choses pas trop gentilles sur toi... tu devras faire front !

La prédiction de Dalio, qui connaissait Hollywood comme sa poche, se révéla d'une sinistre justesse : les jours qui suivirent, Noémie eut la désagréable surprise de découvrir dans plusieurs journaux des articles fielleux, signés Louella Parsons et Hedda Hopper. Les deux commères relataient avec complaisance les « amours coupables » des jeunes gens, transformant la « Française » en briseuse de ménages et Ann Braban en sainte ! Atterrée, Noémie ne savait que faire. Obtenir un démenti ? mais lequel ? Même si ces horribles bonnes femmes mentaient sur bien des points, elles disaient tout de même une vérité : Noémie était bel et bien la maîtresse de Chuck !

Durant le week-end, *Confidential*, redoutable journal à scandales, s'acharna sur Noémie, la transformant en Messaline assoiffée de sexe et de pouvoir. Les journaux s'amoncelaient dans le salon. Sous le choc, Noémie voulut appeler son ami Dalio, mais il était parti terminer un autre film à San Francisco. C'était un dimanche, le soleil brillait en ce bel après-midi. Noémie ne pouvait pas mettre le nez dehors. Les abords de sa villa étaient entourés de photographes prêts à prendre des clichés de la briseuse de ménages. La sonnerie du téléphone la fit sursauter. Elle commença par hésiter à répondre, puis décrocha.

– Allô, Noémy ? fit une voix étouffée : elle reconnut Chuck aussitôt.

– Oui, je suis là. Qu'allons-nous faire, Chuck ?

– Je voudrais te voir, mais, c'est impossible. Nous devons attendre que ces sales vipères se calment...

– On peut peut-être se donner rendez-vous hors de la ville.

– En ce moment, ce serait trop dangereux. Il ne faut pas nous voir en dehors du tournage. Nous en parlerons demain sur le plateau. Je t'aime, Noémy.

– Je t'aime aussi, Chuck.

Noémie avait le sentiment qu'à part Dalio, qui, revenu de San Francisco, la protégeait avec la tendresse d'un père, elle devait se méfier de tout le monde. Debra Newton, enchantée que la liaison de la « froggie[1] » avec Chuck fît autant de remue-ménage, triomphait. Melvyn Baedeker, l'air ennuyé, fuyait Noémie. Cliff Travers se montrait encore plus froid que d'habitude. Visiblement, personne ne s'était attendu à ce tremblement de terre. Le dernier jour de tournage, Dalio expliqua à Noémie :

– Tu comprends, Hollywood voulait te lancer comme une de ces poupées sans cervelle et asexuées, bien dorées, propres et roses qu'on flanque sur des patins à glace ou qu'on plonge dans la flotte et toi, brûlante sur ton cheval noir, tu tombes amoureuse du jeune premier... marié de surcroît ! Ça leur casse la baraque à ces producteurs ! Ils vont devoir changer leur stratégie de lancement. Tu n'es plus une jeune fille pure, tu deviens un « produit » brûlant, dangereux, une bombe... Noémie-Passion, j'avais raison !

Le film achevé, elle se sentit désœuvrée et triste. Chuck assurait qu'il l'aimait mais il avait l'air de prendre ses distances, par peur de la mauvaise publicité ou peut-être parce qu'il commençait à se lasser de leur tapageuse liaison. Comme un chien battu, il vint une nuit,

1. Mangeuse de grenouilles.

méconnaissable, chapeau enfoncé sur la tête, annoncer à Noémie qu'il vendait *Moonfleet* pour reprendre la vie commune avec sa femme. Cette nouvelle atteignit Noémie plus qu'elle ne l'aurait cru. Était-ce son destin de voir l'homme qu'elle aimait, ou croyait aimer, repartir toujours avec son épouse ? Pourquoi tombait-elle amoureuse d'hommes mariés et incapables de faire son bonheur ? Elle était maudite et faisait toujours le mauvais choix. Elle songeait à rentrer en France quand le plus grand agent de Hollywood l'appela. Fred Sandman voulait, dorénavant, la représenter. Il croyait en son avenir d'actrice et promettait de faire décupler ses cachets. Tout cela était irréel. Noémie, entourée de palmiers, vivait sur une autre planète. Elle se remit à sortir. Le tohu-bohu à son sujet était passé. Changeant de victimes, les méchantes potinières s'étaient mises à lapider les amours de Darryl Zanuck et de la troublante Bella Darvi.

Melvyn Baedeker refit surface. Il apporta à Noémie une proposition de contrat de la Paramount pour trois films à tourner en dix-huit mois. Il s'agissait toujours de sujets où Noémie était une brillante cavalière. Fidèle à sa promesse, Fred Sandman fit monter les prix. Noémie, très heureuse, envoyait à ses parents de l'argent pour rebâtir Hautefort et renflouer les bateaux des oncles. Elle n'avait eu aucune nouvelle de Cliff Travers.

Un soir, vêtu d'un costume blanc, il arriva à *Green Venice*.

– Je passais par là, dit-il d'un ton rogue.

– Vous avez bien fait de vous arrêter, Cliff, entrez boire un verre. Comment va notre film ?

– Je finis de le monter, en principe je ne me trompe jamais, vous y serez excellente, Noémy.

Un compliment de la part de Cliff était si rare qu'elle le regarda avec étonnement.

Ses longues jambes étalées sur la terrasse, il sirotait un whisky d'un air presque détendu. Elle osa demander :

– Quand pourrai-je le voir ?

– Je fais une pré-projection, sans mixage ni musique, demain ; voulez-vous venir, Noémy ?

– Avec plaisir, Cliff !

Soudain, il se redressa.

– Pourquoi ne m'avez-vous pas dit que vous étiez une héroïne de la résistance, Noémie, et que votre mère avait été déportée ?

– Mais, je... ce ne sont pas des choses que l'on raconte, Cliff, comment le savez-vous ?

Il sortit un journal de sa poche.

En première page s'étalait la photo de Jean de Noisy sur son cheval Étoile filante. Venu participer aux grandes épreuves de concours hippiques de Baltimore, il avait raflé toutes les coupes. Dans une longue interview, le chevalier reconnaissait qu'il avait été le commandant Simon, et il racontait que de nombreux partisans avaient fait partie du réseau Drakkar dont Noémie Hautefort et sa mère Valentine Hautefort.

– *Savez-vous, chevalier, que Noémie Hautefort tourne à Hollywood ?*

– *Oui...*

– *Irez-vous la voir ?* demandait la journaliste.

– *Non, il m'est impossible d'aller sur la Côte Ouest ! Je dois rentrer en Normandie m'occuper de mon fils Gauthier.*

Il n'y avait pas une ligne sur sa femme.

Noémie était si pâle en relevant la tête que Cliff s'inquiéta.

– Ça va ?

– Oui, ça va !

– Voulez-vous que nous allions dîner, tenez, au *Camelions*.

C'était l'endroit chic.

– Laissez-moi me changer, Cliff.

Noémie revint, très élégante, dans une robe turquoise de chez Oleg Cassini. Au bras de Cliff, elle fit une entrée très remarquée. Tout le monde avait lu le journal. De traînée, Noémie était devenue Jeanne d'Arc. Beaucoup plus détendu que d'habitude, Cliff Travers plaisantait et regardait Noémie en face.

En veine de confidences, il lui avoua que, n'ayant jamais été marié, il n'avait pas d'enfants. Il avait, bien sûr, eu des liaisons avec des actrices connues mais, par discrétion, il ne donnait pas leurs noms. Noémie comprit à demi-mot le message que Cliff Travers lui faisait passer. Avec lui, elle n'aurait pas les mêmes ennuis qu'avec Chuck.

Tout en dégustant le homard du *Camelions*, Noémie était très surprise, car elle n'avait jamais imaginé Cliff Travers amoureux. A sa façon, ce diable d'homme lui faisait comprendre qu'elle ne lui était pas indifférente.

Toujours très cérémonieux, il la ramena à *Green Venice* et ne demanda pas à entrer.

Le lendemain, Noémie se vit pour la première fois sur l'écran. Elle eut un choc, se trouva d'abord affreuse, avec une voix horrible. Hurricane, lui, était superbe. Peu à peu, elle s'habitua à sa propre image. A la sortie de la projection, tout le monde la complimenta avec chaleur. Pendant un mois, sans se presser, Cliff l'invita à différents dîners et sorties. Il ne demandait rien, agissait avec Noémie comme s'il avait voulu l'apprivoiser.

Peu à peu, elle se rendit compte de son intelligence et de son érudition. C'était un homme parti de rien. Son père, un alcoolique, battait sa mère. Très jeune, Cliff avait fui Chicago pour venir en Californie. Entré dans les studios comme chauffeur, il avait fait son chemin jusqu'au montage, où il avait appris son métier. A vingt-cinq ans, il dirigeait son premier film. A quarante, Cliff était devenu un immense metteur en scène. Il ne le disait pas à Noémie mais il n'avait accepté de tourner *On a Mountain with You* qu'à cause d'elle et de leur dîner à l'*Élysées-Matignon*. Il avait tout de suite perçu en Noémie ce quelque chose de plus qui fait les grandes vedettes.

Pendant un mois, ils sillonnèrent les États-Unis pour présenter le film. Partout le succès était immense. A New York, ils passèrent ensemble sur les chaînes de télévision. A Washington, Margaret Truman, la fille cantatrice du président, vint assister à la projection. Ravie, elle invita Noémie, Cliff et une partie de l'équipe des acteurs à la Maison Blanche. Margaret Truman chantait fort mal devant son père ravi, mais elle était très gentille.

Noémie se perdait en conjectures. Cliff Travers n'exigeait rien. Il laissait poindre à son égard des attentions délicates, lui caressait la joue, parlait des prochains films qu'ils allaient tourner pour la Paramount. Se méfiait-il de lui ou d'elle ?

A Denver, *On a Mountain with You* déclencha une émeute. Chacun voulait toucher Noémie, l'approcher. Les filles hurlaient. Cherchant à lui ressembler, elles se faisaient teindre en roux.

– Demain, je vous emmène quelque part, Noémy, déclara Cliff.

– Où cela ?

– C'est une surprise. Tenue de week-end !

Il fallait s'attendre à tout avec ce diable d'homme.

Ils prirent un petit avion de tourisme, piloté par un gaillard nommé Joe, pour partir vers le Sud.

Plantée au beau milieu d'une vallée ensoleillée et au centre d'un désert brûlant, Noémie vit apparaître la ville de Phoenix.

Après avoir atterri sur un petit aérodrome, Cliff, qui semblait avoir tout organisé, prit le volant d'une Buick décapotable. Ils ne roulèrent pas très longtemps avant d'arriver dans un paradis de palmiers et de cactus.

Ils descendirent devant le palace de grand luxe de l'*Arizona Biltmore*, endroit favori des stars. C'était un mélange fabuleux d'Art déco et d'architecture traditionnelle conçu par le grand architecte Frank Lloyd Wright.

– C'est ici que Clark Gable et Carole Lombard se sont mariés ! Tu es contente ? demanda Cliff en français, tutoyant pour la première fois Noémie.

– Oui, très ! Je suis très heureuse d'être ici avec toi, Cliff !

Ils prirent possession de leur appartement. Trois pièces raffinées donnaient sur une piscine à colonnades ressemblant à celle de l'empereur Néron.

Ils coururent se baigner, puis firent une partie de tennis, et Noémie accompagna Cliff sur le parcours de golf.

Le soir, elle passa une jolie tenue *new-look* à jupe longue évasée sur les chevilles, pour descendre dîner avec Cliff. Il était superbe dans son costume blanc.

– Me parleras-tu un jour de toi, Noémy ? demanda Cliff pendant le repas.

– Il n'y a rien à dire, je suis bien ce soir avec toi, Cliff !

– Tu portes un mystère, Noémy, une grande souffrance...

Noémie secoua ses cheveux roux.

– Non, je t'assure, je suis un être très simple, Cliff, comme toi.

– Moi, simple !

Il éclata de rire et, pour la première fois, l'embrassa sur les lèvres. Noémie devina que, sous ses allures bourrues, Cliff était un grand timide et un sentimental.

Remontés dans l'appartement du *Biltmore*, il paraissait hésiter. Noémie se donna à lui très simplement.

Dans ses bras, elle calcula qu'il était son troisième amant, car Jean demeurait à part.

Dans la vie, Cliff était sombre, au lit c'était l'amant le plus joyeux et le plus enthousiaste. Il riait, bousculait Noémie, prenait possession de son corps comme un grand barbare. C'était agréable, surprenant, épanouissant, inventif et original.

Gagnée par sa gaieté communicative et sa joie de vivre cet instant, Noémie se divertissait de ses caresses, les lui rendait, blaguait entre deux étreintes et répondait parfaitement à son rire et à sa soif d'amour physique.

Quand Noémie s'endormit dans ses bras, elle s'aperçut avec bonheur qu'elle n'avait pas pensé à Jean. En sécurité contre le large torse de Cliff, elle eut la certitude que cet homme allait lui faire oublier le passé.

43

Nul n'échappe à son destin

Les îles Saint-Marcouf se découpaient au loin.

Noémie était lancée au galop sur la plage des Vikings.

« Vas-y, mon beau, vas-y, Jimmy du Manoir ! » Elle se retournait vers Jean de Noisy monté sur Brin d'Amour. Les deux cavaliers étaient botte à botte en arrivant devant le Chalet rouge.

– J'ai gagné ! j'ai gagné ! hurlait Noémie.

Il protestait en riant :

– Non, c'est moi qui ai gagné !

Une secousse tellurique réveilla Noémie, elle s'était, comme tous les Californiens, habituée à ces mini-tremblements de terre, espérant ne jamais connaître « the Big One », c'est-à-dire la grande catastrophe qui un jour paraît-il dévasterait la côte californienne.

Cliff Travers dormait à son côté. Il se retourna, murmura quelques mots incompréhensibles et se rendormit.

Un goût amer dans la bouche, Noémie se leva pour aller boire un verre d'eau à la cuisine. Ainsi, même dans ses rêves, elle ne pouvait arracher Jean de ses pensées. C'était ridicule ! Tout ça parce qu'elle avait vu cet après-midi, sur l'une des chaînes de télévision américaines, le chevalier de Noisy recevant la médaille d'or des Jeux olympiques d'Helsinki. En cette année 1952, la France s'était couverte de gloire avec ses cavaliers. Il y avait aussi Pierre Jonquères d'Oriola et Guy Lefrant. Mais celui dont on parlait le plus était ce « vétéran » de presque quarante ans, cas unique, vainqueur en concours complet et jumping individuel. La photo de Jean s'étalait à la une de tous les journaux. Il n'avait pas changé, légèrement forci peut-être et Noémie n'avait pu retenir ses larmes en le regardant faire son parcours sur Étoile filante.

A qui pensait-il en recevant sa médaille ? Avait-il eu la curiosité d'aller voir Noémie dans ses films ? L'avait-il totalement chassée de ses souvenirs ? Comment vivait-il à Reuville entre sa femme et son fils ?

Agacée de sa propre faiblesse, Noémie prit un châle et sortit sur la terrasse. L'air était doux, la vue, au clair de lune, magnifique sur les lumières de la ville et le Pacifique. Un paquebot éclairé passait à l'horizon. A *Silver River*, la splendide maison de Cliff bâtie sur une crête escarpée de Mulholland Drive, dans les Santa Monica Mountains, Noémie se sentait toujours bien. D'un commun accord avec Cliff, ils avaient gardé chacun leur « chez-soi ». Il descendait souvent en semaine rejoindre Noémie à *Green Venice* et le week-end elle montait au volant de sa Cadillac par Laurel Canyon, dans ce coin de paradis. Cet arrangement convenait parfaitement à Noémie car elle voulait jalousement garder sa liberté. Noémie s'assit dans un transat. Elle avait tout pour être heureuse et elle l'était. La compagnie de Cliff était toujours agréable, enrichissante intellectuellement. Tous deux formaient une équipe formidable. Les producteurs ne s'y trompaient pas. En deux ans et demi, après le triomphe mondial de *On a Mountain with You*, ils avaient tourné *La Vengeance de l'amazone* et *Dans les plaines fleuries*. Pour *Pinky Lady*, Cliff ayant d'autres contrats, Noémie avait tourné sous la direction de Garson Kanin, avec pour partenaires Tyrone Power et Errol Flynn, un voisin justement de Cliff à Mulholland Drive.

A chaque film, Fred Sandman, l'impresario de Noémie, faisait augmenter les cachets de sa vedette qui rapportait beaucoup d'argent à la Paramount. Noémie recevait maintenant cent mille dollars par film et un gros pourcentage sur les bénéfices. Une grande partie de ses gains était envoyée pour la reconstruction de Hautefort. C'était, bien sûr, Stanislas ou Léon Chevignard qui surveillaient les travaux.

Pinky Lady avait été un succès mais Melvyn Baedeker de la Paramount voulait garder le tandem gagnant Cliff-Noémie. Ils venaient donc, coup sur coup, de tourner encore *Madame et son cow-boy* et *Le Secret du château maudit* où Noémie délivrait, à cheval, un prince écossais, joué par Robert Taylor, retenu prisonnier par un vassal félon.

Depuis quelque temps, la grande idée de Cliff était de faire évoluer la carrière de Noémie. Avec l'accord de Melvyn, il lui cherchait un rôle dramatique et flamboyant où il ne serait plus question de chevaux. Cliff était sûr que Noémie pouvait émouvoir le public comme Greer Garson dans *Madame Miniver*, ou Elizabeth Taylor dans *Une place au soleil*.

– Comment, mais tu as dormi ici, *honey* ?

– Non, Cliff, j'ai été réveillée par une secousse !

– Ah oui, j'ai trouvé un cadre par terre !

Il n'avait pas l'air de s'en émouvoir plus que ça.

Une serviette de bain autour des reins, il déposa un baiser sur les cheveux de Noémie et, abandonnant son pagne, il plongea dans la piscine.

– Viens !

Noémie ôta sa chemise de nuit et piqua une tête. Elle fit quelques mouvements de crawl et Cliff la rejoignit. Il la saisit dans ses bras pour la serrer contre lui. Il devenait de plus en plus tendre.

– *Honey*, j'ai eu une idée splendide cette nuit, marions-nous !

Elle le regarda avec surprise.

– Cliff, mais ton indépendance, ta liberté ?

– Menteuse, c'est à ta liberté que tu penses !

– Pas entièrement, nous nous entendons si bien, pourquoi changer ?

– Ce serait plus pratique, nous pourrions vivre ensemble sans nous cacher, et puis je serais très fier que tu sois Mrs. Travers !

– Tu aurais pu commencer par là, pirate !

– Alors, c'est OK ?

– Oui, Cliff, je serai très fière d'être ta femme, tu m'as appris ce métier, je suis bien avec toi et je te respecte !

– Tu me respectes ? répéta Cliff Travers, surpris.

– Oui, c'est important le respect dans un couple, je ne te mentirai jamais, Cliff, fit gravement la jeune femme.

– Tu es un drôle de numéro, Noémy Hautefort.

Il l'embrassa avec une sorte de violence, puis tous deux nagèrent dans l'eau bleue de la piscine. Ils prirent ensuite un bain de soleil, et se préparèrent pour l'arrivée de leurs invités.

Cliff donnait souvent un barbecue le dimanche à *Silver River*.

Aujourd'hui venaient ses amis fidèles, Mickey Rooney, Howard Keel, Cesar Romero, Virginia Mayo, Melvyn Baedeker, Claudette Colbert, Marcel Dalio, certains étaient accompagnés de petites amies ou de leurs épouses. Errol Flynn vint en voisin.

Noémie, en pantalon blanc et corsage orange, reçut les invités tandis que Cliff, en short, préparait les braises du barbecue pour griller les épis de maïs et les hamburgers.

– Mes amis ! annonça Cliff. Noémy et moi on se marie !

– Bravo ! Félicitations !

– Alors, à quand la noce ? demanda Dalio.

– Le plus vite possible ! répondit Noémie.

– Voilà, la mariée est pressée de faire une fin ! s'écria Cliff en riant. Le déjeuner est prêt !

Tout le monde passa joyeusement à table sur la terrasse. L'ambiance était simple et décontractée.

Au loin, dans le canyon, un coyote hurlait. Malgré la chaleur, Noémie ne put retenir un frisson. Elle aimait ces animaux sauvages au poil roux, mais elle craignait toujours de les rencontrer dans le jardin où ils s'aventuraient pour dévorer, sur les arbres, les avocats dont ils étaient friands. L'un d'eux, un grand mâle aux yeux orange, surpris par Noémie en plein larcin, la regardait d'un air énigmatique, admiratif, un tantinet cruel. Ces coyotes symbolisaient les sentiments de Noémie pour Hollywood. Elle était très fière de sa réussite, mais cherchait désespérément, dans ce décor, ses racines.

Autour de la table, les amis, au demeurant très gentils, parlaient de leurs projets, de leurs vies, amours, divorces, pensions alimentaires, futurs rôles, succès, déceptions, projections, discussions d'argent avec les producteurs.

– Et toi, Noémy ? interrogea Mickey Rooney.

Elle sursauta.

– Quoi moi ?

– A part ton mariage avec Cliff, quels sont tes projets professionnels ?

Tout en grignotant son épi de maïs, Cliff déclara :

– Mon pauvre Mickey, Noémie ne parle jamais d'elle-même, c'est Fort Knox !

– Cela te va bien ! protesta Noémie en riant. Tu es l'être le plus secret que j'aie jamais rencontré !

– Mais c'est vrai ça, on se connaît depuis trois ans, Noémy, et je ne sais toujours rien de vous : où avez-vous appris à monter à cheval comme ça ? s'exclama Melvyn Baedeker.

– Il n'y a rien de secret, en Normandie chez moi dans le bocage, là où vous les Américains avez débarqué sur une plage qui est devenue Utah Beach !

– Oh ! racontez, Noémy, c'est si loin l'Europe pour nous autres Californiens ! lança Virginia Mayo.

– Eh bien, par où commencer ? Je descends, par ma mère, d'une famille de simples paysans. Mon arrière-grand-mère dont je porte le nom était une petite fermière du Cotentin, très pauvre. En quelques années, elle a bâti une immense fortune en salant du beurre en été, pour aller, sur un petit bateau, le vendre l'hiver en Angleterre.

– Pourquoi l'hiver ? s'enquit Errol Flynn, toujours intéressé par une histoire de bateaux.

– Parce que les Anglais en manquaient en cette saison et que le beurre était plus cher !

– Oh ! *very good*, une vraie héroïne de la spéculation, cette grand-mère ! déclara Howard Keel, pratique.

– Et tu es l'héritière de cette fortune ? questionna Marcel Dalio, ébloui.

Noémie sourit avec indulgence.

– Non, le beurre et l'argent du beurre ont fondu après la guerre de 14 ! Ma génération n'a pas connu la splendeur d'antan !

– *Well*, Cliff, voilà un bon sujet de film ! constata Melvyn Baedeker.

Avec les gens de Hollywood, tout était matière à scénarios !

Au début réticente, mais stimulée par son auditoire, Noémie, comme portée par son propre récit, se mit à décrire la ferme de Hautefort, les champs de pommiers, la vie des paysans au siècle dernier, et à raconter ce qu'elle savait de l'histoire de la grande Noémie Hautefort. Celle-ci avait beaucoup parlé à sa petite-fille, Valentine, qui l'avait répété à sa propre fille, Noémie.

La tradition familiale voulait que l'ancêtre ait eu, dans sa jeunesse, deux amours, Zacharie le Grand Valet de Hautefort et ensuite le héros de Reichshoffen, le colonel Raoul de Saint-Preux, disparu dans le naufrage du *Titanic*.

– Ce sera notre *Gone with the Wind* ! déclara, impérial, Melvyn Baedeker.

« *Autant en emporte le vent*, mais ils sont tous fous ! » songea Noémie.

Elle avait beau protester, son histoire ne lui appartenait déjà plus.

– Je pourrais jouer la sœur de Noémy, sa confidente ! minauda Virginia Mayo, ravie d'avoir trouvé un nouveau rôle.

– Non, non, elle n'a pas de sœur ! répondit Cliff, abruptement.

– Quoi qu'il en soit, chère Noémy, tous nos vœux de succès, vous avez un immense avenir d'actrice devant vous, ah ! comme j'aimerais tout recommencer ! murmura Claudette Colbert dont la magnifique carrière allait déclinant avec les années.

– Ce sera merveilleux, je vois d'ici le générique, Noémy galopant sur la plage et rencontrant le Grand Valet ! C'est un rôle pour Rock Hudson, dit Cliff.

– Oui, il la fait tomber de cheval ! Il la roule dans le sable et la viole ! s'exclama le petit Melvyn Baedeker, les yeux brillants.

– Mais non, ce n'est pas du tout cela ! fit Noémie, furieuse.

Cliff Travers intervint.

– Bien, j'appelle Dudley Nichols, tu vas tout lui raconter, *honey*, et il va nous écrire un script magnifique ! Tu sais, il travaille souvent pour Ford et Cukor, c'est un dieu !

– Mais, Cliff, je ne veux pas jouer ce rôle !

– Pourquoi ?

– Je ne me vois pas du tout incarnant mon arrière-grand-mère !

– Qui parle de notre grand-mère ? Toi Noémie ?

C'était Zacharie Junior Hautefort, sa femme et leur fils John qui venaient souvent voir leur jeune cousine le week-end.

Noémie mordit ses lèvres. Elle voulut rire.

– Écoute, Zacharie, cette bande de fous veut faire un film avec moi dans le rôle de la Grande Noémie.

– C'est une très bonne idée ! fit Zacharie en s'asseyant pour prendre un café.

A soixante ans, il était toujours bel homme, son fils, John, lui ressemblait et ils formaient avec son épouse Amélie une famille unie et respectée à Hollywood.

– C'était une femme extraordinaire, Noémie lui ressemble. Elle serait merveilleuse en Maître de Hautefort. C'était ainsi qu'on l'appelait. Figurez-vous qu'en 1917, quand je suis parti là-bas pour la guerre, nous avons découvert, avec ma cousine Valentine, un souterrain menant au château voisin de Reuville. Mon propre grand-père, Jehan Kermadec, l'avoua dans une confession écrite, il empruntait ce passage, construit sans doute sous les guerres de Religion, pour aller voir sa bien-aimée dormir.

– Oh ! trois hommes l'ont aimée et vont se battre à mort pour elle ! Magnifique ! Je vois le plan d'ici dans le souterrain, un travelling superbe ! Tu étais au courant, Noémy ? demanda Cliff.

– Pas du tout, je ne sais rien de ce souterrain, affirma Noémie, sans sourciller.

Elle aurait tué Zacharie. Celui-ci continua longtemps à parler, lyrique, de la Grande Noémie et de l'épopée Hautefort.

Quand tout le monde fut parti, Cliff interrogea Noémie, au crépuscule.

– Et tu connais les propriétaires de ce château, comment s'appelle-t-il déjà, Reutolle ?

– Reuville, non, pas du tout ! déclara Noémie, honteuse de mentir.

– Tu es convaincue ?

– De quoi, Cliff ?

– De tourner cette histoire.

– Je ne sais pas.

– Melvyn est très excité. Il va tout remuer à la Paramount, tu te rends compte ? Nous ferons les extérieurs au printemps chez toi, dans le bocage, ensuite les intérieurs, en décor, ici dans les studios ! On reconstituera les salles de la ferme, les étables, écuries, laiteries, souterrain ! Cela te plaît ?

– Marions-nous avant de partir, Cliff ! murmura soudain Noémie.

– On n'aura plus le temps, *honey*. Demain, Dudley est d'accord, on commence le scénario, dans trois mois, on tourne, cela va être la folie ! Non, tu sais, mon ange, ce rôle sera mon cadeau de noce. Melvyn est d'accord, on fera un grand mariage avec un immense gâteau pour la fin du film devant tous les journalistes. Ce sera la meilleure publicité, *honey,* je t'adore ! ah ! as-tu une idée pour le titre, Melvyn pensait *Noémy o' my heart*.

Elle fit la moue.

– Cela ne me plaît pas trop !

– Attends, *Fortune et Splendeur* ou *La Tour du bonheur*, ou mieux, *Dans le bocage enchanté*.

Les lumières de Los Angeles clignotaient dans la vallée. Tout proches, les coyotes hurlaient, tapis dans les canyons. Avant de rentrer dans la maison, Noémie déclara :

– Non, Cliff, c'est mon film, tu l'as dit, alors ce sera *La Valse des adieux*.

– C'est beau mais nostalgique, pourquoi, *honey* ?

– Parce que tout le monde se quitte dans cette histoire, se retrouve, vit, meurt, aime et souffre !

– Oui, tu as raison, va pour *La Valse des adieux*, je ferai de toi la plus grande star de Hollywood ! promit Cliff, avec un baiser.

Noémie avait l'impression que le destin, plus fort que sa volonté, voulait qu'elle retourne dans le bocage.

– *La Valse !* 205, première !

Le clapman se retira du champ. Puis Cliff Travers hurla :

– Moteur !

Assise dans une carriole, tirée par un solide cheval noir, Noémie, vêtue d'une robe de paysanne du XIXe siècle que la célèbre Edith Head, costumière des plus grandes stars, avait exécutée pour elle, jouait une des dernières scènes à tourner, qui se situaient en fait au début de ce film-fleuve. Sur le bas-côté de la petite route menant à Sainte-Mère-Église, un vieil homme courbé en deux grimaçait en lançant sa réplique avec un accent du terroir :

– Hé là, dam'... Te v'là revenue cheu nous, la Noémy ?

– Bonjour, père Dieuleveut, comment allez-vous ?

Le comédien qui avait accepté de jouer ce rôle épisodique n'était autre que Stan Laurel sans son comparse, Oliver Hardy. Pour Cliff, il avait bien voulu faire un *come-back* de quelques jours. La scène était courte, mais le comédien très drôle, et Noémie brillante. Après trois prises, le metteur en scène cria :

– Coupez !

Dans deux jours, les extérieurs seraient finis. Cliff s'approcha de Noémie, qui attendait son verdict. Il fendit le groupe de figurants se mettant déjà en place pour la grande scène de « La Louée », au cours de laquelle Noémie allait rencontrer Rock Hudson, le Grand Valet Zacharie et il murmura à sa vedette :

– Depuis le début, tu es merveilleuse ! Va te changer, *honey*. Demain on attaque la dernière scène, tu vois, tout s'est bien passé !

Avec un sourire, Noémie, suivie de son habilleuse, se dirigea vers sa caravane pour enfiler un autre costume.

Ce qu'elle avait craint n'était pas arrivé. L'équipe tournait en anglais depuis deux mois dans la région de Sainte-Mère-Église et Noémie, très occupée par son rôle, n'était même pas passée devant le château de Reuville. Elle avait rencontré Mathias dans le bourg qui, flatté de la retrouver si célèbre, lui avait appris que le vieux Pierre était mort et que Jean de Noisy ne se trouvait pas dans la région. Il était parti pour une longue tournée de jumpings européens. Noémie reçut la nouvelle avec soulagement. Beaucoup plus détendue, elle accueillit la famille de Carentan à la ferme de Hautefort et au Chalet rouge, totalement rénovés avec les plus beaux matériaux anciens par les décorateurs et accessoiristes américains. Valentine et Stanislas vinrent voir leur fille, avec fierté et Victor apparut avec sa fiancée, Dorothy, une chanteuse noire de Harlem qu'il semblait adorer. Ils allaient monter ensemble un numéro musical. Evrard, ayant repris la ferme Levavasseur, était fou de joie de retrouver son petit compagnon de l'occupation.

De son côté, Noémie avait revu Damien. Le jeune homme avait bien travaillé pour remonter la Hilairie, et il venait de se marier avec Justine Leterrier, la fille d'un briquetier de Saint-Sauveur. Il était heureux, et Noémie se réjouit pour son ami d'enfance.

Tel un général de bataille, Cliff Travers s'était installé avec son équipe et les principaux comédiens au domaine de la Ferté, devenu un château-relais depuis que de nombreux touristes venaient du monde entier visiter Sainte-Mère-Église, première ville de France libérée, et les plages d'Utah Beach.

Le soir, Noémie avait souvent besoin de solitude et de se reposer loin de l'équipe bruyante. Cliff, trop occupé, ne pouvait la rejoindre. Parfois seule, parfois avec son habilleuse Dana, Noémie rentrait à Hautefort. Elle se revivifiait en allant dans les champs de pommiers replantés grâce à la production. Elle caressait Oscar du Bocage, revenu de chez les Bontemps de Versailles et bien soigné par Onésime.

Noémie soupirait. Les autres chevaux dans l'écurie de Hautefort étaient des bêtes de location pour le film. Elle aurait voulu tous les garder, les soigner, les monter.

Un jour, pour une scène particulièrement difficile, un palefrenier lui amena un cheval qui hennit en la voyant. C'était Stoney, ce bon vieux Stoney qui les avait aidés à fuir la Gestapo. Le visage ruisselant de larmes, Noémie embrassa ses naseaux avec passion.

– Oh ! mon beau Stoney, mon ami, mon chéri !

Sur le tournage, tous les techniciens se taisaient, ébahis par cette scène qu'ils jugeaient incompréhensible de la part de la vedette. Elle était trop fragile et personne ne pouvait comprendre.

Cliff était furieux, il fallut refaire le maquillage de Noémie. On avait perdu une heure. Elle comprit que la production louait des chevaux un peu partout, y compris au château de Reuville. De nombreux journalistes et photographes suivaient ce tournage exceptionnel. Des interviews de Noémie paraissaient dans toute la presse. Un jour, Léopold Van Belmeus, lui-même, apparut avec ses amis Rolland-Lacour pour faire un grand papier sur Noémie et ses activités de résistante sous le nom de Jourdan.

A son corps défendant, elle dut parler du commandant Simon, mais elle mit surtout l'accent sur les « inconnus » : Gilbert-Julien Devereaux, mort en héros, Roger, Toulon, Geoffroy et, bien sûr, Louvois sa mère déportée à Dachau. A la fin du papier, Noémie annonçait son prochain mariage avec le metteur en scène de *La Valse des adieux*.

En lisant l'article sur quatre colonnes en première page de *Paris-Presse L'Intransigeant*, Cliff interrogea Noémie.

– Qui était ce commandant Simon ?

– Un homme, se contenta de répondre Noémie.

– Je m'en doute, mais quel était son nom ?

– Je ne sais pas !

– Tu mens, Noémie !

– Oui, je mens, mais c'est le passé et je ne veux plus en parler !

– C'est un tort, *honey*, une héroïne de la résistance, nous pourrions faire un film de ta vie.

– Ah ! non, cela suffit ! Pas ma vie ! s'exclama Noémie.

Il n'insista pas.

Le lendemain, personne ne le savait dans l'équipe, était l'anniversaire de Noémie. Elle était née à minuit le 2 août 1925 à la ferme de Hautefort. Demain, elle aurait vingt-huit ans. « C'est peut-être l'âge de devenir adulte », songeait Noémie, car elle avait toujours l'impression d'être une petite fille n'ayant pas atteint son but. Mais quel était réellement son but ? En un temps record, elle était devenue une star mondiale. Combien de femmes devaient envier son destin ?

Noémie était rentrée à Hautefort. Elle avait du mal à trouver le sommeil. Dans une chambre du palier, sa maquilleuse, Dana, dormait, fatiguée par une journée très dure. Noémie eut l'impression d'entendre marcher dans le couloir. Elle se leva d'un bond, ouvrit sa porte, et perçut un craquement venant du sous-sol. Troublée, elle alluma la lumière et descendit vers les caves. N'ayant plus besoin maintenant de lampe électrique, elle continua d'éclairer les voûtes de Hautefort.

Comme attirée par un aimant, elle se dirigea vers l'armoire qui n'avait pas bougé de place et l'ouvrit brusquement. Les barres de bois qu'elle avait fait clouer en 1944 par Quentin pour interdire le passage à jamais avaient disparu. Sans chercher à faire jouer le mécanisme secret, pour vérifier s'il marchait encore, Noémie remonta dans sa chambre et se recoucha après avoir toutefois fermé le verrou de la porte.

L'esprit en ébullition, elle réussit à s'endormir pour être en forme le lendemain.

– Tu as l'air fatigué, Noémy ! dit Dana en étalant le fond de teint beige rosé destiné au Technicolor.

– Non, ça va... ce soir, les extérieurs sont finis pour moi.

– Tu rentres avec nous tout de suite en Californie ?

– J'aimerais passer par Paris pour rester un peu avec mes parents.

– Tu as bien raison, nous ne commençons en studio que dans trois semaines.

Sur cette affirmation, Dana posa les faux cils de Noémie.

Devant l'église de Sainte-Mère, devenue mondialement célèbre pour son clocher, c'était jour de marché, mais les touristes et habitants du bourg regardaient avec étonnement et admiration cette parfaite reconstitution d'un marché d'autrefois. Les oies piaillaient, les poules caquetaient. Tous les acteurs, en costume XIXe, attendaient le clap de départ.

Pour le moment, on répétait. Une coiffe de dentelle du Plain sur la tête, Noémie s'apprêtait à vendre son beurre à Louis Jourdan jouant le régisseur Jehan Kermadec. Le cher Marcel Dalio était transformé en curé. Joanne Woodward interprétait la fermière amie de Noémie, la Marie-Léontine et Dawn Addams était la Marie-Marguerite.

– Montrez-moi mieux votre beurre, je vous prie, mademoiselle ! lança Louis Jourdan.

– Monsieur, commença Noémie, c'est le meilleur de la région, notre ferme est connue pour...

Elle s'interrompit au beau milieu de sa phrase.

Un cavalier n'appartenant pas au tournage venait d'apparaître sur la place du Marché. C'était Jean de Noisy !

Noémie ne s'attendait pas à recevoir pareil coup au cœur.

Près du porche de l'église, Jean la regardait avec une telle intensité que Dalio, toujours finaud, dévisagea Noémie. De pâle sous le maquillage, elle était devenue pourpre. Ses mains tremblaient. De loin, Jean ôta sa casquette pour la saluer, puis il reprit sa route vers Reuville.

Cliff s'approcha de Noémie.

– Ça va, il y a un problème ?

– Non, non, j'ai oublié mon texte !

– Qui était ce cavalier ?

– Le commandant Simon ! murmura Noémie.

Cliff suivit du regard l'homme à cheval qui s'éloignait puis il claqua des mains pour reprendre le travail.

Noémie passa la journée dans un état second. Elle avait heureusement acquis du métier et elle réussit à donner la réplique à ses partenaires. Melvyn Baedeker offrait un dîner de fin de tournage. Toute l'équipe était réunie au domaine de la Ferté.

Par correction, Noémie dut s'y rendre. Marcel Dalio était assis près d'elle. En trinquant au dessert, il chuchota :

– Si tu l'aimes autant, cours le rejoindre, mon poussin, pas d'amour propre ! En amour, il faut savoir oser !

– Cher Marcel..., murmura Noémie.

– Je connais la vie, chérie !

Le clair de lune était magnifique

Cliff, toujours bourreau de travail, entraîna quelques techniciens faire de beaux plans muets de la baie des Veys.

Avant de partir, il demanda à Noémie de rester au château pour la nuit. Il n'en avait que pour deux ou trois heures de travail. Elle prétexta, pour rentrer à Hautefort, que ses parents étaient arrivés impromptu.

« Je lui ai promis de ne jamais lui mentir, je suis ignoble ! » songea Noémie dans la voiture qui la ramenait seule à la ferme. Elle hésitait encore, pourtant elle devait savoir, car tout son avenir était en jeu. Dalio avait raison. Il fallait oser.

A minuit, armée d'une lampe électrique, elle descendit vers ce chemin qu'elle avait si souvent emprunté.

Le mécanisme de l'armoire, bien entretenu, fonctionnait parfaitement. Transportée en arrière, Noémie avançait sans crainte dans le souterrain. Presque sans surprise, à l'endroit du rendez-vous des partisans, elle aperçut la lueur d'une autre lampe.

Assis sur un rocher, la tête dans les mains, le commandant Simon se trouvait là, comme au temps du réseau Drakkar.

Au bruit des pas, il se redressa pour murmurer sourdement :

– Je savais que tu viendrais ce soir, Noémie, je t'attendais, je t'attends depuis sept ans !

Elle aurait voulu encore lui crier des reproches, lui dire combien elle lui en voulait. Anéantie, brisée par cet amour jamais oublié, son orgueil foulé aux pieds, elle tomba dans ses bras. Ils ne pouvaient reprendre leur souffle, s'embrassaient, se serraient, se retrouvaient comme hier, affamés l'un de l'autre. Noémie respirait l'odeur ambrée de Jean. Il enfonçait avec volupté ses doigts dans cette chevelure flamboyante qui lui avait tant manqué.

Elle reprit enfin son souffle et voulut dire quelque chose. Il fut plus rapide. Enlaçant sa taille, il l'entraîna :

– Viens, chérie, viens chez nous !

– Mais, Jean, pas chez toi...

– Chut, je suis divorcé depuis cinq ans, Noémie !

Elle hoqueta :

– Pourquoi, pourquoi ne m'as-tu rien dit ?

– J'ai essayé mais tu refusais de me parler, je t'ai écrit, mes lettres sont revenues. Ta mère savait, mais je lui ai interdit de t'avertir, tu devais avoir ton libre arbitre.

– Oh ! Jean, Jean, toutes ces années perdues !

– Rien n'est jamais perdu, mon ange...

Tout en marchant dans le souterrain, il la serrait contre lui, l'embrassait, essuyait les larmes qui coulaient de ses yeux. Comme dans un rêve, Noémie se retrouva avec Jean à l'intérieur du château rénové.

Sans remarquer les changements de la décoration, beaucoup plus simple qu'autrefois, Noémie monta le grand escalier vers l'appartement de Jean qui n'était plus au bout du couloir, mais au centre de la demeure, là où avaient logé successivement les colonels allemands.

Il alluma les lumières et Noémie se retrouva dans son bureau. Par une porte entrouverte, elle aperçut la chambre mitoyenne. Des dossiers étaient alignés sur des étagères avec les noms des chevaux, les coupes de concours hippiques exposées dans une vitrine. Elle s'approcha pour les regarder, puis elle lut la longue liste des prix attribués aux trotteurs. Un nom revenait souvent : Renarde des Marais.

Jean vint derrière Noémie pour l'enlacer. Il plongeait son visage dans ses cheveux.

– Renarde a gagné le prix d'Amérique, elle nous a sauvés de la ruine !

– Jean, ne me dis pas...

– Non, chérie, mais la vie des éleveurs de chevaux a été dure après-guerre. Ça va bien maintenant, j'ai pu garder tous mes lads, notre élevage est réputé.

Noémie se retourna.

– Tu sais, je t'ai vu gagner les Jeux olympiques !

– Ah ! et moi je t'ai vue dans tes films...

Tout en parlant, il l'attirait vers un canapé et ponctuait ses paroles de tendres baisers auxquels elle répondait.

– Tu es allé me voir au cinéma ? murmura Noémie, flattée.

– Oui, je crois avoir vu tous tes films.

– Et comment m'as-tu trouvée ?

– Merveilleuse, superbe, je comprends que la terre entière soit amoureuse de toi, mais...

Jean se redressa pour leur servir à boire.

– Mais quoi ?

– C'est dommage que tu ne montes plus à cheval !

– Comment... mais je ne fais que ça dans mes films ! rétorqua Noémie, suffoquée.

Il rit de ce rire qu'elle aimait tant.

– Je n'appelle pas cela monter à cheval, mais galoper ou faire des cascades. Non, c'est toi, Noémie, qui devrais gagner, un jour, une médaille d'or, tu montes mieux que moi !

– Comment peux-tu dire cela ? s'écria-t-elle, choquée.

Il lui tendit un verre et revint s'asseoir près d'elle. Un instant, ils burent en silence, puis Jean posa son verre, prit l'autre des mains de Noémie et la saisit dans ses bras. Avec une brusquerie qui ne lui ressemblait pas, il la renversa en arrière. Elle frémit sous le regard de ses yeux vairons. Il semblait vouloir lire au plus profond de ses pensées.

– Est-ce vrai ce que j'ai lu dans la presse, tu dois te marier avec ton metteur en scène ?

Noémie soutint bravement son regard.

– C'était vrai, mais ce soir, je ne sais plus, cela dépendra de toi, de nous, Jean.

Penché sur elle, il murmura :

– Tu dois tout savoir de la situation, Noémie, j'ai reconnu l'enfant de Lorraine, il a sept ans et s'appelle Gauthier, c'est un merveilleux petit garçon. Il croit qu'il est mon fils et que sa mère est morte. En fait, elle me l'a totalement abandonné, je ne sais même pas où elle est actuellement. Je crois qu'elle le haïssait d'avoir été tondue à cause de lui. C'est une malheureuse et je ne lui en veux même pas.

Noémie se redressa et prit ses mains entre les siennes.

– Jean, dis-moi pourquoi tu as gardé cet enfant.

Il hocha la tête. A la lumière de la lampe, Noémie remarqua quelques fils d'argent sur ses tempes châtaines.

D'un doigt, elle les caressa avec amour. Brusquement, elle voyait sur son beau visage les marques des nuits sans sommeil, des dangers qu'il avait vécus, et du chagrin de leur séparation. Elle ne l'en aima que davantage et le trouva encore plus beau.

– Quand Gauthier est né, je voulais retrouver son père dont elle m'avait finalement donné le nom, le capitaine Siegfried Windaus. Elle est partie quand l'enfant avait six mois, j'ai pris l'habitude d'aller le voir. Il me tendait les bras. Seul un monstre peut résister au sourire d'un enfant. Après la chute de Berlin, mes recherches pour retrouver son père n'ont pas abouti, ou elle m'avait indiqué un faux nom, ou il était mort ! Tous les papiers de l'armée allemande avaient brûlé dans les incendies, j'ai donc abandonné et j'ai gardé Gauthier, je l'ai aimé et, me croiras-tu, il efface mes remords !

– Quels remords, Jean ?

– Je n'ai jamais aimé tromper, comme je l'ai fait, les occupants. Il y avait, parmi les officiers allemands, des hommes que j'ai respectés, presque aimés, je m'en voulais souvent de leur mentir, de les jouer, de voler, même si c'était la guerre, leurs documents. J'ai souffert de cette situation, je m'en veux aussi de nos jugements de partisans, quand nous avons exécuté des traîtres. Aujourd'hui, en élevant son fils, j'ai l'impression de rendre à cet ancien ennemi que je ne connaîtrai jamais le bien que certains de ses compatriotes m'ont fait, surtout les derniers en empêchant la Gestapo de tuer mes chevaux !

Jean s'était levé et avait achevé sa confession debout près de son bureau.

Noémie le rejoignit. Elle appuya sa tête contre son dos.

– Oh ! Jean, tu es noble et meilleur que moi, ton âme est pure et tes pensées loyales, tu montres toujours aux autres le bon chemin, c'est pourquoi tu as été un grand chef, respecté de tous ! Je t'aime, Jean, et je t'aimerai toujours !

A ces mots, il pâlit. Il la retrouvait comme au premier jour, encore plus belle, femme et amoureuse.

– Je suis à toi, mon amour ! murmura-t-elle.

Il la saisit dans ses bras et l'emporta en quelques enjambées jusqu'au lit de la chambre. Ils se retrouvèrent, comme s'ils ne s'étaient jamais quittés. Entre eux, tout était parfait, beau, généreux et passionné.

Entre deux étreintes, Noémie murmura :

– Je voudrais retourner à notre auberge de Bayeux.

– Nous irons, chérie.

Ils se rafraîchissaient de leurs lèvres, mêlaient leurs souffles. Ils se redressaient, se caressaient, éblouis, incrédules de s'être ainsi retrouvés. Leur entente était si parfaite qu'ils en lisaient la perfection sur leurs visages, à peine éclairés par la lumière venant du bureau. Avec une sorte d'effroi, ils comprenaient qu'ils ne pourraient plus vivre l'un sans l'autre.

Noémie était trop honnête pour tromper Cliff Travers. Rentrée à la ferme, elle lui téléphona aussitôt pour lui dire qu'elle devait lui parler. Elle proposa de venir à la Ferté. Il avait finalement tourné toute la nuit dans la baie des Veys et devait filer rapidement avec l'équipe vers Paris. Sur le chemin du départ, il s'arrêta à Hautefort. Ce grand gaillard n'avait même pas l'air fatigué.

– On me dit, *honey*, que tu restes dans ton pays quelque temps. Rappelle-toi, on commence le studio dans trois semaines.

– Oui, ne t'inquiète pas, Cliff, je serai là, tu veux un café ? proposa-t-elle.

En bon Américain, Cliff ne refusait jamais un café.

Tandis qu'il buvait debout à petites gorgées, Noémie prit son courage à deux mains pour murmurer :

– Je... te demande pardon, Cliff, mais nous ne pouvons plus nous marier !

– Ah !

Il s'assit sous le portrait de Tancrède l'Aîné. Ses longues jambes se dépliaient sous la table de bois.

– C'est le commandant Simon ? demanda-t-il.

Noémie baissa les paupières.

– Oui, Cliff, mais rappelle-toi, je ne voulais pas revenir ici, je ne voulais pas tourner ce film, c'est toi qui as insisté ! Si nous étions restés à Los Angeles, je serais ta femme, je t'ai promis de toujours te dire la vérité, or je t'ai menti et aujourd'hui je ne peux plus t'épouser !

Il avait accusé le coup. Lentement, il déplaça son grand corps pour se lever. Elle ne cachait pas son émotion. Avec classe, il lui donna quelques tapes d'encouragement sur le dos.

– Allons, *honey*, je ne t'en veux pas ! J'ai toujours su que tu me cachais quelque chose, un grand secret, une blessure, c'est peut-être cela qui te rendait si mystérieuse, si attrayante, je pensais que tu oublierais. Tu as raison, c'est moi qui ai fait mon propre malheur, mais nous avons un film magnifique ! C'est probablement le prix à payer pour l'art... je suis ton ami pour la vie, Noémy. Reviens dans quinze jours en forme, pas de paupières pochées pour les gros plans.

Il la serra affectueusement dans ses bras, puis murmura :

– N'agis pas avec précipitation, *honey*, je voulais te faire la surprise, mais j'ai appris hier que tu es nominée[1] pour les Oscars !

– Un Oscar ! répéta Noémie, incrédule. Ses yeux brillaient.

– Oui, pour ton rôle dans *Pinky Lady*, une carrière éblouissante s'ouvre à toi, réfléchis, ne gâche pas tout !

Après l'avoir embrassée, elle le regarda partir à grandes enjambées vers la voiture avec chauffeur qui l'attendait.

« L'Oscar ! » La suprême récompense des artistes à Hollywood. Un moment Noémie rêva. Elle avait en tout cas compris que Cliff tenait beaucoup plus à elle qu'il ne le montrait et qu'il n'avait pas totalement abandonné l'idée de la reconquérir.

Pendant deux semaines, Noémie vécut avec Jean des moments de bonheur parfait. Ils s'isolèrent trois jours au château-relais de Bayeux dans « leur » appartement des ducs de Normandie, puis ils rentrèrent à Reuville. Noémie fit la connaissance de Gauthier. Son père avait raison, c'était un petit garçon charmant. Il adora tout de suite Noémie. Tous trois montèrent à cheval dans les prés et les dunes. Ils galopèrent devant le Chalet rouge reconstruit, sur la grande plage.

Noémie, bottée, en pantalon de velours, heureuse, dans son élément, retournait avec Jean aux écuries. Elle aidait les juments à pouliner. Comme le lui avait appris Mathieu de Saint-Hilaire, elle imprégnait dès leur naissance les poulains de ses caresses, sous les yeux attendris de Jean. C'était le bonheur !

La veille du départ, Jean apprit par le journal que Noémie était sélectionnée pour les Oscars. Il la félicita, mais elle comprit qu'il craignait ce succès qui l'éloignerait de lui. Il insista pour la conduire, avec sa nouvelle Renault, une Frégate toute neuve, à l'aéroport du Bourget d'où partait le Constellation.

La séparation fut difficile. Accrochée à Jean, Noémie supplia

1. Mot inventé pour dire que l'on est sélectionné.

– Viens, je t'en prie, viens avec moi à Los Angeles, ou viens me rejoindre !

– Non, chérie, ce n'est pas mon univers, je ne serai pas à l'aise là-bas à attendre que tu rentres de tournage, et puis tu as de graves décisions à prendre, je ne veux pas t'influencer, je sais à quel point ta carrière est importante !

– Non, Jean, le film terminé, je te jure, je reviendrai !

Les larmes aux yeux, ils s'embrassèrent une dernière fois. Son passeport à la main, Noémie passa dans un état second devant le douanier. Jean agita la main. Elle lui envoya un baiser et disparut dans le couloir menant au terrain d'aviation. Assis dans l'aéroport, Jean regarda les moteurs de l'avion se mettre en marche, rouler sur la piste et s'envoler dans le ciel. Voilà, ces jours volés à la vie s'étaient écoulés comme un rêve. Elle était partie, peut-être pour toujours. L'avait-il perdue à nouveau ? Serait-elle reprise par ce metteur en scène qui l'aimait, par son métier, la gloire, l'argent, la célébrité ?

Le cœur meurtri, Jean remonta dans sa Frégate et prit le chemin du retour. Le tunnel creusé avant-guerre sous le parc de Saint-Cloud raccourcissait la sortie de la ville. Il se retrouva rapidement sur la nationale 13.

Il n'y avait pas de camions cet après-midi-là et Jean pouvait conduire vite. Il franchit Évreux, Lisieux. A Caen, en partie reconstruit, il fit le plein d'essence, traversa Bayeux à la nuit puis Carentan et il arriva vers dix heures du soir à Sainte-Mère-Église. Avant de rentrer à Reuville, il emprunta le détour pour passer par Baudienville, devant la ferme. Il baissa sa vitre. L'air frais le rasséréna. Au croisement des routes du Plain, il aperçut la tour de Hautefort qui se dressait, orgueilleuse, sous un ciel noir de tempête.

Le vent venant de la mer mugissait, faisant ployer les branches des pommiers.

Jean arrêta un instant sa voiture devant la grille fermée. Dans la cour, autour du vieux puits, tout était sombre et noir. Une porte claquait au loin. Les feuilles mortes tourbillonnaient sous la bourrasque d'équinoxe. Jean ne put retenir un long frisson. La pensée affreuse le frappa soudain qu'il avait perdu Noémie une seconde fois. Elle ne reviendrait jamais.

ÉPILOGUE

La croisée des chemins

« LA FRANÇAISE QUI A CONQUIS HOLLYWOOD VA-T-ELLE GAGNER L'OSCAR ? »

A la une de *Paris-Presse L'Intransigeant* s'étalait en énormes caractères cette brûlante question. Jean se dirigea vers le marchand de journaux de la place de l'Opéra et il acheta l'un des derniers numéros. Sous ce gros titre, Noémie, resplendissante, était entourée de Rock Hudson et Louis Jourdan. Les lettres dansaient devant les yeux de Jean mais il se força à lire calmement l'article de Carmen Tessier.

Notre charmante compatriote, Noémie Hautefort, a réussi l'exploit de devenir une star outre-Atlantique. Cette « nouvelle fiancée du monde » est aujourd'hui nommée aux Oscars pour sa brillante interprétation de La Valse des adieux... *Ses rivales sont quatre grandes stars : Elizabeth Taylor, Lana Turner, Judy Garland et Greer Garson... La Française aux cheveux flamboyants décrochera-t-elle cette fabuleuse récompense qu'elle n'a pas eue pour* Pinky Lady *? Rappelons que la cérémonie a lieu actuellement. Elle sera retransmise en différé demain à la RTF au « journal » parlé de Pierre Sabbagh.*

En fait, Jean était venu spécialement à Paris pour voir l'événement. Assis seul dans le salon de son ami Chassy, il avait allumé le gros poste de télévision. Sur l'écran assez sombre, le charmant Georges de Caunes commentait *La Nuit des Oscars* :

– Nous attendons le verdict, qui sera l'heureuse gagnante ? Voici une autre nouvelle star, la divine Grace Kelly, et le superbe Gregory Peck qui vont dans quelques instants remettre la statuette à l'une de ces grandes actrices... ah ! voici Noémie Hautefort, déjà nommée pour son rôle dans *Pinky Lady* de Garson Kanin. Elle arrive à la cérémonie dans une robe que le grand couturier Jean Louis a, paraît-il, dessinée sur elle. Elle est au bras de son metteur en scène, Cliff Travers ! C'est lui qui a réalisé ce triomphe de *La Valse des adieux*. Attention, mesdames, messieurs, Gregory Peck décachette l'enveloppe, il annonce les cinq nominations, miss Kelly va enfin révéler le nom de celle qui va gagner l'Oscar...

– *The winner is... Nooéémy Hââuteeefooort... !*

Jean entendit un tonnerre d'applaudissements. Quelques secondes plus tard, après avoir embrassé Cliff, Noémie était sur scène, la voix un peu étranglée par l'émotion, mais, dans un anglais parfaitement maîtrisé, elle déclara :

– Du fond du cœur, à tous, merci ! Je partage cet Oscar avec mon metteur en scène, Cliff Travers, et mes merveilleux partenaires, Rock Hudson, Louis Jourdan. A présent, je voudrais dédier cet Oscar à l'homme que j'aime...

Jean eut l'impression que son cœur s'arrêtait de battre. Il entendit Noémie qui poursuivait en français. On aurait pu croire qu'elle chuchotait ses phrases à son oreille, pour lui tout seul...

– Où que tu sois, mon amour, sache que je t'aime... attends-moi...

Jean, bouleversé, éteignit le poste.

Le lendemain, rentré à Reuville, il reçut le télégramme suivant :

– *Arrive – stop – jeudi Orly, 11 heures – stop – par Air France – stop – M'aimes-tu toujours ? – stop – Noémie.*

Il connaissait la route par cœur. L'avion avait trois heures de retard. Quand il la vit, ce fut lui qui crut défaillir.

– Toi... enfin !

– Mon amour...

Enlacés, ils ne purent en dire plus. Après tant de drames, de dangers et de séparations, ils rentrèrent dans le bocage pour toujours.

Ce qu'ils sont devenus...

René Coty était le nouveau président de la République. En Indochine, Diên Biên Phu venait de tomber. Noémie et Jean se marièrent le samedi 15 mai 1954 devant les familles Hautefort et Rolland-Lacour, rassemblées pour la cérémonie. De leur union naquirent Tancrède, Stanislas et Valentine de Noisy. Noémie abandonna sans regret sa carrière d'actrice pour se consacrer aux jumpings où elle gagna encore de nombreuses coupes, et surtout à l'éducation de ses trois enfants ainsi qu'à celle du jeune Gauthier. Tous devinrent d'excellents cavaliers. Les domaines de Reuville et Hautefort, enfin réunis en un seul et immense haras, formèrent un grand centre d'entraînement de trotteurs et de chevaux de concours. Du monde entier on vient à Sainte-Mère-Église acheter des yearlings et demander des conseils au chevalier de Noisy ainsi qu'à son épouse, la célèbre Noémie Hautefort.

Stanislas Rolland-Lacour voulait prendre une retraite bien méritée. Il finit par accepter les propositions du général de Gaulle venu au pouvoir en 1958. Après avoir refusé en raison de son âge, il devint ambassadeur de France à Bonn en 1960, sa femme cessa alors de travailler. Elle vendit les Éditions Valentine Hautefort pour le rejoindre en Allemagne où elle présida une association d'anciens déportés ainsi qu'un mouvement de paix européen. Puis tous deux vieillirent doucement au soleil du Midi, en répétant aux jeunes qu'il fallait savoir oublier...

Victor, devenu un grand clarinettiste dans les caves de Saint-Germain avec Claude Luter, Sidney Bechet et Boris Vian, épousa Dorothy, la chanteuse de jazz. Il partit vivre avec elle à New York. Leurs deux enfants, Buddy et Clark, jouent et chantent dans les shows à la télévision américaine.

Boris et Bohémond, toujours unis comme les doigts de la main, remontèrent leur affaire de bateaux qui devint florissante. Cependant, un drame survint en 1962. Bohémond se tua au volant de son camion-remorque sur la route de Granville alors qu'il était parti livrer un voilier. Boris, inconsolable, renonça à travailler pour rédiger un livre de ses souvenirs de guerre, *Les Héros du désert,* qui eut un grand succès. On en fit un film et Boris continua d'écrire. Son second livre, *Les Jumeaux de juin*, eut le prix Renaudot.

Les jeunes cousins Wenceslas, Ladislas et Sigismond reprirent la direction des Chantiers Hautefort. Carlo devint explorateur, Pedro, acteur, Justino, probablement marqué par sa blessure, suivant les conseils de grand-mère Caroline, entra au séminaire, puis fut prêtre-ouvrier dans une banlieue défavorisée.

Tante Eugénie battit le record de sa mère en décédant à l'âge de cent deux ans en 1955. A la surprise générale, elle déclara avoir toujours aimé les enfants qui avaient manqué à son bonheur et légua la moitié de sa fortune aux orphelins de Coutances, à la condition que deux cents palmiers soient plantés dans les jardins de l'orphelinat ! Elle assurait que leur vue remplirait les enfants de joie et de santé.

L'autre moitié de sa fortune, bien ébréchée par l'après-guerre, revint à ses neveux et nièce.

Grand-mère Caroline qui avait supporté, avec une patience angélique, sa terrible belle-sœur à la Maison bleue s'éteignit en 1957 entourée de ses enfants et petits-enfants, elle avait quatre-vingt-dix-sept ans. Tout le monde l'aimait. Elle n'avait jamais eu, de sa vie, un mot méchant pour qui que ce fût.

Abraham Mazuvski ne retourna jamais rue des Rosiers. Adopté par les Normands, il resta jusqu'à la fin de ses jours à la Maison rose. Noémie de Noisy, rangeant, un jour, la ferme, découvrit derrière le fameux lit en bois un texte de son aïeul Tancrède l'Aîné qui commençait par ces mots : *Mes chaires descandans, fils et filles, petits enfants de ma chaire Noémie Hautefort, jé décider à ce joure de vous aicrire mais mémoires pour le souvenir de ce que jé vaicu.*

L'orthographe n'avait jamais été le fort de l'ancêtre, il recommandait à sa descendance le nom de la famille polonaise Mazuvski qui l'avait hébergé, soigné et caché en Pologne lors de la retraite de Russie, lui permettant de rentrer vivant dans le bocage. Abraham, mis au courant, se souvenait parfaitement d'une histoire pareille dans sa famille. Un arrière-grand-père affirmait avoir sauvé un Français sur la Bérésina. Sans rien en savoir, Noémie et sa mère avaient rendu le bien fait par les ancêtres Mazuvski à cent trente ans de distance.

Quentin disparu à jamais de Hautefort, Noémie crut le reconnaître, un soir, au Gala de l'Union des Artistes, où elle était invitée avec Jean, en 1958. Le Grand Émilio était l'écuyer de la calvalcade. Noémie lui fit un petit signe de la main, mais il ne répondit pas et il ne revint pas pour la parade de fin. Arrivé et reparti de la ferme par un jour de brouillard, Quentin voulait sans doute rester une ombre des limbes, bercée par le mystère de son passé.

Marcel Frémin, victime d'une OPA, perdit sa fameuse Galette dorée en 1955. Devenu organisateur de combats de boxe, il dut fuir la France après une sombre histoire de double billetterie. Il serait parti, au dire de certains, avec Georgette au Venezuela où il aurait ouvert une boulangerie française, mais en fait, personne, pas même leur fille, ne connut l'exacte vérité.

Lorraine Frémin, après avoir divorcé de Jean et renié son enfant, lui rappelant un passé qu'elle voulait oublier, épousa un prince russe, trafiquant de fausses icônes, puis un négociant en carrelage de Paray-le-Monial. Divorçant pour la troisième fois, elle se remaria avec un ancien boxeur, patron d'une salle d'entraînement près de la place Clichy. Devenue alcoolique, elle ne demanda jamais à revoir le petit Gauthier. Jean apprit en 1960 son lamentable décès à l'hôpital Beaujon.

Werner Beringen, l'ennemi valeureux, revenu vivant de Stalingrad, mais avec un bras en moins, entra en politique et devint l'un des ardents défenseurs de l'entente franco-allemande. Ministre du chancelier Adenauer, il rencontra avec émotion Noémie et Jean de Noisy lors d'une réception à l'Élysée où ils accompagnaient les Rolland-Lacour.

Larry Bradley continua à correspondre avec Noémie. Il ne quitta plus jamais l'Australie. Marié avec Jessica, une jeune fille de la ville de Perth, il se consacra à la défense du peuple aborigène. En 1960, il prit part aux manifestations pour obtenir l'abolition des mesures discriminatoires et il obtint enfin, avec ses partisans, en 1972, la création d'un ministère des Affaires aborigènes. En 1980, il fut enfin chargé d'une commission pour le Développement des aborigènes. Larry avait toujours été loyal et obstiné.

Sidonie, inconsolable de la mort de sa petite Rose-Marie, soigna avec dévouement son mari, Côme Leureux, revenu mourant du stalag. Dietrich sortit d'un camp de prisonniers allemands, soutint Sidonie de sa présence et il l'épousa, toujours gaillarde à soixante-dix ans, après le décès de Côme. Adopté par les gens du bocage, le peintre allemand repeignit longtemps les maisons du pays avec de jolies petites fleurs bavaroises, tout à fait adaptées à la région.

Léopold Van Belmeus, l'ami belge de toujours, devenu directeur d'un groupe de presse, marié, sur le tard, avec sa belle Beverly, eut à soixante ans trois enfants. Il appela la dernière Valentine, celle qui, au fond de son cœur, depuis le *Titanic*, était restée toute sa vie son grand amour.

Cliff Travers, beaucoup plus atteint qu'il ne voulait le laisser paraître par sa séparation d'avec Noémie, se jeta dans le travail. Au cours des années suivantes, il reçut encore des Oscars pour deux films et il rencontra, sur son plateau, une jeune actrice mexicaine de grand talent dont il fit une vedette et son épouse. Toujours vivant, Cliff Travers est aujourd'hui une légende de Hollywood.

Chaque année lors de l'anniversaire du débarquement, touristes et vétérans viennent sur la plage des Vikings. S'ils regardent un peu plus loin que le monument construit à la gloire des Alliés, ils verront sans doute, près du Chalet rouge, la grande ombre de Tancrède Hautefort, lorgnant la mer avec sa longue-vue. Plus loin dans les terres, près d'une tour grise très ancienne appelée, avec juste raison, par les gens « d'cheu nous » la Tour de l'Orgueil, ils rencontreront peut-être deux cavaliers, toujours beaux et amoureux, montant, malgré leurs cheveux argentés, botte à botte et entraînant par tous les temps les pur-sang des haras de Reuville-Hautefort.

En attendant les zéphyrs et les roses,
La pâle aurore et les soirs vaporeux,
Cet air si doux rappelle tant de choses.
Chantons l'hiver : La Valse des adieux.

Paris – Los Angeles – Carentan – Sainte-Mère-Église
1996

TABLE

Première Partie

LA RENARDE

Deuxième Partie

LES AILES DU DÉMON

Troisième Partie

LES NUITS SANS ÉTOILES

Quatrième Partie

LE RETOUR DES VIKINGS

Cinquième Partie

LA VALSE DES ADIEUX

Impression : Bussière Camedan Imprimeries
à Saint-Amand (Cher)
N° d'imp. : 1/2185 — N° d'édit. : 3318-02
Dépôt légal : août 1996
Imprimé en France